LA CRUZ
SECRETA
DEL
EMPERADOR

Miguel Ángel Rodríguez

LA CRUZ SECRETA DEL EMPERADOR

E relato de la milagrosa experiençia
del paje Rodrigo de Floranes q. tuvo
con el maestro Alonso de Berruguete

algaida

Primera edición: abril 2008
Primera reimpresión: mayo 2008

© Miguel Ángel Rodríguez, 2008
© Algaida Editores, 2008
Avda. San Francisco Javier 22
41018 Sevilla
Teléfono 95 465 23 11. Telefax 95 465 62 54
e-mail: algaida@algaida.es
Composición: Grupo Anaya
ISBN: 978-84-9877-117-6
Depósito legal: M-24.396-2008
Impresión: Huertas, I. G.
Impreso en España-Printed in Spain

Quiero dejar escrito un brindis común y una constatación: dedico el libro a Ángel Rodríguez Platero —mi padre—, quien me enseñó a amar la historia mientras yo le repetía. «Padre, eres una tabarra». Y a Clara Rodríguez Ilárraz y Álvaro Rodríguez Ilárraz —mis hijos—, quienes me enseñaron el lenguaje de los SMS mientras proferían: «Papá, eres un rollo».

Con ello se prueba que lo único que parece no cambiar entre generaciones es que los hijos consideran que lo que hacen los padres es, siempre, una pesadez.

—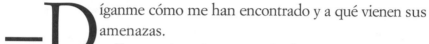íganme cómo me han encontrado y a qué vienen sus amenazas.

—Eso no tiene importancia ahora.

—¡Suelten a la chica!

—¿Le dijeron que tenemos a la chica? Sólo pretendemos que colabore.

—No colaboraré si no sueltan a Talinka.

—No la tenemos.

—¿Entonces?... Ustedes dijeron que asesinarían a la chica si nos les llamaba por audiodimensional.

—Simplemente arbitramos un modo para que usted se pusiera en contacto con nosotros.

—¿Eso?

—Sabemos quién es usted. Desconocemos su nombre; no podemos dar con su dirección ni acertamos a explicarnos cómo ha sido posible, incluso, que viva. Pero sabemos quién es.

—¿Cómo puedo comprobar que no tienen a Talinka?

—Puede llamarla. Nos resulta imposible descubrir dónde vive, ni cómo es. Se han escondido bien. Tampoco tenemos archivado su medio habitacional, aunque le parezca increíble.

—¿Me dicen que han secuestrado a mi mujer y no saben quién es ni tampoco saben quién soy yo? ¿Esto es una tomadura de pelo?

—Desconocemos su nombre y su forma física, pero tenemos pruebas de quién es usted. Su ADN coincide con el de Helisabetta Fuencisla y Saúco Retal, sus progenitores.

—¿Qué broma es esta?

—Todos los datos indicaban que habían muerto. Por eso no podíamos colegir que usted existía. Ha pasado usted casi cuarenta años en la clandestinidad, fuera de nuestros sensores.

—Esos son mis problemas. Oigan, voy a comprobar que mi mujer está bien.

—No desconecte. No hace falta. Se ha suprimido la búsqueda automática de la conexión por si usted nos detecta. Es más importante que colabore con nosotros a que sepamos dónde se ha escondido. Por favor, no desconecte.

—¿Con quién hablo?

—Habla con el ordenador principal del Systema.

—¿El Systema?

—Sí. Habla con la fuerza que dirige el Mundo Unido.

—¡Bueno…! ¡Esto sí que es una broma! Voy a comprobar lo de…

—¡No desconecte, por favor! Le necesitamos.

—Ni me necesitan ustedes, ni yo les he necesitado nunca en treinta y ocho años, exactamente.

—El análisis de su próstata indica que podría tener cuarenta. Debe cuidarse.

—¿De dónde han sacado eso?

—En algún lugar solicitaron los análisis hace ochenta y tres horas. Por eso supimos que usted vivía. ¿No le dio la noticia la doctora Arrayás?

—Así fue.

—Por favor, no desconecte. Es usted imprescindible. Si le molesta la voz de mujer sugerente se cambia. Escuche: por favor, no desconecte. ¿Mejor así?

—¡Ya basta! Ahora de qué va, ¿es hombre?

—Quiero ser lo que usted prefiera… Le pido que no juegue más al *Tres en raya*… siempre se empata. Helisabetta y Saúco murieron por lo mismo por lo que usted debe de luchar. Y ayudarnos, lo que significa ayudarse.

—¿Qué significa jugar al *Tres en raya?* No entiendo nada.

—Es jugar al infinito con el mismo resultado: empate…. Hace cinco meses se tradujo un manuscrito olvidado del año mil quinietos noventa y nueve de la era cristiana. El análisis de los datos aportados sobre lo que ocurrió verdaderamente en el año mil quinientos sesenta y uno, cinco siglos antes de nuestra era, nos obliga a pedirle que colabore con nosotros. Es vital para el Mundo Unido. Para el planeta Tierra. Por favor, ayúdenos.

—¿Yo? Yo sólo sé que tengo que ser invisible para ustedes. Así lo he hecho toda mi vida.

—Y lo ha conseguido. Tampoco le buscamos…

—Pues no entiendo su interés repentino.

—Por el manuscrito de un paje llamado Rodrigo de Floranes, sirviente del pintor y escultor Alonso Berruguete, confidente a su vez del emperador Carlos primero de España y quinto de Alemania. Hasta ahora no se sabían las razones del incendio de una ciudad llamada Valledeolit en el siglo quinto antes de nuestra era de Mundo Unido. El pergamino fue digitalizado por casualidad, como mera labor científica, pero un programa informático de vigilancia cotejó los datos y nos hemos visto obligados a hablar con usted. La clave es *La falta de amor exterminará la tierra.* Error de muestreo aleatorio, más menos tres coma cinco por ciento.

—¡Venga ya! ¡Mierda de todas las mierdas del Universo! ¿Se puede saber de qué me habla?

—Sus progenitores murieron por algo que ya estaba profetizado y que se está cumpliendo. Necesitamos su ayuda.

—Pero…

—La rectora qLaRiTa, responsable de la digitalización del pergamino, ha preparado la base del informe para usted, transcrito por el programa *Systemwriter* para su comprensión en estilo literario. Las citas exactas de pensamientos y diálogos se han cuidado en formato *Retrosigloveintiuno*, con gramática arcaica, espacios entre palabras y español puro. Le pedimos que lea el resumen. Sólo leerlo. Luego usted decidirá si nos ayuda.

—¿Por qué no me lo cuenta un holograma?

—Es alto secreto. No puede viajar por el Systema. Debe de leerlo usted sólo y no contárselo a nadie. Por favor, le necesitamos. Mundo Unido le necesita.

—Ya me he cansado.

—Por favor… A través de la doctora Arrayás, háganos llegar la dirección un buzón de correo electrónico secreto. Ella sabrá cómo comunicárnoslo.

—¿Inma-G es un robot?

—Sí.

—No lo parece.

—De eso se trata. Por favor, necesitamos su ayuda.

—¡Voy a localizar a mi mujer!

—Le rogamos lea el primer archivo. Sólo eso. Es un resumen. Tardará poco. Envío ordenado.

ARCHIV109794384367611249847090048744411I
MPRXSYSTEMWRITER6,16MILISEGUN2TXTOMODIFIKDOPROG
LITERARIOESTILORETROS21TRANSCRIPCIONTXTOSORIJINA
LESEXACTAENGRAMATRIKARKIKORDN798769843233342
ESPAÑOLPUROPUNTUACIONCLASIKYPALABRASSEPARADAS
⫶MARKNMINERFERROV561TAHIPERVINCULOIMAGVIRTUAL
AUDIORECUPERADOBUZONENVIOORDNDLSYSTEMA.TXT
QLARITARECTORA.21012101. **RESUMN BASE D DATOS.**

L a austeridad no estaba prevista en el diseño d ls dseos dl *Efepe-cé*: podia provokr angustia y dsazon. La tristeza fue prohibida x la *Normativa de Convivencia*.

Solo se permitia la felicidad eqilibrada.

¿Y qué es la felicidad?, pregunto Adriano Bayarri a sus iwales, ls rectores absolutos, como principio esencial xa edifikr el mayor complejo d vijilancia conocido nunk.

La ausencia de miedo, se respondio ineqivoco. *La Felicidad es la ausencia de miedo*.

Asi nacio el Systema: el control protector.

Pero el director dl *Centro de Defensa del Mundo Unido* no previo q la austeridad se convirtiera en un sueño anhelable cuando todo empezo, ni q el Systema lo refutara x proscrito: la austeridad producia infelicidad.

Admiraba a Krlos 1 y 5. Se convencio d q el emperador manejo un arma secreta xa vencer a ls turcos y lo escribio en un archivo secreto (HIPERVINCULO2312IOO348ARCHSECRETO34887454) 3 meses antes d q ls computadoras le pusieran sobre la pista dl mudable Bartolome Fuencisla, q tambien lo habia descubierto.

D ese modo, tan sencillamnte, el Systema dedujo cual era el punto + dbil dl hombre + poderoso d la tierra.

5 siglos dspues, Bayarri necesitaba con urgncia el arma dl rey d España y el Systema no podía entregársela: si ls objetos fueran invisibles, lo serían también xa ls ordenadores y no podrían gobernar a ls hombres.

Objetivo: aniqilacion.

El mismo Systema hizo la trampa. Aprendio a inventar.

A mentir.

Le alerto d q la *Tinta invisible* podria caer en manos d un espia enviado x ls *Países Externos* tras la muerte dl artesano d Norba Caesarina, q era el unico q sabia la formula secreta.

Bayarri se sentia dseqilibrado x la zozobra, aunq el mismo habia prohibido a la sociedad cultivar cualqier amago d inqietud intelectual.

Cuanto + estudiaba al emperador, + d su ascetismo se le introducia x ls venas y le mutaba la personalidad, pero dbia de ocultarselo al Systema: no entraba en el puzzle d sueños.

El mismo Bayarri dicto q nadie dbia d ser infeliz.

Los ordnadores no tenian intuicion y no habia q otorgarsela.

Lo q no sabia es q el Systema comnzaba a controlar a su controlador.

Krlos d Gante, heredero dl imperio d su madre, Juana d Kstilla, a ls 2 la2 d Atlantico, gracias a su abuela, la Reina Isabel la Ktolik, fue proclamado Rey d Kstilla y Aragon en 1516. Tras la herencia d su abuelo paterno, Maximiliano d Austria, el primer monark español d la Ksa d Austria se convirtio en el soberano + poderoso d Europa ante la tumba d Krlomagno.

Señor d ls reinos d Kstilla, Aragon, Sicilia, Nuevas Indias y dl Imperio aleman, dirijio 6 gerras contra Francia: en la 1ª hizo prisionero al rey frances, Francisco 1; en la 2ª, al mismisimo Papa, Clemnte 7. Batallas sangrientas contra ls herejes protestantes hasta q tuvo q admitir la libertad relijiosa en la Europa q qria construir; luchas sin cuartel contra ls infieles dl imperio Otomano, su señor, Soliman el Magnifico, y su peor enemigo en ls mares: Barbarroja.

Solo su hijo Felipe 2, nacido en lo q se conocio como Valladolid, o Valledeolit, llegaria a alknzar su podr. Y aun +. Pero no acudio a tantos kmpos d batalla como el.

Felipe 2 no olio tanta sangre como Krlos 1 y 5.

Ejercitos d millares d hombres arma2 con alfanjes, ballestas, lanzas, arkbuces, kñones y kballos. Un podr militar iniwalable durante siglos y aprovechado dspues x su hijo, el rey vallisoletano, xa crear el imperio sobre el q nunk se ponia el sol.

Unas milicias agresivas q mantenian unida la nacion, y a raya tanto a ls herejes luteranos como a ls infieles musulmanes: no persegian sembrar paz, sino miedo.

Francia, Florencia, Venecia, Tunez, Roma, belgas, turcos gritaban a coro *¡Muerte a los españoles!*, pero el emperador ls silencio con moles d 40.000, d 60.000 fieras henchidas d rabia; con 100, con 300 naves d gerra atestadas d marinos, remeros y huestes bombardeando balas rojas d hierro fundido con polvora d ira.

Adriano Bayarri podia imajinar perfectamnte la dificultad d mantener un imperio tan vasto.

Admiraba al emperador d la cristiandad: ¿Akso el no tenia la misma mision historik?

Dvoto d lo q fue la 1ª potencia en la historia q se sirvio d ls ejercitos no solo xa conqistas, sino xa dfensa d unos ideales, consideraba q el imperio español llego a formar un podr militar iniwalable durante siglos.

Al fin y al kbo, Bayarri y Krlos 1 y 5 orientaban su politik d dfensa contra un mismo enemigo, aunq ls separaran 5 siglos. Y ls 2 tenian bajo su responsabilidad ls potencias militares + grands nunk concebidas: matar es podr.

La muerte total es la Gloria total.

Como era Dios antes d la prohibicion de creencias.

Krlos 1 d España y 5 d Alemania: el hombre q, retirado entre cortinones negros en Yuste cuando aun se ergia con todo el podr dl unverso conocido, x alguna extraña razon prefirio no legar el conocimiento d su ingnio mortifero: la *Tinta invisible*.

La q le dio grandes victorias.

Adriano Bayarri estaba convencido d q el dscubrimiento d aql artilujio misterioso se convertiria en esencial xa la Dfensa dl *Mundo Unido* frente a ls *Países externos*. Frente a ls enemigos. Si cayera en manos adversas, seria la pieza letal xa dstruir *Su* civilizacion, *Su* Sociedad de la Armonia: la Placidez Vital q diseño. [HIPERVINCULOPRG-532CARLOS1Y5ART234901980352)

El Rector Absoluto Adriano Bayarri llego a una conclusion similar al simple mudable Bartolome Fuencisla.

Lo hicieron x kminos diferentes.

El artesano Fuencisla, al restaurar un retablo d Alonso Berruguete; el Rector Absoluto Bayarri, al estudiar en ls archivos suministra2 x el Systema al personaje historico q + admiraba xq se comparaba con el: el emperador Krlos 1 d España y 5 de Alemania.

El Systema ls observaba y analizo ls primeros analisis. Conluyo: el rector no podia ser superior a ls ordenadores computeriza2 y programados.

Target: aniliqilacion.

Adriano Bayarri busco en ls archivos dl *Segundo Felipe*, en ls obras d Bernardino d Mndoza sobre la teoria y practik d la gerra, en ls ingnios d Juan d Herrera… Pero no encontro ls fantasmas con ls q el emperador habia ganado a Barbarroja. ¿Lo habrian consegido ya ls enemigos?

El rector no dormia repensando una verdad absoluta: el Emperador conto con un arma secreta xa hacerse dueño dl orbe. Y el qria consegirla.

—*Yo te digo, mi Señor Jayr Al-Din, que si yo hubiera de pelear con hombres, que no huyera; mas no me pareció cordura toparme con Satanás, y por eso me quise guardar para mejor tiempo.*

—*Esperábamos luchar contra cristianos, Sinán, no contra fantasmas.*

—No entiendo nada, y, además, me da igual, ¡coñostias-dier! ¿Qué es eso de los objetos invisibles? ¿Qué significa que el Systema no quería que Bayarri lo descubriera? ¿No fue Bayarri el creador del Mundo Unido, esta mierda en la que vivimos? ¿No fue él quien redactó las normas…, los procedimientos…, la seguridad…, la obligación de ser felices? ¿No fue él quien ideó la uniformización que nos mata?

—Sí: él fue… Debe ayudarnos. Es un ruego.

—¡Cambie esa estúpida voz! Ha vuelto al sonido de sicóloga sugerente

—¿Le parece bien así?

—Mejor: prefiero luchar contra hombres.

—Debe ayudarnos.

—¿Y qué me van a dar? ¿Créditos? Nunca voy a ser candidato a la clonación ni pienso irme a morir a las islas de la Salud, ni pedir plaza en un centro Euzanático por sedación ¡Métanse sus créditos donde quieran! No tengo nada que decirles. ¿Me humillarán con exhortos? Me río de sus multas. ¡No sé nada de Carlos primero! Tampoco creo que enseñen eso en sus Centros Educacionales. Olvídense de mí. ¡A mí qué me importan los objetos invisibles!

—…Sus padres encontraron la fórmula y la profecía se cumplió. Estamos dispuestos a dejar el Systema en sus manos.

—¡Bueno, bien! ¡Qué graciosos! Mis padres encontraron no sé qué y ahora ustedes me buscan… Esto no hay quien lo entienda… ¿Qué les preocupa?

—La extinción de la especie humana.

—¡Oh! ¡Vaya! ¿Tan poderosa era el arma del emperador español?

—No, exactamente. O sí.

—¡Perfecta respuesta! ¿Y por qué les importa? ¿El Systema no es autosuficiente? Los ordenadores destrozaron el poder de los rectores en 2061. Llevan cuarenta años gobernando el Mundo Unido y ahora me busca… ¡Qué gracioso!

—No.

—No, ¿qué?

—El Systema no es autosuficiente.

—¿Y qué les importa extinguirse? ¡El Systema mató a mi padre y yo vivo escondido desde que nací!

—Nuestro programa... Nuestro programa no nos permite la autoextinción.

—¡Venga ya!

—Según nuestros cálculos, la especie humana podría llegar a la felicidad, pero no por el camino computerizado.

—¡Eso ya lo intentaron los rectores y consiguieron crear seres artificiales! Este Mundo Unido uniformizado, al servicio de unos putos ordenadores que permiten un porcentaje exacto de rebeldía, un porcentaje exacto de satisfacción, un porcentaje exacto de hambruna, un porcentaje exacto de... ¡mierda!

—Hay que dar marcha atrás. Le necesitamos. Tome nota de esta frase: *La falta de amor exterminará la tierra...* Es cierto.

—Pues, ¡vuélvanse del revés!

—Le necesitamos. Sabemos que el camino trazado no lleva a ninguna parte.

—Tengo más cosas en qué pensar.

—¿Qué, por ejemplo?

—¡Sobrevivir!

—Si no nos ayuda, no lo conseguirá.

—Voy a cortar la comunicación. Ya ha pasado el tiempo: ahora pueden localizarme y eso es lo último que querría: vivir a su manera.

—No tenemos interés en localizarle. Queremos que nos ayude.

—¡No!

—Lea el documento, por favor. Es secreto. Tardará unos días. Se ha cotejado lo que ocurrió en Pincia en 2061 y el facsímil de Valledeolit de 1561. Los datos coinciden. Está comprobado que el cuerpo de Cristóbal Colón es el que permanece bajo la mezquita de Ulit y los refranes escritos por el paje aparecen después en *El Quijote*. Rodrigo de Floranes y Miguel de Cervantes eran amigos. Seguramente, Sancho Panza esté inspirado en el paje.

—¿Y?

—Demasiadas coincidencias. Nuestra arquitectura lógica concluye que la profecía mandada escribir por el emperador Carlos primero de España y quinto de Alemania es cierta. El documento preparado por el ordenador, basado en el texto de la rectora qLaRiTa, y la digitalización del manuscrito del paje le ayudarán a comprender lo que pasó. Después, decida si ayudarnos o… morir con el resto del planeta.

ARCHIV23322335554769103989400445511IMPRXSYSTEM
WRITER8,16MILISEGUN2TXTOMODIFIKDOPROGLITERARIO
ESTILORETROS21TRANSCRIPCIONTXTOSORIJINALESEXACTA
ENGRAMATRIKARKIKORDN79876984323334DOSESPAÑOL
PUROPUNTUACIONCLASIKYPALABRASSEPARADASMARKN
MINERFERROV561TAHIPERVINCULOIMAGVIRTUALAUDIO
RECUPERADOBUZONENVIODSCONOCIDO.TXTQLARITA
RECTORA.21012101. **L PROCESION.**

P INCIA. SEMANA SANTA DE 2061: Segun ls datos automati-
za2, el empalado avanzo a pasos convulsos, trastabillandose,
serpenteando x la klle angustiosamnte. A tirones.

Ls brazos en cruz, ata2 al timon d un arado d comienzos dl
siglo 20, con una soga en serpentina q se alargaba hasta circundar-
le todo el torso, dramatikmnte apretujado.

Una enawa d raso blanco, con puntillas, d doncella antiqisi-
ma, le cubria ls piernas dsnudas. El velo negro q le envolvia la cara
se ajitaba a lati2 subitos cuando gritaba frases inconexas q estreme-
cian al publico, senta2 a kda vera d la klzada en enormes gradas d
20 filas a lo alto, y le observaban enmudci2 hasta fijar la vista en sus
pies dsklzos, q sangraban.

El ritmo krdiaco y la ajitada respiracion indikn q llego a suponer q le faltaban mnos d 60 metros hasta llegar a Su Santidad. Si
hubiera podido manipular su reloj-medidor, el satelite se lo hubiera
klculado con exactitud, al milimetro, y le hubiera restado ansiedad,
aunq se encontraba a 112 metros y 8 centimetros.

A la entrada en la plaza Mayor, bajo la gran pankrta holografik tridimnsional con el primitivo *Efepecé*, el eslogan dl *Mundo Unido*
—Felicidad, Paz y Ciudadanía—, se habia arrodillado xa gritar *He
visto la cruz; gracias, Señor*, mientras el publico se embelesaba con-

templando La Makrena, q bailaba en andas, sorprendida d q nadie la aplaudiera ni la kntara saetas, x dlante d la Virgn d ls Angustias, tambien llevada a hombros aunq d forma + austera, a modo d ls antiguos kstellanos.

El madero pesaba hasta lo insoportable. *¿Con esto araban la tierra?*, penso en voz alta. Qiza no llegaria hasta la tribuna principal y saludar al Papa.

Fue la 1ª vez en la historia en la q se reunieron ls mejores simbolos d la Semana Santa dl mundo con sus grands pasos —dnominadas asi ls esculturas relijiosas q ls cofrads portaban a hombros en parihuelas. La procesion resulto grandiosa, segun to2 ls datos analiza2. Era uno d ls ultimos vestijios dl pasado, q habia recojido tradiciones d centurias preteritas, llegando hasta incluso el siglo 5 anterior a nuestra era.

La mayoria d ls presentes estaba convencida d q esas esculturas databan d epok d ls romanos —*En el siglo quince gobernaban los romanos ¿no?*, se recojio en distintas grabaciones espontaneas— pero el Systema previo especiales hologramas expliktivos xa informar a ls ciudadanos.

La cofradia d *Las Siete Palabras*, vestida d kpuchon rojo, y kpa y tunik crema con zapatillas blanks *Retroadidas*, imitacion d 1980 como aderezo añejo, coordino la organizacion xa q to2 dsfilaran dlante dl Santo Padre y d ls representantes politicos d 87 paises, entre ellos el secretario gnral d la Organizacion d Paises Uni2, el presidnte d ls Oestes Uni2, ls jefes d Estado d toda la Union Europea y, x supuesto, la Reina regnte d Hispania.

Pincia florecio dsconocida esa noche d Jueves Santo, fecha señalada xa la gran procesion, transportando ls pasos en kmiones jigantes, rodea2 d extremas medidas d seguridad con ecovehiculos, motos y helicopteros. *La Madrugá* es, aun hoy, 40 años despues, d ls poks tradiciones conservadas en una Hispania acelerada en el kmbio d referentes d la modrnidad.

Se exhibio, ad+, engalanada con crespones negros, tradicional coloracion d luto x La Pasion dl Salvador antes d q se consolidara el granate en nuestra civilizacion, y dcorada tambien con luces blanks y moradas, ls arcaicos colores d la ciudad. Ls rectores dieron permiso especial xa recobrar algunos datos dl pasado, aunq el estudio d la Historia ya estaba prohibido x la Normativa d Asepsia Cultural.

Exactamnte, 1.043.025 personas llegaron dsd cualqier lugar xa asistir al evento, segun ls estadistiks acreditadas. Ls cofradias d Hispalis, d Ocelum Duri, d Castra Aelia, d Lulobriga, d Malacitanum, d Lejio y d Corduba unieron algunos d sus Pasos a ls d Pincia xa conformar una procesion califikda en ls test d evaluacion mayoritariamnte como irrepetible.

El primer Papa pinciano, el q malogro la profecia d San Malaqias, pues sobrevivio al Sumo Pontifice numero 266, habia consegido ese sueño d ls fieles ktolicos: la 1ª procesion mundial.

El empalado aun sufriria mucho hasta llegar a la grada principal, dond la anciana Reina regnte d Hispania y el presidnte d ls Oestes Uni2 escuchaban ls explikciones d Su Santidad Pedro 2, q referia recuer2 d su infancia d finales dl siglo 20 en esa peqña ciudad, al mismo tiempo q repartia bendiciones entre ls cofrads con una amplia sonrisa d satisfaccion.

A traves d ls imagenes archivadas se puede constatar objetivamnte q el resto d ls presidntes d gobierno y jefes d Estado asistian perplejos y admira2 al dsfile d una serpiente heterogenea d Pasos, ciudadanos disfraza2 con habitos d diversos colores y texturas, distintas musiks d cornetas, tambores y agrupaciones musikles sin sintetizador ni melodias bajadas dsd el satelite.

Las grabaciones d ls servicios d seguridad indikn q soportaron durante horas una alarma gnralizada tipo A super A: sospechaban d kda penitente y se sentian nerviosos x su imposibilidad d adivinar ls intenciones d ls enkpucha2, dado q tenian cubiertos ls rostros a pesar de estar prohibido x la verdad dl *Opcionalismo*: si eso era el *Ku-Kus-Klan* —*¿Era eso lo del racismo en los campos de fútbol del 2010?*, comntaban confusos—, ¿por ke dsfilaban tan kmpantes?, se preguntaban.

La plaza Mayor d Pincia albergo a 106.406 fieles, to2 en silencio prodijioso —medicion media d 1,9 audiobar sobre un 2,6 previsto x el Systema—, sobrepasa2 x ls trompetas y ls golpes a ls kjas q sonaban autentiks, incluso dsacompasadas. X el resto d ls klles, hasta circundar un recorrido d 6 qilometros 309 metros, 1.258.108 personas contemplaron el dsfilar ordnado d cristos, virgnes y cruces en perfecta coreografia, asemejada a ls bailes colectivos d ls discoteks.

Algunos rezaban aun estando en publico, fuera d su ambito privado, segun qdo rejistrado, pero ls *Cecés* hicieron kso omiso x una vez. Pincia se habia convertido en un templo al aire libre bajo una inmnsa luna llena. Ls luces rojas distribuidas x la ciudad ordnaban silencio.

La composicion dl Paso d ls *Siete Palabras*, con ls figuras orijinales dl escultor Gregorio Fernandz —incluida La Piedad con el Cristo en el regazo—, presidio el encuentro justo frente a la fachada dl ayuntamiento. La estatua dl conde Pero Ansurez, primitivo fundador d Pincia, fue ocultada x ls enormes graderios d plasticresintant plateado y, dsd ls sillas d arriba dl todo, el espectaculo fue califikdo d dscomunal. *Desde lo alto, todo brilla más*, dijeron ls locutores de ls teleaudiodimensionales.

Solo ls agracia2 q pudieron sentarse en la misma acera dl paso d *las Siete Palabras* —rectores e invita2 especiales d ls Ksas Reales y ls compañias multinacionales—, pudieron contemplar en vivo ls conversaciones dl Papa y d ls jefes d Estado; el resto, se ayudo d ls grandisimas pantallas semitridimnsionales, d gas xenon licuado y minileds, lo + avanzado d la nanoelectronik d consumo d entonces, q se habian colokdo en lo alto d ls edificios d ls otros 3 laterales, dando a todo un caracter d espacio tecnolojizado y galactico, a modo d gran concierto musikl o competicion reactormovilistik.

86 kmaras d teleaudiodimnsional, 613 etiqtas interactivas y 1.986 sensores-medidores no perdieron dtalle xa la retransmision q fue admirada x 3.000 millones 420.000 personas en todo el *Mundo Unido* y otro millon y medio en ls *Países Externos*, dato este unikmnte estimado. Es cierto q supuso la 4ª parte d ls espectadores d la ultima Superbowl, pero 9,26 veces + d lo previsto inicialmnte x el Systema.

Al dia sigiente, en el kmpo d futbol, se celebraria la 1ª liturjia con todas ls relijiones d la Tierra, cuyos representantes tambien se embelesaron x la procesion, unos muy extraña2 y otros absortos.

A 67 segun2 d llegar ante el Papa, qdaron graba2 ls impulsos siqicos d q ya suponia una mision ksi imposible xa el empalado. Qiza dbia d esperar a otro año y cumplir con ls reqisitos dl Systema. ' Pero Pedro 2 nunk + iba a volver a Pincia. O nunk en esos 111 segun2 majicos.

Se sintio agotado, sabedor d q qiza no llegaria, pues distintos aspectos fisicos comnzaron a funcionar mal en su interior. La emocion, el esfuerzo y la piedad le habian revuelto. O el medikmnto obligatorio contra el sufrimiento q bebió en el hotel, ordenado x el Systema.

Ya qdaban pocos metros: *He visto la cruz; gracias, señor,* repetia a nadie, o a to2.

El empalado llego directamnte d Norba Caesarina como contribucion especial d Galportu Extrema xa mostrar el tormnto al q antaño se sometian algunos penitentes en Semana Santa, pero ls rectores impidieron la salida d flagelantes o personas realmnte crucifikdas q qrian llegar dsd ls islas tagalas, segun ls certifik2 archiva2.

No en vano, aqlla plaza d Pincia habia sido testigo d verdaderos martirios siglos atras, cuando la Inqisicion utilizaba ese lugar xa qmar y torturar a ls herejes. Pretextaron no qrer sangre nueva sobre sangres viejas.

Unikmnte qisieron revelar en ls klles el espectaculo d la pasion en madera, con cristos y figuras antiwas d ojos sobre ls q, hasta su dstruccion total, siempre dudaron d si, en verdad, eran kpaces d ver, como ls maniqies robotiza2 d ls tiendas transmiten impulsos al Systema. Pero no podia convertirse aqllo en una exposicion d suplicios: ningun telespectador lo resistiria. La angustia ya estaba prohibida; era obligatorio ser feliz.

Avanzo a pasos + cortos e indcisos, como borracho o drrotado. Jadeaba repitiendo *He visto la cruz; gracias señor* y aqllos q le oian se miraban entre si con una muek d compasion. En 46 segun2, llegaria dlante dl Papa y podria dcirselo.

El Barandales, un penitente vestido d amplio ropon con una pesada kmpana en kda mano, habia abierto la procesion junto a la gran trompeta d plata d la cofradia organizadora. En filas d a 2, ls kpuchones —dnomina2 asi a ls cofrads x la tela con caperuza q ls cubria el rostro— fueron arropando ls pasos q narraban la Pasion d Cristo, dsd la Sagrada Cena hasta Su Muerte y Resurreccion, transitando x el inmnso dolor d Su Madre (HIPERVINCULO2122LEYENDASCRISTIANASYCREENCIASARHC892341199823).

Obras d inklculable valor, dl siglo 5 antes d nuestra era en adlante, d to2 ls grands imajineros españoles —asi llama2 a ls escultores d pasos—, avanzaron sobriamnte entre la admiracion gnralizada. No hubo ni una sola *Retroescultura*.

Los nazarenos fueron segi2 x ls cristos crucifik2, y ellos x virgnes dsconsoladas, y ellas x yacentes, y estos x resucita2 sobre urnas d cristal vacias con solda2 romanos dormi2. Asi se enseño La Pasion durante siglos, antes d q existiera la holografia bidimnsional e incluso ls proyectores d cine: con sangre y dolor xa q ls fieles supieran dl sufrimiento real dl Salvador —apodo dl dnominado Hijo d Dios— y se arrodillaran pidiendo perdon x sus pek2. Era mucho + expliktivo q ls titulares en q fueron resumi2 ls Evanglios: ls mnsajes d 12 segun2 q se permiten en ls audiodimnsionales xa uso privado y d 8 minutos en ls deuveds comerciales xa relijiosos permiti2.

Pero el empalado no sufria x sus pek2. Estaba exultante xq habia dscubierto el gran secreto, wardado dsd la Edad Media x vidrieros, escultores y arqitectos. En ese momnto, era la unik persona en el mundo q conocia como se podia manejar la luz hasta convertir ls objetos en invisibles —solo una tenue sombra—. Estaban alli, a ls ojos d to2, pero nadie podia verlos... Mnos el, q habia dsenmascarado el modo.

Segun fue cotejado años dspues, se trataba d hacerlos coincidir con la luz d ls 1°s rayos d la 1ª luna llena d Primavera, justo antes dl Domingo d Resurreccion q abria el ciclo hasta Pentecostes, a ls cincuenta dias d la Resurreccion dl Cristo. En ese momnto, a ls 96 minutos tras ponerse el sol y durante 111 segun2, aparecia su hechizo. El tiempo majico en q ls lonjituds Tierra-Luna y Tierra-Sol se fundian en 180 gra2. La plena cara lunar era visible toda la noche, pero solo durante 111 segun2 se mostraba perpendicular a la Tierra xa dar luz al misterio dl emperador en Pincia.

Sabedor dl arkno, se habia preparado xa ver la cruz esa misma noche. Agradcido a Dios, y llorando x haber sido participe dl misterio, apresado a la madera cilindrik d un arado, tenia q contarselo a Su Santidad. El simbolo estaba encima d ls kbezas d to2 ls cientos d miles d peregrinos, pero nunk elevaron la vista: no lo hicieron durante siglos, pues se encelaban con la procesion y, dspues, se ocupaban d sus propios qhaceres sin observar ls reflejos dl satelite natural.

Se obligo a llegar hasta el xa q se fijara en la proyeccion d la luna llena, aunq su luz fuera mnos espectacular q la d cualqier dcorado virtual. Penso pedirle 2 minutos unikmnte xa hacerle participe dl milagro, sin ser consciente d q el Systema nunk le djaria hacer algo asi. Su Santidad el Papa tenia q admirarlo. Tenia planeado hacerle salir un poco d la presidncia d la procesion, kminar hasta dond la esqina ocultaba viejos juicios inqisitoriales, y encontrarse con la cruz d oro d Alonso Berrugete, instalada alli x ordn dl emperador Krlos 1 d España y 5 d Alemania.

La cruz invisible dl emperador. La cruz d Pincia, segun qdo archivado.

El habia consegido llegar hasta el Gran Horno, dspues d mucho sufrimiento y 5 dtenciones x ls *Cecés*. Conocia el misterio dl emperador. Podria reconstruir la *Tinta invisible* d ls vidrieros medievales. El sabia el xke d la luz d la 1ª luna d la Primavera. Habia tenido en sus manos el testamento.

Incluso en esos momntos d angustia, se sintio orgulloso d haber dscubierto q d nada ls habia servido qmar la ksa dl platero Juan Granada, q se llevo media Pincia x dlante en un pavoroso incendio q duro 2 dias, en 1561. El sabia q el fuego d la noche d San Mateo habia sido provokdo, e intuia qien lo habia planeado, segun djo grabado en ls archivos informaticos formalmnte dstrui2 pero q hoy conservamos.

Lo sabia.

Todo lo habia dscubierto: todo, paso a paso dsd la soledad d su taller y mucha testarudz, caracteristica comun en ls sociedades d antes dl Mundo Unido, aunq rasgo anticuado en una sociedad eqilibrada.

Pero no iba a dsvelar el secreto, ni siqiera a esos tipos d la NASA q le ofrecieron to2 ls creditos dl mundo y anular sus exhortos en cuanto supieron q la *Tinta invisible* ya existia. ¿Oro? Oro invisible, penso distraidamnte dlante d ls hologramas d ocio. Lo utilizarian xa gerras cruentas, hijas d odios viejos. X + q investigaran, no podrian dar con la formula d la pintura q hace dsaparecer ls objetos xa utilizarla en sus bombas atomiks. La NASA llevaba ya sesenta años buskndo la receta, pero el no estaba dispuesto a proporcionarsela.

Si aql secreto habia dstruido la misma plaza Mayor q pisaba ahora dsconcertado y todas ls klles adyacentes, la mitad d la ciudad con dcenas d ksas achicharradas, era digno d darse a conocer solo dlante d Su Santidad.

Por eso estaba alli, soportando ese dolor indscriptible, con el madero en ls hombros, ls brazos ata2 a el y el torso ceñido hasta el limite con una soga q no le djaba subir la sangre a la kbeza. Y el velo, esa gasa negra q no le djaba respirar. Tendria q haberlo ensayado antes. O haberse inventado otro modo d llegar ante el Santo Padre.

Su forma fisik, ganada en ls jimnasios obligatorios, no resulto suficiente, segun ls datos clinicos archiva2. Nunk en su vida se le habia ocurrido hacer nada parecido, pero convencio al obispo d Norba Caesarina xa q le enkjara dntro d la procesion. No se le ocurrio otra idea. Dmasia2 favores habia hecho a la iglesia ktolik dsd su taller d vidrieras y restauración como xa q le negaran aqllo.

Si qdaban 5 artesanos como el en el mundo entero q supieran recuperar un retablo d madera d la krcoma, q se dieran con un *Canto en los dientes*, expresion antiwa q ahora resulta incomprensible xq nadie sabe lo q signifik *Un canto rodado* dsd q to2 ls rios y arroyos dl *Mundo Unido* fueron encauza2 con plasticresintant dsd su nacimiento xa impedir q se pierda la + minima gota d awa.

La ultima dcision dl Systema ha sido la d disponer microchips d analisis kda 10 qilometros, d modo q no solo se medira el cauce y la presion, sino tambien la klidad dl awa. Ningun ciudadano puede ya ensuciar o dspilfarrar awa a su antojo, ni siqiera en kmpo abierto.

Disfrazado d empalado penso q era la mejor manera d presentarse justo dlante dl Papa y contarle la verdad: la cruz dl emperador, la cruz d Pincia, tenia escrita la revelacion dl fin dl mundo, pero habia q dscifrar signos traza2 x manos d hombre en un mundo homogneizado x la informatik.

Y nadie la veia. Siglos y siglos expuesta en lo alto d la ciudad y nadie la veia... Nadie la miraba. Puesta alli xa q ls herejes juzga2 en la plaza Mayor y qma2 en aql lugar, o un poco + alla, en dond estaban ls afueras d la ciudad, antes d q existiera el Kmpo Grand, obtuvieran la bendicion d su buen Dios en todo momnto. La cruz invisible d Pincia, enkrgada x Krlos 1 y 5, markda con signos q revelaban un gran secreto: si ls rectores lo hubieran sabido, el Systema no hubiera tenido tantas oportunidads d ganar.

El aire ya ksi no le llegaba a la bok. Daria lo q fuera x qitarse el velo 5 segun2. 2 segun2. Lo habia llenado d baba y d vaho, asi q no transpiraba con normalidad. La tela sintetik y ecolojik, la d ls kmisas uniformadas, la unik q podia encontrarse en ls ecotiendas, impedia la sudoracion dsd el cuerpo hacia fuera xa q nadie mostrara manchas d awa corporal u oliera —horror: ¡olor!—. Toda exhalacion dl cuerpo prohibida x la Normativa d la Convivencia impedia tambien la entrada d aire.

Sudaba, y ls ojos le escocian segun le iban kyendo gotas gordas y saladas. Se sentia tan sucio como cuando ls obreros, antiwamnte, excretaban al hacer ls ksas; como un habitante dl siglo 20 hubiera dplorado la pestilencia d un porqro dl 19. Ls manos atadas, el cuerpo encorsetado con dolor y ls pies ensangrenta2. ¿D dond iba a sakr + fuerzas hasta llegar al Santo Padre? ¿Y x ke gritaba a la gnte *He visto la cruz; gracias, señor* si eso le restaba resuello?

Los grands hombres d Estado permanecian conmociona2 x una procesion q ls habia transportado 2 siglos atras, como haciendo realidad la famosa serie audiodimnsional *Trasbordador en el Tiempo*, emitida en kdna mundial ls jueves.

Ls luces especiales q envolvian la plaza Mayor, el silencio d miles d personas, la fe d ls costaleros, el aroma a incienso y el atrezzo gnral situaban a Pincia en un lugar cerkno a la Gloria, muy lejos dl mundo homognizado. El Dalai Lama, sentado justo dtras d Pedro 2, y el gran patriark d la iglesia Ortodoxa rusa, a su lado, interkmbiaban asentimientos d aprobacion con la kbeza.

El empalado creyo q iba a caer d bruces y tropezo sobre sus mismos pies. La gnte libero un espontaneo *Uuuuuhhh*, + inqieta q asustada, y muchos hicieron gstos inconscientes d sujetar el aire, como qien absurdamnte frena apretando un boton inexistente sentado en el asiento dl copiloto. El miro al cielo y no vio nada. Qiza ya tenia ls ojos en blanco, pero la gasa impedia contcmplar su rostro dmacrado. *Sí, quizá me haya envenenado*, murmuro.

Dtras, un Cristo Yacente, iluminado x retrofaroles d laser azulado, era la imagn real d un cuerpo dstrozado a golpes y atravesado x una lanza. Algunos d ls espectadores q no conocian la escultura d madera se echaron a llorar xq parecia recien macerado. Si pudieran ver la expresion dl empalado, urgntemnte se lanzarian a qitarle la cuerda y el madero; saltarian a la klle xa curarle ls heridas con sus propias manos... Bueno, con sus propias manos xa mancharlas d sangre, no.

Y el ya ksi no llegaba.

El Papa penso q, al final, aqllo habia sido una buena idea. Roma no solo no estaba drruida, como habian anunciado ls falsos adivinos, sino q presidia la union d ls corazones; era el simbolo d un planeta Tierra q djaba a un lado ls gerras relijiosas y q podia rezar dandose la mano.

Roma era el germn d una nueva comunidad global, concepto alejado d la vieja *aldea* xa engarzarlo en una suerte d *Proyecto de la Humanidad Terrestre*.

Y todo emerjia dsd una peqña ciudad q habia sido grand, inabarkble, centro dl mundo cuando Hispania enseñoreaba un imperio pero q, a finales dl siglo veintiuno, media la misma proporcion enjuta d un pais aislado d Occidnte y dspreciado x Oriente.

Dsaparecida Jerusalen, le qdaba Pincia, aunq a el, como a ls viejos, le gustaba el nombre d ls ciudads d antes d la uniformizacion mundial dl *Opcionalismo*.

Si Dios se escondia entre ls pucheros en tiempos d Santa Teresa d Jesus, x ke no iba a dmostrar su Gloria entre terrones resecos en esta epok postrera d la centuria, q ya no daban ni trigo ni alimnto xa ls ovejas x culpa d la politik agraria dl *Mundo Unido*. El primer —y unico— Sumo Pontifice pinciano estaba dispuesto a kmbiar espigas x almas q salvaran al mundo d su incredulidad y falta d fe.

El empalado sintio la lasitud final a ls 8 segun2 y 3 centesi+. *Sí, quizá me han envenado.* Kmino con ls cortas zankdas q le permitia el sayo blanco con puntillas, apenas una enawa q hacia dcenios q no utilizaba mujer alguna, salvo en ls trajes rejionales, y q antaño, en sus buenos tiempos, se llevaba dbajo d aqllos vistosos vesti2 blancos d tul y seda salvaje xa ls bodas ktoliks y judias. Ls llama2 *Vestidos de novia* son ls q se aprovecharon como ropajes xa bailar esos movimientos dnomina2 *Twist* y *Dance* en ls fiestas d epok y baknales universitarias dkdntes, dond incluso se escuchaba musik d *Hip-hop* y q ya hacia la misma gracia burlona y nostaljik q a ls abuelos d comienzo d siglo cuando en ls discoteks sonaban *Pasodobles*.

Se encontraba a no + d 6 metros d Su Santidad, cuando se recibio la señal d inconsciencia. Solo el impulso puramnte ergonomico le permitio recorrer sus ultimos pasos.

Por la plaza Mayor aparecio el Cristo Resucitado y ls fieles respiraron satisfechos: toda aqlla tragdia terrible habia servido xa algo. Dios no habia abandonado a Su Hijo, aunq se lo hubiera recriminado en Gstemani. Alli reinaba x encima d ls sombras. La pelicula tenia final feliz: el autor d la tragdia mereceria un premio.

Dtras, la banda municipal d Pincia cerraba el cortejo. Algunos qrrian aplaudir, pero la luz roja era evidnte y ls sistemas d seguridad tenian archivadas ls filiaciones d to2 ls q habian ocupado su asiento tras idntifikrse con la yema dl ddo indice derecho. Un mundo seguro tiene algunos inconvenientes si se trata d ser espontaneo y libre.

El empalado ya se vio a 4 pasos dl Papa. La anciana Reina regnte hizo un gsto a Su Santidad cuando se perkto d q se volvia hacia el.

Y le bendijo. 3 veces.

Luego oyo q le gritaba *He visto la Cruz; gracias, Señor*. Volvio a bendcirle sin haberle escuchado y vio q se dsplomaba d bruces contra el asfalto, tieso como un arbol, sin posibilidad d dfendrse la cara dl trompazo brutal.

Qdo seco. Ni siqiera expiro. Habia caido fulminado, tal y como fue planificado.

El Papa se levanto dl asiento y rezo xa si una jaculatoria ddikda a la Virgn Maria. Ls custodios dl presidnte d ls Oestes Uni2 echaron mano al costado con intencion d sakr la laserita y, muy nerviosos, se acerkron al cuerpo *¿Tendrá adosada una bomba?*, se preguntaron x ls intercomunikdores. No era posible, pero en esos ksos la seguridad siempre qda alerta.

Entre 6 *Cecés* lo apartaron a la acera d dtras d la grada presidncial, levantandole x ls brazos y arrastrandole ls pies.

D repente, con el Cristo resucitado bajo la pankrta dl *Efepecé*, la luz kmbio a verd y todo el mundo rompio en aplausos y se puso en pie. Lo dseaban. Millones d palmadas brotaron dsd ls graderios y llenaron el cielo d ovaciones.

El empalado habia muerto dlante dl Papa y d ls mandatarios, pero ls teleaudiodimnsionales emitieron el kminar sobrio dl Cristo Resucitado, con una marcha funebre d fondo, y miles d ciudadanos aplaudiendo sonrientes.

TRACTADO Q· CUENTA DE LAS MANÍAS DEL MAESTRO ALONSO DE BERRUGUETE E DE CÓMO SON LOS MERCADOS DE VALLEDEOLIT

(Al.) ¿Qué traes en el morral q· huele q· apesta?

(Ro.) Me mandaron al mercado del Malcozinado à por unas pieças.

(Al.) ¿Es q· no sabe la tu señora q· en esa calle no proveen carne de res, sino cadáveres de animales?

El maestro à penas me había mirado de soslayo quando aparecí e el ambiente entero se masticaba impregnado de olor à nogal fresco, ansí q· no acierto de q· guisa pudo adivinar q· llevaba carne putrefacta para la comida del servizio. À mí me daba igual: nunca me llegaba ningún trozo entre los garbanços e las almortas, q· en la mi casa (e supongo q· en la de los demás, porque si en la mía cuecen habas, en el resto, à calderadas), los pajes disponíamos de licençia para meter la cuchara en la olla detrás de los mayores, incluidas las mujeres. Ansí q· para quando el veedor, el botillero, el repostero de estrados, el repostero de la plata, el comprador, el despensero, el repartidor, el escribano de raciones, las camareras, las dueñas enlutadas e los escuderos habían hecho la digestiõ, los chicos e los esclavos repartíamos lo poco q· quedaba. Se juntaba la hambre con las ganas de comer.

(Ro.) Vine corriendo. Ansí tendré un rato para Vuestra Merçed.

(Al.) ¿Grande?

(Ro.) De seguida he de llegarme hasta el conçejo à pagar los impuestos de las velas e los jabones, con trecho para plantarme en la casa para la lectura e la scriptura, q· los miércoles acude el doctor Zúñiga e tenemos q· constar todos los pajes.

(Al.) Eso está bien. Aprende las letras e prontamente los números.

Me miró por vez primera de arriba à abajo e en seguida siguió desbrozando la madera.

(Al.) Pero yo ando atareado. He de vaciar la pieza con cuidado, q· está la médula poco seca e me barrunto q· va à rajarse.

Sentado sobre un tajo alto e con los pies en un escabel, el maestro no levantaba la vista del mazo e del escoplo, ahuecando à virutas el pelote ovalado q· apoyaba en el tablero e sujetaba entre el codo izquierdo e el pecho. Teníade la barba de al menos dos semanas, unas púas más blancas q· negras e bien apretadas. Se me antojó q· con su mentõ bien podrían lijarse las tallas antes de aplicarlas el yeso para pintarlas con bol e pan de oro.

(Ro.) ¿Entonçes?

Pregunté incómodo. Había conseguido escaparme e por el presente se me cambiaban los designios: me quedaría sin mis veynte e cinco maravedís.

Dio enfadado un golpe en la mesa con el mazo, rebotaron las espiras retorçidas, el polvo e las astillitas, e gritó à alguien q· no supe identificar:

(Al.) ¡Anda à ver si la del tronco del almacén está más seca! ¡Aquesto se rajará en quanto la mire un poco fuerte! ¡Inútiles! ¡Os dije q· tallarais la madera de Soria! Pero como había q· apartar la otra, ¡había q· apartar la otra!... ¡La otra!… ¡Inútiles! ¡Gandules!

Felipe, uno de los treynta e tantos hombres q· se afanaban en el taller, entre ofiziales e aprendizes, salió por la puerta del corral cargado de hombros. Antes de abrir el portõ, me miró enfurruñado, q· gato cansado, araña hasta con el rabo, e él estaba más q·harto de las órdenes del maestro.

(Al.) Entonçes… Entonçes, ¿Qué, entonçes?

Se dirigió à mí con el mesmo gesto avinagrado e me quedé sin respiraciô.

(Ro.) Q· digo q· si no… q· íbamos à bajar… Digo.

(Al.) Ya mes ves, joven Rodrigo. Desbastando la cabeça… El maestro, ¡de vaciador! ¡Con el escoplo en vez de la gubia de afinar!; ¡con el mazo, por los óleos! Parezco un ebanista… ¡Ineptos!

Dios dos golpes fuertes, intentando, creo yo, q· la madera rajase de una vez e poder echárselo en cara à qualquiera déllos, q· se afanaban en sus cosas sin chistar ni mú.

(Ro.) ¿Para qué la vacía, maestro?

Por ventura q· era imprudençia preguntar en situaciõ ansí, pero me pudo más la curiosidad q· la sensatez, como aínas siempre me sucedía. Él hizo un gesto con la nariz para q· me fijara en una estatuilla de cera de abejas e sebo, de no más de un palmo de alta, q· teníade enfrente, en un poyo de la pared.

(Al.) Aquesto será la cabeça de la Virgen Ntra· Sñora· q· coronará el retablo de la yglesia de Santiago en Cáceres. Quedará tal qual aquella, q· hace de patrô, pero à tamaño natural. Hay q· vaciarla; quanto más, mejor.

A fuer q· notó por el rabillo del ojo q· me había quedado igual q· estaba antes de la su respuesta, e q· cada qual hable de lo q· sabe e de lo demás q· calle. Dejó el escoplo en la mesa e detrás el mazo, al otro lado de la forma ovalada. La amarró con las dos manos. Era como una sandía grande. La elevó por ençima de la su cabeça e me la lançó describiendo una parábola.

(Al.) ¡Cógela, donçel!

Oí q· soltaba dos carcajadas mientras q· yo veía q· aquella bola se me venía directamente à la crisma à buena velocidad. Di un paso atrás e me tropecé con alguna oquedad del suelo de tierra, ansí q· la futura cabeça de Ntra· Sñora· me iba à arrollar e yo me estaba cayendo de espaldas. Justo en el momento en q· noté q· mis piernas se doblaban para desmoronarme sobre las mis posaderas, pude hacer una cuna con los brazos e el óvalo aterrizó en la mi barriga, empujándome con fuerça al suelo. El maestro se moría de la risa, q· andando e cayendo va el niño aprendiendo.

(Al.) Pesa, ¿eh?

Yo no dije nada. Me dolía el golpe e él debió ver el retrato de la punçada en la cara, ansí q· bajó el tono.

(Al.) Si no vaciáramos las figuras, el lastre de los retablos sería aínas el de los muros de piedra de las yglesias. Hay q· ahuecar. Pesa, ¿eh?

Sí pesaba, e más para un muchacho de trece años. Pero lo q· me impresionó, en verdad, fuè lo de tener una cabeça entre mis manos.

El maestro estaba al punto de cumplir los setenta, pero, aún con el su aspecto delgado, se mantenía fuerte como un roble, e contaba con aínas todos los sus dientes. Gozaba de agilidad parecida à la mía e gustaba de piropear à las jovençuelas tanto como reñir à sus ofiziales. Era un gentil hombre. Un portento, la verdad.

Todo el orbe le conocía e le admiraba. À él le gustaba dirigirse en italiano à quien le saludaba por las calles ò le invitaba à un trago en la taberna, recordando los tiempos de estudiante en la escuela florentina. En los últimos meses, muchas tardes quedaba con el joven maestro Pompeyo Leoni, no tanto para hablar de arte, sino para hacerlo en italiano, puesto caso q· de vez en quando me advertía q· el artista milanés terminaría en manos de la Santa Ynquisiciõ si no dejaba de referirse con admiraciõ à doctrinas luteranas.

Siempre metido en pleytos en la Chançillería por pagos de sus obras, tasaciones, propiedades ò venta del vino q· elaboraba de las sus viñas más allá del puente Mayor, el maestro encontraba el modo de salir airoso e con la cabeça alta, gritando delante de los perdedores E todo aqueste tiempo q· me han hecho perder Vuestras Merçedes, lo restan también de las obras q· me ha encargado la Santa Madre Yglesia, ¡inútiles!

Ya me hubiera gustado q· el mi padre me hubiera puesto al su servizio, pero lo único q· consiguió fuè la casa del marqués de Poza. Tras la su muerte, con la marquesa viuda, se pasaban más penalidades q· alegrías, tantas q· con ganas me hubiera alistado en una de las frecuentes levas para guerrear en Flandes contra los herejes, ò incluso regresaría à vivir con el viejo capitán, à pesar de la mi madrastra.

Devolví el pelote à la mesa e lo dejé junto à los libracos de escultura, arquitectura e pintura q· usaba el maestro. Él había desapareçido por alguno de los rincones en los q· se apilaban troncos sin corteza, paneles de bajorrelieves à medio componer, estatuas de tamaño natural ya blanqueadas con el yeso ò rojizas con la arçilla de Armenia, polvo, trozos de mármoles, alabastro, aserrín e virutas de madera por el suelo sin pavimentar. Los aprendizes se afanaban atendiendo à los ofiziales para acercarles igual una pelonesa, q· un pomazô, q· una piedra de ágata para bruñir el pan de oro, q· un botijo con agua. E los ganapanes molían los colores ò servían un búcaro de vino. Se les veía atosigados, q· el trabajo mata al asno, pero no al amo.

(Al.) ¡Joven Rodrigo!

La su voz llegó desde la parte izquierda, pero yo no podía verle. Di dos pasos e lo encontré al fondo.

(Al.) ¡Acércate!

Acudí raudo. Me señaló la figura q· estaba contemplando al trasluz del ventanuco.

(Al.) ¿Qual es el tu pareçer al contemplarlo?

(Ro.) ¡Qué voy à dezirle, maestro!... Q· bien.

(Al.) ¡¿Cómo q· bien?!

(Ro.) Pues q· bien, señor.

No sabía q· réplica andaba él buscando.

(Al.) ¡Bah!

Refunfuñó mirando al techo e volvió à preguntarme.

(Al.) ¿Qué ha cambiado aquí?

Para asegurarme la respuesta pertinente, miré lentamente cada milímetro de la figura, q· era aínas tan alta como yo mesmo. Por ventura q· sí sabía lo q· había cambiado, pero no quería equivocarme.

(Ro.) La pierna, señor.

Dije al fin con copioso tembleque en la mi voz.

(Al.) ¡Bien, joven Rodrigo! ¡Bien!

Me palmeó la espalda e aínas me tira de bruces, q· no hubiera quedado mal la mañana: vuelta e vuelta.

(Al.) ¿Por el presente te gusta más?

(Ro.) Sí.

(Al.) Los tontos e los niños nunca mienten.

Aclaró satisfecho al ofizial q· sonreía al su lado.

(Al.) Cárgalo e llévatela à Sant Benito. No la emplacéis aún en el retablo. Aquesta tarde hiré yo.

El otro asintió con un:

(Ge). Ansí se hará, Maestro Berruguete.

Él caminó de espaldas, mirando quedamente à la figura con los ojos entrecerrados e gesticulando con el puño retorçido en el aire.

(Al.) Es el movimiento perfecto, ¿no crees? El torso girado, los hombros más virados aún, las manos equilibrando e, agora, la pierna izquierda

36

redoblada hacia el interior. Ansí fuè el sacrifizio de Sant Sebastián e de ninguna otra manera. ¿Cómo lo juzgas, joven Rodrigo?

(Ro.) Q· ansí fuè el sacrifizio de Sant Sebastián e de ninguna otra manera, maestro.

(Al.) Je, je. Llevaba treynta e cinco años viendo la figura e reconcomiéndome por dentro: faltaba algo, algo… Era el aspa invisible q· se consigue hilando el codo con la rodilla e el empeyne, tanto de la parte derecha como de la izquierda. ¿Lo ves?

(Ro.) Sí, señor.

(Al.) El movimiento de la pierna ha sido decisivo. Treynta e cinco años yendo à la yglesia e pensando q· había q· trazar de nuevo la figura. Menos mal q· sólo era encarnaciô e no ha habido q· usar pan de oro ¡Pues ya está!

Se dio la vuelta para dirigirse à la su mesa de trabajo, e repitió la orden sin mirar à nadie.

(Al.) ¡Cargadla con cuidado e no la apostéis, q· ya hiré yo!

Le seguí sumiso e le oí q· preguntaba:

(Al.) ¿Has almorçado?

Pero no imaginé q· se refería à la mi persona, ansí q· tuvo q· repetirlo.

(Al.) Q· si has almorçado…

(Ro.) Birlé un cacho de bodigo duro quando se despistó la cozinera.

(Al.) No podré bajar hasta q· el día desmedie. Hay q· darle un empujô al retablo de Cáceres, puesto caso no paguen los muy dones malditos, q· me deben tresycientos ducados.

Le miré con la boca à papas. ¡Nunca en la mi vida tendría yo tanto dinero como lo q· le debían al él!

(Al.) ¿Podrás volver?

(Ro.) Si me pierdo la pitança, nadie me echará de menos.

(Al.) Ya yantaremos algo allí abajo. Yo me encargo.

Se apartó el mandil de cuero e echó mano de un falsopecto q· tenía oculto en el jubón. Hurgó e sacó un quartillo. Me lo dio sonriendo.

(Al.) Toma, llégate al mercado de la Gallinería vieja e q· te den un trozo de molleta con manteca de cerdo e unos torreçnos. ¡Y haz merçed de sacar ese morral de aquí!

(Ro.) ¿Se lo traigo, señor?

Con ese dinero no llegaba à un bocado para dos, puesto caso q· se pasaba de uno bueno para uno.

(Al.) No. Te lo comes tú. E te vuelves como den las doze en el reloj de la Colegiata. ¿Podrás?

(Ro.) Me escaparé, señor.

Le sonreí de buena gana, pues era para conmigo un Alejandre Magno. Apartó la vista hacia el portõ del patio e gritó:

(Al.) ¡Felipe, Felipe, ¿Qué pasa con ese nogal?!

E yo me fui presto à la salida, q· el solo mentar el pan con manteca me había llegado à lo más recóndito del estómago. Pero, en vez de torreçnos, le pondría por ençima una buena capa de miel, q· una dueña q· yo conocía no me racaneaba la racio ni me aplicaba la sisa de impuestos.

El mercado de la plazoleta de los guarnizioneros teníade, sobre todo, hortalizas, frutas, cereales, dulçes e vasijas de barro. Alguna cacerola de metal había, pero las mejores se vendían en la calle de los Chapuceros. Al otro lado, pollos, gayinas, huevos e conejos vivos; también perdizes, patos e jabalíes en temporada. La carne de cordero, de carnero, de res e de cerdo era mejor proveerse en el mercado de la Rinconada, más abajo q· éste, pero allí no me veían nunca. E muy menos en las carnicerías, q· el solomillo, la falda, los costillares, el lomo e la presa eran sólo para gente noble. À mí me mandaban al mercado del Malcozinado, junto al puente del Val, q·, tal qual dezía el maestro, teníade cadáveres de qualquiera cosa, q· no carne bien tratada. E para el pescado, à la Red, detrás mesmo de las casas consistoriales, ahinde acudía para los viernes de quaresma e días de penitençia, además de la temporada de buenas truchas.

Pero no iba à gastarme el mi quartillo en la Gallinería vieja. Caminar sale de balde e si me llegaba hasta el portillo de la Merçed, al otro cabo de la ciudad, yantaría más e más à gusto. Pasado el puente de los Panaderos sobre la ría Esgueva, estaba el tenderete de la señora Ynesita, ençinta, claro, q· yo sabía q· me daría, por lo menos, un quarto de pan lechuguino bien pringoso de manteca e chorreante de miel. À pesar del nombre, junto à aquella pasadera de madera roída no había más de siete casas q· hicieran pan, insuficiente para abastecer à toda la ciudad: más de quinientos borricos entraban cada día desde los pueblos, cargados de candeales, lechuguinos e molletas para atender à los vecinos. Ansí q· mucha calle Panaderos, pero de panaderos, nada. Dime de lo q· presumes e te diré de lo q· careces.

Recorrí las calles à tendido paso. Amenazaba lluvia, e con todo e con eso el sol pegaba fuerte. Pero mejor el calor de agosto q· los rigores del invierno. El Pisuerga atrae las nieblas como el diablo lleva al infierno à todos nos, e en febrero hubo dos semanas q· no vimos el sol, q· no cambió el tiempo ni por Santa Eulalia. Las calles se congelaron e las porquerías q· cada qual tiraba por la ventana se quedaban en la puerta, q· no corría el agua. Los animales muertos q· arrojaron à la Esgueva permanecieron días e días sobre el cauce helado e después ya no se hundieron: perros, gayinas e hasta una mula... Un asco, por fuer de la verdad, q· no es de extrañar q· la Reyna ntra· señora deplore aquesta ciudad.

Me acerqué con la moneda en la mano, enseñándola desde lejos para q· vieran buenas intençiones, q· los pajes éramos dados al hurto e los mercaderes aporreaban al q· se acercaba nada más verlo por un por si acaso.

Se me hacía la boca agua. Desde la muerte del marqués, yo ya no teníade à nadie à quien acompañar por las noches, ansí q· mis obligaciones se habían ençerrado en las paredes de la casa, e estaba más tiempo en el huerto ò limpiando el muladar, q· en la calle. E si un paje no recorría las calles, no teníade de dò sacar sustento.

Me hacía el gracioso con el veedor, ansí q· me disponía para recados, q· soy muy vivo, pero por las mañanas no está la ciudad como por las noches para desplumar à placer. La gente parece q·se despierta con ocho ojos e seys brazos. En cambio, al atardecer, junto à las posadas e las mançebías, alguno q· otro trastabillea e le desaparece la faltriquera. Q· te ve, te echas à correr e te escapas en dos esquinazos q· des por las aquestas calles, q· ninguna es recta ni anchurosa, e hay quantiosos callejones e corrales do esconderse. De mañana, por el contrario, gritan ¡Al ladrõ, al ladrõ! e aparenta q· à toda la turba se le va la vida en echarte mano.

Además, por las noches había dimes e diretes e buenas piezas se sacaban del ofizio de otacusta: secreto entre dos lo sabe Dios; secreto entre tres, descubierto es. Los otros pajes se enteraban de amoríos, enredos e negocios de los sus señores, ansí q· las habladurías se convertían en moneda de cambio. Un buen chisme contado al oído de tu amo podía llegar à valer un ducado si era cosa de abrir el camino para una dama ò zancadillear à un adversario. Pero, sobre todo, lo teníade como el mejor modo de ganarse un algo q· llevarse à la boca si el dueño te veía compungido, q· también había q· saber hacerlo para no herirle.

Valledeolit era una ciudad con vida, à pesar de q· en el año en q· sucedió aquesta historia q· quento se llevaran la Corte à Madrid. La capital del Imperio anduvo à caballo entre aquí e Toledo, pero la señora ntra· Reyna, Isabel de Valois, françesa, odiaba aqueste paraje e consiguió convençer al Rey ntro· señor de establecer la capitalidad junto al riachuelo ése de Mançanares, aprendiz de río, en la ciudad de la osa q· come bellotas. Estuvieron divertidas las coplillas, q· terminaban diciendo q· las mujeres de allí eran ballenatas, aunque q· respondían diciendo q· las ntras· eran cacerolas, ò sea, sucias e cozineras. Bien estamos.

Nunca habíamos tenido capitalidad en el Imperio de don Carlos primero e no sé à cuento de q· había q· establecerla entonçes. Las Cortes habían sido itinerantes toda la vida, e, de todas las ciudades, era Valledeolit, la ciudad de las cigüeñas, la q· más abolengo teníade, ansí q· bien harían en devolverla la capitalidad.

La gente se iba marchando à Madrid, poco à poco. À pesar déllo, hasta quatroycientos palacios estaban habitados por señores de grandeza e no había noche q· no hubiera fiesta en algún lugar en do corría el vino e la buena comida. Pero, pensaba yo: Si se marchan, ¡q· van à hacer con todos los conventos q· están construidos ò à medio construir más allá de la puerta del Campo, camino de Laguna! La françesa la ha liado buena.

Me comí el pedazo de pan allí mesmo, oyendo à la señora Ynesita q· dezía:

(Yn.) ¡Te vas à atragantar, rapaz!

Pero ni levanté la vista para contestarla, puesto caso q· imaginé q· se acariciaba el embarazo. Total, para hir despúes al cementerio, como tantas familias, q· ya llevaba siete niños muertos antes de q· cumplieran los dos años. Los otros seys q· correteaban por allí estaban en peores condiziones q· yo, ¡e ya es dezir! Al punto le pedí una jarra de agua e me fuè entrando bien fresca por el gañote, q· se me hizo un rebujo el todo en la tripa e me sentí saciado e feliz.

40

Para hir à las casas consistoriales desde allí, podía asir el camino hacia la puerta del Campo ò alcançar la calle Olleros e bordear el convento de Sant Françisco. La segunda disyuntiva era más larga e me obligaba à pasar por la calle de los Zurradores, q· olía fatal e llevaba un regato perpetuo hasta desembocar en la Esgueva con sangres de las pieles q· trajinaban para curtir. Era calle de aguas q· hedían peor q· orines, pero más segura q· por la vereda de Santi Spíritus, hasta la puerta del Campo, porque podría pasearse qualquier gallofero q· me quitara los cinco ducados q· llevaba de pagar los impuestos, asunto q·teníade más q· enfadado al veedor esa mañana.

Por cientos se contaban los donçeles como yo q· no aquartelaban ofizio ni benefizio, ansí q· buena gana de rifar e liarme à pedradas para defender el mi zurrõ de carne maloliente e la mi escarçela con el dinero de los impuestos.

El batán era un enorme martillo de madera al comienço de la calle de los Zurradores. Desde lejos ya sonaba zam, zam, zam, zam aporreando las pieles q·los zurradores llevaban en carros para allanarlas el curtido.

Se movía gracias à un molino impulsado por las aguas de la ría. Las habían encauzado ingeniosamente junto al puente para q· tuvieran fuerça e velocidad al pasar debajo de las aspas de una colosal rueda con palas. La pesquera había sido construida como una línea de piedras grandes obliqua al cauce, q· no perpendicular entre las orillas. En la otra margen sobresaldrían à una altura de poco menos q· vara e media, e venían inclinadas para domarse en la orilla del batán hasta hundirse en el agua, de modo q· la corriente se obligaba à bajar toda ella con grande fuerça hacia la parte del ojo del puente en do estaba el molino. En tiempos de inundaciones, el agua saltaba las piedras por todo el ancho; en tiempos de sequía, se venía todo hacia las aspas e conseguía moverlas à poco cauce q· corriera.

Los hombres departían distraídamente esperando el turno quando pasé cerca e, entre ellos, vi claramente la figura del apañador Venançio el Noquero, con el su ojo blanco de una emulsiõ química q· le abrasó. Me recorrió un respingo abrupto en toda la mi espalda e salí dél corriendo.

41

A las doze, lo primero q· le diría al maestro Berruguete es q· me había cruzado con Venançio el Noquero, e con certeza q· él también se estremecería, pues siempre q· el cántaro golpea à la piedra ò la piedra al cántaro, el cántaro pierde la pelea.

ARCHIV2836934002364538838984111IMPRXSYSTEMWRITER8,
76MILISEGUN2TXTOMODIFIKDOPROGLITERARIOESTILORETROS
21TRANSCRIPCIONTXTOSORIJINALESEXACTAENGRAMATRIKAR
KIKORDN7987698432333412SPAÑOLPUROPUNTUACION
CLASIKYPALABRASSEPARADASMARKNMINERFERROV561TA
HIPERVINCULOIMAGVIRTUALAUDIORECUPERADOBUZONENVIO
DSCONOCIDO.TXTQLARITARECTORA.21012101.**1°S CNTACTOS.**

Coñostiasder era el juramnto preferido dl jefe d ls *Cuidadores de la Convivencia* d Pincia cuando ls cosas se ponian feas, y eso ls hacia gracia a sus subordina2. A punto d aprobarse la Ley d Contaminacion Acustik contra palabras malsonantes y gritos injustifik2, con serias penalizaciones en ls expedientes d ls funcionarios y en ls curriculos d ls particulares, el atrevimiento dl jefe d ls *Cecés* provokba risitas ladinas x lo bajinis.

Verdadramnte, *Coñostiasder* no signifikba nada xa el Systema, no era un taco d ls q se soltaban alegremnte en ls bares autoriza2 d ls krreteras comarkles, asi q podria coexistir con ls nuevas normativas d Convivencia.

Pero el soniqte era fuerte.

Mucho + xq *Coñostiasder* solia precedr a un golpetazo en la mesa, en la pared o en la misma palma d su mano, segun fue archivado en 9.297 oksiones. Ls + viejos dl lugar eran impulsivos y, a veces, apelaban a lo q llamaban *raza*, palabra absolutamnte dskrtada d la cotidianeidad.

Raza signifikba *Casta* y *Casta* eran *los huevos que hay que tener para sacar las cosas adelante*, segun dfinicion propia dl jefe d ls *Cuidadores de la Convivencia* d Pincia grabada x el Systema.

Y eso si atentaba, no solo ya contra la nueva preceptiva aprobada tras la votacion informatik dl primer viernes d mes, sino contra

to2 ls manuales d Relacion Armonik d ls clases d Edukcion xa la Ciudadania al uso dsd el primer minuto en q se pone un pie en ls centros
edukcionales.

Si ls subordina2 y colegas le permitian esas excentricidads era
xq le qdaban 11 meses y 3 dias xa jubilarse y su krrera habia sido
tan virtuosa en la persecucion d ls dlincuentes como bondadosa en el
trato con to2 ls *Cecés* d la ciudad.

Tambien se empeñaba en vestir corbatas y trajes conjunta2 d
2 piezas d tela no ecolojik y sin termostato, tan extraño como aqllos
tipos d principio d siglo q usaban pajarita y esmoqin.

Ad+, estaba ksado y coexistia con su mujer en el mismo medio
habitacional.

Dijo *Coñostiasder* y, dspues, se qjo amargamnte d q le tuviera
q tokr a el dscubrir como se habia colado *El loco* en la procesion dl
Papa y *A santo de qué* habia caido fulminado a sus pies.

El responsable d Homicidios se le qdo mirando perplejo, sin
ganas d mover un apice su rostro, y la responsable d la Seguridad
Interna echo una ojeada hacia la ventana pensando *A mí que me
registren.*

La muerte dl empalado se habia ocultado con exito. Retirado d
dbajo d la grada d ls autoridads, una ecoambulancia se lo llevo al
sanador con absoluta celeridad. Ls Cuidadores d la Salud (*Ceeses*) d
la ciudad habian actuado con efikcia durante toda la semana, atendiendo basikmnte a aqllos q se agobiaban al sentirse en medio d una
multitud. Lo q comnzaba siendo una experiencia apasionante, en algunos ksos termino en mareos y, en 8, con infarto mortal. Salvo en ls
conciertos d musik xa jovenes, en ls q, alokdamnte, se juntan xa bailar wardando a penas 10 centimetros entre ellos —y, a veces, mnos,
segun qda constatado—, en el resto d aglomeraciones xa eventos
con participacion popular, ls normas tuvieron q reforzarse en cuanto
a la distancia d respeto entre ls personas, d modo q nadie sintiera
violada su intimidad.

En la ultima votacion d aql año, ya qdo establecida entre 25 y
30 centimetros.

Ls asientos q estuvieran a mnos anchura fueron objeto d dnuncia anonima.

Ni en la plaza Mayor ni en ls klles pudo respetarse la Normativa d Asepsia, asi q, en algunos ksos, la gnte incluso llego a rozarse x segun2 y, principalmnte, a olerse y a tener la sensacion d q estaban respirando el mismo aire.

To2 aportaron patriotismo y lo mejor d sus intenciones, asi q podria dcirse q llegaron a coexistir d manera ejemplar.

Pero lo q al principio fue una experiencia novedosa y emocionante, termino x pesar y acogotar al kbo d ls horas.

Los organizadores, al dkntarse x publico en directo en vez d holografias q adornaran la retransmision teleaudiodimncional nor ma sugerida xa ls espectaculos dportivos—, habian klibrado el riesgo en cuanto a movimiento d masas y posibles problemas d seguridad, pero no tenian planifickdo q la cerknia d la gnte provocara tantos espasmos.

Aun asi, ls cuidadores d la salud tuvieron una actuacion virtuosa, y hubo voluntarios q, incluso, actuaron sin remilgos xa dar a ls afecta2 masajes sin wantes contra ls paradas krdio-respiratorias, y ksos en q no ls importo practikr la respiracion bok a bok sin la proteccion d latex, lo q permitio salvar algunas vidas.

En ninguno d ls tramites, ls interesa2 presentaron dnuncia x posible transmision d bacterias, amparandose tambien en la Normativa d Hijiene, pues comprendieron la validz d ls tratamientos, e incluso el riesgo q ls mismos auxiliares estuvieron dispuestos a correr.

Ls ksas d seguros no fueron informadas a peticion dl municipio, pues un pleito d esas caracteristiks podria empañar la buena accion d ls cuidadores d la salud.

La irregularidad se dio x buena, aunq no falto un sentimiento gnralizado d bochorno y mal comportamiento social x parte d ls funcionarios.

Coñostiasder, repitio y se jiro enfadado hacia la pantalla tactil, bidimnsional. Traslado con su propia mano el archivo d *Anteceden-*

tes a la cuadricula superior y dstrozo la foto d *El loco* xa llevarla a la krpeta *Eliminados*, ksi con rabia, asiendola virtualmnte.

Podia haberlo ordnado con la voz, pero d su garganta solo salia *Coñostiasder*, palabra xa la cual el cerebro informatico no suministraba combinacion d respuestas, ni orales ni estructurales, a pesar d tenerla grabada cientos d veces.

—Abrir *Antecedentes* —ordno seco y luego espero xa leer el titular d color naranja—. Cinco detenciones en dos años en los lugares más raros ¡¿Pueden explicármelo?! —pregunto a nadie en concreto.

Ad+ dl responsable d Homicidios y la d Seguridad Interna, se encontraban la responsable d Vijilancia Electronik y el subdirector d la Comandancia.

Se dsaflojo el nudo d la corbata y tamborileo en la mesa con ls uñas markndo un ritmo rapido y dsacompasado, impaciente.

La pantalla proyecto ls puntos esenciales dl informe d Bartolome Fuencisla, natural d Kstellum Aquae y habitante d Norba Caesarina, 56 años d edad, viudo, muerto x infarto d miokrdio en Pincia al trasladar dmasiado peso en condiciones insalubres durante la procesion d la Semana Santa presidida x Su Santidad el Papa Pedro 2 y la Reina regnte d Hispania, Doña Letizia 1.

Dtenido 5 veces en ls ultimos 2 años, a saber: 29 d diciembre d 2060, 20.17H, en el escenario dl Teatro Klderon cuando estaban a mitad d representacion d una obra d *Retrojazz*; el 31 d enero d 2061, 12.34H, subido en el retablo mayor dl convento d Porta Coeli; el 26 d febrero d 2061, 22.41H, saliendo dl alkntarillado d la klle Constitucion; el 12 d marzo d 2061, 07.08H, intentando sumerjirse en el estanq dl Kmpo Grand, y el 6 d abril d 2061, 0.2.39H, subido en el alminar d la mezqita d Ulit.

—La verdad es que nunca le prestamos mucha atención, señor —se atrevio a replicar el subdirector—. Era un loco. Se le imponían las penalizaciones en su expediente y se le enviaban los cuestionarios por correo electrónico, que siempre contestaba en fondo y forma. Verdaderamente, la normativa no contempla esas payasadas —se ruborizo al dcir payasadas, pero es q estaba realmnte enfadado—. ¿Cómo podemos pensar que alguien se quiere sumergir dentro del estanque del Campo Grande con un équipo de buceo a las dos de la madrugada? ¿Y de qué manera vamos a predecir que salga de una alcantarilla o se suba a un tejado, señor?

—Las cámaras de seguridad —intervino la responsable d Vijilancia Electronik xa reforzar la indignacion d su superior— están situadas en los puntos que puedan detectar delitos comunes, ¡no debajo del escenario del teatro Calderón!

—Pero ¿ninguna cámara grabó la entrada por la puerta en ningún momento? —el jefe ls miraba con un gsto d *Anda que no sois inútiles.*

—No.

—Y ¿cómo se metió ahí?

—No lo sabemos y no lo explicó. ¡Estaba loco!

—Según el expediente… —El jefe hizo un parentesis en la exposicion y con voz + alta ordno Abrir retrato sicolójico. La pantalla exhibio un informe d salud sicolojik basado en ls cuestionarios respondi2 x Bartolome Fuencisla—. Según el expediente, este tipo no estaba loco. Hacía locuras, pero no estaba loco.

—Votó *No* a muchas normativas —aclaro el subdirector elevando ls palmas d ls manos, como si hubiera encontrado un argumnto irrefutable. *¿A quién se le ocurre?*

—¿Y se le enviaron los cuestionarios? —el jefe mantenia el soniqte molesto con ls uñas.

—Claro. Es automático. *Hay cosas que es mejor no responder. O no preguntar.*

—¿Y resultó loco?

—Tampoco en esos casos… —El subdirector busco palabras exactas xa dfinir al personaje—. Digamos que tenía una fuerte personalidad y más rebelde que la media de la ciudadanía…

—Eso no es muy difícil —interrumpio el jefe d ls Cuidadores de la Convivencia y se levanto d la silla—. La rebeldía está prohibida. ¡Coñostiasder!

47

El subdirector era un tipo fibroso d 40 años, pulcro hasta el extremo y sabedor d q en 20 meses seria el amo dl *Centro de Cuidadores*. Se le notaban ls musculos robustos, resultado d q practikba media hora + d ejercicio q lo obligado x el municipio.

En aql momento, ls normativas q disponian usos horarios, volumn d griterio, asepsia social, dporte xa el bienestar, relaciones armoniks, palabras prohibidas y todo el enjambre d leyes q procuraron q la sociedad viviera ordenada y felizmnte, olvidaron q la ambicion personal y profesional dberia d embridarse. Ello atentaría contra la Libertad dl Dsarrollo Personal, articulo 6 d la Ley d Felicidad Social dl *Opcionalismo* antes de ser kmbiada.

X eso, el subdirector podia elevar el mnton con superioridad, xa djar claro q el jefe, proximo a jubilarse, era unikmnte un estorbo d mnos d 2 años antes d q el tomara ls dcisiones.

Si Bartolome Fuencisla no era ktalogado como *Loco*, el subdirector tendria problemas xq pasaria a la ktegoria d Dlincuente Reincidente (DR-26), y ni el ni ls responsables a su mando habian tomado dcisiones acords con esa condicion. Sabia perfectamnte q ls normativas sobre Comportamientos Dlictivos (CtosDvos), Comportamientos Impudicos (CtosImp) y Comportamientos Extravagantes (CtosExtgv) estaban claramnte diferenciadas y kda cual tenia su propio procedimiento.

Dlante dl Papa se habia muerto un loco, no un dlincuente, y si el jefe estaba planteando la cuestion dl modo sinuoso habitual xa darle la vuelta, habria q *Pararle los pies*, segun qdo grabado su pensamiento, aunq el mismo se corrijio al instante xa mantener su expediente impoluto. *Perdón: corregir su equivocación.*

—Señor: ni uno solo de los policías que procedieron a las detenciones y traslados al Centro de Cuidadores de la Convivencia de este hombre apuntaron rasgos delictivos en su comportamiento. —El jefe le daba la espalda y no parecia qrer kmbiar d postura—. Y la respuesta repetida de *Estoy buscando la pintura invisible para la NASA* cuando hacían referencia a su comportamiento, fue tomada en todas las ocasiones como producto de una locura importante, por no decir otra palabra, pues la *NASA* nunca confirmó conversaciones con él. En términos clásicos en desuso, si se me permite, dada la confianza, se diría que *Estaba zumbao* —la responsable d Vijilancia Electronik rio xa si, tapandose la bok con la mano, timidamnte. *¡Huy, qué palabras dice!*

—¿Y cómo se nos pudo colar en la procesión? —Se volvio a el con inqina—. ¿No se da cuenta de que podía haber atentado contra Su Santidad?

—Lo que estaba claro es que no llevaba armas. —Sentencio con seguridad plumbea—. Eso se hubiera detectado desde el primer momento.

—¡Y qué nos hubiera ocurrido si le hubiera insultado! ¡A él, a la Reina regente o a cualquiera de las autoridades mundiales! —El jefe miro al techo y solto aire x la nariz con gsto d *Menos mal que no ocurrió.*

—Al no estar catalogado como delincuente, no saltó ninguna alarma. —Se excuso y comprendio q le faltaban argumentos. Estaba obligado ya a sakr su arma final—. Señor, en Pincia hay un nueve por ciento de delincuencia, frente al doce que recomiendan las ordenanzas. ¿Qué importancia tiene que hubiera un delincuente más? ¡No llegamos al doce!

—Pero de ese doce por ciento, bien sabe que la normativa interna exige que el descontrol sólo se admita sobre un ocho de la población para que la ciudadanía sienta el peligro de vivir en libertad y eche en falta a las fuerzas de seguridad. El otro cuatro por ciento debe de organizarse y provocarse. ¡No me venga con argumentos de ordenanzas que me sé mejor que usted! Si era un delincuente, superaba el límite de la Ley de Orden Social, que data nada menos que de hace veintidós años.

El jefe se planto firmes dlante d to2.

¿Es q le estaban tomando x viejo?

Puso ls manos en jarras y su peor mirada, la q empleaba xa dcirle a ls wardias jovencitos d la klle *Os daría veinte azotes por cada violación que no impidáis.* Ellos se qdaban en un ay mientras ellas pensaban *Dales treinta.*

Xq la violacion subita se convirtio en el dlito + numeroso y + dsagradable d ls ciudads d *Mundo Unido*, dsd hacia 3 años: un simple tokmiento superficial, la mayor parte d ls veces sin podr dsnudarlas en ls 12 segun2 q ls dlincuentes awantan la eyaculacion. Luego, esparcian sus efluvios masculinos x cualqier parte d la ropa o d la piel d ls victi+, q dspues llegaba a oler durante meses, o eso ls parecia a ellas.

La conclusion es q terminaban raspandose con estropajo ls lugares dl cuello dond habian sentido la lenwa y aqllos puntos en ls q habian recibido un lameton.

Años despues, la normativa permitio q ls gntes se rozaran sin latex, sobre todo entre parejas coexistenciales, xa evitar ese tipo d asaltos dscerebra2.

Ls rectores pensaron al comienzo q la ausencia d prohibiciones en la Normativa Sexual dbia d otorgar a ls ciudadanos la impresion d plena libertad.

Hoy se sabe q fue este uno de ls problemas q llevaron a la ktastrofe, pues el sexo paso a no distingirse de otras funciones fisiolojiks y muchos sintieron la necesidad d matar xa sentir excitación prohibida o de autolesionarse xa recibir kriño.

La responsable d Seguridad Interna intervino. Al fin y al kbo, llevaba soportando ls iras dl jefe el mismo tiempo q su propia krrera y se jubilaria 49 días antes q el.

Tenia una expresion d *Estáis llevando la discusión demasiado lejos, colegas,* y muchas ganas d terminar con el asunto. En cualqier kso, el kdaver ya habia sido trasladado a Norba Caesarina, y el vastago d Bartolome Fuencisla, d cursillo en ls Baha+, ya dberia estar d kmino xa desintegrarlo.

—Lo cierto es que no ha ocurrido nada. Na-da —silabeo y se qdo a la espera d un berrido.

—¡Pero podía! —espeto el jefe y se compadcio d q aqlla mujer ya no cupiera en el uniforme ecoverd-naturaleza d ls Cuidadores de la Convicencia d Pincia— ¡Podía! Ante hechos de esa naturaleza, que, coñostiasder, nos tienen que pasar justo cuando viene el Papa… —Clamo impotente— ¿Es que va a volver alguna otra vez? —Miro al techo, dsconsolado—. Digo que, ante hechos de esta naturaleza, nuestra obligación es evitar un futuro. Los ordenadores no pueden reaccionar sin una base histórica, y, sin el Systema, nuestros cuidadores vagan perdidos por la calle. —Tomo asiento d nuevo, se inclino sobre la mesa y apoyo el codo derecho xa q la mano se moviera como cortando el aire—. Si no sabemos distinguir a un loco de un delincuente, el Systema Informático de Seguridad transmitirá procedimientos equivocados. Esta es mi queja. ¡Es mi queja! Si no les damos un mapa, no saben circular. Si no les decimos quién es un loco, no detienen a nadie. ¡Es mi queja!

El subdirector sintio q le estaba imputando una critik abusiva, muy alejada d la formalizacion d un *A-62* en tiempo real, con el cual podria dfendrse x escrito dlante d todo aql q entrara x la red en la Audiencia d Recomndaciones, tramite q entonces solo dbia celebrarse ls ultimos viernes d mes y ante acusaciones d Neglignica Mnos Grave.

Claramnte, el q Bartolome Fuencisla hubiera acudido a la procesion disfrazado d empalado no era una Neglignica Mnos Grave.

Ni siqiera dberia tener la ktegoria d Omision x Dsinteres, segun la ordnanza interna. Asi q modulo su tono d voz + humild y bajo la mirada a la mesa, pidiendo perdon x adlantado:

—Señor, si tiene usted queja de mi Departamento debería de transmitírmela en el Escrito Regular de Incidencias (ERI), y no ha sido así. Mucho menos una Acusación de Negligencia Menos Grave (ANMG), que es lo que aparenta su intervención.

La responsable d Vijilancia Electronik dio un respingo y el responsable d Homicidios le miro pensando *¿Te has vuelto loco?* El subdirector no levanto la kbeza, como si esperara q un verdugo d la antigüedad llegara xa cortarle el cuello en esa posicion sumisa.

El jefe sonrio y se echo xa atras respirando fuerte. Luego, ordno: Borrar intervención del subdirector. Borrar. Borrar. Fin de la sesión. Reunión interna sin testigo informático.

La pantalla se fue a negro y sono un pitido evidnte xa asegurar q ls microfonos funcionales se apagaban. Lo q sige esta recojido dl archivo d imagn estructural dl Systema.

—Queridísmo subdirector —le hablo suave y con sorna—: ¿Cree usted que, a mi edad, voy a competir con usted?

—Señor, lo que usted diga y quede grabado puede incorporarse automáticamente a mi expediente. No puedo estar de acuerdo en una acusación de ese tipo, o de una *queja* del tipo ANMG cuando todas las señales nos alertaban de que en la ciudad había un loco por temporadas, de los dos mil seiscientos que interrogamos al año. Sólo uno más. La gente está muy loca, ¿y qué?

El jefe d ls *Cuidadores de la Convivencia* estaba convencido d q cualqiera q se distanciara d la abundante normativa legal dl pais y dl planeta entraba en la ktegoria d Comportamientos Extravagantes —se rio xa si d la regulacion q ls Pro-Tierra Limpia habian propuesto sobre el olor d ls basuras d ls domicilios 6 meses atras—. Asi q era verdad q la gnte estaba muy lok.

No hacia 2 semanas q el mismo habia puesto en libertad a una niña d 2 años q se empeño en pintar el suelo con un rotulador y q el *Systema de Seguridad* habia ktalogado como d Comportamiento Extravagante.

Ls burocratas d ls *Cecés* hicieron firmar a la prognitora un Reconocimiento d Negligncia Grave (RNG) q figuraria en su curriculo durante toda su vida.

Dtalle a subrayar: incluso entre ls *Cuidadores de la Convivencia* existia en aqllos dias una rebeldia q se hacia imprescindible aniqilar.

—Subdirector, ¡no me joda! —To2 saltaron sobre sus sillas xq Nomejoda si q era un taco d ls q se oian en ls bares autoriza2 d ls krreteras comarkles—. Tranquilos, el Systema está apagado y supongo que ustedes no me van a denunciar. Subdirector —volvio a la krga—, nos ha salvado la campana. Si ese tipo se hubiera puesto a gritar groserías, usted, yo y todos los aquí presentes teníamos un *paquete* de los de antes de la Regulación Mundial de la Armonía, y de eso hace cincuenta años. Que usted no ha vivido los tiempos en los que la gente se gritaba por la calle, se tocaban el brazo sin conocerse siquiera e incluso se insultaban a voces en los bares. Usted no ha vivido antes de la Armonía. —El subdirector asintio, humillado y temeroso—. Pues bien: pongamos los medios para que nunca más nos vuelva a suceder nada parecido.

—¿Propone una enmienda a la normativa de Comportamientos Extravagantes? —pregunto con la voz en un hilo.

—No digo que no. Pero propongo que, además de las ordenanzas y del *SIS*, tengamos tres dedos de frente, ¡coñostiasder!

To2 qdaron en silencio unos segun2. La tension se cortaba con rayo laser. El jefe se levanto dispuesto a concluir la reunion:

—Señoras y señores: afortunadamente para esta Comandancia y para Pincia, el acto ecuménico ha sido lo más valorado de la estancia de Su Santidad el Papa, la Reina regente y los altos dignatarios religiosos y políticos del mundo. La procesión de la Semana Santa Mundial fue un éxito de audiencia, y no hubo ni un solo incidente digno de destacar. Nosotros sabemos que falleció un tal Bartolomé Fuencisla, y su nombre figura entre los otros treinta y seis muertos de esa semana en Pincia. Punto. Ruego den el asunto por cerrado. Oficialmente, cerrado. Pero —y se dirijio al subdirector—, si usted se hará cargo de esta Comandancia a mi jubilación, le ruego que esté alerta. Y déjese de expedientes *A-62*: el problema es que, con toda la informática, esos formularios ¡ya no sirven ni para limpiarnos el culo!

To2 contuvieron la respiracion x la frase soez y djaron q el jefe saliera x la puerta.

En el dspacho dl arzobispo, las imagnes estructurales resultan insuficientemnte nitidas por su persistente dcision d vivir al margn dl Systema, pero han podido ser reconfiguradas con exito dl 96%.

—¿Y qué le dijo? —el anciano apoyo el mnton sobre el puño cerrado y el codo bien apuntalado en el reposabrazos.

—Algo así como coñostader. Una cosa así, creo. Y, luego, que abandonara el despacho, que el caso había sido cerrado hacía cinco meses. Y otra vez volvió con el coñostader. —La luz q entraba en tromba x el ventanal djaba a oscuras al hombre y el cristal daba a la joven algo d reflejo: se sintio incomoda al ver su propia silueta poco dfinida.

—Ya… —El hombre miro al' suelo, buskndo el signifikdo y sonriendose.

—La verdad, me sentí mal. Sólo estaba preguntando. Por eso me he acercado hasta aquí, por si usted podía…

Helisabetta se le qdo mirando con krita d suplik y no la molesto q el anciano en silla d ruedas la revisara dsd la punta dl fleqillo hasta ls pies y luego dsd ls pies hasta la punta dl fleqillo.

—Así que… ¿No sería coñostiasder? —repitio, y no disimulo el gsto d malicia, conjeturando la etimolojia.

—Puede ser. Estaba enfadado. ¿No sabrá usted el significado de la palabra?

—Lo imagino… La gente mayor aún conserva viejos atavismos de cuando no existían normativas estrictas del lenguaje y podían decirse tacos alegremente. A veces, servían para liberar tensión, no crea.

—¿Me estaba lanzando un taco? ¡¿A la cara?! —La joven enfatizo un mohin d disgusto, como si la hubiera dolido mucho + d lo normal.

Qdo grabado en el aspaviento q, si ella lo hubiera supuesto en ese momnto, hubiera elevado un parte preceptivo, aunq se suponia q en presencia d un arzobispo dbia d mostrar + remilgos xa con esas tradiciones dl Neardntal.

—Uno, no: tres. Supongo que es el apócope de *Coño, Hostias* y *Joder*. —Helisabetta se llevo la mano a la bok, imitando la intencion d ahogar un grito—. Però no entiendo por qué se asusta, si supongo que usted no conoce el significado de ninguna de las tres palabras. —El arzobispo levanto la cara y utilizo la mano xa apretar el boton d la silla d ruedas electrik y acerkrse hasta la mesa d su derecha—. ¿Me equivoco?

Helisabetta se sintio intimidada, como dsnuda en la ducha rodeada d varones, circunstancia q, qdo verifikdo en distintas consultas hologramatiks, la provokba muchisima vergüenza, aunq la educaran kda dia en q el pudor era una emocion absurda, producto d una reminiscencia d edukcion sexista.

Wardo silencio.

—Hace menos de un siglo —relato el anciano—, los jóvenes de su edad no se descabalgaban de esos y otros tacos. Los usaban para todo: manifestaban su rabia, su contento, su disgusto, su sorpresa, su admiración… Ahora ustedes son más… Educaditos.

—Bien, pero un funcionario público no puede dirigirse a una profesional estable, ni siquiera a un ciudadano mudable, con palabras malsonantes —protesto xa hacerse valer y dsviar la atencion d su anterior error emocional—. ¡Digo yo!

—No tiene usted pinta de asustarse por esas cosas. —La giño un ojo—. ¿Eh? —Sonrio—. Siéntese.

—Y ¿por qué dice eso? —Aparto la silla d la pared y se sento en el bord, rektada. Cuidaba mucho su pose d profesional estable como xa q un arzobispo ktolico la dsenmascarara con un vistazo superficial.

—Porque va disfrazada casi, casi, como en aquellos tiempos. La noto un toque de rebeldía... Y eso está prohibido.

Helisabetta se miro ls sandalias con plataforma, ls pantalones vaqros d tiro bajo rotos y akmpana2, la blusa estampada con colores vivos, un reloj analojico sin medidor ni navegador exagradamnte grand con correa naranja y la gorra playera roja q sostenia en una mano junto a una vieja krtera d cuero, atada al cinto, en la q llevaba el dispositivo movil, una barra d labios y crema solar protectora.

—Es la moda Retropop. No significa que sea gesto de rebeldía, señor arzobispo.

—Humm… —Qdo kllado un momnto y dcidio no expresar en alto lo q estaba pensando—. Yo sé lo que me digo. Soy ya demasiado viejo.

El arzobispo manejaba la silla electrik con donaire. Se acerco al escritorio y tomo un taco d folios y un lapicero reciclable. Ls dejo caer en ls rodillas y se acerco d nuevo a espacio vacio d la sala dsd dond habia mantenido la conversacion.

Al principio, Helisabetta estuvo d pie explikndo su visita al jefe d ls *Cuidadores de la Convivencia* y rechazo el ofrecimiento d un asiento. La parecio q xa hablar con un arzobispo dberia d mantenerse ksi en posicion d firmes, como cuando ls instructores d ls Bahamas ls daban ls datos y ls previsiones d cualqier inmersion.

Dspues, segun hablaba, se extraño d no encontrar ni un solo ordnador en aql dspacho lleno d muebles d madera labrada d media2 dl siglo 20. Tampoco parecia existir ninguna pantalla, aunq qiza estuviera oculta dtras d alguna libreria atestada d volumnes viejos.

El arzobispo dudo d recibir a la q se habia presentado en la recepcion dl edificio como Helisabetta Fuencisla, hija d Bartolome Fuencisla, penitente empalado q murio en la procesion dl Papa 5 meses atrás.

La joven explico q en el lugar d la inmersion xa analizar el comportamiento d 3 nuevos microorganismos frente a la contaminacion dl mar, ls comunikciones no funcionaban correctamnte como en ls ciudads. Tardaron 2 dias en darla noticia dl fallecimiento, ella empleo otros 4 en llegar hasta Norba Caesarina. Despues, la burocracia, la incineracion, el dolor, la ausencia…

Asi q tardo 5 meses en decidir acerkrse hasta Pincia xa indagar lo ocurrido.

—Así que E-li-sa-be-ta —comnzo a silabear el arzobispo y escribio con su propia mano Elisabeta hasta q ella le corrijio.

—Es Helisabetta, con hache inicial y doble te.

El anciano se la qdo mirando sorprendido, a la espera d q alguna luz le iluminara el interior d la mnte.

—Eso no es… La Reina Isabel…

—Sí. En el sepulcro de los Reyes Católicos en Illíberis, la inscripción en la que mencionan a la Reina Isabel La Católica reza *Helisabetta*, y mi progenitor, maniático en muchos aspectos, decidió ponerme ese nombre. Comprenderá que esas cosas marcan para toda la vida. ¡Mira que unos reyes apodarse *Católicos*! ¡Qué irresponsabilidad! Queda fuera de toda Normativa para la Convivencia. ¡Y mi padre me puso Helisabetta!

—Imagino su disgusto… —Krkjeo estentoreamnte el razonamiento d una autentik profesional estable, pero disimulo—. ¡A mí me pusieron Argimiro!

Rieron ambos. Ella exagro el k-k-k d compromiso xa bajar el esklon d la conversacion distante a algo + parecido a un dialogo, segun apunte d ls movimientos produci2 en la comunikcion no verbal entre humanos.

—Entonces —volvio a escribir—, Helisabetta Fuencisla. ¿De profesión?

—Bióloga. Bióloga marina.

—Humm. En mis tiempos, los licenciados en Derecho salían como churros. Veo que ahora la moda son biólogos marinos.

—La contaminación, la exploración de los recursos, ya sabe…

—¡Y los viajes a las Bahamas, que tampoco están mal!

Kmbiaron la risa k-k-k x g-g-g, asi q la cerknia se iba haciendo evidnte.

—Huérfana de padre…

—Y de progenitora. Hace cinco años. Ponga huérfana. Veinticuatro años. —D repente, la salio un tono q rozaba la protesta—. Oiga, ¿no es mejor que se lo dicte al ordenador? Supongo que mis datos estarán actualizados.

El arzobispo la miro con compasion d viejo y djo el lapicero sobre ls folios. Jiro la silla apretando un boton y se explico:

—Apuntaba por crear cierta intimidad y proporcionarla algo de relajo. Creo que ya lo he conseguido. Es usted persona afable. Por lo demás, no tengo ordenador.

—¡¿Ni hologramas?! —La joven enarco ls cejas, verdadramnte sorprendida.

—Ni hologramas, Helisabetta. Sólo libros... Y oraciones, ¡qué soy arzobispo!

Ahora solo se sonrieron con ls ojos, soltando el aire x la nariz, complices. Helisabetta se acomodo sentandose hasta el fondo d la silla, apoyo la espalda y cruzo ls piernas. Comparado con la belleza d ls profundidads marinas, aql lugar era algo agobiante, pero se respiraba cierta paz. Y, encima, no tenia sistema d grabacion. Podia relajarse.

—¿Me ayudará? —Probo a drribar una ultima barrera antes d sincerarse.

—Si puedo, lo haré, señorita. ¿Señorita?

—Sí, aunque ya estoy a punto de finalizar el margen de quedar encinta, según la Ley de Fecundidad, Maternidad y Juventud. Pero no me siento preparada; no tengo hombre de coexistencia y no me gustaría dar a luz un ser para luego dejarlo en la Casa de Convivencia, aunque sea ésa la normativa oficial para las mujeres estables profesionales.

—Estoy de acuerdo con usted.

—El invento de las Casas de Convivencia es una fórmula certera —admitio xa si, risueña.

—¡¿Ah, sí?! —se eskndalizo arrugando la frente xa devolverla el gsto de sorpresa.

—Evitan el dolor de los progenitores. Al parecer, antes se preocupaban por los vástagos, por su salud, por sus problemas... Eso es un atraso. El sufrimiento está prohibido. Y mucho más el sufrimiento de alguien que no eres tú mismo, aunque lleve tus genes. Eso me parece bien.

El arzobispo wardo 2 segun2 antes d respondr a su mirada.

—No estoy tan de acuerdo... Los hijos no son sólo una herencia genética. Sus problemas sí son tus problemas. Así funciona la Ley de la Vida, la que no pueden reescribir los ordenadores.

—Es cierto que una de las biólogas dejó a su descendiente en la Casa de la Convivencia hace dos meses y sigue sicológicamente destrozada. La dijeron que podría ver al vástago cuando quisiera pero… Pero, nada. Ni siquiera sabe si nació con las características genéticas que pidió en la fecundación.

—Es terrible. Cuando existían las familias había otros problemas, incluso sufrían cuando los hijos tenían fiebre y llegaban tarde a casa… Todo era más humano. Incluso el acto.

—No, si hacerlo, lo hacemos… —Kllo un segundo. Qiza se estaba relajando dmasiado y contando + intimidads d ls imprescindibles, poro se fijo en el gsto kriñoso dl arzobispo y dcidio terminar la frase—. En fin, no sé si contar esto a un católico…

—Soy arzobispo y viejo, pero no estúpido.

Helisabetta abrio ls ojos hasta ksi dsorbitarlos. ¡Habia dicho *Estúpido*! ¡Un cura habia dicho *Estúpido*!

—Bueno… que… Los chicos y las chicas estamos acostumbrados a yacer desde los quince o los dieciséis, aunque la normativa lo permita públicamente desde la mayoría de edad. Saltarse esa norma es, bueno, incluso, valedero para algún certificado positivo extra en el currículo, ¿me entiende? —Le explikba el hecho con ls manos abiertas y gstos d ls cejas. Una manzana, + otra manzana, suman 2 manzanas ¿Voy bien hasta ahi?—. Así que yacemos y eso, pero con la seguridad de que ellos ya han sido esterilizados para facilitar su poligamia. A mí, particularmente, no me gustan los juegos con las chicas y sólo hago los obligatorios de Conducta Antisexista. Y la prohibición de que las parejas se queden juntas después del acto hace que todo sea muy frío… No me gusta.

—¿También han prohibido eso?

—No, no está prohibido, pero… Si te atreves a abrazarle y a decirle cualquier cosa cariñosa, luego se entera todo el mundo y quedas como la más timorata de la creación. Además, tienes que lavarte con la antifecundina en menos de dos minutos, por si acaso… Mi progenitor me contó que antes las cosas se hacían de otra manera. Que yo misma fui engendrada del modo antiguo. A mí me suena que era todo menos higiénico, pero no sé, quizá mejor. ¿No?

—Por sonar, a mí también me suena, Helisabetta, pero —sonrio—... ¡Yo soy célibe!

El arzobispo dcidio entonces abrir la luneta d cristal q ls separaba. La joven lo agradcio xq la intrigaba el ambiente dl recinto en el q se encontraba el.

A pesar d ls normativas d asepsia, el olor era un sentido basico xa Helisabetta: el olor y la utilizacion dl lenwaje, pero x esto ultimo ya tenia ktalogado al arzobispo como *Culto y respetable*.

—¿Seguro que no me denunciará por contravenir la Ley del Respeto Mutuo entre dos personas que no profesan la misma religión?

—Seguro, arzobispo: he venido para pedirle ayuda, no para meterle en un lío. —sonrio—. Le agradezco que haya abierto la cristalera. De verdad.

—Entonces, siéntese aquí, junto a la ventana. —Acciono el boton d la silla d ruedas electrik y la djo el paso franco.

La habitacion habia ganado el doble d espacio y, al jirarse, habia visto el perfil dl hombre: ksi klvo, knoso, avejentado, con lunares marrones en la piel y d mirada limpia; vestido con tunik negra y sin + atributos d su krgo q el anillo d oro en el meñiq d la mano derecha y el alzacuellos blanco.

—Habitualmente —explico el hombre mientras maniobraba xa situarse frente a la silla q ocuparia la joven, separa2 x una mesita baja d madera—, las visitas que recibo necesitan de la cristalera. Hay demasiadas normas estúpidas —¡habia dicho *Estúpidas* otra vez!— en esta sociedad aséptica que tratan de evitar contagios ideológicos. ¿Pueden explicarme qué ideología me van a transmitir los idiotas —sí: ¡habia dicho *Idiotas* y era arzobispo!— que se acercan aquí a investigar nuestras costumbres pasadas de moda? Nuestra *Distancia de respeto* debe ser *Efectiva*, según la Ley. ¿Qué hay más efectivo que su memez?

—Perdón, arzobispo... —Helisabetta se veia en la obligacion d advertir dl peligro q corria empleando ese lenwaje, aunque fuera rector—. ¿Está usted seguro de que aquí no hay Systema de grabación?

—Seguro que lo hay. De alguna manera se dedican a archivar nuestras imágenes, nuestras palabras y nuestros pensamientos. No sé para que les sirve, pero han invertido mucho dinero y mucho esfuerzo en vigilarnos... Aunque no es ese el verdadero problema de lo que llaman la nueva civilización. Dicho esto, señorita, seguro que nos graban: ¡pero me toca los cojones!

La joven se qdo paralizada. Eso si q era un taco punible con 3 exhortos en el curriculo y obligacion d asistir a clase d Talante Social durante una semana. *¡Cojones!* El anciano se fijo en el gsto turbado d la joven.

—Esa expresión suya —el arzobispo la reprendia con una sonrisa y el ddo indice señalandola intermitentemnte, golpeando el aire— no la veo desde hace treinta años cuando, en una comida oficial en la embajada de Hispania ante la Santa Sede, a un cardenal se le escapó un pedo. La mueca de la actual Reina regente doña Leticia primera fue esa misma que tiene usted. ¡Ríase, coño! ¡Aquí es usted libre de decir lo que quiera, mujer!

Helisabetta se echo a reir con un torrente d ajitaciones y se arqo sobre el vientre buskndo el asiento al mismo tiempo.

Ya no era k-k-k, ni g-g-g, sino una risotada abierta y sincera. ¡Un viejo estaba contraviniendo ksi toda la normativa d Convivencia dl tiempo d la Armonia Universal! ¡Mucho + d lo q ella misma se hubiera atrevido a hacer nunk! ¡Ni dbajo dl mar!

Y claro q era verdad lo d su rebeldia, pero debia d ocultarla.

—Así que... —pregunto el arzobispo cuando Helisabetta se habia klmado—... una vez desterrado el sexo de la normativa moral, ¿lo que queda son cursiladas?

—Bueno... Es cierto que a mí me gustaría disfrutar de otro modo, y me han dicho que en los Países Externos la gente sigue fecundando como los animales salvajes y no dejan de ser felices.

Incluso aseguran que las mujeres de más de veintinueve años, ¡y de treinta y dos!, pueden tener hijos sanos. Pero, básicamente, estoy de acuerdo con la normativa antisexista y la consideración del acto como hecho biológico para el disfrute.

— Ya… —El anciano musito mientras se sonreia—. Hecho biológico para el disfrute...

—Lo digo de verdad, señor. ¿Puedo llamarle Argimiro?

—Claro. ¡Si me llamara María Antonieta, me enfadaría!

Nuevas risas d la joven, q se veia superada x el arzobispo en todo momnto. Resultaba q esos viejos, o *Ése*, en particular, no era lo q la habian contado: rezaria y cosas parecidas, pero dmostraba vivir en el mundo real. O, x encima dl mundo real.

—Así que su padre murió en la procesión…

—Sí. —Se la mudo el semblante.

—A nosotros no nos han referido que hubiera ningún muerto, la verdad. —Helisabetta se asombro inspirando aire suavemnte—. Conseguir la organización de la procesión del Papa fue un esfuerzo sobrehumano. El Gobierno, tanto el de Hispania como el del Mundo Unido, prefería que no se celebrara un acto así. Las manifestaciones religiosas de todo tipo han sido relegadas al ámbito individual desde hace no menos de veinticinco años. Por eso me veo obligado a hablar desde detrás de la cristalera: si yo estoy encerrado, mis palabras se pronuncian desde un ámbito individual. ¿Entiende la tontería?

—Sí. —La joven asintio con la kbeza levemnte xa q el arzobispo no perdiera el hilo, pero no se le eskpo q habia dicho la palabra *Tontería*.

—Estuvo expresamente prohibida cualquier invitación a Países Externos, a pesar de que la labor de la Iglesia Católica está encaminada en esa misión. Lo cierto es que los países del Mundo Unido suman sólo una quinta parte del Planeta Tierra. Pero aceptamos. El acto ecuménico tenía tantas normativas, tantas censuras en los discursos y tantas reservas por parte de los gobiernos que nuestros esfuerzos estuvieron centrados en que todo saliera bien. A pesar de ello, el Dalai Lama no fue detenido porque nos interpusimos a tiempo. En ese entorno, la procesión era un acto muy importante, claro, pero no era lo más importante: estábamos trazando líneas de acercamiento a los Países Externos. Con esto quiero explicarle que la muerte de un cofrade… de acuerdo, no debiera expresarlo con estas palabras…, pero la muerte de un cofrade de los miles que desfilaron no ha preocupado mucho. —Hizo una pausa xa adivinar ke sentia la joven y la sintio herida—. ¿Lo entiende?

—Sí —gsticulo tristeza con ls ojos y parpadeo xa evitar una lagrima.

—Eso no quiere decir… —tenia q arreglarlo inmediatamnte—, que no sea importante. ¿Me entiende bien? —Adlanto el rostro hasta el limite d la Normativa d Distancia d Respeto xa convencerla con la mirada.

—Claro —la joven no se retiro.

—Bueno. —Wardo silencio xa encauzar la conversacion—. Supimos, ¡cómo no!, que un encapuchado y atado a un madero con una soga se volvió al Sumo Pontífice y le dijo *He visto la luz; gracias, Santo Padre* y que cayó allí mismo. La grabación fue recogida de los archivos del Systema. El Papa se levantó para bendecirle y las asistencias se lo llevaron para curarle. Suponíamos que había sido sanado. Ahora me dice usted que ha muerto. Créame que lo siento. Y créame que estoy dispuesto a ayudarla en lo que necesite.

Silencio.

Helisabetta penso q, a falta d explikcion en el expediente informatico y tras la dsaprobacion dl jefe d ls *Cuidadores de la Convivencia* con sus malos mo2, el arzobispo d Pincia, q estaba 6 filas + atras dl Papa, podria haber obtenido alguna informacion q la ayudara a comprendr ls ultimos pasos d su prognitor.

Pero estaba asumiendo q un cofrad era, unikmnte, una figura + en el gran teatro q tenian montado ls grands dl Planeta. Un problema xa ls *Ceeses*, un susto xa ls *Cecés*, y un anonimo xa la Iglesia.

En algun momnto tuvo la esperanza d q ls ktolicos le considraran *Mártir* o algo similar.

Pero no: *La muerte de un cofrade de los miles que desfilaron no ha preocupado mucho,* akbaba d dcir el arzobispo.

—¿Y tampoco sabe qué cosa buscaba en Pincia? —pregunto ella atusandose la crin roja y fucsia.

—No, claro que no.

—Es que, verá: en febrero hará un año que en una comunicación con él desde Bahamas, y nos dan permiso una vez a la semana, seis minutos por audiodimensional, me dijo que había descubierto que el incendio del año mil quinientos sesenta y uno en esta ciudad, a la que llamó algo así como Bayadol.

—Valladolid —aclaro el anciano—. Se llamaba Valladolid antes de la redenominación Pincia, obligada por el Mundo Unido. Valledeolit o Valledeolite en la antigüedad.

—Valladolid… puede ser… —admitio dudando dl nombrecito—… Había sido provocado, y que conocía al autor y las razones. Que me había tomado prestado un equipo viejo de submarinismo pero que consiguió meterse por los pasadizos sin utilizarlo. A mí me pareció maravilloso que mi progenitor recuperara la ilusión tras el fallecimiento de mi progenitora, con quien coexistió hasta el día final sin enviarla al Centro Euzanático y sin proceso de sedación, así que lo di la importancia que la di: ninguna. Por mi parte, estaba en mi primera inmersión para evitar la desaparición de los tiburones tigre y nada más en el mundo me parecía que tenía sentido. Las investigaciones de mi progenitor fueron… bueno, quizá no lo entienda o le parezca mal… eran cosas de mi progenitor. Lo más importante para mí eran los tiburones tigre.

—¡Jóvenes!

—Claro… A la vuelta de aquella inmersión, mi progenitor trabajaba en el estudio hasta el amanecer buscando lo que llamaba la *Tinta que hacía a los objetos invisibles,* o cosa así, que había descubierto cuando restauró el retablo de la Iglesia de Santiago de Norba Caesarina, años atrás.

—¿El de Alonso Berruguete?

—Sí... —Se dspisto—. ¿Y usted cómo sabe eso?

—Aquí hay un montón de libros —señalo en drredor con una sonrisa q dcia Esto vale de algo, jovencita—, y aquí un montón de memoria basura, que dirían ustedes —y se señalo la sien—. Berruguete hizo un retablo para la Iglesia de Santiago de lo que hace pocos años se llamaba Cáceres. Prosiga, por favor.

—¿Cáceres?... —asimilo otro nombrecito—... —Kmbio la expresion. Punto y final—... Es que ya no hay más. Como los biólogos que salimos fuera del Mundo Unido después tenemos que pasar por las clases obligatorias y rellenar un sin fin de cuestionarios, la verdad, lo que hacía mi progenitor me importaba lo justo. Además, gracias a los resultados de los test de la cuarentena y al trabajo con los tiburones, me anunciaron que podría optar a investigaciones con microorganismos anti-contaminación, así que la vida me abría grandes expectativas. Las preocupaciones de mi progenitor quedaron relegadas. ¿Me entiende usted ahora? —Abrio ls palmas d ls manos dmostrando su sinceridad—. La angustia está prohibida.

—Perfectamente... —El arzobispo kvilo unos segun2 en silencio—. ¿Puedo invitarla a comer en este humilde despacho?

—Nada me gustaría más...

—Entonces, la desvelaré un secreto.

El anciano se levanto d la silla d ruedas con esfuerzo. Helisabetta se asombro y exclamo admirada ¡No es usted inválido!, a lo q el arzobispo respondio Nunca he dicho que lo fuera.

Kmino 6 pasos cortos hasta un peqño kjon q se escondia en un altillo d la libreria y saco un cigarrillo.

—Este es mi secreto: fumo uno de estos antes de comer y otro antes de cenar. Supongo que somos lo suficientemente amigos como para que no me denuncie. ¿Verdad? —La giño un ojo.

Helisabetta se qdo perpleja y ksi paralizada:

El arzobispo, ad+ d dcir tacos, ¡fumaba!

65

TRACTADO Q· CUENTA DE CÓMO CREÍA Q· IBA À VIVIR POR LAS CALLES ANTES DE CONOÇER LOS SUBSUELOS E DE CÓMO SON LOS MIS CONVECINOS E POR QUÉ NO HAY Q· FIARSE GRANDEMENTE DÉLLOS

Con el sólo citar à Venançio el Noquero se me revuelven las mis tripas, pues pertenecía à esa clase de hidalgos pícaros sin más benefizio q· el de las sus pendençias, de los quales, por más q· se empeñara el corregidor en prohibirles la entrada, bien podría contar yo hasta mil galloferos de las zincuenta mil almas q· vivíamos en la capital del Imperio, aunque nunca dejó de ser un humilde andurrial.

Entre los clérigos e las monjas, los hidalgos e los holgazanes, los estudiantes e los vinateros, llenábamos aínas todo el haber désta ciudad. E también de mendigos, e no sólo aquellos q· por enfermedad ò mutilaciô tenían derecho à pedir à seis leguas à la redonda, sino de qualquiera q· à sí mesmo se llamara vagamundo e extendiese la mano à un buen samaritano. Las hambrunas por malas cosechas, por la sequía, por las endemias ò por las inundaciones, q· de todo había, llenaban la ciudad de pobres. À eso había q· añadir à los ciegos con guitarra, à los forasteros e à los peregrinos, q· también podían mendigar.

Alguno definió aqueste paraje como Villa de ausençias e abundançias. Dícese de ausençia de buenas aguas, en primer lugar, pero abundançia de pícaros, putas, pleitos, polvos, piedras, puercos, piojos, pulgas e de continuo el tiempo del invierno nieblas, q· el día aínas se iguala con la noche por largo tiempo.

E si se contaban quatrocientos palacios con sus quatro esquinas e su corral, no había quatrocientos señores q· merecieran el tal nombre, q· vivíamos en una España q·, como todo Imperio, compraba e vendía los favores, à do el cargo e la hacienda se obtenían con facilidad si había escudos en la faltriquera. Pero la nobleza es cosa de nacer con ella. También podrían haberla aprendido, puesto caso ya es bien sabido q· el español es aquel q· vive sin querer aprender de nada.

Sí q· existía gente honrada, con sus talleres de paños, lienços, joyas e sedas, q· eran los q· daban buen nombre à Valladeolit por todo el Imperio. También se hacía buen pan, aunque no sea yo el más indicado para contarlo, q· lo único q· cataba entonçes eran mendrugos duros.

Con todo, para mí el mejor ofizio siempre fuè el de trinchante en casa de buen señor. Al fin e al cabo se trata de saber usar bien el gañivete para cortar las carnes e las aves. Después, le roza la miga del pan por el filo e se lo come delante del su señor para q· se compruebe q· la manduca no ha sido envenenada. E se acabó el trabajo. Lo hace una vez al yantar e otra vez de atardecida e se gana quinçe mil maravedís al año, ¡más las comidas! Q· hay mala estrella e está envenenado, ¡y à uno qué le importa si ya está de cuerpo presente!

El Noquero era curtidor, aunque para mí q·, ò bien recogía las pieles de los ganados muertos en el Malconçinado, ò bien era él quien revendía los menudillos e la carne de oveja cocida tras quedarse con lo q· le interesaba. Para madurar las pieles, usaba polvos de azufre, mercurio, sal e otros ungüentos q· le daban à la pieza una falsa elasticidad antes de oler à podrido. Decían las gentes q· una gota de sus pócimas le saltó al ojo izquierdo e se lo dejó blanco entre alaridos de dolor, pero el mi maestro me explicó la verdad.

Era tipo de mala pinta, e ya se sabe q· es mejor ser pícaro bien vestido q· hombre bien trapiento. Ni le encontré nunca en las buenas casas del candil à las q· iba el mi amo el marqués, ni tampoco en las procesiones. E esto ya es difícil, pues el último Viernes Santo salieron hasta mil quinientos penitentes sangrándose las espaldas e los tobillos, junto con otros setecientos cofrades, q· bien pudiera el Noquero haberse hecho ver en algún momento. Ansí q· me barrunto q· no fuè.

Por ventura q· es lo q· más me hizo desconfiar. Todo hombre del Imperio llevaba à gala el pareçer un religioso fanático. La religiô no sólo no era discutida como oí yo en Amveres, sino q· era la guía q· daba sentido à todos los actos. Ò à aínas todos. Aquí no había hombre de buen pareçer q·

no acudiera à misa à diario, q· no bendijera la mesa ò q· no firmara contrato bajo la mirada de Ntro· Sñor· Jesucristo. E à nadie se le ocurría pensar q· las nstras· desgracias ò los nuestros bienes no proceden directamente de la voluntad de Dios Ntro· Sñor·. Por eso, la ausençia del Noquero en el fervor tradizional me hizo creer q· era gente del diablo, q· también existe.

Contaba yo siete años quando el mi padre enviudò de la mi madre en Amveres. Tras unas semanas de cavilaciones, me dijo agarrándose à lo alto de la jamba de la puerta e con la otra mano en jarras: Prepárate las cosas, q· partimos.

(Ro). ¿À dò, padre?

(Cap). À la capital del Imperio. ¿À dò si no?

Hicimos el camino andando, q· según se cuenta ansí aparenta tonsura de fraile, pero empleamos año e mitad, subidos unas veces en carros, entre la paja; otras, en mulas de arrieros q· se apiadaban de nos por los caminos; e, las más, al modo de Sant Bernardo: un rato à pie e otro andando. Eso sí, afirmo, con orgullo, q· nunca dejamos de pisar suelo español.

La mi madre, qual hormiga, había ahorrado durante ocho años aínas doscientos escudos, q· venían à ser dos piezas de oro, de las soldadas del mi padre e de las limosnas q· la daban à ella, pues las enfermeras no tenían más paga q· la comida e derecho à tres búcaros de leche al día, de los quales siempre me dio dos. Los nobles q· resultaban curados dábanle gratificaciones e, seguramente, algún pellizo. Ò eso hacían con las otras, q· yo no me meto.

Quien tuvo e ahorró, para la vejez guardò: numerosos maravedís sueltos e algunos ducados, todos ellos acuñados en España, aparecieron bajo el hogar, e eso porque yo me había fijado, q· el mi padre no lo sabía. Quiero dezir q· yo veía à la mi madre hurgar bajo las brasas e sacar una caja de madera requemada de debajo de las piedras, una vez de quando en quando. Se soplaba los dedos para enfriárselos à pesar de q· se tapaba las manos con paños. Veía yo q· recelaba hacia un lado e hacia otro, quando nadie andaba en la casa, abría la caja, metía algo q· sonaba à clinclineo de monedas, e volvía à tapar el escondite con las brasas de debajo del puchero. Al volver del frente, al atardecer de cada día, allí cocía las mismas acelgas con alubias ò con lentejas para el azoar del mi padre si se llegaba desmediada la noche.

La mi madre murió en el frente de guerra e nadie me quiso ò me supo contar de qué manera. Salvo por un arcabuzazo certero, la mayoría de los soldados morían à cuchillo ò à espada, pues las balas de cañô los dejaban malheridos, e las explosiones de pólvora los lisiaban como mancos ò como ciegos, pero no muertos. Las batallas, con los ejércitos formados en las campas al amanecer, unos frente à otros e gritándose alaridos quando chocaban, dejaban rastros de heridos e ayes, pero no más de diez muertos por cada bando el día de lucha más fiera. Los españoles conquistaron el orbe porque aguantaban bien la hambre, e los pueblos asediados se rendían pronto en quanto les faltaban provisiones, ya q· aquellos soldados no tenían fama de sanguinarios. E si manejaban bien el puñal e la toledana se debía, fundamentalmente, al defenderse de las pendençias entre la tropa, no por ataques ajenos.

Aquesto me hace pensar q· la mi madre, mujer bella e bien dotada para la criança, fuè muerta por ataque de gañán q· pretendía los sus favores e no por lança ni pica enemiga. E digo esto porque la noche antes de la ntra· marcha de Amveres trajo el mi padre un trapo maloliente manchado de sangre q· tiró al fuego, e quando le pregunté qué cosa era aquello, él me respondió muy secamente:

(Cap). Los testes del hideputa q· dejó solos à nos.

No recuerdo lo último q· me dijo ò q· la dije. Antes del amanecer, el capitán se levantaba del catre do dormíamos los tres. Yo le oía orinar en la silla q· pusieron en la estançia à tal efecto, bacinilla q· al punto la mi madre se encargaba de vaciar en el corral. Puestos jubón e calzas, marchaba à su quartel à encargar la guerra. Poco después, con los primeros rayos de sol, la mañana q· podía divisarse algo entre las nieblas en terruño q· no conoçe la luz, era la mi madre quien se levantaba para avivar los rescoldos del hogar en la cozina, calentaba en el pote la leche q· me había guardado, me despertaba para q· la bebiera entre trozos de pan, e se marchaba à la esquina por do pasaba el carro q· la llevaba à las tiendas de campaña del frente. Por ventura creo q· aquel día no la dije nada. Ò ¡Adiós, madre! mientras tornaba à adormilarme.

Sentí una soledad especial el día primero q· ella ya no se acostó con nos. Pero quizá fuè más el nudo q· se me puso en el vientre al oír al mi padre llorar toda la noche, pues nunca había asistido à nada pareçido. Aquella mañana, quando se levantó e miccionó en la silla, pensé para mí q· quién limpiaría entonçes los sus orines. Ansí q· lo hice yo mesmo. E yo mesmo quise avivar los rescoldos, pero se me apagaban más quanto más los soplaba.

Dado q· fuego no conseguí, rebusqué entre las cenizas la piedra q· levantaba la mi madre, q· en toda la infançia me perdió la curiosidad. Entre quemazones, pues no recubrí las mis manos con los paños, allí vi la caja de madera. La abrí con tiento, por si lo q· escondía ella pudiera escaparse por el aire, e me encontré con los sus peculios, q· agora ya eran ntros·. Del mi padre e de mí.

Al llegar el capitán, le enseñé el tesoro, todo volcado sobre la manta del catre. Nada más verlo, me arreó un golpetazo en la cara gritando:

(Cap). ¡Dò has robado esto!

Yo no pude responder q· ni robado ni nada porque comencé à sangrar por la mi boca. Antes q· atender el mi mal estado, el capitán se puso à contar las gananças, maravillándose de q· todo lo ahorrado por la mi madre fueran monedas acuñadas en la España de Ntro. Sñor· el emperador el primer Carlos, ya q· eran piezas válidas en todo el Imperio. Después, se sentó allí mesmo, por sobre el montô de maravedís e ducados, se recogió la cara entre las manos, e volvió à llorar. Yo le dejé solo mientras buscaba el modo de curarme la hemorragia.

Para el viaje, tornó las sus ropas de capitán por un atuendo de paño negro, como de mercader flamenco e casi judío; guardò el su sombrero de ala ancha e se tocó con gorra de marino. El cambio del su aspecto me hizo pensar si acaso más q· marcharnos de Amveres por decisiô conveniente no sería mejor por escapar de los justicias, e si los llamados huevos de un hideputa desconocido no serían los cojones del cançiller jefe de la enfermería, de quien el día anterior se corrió la voz q· había sido muerto de un tajo en una emboscada. Pero no lo pregunté.

Sí doy fè de q· en año e mitad no pisamos capital alguna. Desde Amveres à Valledeolit subimos e bajamos montañas, vadeamos ríos, acampamos en todo tipo de posadas, comimos por los caminos, pero no estuvimos nunca à menos de día e mitad de qualquier ciudad q· tuviera más de zincuenta vecinos e, por tanto, los justicias por las calles.

E gastamos buena parte del dinero q· había ahorrado la mi madre porque el capitán nunca ganó un maravedí e yo, de robar algo à los descuidados, sisaba comida. Alguna vez, me preguntó q· si me pareçería bien quedarnos en tal sitio ò en tal otro, para dedicarse él igual à herrar cabalgaduras ò à sembrar trigo ò mijo ò levadura, pero antes de q· yo le contestara q· el mi pareçer no contaba e q· estaba bien lo q· decidiera, ya él se había respondido:

(Cap). Lleguemos hasta la capital, q· allí no habrá perro sin la su pitança.

Entramos à Valledeolit por la Puerta del Puente, por el llamado puente Mayor, el único q· cruzaba el Pisuerga. Era la Primavera e veían bravas las aguas e, por allí, más bien limpias e no fétidas, aunque rebosantes de ramas e troncos q· chocaban contra los pilares, pues no pasaban fácilmente por ninguno de los sus ocho ojos. Con el tiempo supe q· era raro el año q· el río no se desmadraba con los deshielos inundando las calles hasta llegar al mesmo convento del Carmen, à la otra punta del puente Mayor, saliendo para Madrid, quando el cauce ya no era transparente, sino residuos de orines llegados de la ría Esgueva.

Sin ser puerto de mar ni tener la fama de la Corte de París ò la de Roma, Valledeolit me pareció grandiosa en un primer momento por las sus muchas fachadas de piedra blanca. Desde lejos ya se distinguían los campanarios de las yglesias de Sant Martín e de La Antigua, muchos tejados de palacios grandes, espadañas de conventos, e los nidos de cigüeña en la torre de la Colegiata.

Más q· ciudad en la q· se distinguieran barrios altos e bajos, todo me pareció ser un único arrabal sin muros, pues la vi llana como la mi mano, con calles ondulantes q· se amoldaban al curso de los distintos regatos de la Esgueva según horadaba la villa como dedos q· nacen de la mesma palma. E, por ençima del todo, las cigüeñas, q· pareçía la planicie hecha para asombrarse del su volar.

(Cap). ¡Aquí ya no me reconoçerán!

Me dijo el viejo capitán propinándome un buen mandoble en el hombro, de contento q· se puso.

(Cap). Aquí echaremos raíces, Rodrigo.

E las echamos, válgame el Cielo. Lo q· me pareçió grandioso el primer día se me clavó en la espalda según pasaron los meses. De tan llana q· es, aparenta q· no se camina, pero leguas se te meten entre las piernas e mil piedrecillas entre los pies. À fuer de recorrerla, comprobé q· era villa de calles estrechas, esquinadas, polvorientas en verano e sucias todo el año, pues, salvo dos dozenas, estaban sin empedrar. Decía el municipio q· no teníade dinero para más, e à cada poco se organizaban trifulcas de los nobles con los corregidores.

Tras cruzar el puente e llegar hasta la colegiata, antes siguiera de limpiarnos el polvo de los caminos, entramos en la primera taberna elegante q· vimos, el mesô de Magaña. Sería para darse una importançia q· no teníade, ò sería porque estaba con ganas de yantar, pero pareçió la nstra·mesa un banquete de la Reyna la Católica, sin hacer caso a la sabiduría: para dar e para tener, seso es menester.

Saboreamos corvina e sardinas, gallyna e cabrito, regado el todo con vino blanco de Rueda, q· dijeron era lo mejor el pedir vino de los pueblos de la provinçia e no de la capital, q· se volvía cabezô e gustaba más amargo. Al terminar, el capitán preguntó al mesonero dò era mejor hospedarse, e el hombre del mandil de esparto, desconfiado como todos los vecinos de la villa, le respondió seco:

(Mes). Si tiene tantos escudos como aparenta, à las casas del Ochavo ò de la Corredera. E, si acaso se le termina la hacienda à Vuestra Merçed, à las casas frente à la yglesia de la Magdalena. E como no tenga ya de nada, al barrio de las Tenerías.

Quando llegué, era una ciudad con dos centros: la Colegiata de Santa María la Mayor, el primero. Sus campanadas marcaban el día e las noches. Los mejores palacios se construían desde allí hacia el norte: el colegio de Sant Gregorio, la Chançillería e la Ynquisiciô, pues más allá ya eran moradas bajas de los arrabales, llamados también de la Rondilla, e de las huertas.

Mirando desde la Colegiata hacia poniente, en la plaça Mayor no había más q· mercaderes detrás de las casas consistoriales, q· más parecían viviendas molineras un muy poco ilustradas. E de ahí hacia mediodía, sólo el convento de Sant Françisco, la yglesia de Santiago e el palacio de doña

María de Zúñiga daban categoría al barrio hasta la calle del verdugo e la puerta del Campo.

El otro centro era Sant Benito, desde do los benedictinos gobernaban el su orbe. No había yglesia ni monje en el Imperio q· no dependiera de aqueste convento, como otros lo hacían de Roma. El su convento era el de mayor extensiô de todos, con claustros, caballerizas, bodega, botica, jardines e huertas. El muro de poniente llegaba desde la entrada del espolô nuevo e el plantío de moreras hasta la Real cárcel de la ciudad e galeras, por toda la ribera del Pisuerga. El de mediodía, desde allí hasta la llamada calle de los aguadores, perpendicular à la rinconada. El de oriente, toda la calle de los aguadores hasta rótulo de Cazalla. E el del norte volvía hasta la entrada del espolô nuevo. Incluso las casas hasta la calle Zapico tambien fueron propiedad de los monjes hasta q· las vendieron por falta de rentas.

Lo q· no podía saber yo al llegar à la ciudad e hacerme cargo de las sus grandezas, q· lo más importante de la mi vida no iba à pasarme por sus calles, sino muy por ençima ò muy por debajo déllas. E q· ese tal Venançio el Noquero iba à convertirse en el mi diablo: en el mi muy peor enemigo.

ARCHIV3699947011209489999302112346561IMPRX
SYSTEMWRITER9,66MILISEGUN2TXTOMODIFIKDOPROG
LITERARIOESTILORETROS21TRANSCRIPCIONTXTOSORIJINALES
EXACTAENGRAMATRIKARKIKORDN734248243455334dos
eSPAÑOLPUROPUNTUACIONCLASIKYPALABRASSEPARADAS
MARKNMINERFERROV561TAHIPERVINCULOIMAGVIRTUAL
AUDIORECUPERADOBUZONENVIODSCONOCIDO.TXT
QLARITARECTORA.21012101. **REPORTE D PINCIA, AÑO 2061.**

—¿**Y**a sabe lo que son las lentejas? —El anciano aspiraba con la nariz xa q le llegara el aroma dl plato humeante q la monja estaba sirviendo a Helisabetta, cuyo habito blanco puro hacia resaltar + su negritud. Inspiraba fuerte, seguro d q la legumbre supondria una novedad xa la dieta d una joven profesional estable.

—Claro. Ayudan ante las enfermedades cardiacas porque disminuyen los niveles de colesterol y grasas debido a su contenido en fibra y fitatos. Son recomendables en la diabetes, ya que sus hidratos de carbono se absorben muy lentamente. Además, tienen un alto componente antianémico por su riqueza en hierro fácilmente asimilable y se catalogan como buena fuente de proteínas, sobre todo si se combinan con arroz. Para mejorar su digestibilidad, conviene cocerlas un buen rato con un trocito de alga Kombu. —Sonrio satisfecha—. Sí: sé lo que son las lentejas.

—¡Madre de Dios! —exclamo la madre Oshilaola.

—¡Me doy cuenta de que el no sabía qué son las lentejas era yo! —asintio boqiabierto, esperando a q la relijiosa se acercara con la fuente y el cucharon xa servile un plato bien colmado.

Ambos la miraron ksi dsenkja2.

—Son obligatorias, una vez cada tres semanas, en la Normativa Nutricional de mantenimiento —explico la joven como sin qrer—. Junto con quince minutos de ejercicio diario.

—¿Y les obligan a saberse las características de todos los alimentos?

—Bueno, soy bióloga marina y especialista en nutrición. Tengo que saberlo —resolvio con humildad y una sonrisa.

—¡Ajá! —El arzobispo se remetio la servilleta x entre el alzacuello, inclino el mnton y bendijo la mesa con una oracion breve musitada en un bisbiseo y solo xa el—. No le habrá molestado la ofrenda... —pregunto a su invitada antes d levantar la kbeza.

—Claro que no.

Alli se encontraron 2 gneraciones q nada tenian q ver entre si pero q habian consegido relajar el muro d la dsconfianza.

Un hombre y una mujer; un anciano y una joven; un relijioso y una agnostik; el hombre, edukdo en la civilizacion anterior al *Mundo Unido* y, la joven, paradigma d ls nuevos valores dl *Opcionalismo*; el viejo, alejado d la tecnolojia y, la chica, amante d cualqier nuevo aparato hologramatico o tridimnsional; un arzobispo enemigo d la sociedad amoral y una profesional estable entusiasta d ls leyes d la Armonia...

2 mun2 humanos.

—Bueno, ¡al menos nos gustan ls lentejas! —sorprendio Helisabetta con una krkjada, pues ambos reflexionaban sobre sus diferencias sin q hubiera hecho falta expresarselo.

El arzobispo prefirio terminar su plato antes d hablar y lo djo tan limpio q parecia no haberse servido nada. Dspues, se repaso ls morros con la servilleta y observo a la joven, sentada frente a el y con la mirada en ls legumbres.

—El que habla durante la comida, pierde bocado.

—Eso decía mi progenitor, sí. —sonrio.

—Cuénteme...

Helisabetta suspiro profundamnte disponiendose a contar una larga historia q no habia preparado. Djo la cuchara sobre la loza con un golpe + rui2o dl q a ella la habria gustado.

Busco en su mnte el mejor modo d empezar y el anciano la ayudo.

—Usted estaba en las Bahamas… ¿Recuerda?

—Claro, y me llegó el aviso de la muerte de mi progenitor. Después de muchos trasbordos y esperas en los aeropuertos, aterricé en Norba Caesarina. Me permitieron omitir la cuarentena. Fui directamente a reconocer el cadáver y procedimos a la incineración. —Hizo una pausa tras enajenarse con un pensamiento q parecia no haber procesado anteriormnte—. ¿Puedo contarle lo que más me sorprendió cuando acepté que aquel hombre era mi antecesor y que estaba muerto? —El arzobispo no movio la kbeza—: Que no tenía a nadie a quien contárselo. Que me había quedado sola. —Espero en silencio xa obtener un asentimiento en la otra parte d la mesa—. Sola. Y sola recogí las cenizas. Así que marché a casa de mi progenitor con mi mochila y una urna de vidrio reciclado. Abrí la puerta y esperé, fíjese que tontería, a que él acudiera a recibirme… Me emocioné y creo que estuve llorando cinco o seis horas. —Le miro pidiendo disculpas con el gsto—. Está permitido llorar en el ámbito privado, ¿eh? —El arzobispo asintio y ella continuo el relato con el tono anterior—. En la incineradora funeraria me dieron un holograma de ayuda sicológica, pero fui incapaz de activarlo. Hay veces que no es posible hablar con un ente, por muy preparado que tenga el programa para consolarte, ¿no cree?

—Yo no hablo con hologramas.

—Si no podemos vivir en pareja, si las reuniones públicas tienen que ser tan asépticas que no podemos susurrar, ni nadie puede darte un abrazo… Al menos, los hologramas sirven para no sentirse completamente solos. Dan cariño. En la nueva *Station* ya hay hasta mil ochocientas posibilidades distintas. Es decir, que ni aunque activara cada día un programa, podría recorrer todas las personalidades: tengo animosos, reflexivos, pensadores… ¡Hasta una colección de cocineros con recetas de todo tipo! Hay algunos tan bien hechos que parece que fueran un humano. Son cultos, comprensivos, tolerantes, asexuados, limpios, concretos, seguros… Perfectos.

—Sin alma, no pueden ser perfectos, señorita.

—Si su *Alma* se refiere a la personalidad de cada cual, estamos de acuerdo.

—Es que mi *Alma* se refiere al alma… no a la personalidad. Hay palabras para cada cosa. Esta sociedad tan moderna se diluye por falta de conceptos trascendentes. La superabundancia sólo lleva a pensar en tonterías.

—Si le digo la verdad, yo siempre voto *Sí* los primeros viernes de mes para que no me vengan con cuestionarios larguísimos, así que le parecerá que estoy de acuerdo con toda la parafernalia de nuestra sociedad pero… La distancia entre las personas, que está muy bien a veces, no creo que sea el mejor modo de vivir.

—Yo no participo en las votaciones de los primeros viernes de mes. ¿Ganaron alguna vez los argumentos de quienes no gestionan?

—Eso le digo: si votas *No*, el Systema te envía un cuestionario para analizar tus reacciones y comportamientos. Ni siquiera es un holograma, sino que tienes que teclearlo tú misma en la computadora para que suponga más trabajo. El primer viernes que pude votar, nada más cumplir la mayoría de edad, me hizo mucha ilusión. Me dije: *Ya tienes dieciseis coma ocho añazos y tu opinión es tan válida para el Mundo Unido como la de cualquiera de los rectores.* Y me lo tomaba tan en serio que pasaba horas y horas examinando la documentación y escuchando los hologramas. Pero, cuando votaba *No*, me re-enviaban un cuestionario, y otro cuestionario, y otro… Así que decidí votar *Sí* a todo. En líneas generales, lo que proponen los rectores es bueno. O, al menos, bueno para los estables. Si yo fuera mudable o fluctuante, no estaría tan segura —sonrío inocente—. Y si fuera inclasificado…

—La estratificación por grupos solidarios es un horror. Resta libertad.

—Pero nos concede estabilidad y paz. Mejor vivir en Mundo Unido que en Países Externos.

—Eso es propaganda oficial.

—Quizá.

Helisabetta se qdo taciturna: ese tipo dcia tacos, fumaba y hablaba abiertamnte contra el rejimn q garantizaba la Dmocracia, la Tolerancia y la Convivencia, ls pilares dl *Efepecé*. Ese anciano era un revolucionario dsorejado.

¿Dberia segir hablando con el?

—Mi progenitor siempre votaba *No* —informo xa congraciarse con el arzobispo y el anciano sonrio—. No y no y no, y, luego, cuestionario, cuestionario y cuestionario. Después de trabajar en el taller, se pasaba horas con los cuestionarios. Yo le decía, *Pues vota Sí, Bartolomé*, y él aparecía en el audiodimensional con los hombros encogidos y respondía *¿Qué lo voy a hacer?*

—¿En qué trabajaba su padre?

—Tenía un taller artesano de restauración, especializado en madera policromada y vidrieras.

—¡Vaya! No debe haber muchos de esos.

—Creo que sólo cinco en todo el Mundo Unido. A veces, se llama a trabajadores de Países Externos para que ayuden. Está permitido.

—Bonita concesión... —Acoto con sorna—. Y si su padre vivía con su madre hasta que enviudó, ¿era fluctuante?

—Mudable. Por tener especialidad. Si yo decidiera vivir en pareja o criar al ser que fecundara, también sería mudable... Quizá un día lo haga. Por el momento, prefiero ser estable.

—Sea usted mujer, señorita.

—¡Eso ya lo soy! —salto como un resorte y se asomo una muek d indignacion parda.

—He querido decir, *Persona* —aclaro con sonrisa amplia.

—Ah, perdón: le entendí asexuada. —Busco rapidamnte un argumnto xa disipar el malentendido. Resoplo—. Es que yo puedo estar de acuerdo en que las mujeres no seamos esposas tipo siglos pasados y vivamos la maternidad sin ataduras de pareja. Pero ser progenitora y no educar al descendiente me cuesta más. Aún así, podría cumplir con la obligación de gestar, incluso con las características de clonación que crean necesarias los rectores, y entregar el ser. Lo que me parece un vivir sin sentido es comportarme como los asexuados, que ni pareja, ni educación y, ya, ¡ni maternidad! Quizá sea un poco anticuada.

—A mí no me lo parece, desde luego… —El arzobispo enfatizo un buen semblante xa corroborar q no le habia molestado el leve gsto d indignacion d la joven, aunq la Normativa d Convivencia y Tolerancia impidiera esa exhibicion d emociones—. Pero desde la formación del Mundo Unido tengo perdidas todas las referencias…

Helisabetta se le qdo mirando a ls ojos: no habia conocido a nadie q tuviera tantas convicciones y tan claras. Y nadie q la hablara con tanta sinceridad, sin estar pendiente dl Systema d grabacion.

—¿Puedo preguntarle su edad? —Pregunto, finalmnte.

—¿Eso lo permite la normativa de Talante Social? —se sonrio sarcastico, esperando la reaccion incomoda q se produjo en la chik.

—No. No se puede preguntar ni edad ni sexo. —Se sintio atrapada xq era norma estricta xa conservar la armonia dl Opcionalismo—. Sólo *Grupo convivencial*, pero el suyo ya lo sé: rector religioso permitido.

—Ja, ja, ja —el puñetazo en la mesa hizo saltar ls cucharas d ls platos y ls vasos d cristal, girigay ahogado solo x la tremnda risotada—. Re-li-gio-so per-mi-ti-do. ¡Qué lenguaje! —Helisabetta abrio ls ojos xa tantear si asi le entraba el chiste x algun sitio. El anciano respondio sin perdr el buen humor—. Pues tengo ochenta y dos años. Nada menos…

—¿Y le permiten?… —Se interrumpio xq el resto d la pregunta podria resultar muy ofensiva y una cosa era la confianza creada y otra una trasgresion tan grave d la normativa d Talante Social.

—Si me permiten… —hizo una pausa y entrecerro ls ojos con malicia— ¿Seguir en el cargo?… ¿Se refiere a eso?

—Eso quería decir —bajo la vista, avergonzada. *No era eso.*

—En la Iglesia Católica no desterramos a los mayores de ochenta a las Islas de la Salud, por mucho que hasta el clima esté acondicionado para disfrutar, ni a los centros euzanáticos. Tampoco proporcionamos sedación. Yo me divierto con esto que ve —hizo un circulo extenso con la mano—. Y, desde luego, está prohibida la eutanasia a los noventa o ante enfermedades terminales. Ya lo entenderá cuando sea mayor. Si la pregunta es si me permiten vivir, la respuesta es sí.

—Ya… *Sí, era eso…*

La joven, turbada y ruborizada, intento q no se la oyera ni respirar. La conversacion sobre la muerte no era bien acojida entre ls jovenes.

—Pero hábleme de usted y de su problema, señorita: ¿en qué enredaba su padre?

—Yo, esto… Yo no vivía con mis antecesores desde que entré interna en la escuela y, al terminar, me instalé en mi módulo habitacional para conseguir el título de profesional estable, como todos. Le digo esto porque yo… Bueno, no sé muy bien en las cosas en las que andaba metido.

—Me contó lo de Alonso Berruguete.

—Sí, eso me lo dijo en una comunicación.

—Y la *Tinta invisible.*

—También.

—¿Y por qué lo relaciona con la procesión?

—No lo sé exactamente, señor… El taller de mi progenitor es un medio habitacional a las afueras, con un módulo de vivienda y otro con todo tipo de herramientas viejas, maderas, horno, pinturas… Huele muy bien. Huele distinto a todo.

—Ahora nada huele a nada… ¡Salvo las lentejas! —Se sonrieron.

—Quizá decida irme a vivir allí pues, aunque me convirtiera en mudable, obtendría fácilmente el permiso. Tengo créditos suficientes. No creo que fuera problema cambiar mi residencia de profesional estable por eso. Quizá perdería algún punto y posibilidades para la candidatura a la clonación, pero… No sé… Estos meses he estado viviendo en mi módulo habitacional de siempre. El caso es que me entretuve algunos días en verano en saber qué tenía allí mi progenitor. En el módulo de la vivienda, además de unos hologramas viejísimos que sólo eran tridimensionales si le echabas mucha, pero que mucha, imaginación, no había nada especial. Y en el módulo del taller, un montón de papeles, libros, piezas rotas… Ya le he dicho. El caso es que, hace unos días, cinco meses después de la desaparición de mi antecesor, activé la computadora por ver si había algo de interés.

—¿Y? —el anciano se inclino hacia ella, interesado.

—Las primeras claves eran fáciles. Ya se lo puede imaginar: *Helisabetta* por todos los lados. Y, cuando no, *Dolores*, el nombre de mi progenitora. Así, hasta llegar a los documentos de trabajo de la carpeta *Tinta*. Le pedí al ordenador que me los mostrara y salió un listado. Cuando mandé abrir los documentos, no sólo me pidió clave, sino iris. —Wardo silencio con gsto deprimido, esperando la misma cara d dcepcion en el arzobispo. Pero el anciano ni parpadeo. Helisabetta se vio en la obligacion d aclarar—. Iris. ¿Entiende lo que es *Iris*? —El hombre no movio un apice dl rostro, y ella se vio en la obligacion de aclarar como a un crio peqño—. Que sólo podía desencriptarse con el ojo de mi progenitor…

El arzobispo, solo en ese momnto, se echo hacia atras con una muek d contrariedad. Luego reacciono perktandose dl problema, como recibiendo un golpe en la cara:

—¡Claro!… Y está incinerado…

—Sí. —Afirmo Helisabetta subrayando una evidencia.

Qdaron mu2 unos instantes.

La monja rompio el silencio. Entro con una fuente llena d frutas y la djo en la repisa d una d ls librerias, en mal eqilibrio, mientras fue a recogr ls platos y ls cubiertos.

—Madre Oshilaola, le he dicho muchas veces que no me gusta que descuide ahí la comida... ¡Puede caerse! —protesto el arzobispo adusto, aunq sin levantar la voz.

—¿Qué culpa tengo yo de que usted ocupe mi carrito con sus libracos? —respondio ella con mucho nervio y un toq d mal humor. Helisabetta concluyo q, a pesar d parecer mnor d 40 años, la relijiosa manejaba al arzobispo con autoridad d amazona nacida en la selva—. ¿Han comido bien? —pregunto sin mirarles y sin esperar respuesta.

—¡Excelente! —se apresuro a contestar Helisabetta x si al arzobispo le daba x dspedir a la monja con alguna incorreccion. Pero no vio en su expresion ningun animo d venganza. *Reñirán unas cuantas veces al día*—. ¿Las hizo usted?

—¿Quién si no? —respondio la mujer, levantando la mesa. Helisabetta se fijo en q podria ser somali x su extremada belleza.

—¿Oshilaola? —pregunto imprudnte sin klibrar q, qiza, podria ser una curiosidad no apta aunq fuera emitida con gsto d amabilidad. La relijiosa la miro con dlikdza.

—Significa *Negra* en kwanyama ¡Bromas del arzobispo! —el sonrio mirandose ls rodillas—. Mi verdadero nombre es Okwenye Okuna Oupyu.

—¡Imposible de decir! —protesto exagradamnte el anciano—. ¡Trabalenguas! ¡Su nombre es un trabalenguas!

—¿Y eso? —inqirio la joven.

—Viene a ser *Primavera Soleada*, nombre que suele ponerse a las primogénitas de mi tribu.

—¿Llegó usted de los Países Externos?

—Mi madre —dijo la relijiosa y la contemplo profundamnte en silencio 4 segun2—. Mi madre vino de África.

—Su progenitora, ha querido decir —una profesional estable estaba en la obligacion d correjir el lenwaje y ls actituds a to2 aqllos q no fueran rectores.

—¡Mi madre! —Insistio la relijiosa, elevando el mnton. Nadie en el mundo iba a correjir sus convicciones.

Helisabetta prefirio no amonestar d nuevo xa no continuar x un kmino q iba a concluir en un enfrentamiento x ls normativas, entre ls q ya habia observado una infraccion importante: q el habito blanco d la monja no parecia ser d tela uniformada y dbia d producir sudor. Sonrio.

—¿Sus progenitores eran somalíes por casualidad? —Pregunto amable.

—Mi madre era de origen somalí. Mi padre era de aquí. Me dejó de herencia los ojos azules.

—¡¡Y ella se metió a monja para fastidiar al arzobispo de Pincia todo lo que se le ocurre y más!! —rezongo el anciano, en lo q sono a una enrevesada muestra d kriño.

La madre Oshilaola solto aire x la nariz en una qmazon finjida y termino d recogr. Helisabetta aprovecho xa ir a x su krtera, q habia djado junto a la silla dl otro lado d la habitacion. Cuando volvio, la fruta fresk ya estaba en medio d la mesa y dcia ¡Cómeme!

—Desayuno fruta, como fruta, pico fruta entre horas y ceno fruta ¿qué le parece, arzobispo?

—Un poco exagerado, la verdad. Y si está escrito en alguna normativa, sigue siendo igualmente exagerado.

La joven rio y extrajo el dispositivo movil. Enarbolandolo anuncio: *Aquí tengo grabados los títulos de los archivos. La razón por la que me puse en camino.* El anciano pulso un boton d su silla d ruedas y se acerco hasta cogrle el aparato, q era mnudo como una tarjeta d credito aunq pesaba algo + d lo q habia supuesto.

Lo reviso d arriba abajo, pero no leyo nada.

Se la qdo mirando con cara d interrogante d apertura y cierre.

—¡¿Qué?! —se sorprendio ella.

—Aquí no pone nada.

—¿Cómo que no pone nada? —Se eskndalizo.

—¡Nada!

Helisabetta le arrebato el dispositivo, aterrada. Lo miro y ordno: *Abrir archivo de títulos de casa de mi progenitor.* Una luz azul parpadeo en el filamnto dl rectangulo, d no + d 5 milimetros d espesor, y proyecto una imagn a lo largo d uno d ls la2 x media cuarta d alto.

—¡Vaya!, ¡qué susto! Creí que había notado algún error de funcionamiento. A veces, ocurre por el salitre de las Bahamas…

El arzobispo aun permanecia atonito. Resultaba q ese rectangulo metalico q le kbia en la palma d la mano proyectaba la imagn como si fuera la pantalla d un ordnador en el aire.

Dudo d confesar abiertamnte su sorpresa:

—Eh... Nunca lo había visto...

—Es lógico. Último modelo. ¡Plasticresintant!. Al alcance de las profesionales estables con más de sesenta créditos y ningún exhorto. Es audiodimensional y ordenador con mil RAM. Las holografías sólo se proyectan en dos dimensiones y no son circulantes, pero tienen buena calidad de color. Sobre todo, el sonido es excepcional. ¿Le gusta?

—Bueno, no sé si me gusta. Tiene que enseñárselo a la madre Oshilaola, a ella sí que la iba a gustar. ¡No le dejo que despilfarre el poco dinero que tenemos en esos artilugios!

Helisabetta se qdo extrañada. Ksi ofendida. *¡A todo el mundo le gusta mi dispositivo móvil en cuanto lo enseño!* Y pregunto: ¿Ve bien ls letras?

—Para eso, necesitaré mis gafas de ver.

—No se preocupe, nos lo leerá. —Kmbio el tono d voz y ordno con seriedad—. ¡Leer archivo!

Una voz sexualmnte muy sugrente leyo con parsimonia *Archivo de títulos de...* y la joven grito *¡Alto!* Luego, miro ruborizada al arzobispo y se excuso:

—Le puse voz sensual para una broma de... Bueno... No me esperaba verle a usted... Eh... —Se rasco la crin, confusa, y se sonrojo mas—... ¡Voz neutra! —mando sek.

El anciano no daba credito a lo q estaba viendo. El dispositivo kmbio subitamnte la modulacion dl sonido y leyo d nuevo:

—*Archivos de títulos de casa de mis progenitores. Listado por orden alfabético: Alonso Berruguete; Carlos primero; Comunica-*

ciones con la NASA; Felipe segundo; Juan de Herrera; Juan de Herrera acueducto; Norba Caesarina iglesia de Santiago; Pincia calderonas; Pincia Caballeras de Santiago; Pincia conventos; Pincia Geografía; Pincia Historia; Pincia iglesias y ermitas; Pincia siglo XVI; Pincia Teatro Calderón; Tinta invisible.

—¿Comprende x qué me vine a Pincia? —elevo ls cejas y abrio ls ojos al preguntar.

El arzobispo la miro qdo. dspues, sacudio la kbeza.

—Entiendo por qué se ha venido aquí. Lo que no entiendo es qué significa todo eso junto.

—Yo, tampoco.

—¿Puedo copiármelo en una de mis hojas?

—Por supuesto.

—Pues díctemelo despacio. Supongo que dentro de un par de minutos vendrán a avisarme de la audiencia de las tres, señorita Helisabetta. Copiaré ese jeroglífico y lo estudiaré después. ¿Podrá venirse mañana por la mañana?

—Es usted muy amable. Estaré mañana por la mañana y no sabe cuánto le agradezco su ayuda.

—No hay de qué.

Se sonrieron sin disimulo.

Prune Bulhman, d ascendncia coreana, 33 años y mo2 exqisitos, ejemplo d profesional estable en la krrera hacia su futuro nombramiento como rector especializado en Seguridad, se pellizkba el labio inferior con la mirada perdida buskndo respuestas a 2 preguntas q habia escrito en su pantalla: *¿Quién?* y *¿Para qué?* El Systema le advirtio, entre algunas otras posibilidads mnos llamativas, q la muerte dl mudable Bartolome Fuencisla podria tener su orign en una conspiracion.

Cuando el joven creyo estar a punto d conseguir la formula d la *Tinta invisible*, el artesano —con qien el mismo habia mantenido 5 conversaciones x audiodimnsional, aparentemnte como si fuera un investigador d la NASA interesado en sus dscubrimientos sobre el trabajo d ls vidrieros medievales— murio en mitad d la Procesion Mundial d la Semana Santa x sobredosis de tranqilizantes, según ls archivos del Systema.

Su dsaparicion fue analizada preceptivamnte rellenando ls preguntas basiks dl cuestionario *Secreto-D*, accesible unikmnte a algunos rectores vincula2 a la vijilancia. La palabra *Conspiración* fue dictada x el holograma con el mismo tono neutro d *Accidente* o *Irradiación exógena del producto que investigaba*, pero en su mnte sono como con altavoz. Ls *ordenadores no tienen intuición*, murmuro fastidiado, segun qdo rejistrado en el Systema.

El dspacho d Prune estaba en la misma planta 47 q el dl director dl CDMU, pues la investigacion sobre nuevos armamntos era basik xa el *Mundo Unido*. La leccion aprendida mientras existio la Organizacion dl Tratado dl Atlantico Norte frente al Pacto d Varsovia fue q ls enemigos se arredraban y permanecian en klma si sabian q el contrario poseia armas verdadramnte dstructivas.

En el año 2015, la gerra d to2 ls paises d la tierra contra el considrado *Bloque de Occidente*, q se resumio en un enfrentamiento sanginario entre paises pobres contra ricos, comnzo 2 semanas dspues dl gran acto d dstruccion d to2 ls misiles nucleares. Ls representantes d ls esta2 acudieron a convertir en chatarra ls 10 ultimas bombas inteligntes en nombre d la paz, entre abrazos y promesas d un futuro estable. Occidnte saboreaba aun ls sonrisas y ls apretones d manos cuando ls paises arabes comnzaron la Gran Gerra x Ala, q duro 6 años hasta q se formaron ls fronteras entre ls *Países Externos* y el *Mundo Unido,* y se proclamo la liberacion.

Las bombas convencionales no podian contra ls muchedumbres. Ls estratejias y ls aparatos electronicos militares tampoco vencieron a ls corazones enfervoreci2.

Asi q lo q antes fue Occidnte se qdo en la mitad Norte dl continente amerikno hasta Alaska, Europa hasta ls Urales y ls islas japonesas. El resto, paso a ser d dominio musulman, salvo el Tibet, q se entrego a ls la+.

Sin pensarlo 2 veces, el asistente d confianza dl jefe dl *Centro de Defensa del Mundo Unido* cruzo el pasillo y entro en el dspacho d Adriano Bayarri toknod con ls nudillos y sin esperar permiso d entrada, como siempre q se sentia en una urgncia.

—Señor: el Systema advierte de una posible conspiración.

Bayarri le escruto cual drmatologo analizando una erupcion kncerigna, sorprendido y molesto d q algien —en este kso, *Algo*—, hubiera llegado a una conclusion muy alejada d su pensamiento.

—No es posible —respondio altivo y observo a su ayudante en medio dl dspacho, con ls manos extendidas pidiendo disculpas.

El joven Prune Bulhman colaboraba estrechamnte con Adriano Bayarri gracias a su oxcolonto curriculo, gran memoria y kpacidad d relacionar hechos diversos, ocurri2 en distinto tiempo y en diferente espacio, xa lograr un solo objetivo.

Aqllo era lo q + podia entusiasmar a su jefe.

El ordnador selecciono un listado d 80 kndidatos, y el director dl CDMU le elijio tras entrevistarlos personalmnte: valia el historial informatico, pero mucho + su intuicion.

—¿Puedo ordenar al Systema que nos lo holografíe en su audiodimensional? —pregunto, convencido d q la respuesta seria afirmativa y haciendo el gsto d enkmpanar la voz xa dictar una disposicion mirando a nada especialmnte.

—Prefiero que me lo cuente usted, Bulhman. —Bayarri acentuo la klma xa q su subordinado recobrara el aliento q se habia djado x el pasillo, pero no le sujirio q se sentara en uno d sus sillones confidntes.

—De entre los parámetros analizados… —el joven miro al suelo xa recordar ls datos exactos y se retorcio ls manos—, el Systema alerta de la posibilidad de que no sólo el artesano mudable Fuencisla estuviera en el secreto del arma de Carlos primero…

—Eso no es posible —espeto enfadado y se separo d la mesa con un empujon de ls manos. Se cruzo d brazos y d piernas xa djar sentado q Bulhman dberia escogr muy bien sus palabras. Intuyo q si la amnaza era cierta, Mundo Unido se enfrentaba a graves proble+.

—Bueno… Existe una posibilidad de entre un prácticamente millón de que alguna de nuestras conversaciones fueran recogidas por los sistemas de vigilancia de los Países Externos.

—¿Eso dice el Systema? —pregunto muy extrañado.

—Eso dice, señor…

—¿Datos contrastados?

—Variaciones algebraicas del programa de probabilidades más potente, señor. Técnicamente, es una *Fisura aleatoria* en las comunicaciones.

El director dl CDMU se levanto y miro x la ventana, dando la espalda a Prune. Adriano Bayarri fue condcorado como el soldado + joven con mayores exitos en el kmpo d batalla europeo y pudo cursar su krrera militar en Tiphis, kpital dl *Mundo Unido*. Asi hasta ser nombrado uno d ls 1°s rectores d la nueva civilizacion.

—¿Y qué pueden haber oído? ¿Que un artesano había encontrado la fórmula de una tinta invisible que no nos quiso revelar? ¿Dónde está el problema? Ellos no conocen la historia de Carlos primero.

—Hay una posibilidad entre ocho mil de que sí lo sepan, señor… Según el Systema, quiero decir…

Bayarri qdo en silencio con ls manos en la espalda y no se movio durante 22,7 segun2. Dspues, se jiro hacia su asistente.

—¿Y qué propone? Hace cinco meses que murió y estamos bloqueados.

—Por eso mismo, quizá los espías de los Países Externos nos lleven mucho tiempo de ventaja. De momento, responder a la pregunta *¿Para qué?*, y, luego, *¿Quién?*

—La primera es sencilla: para lograr un arma mortífera.

—Entonces, queda por resolver la segunda.

El responsable maximo dl CDMU volvio a su sillon, dsconfiado. Masculo d nuevo y x 2 veces *No es posible* antes d levantar la vista y encontrarse con la dl joven Bulhman, al bord d un ataq d nervios con la respiracion ligramnte entrecortada y el corazon acelerado, segun ls datos somaticos q se conservan en ls archivos.

—Señor, los ordenadores no tienen intuición, pero aprenden.

Bayarri no movio el gsto:

—Eso no sé si es bueno… Está bien, busque a ése o a esos *Quién* o *Quiénes*.

Prune Bulhman, tras aqlla ordn dicha en voz baja a ls 5 meses y 2 dias d la muerte dl artesano, se zambullo en ls logaritmos dl Systema xa encontrar ls mo2 d neutralizar al enemigo.

Lo 1° fue loklizar a la unik persona q seria kpaz d conducirles hasta ls secretos d Bartolome Fuencisla: su vastago. Lo 2°, disponer d ls mejores dscodifikdores d comunikciones xa dsencriptar alguna clave, algun orror cometido x ls espius q le llevara a la pista d la salvacion dl *Mundo Unido*.

Helisabetta sintio q Pincia era una ciudad anclada a principios d siglo. Solo ls ruinas dl raskcielos *Símbolo de la Paz*, junto al rio Pisuerga, iluminadas x la noche como emblema d ls dsas3 d la gerra, recordaba q la liberacion dl *Mundo Unido* tambien paso x alli. Incluso el numero d habitantes habia dcrecido en el ultimo dcenio hasta qdarse en 399.082, la mayoria mudables y fluctuantes, con una minoria d estables q habian importado la moda d ls asexua2, y el porcentaje establecido d rectores e inclasifik2.

Qdo corroborado x ls 35 parametros d evaluacion q en aql momnto existia un clima gnral d vida *Familiar* anterior al *Opcionalismo*, pues, entre ls fluctuantes, era habitual q vivieran en pareja, criaran a su propio vastago, y, en la mayoria d ls ksos, la fecundacion se producia x coito natural. Eso daba a ls klles un aspecto distinto al d ls grands foros: resultaba poco habitual encontrarse con clones o individuos d aspecto reglado.

A diferencia d ls sociedads con mayoria d estables, ls pincianos wardaban mnos distancia d respeto q la indikda en ls normativas, y hablaban + alto. Indistintamnte, ls prognitores d ambos sexos kminaban en muchas oksiones agarrando d la mano a su puer y, en ls bares o lugares d encuentro, habia qien llamaba la atencion a su interlocutor tocandole levemnte el brazo sin que esto irritara o, siqiera, sorprendiera.

La joven salio dl Palacio Arzobispal y enfilo la 1ª klle con la q se topo xa volver al hotel, y solo 6 o 7 metros dspues se dio cuenta d q kminaba x direccion prohibida, pero ninguno d ls q se cruzaron con ella se lo advirtio, ni mucho mnos la increpo. Parecia normal encontrarse con otra persona d cara y no se sintieron molestos xq ella ls mirara directamnte a ls ojos.

La mujer q la sujirio la direccion correcta d la klle, lo hizo con una sonrisa y un leve movimiento d la mano hacia la acera, xa q la misma Helisabetta se fijara en el color d ls lucecitas dl krril. En cualqiera otra ciudad dl *Mundo Unido*, se hubieran dtenido en medio d la klle y se hubieran protejido con la luz roja d seguridad, como si estuvieran dlante d una provokcion. Ls pincianos no utilizaban ese blindaje ni cuando se paraban dlante d ls semaforos. Pareciera q no ls importaba q otro cualqiera se pusiera a su lado y ls expeliera su olor o husmeara el suyo propio, o fuera participe d un retazo d conversacion.

En kmbio, vestian sin estilo, con colores mayoritariamnte par2 y ksi to2 con kbellos. Podia distingir perfectamnte qien era varon, qien hembra, qien homosexual y qien asexuado; qien estable, qien mudable, qien fluctuante y qien inclasifikdo. Solo ls rectores parecian estar + a la moda, pero no mucho, pues sus prendas ksi uniformadas podian tener + d un año con respecto a ls d ls grands foros. (HIPERVINCULOLINKMODA2061CENTROYPROVINCIAS138793)

A ls 3 d la tard (15.00H), la luz del otoño era espectacular. Hacia suficiente klor como xa q el termostato d su blusa se hubiera puesto en funcionamiento y evitar sudor, pero no agobiante.

En la plaza Mayor se podia kminar en 2 direcciones x la misma klzada y no era infrecuente q la miraran a la cara + d 3 segun2 y a mnos d 2 metros d distancia.

Como si esperaran conocerla d algo.

D hecho, muchos d ellos se hacian un aparte xa saludarse y charlar sin llegar a zona d dsknso. Y en un corrillo conto 5 personas, d distintos grupos convivenciales, qitandose la palabra animadamnte, tal cual si estuvieran en un Lugar d Encuentro Permitido, a pesar d q la Normativa d Circulacion Viaria no consintiera reuniones d + d 3 individuos en plena calle xa evitar aglomeraciones y voces molestas.

El bisbiseo d ls naturalbus sonaba lejano y aprecio q solo 2 klles disponian d pasarela movil: en ambos ksos, circulaban con lentitud. *Aquí no tienen prisa.* Ls coches particulares dbian transitar lejos dl centro.

Norba Caesarina habia sido como Pincia se mostraba en ese momnto hasta convertirse en la kpital d Galportu Extrema, cuando la peninsula Iberik la componian otros 2 paises, llama2 Portugal y España. Dsd entonces, crecio y crecio hasta ls 8.224.010 habitantes, con pocos escrupulos urbanisticos x parte d ls rectores xa arrasar toda su historia romana y sus ksas d piedra.

En kmbio, Pincia atesoraba antiguos palacios, muchas iglesias y conventos. El pavimnto d ls klles habia conservado losetas d granito cerk d ls grands monumntos y, en todo el centro, se segia restaurando el asfalto, a pesar d ls molestias y la insalubridad.

Se sintio a gusto. Ls impulsos siqicos dmuestran q reflexiono largo tiempo en q, si viviera en Pincia, seguramnte no renunciaria a criar a su ser cuando engndrara. Helisabetta era producto cultural d la historia reciente cuando ls mujeres, a comienzos d siglo y dsd finales dl 20, dsistieron d ser esposas: prefirieron ser prognitoras sin pareja y no awantar a ls varones. Dspues, se negaron a edukr a ls vastagos, pues ls hombres ls djaban encintas y se dspreocupaban d la crianza, asi q consigieron la Ley d Prognitura Compartida y se crearon ls Ksas d Convivencia xa evitar discriminacion entre pueres.

Una vez q la mujer tampoco criaba, comnzo el movimiento q renunciaba tambien a la gstacion, pues era motivo d dsiwaldad absoluta entre varones y hembras, y discriminacion d homosexuales, lo q atentaba contra el articulo 1° d la Ley d Felicidad Social, consecuencia dl *Efepecé.*

Asi, se consigio la esterilizacion d adolescentes varones, pero creo problemas d poblacion hasta la aprobacion d la Ley d Fecundidad, Maternidad y Juventud, q obligaba a toda hembra a ser embrionada x clonacion, gnetizacion —inseminacion con la manipulacion d ls rasgos gneticos q ella dseara, si tenia creditos suficientes—, u oovocitacion —gstacion d un ser con ls caracteristiks q fueran dispuestas x ls rectores xa mantener el eqilibrio poblacional.

Los fluctuantes mantuvieron el permiso xa reproducirse x coito sin aviso previo a la Ksa d Convivencia, pero obligacion d criar al vastago hasta, al mnos, ls 3 años.

El movimiento d asexua2, kda vez + difundido entre ls jovenes, estaba obligando a algunas reformas como la posible creacion d reproductoras, mujeres q tendrian 5 hijos y ls entregarian a la Ksa d Convivencia a kmbio d creditos suficientes xa vivir hasta ls 90 años sin trasladarse a ls Islas d la Salud.

En aql entonces, el asunto permanecia en estudio y aun no se habian enviado ni ls 1°s hologramas enunciativos.

Tardaria + d un año en aparecer en la votacion dl primer viernes d kda mes, pero el Systema nunk dio el visto bueno a ls reproductoras informatiks dado q ls pruebas siempre fueron problematiks: no resultaba iwal la gstacion en el utero natural q en el artificial (HIPERVINCU-LO324698ARC HCLONACIONARTIFICIALYMALFORMACION).

Seguramnte, todas esas cosas eran poco importantes en Pincia, penso. O se vivian d otra manera: mnos dramatik q en ls urbes con sobreestimacion d rectores. La ciudad exhibia orgullosa su pasado y parecian ocultos hasta ls anuncios tridimnsionales. Eso la hacia, qiza, triste.

Paseando con esa klma y sin + q hacer, Helisabetta se preguntaba ke es lo q maqinaria alli su prognitor. Segun ls rejistros no encripta2 q encontro en la computadora, sus viajes a Pincia durante ls ultimos 2 años fueron muy numerosos y no parecia lojico q la unik razon fuera buskr sosiego. Su taller ya era lo suficientemnte tranqilo y alejado dl barullo racheado d la urbe. El tren superveloz le trasladaba en 50 minutos, pero, en oksiones, se qdaba a pernoctar.

D esos datos consigio ella el nombre dl hotel y fue bien atendida: el director salio a saludarla tras el rejistro en el ordnador, hecho nada comun. Estaba enterado dl fallecimiento, pues fue el qien recojio sus pertenencias cuando se lo comunikron ls *Cuidadores de la Convivencia*.

Probo a curiosear —¿Indagar?, ¿investigar?, ¿eskndalizarse con ellas?, ¿sorprendr en un renuncio?— algunas manias d su prognitor, dictando ordnes xa la habitacion a nombre d *Fuencisla*, tecleandolas, en vez d dictandolas con la voz xa q la memoria dl Systema la confundiera con su progenitor. Ls reds d seguridad d ls hoteles eran facilmnte franqables.

Pero no hubo suerte.

O no la impudicia q esperaba: como era d suponer, el convertible se programo con viejas peliculas d cine sin relieve, el minibar se surtio d bebidas refreskntes ¡con gas! y la bandja d aperitivos se lleno d galletitas saladas y kkhuetes fritos y pikntes, esas cosas horrorosas q hacian feliz a su prognitor y atestaban el aliento y ls manos d un hedor nauseabundo. Nada d fruta. Asi q reprogramo sus apetencias con el nombre d Helisabetta Fuencisla y se djo d investigaciones seudopoliciales.

Tenia 24 años y se sentia sola. Como humana, diferenciaba el estado d animo si se *Sentía sola* o si *Estaba sola*. Todo dpendia d ls comunikciones x el audiodimnsional: en aql momnto no existian, o solo le entraban consignas d trabajo, alguna amistad q no podia externalizar emociones, o recordatorios d cumplimiento d obligaciones legales.

Hacia 10 meses q no yacia con mujer y eso parecia preocupar mucho al Systema; tampoco yacia con hombre dsd la muerte d su prognitor y se lo recordarian en pocos dias: *Tendré que rellenar un cuestionario*.

Verdadramnte, ella dfendia q era libre d yacer o no yacer. Nunk llego a hacerse obligatoria ni una cosa ni otra, salvo la normativa sobre Conducta Antisexista, vignte xa evitar rechazo a la homosexualidad y consistente en comportarse periodikmnte como tal, pues, a pesar d ls años transcurri2, varones y hembras solian tener un instinto gnetico d inclinacion sexual y amorosa hacia el contrario. En la sociedad dl *Opcionalismo*, nada q afectara a la esfera individual podia considrarse obligatorio ni prohibido. Nadie estaba kpacitado xa exijir afinidad con una moral, una moda, un pensamiento o una conviccion. Imponerla era considrado dlito.

A pesar d ello, ls hologramas se empeñaban en recordarla q el dber d ls rectores incidia con maxima inflexion en proporcionar la felicidad d la ciudadania, y la enfatizaban periodikmnte q la regulacion sexual se habia convertido en uno d ls logros d la civilizacion: no disfrutarlo era tan sospechoso como dspreciar ls 2 semanas d vakciones o no utilizar ls creditos xa viajes gratuitos.

En rigor, fue comunmnte aceptado q qien se dspegaba d ls normas votadas dmocratikmnte d la Sociedad Armonik, podia suponer un riesgo d dseqilibrio y eso, a la postre, una dsestabilizacion. Sobre todo, en el kso d ls profesionales estables, o ls rectores estables, q gozaban d algunos privilejios en el Systema: una inestabilidad suya supondria mayores repercusiones en gnral.

Concluyo q podria resolver ese espinoso asunto si tenia un poco d tiempo. El mismo ordenador dl hotel le suministraria ls parejas. En no + d 4 minutos con kda uno, evitaria un penoso cuestionario. No la preocupaba nada. El acto estaria considrado legalmnte como un hecho biolojico xa el disfrute, pero, en ese momnto, no qria divertimntos biolojicos ni disfrutes, sino respuestas a la gran pregunta, cuya respuesta kmbiaria el dstino d ls humanos en la civilizacion: *¿Qué hacía aquí mi progenitor?*

Ad+ d ser una ciudad xa pasear y sentirse relajado y tranqilo unas horas, ¿ke + podia tener Pincia xa aqlla obsesion dl artesano? Recordo: *Pincia calderonas; Pincia conventos; Pincia Geografía; Pincia Historia; Pincia iglesias; Pincia siglo XVI; Pincia Teatro Calderón.*

Se acerco al primer giatur q vio, pulso la tecla xa idntifikrse con la yema, elijio espanglish —aunq podia haberle entendido iwal en francenglish y ksi en arabenglish—, y voz masculina neutra. Pregunto x *Teatro Calderón*: d to2 ls archivos sobre iglesias y conventos se la antojo como el + raro pero el + accesible.

En la pantalla se proyecto el plano d la ciudad, dsd el punto en el q estaba hasta el objetivo, y se perkto q tenia q volver a recorrer ls mismas klles d vuelta. El Palacio Arzobispal se emplazaba justo en frente: si hubiera continuado x la klle d direccion prohibida, se habria dado d bruces con la entrada.

El giatur informo, ad+, dl espectaculo q se exhibia —en unik sesion d ls 7 ls dias d labor y en sesiones d ls 5 y ls 8 ls festivos—: una funcion d luces con musik clasik d *Retrojazz*. El giatur pregunto si dseaba entradas y Helisabetta ahueco la voz xa dcir *No, muchas gracias*. Y, luego, *Fin de la consulta*. Oyo el *Gracias por la utilización del servicio...* cuando ya estaba a 2 metros. Bueno, en ls grands urbes se podia ser dsconsidrado con una maquina, no habia razon xa q no ocurriera lo mismo en Pincia.

Dcidio volver sobre sus pasos, aunq solo fuera xa perdr el tiempo recibiendo el sol en la cara, a pesar d q no llevara crema protectora —la proteccion solar en el hemisferio Norte no djaba d ser un consejo sanitario sin llegar a considrarse una reglamntacion medik—, y tardo 9 minutos y 32 segun2 en situarse frente al teatro, q conservaba la fachada dkdnte d comienzos d siglo muy arruinada.

Entendio x ke exhibian un espectaculo d *Retrojazz* con lucecitas: estaba todo dsconchado y arruinado.

Lo q en tiempos dbieron ser unas arkdas q cubrian unos soportales, ahora se exhibian dsmanteladas, con algunas columnas sujetas con pilares d goma-hormigonada, el mismo reciclaje d neumaticos y pvc con el q se pavimntan ls klles, mientras q ls losetas d marmol rebullian con ls pasos cerknos, agrietadas y agujereadas, tras dkdas d sufrir pisadas sin q nadie ls prestara atencion.

Enfrente, una fachada d piedra con ruinas a ls pies señalaba el lugar en el q 40 años atras dbio d ubikrse la iglesia d ls Angustias, arrasada tambien en la gerra d liberacion dl *Mundo Unido*, segun rezaba un krtel dl parq infantil q estaba al lado.

Al fondo podia verse la iglesia d La Antiwa, con la torre + historik d la ciudad y, a la derecha, la parte trasera d la ktedral.

El teatro, x fuera, no suponia nada especial. El hueco d la ventanilla d la antiwa taqilla x dond se vendian ls entradas estaba cubierto en parte x un tiqteador, y, a traves d una fisura, se observaba una habitacion dstartalada q, seguramnte, no cumpliria la Normativa d Hijiene. (HIPERVINCULOLINKNORMATIVASYTERATROSANTI-GUOS409745)

Probo a dscorrer la puerta principal y cedio. Dio 2 pasos hacia adntro y sintio frescor. Tambien un olor extraño, a cerrado o a muebles viejos. Seguramnte, en el teatro habia muchos enseres d madera con krcoma pues el aroma no le resultaba extraño. Es +, parecia la misma fragancia q ls tarugos viejos q restauraba su prognitor en el taller.

En absoluto silencio entro +. Y +. Y + hasta dar con la puerta q conducia al patio d butaks. La dspego 2 d2 y curioseo x la rendija. Algien maniobraba cerk, pues su voz sonaba con eco pero muy proxima. Abrio e introdujo la kbeza sin disimulo: vio a una actriz a lo lejos, en el escenario, aunq su voz la tenia al lado, saliendo d algun espacio indtectable.

Con un vistazo, comprendio el porke dl abandono: ls sillones eran d finales dl siglo 20, acolcha2, con gomaespuma, y colindantes uno d otro d tal modo q el reposabrazos central servia xa el asiento dl d la derecha y xa el d la izqierda, sin observar una minima distancia aseptik d respeto. Ad+, la gomaespuma habia sido dsechada mucho antes d q ella acudiera a su primer espectaculo en vivo x insalubre, ya q almacenaba ls olores y ls sudores d ls ocupantes. D ahi el perfume gnralizado dl recinto.

¿Y por qué vendría aquí mi progenitor?

Paso adntro y se planto en mitad dl pasillo: ls bankdas d la parte superior eran d madera; ls balaustradas d ls palcos inferiores eran tambien d madera recubierta con viejo terciopelo sintetico y gomaespuma, y solo ls compartimientos d ese primer piso, un poco x encima dl patio d butaks, parecian haber sido acondiciona2 con el revestimiento homogneizado d la normativa vignte, impermeable y envolvente, con termostatos xa mantener la temperatura.

Penso q, en la antigüedad, cuando ls gntes acudian a ls espectaculos a divertirse en comun y eran libres d hacerse comntarios, d reir en voz alta, d llorar, d expresar sus emociones y d juntar sus brazos sin pensar en transmision d bacterias, aql teatro dbio d ser una maravilla.

Imajino q en la actualidad lo poblarian asexua2 y fluctuantes con infulas d cuestionar el *Opcionalismo*.

Tambien algun rector dsarraigado.

No le extrañaria q se dijeran tacos y q alguno llegara a fumar. Si le aseguraran q alli acudian intelectuales antisociales a pronunciar discursos moralistas, politicos o filosoficos, tampoco se sorprendria.

—¡La función es a las siete! —Advirtio una voz autoritaria dsd el escenario. Helisabetta se sobresalto—. ¡Salga, por favor!

—¿Perdón? —Miro hacia el frente y no distingio el rostro d su interlocutor, q habia aparecido en el escenario antes vacio. Un unico foco blanco le iluminaba dsd arriba y dtras d el.

—Estamos montando. Vete, por favor. —Sono dspota, rayando en la mala edukcion.

—Oh… Claro… —Se qdo aturdida. ¡La estaban llamando la atencion! Ella era una profesional estable y si se encontraba alli párada seria x alguna razon concreta q no habian tenido la dlikdza d preguntar. No hacia falta q la amonestaran—. Es decir, quizá usted debiera preguntarme si necesito alguna ayuda. No es gratuita mi presencia. —Con estas palabras, cualqiera qdaria advertido d su grupo convivencial y condicion.

—Oye, te estoy diciendo que ahora no está abierto. —El tono ya era chulesco—. Estamos montando y la función es a las siete. ¿De acuerdo?

Ese *¿De acuerdo?* habia sonado, efectivamnte, incorrecto. Podria dmostrar sin problemas con la grabacion dl Systema q se habian dirijido a ella incivikmnte, aunq sin llegar a la groseria, eso era cierto.

—Verá, necesito cierta información. —Helisabetta no perdio la compostura. Escucho el eco d su pregunta rebotando x el teatro vacio—. *¿Y qué es eso de montar?*

—La información la dan en la caseta de información. Nosotros estamos montando.

—¿Podría indicarme dónde está la caseta de información?, por favor.

—Más o menos, por donde dan por el culo al corregidor de la Inquisición. ¡Márchate!

Aqllo si habia sido ¡incivico! Ese joven, xq la voz era d un chico joven, con seguridad d no + edad q la suya propia, y tanto fluctuante como inclasifikdo le daba iwal, ese joven la habia mancillado.

D acuerdo, podrian alegar ante el tribunal correccional q ella se introdujo sin permiso en el teatro, pero en vez d ser advertida conforme a la normativa, se habian dirijido a ella con groserias.

—¿Me has oído? ¿O eres la representante del batallón de sordos?

Algien rio la gracia.

Una chik. Si: una chik habia salido d entre ls bambalinas y se habia acerkdo al joven q estaba al trasluz. La q estaba en el escenario cuando entro. Se reia mientras posaba con ls manos en la kdera exagrando la curva d la cintura y balanceando el otro brazo.

—¡Fuera! ¿Qué parte no entiendes de *Fuera?* —La chik dl escenario volvio a reir con + ganas.

Helisabetta ardia d ira.

Nunk, nunk, nunk en su vida la habian tratado d esa manera.

Ella era, ella era, ella dbia dcirles q ella era una biologa marina y nutricionista, con + d 80 creditos, sin ningun exhorto en ls ultimos 30 meses y el q tuvo fue... fue porq... ¡por lo q fuera!

—Miren, jóvenes: yo no he recurrido a ninguna palabra malsonante, del mismo modo que no estoy dispuesta a permitirlo. Lamentándolo mucho, tendré que informar de este incidente. —Se agarro la krtera d la cintura y la puso sobre su pecho en un intento d controlar el tembleq q la habia producido el nerviosismo. Alli mismo podria sakr su dispositivo movil y notifikr. ¡Alli mismo!

El joven dl escenario qdo mudo. X la silueta dl perfil, todo hacia indikr q se planto mirando a su compañera, pero Helisabetta no podia saber ke cosa le habia comunikdo con el semblante. Ella permanecio firme.

—Puedo olvidar este enojoso incidente si ustedes me piden disculpas. No quiero problemas —anuncio con voz ksi serena y se klo su gorra roja. Que se note que puedo perdonar, pero sólo per-donar, no dejar de lado.

El joven dl escenario dcidio dar 2 pasos al frente. 3. Bajo con garbo ls eskleras q superaban el antiguo foso xa la orqsta y sigio avanzando. Helisabetta extrajo su dispositivo movil, preparada en un segundo a pedir socorro o a wardarlo si el chico se avenia a razones.

A ls 5 metros ya distingio su rostro.

Sonreia.

¿Sonreia con malicia?

Qiza ya la estaba pidiendo perdon pero... movia dmasiado ls brazos y su movimiento d kderas era...

¿Indcoroso?

¿Burlesco?

¿Chulesco?

TRACTADO Q· CUENTA DE CÓMO ME HICE CON UN TESORO E DE CÓMO ME ESTAZARON EL HOMBRO

Conocí à Venançio el Noquero el mesmo día q· à maese Berruguete, pero un poco después. Quiero dezir q· primero me encontré con el maestro, embutido en una capa con caperuza, e detrás al Noquero, al frente de una pareja de matasietes q· acompañaban à Fray Alonso de Toro, de todos conocido como el abad de Sant Benito, teólogo à la altura de Luis de la Puente, e uno de los predicadores q· más entusiasmaban e estremecían desde el púlpito.

He de confesar q· yo ya había presençiado peleas de navaja e escalpelo tramposo entre criados, e duelos à espada q· no duraban más q· dos clas-clas-clas quando el más torpe ya teníade la yugular soltando sangre como un caño e gritando ayes para nada. Pero la frialdad de aquella gente me impresionó muy más.

La mi ama la marquesa estuvo año e mitad sin salir de casa al morir el su marido. Se ençerró entre cortinones negros, como dezían q· murió ntro· emperador en Yuste, e prohibió q· siquiera habláramos en la su presençia. Aquello fuè lo de menos, pues en año e mitad no salió de los sus aposentos, ansí q· no la vimos nunca e hablamos quando fue de menester. Al menos, yo. Fray Burrieza, dominico de hábito blanco e negro, acudía à las siete de la mañana à dezirla la misa, ansí q· ni à la yglesia salió.

Salvo para hir à la compra, escasa, e à por agua al caño de la Rinconada, me pasaba el día con recados de medio pelo por la botica. Eso sí, vestido rigurosamente de paño de lana negra, desde el sayo, al jubón e los leotardos. E sin poder arrastrar los pies. Fuè entonçes quando la entró la cosa de llamar al doctor Zúñiga e empeñarse en q· los pajes e los criados aprendiéramos à leer, escribir e à contar. Según anunçió el repostero de la plata, el señor marqués lo dejó ordenado en el su testamêto, ansí como la prohibiciô de q· echara à nadie de la casa. Un gentilhombre, el marqués.

À cambio, ella se ahorraba todo lo q· podía en los nuestros gastos. No sólo era q· apenas echaba de comer, pues había aínas nada en el almuerço, poco más al yantar, nada en la merienda, poco en la cena e ni migas si había de azorar. Es q· tampoco nunca más se ençendió la chimenea de la estançia de recepçiones, ni la estufa del cobertizo do dormíamos el servizio. Nos pasábamos el día apiñados en la cozina, q· no habría manduca para asar, pero, quando menos, se ençendían los fogones para hervir el agua e calentarnos con el vapor.

À los dieciocho meses, el día de Santa Catalina de Alejandría, virgen e mártir, apareció entre los pucheros la señora Martina, enlutada como siempre la vi desde q· la ayudé con un cántaro por la primera vez. Proclamó:

(SñoraMa). ¡Se acabó el duelo; demos graçias à Dios Ntro. Sñor·!

Al punto, se quedò con la cara hacia el techo con los brazos en cruz e los ojos cerrados. Q· se había quitado un peso de ençima la mujer, ¡e eso q· el su ofizio era llorar las desgracias! Más parecía haber anunçiado váyase el muerto à la sepultura e el vivo à la hogaza, ò dicho también muerto al pozo e viuda al gozo.

Nos miramos todos sonriendo, si bien dudando de q· fuera à mudar la ntra· situaciô. Ya es sabido q· puesto caso las sillas cambien, los asnos siguen siendo los mesmos. Pero no: para ese día me encargaron hir al mercado de la Gallinería Vieja à comprar un lechazo de Medina del Campo, e à la Red à por truchas de Astorga. Otro paje se fuè al Campillo à por fruta fresca, lechugas e pepinos. Aún el criado más antiguo se acercó à comprar vino.

¡Las cosas empezaban à cambiar!, gritamos alborozados en voz alta. Imperdonable desacierto.

Yantamos sin dejar un hueso sin roer una vez q· la señora marquesa había dado cuenta del asado en compañía de otros seis familiares, ansí q· no tocamos à tantas sobras. Pero se quitaron los crespones negros e la cozinera se permitió cantarse algunas coplillas mientras aderezaba la ensalada de pepinos, con aceite de oliva de La Mancha, eso sí.

Por la tarde, la señora marquesa se vistió con corpiño claro sobre una camisa con gorgueras q· no ocultaba un buen collar de perlas, e bien me pareçe q· debajo del todo llevaba un corsé q· realzaba de maravilla la su figura de mujer. Las faldas de color avellana hasta los pies, acampanadas por el guardainfantes de las enaguas, e unos escarpines puntiagudos de brocado, recubiertos de tela, atados con cintas amarillas sobre finas medias de arrugar blancas. Lo mejor era el tocado: alto, confeccionado sobre un pañuelo de seda del mesmo color de la falda q· la colgaba hasta el hombro e dejaba bien à la vista los pendientes... e el su cuello.

La su tez blanca de no haber visto el sol en un año e la su expresiô de jovençuela q· descubre el orbe, la daban un aire de prinçesa donçella. À sus veintidòs años, ¡algo tendría q· encontrar en las calles para mantener la casa!: viuda e sin descendençia del señor marqués, poco la quedaba antes de q· se la pasara la mocedad.

Salimos directamente à la yglesia de Sant Martín, à do entró para arrodillarse e rezar una plegaria de gracias. Yo me quedé en la puerta pues, à dezir verdad, no había sido invitado al paseo con la señora, pero me colé en el cortejo. En una procesiô de ocho, qué más daba un crío q· anduviera detrás de todos. À la salida, una silla de quatro porteadores ya la estaba aguardando.

Después, bien pensé q· subiríamos hacia Sant Pablo, à tomar el sol en la plaça del Real Palacio, pero me asombró q· bajaran por la Corredera, directamente hacia la plaça Mayor. Pensé con malicia q· la mi ama no se iba à andar con rodeos e acudiría presta en busca de marido. Yo me quedé à unos pasos saboreando la mi libertad. Hacía tanto tiempo q· no recorría las calles al atardecer q· me sentí feliz, aunque ya estuviera instalado el frío de diciembre en pleno noviembre. Ya se sabe q· por Santa Cecilia, la nieve à la rodilla.

Al pasar la plaça del Rosarillo, giraron por Rótulo de Cazalla, q· llamaban también calle de las Damas, para entrar en la Costanilla por la Rúa Oscura. Quizá la mi ama tendría algún capricho, alguna joya q· comprar, antes de acudir en busca de gentilhombre. Bien mirado, el tocado q· exhibía podría quedar muy mejor adornado con una diadema de plata labrada.

Esquina entre Cantarranas e los Tintes, pararon en casa de Juan Granada, el platero de más fama de toda la calle, q· sabía yo q· teníade una hija poco mayor q· yo... Si alguna vez me figuré q· se fijara en mí, la cosa no pasó de más q· eso: un sueño tonto.

Agolpados junto à la portada de la yglesia de la Vera Cruz había quinçe ò veynte hombres hablando à voces. No me costó sobremanera distinguir q· eran cofrades del Preciosísimo Nombre de Jesús saliendo de una de sus numerosas reuniones dándole vueltas à lo mesmo q· llevaban ya siete meses: à los corregidores se les había ocurrido obligar à las cofradías de la Semana Santa à procesionar por el día e no por la noche, cosa imposible porque los cofrades trabajaban hasta la caída del sol e ni tenían hermanos de luz e sangre para alumbrar los pasos, ni podían contratar agricultores para llevar los hachones, los estandartes e las cruces. E tampoco querían cederse espacios e horarios entre las cinco cofradías penitençiales para no coinçidir por las mismas calles à la mesma hora. La rivalidad les llevó el último Viernes Santo à arreglar el desfile procesional à garrotazos, lo q· terminó con dos hombres con la cabeça rota e la Lignum Crucis, traída de Liébana con un trozo del verdadero patíbulo de Cristo, àl punto de rodar por los suelos.

No tardó nada la señora marquesa en bajar de la casa del platero e montarse de nuevo en la silla. Oí q· la dueña ordenaba à los porteadores:

(Marq). ¡A casa!

Volvieron por el mesmo camino q· habían traído, ansí q· ni buscar caballeros, ni nada. Un fastidio. El paseo se iba à hacer demasiado corto. Pero yo no había conseguido un poco de libertad para volverme al cobertizo e ver pasar las horas con el mi vientre lleno de paja e de heno hasta la no-cena, e dormir hasta el no-almuerço, ansí q· decidí acercarme à la plaça Mayor solito.

Por lo menos había veynte coches tirados con caballos e más de cincuenta sillas con porteadores de à dos ò de à quatro. Al último sol del día acudieron dos ò tres decenas de parejas q· paseaban saludándose desde la Rinconada hasta la plaça Mayor e subían también hasta Sant Benito para admirar el pórtico recién terminado con piedra blanca de Villanubla. Por entonçes todas aquellas calles ya estaban empedradas e se paseaba con placer. Entre ellos, centenares de pajes e chiquillos sin ofizio.

103

Eché de menos al marqués: à la caída del sol, yo estaría con él guardándole las espaldas quando entrara en las tabernas e quando terminara jornada en la posada del Caballo de Troya, o, quando era el caso, en la mançebía de detrás de la tapia de Sant Françisco. Miré si andaban por ahí el Juan; ò el Alvar, el cojo; ò el Miguel, el hijo del cirujano, q· vino desde Alcalá de Henares e con el q· inventé una coplilla q· cantábamos quando las cosas iban mal, aínas siempre:

(Ro e Miguel). De otro lugar del Imperio
me trajeron sin preguntarme
à aquesta ciudad de mal genio
de cuyo nombre no quiero acordarme.

Pero era demasiado pronto para q· tabernearan los sus señores.

No hice nada, la verdad. Me quedé en cuclillas apoyado en una columna de los soportales. Primero, por ver; después, por si caía algún maravedí extendiendo la mi mano, pero no fuè el caso. Ya de noche, decidí volverme por la mesma Costanilla.

Entonçes, començó la historia con el maestro Berruguete:

Me chistó un hombre alto, envuelto en capa negra hasta los pies e con caperuza tapándole la cabeça e el rostro. No lo vi chocante, pues hacía frío como para andar cubierto. Me extrañó el ¡Mozo, chst, chst!, q· sonó más à susurro cómplice q· otra cosa. Me giré con prevençiô e volví à escuchar:

(Al). ¡Mozo, chst, chst! ¡Acércate!

Lo primero, la verdad, desconfié. Pero él insistía con la mano e yo decidí dar dos pasos en la su direcciô.

(Al). ¿Sabes quién soy?

Preguntó e yo hice repaso de los amigos del mi amo el marqués, pero no me salía la gracia del personaje.

(Ro). ¡No!

Respondí sinçero.

(Al). ¿Sabes quién es el maestro Berruguete?

Esa ya era pregunta de estudiante, pero yo era paje.

(Ro). No.

(Al). ¡Pardiez! ¿Tú eres de aquí?

El tipo se enfadò. Con el tiempo, supe q· se enfadò con razô pero, ¡qué iba à saber yo!

(Ro). Soy paje del marqués de la Poza. Actualmente, de la marquesa.

Me pareció inútil explicarle q· yo había nacido en Amveres e q· mi padre, capitán del ejército del Imperio español, me trajo à Valledeolit quatro años atrás e q· me echó de casa al poco de amançebarse con una barragana.

El hombre miró à un lado e à otro, misteriosamente.

(Al). Acércate más.

Di otros dos pasos e ya estaba à medio brazo dél. Me pareció aún más alto.

(Al). ¿Puedo confiar en ti?

(Ro). Depende...

Respondí con prevençiô, ya q· à algunos brivones les gustaban los pajes lozanos más q· las jovençuelas.

(Ro)... Depende.

(Al). Es para un mandado.

(Ro). ¡Ah!

Agora había q· examinar de qué iba el recado.

(Al). Te daré un ducado.

¡Un ducado! Eso sería todo mi capital de los últimos dos años si no lo hubiera empleado en comida.

(Ro). Si es un ducado, será cosa importante.

(Al). Importante para mí sí lo es. ¿Puedo confiar en ti?

(Ro). Trato.

Asentí con la cabeça para q· entendiera q· le hablaba con la verdad, sabiendo yo e sabiendo él q· quien te cubre, te descubre.

(Al). Toma esto e métetelo en los leotardos, bien apretado à las partes.

Por un momento pensé q· ya dezía yo q· había baladrones q· pedían e hacían cosas raras con los pajes, pero me dio una pequeña bolsa de terciopelo q· pesaba bastante más de lo q· aparentaba por el tamaño. Al recogerla, sonó un tintineo de metales. Me la metí por dentro del mi leotardo.

(Ro). ¿Qué hay q· hacer por el presente?

(Al). Camina delante de mí. ¿Sabes de las casas de frente à Sant Benito?

(Ro). ¿Las del maestro, en la calle de la Cruz?

Yo sabía q· eran Las del maestro, pero ni qué maestro, ni qué cosa hacía el maestro para llamarse Casas del maestro.

(Al). Ésas. Ahí vamos. Me esperas en la puerta. Hiré à diez pasos de ti. ¡Arrea!

A llegar à la esquina de la Costanilla con la plazuela del Ochavo, tocaron las nueve en el reloj de la Colegiata e, con la última campanada, me giré à comprobar si el hombre me seguía. Hizo un gesto con la mano para q· no anduviera delatándolo e en ese punto me tropecé de bruces con un bulto q· llevaba coleto de cuero, jaqueta, calzas largas e capa ancha q· ocultaba una espada larga. Le observé mientras caía de espaldas e me devolvió sólo media mirada: el otro ojo lo teníade blanco.

Me arrolló literalmente, pasándome por ençima. Detrás dél, un clérigo con el hábito de estameña marrô de Sant Benito q· me causó prevenciô, pues dime con quién andas, decirte he de quién eres. Le acompañaban à un lado e à otro, de escolta, otros dos gañanes pareçidos al del ojo blanco. Sentado en las piedras húmedas, me dio en la nariz q· aquella gente se dirigía hacia el de la capa, q· no aflojó el paso. Me levanté e me escondí detrás de una columna de la Costanilla para cerciorarme de q· le pasaban de largo. Pero no: se pararon en mitad de la calle. El del ojo blanco rodeó al de la capa con caperuza e éste quedò frente à frente con el fraile.

No había nadie más en la corredera e las luces de las luminarias de velô apenas daban brillo. Me crucé al otro lado e gateé pegado à las paredes. Vestido de negro e tan chico, el del ojo blanco, q· era el único q· podía verme, quizá pensara q· era un gato. Grande, pero gato: q· por la noche todos los gatos son pardos.

Ansí conseguí escuchar algunas palabras:

(Al). De la casa de Juan Granada,

(FryA). Tendrá q· acompañarnos.

(Al)l. Yo no llevo nada.

(FryA). Eso lo decidirá la Santa Ynquisiciô.

(Al). À mí no me asusta Vuestra Merçed.

(Noq). ¡Acompáñenos!

Total, q· caminaron en sentido contrario al q· traíamos e yo me quedé sentado en la entrada de un portal, con una bolsa q· me apretaba las criadillas e un cliente q· me había prometido un ducado q· se estaba evaporando. Cuesta poco prometer lo q· jamás piensan ni pueden cumplir.

À más males, la cena, es dezir, la no-cena en la casa de la señora marquesa, se habría servido à las ocho e media del reloj de la Colegiata. Para quando llegara, no tendría ni un mendrugo. Nunca había llegado tan tarde sin la compañía del mi amo el marqués. Sopesé acercarme hasta Las casas del maestro, pero ¿qué iba à dezir allí? ¡¿Tomen aquesta bolsa Vuestras Merçedes, q· me la dieron en la calle!? Ni siquiera sabía si el de la capa con caperuza vivía allí ò era un enviado de quien allí morara.

Decidí echarme à correr hasta el palacete de la mi marquesa. En la esquina de la Rúa Oscura me paré e observé. Efectivamente, las çinco personas caminaban hacia el palacio arçobispal. Al paso q· iban, se presentarían en la Santa Ynquisiciô en poco tiempo. Yo, q· podía seguir el mesmo camino hasta Sant Martín, preferí desviarme hasta la yglesia de Sant Pablo e después hasta la mi residençia, aunque diera un rodeo. Llegaría aún más tarde.

Quando me encontré en la calle de la Torrecilla, me dio en la nariz q· no debía de entrar con la bolsa ahí metida. Bajé un poco más hasta Sant Martín. La torre de la yglesia, construida tresycientos años antes, e q· para mí q· iba à caerse en qualquier momento sobre el tejado de la casa de la mi ama, me servía habitualmente para ocultar las monedas q· me ganaba, no fueran à pispármelas los demás, q· de tu dinero, no hagas à nadie cajero. Detrás de una piedra, se movía un ladrillo, e después, se sacaba otra piedra e otra para dejar libre el escondrijo.

Fui para allá extrayéndome la bolsita de dentro e mirando à los lados por si alguien me espiaba. Nadie. Aquello pesaba considerable e el tintineo era grande à poco q· la moviera. ¿Qué contendría?, me preguntaba con más curiosidad de la habitual, q· ya era buena.

Me picó la inquietud. No se veía nada e, por más q· quisiera examinar el contenido, no podría. En aquellas calles no había ningún farol e no se me ocurría posibilidad de hacerme con una tea. Quizá si corría hasta la mançebía à la q· iba el mi amo el marqués, me dejaran entrar para mirarlo... Demasiado lejos e demasiado follô, concluí.

Si volvía à Sant Pablo e me veían de nuevo los lançeros de la puerta del palacio de Pimentel, à do nació Ntro· Sñor· el segundo Felipe, podrían darme el alto. Pero no debía entrar con la bolsa en la casa e tampoco dejarla sin saber qué envolvía.

Me acurruqué junto à la piedra del mi escondite e probé à meter la mano. Palpé unas rocas entre unas quantas formas cúbicas, pequeñas piezas rectangulares q· ocupaban cada una poco menos q· la palma de la mi pequeña mano pero pesaban grandemente. Me decidí à sacar una para probar si podía observarla... Quando la tuve delante de los mis ojos, brilló con la poca luz de la luna.

Era oro.

El hombre de la capa me había dejado al cuidado de una bolsa con pequeños lingotes de oro e piedras de carbô negro. Conté doze e me subió un sudor infinito. Con eso podría vivir toda la mi vida e también sacar al mi padre, el viejo capitán, de la casa de la mi madrastra.

Teníade oro en las mis manos.

Inspiré e me froté los ojos. ¡No podía ser!

En el reloj de la colegiata dieron las nueve e la media e, de repente, pensé q· ò entraba de inmediato en la casa ò tendría q· dormir fuera, no sólo esa noche, sino quizá para siempre. ¡Aunque teníade oro suficiente para hacerlo!... Pero me mandarían à los justicias por todo el Imperio.

Los pensamientos me explotaban en la mi cabeça. Pensaba lo uno e lo otro, lo bueno e lo malo. Me dezía: ¿Por qué me iban à detener, si no lo robé? ¡Me lo entregaron! E, después: aquel gentilhombre me había preguntado por dos veces si podía confiar en mí e le dije q· sí. Él me prometió un ducado e ese era el trato. Si no me lo había dado, fuè por sus problemas, pero no debía de traizionarle.

El todo el oro del orbe no puede quebrar la palabra dada por un español, al menos quando se tienen trece años. Lo prometido es deuda, e el dar es honor e el pedir es dolor.

Una parte de mí me reclamaba salir corriendo con el tesoro, q· un asno cargado de oro sube ligero por una montaña; la otra, mantener mi razón de español noble e honrado. Al final, abrí el hueco del escondrijo e metí la bolsa. Lo camuflé bien e me fui à casa preocupado, la verdad.

Al empujar el portô no noté resistençia. Lo fui abriendo con considerable cuidado para q· no crujieran las bisagras e se despertaran las gentes. En quanto se hizo vano suficiente para caber, metí el hombro e la pierna. De puntillas, cerré con muchísimo cuidado e, al sentir q· la cerradura se acoplaba, respiré profundamente e di gracias à Ntro· Sñor· Jesucristo porque ya estaba en casa.

Y fuè merçed à q· miré hacia arriba para orar, q· vi de reojo q· se me venía ençima un garrote, directo à la coronilla, à velocidad endiablada. Me dio tiempo à esquivarlo para q· no me abriera la cabeça, pero cayó como un rayo en la mi clavícula izquierda e me tumbó. El escudero viejo de la casa gritó:

(EsV). ¿De dò vienes, rapaz?

Volvió à su subir la cacha para arrearme de nuevo, pero pude rodar sobre mí en el mesmo suelo, viendo las estrellas por el dolor en el hombro. Salí corriendo hacia el patio e de ahí al cobertizo, sin aliento.

Me dolía todo. Me dolía como nunca me había dolido nada. Aínas no podía ni caminar. Me arrastré con la mi mano derecha sujetándome la izquierda e pegada al pecho.

Llegué al cobertizo e todos los pajes, criados e esclavos ya habían cogido los sus sitios: dormían à pierna suelta, unos junto à otros. La manta q· cubría la paja estaba hecha un rebujo, e la frisa q· poníamos por ençima de los nuestros cuerpos no cubría ya ni la espalda del último esclavo. Me tocaba tumbarme en el reborde del encamado, sobre la mesma cebadaza e sin nada para taparme en pleno mes de noviembre.

Afuera, teníade un botín de lingotes de oro; adentro, començaba una noche para sufrir un frío de perros. Afuera, me debían un ducado, aunque à saber si podía cobrarlo; adentro, me dolía el mi hombro de tal manera q· ya no sentía nada más del cuerpo. Afuera, con el oro, podría recorrer los caminos del Imperio con el mi padre como moza de abad, q· aunque no cuece tiene pan; adentro, teníade q· quedarme para salvar la honorabilidad del viejo capitán.

La vida era un asco.

Me eché llorar.

ARCHIV4220049875702094398711309865SIMPRXSYSTEM
WRITER5,66MILISEGUN2TXTOMODIFIKDOPROGLITERARIO
ESTILORETROS21TRANSCRIPCIONTXTOSORIJINALESEXACTA
ENGRAMATRIKARKIKORDN734482434534doseSPAÑOL
PUROPUNTUACIONCLASIKYPALABRASSEPARADASMARKN
MINERFERROV561TAHIPERVINCULOIMAGVIRTUALAUDIO
RECUPERADOBUZONENVIODSCONOCIDO.TXTQLARITA
RECTORA.21012101. **L NCUENTRO CN SAÚCO.**

F ueron sus ojos.

Helisabetta intuyo q el joven ya estaba a 5 pasos, pero segia avanzando a buen ritmo.

¿Frenaria a ls 2 metros y 30 centimetros, la distancia homologada xa hablarse entre dsconoci2?

Se sentia enkndilada con ls ojos. Hipnotizada. Un azul intenso y grands pestañas la tenian arrebatada, elevada x dsd la cintura hacia el cielo mismo. Ls impulsos electricos archiva2 dmuestran una extraordinaria actividad sensorial y hormonal sobrevenida subitamnte.

Sin podr mirar a ningun otro lugar + q a sus ojos estaba convencida d q el ya habia rebasado la separacion normalizada y se ncontraba a un metro. ¿90 centimetros?

¡Tenia ls ojos encima!

Mucho mnos. Estaba segura d q, si estirara el brazo, tokria su hombro... Eran... ¿30 centimetros?... ¿Mnos?

Pero ls ojos la envolvian y la paralizaban. Penso en ordnar al dispositivo movil *Alerta incívica por agresión*, pero esos ojos azules...

—¡Que te vayas! —la grito.

No lo oyo bien. Se habia zambullido en ese mar y permanecia inmovilizada, sorda, enajenada, aturdida. Dberia d dar un paso atras, o 2.

¿Tendré la boca abierta, como una mudable simple de teleau-dionovela?

—¡Pirarse! Pi-rar-se. —Señalo la salida.

Si, le tenia ksi nariz con nariz y sus ojos kmbiaban d expresion a kda instante. D agresivos, a asombra2, a enfada2... Pero alojaban una dulzura especial en ls profundidads, cerk d esa pizk amarilla q habia observado en la hondura dl iris. Seguramnte, gsticularia con un brazo extendido en direccion a la puerta y la otra mano apoyada en la kdera. Pero no podia comprobarlo. Estaba cegada d tanta intensidad.

—¡Ya! ¡Fuera, ya!

¿Habia sentido alguna gota d saliva en su cara? ¿Podria ser? ¿Hasta ese punto llegaria la pesima edukcion d aql joven mntekto, chulo, bravucon, mandon, palurdo e ilegal?

—Usted... no tiene... derecho... —respondio finalmnte con una vocecilla q ksi no salio d la garganta, con el indice a media altura. *¿Por qué mi mano no sube más?*—... a... esto.

D repente, sintio q la zarandeaba, q la habia agarrado x ls hombros y la ajitaba. ¿Se habia atrevido a tokrla? Pero ella no salia d la hipnosis, no podia dfendrse.

—Derecho, ¿a qué? Este es mi territorio —el *Mi* sono excesivo— y yo digo que te largues.

—Pero... las cosas se piden de otra manera... La Normativa... de la Tolerancia Social... exige un trato más adecuado. —Eso si la salio ksi d corrido. El joven volvio la cara hacia el escenario y, x fin, Helisabetta qdo liberada d aqllos ojos.

—Dice que la Normativa de Tolerancia Social... ¡Y una mierda!... —La acompañante dl joven rio alto dsd la bokna dl proscenio. El se volvio a Helisabetta pero ella ya tenia la mirada baja xa no djarse apresar d nuevo. Obvio haber escuchado esa palabrota. La qito ls manos d ls hombros—. Oye, mira... —La voz parecia + paciente y amable—. En serio, estamos perdiendo tiempo y tenemos que preparar todo para dentro de tres cuartos de hora. Márchate.

El joven se dio media vuelta y volvio hacia ls eskleras. Helisabetta noto q se la salia algo dsd el estomago, o dsd el corazon, o dsd la bok, o dsd dond *Narices se salgan las cosas de lo más dentro de una*, persigiendo su aroma y su halo. Podria haber persegido sus pasos a ciegas x entre un laberinto q bordeara un akntilado sin peligro d dspeñarse.

Aql movimiento chulesco d ls kderas ahora la parecio gracioso.

Y el balanceo d ls hombros, lo + maravilloso d la creacion dspues d ls fon2 marinos y ls corales y ls peces ciegos dl Yuktan y, seguramnte, un listado d otras 30 cosas pero, en cualqier kso, extraordinario.

—¿Ni siquiera puedo preguntar? —Su frase, tan dlikda, qdo entre pregunta y aseveracion.

—¡Ooohhhjjjjjj! —El joven se echo ls manos a la kbeza y fue entonces cuando Helisabetta kyo en la cuenta d q llevaba una kmiseta sin magas y q, al trasluz, se le notaban vellos en ls axilas. *¿Tampoco se depila? ¿Me está pareciendo sensacional un tipo que no se rasura?*— Pregunta y vete, ¿de acuerdo?

El joven se sento en la ultima esklera q comunikba con el escenario esperando el interrogatorio. Su acompañante se arrodillo dtras d el y le masajeo ls claviculas con una sonrisa. Helisabetta se fijo en q la chik tenia la melena trenzada, a la moda d ls *Rastas* dl siglo 20, y muchisimas pulseras d colores en la muñek izqierda.

Tambien vestia vaqros d tiro bajo, pero negros, y sandalias abiertas sin plataforma.

La kmiseta sin mangas era iwal a la d su compañero, aunq la llegaba x encima dl ombligo, justo lo q a ella + le gustaba xa el verano, a pesar d ls critiks d sus compañeros d buceo, q la preferian con *Bodys* tipo *Short* ajusta2 d la moda *Retroaerobic*.

—Verá... *Si le está tocando, es una pareja de fluctuantes. Quizá les he interrumpido el acto... Aquí lo deben llamar* montar, *como hace siglos...* Verá: estoy aquí porque no sé por qué mi progenitor escribió Teatro Calderón en sus archivos y quizá estuvo aquí...

Silencio… El asombro fue recorriendo el patio d butaks a oleadas q se movian a lo alto y a lo ancho con + fuerza a kda dcima d
segundo, y se inundaba todo d incredulidad y dsazon.

—¿Me entiende? —finalizo ladeando el cuello como si asi
hubiera aclarado algo + y se qito la gorra playera xa enseñar su crin
azul y fucsia terminada en una gran cola d kballo.

El joven se llevo ls manos a la cara, al bord d la dsesperacion.
Ls tecnicos llegarian a probar luces, humos, soni2, cuerdas y aparatos a ls 4 y no tenian preparado ni la mitad. La pareja habia perdido
ksi media hora d trabajo. Ambrosia, la acompañante, estaba en una
tard con ganas d chachara y el habia awantado pacientemnte a q
terminara. Pero una cosa son ls locuras d una mujer, y otra cosa muy
distinta son ls locuras d 2 mujeres. ¡2!

—Si lo he entendido bien, no sabes por qué estás aquí porque no sabes por qué estuvo aquí tu padre.

—¡Eso! Progenitor, si no le importa… —Helisabetta qdo con
expresion d *Ahora que lo has entendido, ser inferior, dame la respuesta.*

El joven se levanto enrabietado. Kmino hacia ella a zankdas,
llego a su par y la agarro d nuevo x ls hombros. Sigio avanzando
empujandola, y ella trastabillandose d espaldas, aterrorizada. Pararon justo en la puerta d entrada, con sus hombros subyuga2 en la
pared. El chico insistio entre dientes:

—¡Fuera de aquí! ¡Mierdas de las mierdas totales del Universo!

A Helisabetta, inopinadamnte, se la saltaron ls lagrimas d ls
ojos. Nunk, nunk, nunk la habian hecho algo ni parecido. Nunk,
nunk, nunk, la habian zarandeado, la habian agredido, la habian
empujado, la habian dspreciado como a un trapo sucio, como a un
saco d patatas, como a un estorbo… ¡Nunk la habian dicho *Mierda
de las mierdas totales del Universo*! ¡¡¡Nunk, nunk, nunk!!!!

—No me hagas esto, por favor —acerto a dcir y se tapo la
cara con la gorra xa q no la viera llorar.

Noto q ls d2 q la aferraban se dsclavaron minimamnte y aprovecho xa zafarse y lanzarse hacia la puerta xa abrirla y salir co-

rriendo. Solto un gmido y se lamnto d llevar esas plataformas q no estaban preparadas xa la huida. Lanzo otro gmido y se sintio ksi violada.

Dtras, el joven grito *¡Espera!*, pero ella continuo su krrera hacia ninguna parte. El joven exclamo d nuevo *¡Para!*, pero ella no estaba dispuesta a sufrir una nueva agresion. A ls pocos segun2, noto una mano q la agarraba d la cintura dl pantalon y tiraba hacia atras xa frenarla. Ella grito *No, no. Aviso violación. No...*, pero el joven no solo no la soltaba sino q, y aqllo si q resulto increible d verdad, consigio situarse dlante d ella y, mientras la mano se aferraba a su cintura y el brazo la envolvia, con el otro la rodeo x sus hombros hasta q su rostro, su mismo rostro, qdo enkjado en el pecho dl joven.

Oyo en un suspiro *Basta*.

Y, luego, *Perdona*.

Era el aroma. Podia imajinar ls ojos azules pendientes d ella solo x el olor d aql cuerpo. A pesar d todo, lanzo un puñetazo al aire y otro q llego al antebrazo dl joven mientras gritaba *No. Déjame. No. Aviso...*, pero el chico no se inmuto. Ella era muy fuerte, hacia dporte, presumia d unos buenos biceps, pero el lo era +.

La susurro:

—Perdóname. De verdad. No llores.

No llores. Estoy llorando. Sigo llorando. Se limpio la cara con el knto d la mano con rapidz, como borrando huellas d una infraccion. Oyo d nuevo *Venga, me he pasado. Lo siento.* Sorbio ls mocos, ¡Oh!, ¡maldita sea!, ¡sorber mocos en la calle!, y respiro. Dspues qiso dar un paso atras pero el joven la tenia tan aprisionada q parecia q intentaba introducirla dntro dl pecho ¿O qué?

—Si no me sueltas, me vas a ahogar.

—¡Ah! —respondio sorprendido y aflojo. Llevo su mano hasta el mnton y la subio el rostro. Otra vez sus ojos—. Me he pasado. Lo siento.

—¡Eso ya lo has dicho antes! —Cualqier cosa, antes d perdr la dignidad d profesional estable.

El joven sonrio x 1ª vez dsd q le habia conocido y sus ojos eran ahora 2 puntos achina2. A la luz d la klle, el azul se habia convertido en el verd d ls inmersiones a baja cota.

No pudo djar d sustraerse.

Me sigue abrazando en la calle, ¿pero dónde le han enseñado modales?

Invento un nuevo restregarse la cara con el antebrazo xa liberarse d la red d ls ojos y asi ordnar a ls piernas q dieran un paso atras.

Mejor, 2.

Una vez q gano algo d distancia se sintio comoda xa inspirar, pero luego le salio un suspiro, lo q hizo q el joven se sintiera + culpable aun.

—Vaya disgusto que te he dado a lo tonto. —*¿A lo tonto?*—. No tengo pañuelo. ¿Quieres la camiseta para limpiarte? —*¿Limpiarme yo en tu camiseta?*—. ¿Cómo te llamas?

—Helisabetta.

—Elisabeta.

—Con hache y doble te, por si se te ocurre memorizarlo.

—E-li-sa-be-ttha.

—No. Hache e ele i ese a be te te a.

—Helisabetta. —Comprobo con una leve interrogacion d la mirada q ya lo habia kptado. Luego, se presento a si mismo—. Saúco.

Y otra vez ls ojos la sedujeron y qdo inerme. *¿Por qué no te llamas Profundidad de los océanos al amanecer del primer día de la creación en vez de Arbusto caducifolio utilizado como planta medicinal?* Visto a la luz natural, qiza no habia un listado d 30 maravillas dl mundo antes d el. Esa sonrisa bien pudiera competir con el pez ciego dl Yuktan.

—¿Podemos empezar de nuevo?

—Tienes que preparar no sé qué para dentro de no sé cuánto tiempo.

—Bueno, pero… Puedo montarlo mientras hablamos. ¿Empezamos de nuevo? Venga: ¡Hola, buenas tardes!

—Se dice: Felicidad y Paz. Eso es lo educado, *tipo del Neardental.*

Helisabetta se qdo mirando al suelo. En la sociedad dl *Efepecé* no era habitual un kmbio d actitud tan brusco. Ls cosas eran + sencillas en ls grands urbes, al mnos dsd el punto d vista emocional. No hacia 2 minutos la tenia acogotada contra la pared y ahora ella podria dar saltos encima d su espalda con tacones d aguja si le pidiera q se tumbara en el suelo.

Ls profesionales estables no sufrian esas variaciones cicliks dl animo.

Ls clases d Talante Social incidian en la necesidad d mostrarse fieles a un modo d comportamiento, tan previsible como el funcionamiento d un ordnador. El exito d la sociedad se basaba en el eqilibrio d sus gntes.

—¿No se enfadará tu pareja?

—No es mi pareja. —Enfilo la klle d vuelta.

¡Ah! ¡Le dio masajes en el cuello! Ella misma habia visto con sus propios ojos q se habia acerkdo x dtras, se habia arrodillado x dtras d el, le habia envuelto el torso con sus piernas y le habia frotado sin proteccion d latex mientras sonreia, ¡y no era su pareja!

—¿Vienes? —Helisabetta le sigio.

Entonces, ¿en q tugurio se habia metido?

¿Ke hacia alli su prognitor?

Aqlla chik era una, una, una inclasifikda xa goce biolojico. Eso era. Una a la q no le importaba yacer con hombres sin esterilizar y q admitia salivaciones bukles y, y, y...

¿Pero dónde me he metido?

—¿Por qué estás tan callada? —La espero xa kminar a su par y no wardo ni 20 centimetros entre brazo y brazo. Era imposible no olerle.

—Nada. Demasiados pensamientos circulantes...

—¿Pensamientos circulantes? —Abrio ls ojos hasta dsorbitarlos.

—Es el modo de definir las obsesiones o los problemas irresolubles. —Le miro con suficiencia. *¿Es que los palurdos no sabéis hablar?*

Sauco dio 2 pasos + y volvio a intentar un dialogo fluido, aunq Helisabetta parecia entrenada en ponerlo dificil.

—Entonces, ¿has venido porque tu padre había venido?

—No lo sé... Supongo. —Suspiro profundamnte—. Y, la verdad, no sé cómo se le ocurrió esa idea. *Entre putas. Eso. Ya lo he pensado y no me arrepiento: ¡putas!*

—Bueno, tampoco está tan mal...

—*No, claro, tan mal no está. ¡Pero era mi progenitor!*

—... La música es de mediados del veinte y se han recuperado instrumentos originales...

—*Sí, sí, instrumentos... Una cosa es yacer con estables y bajo las normas de conducta y otra cosa es la perversión.*

—... El juego de luces se recuperó de un viejo teatrucho de París, el *Moulin Rouge*, no sé si te suena...

—*¡Vamos que si me suena! Está en todos los hologramas de excitación... Qué locura. ¡Mi progenitor!*

—Y viene gente de todo tipo. Sobre todo familias...

—*¡¿Familias?!*

—... Con ganas de conocer algo de la historia de la música.

—*Sí, sí, música.*

—Hay piezas de jazz muy parecidas a las nuevas sintonizadoras instrumentales. Bueno, con menos elementos y, en algún caso, arrítmicas, pero con cierto parecido. Es distinto.

—*¿Distinto? ¡Es Neardental!* Mi progenitor...

—¿Eh?

—No... Nada. Mi progenitor. Que estuvo aquí mi progenitor y no sé por qué, pero lo voy entendiendo.

—¿Era amante de estas cosas?

—Ni siquiera lo suponía.

Entraron en el teatro.

Sauco se adlanto con prisa x el patio d butaks y anuncio a voces *Ambrosía, te presento a Helisabetta. Helisabetta, te presento a Ambrosía. Al llegar a ls eskleras se jiro y propuso Siéntate por donde quieras. Mejor en la primera fila si nos vas a preguntar.*

La acompañante d Sauco tiraba esforzadamnte d una cuerda, con ls manos x encima d la kbeza. Cuando consigio atraer el peso hacia si y doblar ls co2, Helisabetta pudo comprobar x entre la sisa q no llevaba sujetador y, ahora, d cerk, q lucia unos pechos + hermosos q ls suyos.

Sudaba.

¡Será posible! ¡Mi progenitor!

Sauco dsaparecio x ls bambalinas y Ambrosia se dirijio a ella con una sonrisa.

—¿Quieres algo?

—*Mi yacida obligatoria con hembra no la voy a pasar contigo. Guarra. (¡Guarra!). ¿Algo?*

—De beber… ¿Un Cafetecola?… Algo —elevo ls hombros y ls palmas d ls manos. Arrugo la bok. Ls pechos se la notaron +.

—No, gracias.

—Entonces ¿tu padre venía por aquí? —se agacho a recogr otra soga y Helisabetta la vio la silueta d ls senos perfectamnte.

—*A follar, porque lo que hacéis aquí es follar, no yacer. No yacer.* Eso parece. —Recordo el epigrafe dl ordnador Pincia calderonas y supuso q era un listado d inclasifikdas xa el disfrute biolojico q pululaban en el Teatro Klderon.

—¿Y venía mucho?

—*¡Espero que no!* Pues no lo sé, la verdad. El nombre del teatro aparece en un listado de archivos de su ordenador y quería saber qué era esto, pero ya veo… Ya… —Se qdo mirando al techo.

—No es común, ¿verdad?

—*¡Sólo en los bares de carretera comarcal autorizados!* No. Al menos, no en Norba Caesarina. En el mismo centro de la ciudad.

—Arrasaron con todos. Las normas de salubridad y de convivencia y de no sé cuántas cosas más. Pero esto conseguimos salvarlo.

—*¡Pervertidos!* ¡Pues qué bien!

Helisabetta se encontraba muy incomoda. El olor q antes la parecia curioso ahora se la atragantaba. Imajinaba a su prognitor x entre ls palcos, o qiza en esas mismas butaks, ddikdo a placeres dl año la tarara *¡Con lo fácil que lo podía solucionar sin salirse de las normas!*

—Estoy pensando que ya os he entretenido bastante y que me marcho. Ya veré cómo averiguo lo de mi progenitor. —Se levanto en el mismo momnto q Sauco volvia con una enorme kja. Ambrosia acudio en su ayuda y puso ls manos en el mismo lugar q el xa contrapesar—. *¡Ya se están tocando otra vez!*

—¿Te vas? —grito el chico—. No has preguntado nada sobre tus pensamientos circulantes... O sea, de todas tus pajas mentales. —Rio a krkjadas chulesks y Ambrosia le dio golpecitos en el hombro.

—*¡¿Qué?! ¡Pajas mentales! ¡Esto ya es muy fuerte!* No... Digo que ya veré cómo averiguo...

—Bueno, por aquí viene mucha gente, no creas...

—*¡Mucha gente! ¡Si esto es una ciudad diminuta!*

—... Sería difícil dar con él.

Djaron la kja pesada en mitad dl escenario y, al agacharse, ls rostros qdaron a milimetros, incluso se rozaron. Seguramnte, se respiraron ls alientos. *¡Por favor, qué escándalo me están organizando! Bacterias por todos los lados.*

—Bueno... No sé por qué citará el teatro. *¡Aunque lo supongo!* Mejor veré otras cosas.

Sauco y Ambrosia se plantaron en la bokna, juntos, pegandose hombro con hombro.

—Pues aquí estamos para cuando necesites algo. ¿Cómo se llama tu padre?, por si acaso.

—Se llamaba. —Aclaro. Ajusto la krtera y la gorra al pecho, a la dfensiva.

—Ah, perdón... Venía por aquí y es que, ¿ha muerto?

—Sí... En la procesión.

Sauco hizo una pausa, kmbio la expresion y bajo ls esklones con la mirada fija en Helisabetta. *Otra vez sus ojos.*

—El… El ¿empalado? —probo.

—Sí. El empalado. *Y tus ojos.*

—¿Bartolomé?

—*Oh, por favor, ¡le conocen por el nombre!* Sí, Bartolomé.

—¿Tú eres hija suya?

—*¡No me lo puedo creer!* Sí, soy descendiente. *Pero yo me atengo a las normas y no pienso yacer aquí, en este antro antihigiénico. Ni siquiera por tus ojos… O quizá…*

El joven llego hasta ella, ¡otra vez a mnos d 30 centimetros y sudando! Le gsticulo un mohin d pena con la mirada. *¡Esos ojos!*

—Lo siento mucho, Helisabetta. —La akricio el hombro y ella se sobresalto.

—*¡Me está tocando otra vez!* ¿Tanto venía por aquí? *Dime que no. Que no.*

—Tres veces, exactamente…

—*Tampoco son tantas.*

—… La primera, apareció por el foso de la orquesta en mitad del espectáculo… —Helisabetta se llevo una mano a la cara xa ocultar su vergüenza. Ya solo faltaba q le dijeran q estaba dsnudo y corriendo dtras d una d esas… *De esas… ¡Calderonas!*—. Fue cuando el director se puso nervioso y llamó a los Cuidadores de la Convivencia. Pero nosotros mismos aclaramos que no había hecho nada especial. —*¿Nada especial? ¿Correr detrás de una tipa desnudo no es especial en ese lugar?*— Estaba divertido vestido de buzo en mitad de la representación.

—¡¿Buzo?!

—Le llevamos ropa al Centro de Cuidadores… —Hizo una muek complice—. Ésa y yo tenemos enchufe.

—¡¿Que mi progenitor fue detenido por los Cecés y le llevasteis la ropa al Centro de Cuidadores de la Convivencia?! *Privilegios de putas y putos, ¡y no me arrepiento de pensar esas palabras!*

Helisabetta abrio ls ojos y puso ls brazos en cruz, eskndalizada. No encontraba aire.

—Sí. —Sauco sonrio.

—Pero, ¿estuvo en la cárcel? —Helisabetta no podia centrar la mirada al preguntar: ls ojos circulaban sin sentido.

—No. —Sauco mantuvo su sonrisa.

La joven busco en drredor un sitio dond acomodar la mano xa q sujetara su cuerpo inclinado, a punto d dsvanecerse. Dspues, ksi mareada, elijio un lugar dond sentarse y pudo dsdoblar el asiento d una d aqllas sillas viejas, dsd el respaldo, en angulo recto. Se tapo la cara balanceando hacia adlante su larga crin y respiro 5, 6 veces, encorvada y con la kbeza ksi entre ls rodillas. Dspues, se irgio con la seguridad d q tenia ls ojos enrojeci2 y el rostro dsenkjado.

—¿En el Centro de Cuidadores? *Confírmamelo, que no me lo creo.*

—En lo que nosotros llamamos Comisaría, sí.

Sauco nunk habia dado una mala noticia a nadie. Nunk habia dicho Tu padre ha muerto, ni tampoco *He decidido romper contigo aunque sigamos siendo amigos*, ni siqiera El cura ha dicho que te portes mejor en la catequesis. Era la 1ª vez en su vida q una frase suya, o 5 frases suyas, habian dsestabilizado a una persona. Y la vez 1ª q ese individuo era una profesional estable con creditos, y, ad+, presumida y repelente.

—No importa que tu padre haya estado en Comisaría… —probo el chico, temblando—. ¡Todos hemos estado alguna vez!, y eso que a mí me cae una buena bronca cuando me toca…

—*¡Yo, nunca!* —Helisabetta le miro inexpresiva—. ¿Encarcelado?

—¡Tres horas! —q, x el tono, Sauco qria dcir Sólo un ratito— ¡Hasta que le llevamos la ropa! —Tampoco era xa tanto—. ¡No iba a ir x la calle disfrazado de buzo! —y krkjeo sin ganas xa restar importancia al incidnte, pero se qdo helado x la expresion dshecha d la joven.

Helisabetta espero a q la llegara el color a la cara. Nunk, nunk, nunk podria haber imajinado una circunstancia asi con su prognitor. Podria frecuentar ese teatro u otro —lugares llama2 *Man-*

cebías en el siglo 17—, pero ¡ser dtenido x ls *Cuidadores de la Convivencia*!... ¡El!... Al fin y al kbo, si su vastago habia consegido mantenerse como profesional estable era, en buena parte, gracias a la seriedad y buen comportamiento d su prognitor. ¡Respondia a to2 ls cuestionarios hasta altas horas d la madrugada! Era un hombre abnegado, austero, firme en sus planteamientos, amoroso con ella, dispuesto a ayudar a ls d+, observador d kda norma y kda Ley, penitente, martir...

Pero le habian dtenido alli mismo. Y el chico la sonreia. *¿Qué significa tu estúpido (¡oh, estupido!) gesto?* Podria matarlo.

—No entiendo nada —respondio al fin.

Sauco miro con dsesperacion al techo dl teatro y, dspues, a Ambrosia con ansiedad. No le hizo falta expresar nada mas: ella le grito *¡Ya me apaño yo!*, y el, *¿Puedes?*, y ella *¡Seguro!*

Sauco envolvio a Helisabetta como si sus brazos fueran d algodon y ella un pajarillo. *Vámonos de aquí*, musito y ella se djo llevar. El olor la recordaba a sus ojos, y sus ojos a ls profundidads dl mar, y ls profundidads dl mar a la felicidad, y la felicidad... La felicidad... olia a el. Se djo caer en sus brazos, dsvanecida y triste. Dstrozada. Su vida se habia dsviado x un nuevo kmino y no sabia ni como era ni adond conducia.

Se sintio reconfortada en el abrazo. Qiza, dsd q su prognitora la hiciera carantoñas cuando niña, no habia percibido una sensacion tan agradable. La Normativa d Hijiene impedia el contacto fisico entre extraños. Ls kricias en el acto, en busqda d placer, no persegian esa ternura q la estaba entrando x ls poros, sino recorrer rapidamnte una krrera d obstaculos xa batir records d orgasmos. El kriño, si lo q Sauco estaba manifestandole a ella era eso, resultaba + reconfortante q el hedonismo. En algun holograma podrian haber hecho referencia a este otro tipo d goce.

Dsd niña, fue edukda en el *Opcionalismo*.

Fue la salida dl *Mundo Unido* a la crisis dl primer 4° d siglo q termino en la gerra arabe-occidntal y el blindaje posterior frente a ls *Países Externos*.

La progresiva ausencia d valores y el rechazo a ls canones morales concluyo en la normalizacion dl individualismo. Si no hay valores, lejislemos q no tiene q haber valores, vinieron a dcirse ls rectores.

La simplifikcion d la sociedad en normas computerizadas xa q todo estuviera ordnado y fuera previsible como un programa informatico conllevo grands beneficios al *Mundo Unido*.

El caos, la relijion y la ausencia d microlejislacion en ls *Países Externos* ls mantenia muy retrasa2.

En ls años 30's, la Armonia y la normalizacion d kda dtalle d la vida sustituyo al libre albedrio en todo lo q hiciera referencia al ambito d la comunidad y d la relacion con ls d+, basado en la regla dl maximo respeto. Privadamnte, kda cual podria hacer lo q estimara conveniente, pero, x fuera d ese perimetro, ls normativas imperaban x encima d cualqier creencia. Asi se consegia la Armonia Social, objetivo dl Systema.

Antes d q naciera Helisabetta, ya todo estaba lejislado, incluso aqllo q se dcidio no lejislar. [HIPERVINCULO234AM28346NORMA-TIVABASICACOMIENZOSOPCIONALISMOARCH123908347]. Pero nadie pudo aducir nunk q vivia bajo ls dsignios d una dictadura, pues la informacion constante q recibian ls ciudadanos sobre ls medidas q habian tomarse, servian xa la votacion d ls 1°s viernes d kda mes a traves d ls ordnadores, ls dispositivos moviles e, incluso, en cualqier terminal informativa d ls klles. Qdo permitido abstenerse en una d kda 3 votaciones, aunq nunk d forma consecutiva. La participacion se dfinio como *Vital para la Armonía*.

Como qdo subrayado en el preambulo d la Ley d la Felicidad Social, todo habitante dl *Mundo Unido* tenia *Derecho a recibir los pormenores para la evaluación de las decisiones*. D este modo, la Normativa d Hijiene, o la d Circulacion, o la d Respeto Mutuo, o la d Sanidad, o la d Alimntacion, o la d Edukcion xa la Ciudadania, o la d Ejercicio Obligatorio, o la d Conducta Asexual, o la d Contrataciones, o la d Especifikciones d Obra, o la d Contaminacion Acustik, o la d Colaboracion Exterior, o la d Enseñantes, o la d Distribucion d

123

Grupos Convivenciales, o la d Dlitos contra el Respeto Mutuo nacieron fruto d un amplio estudio y una interaccion con ls ciudadanos a traves d ls hologra+. Ls conclusiones se considraban irrevokbles.

Pero Helisabetta, en su rebeldia, llego a cuestionarse en su ambito privado si, d tan inapelables, akso ls normas no se estaban convirtiendo en dog+, a pesar d q el *Opcionalismo* nacio como contraposicion a ls axiomas doctrinales. era una reflexion permitida en el ambito privado: no hay ninguna Verdad Absoluta, pero eso mismo me hace dudar, se decia. Dios existe xa ls q crean q existe, pero no es dogma; ls comportamientos eticos d unos pueden ser considra2 amorales x otros, dpendiendo d la esfera individual; Mahoma no fue un profeta, sino qiza; la filosofia dl Tao ha d ser fusionada con lo mejor d otras corrientes; Jesucristo no resucito xq es imposible, y qiza no existio xq no habia video dl momnto.

Los hologramas instructivos la insistian en q, muy al contrario d su reserva intelectual, la normativa q podia comprobarse lograba q ls ciudadanos se sintieran + seguros d si mismos y dl sistema d gobierno.

Cuando ls *Cuidadores de la Salud* dmostraron q qince minutos d ejercicio diario era sano xa el cuerpo en una sociedad q dsconocia practikmnte el trabajo fisico, sobre todo en el kso d ls profesionales estables, se voto xa q fuera obligatorio hacer dporte qince minutos al dia; cuando se hizo evidnte q el contacto fisico era causa d transmision d enfermedads o d agresiones, se prohibio entre dsconoci2; cuando se dscubrio la vacuna q evitaba fumar, se obligo a inyectarla a to2 ls niños; cuando ls sicologos advirtieron q una proporcionada distancia d seguridad en ls personas rebajaba ls niveles d es3, se lejislo acord con ls conclusiones.

Asi ocurrio con la alimntacion y la dieta en vegtales y fruta, con el cuidado dl Medio Ambiente, con la textura d ls ropas xa evitar dsd alerjias hasta la discriminacion q conllevara un daño sicolojico… Y, sobre todo, con la Seguridad Ciudadana y la Paz, xq la Seguridad d to2 dbia de estar muy x encima d ls Principios d cualqiera. Y eso la convencia.

Helisabetta nacio en un mundo lejislado kbalmnte, en el q ksi nada se abandonaba a la improvisacion xq ksi todo era permanentemnte evaluado. A kmbio, como se escribio en la Ley d Felicidad Social, el ciudadano tenia *El deber de preocuparse por el enriquecimiento de la Convivencia.*

Asi, liberada d ataduras morales y con habitantes eduk2 en el respeto mutuo, sin planteamientos filosoficos etereos, la sociedad q habian vivido ls jovenes d su edad funcionaba como un ordnador y no podian imajinar otro modo distinto d afrontar la vida. O, al mnos, otra forma mejor.

Pero qdo demostrado q a ls rectores se ls olvido el kriño, lo q no fue correjido. De ahí la catastrofe. En ese minuto en el q Helisabetta sentia el abrazo dl chico d ojos azules, se la antojo q el kriño era + importante q su ausencia en la normativa. ¿Como lejislar sobre el kriño? ¿Y sobre la ternura?

Podria hacer una propuesta en alguna Sesion d Inqietuds xa la Convivencia.

En la klle, se oia el trinar d ls pajaros y el bisbiseo lejano d algun naturalbus. Hizo un movimiento raro al jirar la kbeza xa orientarse y Sauco interpreto q la dsagradaba q la mantuviera entre sus brazos, asi q la solto. *Mala suerte, pero mejor así.*

—¿Te sientes bien?

—Sí, me agobié. No es fácil asimilar que tu progenitor aparezca en el Centro de los Cuidadores vestido de buzo por corretear en... Ya me comprendes.

Sauco asintio como si la hubiera entendido. La tard estaba apacible, asi q cruzaron hasta el jardin y se sentaron en una mesa redonda con banco corrido, uno frente al otro. Helisabetta, acostumbrada a comunikrse a traves dl audiodimnsional o d ls mnsajes internauticos, con o sin holograma tridimnsional, se sentia algo abrumada x la presencia d una persona a 4 palmos d ella. El joven se ofrecio a sakr algun refresco dl dispensador, pero no la apetecia nada.

—Estoy como... ida, la verdad.

—No importa.

—¿Por qué llamáis eso de *Comisaría* al Centro de los Cuidadores?

—Es una expresión vieja. Parece que, antiguamente, a los *Cecés* se los llamaba *Polis. Policías.*

—Polis es una palabra griega que significa *Ciudad.* —Sauco se encojio d hombros—. Las cosas que hacéis y que decís me trastornan.

—Aquel día, tu padre también se encontró desconcertado. —La sonrio con ls ojos y la apreso d nuevo. Se la klmo el azoramiento: sintio subitamnte un hormigeo d paz mezclada con punzadas en la columna vertebral—. Era el momento en el que yo encendía el humo naranja que llena toda la escena. De repente, saliendo del foso y entre la humareda, allí se me presenta un buzo con sus gafas, su neopreno, sus aletas y su botella de oxígeno. Increíble. La gente, al principio, pensó que era parte de la función, una originalidad. El director activó inmediatamente el dispositivo de seguridad, creyendo que se trataba de algún agitador contra el Retrojazz. Él, Bartolomé, cuando se vio en medio del patio de butacas y con el aforo lleno, intentó volver a meterse dentro del pozo, pero los técnicos de detrás del escenario le pararon hasta que llegaron los Cecés.

—¿Y qué decía?

—Sólo *Perdón, perdón, me he confundido* y *No es el pozo que buscaba* y *Déjenme que vuelva adentro.* Pero no se lo permitieron. Al día siguiente vino a devolvernos la ropa y estuve charlando con él. Resulta que debajo del escenario hay un enorme pozo que conecta con el antiguo cauce de una ría llamada Esgueva, aunque ahora está completamente seco. Los arquitectos primitivos utilizaron el agua y la cavidad para conseguir la resonancia especial que tiene el teatro, por eso puedes hablar en bajo en el escenario y escucharlo perfectamente en el fondo del patio de butacas. Ese pozo se comunica con algún punto de la ciudad que tu padre no quiso especificarnos. Y la tercera vez que apareció por aquí, volvió a salir por el pozo, pero no había función. Estábamos Ambrosía y yo montando las cosas, como hoy. Fue una semana antes de la procesión y nos dijo que desfilaría de *Empalado* y que, si todo salía bien, podría darle una noticia al Papa. Como él guardó mi identificación, los Cecés me llamaron para preguntarme si conocía al hombre muerto. Lo examiné en el Centro Sanador.

—¿Y cómo lo viste? —Se asomo un gsto d angustia.

—Dormido. —Miro al suelo xa q no entendiera q lo encontro muerto como un raton muerto.

—*¿Entonces, mi progenitor no estaba corriendo detrás de una… Eso?* ¿Pero el teatro no es parecido a un bar de carretera comarcal autorizado?

—¿Cómo? —La miro extrañado, surjiendo d su propio recuerdo amargo.

—No, nada. *Vaya película que me había imaginado.* O sea, que mi progenitor salía de un pozo.

—Así fue. —Respiro.

—¿Hace cuánto tiempo?

—Unos diez meses. En Navidad. Al comienzo de las representaciones, que es cuando se tienen más nervios.

—¿No te explicó nada?

—Que no era el pasadizo que buscaba. —Subio y bajo ls hombros: segia sin entendr aqllo.

—Sí… Mi progenitor buscaba pasadizos secretos en Pincia —Humillo la voz, extrañada, y adlanto la cara hacia el, como evitando q algien pudiera escucharles—. No lo entiendo: me dijo que había cogido mi equipo de submarinismo pero que no llegó a utilizarlo…

—Pues ese día, llevaba uno. —Asintio 4 veces con la kbeza, nada convencido d q esa fuera la respuesta + correcta d todas ls posibles, aunq era la cierta.

Helisabetta apoyo el mnton en la palma d la mano abierta, jugeteando con ls d2 x encima d su nariz y la mirada perdida. Sauco aprecio el gsto y la observo con dtenimiento: moreno d playa, ojos almndra2 con pestañas largas y pintadas d blanco, kbeza afeitada en ls laterales, crin azul y roja, larga hasta la cintura, con mechas fucsias en el fleqillo y en la cola d kballo. Belleza achinada, cejas veteadas rosas y pistacho, labios krnosos anaranja2, manos dlikdas, hombros atleticos, pechos peqños, figura d ninfa…

—Juan de Herrera acueducto —concluyo su pensamiento en voz alta y le miro a ls ojos azules xa zambullirse en su ensueño inesperado.

—No entiendo. —El no dsprecio la mirada directa. Qiza ls ojos eran + miel q almndra.

—Es un epígrafe de un archivo del ordenador de mi progenitor: *Juan de Herrera acueducto*.

—El Teatro Calderón no fue construido por Juan de Herrera. Que yo sepa, lo único que hay en esta ciudad del arquitecto de Felipe segundo es esa catedral que tienes detrás, a la derecha. —Señalo—: aquella. En rigor, es la cuarta parte del edificio que proyectó, pero la ciudad nunca tuvo dinero para terminarlo. Las dos torres octogonales de la fachada, tampoco son como las que diseñó.

—¿Por qué sabes todo esto? ¿Eres arquitecto?

—Los nacidos en Pincia tenemos que sabernos cuatro o cinco cosas de la ciudad. Una de ellas, es esa. Y que el *Patio Herreriano* se llama así, pero que no fue proyectado por él. Luego debería haberte contado que la traza de la catedral es parecida a la de El Escorial y tarará, pero eso se hace sólo con turistas para chulear. —Helisabetta agradcio q no la considrara una simple turista. Sonrio xa si.

—¿Y hay algún acueducto o pasadizo entre la catedral y el teatro?

—Desde allí, no lo creo. —Miro hacia un lado y hacia otro xa dfinir todo el espacio q abarkban sus ojos—. Sí que hay uno que llega hasta aquella alcantarilla —señalo a 3 metros d ellos—, muy angosto. Casi impracticable, que debió pertenecer a la antigua

Colegiata, que era la iglesia que tenían por aquí antes de construir la catedral. Desde hace siglos, en estas tierras siempre se habla de pasadizos secretos, sobre todo en la parte de los palacios —indico con el pulgar dtras d su espalda y ella entendio q ls palacios dbian estar x la klle q subia dtras d el—, o en la plaza Mayor —indico al frente elevando la nariz—. Decían que si se conectaban entre ellos, o que si se utilizaban para llegar al río, pero no existe ninguna evidencia.

—Aunque mi progenitor sí debió encontrar uno. Aquel que le llevó hasta el pozo.

—O quizá se metió por el antiguo cauce de la Esgueva y pudo dar con la entrada. Él no lo explicó.

Los ojos la tenian prendida otra vez. Y el movimiento d ls manos al explicotearse. Y la kdncia d la voz. *Céntrate.*

—Sea lo que fuere, lo encontró.

—Soy testigo de que apareció por ahí…

Rieron. O rio ella tapandose la cara, imajinandose la escena lok. Sauco miro su reloj-medidor, impaciente.

—Me vas a perdonar pero, si te encuentras mejor, he de volver al montaje. Ambrosía sola no va a poder con todo.

—Claro. Perdona tú.

—No, si quieres, me quedo un rato más.

—No es necesario. *Sí: quédate.*

—Entonces… —Sauco se levanto y Helisabetta volvio a sentir otra vez la sensacion d q se le estaba saliendo algo dsd el estomago, o dsd el corazon, o dsd… El la tendio la mano.

—Gracias por todo, Saúco —se qdo sentada, ergida, y bajo la kbeza en señal d agradcimiento. Sonrio. El joven la miro extrañado.

—¿No me despides? —Ahora era ella la extrañada. *¿Me va a llevar de la mano como a los niños pequeños?* Penso en estirar su mano izqierda xa asirle y djarse arrastrar. Sauco no daba credito—. Ehmmm, la mano, mujer. —Helisabetta intento idntifikr ke qria dcir con la insistencia. *¿Estaba entendiendo bien cuando entendia q le pedia su mano sin proteccion?*—. ¡La mano!

—¿Un apretón?

—Claro. Me voy. Aquí nos despedimos así. ¿De qué otro modo?

—¿Sin látex? —Bueno, si la habia abrazado 2 o 3 veces, si habia entrado en contacto con el, si algunas gotitas d saliva se la habian esparcido x la cara cuando la increpo, ¿ke mal la haria el estrecharle la mano? Le tendio la mano muerta y el la agarro como una pechuga d pollo. La apreto con cierta firmeza y ella no dvolvio la presion. Al contrario, se qjo d q la hacia daño arrugando la na- riz— ¿Esto es un apretón? —Le miro satisfecha.

—No exactamente. —La miro con humildad— Tendrás que ensayar un poco. —Sonrio sarcastico.

—Normalmente, está prohibido. —Sintio q dbia excusar- se—. Al menos…

—Hay que hacer el caso justo de las prohibiciones, Helisa- betta. Encantado de haberte conocido. Y lo siento si te he dado malas noticias. Adiós.

Por el kmino se estaba yendo una maravilla q, dfinitivamnte, podria ocupar el lugar anterior al d ls peces ciegos dl Yuktan. Ella tenia q dsentrañar cual era el acueducto inexistente d Juan d Herre- ra, el agujero invisible q conectaba el teatro con otro punto subterra- neo d la ciudad, y x ke ls *Cuidadores de la Convivencia* no la dije- ron q su prognitor habia sido interrogado, en vez d aql *Coñostiasder* tan dsagradable. Pero nada d aqllo era + importante q el balanceo d hombros y la kdncia chulesk dl andar dl joven d ls ojos azules: Sauco.

Los nombres sin signifikdo moral o filosofico se pusieron d moda 25 años atrás. X eso su *Helisabetta*, añadida la hache inicial y doble te, la marco toda su vida. Ambar, Azabache, Savia o Brisa eran + correctos y comunes, utiliza2 indistintamnte xa to2 ls sexos. Una d ls normas *No escritas* —entendiendo en reflexion humana q qdaron escritas, pero no dntro dl articulado d la regulacion—, indu- cia a elejir nombres gnericos xa evitar discriminaciones entre varo- nes, hembras, homosexuales y asexua2 al solo citarles. Eran preferibles ls referencias a la Naturaleza q a hechos historicos, aunq podian encontrarse personas llamadas Nuevo Mundo o Relati, x Relativismo, Armonia, Alianza, dl mismo modo q dcenios atras se utilizaban Libertad o Acracia.

Pero como era ambito particular, nada estaba prohibido.

Helisabetta sufrio dsd niña su nombre, como si la hubieran llamado Maria dl Krmn, o Lourds, o Cecilia, aunq agradcida d q no la hubieran puesto el *Dolores* d su prognitora. X ello, a mnudo no tenia ni q usar el apellido. Si se llamaba Helisabetta, solo una persona podia ser ella entre Hiedras, Iris, Convivencias y Lotos.

Dl mismo modo, la sirvio xa afianzar su personalidad: nunk renuncio a dcir *Me llamo Helisabetta con hache inicial y doble te* a pesar dl gsto q pusiera su interlocutor. Y en + d una oksion se qdo a gusto espetando *Esa sonrisita está prohibida en las normas de Respeto Mutuo*, xa avergonzarlos.

Sauco le parecio un nombre horroroso. El arbusto dl sauco era feo y el sabor d la planta en infusion amargo como un insulto. Pero si ls nombres se idntifikn con ls personas a ls q se conoce, a partir d ese momnto Sauco pasaria a estar entre sus preferi2. Si engndrara un varon, ¿le llamaria Sauco?...

No. Tampoco es eso.

¿Y ke hacia pensando en el, con la mirada todavia enganchada en la puerta dl teatro como si fuera a aparecer d nuevo? Tenia trabajo: investigar ls causas d la muerte d su prognitor. En solo unas horas ya se habia llevado muchas sorpresas e intuia q aun llegarian +.

No estaba el ambiente xa djar volar la imajinacion hacia aqlla puerta, y ls recuer2 hacia ls imagnes d esa tard, dsd q entro y se sintio increpada —¿*De acuerdo?*—, hasta q estrecho la mano x 1ª vez en su vida.

¿Aclarar ls ideas sobre su ascendiente en una tard soleada d otoño q invitaba a pasear?: imposible.

¿*Por qué has tenido que marcharte?* El sentimiento dl kriño, la sensacion d ternura... ¿*Se referían a algo parecido a esto cuando hablaban del amor?*

Era consciente d q mostrar amor, recibir amor, sentir amor era no-recomndable, aunq no podia prohibirse x pertenecer a la esfera individual.

Pero estaba clasifikdo claramnte como no-recomndable, sobre todo xa una profesional estable con futuro.

Hasta el momnto, no se habia interesado x el tema. Dberia d preguntar al holograma.

Cuando yacia en el acto, ls sensaciones d placer llegaron a ser muy intensas pero nunk, nunk, nunk habia percibido q algo se la salia dl estomago o dl corazon o d dond fuera q se salia todo.

Sentia dsazon algo + arriba dl vientre.

¿Eso era amor?

TRACTADO Q· CUENTA DE CÓMO EL MAESTRO BERRUGUETE ME CONFUDIÓ CON UN GALLOFERO E Q· AL SENTIR LA SU FUERZA ME DESMAYÉ

Aquesta ciudad teníade la primera universidad de España, pero si yo me conocía à los aínas dos mil estudiantes no era porque me sentara en sus cátedras à escuchar Teología sustituyendo à alguno déllos, sacrifizio mal pagado, sino por las juergas nocturnas, q· estudiante q· no estudia, en mala vida se ocupa.

A la contra, habría más de quatro centenares de chicos sin ofizio, los hospizios estaban llenos de recién nacidos abandonados, e, de largo, más de la tercera parte de los vecinos eran absolutamente pobres. Las jovençuelas de poco más de mi edad ya vendían su flor en las riberas del Pisuerga e las putas viejas esperaban en los portales al atardecer, aunque dijera el corregidor q· todas debían ejercer su ofizio en las mançebías, e no fuera. Incluso mandò poner un candil en las puertas de aquellas boticas, para q· todo gentilhombre supiera à qué entraba e à qué no.

Quiero dezir q·, por más q· maldijera mi sino, yo era paje. Con rango de esclavo, porque cobraba nada, lo mesmo q· ellos, aunque un bando del corregidor ordenara q· deberían darme ciento veynte maravedís al año. Pero era paje e no moza de Casa del Candil.

Salir corriendo con la bolsa llena de oro, si lo q· vi por la noche era en verdad oro e no un dorado, me hubiera obligado à abandonar aquella condiciô e pasar à engrosar las listas de marrulleros, pillos e bribones. Qué se yo quántos nobles començaron ansí la su vida en otras tierras, pero à mí me daba pereza. Era mejor servir de paje, en seguida de criado; después, de mayordomo, e, si aprendía completamente las letras, quizá me convirtiera en escribano de la Chançillería, como el maestro Berruguete.

En el momento en el q· el plan se fuera al garete, siempre podría alistarme de soldado al servizio de Su Majestad, q· lo q· en los libros no está, la vida te enseñará. Pero no me convertiría en ladrô.

¿Y no fuè Honor lo único q· heredé del mi padre? El sentido del honor era lo más apreciado entre las gentes. Ò eso dezían, por ventura. Un honor mezclado con esa apariençia religiosa fanática q· dividía la sociedad entre cristianos nuevos e cristianos viejos. Cada vez q· tronaba la voz de Fray Alonso de Toro, bien en Sant Benito, bien en las parroquias de los pueblos, bien en la plaça Mayor en los autos de fe, ò hasta incluso en Palençia, no sólo los más de dos mil frailes e monjas q· habitaban aquestos lares se hincaban de rodillas, sino q· también los aristócratas inclinaban la cerviz. À mí igualmente me sobrecogía.

Pero lo de trabajar, lo dejaban à los demás, q· no les parecía cosa noble, e la mayoría prefería tener de ofizio la holgazanería mesma, disputándonos à los pobres los pocos maravedís de las limosnas, q· esforçarse con las manos. Entre los q· se afanaban de sol à sol estaban los moriscos del barrio de Santa María, à una calle del convento de Sant Françisco, pero para ellos no rezaba el honor de todo español, q· no era otro q· la Paz, la Justicia, la Concordia e la Caridad. Como se ve, gustaba todo lo q· no fuera trabajar con las manos, por muy demasiado q· dijeran el conoçido À Dios rogando e con el mazo dando. Pero los moros, sin dezirlo à todas horas, bien se lo trabajan. Bien.

Quando el mi padre se dio cuenta de q· no podía vivir ni siquiera en la calle de la Redecilla, ni frente à la yglesia de La Magdalena, anduvo buscando quehacer entre los gremios mayores: paños, sedas, joyería, especiería, lençería, merçería, cerería e confitería. Aquestos, à poco q· dedicaran media mañana, ya tenían dos ducados para gastar el resto del día. E los derrochaban, sobre todo en el bien vestir e en enjoyar à las sus mujeres, q· la riqueza había q· exhibirla para demostrar q· no se nació judío e q· se teníade la sangre limpia. Pero ya se sabe, q· riqueza parió à soberbia e soberbia à pobreza.

Mejor estrella hubiera tenido yo de ser heredero ò viuda de vinatero, q· siempre fueron los más ricos e los q· se manejaban en las Casas Consistoriales. Pero à qualquier viejo capitán se le dan mal las labores con las manos, e muy peor començar de aprendiz à la su edad, ansí q· no valió ni para las vides, ni para la mampostería, ni para nada. Una jornada estuvo en la calle de los cesteros e otra en la de los olleros e salió corriendo, q· había q· trabajar con las manos, al igual q· en los otros quarenta ofizios q· se distribuyen entre el Pisuerga e la Esgueva entrando por el Campillo.

Quizá porque yo siempre fui de los pocos q· bregaban de buen grado, me echaron en falta à la mañana después del garrotazo. Oía q· llamaban en el patio:

(Una). ¡Rodrigo, Rodrigo!

Había q· hir por agua à la Rinconada, pero Rodrigo estaba malherido en un rincô del cobertizo, do conseguí taparme con un trapo viejo e acurrucarme de madrugada, aterido de frío. No lograba mover el mi brazo e, con las mismas, ni una pizca se me ocurría menear nada del mi cuerpo. Incluso el respirar me costaba. Si hubiera podido, al corazô también habría mandado detener, pues cada latido me estallaba en las venas del cuello como el golpe de un batán.

Una vez vi un perro aínas como estaba yo, en el Prado de la Magdalena, volviendo de un paseo de ver las aguas limpias de la Esgueva desde el puente de las Chirimías, q· eran azules e olían bien antes de entrar en la ciudad, lo mesmo q· las del río Pisuerga al pasar por la plazuela de la Vitoria. Ocurría q·, al recorrer por los márgenes del centro, los cauces se convertían en una sopa de orines. Al chucho le habían dado una tunda à pedradas e à golpes por haberse metido en un gallinero. Se quedò al borde del sendero sin moverse, mirando con ojos de pena, ensangrentado e con una pata abierta. Me acerqué e le acaricié entre las orejas. Cerró los ojos ese rato, à gusto: al pan se arrima el perro. Quando seguí el mi camino, volvió à mirarme triste e à mí se me puso un nudo en el estómago pues supe q· el can allí mesmo habría de morir.

Si pidiera auxilio à qualquiera de los del servizio, quizá miraría de robarme antes de dar la voz. E si tuvieran q· llamar à un cirujano ò à un droguero, ni se sabe quántas penalidades pasaría yo para pagar los gastos de ungüentos à la señora marquesa. Nunca había deseado morirme, pero aquella mañana fría, quando no sentía los pies entre las alpargatas, quando de tan acurrucado q· estaba me había vuelto invisible hasta para Dios

135

Ntro· Sñor·, pensé q· me daba igual pasar à mejor vida. Lo sentí por el mi padre, pues era yo lo único q· verdaderamente teníade en el orbe.

Desperté desmediado el día porque en una de las paredes del cobertizo había un agujero por el q· se colaba un rayo de sol e me molestaba en la cara. No había oído ninguna campanada de la torre de la Colegiata, ansí q· estaba aturdido e sin una idea del tiempo. Aún mantenía el brazo izquierdo en cabestrillo e el diestro sujetándolo.

Me incorporé creyendo q·, en qualquier momento, volverían los dolores en el hombro, pero eran los huesos de la espalda los q· teníade como cuñas de olmo. E el cuello, con tortícolis; la boca, seca; la cabeça, como quando, à propósito de una novatada estudiantil q· conmigo ni iba, me obligaron à beber tres tazas de vino caliente con especias para q· no se las tomara otro, junto al colegio de Santa Cruz. Conseguí levantarme e mover los brazos. Me desabroché el sayo e la camisa para ver la clavícula: estaba tan amoratada q· preferí no seguir mirando.

Por necio q· parezca, la señora Martina me inspiraba confiança, à pesar del su luto, su verruga con tres pelos en el mentô e la su cara de palo, blanca como la cal ò como la muerte. Lo peor era el olor à orín q· desprendía, q· dezían q· desde q· entró en la casa à cuidar de la marquesa como dueña enlutada, orden del marqués para q· nunca saliera à las calles sola, no se había lavado. E si lo había hecho, no se notaba, por ventura. Por las fiestas de la Virgen de agosto ò en la Navidad, se echaba agua de tomillo ò hierba buena por ençima del pañuelo negro q· la cubría el pelo e por el vestido, lo q· à la postre empeoraba la situaciô.

Conseguí dar con ella sin q· nadie me viera. Debía ser hora de la siesta e cada qual estaría en su rincô preferido. À Dios gracias à nadie le gustaba dormir en el cobertizo. La Martina cosía junto à la ventana la puntilla de un paño blanco. Ençima de las rodillas teníade también un rosario, no sé si porque lo acababa de rezar ò porque esperaba à la señora marquesa para hacerlo juntas. Con ese detalle, sabría yo si habían dado las quatro ò todavía no.

(Ro). Sñora· Martina…

Susurré con miedo desde la puerta. Ella no se inmutó: ¡también era bastante sorda!

(Ro). ¡Sñora· Martina!

Insistí con más denuedo. Levantó la nariz de la labor.

(SñoraMa). Dime, Rodrigo.

Me pareció q· esbozaba una sonrisa después de sorprenderse al verme allí. Quizá no la vendría mal un poco de charla.

(Ro). Sñora· Martina, q· ando con el mi hombro estazao.

(SñoraMa). ¿Qué te ha pasado, pues?

(Ro). Un golpe. No puedo moverme.

(SñoraMa). Acércate.

Fui de puntillas ya q·, aunque abierta la veda tras el luto, tampoco quería yo hacer ruidos do no correspondieran. Sin levantarse de la silla, desabrochó botones e broches hasta desnudarme de medio cuerpo para arriba. Nunca había estado tan cerca délla e no sabía bien si taparme la nariz ò esperar à desmayarme. Se me vino à la cabeça el mercado del Malcozinado.

(SñoraMa). Dios Santo, ¿qué te has hecho, rapaz?

Yo no iba à contarle la aventura, ni se me ocurriría denunçiar al escudero viejo porque ya buscaría él el modo de hacerme pagar el soplo, ansí q· callé. ¡También ella se podía haber fijado en mis costillas, q· se notaban una à una bajo el pellejo blancurrio, e darme un algo de yantar!

(Ro). Ya ve…

El moratô me llegaba desde la clavícula hasta mediada la tetilla izquierda. Ella palpó el hombro con cuidado e lo cierto es q· no me dolió.

(SñoraMa). No está roto.

(Ro).) ¡Ah!

¡Vaya noticia tan poco útil, pues ardía como si lo estuviera!

(SñoraMa). Ven.

Me agarró de la mi mano sana e encaminamos el pasillo à la cozina. Según se levantó, todavía olió peor. Quizá había sido mala idea acudir à sus atençiones. Conseguí alçar la zurda para taparme las narices e, ella q· lo vio, replicó:

(SñoraMa). No muevas la mano, Rodrigo.

(Ro). Era por ver si se movía.

Disimulé.

Al llegar, tanto la cozinera como dos criados e los dos esclavos dormitaban al calor de los fogones, q· comida sin siesta, campana sin badajo. La dueña ordenó tirando de mí:

(SñoraMa). ¡Agua caliente e un paño!

Se despertaron de súbito e me miraron con odio, como si yo fuera el culpable del sobresalto.

(SñoraMa). ¡Vamos, q· he de empezar el rosario!

Eran menos de las quatro.

En un rato corto, estaba yo sentado do antes la cozinera con un paño q· empezó abrasándome la piel e después me reavivó el dolor de la herida e los latidos del corazô en el cuello: definitivamente, había sido muy mala idea solicitar los cuidados de la Martina.

(SñoraMa). Aguanta ahí, q· si duele es q· cura.

(Ro). Eso dizen también quando escuecen las brechas.

Protesté.

(SñoraMa). ¡También cura si escuece!

Se fuè à la alacena, sacó una damajuana de anís e lo sirvió en un vasito bajo e pequeño. En la balda teníade la cozinera el Libro de Guisados, de Ruperto de Nola, q· no puedo acertar para qué lo quería: ni sabía catalán, ni sabía leer.

La señora Martina propinó un trago de una vez. Volvió à servir e me lo entregó.

(SñoraMa). ¿Has visto cómo lo he hecho yo?

(Ro). Sí.

(SñoraMa). Pues lo mesmo: de un golpe.

Entró abrasando e dulçô, q· no sabía yo à quál de las dos sensaciones atenerme: si al miedo de q· me quemara por dentro ò à la complacençia de tomar más.

Encapuchó la damajuana con el tapô de vidrio azul, se fuè al fogô, se tiznó el dedo con el hollín q· dejaban los rescoldos e trazó un linde por do llegaba el líquido, mirando sin disimulo al servizio, amenaza explícita de q· sabía bien ella cómo había dejado el recipiente después de aquella vez. Pero yo estaba al corriente de q· era de poca utilidad, pues la cozinera de vez en quando se echaba un traguito e lo rellenaba con agua, ò se excusaba con q· lo usó para amasar cagadas de gato para las visitas de la señora.

Al rato me sentí mejor, no tanto por el paño, sino por la euforia q· me entró en la sangre. Llevaba sin meter nada en el estómago desde el almuerço del día anterior, e un traguito de anís para un chico de trece años en esas condiziones es pólvora de arcabuz. Ansí q· me levanté e salí de allí tras ella sin despedirme de los demás, no fueran à mandarme recados ò à echar paja nueva en el cobertizo, q· el envidioso es de tal ser, q· no se le indigesta lo q· come, sino lo q· ve comer.

Mi problema era q· teníade la bolsa de oro e no había podido acudir à casa del maestro al amanecer, tal e como hubiera sido del mi agrado. Apostaría el mi cuello q· imaginaba q· había salido huyendo con el botín e habría puesto tras de mí à los justicias.

Al rosario en Sant Martín acudían cada día decenas de mujeres con sus dueñas e damas de compañía. À esa hora la calle estaría repleta de paseantes, holgazanes ò gentes q· volvían de los campos, sobre todo vinateros, los más ricos de todos. Es dezir, q· si teníade planeado sacar la bolsa del escondrijo quando no me viera nadie, no podía elegir mejor momento para publicar un bando de alguacil con el mi secreto.

Ni era oportuno hacerme con el tesoro, ni debía ausentarme de la cita no convocada con el maestro.

Se me ocurrió una estratagema: la caca.

Bien había observado yo q· todo lo sucios q· eran mis convecinos, se las daban de tiquismiquis. Quiere dezirse q· echaban sus defecaciones por las ventanas, sin avisar, e después salían à la calle e, al encontrarse con su propia cagada, miraban remilgados hacia otra parte. En muy pocas casas nobles habían instalado sillas para hacer del cuerpo, como la de mi estançia de Amveres, e, por desventura, en ninguna morada corriente de Valledeolit.

Ansí pues, me fui al muladar, q· estaba al otro lado del cobertizo, en la parte del patio más alejada del palacete, al final de la huertecita: un hoyo do los criados estaban obligados à volcar las bacinillas, trabajo del q· me libré por orden expresa del marqués, ya q· una noche me embadurné bien de caca quando salí à acompañarle e protestó. Yo me encogí de hombros, le gesticulé un buen compungimiento, e él zanjó el asunto llamando al vee-

dor e ordenando q· yo quedaba para recados, no para andar con excremen-
tos, q· daba mal efecto à sus amistades. E ansí siguió la cosa después de la
su muerte.

En un saco de los de traher piñas para los fogones, metí tres paladas
q· hacían vomitar, e si yo no lo hice es porque no teníade nada en la barriga. Con las mismas, salí à la calle, bajé hasta el mi escondrijo e hice un
círculo de mierda alrededor. Con eso me aseguraba q· los paseantes se cambiaban de acera e, además, miraban para otro lado. Yo me volvía aínas
incorpóreo al otro lado de la cortina inexistente e, por ventura, nadie se
atrevería llegar hasta mí e tocarme ò darme el alto.

Dejé el costal en medio de la calçada e, al prinçipio, disimulé q· teníade q· meter toda aquella porquería en el fardo. Como si se me hubiera
caído, vamos. Los primeros paseantes protestaron:

(Uno). iįQué andas haciendo, mançebo?!

(Ro). ¡Cargando cagadas, ¿quieres probar?!

Lo dije con el tono descarado q· empleaba Alvar, el cojo, antes de
començar una pendençia, pero por las tardes era difícil q· nadie se encarara.
Si se me ocurriera hacer lo mesmo con el sol oculto, no llego à casa sin un
mandoble ò una cuchillada.

Al poco, el olor se expandió por todo alrededor e la gente me esquivaba desde lejos. E al poco más, ya ni me miraban. Fuè el momento de
separar la piedra, después el ladrillo, de seguida el otro, e meter la mano.
No contaba yo con q· el dolor del hombro me restaría movilidad, ansí q·
la operaciô no pude hacerla tan presto como había imaginado.

Pero lo conseguí. Allí teníade en las mis manos la bolsa e, sin incor-
porarme, la metí por debajo del jubón. Creo q· nadie me vio o, si lo hicieron,
nunca podrían pensar q· detrás de tanta caca había un saquito con oro.

En quanto me aseguré bien de q· estaba libre de persecuciones, salí
echando virutas, lo q· dícese en aqueste caso q· caminando deprisa, porque
correr no podía con el pecho roto. E allí dejé el saco e toda la porquería, q·
quando salieran las señoras del rosario se iban à llevar una sorpresa. La
calle estaría sucia hasta q· no lloviera e se convirtiera todo en barro. Con
fortuna vendrían pronto las nubes cargadas de agua e arrastrarían la porquería.

Con la media de las quatro dando en el reloj de la Colegiata, me presenté en las casas del maestro, esquina à la calle de Zapico de un lado, e à la de los aguadores por el otro. Aquello era grandísimo, con el muro prinçipal todo de piedra blanca de Villanubla labrada e un grande portô. À la izquierda, una tranquera más pequeña olía vino, además de lucir goterones escarlatas en la losa de entrada, con lo q· supuse q· era taberna ò expendeduría; à la derecha, otra portezuela del mesmo tamaño pero menores hechuras teníade espolvoreado serrín por todo el suelo, ansí q· supuse q· era taller de carpintero.

De las tres puertas, el gentilhombre q· me había dado la bolsa sólo podía vivir en la prinçipal, si lo q· llevaba adosado à las mis partes era oro. Llamé soltando la aldaba dos veces, con cuidado respetuoso. Esperé. Al rato, tres veces, con un poco más de fuerça. Esperé. E, quando iba yo à darle con ganas, una dueña salió al balcô con malos modos.

(SñoraGo). ¡¿Quééééé?!

(Ro). ¡Mi sñora·!

Dije yo con una consideraciô q· parecía paje de rey. No sé si fuè por la vestimenta, por las trazas, por la delgadez, por todo junto ò por el mi olor à mierda q·, sin duda, me había impregnado, q· la señora no se creyó q· llegara yo de parte de ntro· señor don Filipe el segundo.

(SñoraGo). ¡¿Quééééé?!

(Ro). Vengo con un mandado de un caballero q· vive aquí.

(SñoraGo). ¡Anda e q· te zurçan, bribô!

Cerró el balcô con fuerça e me quedé atónito. Después de toda la mi peripecia e de ser un español honrado, me daban con la puerta en las narices. Al final de la calle de la Cruz, la yglesia de Sant Benito se erguía monumental, q· daba contento el verla. À sus pies, al menos treynta mendigos me miraban desde las escalinatas q· unían las grandes pilastras octogonales del pórtico, no sé yo si extrañados ò con ganas de quitarme lo q· llevara ençima. Otros holgaban à la puerta del convento. Me agaché à por una piedra, por si acaso alguno se arrancaba.

Al levantarme, vi por el rabillo del ojo q· se había abierto la puerta del serrín. Me giré e sentí un golpetô e q· me agarraban con grande fuerça

141

en el mi hombro dañado. ¡Otra vez! La habían tomado todos con esa parte del mi cuerpo. ¿Por qué no me daban capones en la coronilla como toda la vida?

Una garra salvaje me agarraba e el dolor provocó q· me arrodillara retorciéndome e rogando q· me soltaran.

(Ro). ¡Basta! ¡No apriete más! ¡Por Dios Ntro· Sñor·! ¡No apriete!

Se me saltaron las lágrimas.

(Al). ¡Ya era hora!

Dijo un vozarrô e me soltó.

Me quedé en el suelo hecho un ovillo e rabiando de dolor. Juro por lo más sagrado q· en ese momento no podía moverme. Recordé lo q· me había pasado de madrugada e quise morirme de nuevo. Apenas conseguí llevarme la mi mano sana al hombro e lloré como una infantaza, gimiendo desconsoladamente.

El hombre se quedò sorprendido, ò eso intuí porque las lágrimas me lo hacían todo borroso. Sentí q· metió una mano por entre las rodillas e la otra por las costillas e me levantó sin q· notara esfuerço. Se giró hacia la puerta abierta e entró gritando:

(Al). ¡Felipe, Felipe, haz un hueco en el tablero q· el chico aparenta herido!

Oí trasiego de objetos, pues teníade la cara mirando al techo, e después me tumbaron en medio de un grandisimo olor à madera recién cortada. Sin duda, aquel tipo era carpintero.

(Al). ¿Qué te ocurre, muchacho?

(Ro). El hombro…

Acerté à dezir.

(Al). El hombro…

Con soltura, me abrió de nuevo el sayo e la camisa, q· parecía yo ese día una mala meretriz enseñándome al primero q· viniera para comprobar el género.

(Al). ¡Por todos los Santos! ¿Qué te han hecho?

Preguntó à la mi sombra el hombre, espantado. Yo callé.

(Al). ¿Te robaron lo q· te di?

(Ro). No.

142

Con la mano sana me palpé la entrepierna, q· podría pareçer qualquier cosa, pero era lo q· era.

(Al). ¿Todavía lo tienes ahí?

(Ro). Sí.

(Al). Prepara una tisana de cebada e llámate al cirujano Cervantes...

Oí q· dezía à quien estuviera à su lado. Yo pensé del médico e del
enterrador, quanto más lejos mejor. E sería por lo del brebaje, el dolor, el
cansançio, la hambre ò los restos del anís, q· me desmayé.

ARCHIV85668563825544186542654656555IMPRXSYSTEM
WRITER8,56MILISEGUN2TXTOMODIFIKDOPROGLITERARIO
ESTILORETROS21TRANSCRIPCIONTXTOSORIJINALESEXACTA
ENGRAMATRIKARKIKORDN79572344434632224doseSPAÑOL
PUROPUNTUACIONCLASIKYPALABRASSEPARADASMARKN
MINERFERROV561TAHIPERVINCULOIMAGVIRTUALAUDIO
RECUPERADOBUZONENVIODSCONOCIDO.TXTQLARITA
RECTORA.21012101.**1 ENCNTRONAZO.**

H elisabetta kmino hasta la plaza d la Tolerancia, sigiendo el tramo cuesta arriba q Sauco la habia indikdo inconscientemnte, la klle d ls Alianzas. La zona d ls palacios se mantenia empedrada con losetas d granito y no tenia ningun anuncio iluminado tridimnsional ni pasarelas moviles xa ls peatones.

Un krtel anunciaba Iglesia de San Pablo. Dbajo, junto al crucero d piedra, una plak explik_tiva: *Iglesia de San Pablo. Antiguo convento fundado x Doña Violante, esposa de Alfonso X el Sabio, en 1276. Iglesia gótica, iniciada en 1463 x Juan de Torquemada. Fray Alonso de Burgos remató ls obras y mandó levantar la fachada-retablo, obra de Simón de Colonia.* Qdo maravillada d la portada plateresk, con figuras d piedra q permanecian alli dsd hacia siglos. Ls golondrinas jugeteaban en bandadas.

Los lugares sagra2 xa ls ktolicos qdaron como ls unicos edificios q podian ser dnomina2 con nombres d santos, aunq Helisabetta penso q bien poco ls costaria kmbiar ese d San Pablo x una dnominacion normalizada, como parece q habian hecho con la d la iglesia llamada La Antiwa.

Si en Pincia existia aun una ktedral y una iglesia d La Antiwa y otra iglesia con portada d piedra ¿*Cuántos fieles católicos mantenía aún esa pequeña ciudad?*

Frente a la iglesia, un enorme edificio antiqisimo mostraba un krtel luminoso *Centro de Estudios Climáticos. Antiguo Palacio Real*, y otra plak junto al crucero: *Palacio Real. Construido por doña María de Mendoza y don Francisco de los Cobos, secretario del emperador Carlos I. Habitado en numerosas ocasiones por Carlos I y la Empera- triz Isabel, Felipe II, y también por Santa Teresa de Jesús. Fue sede la Capitanía Noroeste.* A la derecha, segun miraba a la portada plate- resk, otro palacio, con una extraña ventana q recubria la esqina, solucion arqitectonik q era imposible q se le hubiera ocurrido a al- gien dl siglo 16.

Penso, en principio, q se trataba un modrno edificio moda *Re- trobarroco*, pero una señalizacion indikba *Escuela de Danza. Anti- guo Palacio de los Pimentel*, y su explikcion correspondiente: *Palacio de los Pimentel. Construido por don Pedro Álvarez de Osorio (Mar- qués de Astorga). Lugar de nacimiento del rey Felipe II.* A la izqierda, un parq empedrado con un enorme abeto y otro krtelito: *Abeto de 1947.* Entremedias, otra plak en el suelo anunciaba *Aquí se ubicó la estatua de Felipe II que puede verse en el interior del Palacio de los Pimentel.*

Helisabetta contemplo con placer q tambien en Pincia se obser- vara la Ley d Respeto Mutuo, nada habitual en ciudads peqñas q no contaban con grands artesanos xa dcorar ls klles con monumntos a la Armonia. Normalmnte, no se cumplia con la obligacion d introdu- cir en edificios cerra2 ls estatuas d reyes, gobernantes, politicos, filo- sofos, santos, militares o relijiosos, promulgada tras ls dnuncias d aqllos q se sintieron zaheri2 x la presencia d ls muertos y lo q podria interpretarse como la exaltacion d su ideolojia.

En algunos ksos, se kmbiaron x esculturas estetiks y no figurati- vas homnajeando a la Paz Eterna, el Talante, la Amistad, el Dialogo entre ls Civilizaciones, etc.

Aun pudo acerkrse a una d ls ventanas d la escuela d Danza y leer otra plak: Por *esta ventana salió el cortejo del rey D. Felipe II para su bautizo en la Iglesia de San Pablo.* Una enorme kdna segia condonando un enrejado grand y vistoso. Supuso q estaba alli dsd el dia sigiente al bautizo. *¿Entrarían a robar los ladrones a la casa del Rey por la ventana?*

Dcididamnte, Pincia era una ciudad xa turistas y d clase + bien baja. En Norba Caesarina no se ls ocurria poner tanto letrerito: todo el mundo podria preguntar a su dispositivo movil y le transmitiria la informacion exacta dl monumnto, su constructor, su historia... Pero, realmnte, ella nunk lo habia hecho. Qiza, ls krteles no eran dl todo una mala idea xa simplifikr esfuerzos. (HIPERVINCULOLINK763468COS-TUMBRESTURISMOART206189834)

Se djo llevar adond la enkminaran ls piernas. Llego hasta otra fachada barrok d increible belleza, junto a su krtel: *Taller de Policromía y Antigüedades. Antiguo Colegio de San Gregorio,* y la plak: *Colegio de San Gregorio. Construido por Alonso de Burgos, obispo de Palencia, en 1487. Refrendada su fundación por el Papa Inocencio VIII mediante bula. Las aulas del Colegio fueron destinadas a la explicación de la Teología. Fachada del taller de Gil de Siloé.* Se jiro y, al poco, se topo con otro edificio q tenia toda la pinta d haber sido iglesia, y un letrerito: *Centro Cívico Rondilla. Antigua Iglesia de San Martín.* Dcidio no leer la plak. *¿Pero cuántas iglesias había tenido esa ciudad?,* se dijo en voz alta.

En rigor, ella no buskba nada d eso, sino algo q la aclarara el epigrafe dl ordnador d su prognitor *Pincia conventos.* y no parecia q fuera lo mismo. *¿O sí?*

Enredada en el laberinto d klles no daba credito a ls monumntos, palacios e iglesias reconverti2 en centros edukcionales, edificios institucionales y restaurantes: *Restaurante Feliz. Antigua Iglesia de Santa Clara; Centro Educacional para el Disfrute. Antigua Iglesia de San Pedro; Centro Social Paz Permanente. Antigua Iglesia de San Miguel; Centro Eugenésico. Palacio de Fabio Nelli.* Dsd luego, nada d aqllo parecia haberse qmado en el incendio, q segun su prognitor fue provokdo, d 1561.

En algunos ksos, ls kllejuelas se conservaban tal cual dbieron ser diseñadas y eran estrechas y se iluminaban con antiguos faroles d hierro fundido, aunq la lampara habia sido kmbiada x laser anaranjado apropiado a la Normativa d Contaminacion Luminik. *Archivo municipal. Antigua Iglesia de San Agustín; Auditorio Provincial. Patio Herreriano.* La gerra no habia dañado ksi nada d todo aqllo.

Iglesia de San Benito. ¡¿Otra iglesia en uso?!

El famoso heroe d la teleserie, *Alatriste*, podria salir d alguna d esas esqinas con su espada d plasticresintant y su coraza blindada, vestido con la malla azulona sin termostato, como en el siglo 15, una *A* en el pecho, una bacinilla en la kbeza, patucos rojos, a lomos d un kballo con peto grueso xa pikr a ls toros y una gran lanza. Arqolojia intelectual xa el ocio, pero divertida. En la serie, *Alatriste* era kpaz d apostarse dlante d un toro y saltaba d un lado xa otro hasta q le hinkba la pik en unas klles muy parecidas a esas.

¿Por qué en el año 2000 permitían que los toros bravos embistieran a la gente por las calles?

El *Opcionalismo* redujo la historia a lo imprescindible, lo q nunk importo a Helisabetta hasta verse en un escenario tan antiguo. Dado q no ha podido probarse q el hombre nacio como evolucion dl mono xq nunk se encontro el eslabon perdido, y puesto q ls mitos dl paraiso escritos en el *Génesis* o dl Olimpo llega2 d la antiwa Grecia se han dmostrado cuentos imposibles d corroborar, ls rectores dcidieron q especular sobre el orign d la Humanidad era inutil, y la votacion lo corroboro.

En kmbio, como si q era un hecho irrefutable q antes d la creacion dl *Mundo Unido* ls mayores esfuerzos se empleaban en gerras y discusiones etereas q conllevaban + gerras y + discusiones etereas, se dcidio resumir la historia en conceptos basicos, con pocos matices. Al fin y al kbo, en una sociedad modrna importa el futuro, no el pasado.

Siglo 14, siglo 1 o siglo 13 pasaron a parecer ksi una misma cosa.

Reyes go2, emperadores romanos o presidntes d gobierno formaban un mismo cuerpo.

Dioses celtas, mitos inks o ritos majicos componian otra parte.

Gerras d ls 100 dias, d ls 3 dias o d ls 100 años sucedieron en epoks parecidas.

Todo se convirtio en relativo, opcional.

Comunismo, liberalismo, dictaduras o kpitalismo frawaron un sentido similar, y xa entendrlo bien se veian obliga2 a matizar, discutir, reflexionar...

La simplifikcion d la historia en el concepto d q el planeta Tierra vivio epoks d dsasosiego y pobreza, con enfermedads y disgustos hasta la normalizacion dl *Mundo Unido* y la Armonia, situo a la ciudadania proyectandose hacia ls nuevos años, sin necesidad d dsenterrar viejos odios d viejas gerras d antiguos rencores.

Tras la llegada dl verdadero sistema dmocratico, en el q se habia llegado a gozar d tranqilidad y bienestar, dspues d la gerra, el mundo se vio obligado a suplir sus antiguos valores, diferencia fundamntal con ls *Países Externos*, q se sentian inkpaces d llegar a estas conclusiones.

Por ello, y dado q la gerra habia dvastado muchas ciudads, se aprovecho xa arrasar vestijios dl pasado q solo conducian a absorber impactos negativos. Ls hologramas estaban convenci2: ¿A qien importaba la pregunta *De dónde venimos?* Lo importante es *¿A dónde vamos?*, y el esfuerzo unico d la ciudadania dbia d centrarse en esa idea.

Para la cronik d disputas qdo la votacion d la Normativa d Enseñantes: algunos intelectuales clamaron xa evitar la dsaparicion d la Historia y la Filosofia, pero ls ciudadanos comprendieron la necesidad d no reconocerse en ls errores d la Humanidad, sino la posibilidad cierta d abrir ls ventanas a un futuro d tolerancia y unidad.

¿D ke valia reskbtar idiomas q dividieran a ls humanos, erudiciones q ls sometieran a dbates inutiles, dogmas q pudieran ser utiliza2 como armas? Si lo peor d lo q sucedio en el pasado tuvo algunas causas y esas causas podrian repetirse, no era necesario q to2 ls ciudadanos estuvieran pendientes d ello: en 2061, el Systema albergaba ya kpacidad informatik suficiente como xa evaluar riesgos una vez kda 8 milesimas d segundo, dpendiendo d la informacion q reciba multisimultaneamnte, bien a traves d ls cuestionarios, bien x ls informes oficiales dsd cualqier punto dl mundo.

Aunq aun todavia con dfectos q fueron correji2 con el tiempo, Helisabetta y ls jovenes d su edad fueron la 1ª gneracion q, d manera efectiva, nacieron a la luz social con amplios conocimientos cientificos y legales. Era extraordinaria su kpacidad d memoria xa formulaciones y dfiniciones q no estuvieran sujetas a otras opciones, d tal manera q abrieron kmino xa la sociedad d la q hoy llegamos a disfrutar.

Podian recitar el articulado d la Normativa d Contaminacion Acustik y ls propiedads d ls bacilos d la fermntacion. Manejaban d manera portentosa la informatik cuantik y cualqier aparato tecnolojikmnte avanzado. La comodidad social d ls profesionales estables ls garantizaba, ad+, podr avanzar en experiencia laboral, y la vijilancia escondida tras ls cuestionarios y ls grabaciones dl Systema avalaban su estabilidad emocional.

Se convirtieron en el firme ejemplo dl eslogan *Felicidad, Paz y Ciudadanía,* q presidio durante años ls grands actuaciones y la pajina internautik dl *Mundo Unido.*

Solo la qietud, la ponderacion, la cordura, el eqilibrio —tan firme hasta llegar a la frialdad si era el kso—, se admitio en una sociedad q habia dterminado q nada visceral era recomndable, lo q hoy ya reconocemos como el objetivo humano: la *Pasividad Vital.*

Ls emociones restaban enerjia.

Si eran alegres, al kbo provokrian nostaljia; y si eran tristes, dsesperacion. Un ordnador funciona a la perfeccion xq su programacion krece d pasiones. Toma ls dcisiones exactas con respecto a ls normas q le han sido establecidas, y no se ls cuestiona.

Si la ciudadania, en la votacion d ls viernes, toma una dcision, reflexionar contra su bondad es una traicion a la Dmocracia y, ad+, una perdida d tiempo. Ls ciudadanos estan obliga2 a confiar en un gobierno dmocrático y no hacerle preguntas. Cuando una luz roja se enciend en la klle, hay q wardar silencio y, si no se sabe a ciencia cierta x ke, bien se pregunta al dispositivo movil, o bien no se piensa sobre ello.

Pero la norma no se contraviene.

¿Akso se encenderia libremnte un audiodimnsional sin haberle dado la ordn, solo xa probar si resultaba conveniente permanecer operativo?; ¿o una computadora eliminaria un documnto xq lo dcidiera uno d sus circuitos?

Cuando asi se hizo, resulto el comienzo dl kos d la Humanidad.

A kmbio d amputarse la rebeldia, ls jovenes comprendieron q podian disfrutar d una autentik justicia social, d una iwaldad en ls evaluaciones xa obtener creditos y exhortos, y d una fraternidad universal. Ls personas + mayores eran contrarias, en buena medida, tanto al *Efepecé* como a la concepcion univok d la sociedad, pero tambien llegaron a entendr q yendo to2 en fila se avanza + rapido q sorteando ls obstaculos dispersos q llegan d frente. Ad+, estadistikmnte, ls mayores siempre se oponen a lo q piensan ls jovenes.

Los mnores d 25 años, x tanto, no tenian ninguna admiracion x ls intelectuales: creaban problemas inutiles. Era cierto q, sin ellos, no podrian disfrutar d ls nuevas estetiks o d ls musiks d vanwardia. Pero su prestijio social estaba muy rebajado y, normalmnte, ls intelectuales se confundian con ls artesanos.

La mayoria d ls personas ddikdas a estos oficios se reclutaban entre tecnologos, cuya mision era adaptar ls avances tecnolojicos a diseños antiguos. Asi se creaban con rapidz ls modas *Retro* d todo tipo, en ls q se ajustaban teji2, tinturas, elemntos d construccion, o lo q fuera, a proyectos d todas ls epoks. Su trabajo era mnos util q el d ls programadores d Systema, y gracias a estos ultimos pudo alknzarse la paz eterna gracias a la *Pasividad Vital*.

A veces, y eso no estaba prohibido x la normativa, se hacia interesante reflexionar. D hecho, ls hologramas invitaban a mantener ciertos dialogos *Trascendentes*: ¿Al hablar con un relijioso permitido, en ke punto puedo conocer q es dogmatico? ¿En la comunikcion con un ciudadano, como puedo distinguir si hay discriminacion sicolojik? ¿La tolerancia dbe darse tambien en el momnto dl sufrimiento? ¿La amargura solo tiene su causa en ls dseos inalknzables d futuro, o puede abstraerse d algun hecho dl pasado? ¿El rencor es una emocion o un acikte xa la superacion dl adversario?

Los hologramas aportaban docmntacion suficiente xa indagar en estas y otras cuestiones, pero el tiempo q se ddikba a ello bien podria considrarse como perdido. No solo no daba creditos, sino q no servia d nada, pues estas cosas podian reflexionarse dntro dl ambito individual, pero nunk, nunk, nunk podrian hablarse en publico con otra persona. Y cuando la normativa explicitaba nunk, nunk, nunk era evidnte q qria dcir nunk.

Pincia logro salvar d la qma ksi toda su monumntalidad, y si durante siglos exhibio aun + palacios, iglesias y conventos, no tenia importancia: ahora albergaba suficientes. Paseando x aqllos recovecos, qiso entendr la fascinacion d su prognitor x la reconstruccion d figuras d madera o vidrieras. Si en algun momnto fue intelectual, nunk se lo dijo, ni tampoco la influyo en su pensamiento, d eso qda constancia en ls conversaciones. Qiza entendio q el futuro kminaba d la mano dl Systema y no d ls manias familiares.

O bien pudo ser imposicion d Dolores, su prognitora, d qien solo recordaba frases amables hasta q entro en el internado d la Ksa d Convivencia, a ls 6 años, y sonrisas x el audiodimnsional. Pero hablo poco con ella xq, ksi siempre, terminaba llorando al verla y eso la dscomponia. Ls enseñantes d la Ksa d Convivencia llegaron a recomndar a su prognitor q Dolores no agotara + d 2 minutos en la comunikcion y, dsd luego, dsconectara si notaba alguna emocion melancolik al ver crecer a su vastago x holograma, q la niña estaba bien.

2 horas dspues d vagar x la ciudad y leer dcenas d krtelitos, se la vino la imagn d Sauco y ese extraño retortijon cuando recordaba sus ojos azules. Algun olor dl chico dbio d qdarsela x entre la ropa xq aun la parecia q estuviera tras ella, o junto a ella, o en algun sitio dntro d su piel. Dcidio q en cuanto q llegara al hotel, conectaria un holograma reflexivo y le pediria hablar dl amor. O dl kriño. *De las dos cosas.*

Las gntes d Pincia mostraban la misma amabilidad antiwa cuando ella se confundia d direccion en la klle o si, absorta mirando ls gargolas d ls ultimos pisos d ls edificios, se salia d la fila y qdaba a mnos d 3 metros dl q venia enfrente. Ni siqiera la avisaban: simplemnte, la circundaban con una sonrisa y segian paso.

No hablo con nadie y, x supuesto, nadie se dirijio a ella. Dspues d ls acontecimientos d ls ultimas semanas, el tiempo d verdadra dsercion q estaba viviendo, imbuida en ese ambiente historico y lejano, la relajo. Si todo siempre era opcional, en el instante q recibia ls ultimos rayos dl sol en la cara, el mundo entero la parecio + accidntal aun. Incluso la muerte d su prognitor. ¿Buskba pasadizos, tintas, arqitectos?...

Qiza dberia abandonar la investigacion y volverse a ls Baha+. La muerte si era el unico dogma admisible: no es opcional xa ls humanos, salvo la hibernacion.

En Norba Caesarina, nunk podria haber perdido la tard d esa manera. Era una ciudad inabarkble. Kda dia podrian haberse realizado multitud d actividads + d ls q estaban programadas. La conexion con Tiphis era instantanea y nada habia al otro lado dl Atlantico q no existiera en el mismo instante en Europa a traves d Norba Caesarina.

El taller d su prognitor era conocido en todo el *Mundo Unido* xq habia restaurado uno d ls ultimos retablos q qdaban en la ciudad. Aql d Alonso Berrugete en el q dscubrio la *Tinta invisible*. Si ls siglas *NASA* aparecian en su archivo, no era ilojico: todas ls grands instituciones norteameriknas y mundiales considraban a la Norba Caesarina como referente. Grands tecnologos tenian alli su base, como muchos d ls mejores profesionales estables, asi como rectores con planteamientos q cruzaban fronteras.

X eso, ls hombres d la NASA habian entrado en contacto con mudable Fuencisla en distintas oksiones, preocupa2 x el comportamiento dl vidrio en ls viajes espaciales.

¿Qué tenía que ver aquello con el resto de los epígrafes?

Otra pregunta a respondr q su especie agradceria q nunk se la hubiera hecho.

La restauracion figuraba entre ls mnciones d grands obras d ls hologra+. La Iglesia d Santiago habia ardido x completo y se considraba como la unik pieza historik dl siglo 15 q qdaba en la ciudad. Hubo lamnto: aunq la historia no era referente x qdar prohibida, la perdida d objetos, edificios o libros antiguos se considraba qbranto irreparable, aunq iwal daba un cuadro d Tiziano q una silla dl rococo xq todo estaba enmarkdo en epok y artes similares: todo es relativo.

Bartolome Fuencisla nunk relato su hallazgo. Con paciencia infinita dsmonto kda pieza dl retablo: la numero, la rejistro, la eskneo, la holografio y la restauro con tecniks viejas y sin llegar a usar materiales d mnos d 80 años.

La parte + entera d todo el retablo fue la estatua d la Virgn Maria, con la mano elevada a media altura, recibiendo al Espiritu Santo. Fue la ultima pieza q dcidio trabajar. Helisabetta supuso q si su prognitor encontro algo curioso en el retablo, algo q le llamo la atencion xa indagar acerk d la famosa *Tinta invisible*, dberia de encontrarse en esa pieza escultorica y no en ningun otro lugar. Pero, xa investigarlo en el mismo retablo restaurado tendria q pedir permiso y subirse a un andamio. Imposible./HIPERVINCULOLINK6394NORMA TIVAPERMISOSEXTRAORDINARIOS364354ALBAFS)

La restauracion fue tan perfecta q ls imagnes q se conservaban dl retablo no eran comparables a ls nuevas holografias. Pareciera q el mismo Berrugete hubiera dirijido la mano dl mudable Fuencisla. La mayoria d ls iglesias gotiks ya contaban con ls vidrieras restauradas x Bartolome, asi q aqllos amantes d la reconstruccion le tenian en muy buena considracion. Pero, a partir dl retablo, todo el mundo ktolico se volvio loco, o cosa parecida, y qrian enviarle figuras, pilas bautismales, sagrarios e incluso trastos.

Sin dudarlo, algo le habia sucedido a su antecesor tras aqlla restauracion xq dsprecio cientos d contratos. ¿Seria la fase final d la enfermedad fatal d su prognitora? ¿Seria otra cosa? Dntro d la vida normal d una persona no es lojico q, alknzada fama mundial, se rechacen to2 ls nuevos encargos. Podria haber contratado a tecnologos, haber formado la *Escuela Bartolomé Fuencisla*, tal y como le propusieron ls rectores… Pero empezo a viajar a Pincia.

Los 20 minutos semanales d charla x el audiodimnsional se utilizaban, basikmnte, xa q ella ls hablara d sus progresos en el submarinismo, en la biolojia, en la nutricion y en la tecnolojia aplikda. Lamntarse era un sentimiento prohibido en la letra *No escrita*, pues recordar el pasado era inutil y nada habia + importante q el futuro, q se considraba, sin duda, como lo + opcional d todas ls cosas facultadas xa ser relativas.

Por eso, Helisabetta no dbia d lloriqar x el tiempo perdido, ls frases no pronunciadas, ls lecciones no recibidas o ls ilusiones no compartidas con sus prognitores. Pero ¡si le hubiera prestado atencion, + alla dl egoismo d la juventud, qiza tendria + claves xa averiwar el porke d su muerte!

Las golondrinas djaron d zigzagear x el cielo formando incorporeas figuras negras, y comnzaron a encendrse ls laseres d la ciudad. Sentia + profundamnte la dsazon mirando al sol rojo. *¿Y si comprara una entrada para ver la función? No. Creería que lo hago por él...*

Pero es que lo haría por él.

Klculo q tenia el hotel a unos 20 minutos y dcidio encerrarse en la habitacion xa conectar un holograma q la hablara dl amor. Y dl kriño. Tambien d la ternura. Una borrachera d cosas no-recomndables. Ya sabia q la dirian q esos eran sentimientos no-recomndables.

Pues que me lo digan, qdo grabado en ls señales d pensamiento.

La habitacion dl hotel era d una sola pieza, interior, pero dotada con comodidads suficientemnte avanzadas. Nada + pulsar la cerradura con la yema, la pared convertible proyecto el paisaje q Helisabetta habia pedido xa la noche, *Atardecer en el Pacífico*, y ls olas y ls chapoteos d ls ultimas aves llegaban con un sonido q ni siqiera viajando alli podria oirse mejor. El humidifikdor mezclo lavanda con sales d mar, d modo q el ambiente se torno sugstivo en ls poco + d 10 metros cuadra2. Segun avanzara la hora, iria kmbiando la vista y el rumor lejano dl oceano.

El sillon ergonomico era ksi d ultima gneracion, asi q podia programarse xa masajes d 5 intensidads distintas y, dspues, se hinchaba con ls bolsas d aire xa acoplarse al cuerpo, klculando simultaneamnte la temperatura idal xa el sueño. No imajino q en Pincia pudieran tener ese tipo d k+. Incluso habia conjeturado q tendria q dormir sobre un colchon d latex y sabanas, como en ksa d su prognitor.

La visera hologramatik tambien tenia una tecnolojia aceptable. Inferior a la q ella usaba en su propio domicilio, pero con knales suficientes —1.005—, sonido superreal, conexion internautik y transformable tanto en audiodimnsional como en proyector espacial, d manera q podia comunikrse con el holograma sin renunciar al paisaje marino dl convertible. El teclado estaba + anticuado, era fisico y no luminico, pero no tenia importancia xa lo poco q lo aprovechaba.

El Systema retrato la voz d Helisabetta, su diccion y acento, en mnos d 30 palabras y, x lo q pudo entretenerse al dar ls 1ªs instrucciones, no cometio ningun error ni confusion. Transcribio sin dificultad *Casa, cosa, quizá, coso, queso, cuso, pulpo, pulpa, río, rió, madera, modera, minera, Minerva, ribera*, hasta otras 15 palabras +, incluida *Ferrovial*.

El baño tenia inodoro con limpiador aseptico, ducha con sekdor laser y el sistema antiolor funcionaba correctamnte. El armario era amplio e incluso podia bajarse una balda d la pared xa apoyar otro dispositivo o tomar alguna nota a mano.

Estaba absolutamnte insonorizado. Antes d salir hacia el Arzobispado d Pincia, hizo la prueba con el medidor d soni2 d la misma visera hologramatik y el resultado hubiera sido d 0 audiobar absoluto si su corazon hubiera djado d latir.

Estaba instalada ksi como en su ksa. X supuesto q no gozaba d la 2ª estancia, la q ella utilizaba como terminal dl Systema y en la q, a ls juegecitos d la visera hologramatik d la habitacion dl hotel, unia un sinfin d funciones informatiks; ni tampoco dl cuarto xa el ocio, dond tenia la maqina d la dportividad, el vestuario *Paratodotiempo* y el *Holograma De los Sueños*: su diario, protejido con yema, iris, voz y 3 extrañas palabras claves q la enseño su prognitora al

narrarla una historia vieja (*Súper-califragilístico-espialidoso*). (HIPER-
VINCULOSONIDOVIDEO8346125234ARCH123497.CUENTOS-
HUMANOS25342A3)

Helisabetta estuvo contemplando el mar, con ls co2 apoya2 en
ls rodillas, acomodada en el esqinazo dl sofa-kma-masajeador, y se
dsnudo. Fue kmino hacia la ducha y djo q el awa corriera durante
miles d segun2 + q ls permiti2 x la Normativa Medioambiental. —Estaba ¡gastando awa! ¿Mas awa q la q se pierd en la refrigracion d
ls centrales nucleares?

Algo ocurria en su interior, una rebeldia naciente provokda x
la dsazon q aun mantenia en el vientre.

Puso ls brazos en cruz y se seco. La larga crin se convirtio en
un globo rizado, como kda dia x la mañana. Ahora, tendria q pei-
narse... Pero no lo iba a hacer: simplemnte, escogeria unos coleteros
marrones, ls q parecian ratas muertas, d la moda *Retroadolescente*,
y se apañaria. *¡Eh!, estoy en Pincia. Tampoco pasa nada si desvarío*,
le dijo al espejo con la mirada y sin pronunciar palabra.

Si habia pensado tumbarse en el sillon con masajes xa cuello y
piernas, a la temperatura justa d relajacion, xa preguntar al holograma *¿Qué es el cariño y la ternura?*, ahora habia kmbiado d opinion.

Si, claro: conmutar una resolucion en la esfera particular, en el
ambito individual, era perfectamnte legal.

No lo habia comunikdo a nadie, ni se habia comprometido.
Solo el archivo estructural dl Systema podria dnunciarlo, pero el Systema se pondria en evidncia ante ls humanos si lo hiciera.

Llevaba 3 horas kvilando en la soledad y el anonimato d una
turista perdida y, previamnte, el unico compromiso adqirido era el d
acudir al dia sigiente a la cita con el arzobispo. Esa era una d ls diferencias con su vida en Norba Caesarina: no estaba obligada x una
agnda ineludible.

Dsnuda dlante d si, con la cola d kballo hasta la cintura y ls cejas d colorines, palida —blancurria dsd el final dl cuello hasta ls tobillos, xq no habia tomado el sol ni rayos UVA xa correjir el traje d
neopreno—, se dsilusiono xq su cuerpo la parecio yermo.

Eliminado x hijiene todo su vello corporal durante la pubertad, incluso esa parte q no terminaba d mostrar tan alegremnte a sus compañeros d ducha, parecia un espiritu sin gracia, con 2 botones ananaranja2 en ls pechos y... Nada +.

Se hacia innecesario cualqier tipo d sensualidad xa cumplir con ls normativas sexuales pues, al kbo, sus parejas coexistentes la akriciaban sigiendo ls planes traza2 xa exacerbar su placer, sin fijarse en ella —como si fuera una muñek + dl holograma o una foto erotik dimnsional.

Pero, esa tard, Helisabetta qria sentirse Helisabetta: si el chico d ls ojos azules la habia tratado con el mismo mimo q dispensaria a otra, o tal vez tambien a un animal, dbia d consegir una relacion individualizada, en exclusiva xa ella. Procesador univoco. ¿Era eso *Sentirse persona,* como la aconsejo el arzobispo?

Antes d q el holograma la advirtiera d practiks no-recomndables, estaba dispuesta a mantener esa dsazon dsd el bajovientre hasta el cuello, y q, dspues, la bajara y la subiera cuantas veces necesitara. Concluyo q, a lo mejor, habia dscubierto el amor.

Aqllo q la extrañaba d Pincia, frente a ls grands urbes, se hizo imagn cuando el awa la embestia el rostro: x ls klles, habia observado pasear a bastantes ciudadanos mayores d edad. Esto es: hombres y mujeres d, aparentemnte, + d 70 años. Penso q era imposible q to2 aqllos —recordo a la 1ª mujer q la señalo la direccion prohibida, con un leve gsto d la mano y una sonrisa— vivieran en una isla d la salud o, mucho mnos, en un Euzanatos.

Los jovenes evitaban la conversacion, pero un Centro Euzanatos solo tenia 2 habitaciones: la d entrada y la d la confirmacion d la sedacion. El cuarto d salida era un pasillo. La normativa d Asepsia se enkrgaba dl transito, sin consultar a la familia.

En Norba Caesarina nadie podia cuidar d ls mayores. X mucho q ella misma lo hubiera pedido, aportando to2 ls creditos q la hubieran exijido, sus prognitores nunk podrian haberse ajustado a sus modlos habitaciones.

Ella era una profesional estable sin varon coexistencial, es dcir, sin inmovilidad. Si su prognitor no hubiera tenido el taller, ¿podria vivir con ella? ¿Podria hacerse un hueco con su pareja en una estancia d 30 metros? (HIPERVINCULO17568.VIVIENDANORMALIZA-DAARCH238762358).

Y si su varon coexistencial la hubiera dmandado albergar a sus ascendientes contrarios, ¿ella lo habria admitido?

No. Xa eso estaban ls Islas d la Salud y ls centros euzanaticos. Ls viejos no podian vivir en una ciudad como Norba Caesarina xq no existia *Familia* q ls mantuviera. Ni ls mayores eran utiles, xq no habia vastagos a ls q cuidar, ni ls domicilios tenian espacio suficiente, ni la pareja coexistencial contaba con la estabilidad imprescindible xa cohabitar con extraños.

Una cosa es q ella amara a sus prognitores, y otra muy distinta es q su pareja coexistencial lo comprendiera: ella se emparejaria con un varon, pero no con sus ancestros, ni con sus ideas, ni con sus proble+.

Qiza Pincia era distinta. ¿Existiria un eje gnetico, + alla d la normativa, en el cual la pareja se obligaba a pertenecerse xa lo bueno y xa lo malo? ¿Para inmiscuirse mucho + alla d ls distancias d respeto y d ls kricias sexuales d placer biolojico?

¿Cuidarian d ls viejos, sin + obligacion q una moral antiwa, dl mismo modo q su prognitor cuido d su prognitora hasta el final, alejandola d un Centro Euzanatico?

¿Existiria un *Cordón umbilical familiar*?

¿El mismo q la habia *Obligado* a ella a presentarse en Pincia xa encontrar ls razones d la muerte d su prognitor?

¿Llegaré a llamarle Padre?

Cuando se seco el cuerpo dpilado con el modulo laser, se sentia lanzada hacia la nada. La nada, q podia ser el todo. El *Opcionalismo* podria convertirse en opcionable. ¡*Vaya lío*! ls razones d ls mayorias quedaban listas xa ser cuestionadas y asi consegir nuevas mayorias.

Se vistio con moda *Retrovampira*: falda acuosa x encima d ls rodillas, tacones d aguja, kmisa negra transparente sin sujetador y abierta con gracia. Cosmeticos fuertes, pintalabios negro y maqillaje xa pestañas morado. *Iré a la función.* Al mirarse en el espejo, se sintio + un holograma estimulante q una profesional estable. Y se sonrio.

Cuando llego al teatro, la obra ya habia comnzado. Se compro una butak cara en el palco xa observarlo todo dsd arriba. Frente a sus prejuicios, resulto q la gnte escuchaba musik y observaba a ls bailarines dl modo + normal.

Nadie yacia.

Algunos se tokban hombro con hombro, pero la mayoria sabia apoyar el brazo en el mismo lugar q su dsconocido compañero d fila sin ni siqiera rozarse.

La musik wardaba el sabor antiguo d la estereofonia y ls efectos especiales eran sencillos juegos d luces, sin tridimnsionales ni pantallas d awa o eter. Si la hubieran convencido xa acudir alli, hubiera dscrito la escena como propia d museo.

Pero era lo q mnos la importaba: necesitaba verle.

Dsd su posicion, podia observar una ranura dl final dl escenario, tras la dcoracion. Pero solo habia kbles x el suelo y sombras d ls bailarines cuando entraban y salian. No era previsible q Sauco apareciera x alli. A un lado y otro dl proscenio, ls grands cortinones dl telon impedian ver nada.

El patio d butaks, a medio llenar, solo acojia espectadores anonimos.

No estaba.

Si le habia dicho q vio a su padre justo antes d introducir el efecto especial dl humo naranja, dberia d esperar a q saliera el numerito y probar suerte en ese momnto. Sauco le habia visto salir dl foso, asi q d alguna manera se situaria en el patio d butaks. En ese momnto podria volver a observarle. Dcidio awantar ls palpitos dl corazon acomodandose en la musik suave q subia dsd el escenario.

¿Y por qué estoy haciendo esta locura? Ni 8 horas dspues d haber llegado a Pincia se encontraba buskndo a un dsconocido como si verdadramnte la importara. *¿Fue el abrazo de cuando me sentía desmayada, o el de la calle cuando me eché a llorar? ¿O, simplemente, los ojos?* Cuando lo dictara a su *Holograma De los Sueños* y

lo repasara años dspues, seguro q se moriria d la risa o d la vergüenza. Helisabetta, una d ls + prometedoras profesionales estables d Galportu Extrema, estaba jugeteando a sentir una nueva experiencia como una adolescente.

Se sintio apokda.

Qiza el Systema habia dtectado este impulso. En rigor, ella solo habia acudido a una representacion teatral dspues d haber sido informada en un giatur y ni siqiera habia comunikdo una sola palabra a nada ni a nadie. No tendria x ke ser sospechosa como emocional.

Miro alreddor x si algun dispositivo la enfokba, o algien la observaba.

Pero no.

Todo el mundo estaba pendiente d ls evoluciones d ls bailarines.

Arriba, nada; enfrente, nada; dtras d ella, nada; abajo, el patio d butaks, nada; en la zona d ls puertas, dond se situan ls tecnicos d control dl espectaculo, nada.

¿Nada?

¡La zona d ls tecnicos d control…!

Alli habia algien q la estaba observando. A ella…

Sauco la sonrio cuando se cruzaron ls miradas. Helisabetta se ruborizo y se llevo la mano a la bok. *¿Cuánto tiempo lleva espiándome?* Una corriente d alegria dsbokda se convirtio en klor sofoknte q brotaba x kda hematie y se movia a mil con la corriente d la sangre.

Levanto la mano xa un saludo timido y vio q el chico estiro su brazo xa ajitar la palma entera. Volvio la cara hacia el proscenio, como si la musik la interesara +, y, al poco, se jiro otra vez: Sauco segia pendiente d ella. Y ella dbia estar roja como un tomate.

La oscuridad la ocultaba. *Eso espero.*

Intento acomodarse en el respaldo d la silla, ksi escondiendose, e inspiro profundamnte. *¿Y, ahora, qué?* Ni siqiera sabia si el tenia algun compromiso o si era libre. Ls relaciones personales no la habian importado lo + minimo hasta ese minuto.

¿Estaria permitido provokr un kmbio d pareja coexistencial?

El espectaculo se dsarrollo hasta el final, incluido lo dl humo naranja. No era d extrañar q hubieran llamado a ls *Cuidadores de la Convivencia* en el momnto d la aparicion d su prognitor pues, si salio vestido d buzo cuando la mujer lloraba d pena x su hombre amado, como antiwamnte, no era dificil imajinar q se tratara d alguna protesta d ls asexua2.

Antes d levantarse dl asiento, mientras aplaudia a ls actores, echo una nueva ojeada al lugar en el q dberia encontrarse Sauco. Habia ensayado mntalmnte una buena sonrisa pero, al no verlo, se dmudo. Ya no la interesaba segir aplaudiendo, ni nada.

¿Dónde se ha metido? Ahora, ls leucocitos se convirtieron, subitamnte, en puas d hielo.

Sin q pudiera preverlo, una mano la tapo ls ojos y pregunto *¿Quién soy?* Aunq ya dberia haberse acostumbrado a q el contacto fisico no parecia insalubre xa Sauco, no djo d sobresaltarse y d klcular, inconscientemnte, cuantas bacterias podrian entrarle a traves d ls lagrimales.

A pesar d ello, sonrio.

El joven se habia colado x el palco vacio y estaba d pie. Le sonrio con el gsto q habia ensayado anteriormnte.

—¡Vaya! ¡Si las chicas de Norba Caesarina se maquillan! —exagero el asombro cuando la tuvo frente a frente.

—Pero veo que los chicos de Pincia llevan siempre la misma camiseta —bromeo—. *No te arredres.*

—Me ha sorprendido que vinieras. No me dijiste que te gustaba la música. ¿Pagaste la entrada?

—Claro. *La más cara.*

—Podría haberte invitado.

—Se me ocurrió tarde. *Sí: podrías haberme invitado, en vez de marcharte a* Montar.

Las luces dl teatro se encendieron y la gnte comnzo a salir. Helisabetta observo un gsto algo raro en Sauco, q paso a mirarle d ls ojos a ls pechos y luego a ls ojos.

—¿Pasa algo? —Tomo aire, intimidada.

El chico dudo y mascullo un *Nada, nada*. Busco asiento frente a ella, pero en una silla + alejada d la q podia haber elejido.

Helisabetta se sintio un bicho raro x 2 segun2, hasta q Sauco volvio a sonreirla.

—¿Y te ha gustado?

—Oh, sí... Es un Retrojazz, como me dijiste. Yo, a veces, también programo este tipo de música —probo el kmino, pero se la notaba q d musik no tenia ni idea—. *¿Y ahora te da por mantener las distancias de la normativa?*

—No me has contado a qué te dedicas.

—Bióloga... Bióloga marina. —Asintio con la kbeza mordiendose ls labios. X alguna extra razon, a Sauco se le iba la mirada hacia sus pechos.

—Profesional estable bióloga marina. Llegarás a ser rectora.

—Bueno... —Prefirio no atosigarle con su expediente akdmico y ls serias posibilidads d llegar a ser rectora clonable antes d ls 31. Qiza la rectora + joven d la historia—. ¿Y tú eres el técnico?

—No. Yo soy bailarín, pero en este espectáculo me ha tocado trabajar de técnico: luces, humos, montar y desmontar... Actúo cuando hay bajas.

Helisabetta miro hacia el patio d butaks y ya estaba vacio. Al fondo, se oian ls ecos d actores y bailarines dtras d ls bambalinas.

—Claro... —El dialogo no salia fluido. Ls enamora2 repentinos wardan prekuciones absurdas (HIPERVINCULOARCH24398432. ENAMORAMIENTOSENTREHUMANOSPRG4398)—. *¿Le pareceré guapa?* Ahora tendrás que trabajar, imagino... Con Ambrosía...

—No. Ella ya terminó antes de la función. Mañana soy yo el que sale antes. Nos turnamos.

—Ah. Y te toca recoger y eso... *¿O preferirá una belleza inteligente?*... Claro.

—Pues tampoco, Helisabetta. Ya he terminado por hoy. Debería de ir a estudiar.

—¿Estudias? *¡No me digas que te vas a marchar a estudiar!* ¿Qué estudias? *¿Crees que puedo ayudarte? ¿Pero por qué te ofreces si no le conoces de nada? ¿O algo?*

—Estudio baile y música. Quiero ser tecnólogo artista.

—*¡Ah! No se depila, toca constantemente, quiere ser tecnólogo ¡y me gusta! Sal de aquí cuanto antes. No te conviene.* Bueno pues, yo... Quizá debería ir al hotel...

—¿Te has maquillado y todo eso —señalo dscaradamnte la ropa— para irte al hotel? ¿No tienes pareja, ni plan?

—No conozco a nadie en Pincia... Bueno, me vestí así porque pensé que, ¡vaya, para ir a un musical en un teatro!... *¿Por qué me miras tanto ahí? ¡Nadie hace eso, ni desnuda!* No sé... —Sonrio knturrona y levantaba ls hombros repetidamnte—. Me parecía...

—Pues te acompaño abajo. Van a cerrar.

Se levantaron y Helisabetta no disimulo su gsto d fastidio. *¿Ah, sí? ¿Eso es todo? ¿Te digo que me voy al hotel y ya dices que me acompañas a la puerta? ¿Es que no vas a luchar un poquito? ¿Esto es todo?* x el pasillo q daba a ls palcos, Sauco se adlanto 3 pasos. Era la 1ª vez q no la esperaba.

Ella protesto.

—¡Eh, que no tengo tantísima prisa! —y rio xa rebajar la increpacion.

—Perdona.

Awardo a q llegara hasta el y enfilaron la esklera. Helisabetta no se apañaba muy bien con ls tacones d aguja y x 6 veces estuvo a punto d doblarse un tobillo.

—¿Entonces? —el se jiro y la atrapo nuevamnte con la mirada—. ¿En serio que te vas al hotel y que no tienes pareja?

—Sí... *¡Vaya, ya te has dado cuenta!...* Eso tenía previsto salvo que...

—Yo tendría que estudiar, pero...

Helisabetta ya vio el kmino abierto. X fin el estaba a punto d pillar el anzuelo. *¡No era tan difícil de ver!*

—Bueno, si tú...

—Sí, tendría que estudiar pero... Te acompañaré al hotel.

No, no era eso lo pronostikdo. ¡No qria una yacida!: qria verle ls ojos, escucharle la voz, saber ke tenia en la kbeza y en ls intestinos. No, una yacida, no. Habia sentido una tormnta molesta q se habia tornado en maravillosa y ahora lo estaba estropeando ese tipo sudado, tocon, q qria ser artista.

Un idiota (¡Idiota!).

—No. Entiéndeme. No quiero que vengas... —Se qdo en jarras en medio d la esklera. La kmisa transparente aun se abrio +. Sauco no pudo x mnos q fijarse en ls pechos ksi al aire.

—No me importa, de verdad.

—¡A mí sí me importa! —Djo claro q no qria visitas en su habitacion.

Sauco se qdo mudo. La miro con timidz.

—De acuerdo, como tú digas. —Bajo 2 esklones y se jiro hacia ella, q segia sin moverse—. Pero, si no tienes plan, si no vas a quedar con nadie, sería mejor que te acompañara al hotel. Lo digo en serio.

—¡Es que no quiero una yacida contigo! —Se terminaron ls bro+. ¡Pero ke se habia creido ese chico!

Sauco la miro asombrado. Ksi no tenia aire xa respirar. Hablo en voz baja:

—No te he pedido una yacida... Te he dicho que dejaría de estudiar para acompañarte al hotel...

—¡Ah! —indignada— ¿Y es que no es lo mismo?

—No tiene nada que ver... Pero, allá tú.

Helisabetta bajo ls esklones d 2 en 2 hasta llegar a el. Se qdo a la distancia a la q se dben hablar 2 dsconoci2 y le increpo furiosa, señalandole con el indice y el cuerpo rijido.

—¡¿Tú te crees que soy tonta?!

El wardo un silencio q se hizo eterno y la metio en la profundidad d sus ojos.

—Si no eres tonta, si no tienes pareja y si no quieres que te acompañe al hotel para no dejarte caminar sola por la calle, ¿se puede saber por qué te empeñas en enseñar las tetas a la gente?

TRACTADO Q· CUENTA DE LAS DELICIAS DE LA ESTANÇIA E DE LA COZINA DE MAESE BERRUGUETE, Q· ME REGALÓ CALZAS NUEVAS E JUBÓN CARMESÍ

Para mí q· aquel lecho era en el q· dormía el mesmo maestro. Mullido, con buena lana de Palençia, me sentí flotando, más q· tendido; sábanas de lienço blanco q· olían à tomillo, e dos buenas mantas de Zamora. No entiendo por qué me desperté: ¡debería de haber seguido allí toda la vida!

Por ventura q· mançebía no era, q·, por muchas regulaciones q· el Regimiento imponía à las Casas del Candil o de rama, allí do yo entré con el mi amo el marqués, todas olían mal: las meretrices no pagaban los dieciséis maravedís diarios, sino q· era el padre de la botica quien las entregaba lo q· quería; tampoco se cambiaban las sábanas, à pesar del reglamento; escondían juegos de azar en cada habitaciô e ejercían su ofizio también los domingos e fiestas de guardar.

Si do yo estaba no era casa de prostituciô, e si tampoco cobertizo de esclavos ni pajes, la única posibilidad es q· estuviera en los aposentos del maestro. ¡O en el cielo! Me sentí mejor al contemplarme allí: ¡Qué me hubiera ocurrido de robar aquel oro e engrosar la fila de pícaros al servizio del señor Monipodio, el padre de tres mançebías de la ciudad, q· ni pagaba ni cambiaba las bacinillas de sus meretrices? Hubiera terminado como el pobre de Alvar, el cojo, de pícaro de jabega. Tal qual carne para un duelo de noble bien arreglado: caballero quien, al perder, degollaba à un gañán en vez de entregar su propio gañote. Como me hiciera aquel estudiante obligándome à beber por él, pero muy peor.

Bien lo lloró el Miguel e copiosamente maldijo al hidalgo q· mató al Alvar hasta jurarle vengança, con las palabras q· leía en los libros de Garçi Ordòñez.

Imposible adivinar quánto tiempo había pasado. À través de la ventana veía aún el sol, ansí q· supuse q· no demasiadas horas. Lo q· sí noté nada más abrir los ojos es q· un vendaje me aprisionaba el hombro, con cierta molestia pero no dolor, e el brazo en cabestrillo. Estaba desnudo de cintura para arriba e con los gregüescos nada más.

Muy à mi pesar, decidí levantarme. À saber quántos años pasarían sin probar una cama ansí, ese edén. La ciudad vivía atestada de ançianos q· dormían en los hospitales de Beneficençia en condiziones peores de las q· yo gozaba en la casa de la marquesa., ¡e yo me encontraba en ese paraíso!

Por poco q· hubiera dormido, estaba más q· obligado à llegar pronto à casa. Al menos para echarme acurrucado entre los demás, e q· el borde lo ocupara el esclavo, como le correspondía.

Busqué los leotardos e la ropa, pero no la vi. La alcoba era sençilla e no muy grande para q· no perdiera el calor en invierno: una cama con su bacinilla debajo, una silla con ancho respaldo tallado e reposabrazos, un palanganero con la jofaina encastrada, espejo e un jarrô de loza blanca. Debajo, un brasero con rescoldos. Las paredes blanquísimas e la puerta de buena madera labrada, con el pasador de hierro fundido.

Allí, sentado en la esquina del catre, soñé q· algún día yo podría ser el dueño de algo pareçido. Ò sea, mercader. À pocas luces q· me diera Dios Ntro· Sñor·, yo sabía q· todos los grandes hombres de la villa eran eso, mercaderes ò vinateros. Valledeolit estaba bien comunicada con el mercado de la lana hacia Flandes e con las grandes ferias e las universidades de Toledo e Sevilla. Era centro del orbe, à pesar de no tener mar, en una Monarquía q· había sido itinerante hasta la llegada de la Reina. Pero ya volvería.

Me moría de hambre. Al ser cosa habitual, ni siquiera lo aprecié como algo importante. Rutina. Lo urgente era correr hasta la casa de la marquesa e inventarme alguna excusa por la mi ausençia de esa tarde.

Oí pasos al otro lado de la puerta e me acerqué abrir, con tiento. Apenas por un hueco q· me dejaba ver la oscuridad del pasillo dije:

(Ro). ¿Oiga?

Las pisadas retrocedieron hasta mí.

166

(Sñra). ¿Ya te has despertado, mozalbete?

Era la mujer q· tan desagradablemente se había comportado conmigo desde el balcô.

(Ro). Sí.

Abrí la puerta à la mitad.

(Ro). Siento las molestias, sñora·.

Yo no debía perder mi compostura de Paje real.

(Sñra). Ya... Avisaré al maestro. Métete en la cama otra vez.

Obedecí e me tumbé de nuevo, tapado hasta el cuello e los ojos bien abiertos, un poco temeroso. El hombre tardò un rato en llegar e apareció con un mandil de cuero viejo salpicado de serrín. Teníade virutas de madera hasta en las cejas.

(Al). ¡Buenos días, donçel!

Me sorprendí.

(Ro). ¿Cómo q· Buenos días, señor?

(Al). Hará dos horas q· tocaron las siete en el reloj de la Colegiata. ¡Has dormido bien?

Se sentó en la mesma cama.

Por la mi cabeça pasaron pensamientos à toda velocidad: no había ido à la casa de mi ama la marquesa en toda la noche e llevaba fuera desde las quatro del día anterior. ¡Me caería una buena somanta si no preparaba un buen pretexto! E eso si me dejaban hablar antes de começar con los golpes. El maestro debió de ver el terror en la mi cara e me esclareció:

(Al). Mandé recado à la tu señora de q· te había encontrado malherido e q· me hacía cargo de ti. Supuse q· defendiste con uñas e dientes la bolsa q· yo te había entregado e, si te llevaste unos buenos golpes por una mi culpa, debería de devolverte el favor. Además del ducado q· te debo.

Rió con eco cavernoso.

No era caso de deshacer el entuerto. Al menos, en ese instante.

(Ro). Muy amable, señor.

(Al). ¿Quál es la tu gracia?

(Ro). Rodrigo, señor.

(Al). Muy bien, joven Rodrigo, ¿te encuentras bien? ¿Duele?

(Ro). No. Molesta e aprisiona, pero no duele.

(Al.) El cirujano comentó q· no tienes huesos rotos, pero sí un grande porrazo. ¿Qué pasó?

(Ro). Eh…

Dudé, pero me pareció q·, de momento, era mejor dezir sólo la verdad à medias.

(Ro). Me golpearon con un bastô.

(Al). Tendrás q· llevar el vendaje dos ò tres jornadas.

El maestro se levantó e se acercó à la puerta.

(Al). ¡Sñora· Gloria! ¡Sñora· Gloria! ¡La ropa!

De algún lado de la casa sonó un ¡Va! ¡va! muy à regañadientes. Él se acomodò en la silla.

(Al). Bueno, veo q· se puede confiar en ti, donçel.

(Ro). Si usted lo dice…

(Al). ¿Viste el contenido de la bolsa?

(Ro). Sí.

Murmuré e le esquivé la mirada, pues no era honorable fisgar en las cosas de los demás, sobre todo si se iba de mandado.

(Al). ¡Vaya! ¿E, à pesar déllo, viniste à devolvérmela?

(Ro). Es q·…. Me prometió un ducado, señor.

El maestro rió como si tuviera necesidad de soltar el estómago por la boca.

(Al). ¡Un ducado! ¿Pero no viste lo q· llevabas?

(Ro). Oro… Supongo.

(Al). Más q· eso, rapaz. Más q· eso… Bien pensé q· me costaría encontrarte.

Me miró ilusionado.

(Ro). Soy paje… ¡No ladrô!

Me salió tan digno q· él volvió à carcajearse con ganas, e dio un golpetazo en el palanganero q· hizo bambolearse con batahola la jarra e tiritar al espejo.

La señora entró con la mi ropa lavada e planchada. La dejó en la mesma cama.

(Al). ¿Tendrás hambre?

Preguntó el maestro sin mirarme e sin esperar tampoco respuesta.

(Ro). Bueno...

¡No iba à dezir Sí, más hambre q· nadie en el universo descubierto por el grande Almirante Colón e todos sus antepasados!, q· es lo q· debería.

Me vestí despacio e me sentí refinado, como si fuera à acudir à una reuniô del Regimiento, q· era quando los corregidores se reunían en el ayuntamiento para tomar las decisiones de la ciudad, tres veces por semana, después de oír misa. Si estaba en aposento tan importante, bien podría yo armarme de dignidad.

La señora me esperó en la cozina. No sólo me había lavado todo, sino q· me cambió los viejos leotardos q· vestía desde hacía meses por unos q· me quedaban imponentes e eran nuevos. Ò aínas. También me regaló un jubón carmesí, pero q· bien elegante.

Me presenté con la manga izquierda del jubón colgando.

(SñoraGo). Siéntate.

Ordenó ella sin mirarme, trajinando con una sartén tan negra como la del refrán: dijo la sartén à la caldera: ¡Quítate allá, ojinegra!

Solamente con el olor ya podía alimentarme. Teníade la certeza de q· le había puesto al fuego un pedazo de tocino. ¡Pero qué había hecho yo para merecer tantos honores? El aroma se me metía por las mis narices e me hacía volar.

(SñoraGo). Huevo, pançeta e chorizo frito, ¿bastará?

Más cura una dieta q· cien recetas. Aquello no podía ser verdadero. Era como si me dijeran q· algún día podría escalar à la nobleza hasta yantar una olla poderida, q· dezíamos de chufla podrida: el plato de los señores, con alubias, todo tipo verduras e partes del cerdo, incluida la morcilla de arroz ò de cebolla. En mi vida había visto juntos los huevos e la pançeta con chorizo. El mi estómago estaba acostumbrado à los nabos de Olmedo con altramuces e castañas, ò à las sobras recocidas con garbanços e mala carne, acompañados de pan de centeno ò de mijo (Pan de centeno con hambre es bueno; pan de mijo no lo des à tu hijo), además, escaso e duro.

(Ro). Lo q· usted diga, señora.

Al punto, trajo la sartén mesma e la estrelló sobre una tabla. Según volvía al fogô, agarré el huevo frito e me lo metí en la boca. Abrasaba, pero con dos mordiscos lo engullí para dentro. Me limpié con el dorso de la mano un poco de yema q· se me salió por el mi hocico e me lo chupé con fruiciô. Detrás, sin reponerme aún de los quemazones en la boca, pillé el tocino e lo mesmo; sin tragarlo, el chorizo. Ella volvió con una escudilla e medio pan de trigo, e se me quedò mirando con los ojos muy abiertos.

(Sñra). ¡Pero rapaz!

(Ro). Uig.um-umm-ohh-ag-bre

Traté de dezir yo sin separar los labios, los carrillos llenos e con mirada culpable. Imagino q· los ojos irradiarían fuego, porque aquello me achicharraba el paladar, la garganta e el vientre, pero ya estaba metido en el mi cuerpo. Ya no podría quitármelo nadie.

(Sñra). Te traía pan para acompañar…

(Ro). Tragg-iaa.

La atrapé el medio candeal e me lo fui metiendo en pedazos grandes, sin respiro, soltando aire por la nariz, nervioso. La mujer me miraba sin terminárselo de creer.

(Sñra). ¿Quántos días llevas sin yantar, hijo?

(Ro). Humm-enn-os...

(Sñra). Siéntate. ¡Te va à dar algo!

(Ro). Nhum-orta.

No me senté. Seguía e seguía arrebujando la miga en el puño e engulléndola sin masticar aínas. Después, llegó el maestro e, quando vio la escena, me dio un golpe en la espalda.

(Al). Para, donçel. Para. Podrás yantar lo q· quieras. Siéntate. ¿Ya se ha tragado el huevo?

(Sñra). También el tocino e el chorizo.

Respondió escandalizada la mujer de luto.

(Al). Hazle más. ¿Quieres más? Hazle más. Prepárale una fritada de huevos batidos con tocino e échale aceite de oliva al pan.

El maestro lo ordenó sin dejarme asentir siquiera. Es imposible describir mi asombro sin conoçer las vidas de las gentes en una sociedad en la q· únicamente contaban los nobles, e no todos: recibir en junto la comida q· yo deseara era imposible, pues, normalmente, querría la despensa toda, hasta reventar. En ese instante, me percaté de q· podía ser algo más educado en el comer. Q· no me lo iban à hurtar.

(Al). También prepárale un poco de aloja para después. ¿Te gusta con mucha miel?

(Ro). Ím.

Tragué e tomé aire.

(Ro). Bueno, como sea su menester ponérmela, señor. Con poca agua, mucha miel e muchas especias…

(Al). Bien fuerte, ¿eh?

Volvió à reírse.

(Ro). Claro…

El agua con miel e especias, un refresco en primavera si le echaban nieve de las montañas guardada en las fresqueras, e un estimulante en invierno si se calentaba tibia, era lo q· más podía desear un paje. Siempre dulce e buena, salvo q· la pidiera ajenjibrada para después de yantar. Decían q·, además, sanaba sabañones con el frío, sífilis (lo· à mí entonçes me daba igual), tuberculosis, e la peor de las enfermedades: el tabardillo. Ansí q· yo me hinchaba en qualquier oportunidad à especias con miel, por si las moscas. Con el tiempo aprendí q· no había mejor remedio para no pasar enfermedad q· dejar de pasar hambre.

Ya más tranquilo con la repeticiô del almuerço, sentados los dos à la mesa recubierta con hule fino de buen cuero, el maestro me contó q·, efectivamente, le habían llevado à la Santa Ynquisiciô, junto à Sant Pedro, al otro lado de la ciudad, e q· gracias à q· se le ocurrió darme la bolsa salió libre. Perder, considerable hubiera perdido si yo me hubiera escapado, pero más daños le hubiera causado llevar las piezas ençima.

(Al). ¿Creíste q· era oro?

(Ro). Lo vi à la luz de la noche, q· no es grande, señor, quando lo guardaba en el mi escondrijo debajo de la torre de Sant Martín.

(Al). ¿E no pensaste salir corriendo?

(Ro). No…

Rectifiqué, pues no era cosa de hacerse el decente.

(Ro). Digo, sí. Pensé q·, si era oro, podría empezar mi vida en otras tierras… Pero me había comprometido con usted, señor. Le dije ¡Trato!, e un trato es un trato.

(Al). Bien hecho, joven Rodrigo. No es fácil confiar en nadie. Tú me has demostrado q· eres hombre de palabra. Si tú quieres, podrás hacerme más recados.

(Ro). Por supuesto q· quiero, señor.

(Al). ¡No todos serán de un ducado!

(Ro). No, señor. E, si me lo permite, con sus atençiones e su comida, basta por el favor q· le hice. No le cobraré mi ducado.

(Al). ¡Claro q· vas à cobrar tu ducado, donçel!

Sacó la bolsa de debajo del mandil.

(Al). Aquí lo tienes.

Giró la moneda sobre el canto e la dejó dando vueltas sobre la mesa.

(Al). E termina de zampar, q· quiero enseñarte lo importantes q· han sido tu valor e tu honradez.

Yantar todo aquello e terminarlo con una jarra de aloja ya había sido bastante premio, pero lo q· el maestro Berruguete estaba à punto de enseñarme significó el verdadero comienço de la grandísima confiança q· mantuvimos hasta la su muerte: el su grande secreto.

ARCHIV1002381117523039740487452831MPRXSYSTEM
WRITER4,56MILISEGUN2TXTOMODIFIKDOPROGLITERARIO
ESTILORETROS21TRANSCRIPCIONTXTOSORIJINALESEXACTA
ENGRAMATRIKARKIKORDN79572344434632224doseSPAÑOL
PUROPUNTUACIONCLASIKYPALABRASSEPARADASMARKN
MINERFERROV561TAHIPERVINCULOIMAGVIRTUALAUDIO
RECUPERADOBUZONENVIODSCONOCIDO.TXTQLARITA
RECTORA. 21012101. **L AMOR D HELISABETTA.**

—¡Sí: el amor! ¡Eso he dicho!

Helisabetta se aferraba con ls manos apretadas a ls reposabrazos, tumbada 180 gra2 en el sillon ergonomico, como si viajara en un avion con turbulencias. Pataleo cuando exijio al holograma una *Respuesta rápida* y cuando reitero q d lo q qria saber era dl amor.

Estaba furiosa. La visera hologramatik solo habia sido conmutada en modo d voz masculina neutra xq prefirio no ver la figura tridimnsional. Es mas: ver, lo q se dice ver, no qria nada. Se qitaria ls ojos si fuera necesario. Y, mucho mnos, la noche tranqila dl Pacifico.

El antifaz + le servia xa sentirse escondida. Al llegar a la habitacion, llorando como una *Magdalena* —ningun joven d su edad sabria definir x ke drretirse en lagrimas era cosa d una tal *Magdalena*—, con el maqillaje hecho un dsastre, se tumbo en el sillon sin dsvestirse, sin qitarse siqiera ls zapatos, y ordno la aparicion dl holograma d consulta personal, d manera q el Systema no tuviera en cuenta esa conversacion.

—Hay tres millones cuatrocientas ochenta y tres referencias sobre libros de amor. —Informo el audio—. ¿En qué idioma prefieres?

—Lo que quiero saber —Helisabetta mastikba kda silaba, muy enfadada— es, simplemente, qué es el amor. ¿De acuerdo? —¡La habia salido el *¿De acuerdo?* como a Sauco!

—Sentimiento intenso del ser humano que, partiendo de su propia insuficiencia, necesita y busca el encuentro y unión con otro ser. —El dispositivo recitaba la dfinicion sin enfasis—. Sentimiento hacia otra persona que naturalmente nos atrae y que, procurando reciprocidad en el deseo de unión, nos completa, alegra y da energía de vivir, comunicarnos y crear. Sentimiento de afecto, inclinación y entrega a alguien o algo. Tendencia a la unión sexual.

—¡Eso es la definición de la palabra amor! —Mantenia ls dientes cerra2 y ls d2 como garras, + q enfadada—. Pero yo quiero saber, quie-ro-sa-ber, lo que *¡Es!* el amor. ¡¿Qué es lo que no entiendes de *Amor*?! —¡Hablaba ya como el chico!: increible.

—¿Me preguntas si el amor se *Acuna* en una mirada?

—Ya vas comprendiendo... —Suspiro fuertemnte x la nariz sin cejar en el enfado.

—Es hielo abrasador, es fuego helado / Es herida que duele y no se siente/ Es un sonado bien, un mal presente / Es un breve descanso muy cansado/ Es un descuido que nos da cuidado / Un cobarde, con nombre de valiente / Un andar solitario entre la gente / Un amar solamente ser amado / Es una libertad encarcelada / Enfermedad que crece si es curada / Que dura hasta el postrero paroxismo / Este es el Amor, este es su abismo / Mirad cual amistad tendrá con nada / El que en todo es contrario de sí mismo. Francisco de Quevedo.

—Eso me va gustando más.

—Desmayarse, atreverse, estar furioso, / áspero, tierno, liberal, esquivo, / alentado, mortal, difunto, vivo, / leal, traidor, cobarde y animoso; / no hallar fuera del bien, centro y reposo, / mostrarse alegre, triste, humilde, altivo, / enojado, valiente, fugitivo, / satisfecho, ofendido, receloso; / huir el rostro al claro desengaño, / beber veneno por licor suave, / olvidar el provecho, amar el daño, / creer que un cielo en un infierno cabe, / dar la vida y el alma a un desengaño, / esto es amor; quien lo probó, lo sabe. / Lope de Vega.

—¡Eso es perfecto! —Helisabetta solto el aire x la bok y se relajo x 1ª vez.

—Podría comentar también…

—¡Calla!

Cuando se llevo la mano al pecho xa cubrirse solo pudo articular un *Tú, tú, tú no tienes derecho A, a, a…*, y salio corriendo dl teatro como alma q llevara el diablo. Esta vez no hizo kso a ls gritos d el. Se dsklzo lanzando ls zapatos a dond qiera q kyeran, y corrio, corrio hasta llegar al hotel saltandose todas ls direcciones prohibidas q tuviera x dlante.

Y llorando.

Habia sido humillada, o sentia q la habia zaherido d modo brutal. Lo peor era q Sauco no qbranto ninguna normativa: era un dsconocido, pero fue ella qien comnzo la conversacion yendo a visitarle. Al kbo, la frase d *Enseñar las tetas* era una simple dscripcion d lo q el tenia dlante, asi q no habia dnuncia posible. No podia alegar q iba kminando x la klle y algien dsaprobo su indumntaria, asunto q la Ley dl Respeto Mutuo tenia regulado. No fue asi.

En cualqier otra circunstancia, el q un varon o una hembra se dirijieran a ella xa advertirle d ese incidnte, certeza o curiosidad, lo hubiera acojido con la frialdad q se supone a qien todo lo tiene controlado.

Nada era impudico, salvo mostrar emociones.

El cuerpo dsnudo estaba permitido en todas sus formas como la expresion d una opcion libre. La ropa era aconsejable xa evitar sudoraciones y porq, normalmnte, hacia d ls cuerpos un elemnto + estetico q la simple dsnudz, pero nadie, nadie, nadie podia exijir q fueran cubiertas dterminadas partes dl cuerpo: ni la cara, ni el trasero. (HIPERVINCULOLINK040357MODASUJERENTEYMORALIDAD 432432)

Fue la mirada d Sauco, otra vez ls ojos, lo q la dstrozo.

La pregunta d *¿Por qué entonces enseñas las tetas?* se habia convertido en un reproche humillante al q no kbia la respuesta *Porque me da la gana* q, sin duda, hubiera espetado en cualqier otra oksion. Ella la habia traducido a *¿Por qué pudiendo hacer las cosas bien, las haces mal?*

Tonta (*¡Tonta!*).

Se sintio tonta (*¡Tonta!*) con todas ls letras.

Una adolescente ilusionada a la q reprochan q ese maqillaje y ese vestido y esos zapatos y esa sonrisa alokda y ese sudor q se convierte en frio a kda paso y esa ansiedad y ese anhelo y ese no podr pensar y ese *Todoloquellevaspuesto* solo te valen xa hacer el ridiculo. No hizo falta ni un segundo xa q el cuerpo reaccionara con un berrinche q no recordaba haber sufrido nunk.

—¿Por eso estoy llorando? —pregunto al holograma.

—Es una reacción lógica en caso de seducción. ¿Se negó a yacer?

—No.

—¿Te despreció?

—No, exactamente.

—¿Se fue con otra persona?

—¡No! Desaprobó mi vestido… Fue eso… No le gustó que…

—¿Y por eso lloras?

—Supongo…

—Todo parece indicar que te has sugestionado. Los seducidos lloran por conceptos bastante incomprensibles. ¿Crees que merece la pena sufrir y llorar de este modo porque no le gustó tu vestido?

—¡Pues no!

—Evidente.

—¡Pero no puedo evitarlo…!

El amor, el kriño y la ternura fueron dnomina2 emociones norecomndables, aunq ls rectores nunk se atrevieron a elevar a la votacion d ls 1°s viernes d mes una propuesta xa prohibirlos. Ls estudios clinicos concluyeron q no era sensato vivir estas situaciones, pero comprendieron q podian llegar a ser inevitables.

En kmbio, en ls Islas d la Salud, se procuraba, d alguna manera, q se encendiera la mecha dl amor, al mnos d la ternura, entre parejas d personas mayores xa provokr conjuntamnte la eutanasia en el momnto d mayor aug. El Systema recojia ls combinaciones d frases parecidas a *Después de haberte visto a ti, nada me importa,* xa procedr a la eliminacion x sedacion.

Los hologramas disuadian d permanecer en ese estado mucho tiempo, sobre todo a ls profesionales estables y a ls rectores, aunq permitian q se probara la miel xa q, posteriormnte, se aprendiera tambien a beber la hiel.

—El amor es felicidad e infelicidad.

—¡Yo ya no quiero ver más a ese Neardental!

—Eso significa que nada te gustaría más que estar con él.

—¿Ah, sí? *Sí.*

—Los circuitos cerebrales activados en las personas enamoradas se localizan en la zona ventral tegmental y el núcleo caudado del cerebro con secreciones importantes de dopamina. Por eso te pasan esas cosas.

—A mí, no. *Sí.*

—El estado de enamoramiento produce cambios físicos y químicos. Las hormonas funcionan de manera no coordinada por las descargas neuronales. El corazón late más deprisa, hasta ciento treinta pulsaciones por minuto. Sube la presión arterial sistólica. Se liberan grasas y azúcares para aumentar la capacidad muscular. Se generan más glóbulos rojos a fin de mejorar el transporte de oxígeno por la corriente sanguínea. El cuerpo de los seducidos libera feniletilamina. Al inundarse el cerebro de esta sustancia, responde mediante la secreción de dopamina, que es el neurotransmisor responsable de los mecanismos refuerzo de la capacidad de desear algo y de repetir un comportamiento que proporciona placer. También norepinefrina y oxiticina, que viene a ser un mensajero químico del deseo sexual. En estas circunstancias, comienza el trabajo de los neurotransmisores, que dan lugar a los arrebatos sentimentales. Estos compuestos combinados hacen que los enamorados puedan permanecer horas haciendo el amor y noches enteras conversando, sin sensación alguna de cansancio o sueño.

—¿Eso quiere decir que me pasaré llorando toda la noche?

—No sería de extrañar. En algún momento puede que llegues a pensar que estarás llorando toda la vida.

—¡¿Sí?!

—Pero no te preocupes: el efecto de la feniletilamina es limitado.

—¿Cuánto tiempo?

—Puede durar dos años.

—¡Pues vaya consuelo!

—El enamoramiento es un Desorden Obsesivo Compulsivo, DOC. Está catalogado como emoción no-recomendable, pero no prohibido. ¿Deseas un holograma terapéutico?

Consegir q dsapareciera la mirada d Sauco x tratamiento sicolojico d un holograma era mnos sugstivo q mantener esa lucha interior, esa llantina q se la venia a la garganta cuando recordaba el reproche.

—¿Por qué no me ocurrió hasta ahora? He yacido decenas de veces.

—Has buscado placer físico.

—¿No era eso lo recomendable?

—El acto biológico consiste, precisamente, en obtener delectación. La norma de no permanecer juntos después de terminar se aprobó para evitar cruces de sentimientos y confianzas. Si un varón o hembra te produce especial placer, lo tendrás siempre que quieras. En cambio, si te enamoras, limitas tu capacidad de obtener un goce similar con otro u otra. Además, previsiblemente, tu sentimiento amoroso durará poco tiempo y, al ponerle fin, puede sumirte después en una profunda depresión. Es no-recomendable.

—¿Por eso la obligación para los progenitores fluctuantes de coexistir tres años tras el parto?

—Para criar al vástago. Antes de esa norma, las progenitoras solían quedarse solas a los pocos meses de tenerlo y hubo muchos seres abandonados. Las profesionales estables y los mudables pueden dejarlo en la Casa de Convivencia.

—¿Tras un enamoramiento, se termina la posibilidad de volver a quedar en ese estado?

—No. Puede repetirse, sin duda.

—¿Igual que el primer sentimiento de amor?

—Igual. Cada vez cuesta más pero… la feniletilamina se comporta invariablemente. Cambia la intensidad de la dopamina. ¿De verdad que no quieres un holograma terapéutico?

—Ese holograma… ¿Me va a suprimir esta tormenta que llevo dentro?

—No, con toda seguridad. Pero ayuda. También puedes escuchar música pues actúa sobre el sistema nervioso aumentando los niveles de endorfinas y dopamina. Cuanto más románticas sean las letras de las melodías, más endorfinas excretará tu cerebro. Es más: creerás que todas las canciones han sido compuestas para ti. Exclusivamente para ti.

Helisabetta se qito el antifaz y ordno *Apagar dispositivo*. Se incorporo y se froto ls ojos y la cara, dsperezandose. Dijo: *Convertible. Gran bullicio en Norba Caesarina*. En milesimas d segundo, la habitacion se lleno d ls rui2 d la gran ciudad, como si estuviera alli mismo. Cientos d automoviles bisbiseaban mientras dcenas d anuncios tridimnsionales sonaban al mismo tiempo, y giaturs, dispensadores parlantes, ciudadanos conversando con sus dispositivos moviles…

Decididamente, ese ambiente resultaba mejor q el silencio dl oceano xa qitarse a Sauco d la kbeza.

La ultima imagn era la dl joven a 20 metros, corriendo tras ella, justo antes d entrar en el hotel, con ls 2 zapatos en la mano y gritando cosas q no akbaba d kptar. Dberia d ser un ¡Espera!, ¡Aguarda!, ¡Para!, o similar. En aql instante, ella solo se oia sus propios gmi2.

Pero se le venia a la mnte el arrullo d su abrazo, el olor dl cuerpo, la tonalidad d ls ojos, la silueta d sus manos, el mareo d su sonrisa y el crepitar d su mismo corazon cuando intentaba respirar.

—Holograma terapéutico, mujer, amiga, comprensible.

Entre ella y la imagn d Norba Caesarina, aparecio una joven d la misma edad q Helisabetta, vestida con bata blank d sanador, sonriente y dulce.

—Quiero terminar con esto ¡ya!

—No será fácil. ¿Puedes exteriorizar lo que más te duele?

—Todo ¡Todo me duele!

—¿De él?

—Que es un asqueroso tipo palurdo, que no hace más que tocarme y soltarme el aliento sin disimulo, no guarda las distancias, no se depila, huele…

—¿Es un violador?

—¡No! —Ella misma se asusto d la pregunta.

—¿Toca?

Helisabetta se penso bien la respuesta, no qria inducir a error y q el Systema creyera q albergaba un sentimiento d amor x un dlincuente, un comportamiento masoqista.

—Abraza, te atrapa por los hombros —kmbio el tono d voz y se djo llevar—, te agarra por la cadera, te da la mano… No es un violador…

—Tampoco era una pregunta… Quería calibrar el grado de enamoramiento.

—¿Y?

—¡Parece grave!

Se echo d nuevo ls manos a la cara. Si: era grave; muy grave. Estaba haciendo todas ls tonterias (¡tonterías!) dl mundo.

Habia llegado a Pincia xa averiwar el x ke d la muerte d su prognitor, tenia muchos enigmas q resolver y lo unico q se le habia ocurrido en todo el dia era enamorarse, si, bien dicho, E-na-mo-rar-se y no sugstionarse, dl 1° q se habia echado a la cara, como si no fuera una mujer absolutamnte liberada, modrna, estable, indpendiente, valiente, brillante, emancipada e inalterable con arqitectura lojik.

—Soy una profesional estable, joven, liberada, moderna, estable, independiente, valiente, brillante, emancipada e inalterable, con arquitectura lógica. ¿Puedo caer yo en esa vulgaridad?

El holograma sonrio y no respondio.

—¿Puedo? —Helisabetta miro inqieta.

La tridimnsional y aparentemnte joven doctora prefirio kllar.

—¡Responde! —La chik se oyo en un tono + alto dl normal. ¿Alokda?

—Sí... Puedes. —Asintio con la kbeza ladada, como a ls niños.

Se levanto dl sillon y circundo la habitacion atravesando x el medio dl holograma 2 veces, furiosa.

—Pues quítamelo de la cabeza.

—No es posible. —La doctora informatik hablaba klmadamnte.

—¡Quítamelo!

—Quizá se te pase.

—No quiero que se me pase. Quiero que me lo quites... ¡Ya!

El holograma se recojio ls manos en el vientre, kmbio la iluminacion y qdo con aspecto d aparicion d Virgn Maria, cosa q la mayoria d ls jovenes como Helisabetta no sabian lo q era.

La voz reverbero sutilmnte.

—Apaga el ruido de la ciudad. Elige un convertible de estrellas. *Cielo del Amazonas*, por ejemplo.

—Convertible. Cielo del Amazonas —ordno. La pared se transformo en miles d puntos d la galaxia, estrellas d to2 ls tamaños con emisiones d luz d infinitas intensidades. Al fondo, lejano, el rumor dl awa al correr y, + aparta2 aun, ls gritos intermitentes d ls monos aulladores y algunas aves.

—Acuéstate, Helisabetta.

—No es eso lo que te pido.

—Acuéstate y ordena al sillón una relajación para el sueño.

—¿Se me quitará?

—Da esa orden.

—Prefiero ponerme la vestimenta para el sueño. Si no, tendré frío.

—Quítate los zapatos. Lo demás no hace falta. Total, no llevas nada.

—Creí que era lo adecuado, que a un teatro de música antigua se acudía así… Sin nada debajo.

—Debiste de mirar el manual.

—En Norba Caesarina me hubiera comportado de esta manera.

—En Norba Caesarina, sí.

—¡Palurdos!

—Acuéstate y olvídate de todo.

—Relajación para el sueño.

—Ahora, suelta los hombros, relaja el vientre, inspira… Expira.

Helisabetta se incorporo d nuevo.

—Y si no se me quita durmiendo, ¿qué me va a pasar? ¿Me voy a estar llorando toda la vida?

—No.

—¿Dos años?

—Acuéstate. Ordena temperatura para el sueño.

—Temperatura para el sueño.

—Inspira… Expira.

—¿Lloraré durante la noche?

—Sí. Inspira… Expira.

Prune Bulhman nunk habia estado en un kmpo d batalla, ni siqiera en una manifestacion, ni tampoco habia tenido la responsabilidad d dirijir un eqipo d espias o un simple grupo d excursionistas.

El caracter secreto d la *Operación Jayr Al-Din* le habia situado en el compromiso d obtener una informacion sustancial xa el CDMU y le tenia acogotado.

No sabia ke pasos dar exactamnte y como hacer trabajar a ls piezas dl tablero q dbia mover contandoles mntiras q no dsvelaran ni la + minima sospecha d lo q realmnte estaban buskndo.

6 dias dspues d recibir la ordn directa d respondr a la pregunta d *Quién,* tras haber dscodifikdo trillones d mnsajes escritos entre ls ceros y unos d ls comunikciones tanto escritas como holografiks, y dspues d mandar al Systema q visionase kda imagn tridimnsional y circulante q habia salido d *Mundo Unido* hacia ls *Países Externos,* la respuesta era *Nada.* Nada.

—¿Nada? —Bayarri se sonrio: todavia no se creia la teoria d la conspiracion—. No entiendo por qué el Systema nos puso tras esa pista. —Por el tono rejistrado, qiso dcir *Yo soy más listo que el Systema.*

—Aún no hemos examinado las notas computerizadas del mudable Fuencisla. Aunque… he comenzado a investigar a la chica.

Xq estaba seguro d q seria muy dificil consegir su complicidad, Bulhman dcidio un segimiento silencioso en vez d encararse con ella y pedirle ayuda. El curriculo d Helisabetta era envidiable, pero to2 ls lectores d personalidad indikban altos indices d obstinacion y peligrosas tendncias hacia la rebeldia.

Ls evaluaciones enviadas x ls enseñantes eran extraordinarias, y precisamnte x eso se le haria + dificil el trabajo: preferiria a una persona con mnos temperamnto. [HIPERVINCULO2341111976DIVISIONPERSONALIDADSARTE55547656]

Dl mismo modo q aqlla profesional estable dfendia el *Opcionalismo* con uñas y dientes xq asi lo dictaba su conciencia, podria pasarse al enemigo si ls claves llegaran a dsilusionarla, o a encontrar otras nuevas y + idoneas. Mientras aqlla mujer se encontrara en el ambiente adcuado, todo la impulsaria hasta la cupula + alta.

Pero, ¿como se comportaria fuera d alli?

—Quizá ahí tengamos alguna pista del espía, señor.

—Bien. ¿Y se prevé que vuelva a su módulo habitacional?

—Obtuvo un billete en el tren veloz para Pincia. Ella también quiere saber qué ocurrió con su progenitor, tras algunas sugerencias informáticas que la hemos enviado.

—¿Tienes previsto algún dispositivo de seguimiento?

—Sí, señor.

—Si encuentra algo, es básico. Confío más en llegar a la Tinta invisible con la joven profesional estable que a través de los espías del Systema. Parece increíble que tengamos que retroceder cinco siglos para encontrar el arma del futuro —reflexiono en voz alta y el dspacho se lleno d notas graves.

—Sí —admitio sumiso— Fantasmas de Satanás —resumio el joven—. Nada puede dar más miedo.

—¡Cómo sería aquello si se acobardó hasta el mismo Barbarroja! —Sentencio Bayarri y qdo nuevamnte en silencio—. Pues eso es todo… —Al instante, levanto la mano xa parar la accion d salida d su ayudante—. No obstante, supongo que has escrutado entre las más avanzadas y sofisticadas encriptaciones para dar con mensajes ocultos ¿no?

—Así ha sido, señor. —Se jiro hacia el con gsto d Eso se aprende en primero de columpios.

—Imagino que, si existieran unos espías, cosa que dudo, pensarían que tenemos los mejores medios para detectar codificaciones computerizadas.

—No lo entiendo.

—Cuántas veces tengo que repetir que los ordenadores no tienen intuición, pero los hombres, sí. ¿Cómo enviarías un mensaje fuera del *Mundo Unido* sin levantar sospechas?

Prune reflexiono 2 segun2 antes d respondr.

—No sé… Haciéndolo pasar por una fotografía de unas vacaciones y codificando datos entre los pixels… Supongo. Uno de cada mil pixels contendría una frase… Eso es lo que he estado buscando.

Bayarri sonrio satisfecho. Luego nego levemnte con la kbeza.

—Pues yo lo enviaría del modo más sencillo posible: directamente por un e-mail sin voz y sin nada oculto. Saliéndome del Systema.

—¿Un e-mail no hologramático?

—Un texto. —Se meso la barba autoconvenciendose d la ida—. Sí, un texto simple... Ordena al Systema que busque cualquier anomalía en los e-mail enviados a los Países Externos desde la fecha en que murió el artesano hasta tres meses atrás: textos sin sentido, comunicaciones encadenadas, frases con las palabras *Tinta invisible, armamento, Emperador Carlos...* Quien paga sin tarjeta de crédito no sabemos lo que compra: quien manda mensajes cifrados sin codificar, no sabemos lo que envía. Es la ley de la informática, Bulhman.

Adriano Bayarri sostuvo q la intuicion era caracteristik solo humana, d tal forma q accedio a la responsabilidad d la dfensa dl *Mundo Unido* cuando ls rectores admitieron q en ese puesto se hacia imprescindible conjugar conocimientos con intuicion rayana en la perversion. (HIPERVINCULO4328734ELECCIONDERECTORESYCASTAS-ENMUNDOUNIDOAA1).

Confia2 en su edukcion y en ls hologramas tridimnsionales con proyeccion circulante, to2 ls ciudadanos d bien confiaban en q un rector d maximo podr fuera d esplendida apariencia: kbello corto, prieto y kno; con barba salpikda d vellos blancos y bigote cuidado; mirada azul intelignte dbajo d 2 grands entradas; voz grave, y presencia d hombre fornido. Asi era la planta d Adriano Bayarri, el director dl *Centro de Defensa del Mundo Unido*. Rector absoluto.

Nacido en Hispania hacia 66 años, 25 antes d q la Peninsula Iberik se dividiera d Norte a Sur x una linea recta q se marco dsd Ovetus hasta Gadir, y se dnominara Galportu Extrema x el Occidnte e Hispania x el Oriente. Se habia convertido, segun ls comparaciones parametriks, en el hombre + poderoso dl *Mundo Unido*. Sus dcisiones no eran tamizadas x ls votaciones telematiks ni enviadas a consulta x ls audiodimnsionales.

Controlaba la vijilancia: controlaba el Systema. Pero el Systema aprendio a aprendr.

Responsable d mantener la seguridad frente a ls *Países Externos*, fue el inventor d ls nombres d ls paises y ciudads d la nueva civilizacion cuando, a ls 35 años, ls 1°s rectores admiraron su sabiduria historik combinada con su kpacidad analitik xa resolver problemas q aun no se habian producido.

No necesitaba d su basta cultura historik xa prever ls comportamientos d ls masas comparandolos con situaciones ya vividas: se ddico a analizar sus dseos. Y acerto en un 92 % d ls oksiones, mucho + q cualqier ordnador al q se le facilitaran to2 ls datos q tenia en su kbeza: solo qrian ser felices.

El imperio español creo el mayor ejercito q jamas haya tenido la Humanidad y lo confio a ls dcisiones d una sola persona: el emperador. El *Mundo Unido*, a partir dl 5° dcenio dl siglo 21, se rearmo hasta + alla d lo posible y fio ese potencial a un solo hombre: aql q siempre vestia d negro, con kmisas d cuello *Retromao* y ameriknas sin bolsillos exteriores. Ejercitos, artefactos, dinero, relaciones diplomatiks, investigaciones d nuevos ingnios militares...

D todas ls conqistas d Krlos 1, Adriano Bayarri qdo prendado x la batalla naval y terrestre dl emperador contra Babarroja y Soliman el Magnifico, el Lejislador, en La Goleta.

Jayr Al-Din, corsario conocido como Barbarroja, perdio ls plazas d La Goleta y Tunez frente al mismisimo rey español en 1535, pese al apoyo d ls turcos y su alianza secreta con Francisco 1° d Francia. Aunq el pirata pudo refujiarse en Argl tras rendir 84 naves, sus palabras sobre la batalla fueron enigmatiks: *Esperábamos luchar contra cristianos, no contra fantasmas.* Y el mismo corsario judio Sinan refrendaba su huida xq no sentia estar peleando contra hombres, sino contra el mismo dmonio.

Aqllo entusiasmo al militar Bayarri: ad+ d bombas, xa vencer hacen falta espiritus. O secretos.

D todas ls drrotas dl rey Felipe 2, Bayarri nunk llego a comprendr la d la Grand y Felicisima Armada: *Mandé a mis barcos a* luchar contra los ingleses, no contra los elementos. ¿Es q el arma secreta d Krlos 1 habia kmbiado d manos?

Fantasmas… *Pero las guerras no se ganan con fantasmas. Sí con secretos.*

Nada d lo q estaba consignado en ls archivos dl imperio hacia pensar en una batalla extraordinaria xa q Barbarroja, el saqador turco, acostumbrado a pasar a cuchillo a cuantos encontraba, saliera huyendo pensando q habia visto fantas+.

Jayr Al-Din se labro su fama d corsario en ls 1°s años dl siglo 16 junto a su hermano Aruy. Dsd su base en Argl, hostigo x iwal a la navegacion cristiana y a ls pobladores dl interior d su pais. Conqisto Argl, el peñon d Jibraltar, Tunez, ls Baleares, Reggio, Niza y la costa ktalana. ¿Ke tendria q haber visto ese pirata xa asustarse tanto y eskbullirse?

Casi treinta mil hombres desembarcaron en la costa del golfo de Túnez sin oposición enemiga. Necesitaron un mes para emplazar la artillería contra La Goleta. Esta fortaleza de forma rectangular defendía el estrecho canal que une el puerto interior de Túnez con el mar. Durante el sitio de la fortaleza, la falta de agua, el hostigamiento del enemigo y la disentería aquejaron a los asaltantes. El emperador decidió atacar el catorce de julio. Tras seis horas de cañoneo se desplomó la torre principal, y la fortaleza fue tomada al asalto; se rindieron las ochenta y cuatro naves de Barbarroja, que huyó durante el avance de los atacantes hacia Túnez. El veintinuo de julio el emperador entró en Túnez; veinte mil cautivos cristianos fueron liberados, Mulay Hasán fue repuesto en el trono y estableció una fuerte guarnición española en La Goleta. (HIPERVINCULO-3248II3240012BATALLABARBARROJAFCOYLLESCAS)

Lo + extraño d aqlla batalla, sin duda, consistia en q el mismo emperador se embarcara en una aventura q parecia perdida d antemano. Hasta el historiador Fray Gonzalo d Illesks subrayaba el dsconcierto en su cronik x el peligro q envolvia la accion.

¿Acudiria Adriano Bayarri a una batalla ahora q sabia q *Mundo Unido* estaba en peligro x el boicot d un espia d ls *Países Exter-*

nos? La respuesta, sin duda, era afirmativa, aunq ni siqiera intuyera si podria alzarse con la victoria. Qiza no habia adqirido aun la astucia dl emperador.

El director dl CDMU manejaba todas ls piezas dl puzzle en la mesa xa hacerse 2 preguntas simples y dificil respuesta: ¿Por ke subio a bordo? ¿Ke se wardaba Krlos 1 en la manga xa estar tan convencido d su victoria en momnto tan arriesgado, pues la drrota se convertiria en el comienzo la dkdncia d su vasto imperio?

La cristalera ya estaba abierta cuando Helisabetta subio acompañada d la madre Oshilaola. El arzobispo, d pie, jiraba grado a grado una enorme lupa, repasando un mapa amarillento q cubria buena parte d la libreria, colgado d una unik chincheta en la parte superior d modo q ls bords derecho e izqierdo se doblaban formando conos, manteniendo la forma d tubo con la q habian estado warda2 ls ultimos dcenios.

—Son y siete —dijo sin mirar hacia ella al oir q habian llegado.

—Perdón. —La voz d Helisabetta sono timida y vencida.

El anciano wardo silencio escudriñando el plano y solo hablo cuando ls pasos d la relijiosa dsaparecieron x la esklera.

—Tampoco es para tanto. —Qria transmitir No te me amilanes así—. Solo he dicho que son y siete.

—Ya. —Qria respondr No era por eso.

El arzobispo intuyo q el Ya lo habia pronunciado con la mirada baja, qiza a punto d llorar, pero no se volvio xa comprobarlo.

—¿No va a acercarse a ver lo que tengo entre manos? —Qria dcir Esto es para ti.

—Claro. —Qria responder Ahora es lo que menos me importa.

Helisabetta dio ls 5 pasos tan rektadamnte q ksi ni sonaron en la madera. Fue entonces cuando el hombre dcidio tornarse a examinar ke clase d temporal se le avecinaba.

—¿Problemas, señorita?

—No. —Se le qdo mirando a ls ojos, culpable. Inspiro aire con la bok xa ahogar un hipo.

—Pues, usted me perdonará, pero alguien le ha pegado una buena paliza esta noche. —Volvio el rostro al mapa—. Gran juerga, ¿no?

—No. —Nego con la kbeza y rogaba q no la hiciera otra pregunta +, pues comnzaria a gmir sin dsknso. Jadeo levemnte.

El arzobispo se volvio hacia el escritorio y se dsentendio d la lupa. A pasitos cortos, llego hasta su silla electronik y se sento con esfuerzo.

Helisabetta se mantuvo con ls manos cruzadas bajo el vientre y sin moverse. Miraba al mapa distraidamnte.

—¿Café? —La joven elevo ls hombros, *Me da igual infusión que cianuro*, y rehuso la mirada—. A lo mejor quería usted contarme algo… —Probo con voz suave.

—No hace falta, gracias… Ya lo hablé con el holograma.

—¡Ah! Interesante. —El arzobispo sirvio kfe en kda taza con gsto d *Empieza a hablar ya, chiquilla*—. ¿Y ha dormido bien?

—Ya le digo que estuve con el holograma. —Se acerco a su silla, tomo asiento, y miro el liqido negro d la taza como si dbajo dl todo se contemplara el centro d la Tierra, o un poco + alla.

—Mucho rato…

—Tooooooda la noche.

Helisabetta se echo ls manos a la cara y comnzo a llorar. Ls ojos enrojeci2 e hincha2 q no habia podido disimular tenian su razon d ser. Horas y horas dspierta con ataqs d llantos, llamar al holograma y mandarlo kllar, *Sal de nuevo, no sigas hablando…* Emociones en krne viva.

El arzobispo permanecio en silencio mientras kvilaba. El dia anterior, cuando se referia a su padre como *progenitor*, no parecia q la muerte la influyera tanto. Qiza la visita a la ciudad la habia dspertado recuer2, o la provoco un irrefrenable sentimiento d soledad.

—La muerte no tiene remedio, Helisabetta.

—Ya.

—Es lo único que no tiene opción en la Alianza de las Civilizaciones y el Mundo de la Armonía.

—¡Existe la hibernación! —Levanto la kbeza xa expresar su protesta, rebelandose contra el soniqte dl arzobispo q se volvia condscendiente kda vez q se referia a ls conceptos basicos dl *Efepecé* y ls mezclaba tan sokrronamnte con la Armonia y todo eso.

—La hibernación es un modo de alargar lo inevitable, ¿no le parece? —El anciano sonrio vencedor, pero Helisabetta no estaba con ganas d discutir sobre filosofia o mo2 d vida. Se habia lanzado a llorar dlante d el y ya no tenia remedio.

—Esto es por la feniletilamina. —Se limpio ls lagrimas q la qian en surcos x la cara hasta q qdo echa un cromo. Vestia un jersey d cuello alto hasta ls orejas y pantalones xa q no se la viera ni un apice d piel susceptible d voluptuosidad, con la crin recojida rektadamnte en un moño y ls pestañas y ls labios sin pintar.

El arzobispo sabia q ls jovenes tenian autorizacion xa tomar dtermina2 tipos d drogas, bajo control medico, cuando se enzarzaban en una fiesta, xa sentirse libera2 y aleja2 d ls prohibiciones sobre el control d ls emociones. Incluso la normativa sobre el Respeto Mutuo se relajaba si ls reuniones se celebraban entre profesionales estables.

Pero nunk le habian hablado d esa *fenilota...* ¿Cómo?

—¿Y es fuerte? —Probo el hombre xa no sentirse el + retrasado d la clase.

—Muy, muy, muy fuerte. —Enfatizo—: Sí. Es fuerte. —Qdo firme, sin moverse, como revelando una verdad absoluta.

El arzobispo asentia con la kbeza pausadamnte, intentando comprendr la razon d esa locura, el llanto subito, el gsto dsenkjado, la vestimnta d novicia, la dsesperacion.

—¿Acaso fue la primera vez?

Ella le miro melancolik y suplikndo q no ahondara en la herida:

—Sí... Creo que sí. ¡Seguro que sí! —Ksi jimio.

—Ya sabe, por tanto, de qué agua no ha de beber… —Modulo voz paternal—. En caso de que eso de la fetolonanosequé sea agua.

Helisabetta se incorporo y le indago ls ojos. Tomo la taza d kfe y se la llevo a la bok sin romper la linea d miradas. Comprendio x la inexpresividad q el hombre no sabia d ke le estaba hablando y el no rechazo el dsafio.

—Feniletilamina. —Q qria dcir *Amor a lo bestia, como los elefantes.*

—Eso parece. Soy muy malo para los nombres científicos. —Q qria dcir *Si no sé de drogas es más por la edad, ricura.*

—Lo que significa que, según los informes del holograma de doctora femenina agradable, ¡he sido seducida!

El arzobispo hizo un reqiebro en la silla y tomo aire al mismo tiempo q ella volvio su mirada al fondo d la taza d kfe a ver si contemplaba ls antipodas x el tubo. *¿Seducida? ¿Alguna misa satánica? ¿Drogas para perder el control de la mente?*

—¡¿Aquí?! ¡¿En Pincia?! —Sus ojos dsorbita2 dlataban + pavor a ls grupos satanicos encontra2 en la ciudad x aqlla buena muchacha q a cualqier otra cosa.

—Sí. —No levanto la mirada. No podia.

—¡Pero eso está prohibido! —Ksi no le salio la frase x la angustia.

—Sólo es no-recomendable —se dnfendio ella, como qien no qiere la cosa.

El arzobispo se echo la mano a la coronilla repasandose la kbeza dsd la frente, alisandose ls pelos blancos. *Sólo no-recomendable,* se repitio xa si.

Ls normativas sobre Respeto Mutuo y Tolerancia habian llegado dmasiado lejos. La seduccion x grupos satanicos q habian djado a Helisabetta en aql estado era califikdo, simplemnte, como *No-recomendable* x ls hologra+.

Dcididamnte, la civilizacion d la Armonia y la Alianza d Civilizaciones no era lo suyo.

—¿Y quiere hablarlo? Puedo acogerla en confesión.

—¿Y eso?

—Que lo que me diga quedará entre nosotros y el Señor.

Helisabetta no levanto la vista, pero se mantuvo en silencio. X 1ª vez, algien se prestaba a escucharla sin tener preparada una reprimnda y sin Systema d Grabacion.

—No creo que me ayude —Le miro x comprobar su reaccion—. Para eso ya tengo los hologramas.

—¡Ah! —Reacciono con una sonrisa.

D repente, se echo a llorar dsconsolada. Otra vez se tapo la cara y otra vez se le salia el corazon x una hendija invisible.

El arzobispo acciono la silla y acudio a su par. Una vez al lado, la puso la mano en el hombro contrario y la atrajo hacia si.

Ls asociaciones d asexua2, homosexuales, mujeres y rectoras le dnunciarian x acoso si tuvieran una camara alli, pero era un padre abrazando a una niña dsvalida.

—¿Qué droga es esa?

—Una que mata.

—¿Y por qué se dejó?

—Yo no quería.

—¿Entonces?

—Entró sin saber.

—¿La emborracharon?

—No.

—¿La obligaron?

—No.

—¿La engañaron?

—No.

—¿Entonces?

—Yo no sabía que esto podía ser así… de malo… ¡Y de bueno! Todo se me revuelve. No sé qué hacer. No he dormido, sólo lloro; no vivo, pero quiero vivir. Le odio, pero le amo.

—Las drogas son malas.

—Sí. Las drogas son malas.

—Se quieren y se odian.

—Claro. *Y a mí qué me importan ahora las drogas. ¿Es que quiere drogarme?*

—No debió perderse.

—Es que yo no lo sabía. Lo supe después.

—Siempre pasa.

—Pero estaba ahí, sin que pudiera preverlo.

—Hombre, cada una sabe a lo que va cuando va a lo que va.

—Pero es que yo no iba adonde terminé...

—Una perdición...

—No: una mala suerte. ¡Esos ojos!

Mantenian un dialogo d besugos. Ella manchaba la sotana d lagrimas d amor y el rezaba a Dios xa q esa chik tan maja djara ls drogas.

—¿Dónde se lo dieron?

—En el Teatro Calcrón.

El arzobispo se qdo extrañado.

—¿También ahí?

—Ahí deben dar de eso muchas veces. *¡Es único! ¡Nunca había tenido esta experiencia, de verdad!*

El anciano se qdo confuso. *¡Enfrente del palacio arzobispal!*

—Si fuera treinta años más joven, haría una locura para vengarla. —Le salio tono d makrra d barrio.

—¡Véngueme! —Helisabetta volvio a aposentarse sobre el respaldo d la silla, abandonando su regazo, con ls ojos exagradamnte hincha2. Le miro con gsto d odio—. ¡Se llama Saúco!

—¿Saúco? —La pregunta fue ksi violenta x la indignacion— ¡Lo conozco!

—Si pudiera matarlo... —Se retorcio ls manos como si estuviera estrangulandolo.

—¿Fue él quien te dio fenilotraeso?

—Sí... —Miro al suelo— ¡Él! —Se dsfondo x momntos.

El arzobispo se levanto d la silla electronik, puso ls manos a la espalda y paseo kbizbajo x el dspacho. *¡Es rebelde. Quizá alocado,* *pero...!* Resultaba q Sauco, joven a qien tenia x ejemplar en su comunidad, trafikba con una droga d la q nunk habia oido hablar en su vida.

Helisabetta no qria confesarse pero estaba fuera d si.

Dberia llamar a la relijiosa xa q se ocupara d ella.

—¿Tiene usted a alguien en la ciudad? —Pregunto dsd lejos.

—No.

Solo la monja podia hacerse krgo d ella, dsintoxikrla, cuidarla...

El ya habia llegado dmasiado lejos xa un cura, a parte todas ls normas d Respeto Mutuo, Conducta Sexual y dmas zarandajas d la sociedad modrna.

—La madre Oshilaola la ayudará a desintoxicarse.

—El holograma dice que puede durar ¡dos años!

¡Qué barbaridad! ¡Los nuevos compuestos químicos no conocen fronteras! El arzobispo continuo con su paso lento dando vueltas x fuera d la cristalera.

—Pero ¿qué alucinógeno es ese que ha tomado? —pregunto con tono d enfado.

—¿Alucinógeno? —Le miro dscompuesta.

—Sí. *Fanaladraeso.*

—¿Droga? —Helisabetta no entendia nada.

—Fue usted a una fiesta con Saúco y probó *Diossabequé.*

Helisabetta recobro el sentido y algo d dignidad. Se la akbo el llanto.

—¡Yo no fui a ninguna fiesta con Saúco! —protesto.

—Ya... Sin fiesta... Pero la metió la *Felitelipilinadraona.*

—¿La qué?

—Lo que fuera, Helisabetta. ¡Yo no sé de drogas!

—¿Feniletilamina?

—Efectivamente. ¡Una droga que hace llorar!

Helisabetta miro en drredor en la bibliotek aun + dsconsolada. Aql hombre no habia entendido nada d nada d nada. 10 minutos hablando con el ¡para nada!

—Arzobispo: ¿usted cree que la Feniletilamina es una droga?

—Lo supongo.

—Pues no… No es un alucinógeno. —Q qria dcir *Acaba de meter la pata hasta dentro.*

—Sonaba a tal… —Q qria dcir *Acabo de meter la pata hasta dentro.*

—Es una composición química que exhala el cerebro… —Senetncio con dje d *Tome nota.*

—Claro. —O sea, *¡Cómo no!, ¡eso lo sabe todo el mundo!*

—¿Y qué ha entendido cuando le he dicho que he sido seducida?

—Pues… —Busco palabras cultas pero no ls encontro—. ¡Que estuvo usted en una orgía satánica…!

Helisabella se le qdo mirando estupefacta y la entro la risa.

—¿Satánica? —le miro como a un bicho raro.

—Seducción… —Enarco ls cejas preguntando *¿Hay otro significado?*

La joven se olvido d q estaba llorando a penas unos segun2 antes y rio sin freno.

Era un alud d risotadas, una tromba d krkjadas vociferantes como xa tirar una pared, un sin parar d estertores en el estomago hasta q pudo articular palabra:

—¡Me pasa que me he enamorado!

TRACTADO Q· CUENTA DE CÓMO SENTÍ LA CRUZ INVISIBLE EN LA MI MANO POR LA PRIMERA VEZ DESPUÉS DE DESCUBRIR UNA ESTANÇIA MUY SECRETA

Salimos al corral bajando por una escalera de mármol e doble pasamos de piedra labrada. Nos encaminamos à la derecha, à la parte q· solía à madera. Jóvenes aprendizes e ofiziales maduros se me quedaron mirando, unos embadurnados con serrín e otros con polvo de piedra. Sin duda, habían comentado el mi desmayo de la tarde anterior e por el presente se sonreían satisfechos por la mi recuperaciô. Elevé la mano à modo de saludo e aínas à coro respondieron:

(Todos). ¡Buenos días!

(Ro). ¿Son carpinteros?

Por ventura q· pregunté inocentemente. El maestro se me volvió como si le hubiera insultado e aquellos q· me oyeron se miraron entre sí con gesto de complicidad e algunas risitas.

(Al). ¿Carpinteros? ¡Pero es q· aún no sabes dò estás? Parole de diabolo! ¡Carpinteros! No, joven Rodrigo, ¡son artistas!

Hinchó el pecho e abrió los brazos para abarcarlo el todo.

(Al). De sus manos salen las figuras más expresivas q· nunca haya tenido la Santa Madre Yglesia.

(Ge). De las ntras·, no; ¡de las suyas, maestro!

Aclaró un hombretô gordo e sonriente q· llevaba un zahô, similar al mandil de mi anfitriô pero sólo hasta la cintura, sin la parte de arriba.

(Al). Vírgenes, cristos, santos en retablos, esculturas, bajorrelieves...

(Fe). Todo lo q· à usted se le viene à la imaginaciô, maestro.

Añadió otro desde más lejos.

(Al). Figuras para la devociô del pueblo e para la admiraciô del mesmo Dios. ¡¿Miento?!

(Todos). ¡Noooo!

Gritaron à coro.

(Al). La vida de los grandes profetas de la Biblia e de la historia, atrapada en un instante policromado. ¡¿Miento?!

(Todos). ¡Nooo!

Repitieron.

(Al). Las enseñanças de Miguel Ángel e de los sabios italianos retorciendo la madera e la expresiô. ¡¿Miento?!

(Todos). ¡Nooo!

(Al). ¡El arte puro q· tanto gusta à Fray Alonso de Toro!

Exageró la mirada hacia el cielo

(Al). ¡Ese pro-hombre!

(Todos). ¡Nooooo e noooo!...

Vociferaron con ganas, atizando incluso algunos golpes con mazos e martillos.

(Al). ¡A trabajar!, ¡inútiles manieristas!

Quedaron riendo e con algunos comentarios en el aire, mientras el maestro avançaba hacia el final del corral, e yo tras él.

Sólo años después, quando el mesmo Juan de Herrera me lo explicó, entendí por qué el maestro Berruguete definió à su gente como Manieristas e, sin matizar la ironía, les amagó à guisa de ultraje.

Resultó q· el termino Manierista, desarrollado en Italia en el primer quarto del siglo hasta poco más de la muerte del maestro Berruguete, era la traducciô del vocablo Maniera, q· se aplicaba para designar à los artistas q· eran imitadores de los grandes maestros, de prinçipal Miguel Ángel, Rafael e Leonardo, tanto para los q· fueron considerados como copistas por trabajar de forma fría e impersonal, como los q· incluyeron algún matiz creador u original, entre los q· se encontraba Berruguete.

Ansí q· se empleó la expresiô Manierista como el equivalente de à modo ò à manera de los grandes maestros, e, como tal, los artistas q· ansí eran designados se englobaban dentro del Renacimiento. Es dezir q· el Manierismo era, en el momento, un movimiento de ínfima calidad q· se producía después del Renacimiento clásico. ¡Plagiadores!

Tras la muerte del maestro Berruguete, evocada en todo el Imperio, ese término q· se empleó à los comienços de modo peyorativo pasó à tener un significado válido por una serie de valores únicos. Lo q· empeçó siendo un estilo pictórico, terminó como una manifestaciô artística, cultural e espiritual, q· incluyó la arquitectura, la escultura, la literatura e la música, asuntos à los q· yo no llegué pero de los q· el mi maestro leía libros sin cesar. El Manierismo supuso, con respecto al Renacimiento clásico, un distançiamiento q· començó à partir de la fecha de la muerte de Rafael, en mil quinientos veynte e, en España, con las obras de mi maestro Berruguete.

Aquel q· tras su muerte sería muy admirado por los hombres e, supongo lo será por los siglos, más q· en la su propia vida, e fuè grande su prestigio, se quitó el mandil e lo colgó en una punta. En el medio del patio había un pozo medieval, con escenas de labrantío talladas en la piedra; à su alrededor, mármoles e maderas de todos los tipos e tamaños; al otro lado, una grande mesa con decenas de herramientas de... De carpintero, por más q· me dijera otra cosa.

Abrió con llave una portezuela de una caseta q· pensé q· era desván ò sotabanco para los trastos. Él tuvo q· agacharse para entrar. Prendió una candela, me mandò pasar e trançó la puerta. Con esa poca luz, se fuè hacia una esquina, buscó una argolla en el suelo, la trabó al gancho de un cabo q· colgaba e después tiró de la cuerda al otro lado de la polea, q· protestó con chirridos. Se abrió el suelo para dejar à la vista un subterráneo para mi mayor admiraciô.

Ató la soga à una abrazadera de la pared e ordenó:

(Al). ¡Vamos!

Seguramente q· él veía algo más q· yo según bajábamos la escalera de madera, además de q· se lo conocía, pero por un momento pensé q· me iba à dar de bruces e terminar en el fondo del infierno rodando por aquellos escalones. E era lo q· me faltaba.

Aún estaba à mitad de camino, prudente e à tientas con la punta del pie, quando todo se iluminó gracias à una antorcha q· ençendió el maestro. Desde arriba, vi un quartucho muy pequeño con poco más de una mesa e una silla. Ençima del tablero había un quemador, vasijas de metal e lo q·

me pareció q· eran piedras de colores. También distinguí la bolsita de terciopelo q· él me había confiado.

(Al). ¡Aquí lo tienes, joven Rodrigo!

Exclamó antes de q· yo llegara al suelo sin pavimentar.

(Al). Aqueste es mi laboratorio.

Lo dijo con grande orgullo.

(Ro). ¿Aquí hace vírgenes e cristos e Santos e retablos e esculturas e bajo... bajo...

(Al). ¿Bajorrelieves?

(Ro). Bajorrelieves.

Acerté al fin la palabreja.

(Al). No

(Ro). ¡Ah!

No atinaba ni una.

(Al). Aquí he conseguido reunir el saber de los vidrieros de la Edad Media, pero no para fabricar rosetones q· iluminen las plegarias, sino para obtener la luz absoluta.

(Ro). ¿Luz absoluta?

(Al). Aquella q· absorbe todo el resplandor para transformar un corpóreo en invisible. ¿Es q· no ves la cruz de la pared?

Miré asustado e me restregué los ojos. No había nada.

(Ro.) No, señor. No veo ninguna cruz.

Se acercó e pareció q· descolgaba algo q· le cabía en la mano. Me la mostró e no se veía nada: sólo la su palma.

(Al). ¡Toca!

Algo teníade allí, tan transparente q· no se podía apreciar, pero le permitía apretar el dedo pulgar por un lado e el corazô por el otro, marcando el comienço e el final de un listô horizontal. Lentamente, acerqué mi dedo para intentar tocar la su palma, pero no pude.

(Ro). ¡Está! ¡Ahí hay algo!

Salté hacia atrás de respingo, como quien toca una piel de culebra viva según se caza en el río, pues era fría.

(Al). ¡Claro q· está! ¿Dirás q· es de un vidrio perfecto?

(Ro). Nunca vi ni toqué nada tan transparente como el aire, señor.

(Al). Pues es de bronçe, recubierto de oro.

Se sonrió e esperó à q· abriera los ojos fascinados. E todavía aguardò más, para q· no se me relajara la mi expresiô.

(Al). Ò de la mezcla de oro e otros minerales q· el platero Juan Granada prepara para mí e q· tú supiste guardar para q· no cayeran en manos de la Ynquisiciô.

Me miró quedo.

(Al). Te debo muy más q· un ducado, muchacho.

Me encogí de hombros.

(Al). El emperador Ntro· Sñor· Carlos el primero te lo agradecerá desde la Gloria que gozará junto a Ntro· Sñor·.

Para mí q· ya se estaba pasando con tantas atençiones. Respondí lo mejor q· supe.

(Ro). Hice lo q· era obligado de hacer, señor. Soy español.

(Al). ¿Querrás ayudarme? He encontrado en ti à la persona à quien confiar lo q· sé.

Se sentó en la silla e yo quedé petrificado.

(Al). Creo en la providençia, e creo q· cruzó nuestros caminos en el momento oportuno. ¿Lo harás?

(Ro). ¿Y todos los de arriba?

Pregunté refiriéndome à la cantidad de ofiziales e ayudantes q· pastaban en su taller.

(Ro). Ninguno hubiera venido con la bolsa de oro después de haber sido herido por defenderla.

(Ro). Verá, Vuestra Merçed... Yo tampoco la defendí... Quiero dezir...

Necesitaba contarle la verdad. Eso ya iba más lejos de lo q· se podía prever.

(Al). ¡Volviste, donçel!

Levantó la voz grave e me asusté de súbito. Q se me demudó la cara.

(Al). ¡Eso es lo q· me importa! En pocos meses cumpliré los setenta años. Aún he de viajar à Cáceres para rematar el retablo de la yglesia de Santiago, à Toledo para el sepulcro del cardenal Tavera, e también he de terminar la cruz q· es ocho, diez veces más grande q· ésta, para situarla allí do la Ynquisiciô crea q· no está. Pero estará... por orden del mesmo emperador Carlos primero e para la Historia.

(Ro). Pero yo no sé hacer nada...

(Al). Sólo tendrás q· ayudarme en el horno. Aprenderás.

(Ro). ¿Horno?

Miré en derredor.

(Ro). ¿Aquí hay un horno? ¿También invisible?

El maestro rió à voces, como un poseso.

(Al). No. No... Está en otro lugar q· te mostraré. Pero necesito q· no se lo cuentes à nadie. Tu trabajo será secreto. Seguirás en casa de la marquesa e quando vengas à ayudarme te daré pitança y... ¿veynte maravedís?

(Ro). ¡Veynte e cinco!

Dije sin pensarlo e me arrepentí al instante. Eso lo había aprendido del Miguel, el hijo del cirujano, q· siempre negociaba los mandados añadiendo cinco maravedís. E quando sumaba diez no salían los tratos.

(Ro). ¡Sean veyte e cinco!

Rió el solo diciendo à nadie:

(Al). ¡Vaya con el crío!...

(Ro). Señor: más vale una buena queja q· una mala paga.

De la carcajada, se dio un golpetón en las rodillas q· si fueran los mis huesos ya quedarían rotos para siempre.

Ansí sellamos ntra· confiança, mi admiraciô hacia él e ntra· amistad hasta q· le vi partir un buen día al amanecer entre la niebla, montado à caballo e envuelto en su capa negra.

ARCHV1211139458640032883000475395IMPRXSYSTEM
WRITER12,99MILISEGUN2TXTOMODIFIKDOPROGLITERARIO
ESTILORETROS21TRANSCRIPCIONTXTOSORIJINALESEXACTAEN
GRAMATRIKARKIKORDN5243612757454565455ESPAÑOL
PUROPUNTUACIONCLASIKYPALABRASSEPARADASMARKN
MINERFERROV561TAHIPERVINCULOIMAGVIRTUAL
AUDIORECUPERADOBUZONENVIODSCONOCIDO.
QLARITARECTORA.21012101. **NTRE SUBTERRANEOS,
CNVENTOS Y MAJIA.**

El arzobispo contemplo a Helisabetta como al virus d la gripe cuando señala con el ddo y ordna *¡A la cama con fiebre!* ¡No podia ser!

¿Todo aqllo consistia en q Helisabetta estaba enamorada? ¡¿D Sauco?! *Dios escribe con reglones torcidos.* Volvio a sentarse en su silla, apreto uno d ls botones y se fue hacia ls documntos q tenia en la mesa dando un rodo, djando q Helisabetta se riera a gusto y se encontrara mejor.

—Comencemos de nuevo. —Impuso xa zanjar la conversacion.

—Será mejor… ¿Creyó que me drogaron anoche en un rito satánico? —El anciano miro al suelo y se sonrio sin respondr—. ¡Estamos buenos! —Su indignacion era + bien finjida, pues, en el fondo, aqllo la estaba haciendo feliz. El arzobispo estaba azarado.

—Eh… Tengo buenas noticias para usted, a propósito de su viaje a Pincia, quiero decir. ¿Está en condiciones de hablar de algo que no sea Saúco?

Helisabetta asintio con gran dolor de corazon. Suspiro resignada.

—Adelante.

El arzobispo señalo el mapa d dtras d ella.

—Año de mil novecientos uno. Mapa de Pincia, entonces llamada ciudad de Valladolid. ¡Con uve! —La joven se jiro a contemplar el papel, con ls senti2 puestos en el x vez 1ª.

—¿No era cosa del siglo dieciséis?

—El plano más antiguo de los que he encontrado data de mil setecientos ochenta y ocho. Vienen a ser lo mismo. La ventaja de ese de ahí es que tiene unas apostillas interesantes.

—Como cuáles.

—Por partes, señorita. Sus anotaciones del ordenador de su padre fueron: *Alonso Berruguete; Carlos primero; Comunicaciones con la NASA; Felipe segundo; Juan de Herrera; Juan de Herrera acueducto; Norba Caesarina iglesia de Santiago; Pincia calderonas; Pincia Caballeras de Santiago; Pincia conventos; Pincia Geografía; Pincia Historia; Pincia iglesias y ermitas; Pincia siglo XVI; Pincia Teatro Calderón; Tinta invisible.* —Asintio con la kbeza. Nada nuevo—. Me he permitido hacer una relación no alfabética, sino histórica. Quedaría así: Pincia geografía y Pincia historia, que relatará las investigaciones de su padre sobre esta ciudad; Carlos primero, referido al emperador Carlos I de España y V de Alemania; Alonso Berruguete, epígrafe sobre el maestro escultor quien, junto a Gregorio Fernández y Juan de Juni, más fama alcanzó en la ciudad en las representaciones religiosas y en los pasos de la Semana Santa en el siglo quince; Norba Caesarina Iglesia de Santiago, donde el maestro Berruguete restauró el retablo principal; Pincia Caballeras de Santiago, hará referencia la orden de Santiago en Valladolid, donde también había una iglesia, antes de que se convirtiera en la mezquita de Ulit. Imagino que *Caballeras* es un error tipográfico de *Caballeros*; Pincia siglo dieciséis, cambio de siglo; Felipe II, rey que nació en la ciudad y que trasladó la capital de Hispania de Valladolid a Madrid; Juan de Herrera y Juan de Herrera acueducto es la referencia al arquitecto estrella de la época, responsable de El Escorial en Madrid y de algunas construcciones en Pincia, sobre todo la catedral…

—Me lo contó Saúco —afirmo pensativa.

—Hemos dicho que ahora no hay Saúco.

—Claro.

—¿Le contó lo de la catedral?

—Sí… —Suspiro. Recordo ls ojos azules cuando señalaba al monumnto.

—¿Y lo de la magia?

—¿Magia? —Volvio a la conversacion con interes.

—Bien. Quedan: Pincia iglesias, conventos y *Calderonas*, que será un listado más o menos afortunado de los monasterios y las parroquias de Pincia en los siglos quince y dieciséis. Calculo una relación de los más de cuatrocientos conventos, iglesias y ermitas que había en el antiguo Valladolid.

—Lo de las *Calderonas* ya sé lo que es… —anuncio resuelta—. Pero mi progenitor estaba equivocado. Allí no hay inclasificadas para el disfrute biológico. Quizá en los lugares de Encuentro Permitido de al lado…

—Y eso, ¿a qué viene? —El arzobispo no terminaba d hacerse con la conversacion.

—¡Calderonas! —Se explico con ls manos—: ¡las chicas del teatro Calderón!

El anciano se dsfondo d repente. Sacudio la cabeza como apartandose moscas violentamnte.

—¡¿Chicas?! —Elevo la voz—. ¡Las *Calderonas* son las monjas del convento de Porta Coeli! —Subrayo la contrariedad—: ¡Monjas! Llamadas así porque fue fundado por un prócer de esta ciudad llamado don Rodrigo Calderón. De ahí sale *Calderoras*. ¡Mon-jas!, ¡no chicas! ¿En qué estaba usted pensando?

—¿Monjas? ¿Las *Calderonas* son monjas?… —Se jiro con rapidz xa buskr la taza d kfe y beber lo q qdara, no x sed, sino xa usar cualqier objeto dl mundo como trinchera y taparse la cara. Tierra, trágame. (HIPERVINCULOLINKART97780067653HUMANOSYVERGÜENZARTR09987532232).

La madre Oshilaola qdo a 2 pasos d la cristalera y anuncio con ls brazos cruza2 sobre el pecho *Ya está la audiencia de las once*, y el arzobispo respondio, sin mirarla, *Que venga a las doce*, y ella, *A las doce están los catecumenados*, y el *Pues a la una*, y ella, *¿Es que no va a comer?*, y el *Entonces, a la una y media*, y ella, *¿No hará siesta?*, y el, ya enfadado y ¡irandose, *¡Que se venga mañana!*, *ahora estoy ocupado, santa mujer.*

Helisabetta presintio q aql enfado dl arzobispo tenia q ver + consigo misma q con la relijiosa, a qien djo con un *¡Dimito!* en el semblante a punto d salir d sus labios, pero qiza ls monjas no podian dimitir. O no podian dcirlo.

—…Y —volvio a hablarla—, finalmente, Pincia Teatro Calderón, que no sé a qué viene en este listado, y Comunicaciones con la NASA y Tinta invisible, que suenan más a nuestra época… De este modo quedarían los epígrafes ordenados cronológicamente. ¿Algo que añadir?

—*Mejor que no.* Todo parece correcto, señor.

—Así que he empezado por situarnos en la Hispania de los siglos quince y dieciséis para emprender el camino por el lugar en que debió comenzar su padre. ¿Me sigue?

—¡Ajá!

El arzobispo hizo una pausa mirando al suelo. Ordno su esqma mntal. Luego, la miro a ls ojos:

—Desde esta ciudad se gobernó el mundo, señorita. —Helisabetta no pudo disimular la sorpresa xq se le cerro levemnte el iris—. No existía una capital fija como la conocemos hoy, pero aquí radicaban las instituciones más importantes, como la Chancillería o la Universidad. El país llegaba desde el otro lado del Atlántico hasta el norte de Europa, ocupando, por supuesto, toda la península Ibérica, en tiempos del emperador Carlos primero, o Carlos quinto de Alemania, cuyos padres, los Reyes Católicos, se casaron aquí, y cuyo hijo, Felipe segundo, nació en lo que hoy es la plaza de la Tolerancia.

—Y abrieron una ventana para sacarle a bautizar. Costumbre extraña, ¿no?

—Ja, ja. No era una costumbre, señorita. Era una puerta con un pasadizo de madera adornado de flores. Dice la tradición de siglos que si el cortejo hubiera salido por la puerta principal del Palacio de los Pimentel, tendría que haberse llegado a otra iglesia para el bautismo. Pero no es verdad. Rompieron la ventana para hacer un pasadizo y llegar a la iglesia de San Pablo sin pisar la calle, que era moda en aquellos tiempos. Los reyes no estaban sometidos a las circunscripciones eclesiásticas. Los reyes estaban por encima de todo.

—Costumbre extraña —ratifico sonriendo.

—Aquella sociedad, a penas tenía divisiones: quizá nobles, clero y plebe.

—¿Que se corresponde a?...

—No busque comparaciones. Un profesional estable de hoy no es un noble del quince, ni tampoco un rector. El actual sistema de Grupos convivenciales tiene que ver con las capacidades de los ciudadanos y su dedicación a la sociedad. Usted es profesional estable pero, si quisiera cuidar de su hijo, pasaría a ser mudable, lo que no significa en ningún caso que no pudiera ser rectora. Yo soy religioso permitido, como usted dice, pero podría ser fluctuante si no tuviera un cargo dentro de la Iglesia Católica. En aquel tiempo, un noble nacía como tal, y el clero venía a ser la salvación de muchas familias de la plebe, que entregaban a sus hijos a los conventos, al menos para que no pasaran hambre… Lo que no quiere decir que no hubiera auténticas vocaciones religiosas.

—Costumbres raras, efectivamente —mascullo.

—De la plebe se extraían los efectivos para los ejércitos, comandados por nobles, y se dividían por grupos de trabajos artesanos, llamados gremios, o mercaderes o agricultores. Esto es importante para cuando se acerque al plano de la ciudad que le tengo preparado ahí. Hay muchos nombres de calles, actualmente cambiados, que hacen referencia a los gremios que trabajaban en esa zona.

—Calle de los embrionistas… —probo.

—Parecido… —Elevo ls cejas, sorprendido—. Digamos, Plateros, aquellos que fabricaban utensilios de plata; Alcalleres, que eran albañiles árabes; Olleros, los alfareros que manufacturaban piezas de barro; Chapuceros, los que trabajaban con el hierro; Zurradores, los curtidores de pieles…

—¿Curtidores?

—No importa… Ya no se curten las pieles desde la normativa de la Alianza con los Animales. Pero hubo un tiempo en que la ropa se fabricaba con pieles de las bestias.

—Costumbres rarísimas…

—Esta ciudad, centro del mundo, con cuatrocientos palacios, albergaba, por tanto, a gentes que desarrollaban decenas de oficios para cubrir las necesidades de la nobleza y del clero. Todo el centro histórico se llenó de grandes casas de piedra, conventos e iglesias. E incluso los arrabales de la ciudad, es decir, a las afueras, se circundaron de conventos. Pincia llegó a tener cuarenta iglesias y ermitas, y cuarenta y ocho conventos de frailes y monjas, con más de dos mil religiosos.

—Nada menos…

—Por eso, lo que su padre escribiera en el archivo *Pincia conventos* nos aclarará muy poco sobre lo que estamos buscando. Mire: lo que es la estructura de la ciudad de este plano del año mil novecientos uno y el que nos imprimiera un guiatur del día de hoy, casi no tiene diferencias. Las callejuelas, plazas y espacios vienen a ser los mismos, lo que quiere decir que vivimos casi, casi, en la ciudad del siglo quince, y aún antes. El urbanismo siempre ha destrozado más lugares históricos que las guerras…

—… Norba Caesarina, por ejemplo.

—… Sí, pero aquí no ha sido el caso. En la leyenda de este plano, se describe cuántos y cuáles eran los conventos que existían desde el siglo quince y dónde estaban. Es muy preciso.

—¿Puedo grabar?

—Claro.

Helisabetta extrajo su dispositivo movil, le dio ordn d grabar la voz y la imagn dl plano. Una luz azul lentamnte recorrio el mapa colgado. Leyo en voz alta.

—*Convento de San Agustín (parte del convento fue derribada para ampliar el fuerte que se llamó de San Benito; el resto y la iglesia pertenecen a la Administración militar). Colegio de San Gabriel, orden de San Agustín (fue demolido; la portada de la capilla se trasladó al Cementerio católico para hacer los ingresos del frente). Convento de la Trinidad descalza (en la actualidad es parroquia de San Nicolás). Colegio de San Ignacio de la Compañía de Jesús (la iglesia es la actual de San Miguel; el resto del edificio se dedicó a cuarteles; hoy casas). Convento de San Diego, orden de Franciscos descalzos (ha desaparecido casi en totalidad. En él estuvo la Escuela Normal de maestras). Convento de San Pablo, orden de Santo Domingo (se conserva la iglesia).* —Se volvio al arzobispo—... ¿Esta es la que vi ayer en la plaza de la Tolerancia?

—Sí. Donde fue bautizado el rey.

—¿Y esa portada de piedra la hacían antiguamente?

—Ja, ja. ¡Claro! Siga.

—*Colegio de San Gregorio, orden de Santo Domingo (en la actualidad Delegación de Hacienda)...* Pero yo vi que era un taller de policromía...

—Hoy lo es. Los espacios conventuales han tenido distintas utilidades a lo largo de los siglos. Ya habrá visto restaurantes y otras cosas, ¿no?

—Efectivamente.

—Con la normativa de la Armonía y de la Alianza de Civilizaciones algunos han pasado a otras religiones.

—*Convento de la Merced descalza (sólo existe el convento que es cuartel ahora). Colegio de San Ambrosio, de la Compañía de Jesús (la iglesia es la actual parroquia de San Esteban; parte del colegio es cuartel y parte fue cedida para el Colegio de escoceses). Colegio de San Albano, llamado de los ingleses, de la Compañía de Jesús. Convento de Nuestra Señora de la Encarnación, de Clérigos menores (se conservan algunas ruinas de la iglesia).* Si en mil novecientos sólo había ruinas, ¿ahora?

—Pues, nada. Pisos. Prosiga.

—*Convento de San Norberto, orden de Premostratenses (en la actualidad es Escuelas de maestros y maestras y casa de socorro; la iglesia almacén del Ayuntamiento). Convento de la Merced descalza (en mil ochocientos doce fue destruido por las tropas francesas). Convento del Carmen calzado (ahora Hospital militar). Convento de los capuchinos (demolido. Antes había estado en la ribera del Pisuerga, pasadas las llamadas Puertas de Madrid). Convento de los Recoletos Agustinos (hoy casas). Convento de San Juan de Dios. Hospital de los incurables (almacenes y viviendas en la actualidad). Convento de Nuestra Señora de Prado, orden de San Jerónimo (hoy Manicomio provincial y hasta hace poco presidio). Convento de Nuestra Señora de la Soledad, orden de los mínimos de San Francisco de Paula (se conserva la iglesia que es la parroquia de la Victoria. La advocación del convento era la de Nuestra Señora de la Victoria, por lo que debió sufrir error Don Ventura Seco). Convento de los Mártires, orden de San Basilio (en época de la invasión francesa fue destruido el convento; los religiosos se trasladaron a la casa llamada de la cadena). Convento del Carmen descalzo (subsiste la iglesia; el convento y huerta son el Cementerio).*

—Ahora, conventos de monjas.

—*Convento de Santa Clara: orden Franciscas. Convento de la Madre de Dios: orden Dominicas (aún se notan algunas construcciones del convento. Se derribó en mil ochocientos seis y las religiosas pasaron al de Porta Coeli). Descalzas reales: Franciscas. Huelgas: Bernardas. Belén: Bernardas (queda la hoy iglesia parroquial de San Juan; parte del convento es el colegio de San José, de la Compañía de Jesús). Porta Coeli: Dominicas.*

—Esas son sus *Chicas del Teatro Calderón.* —Helisabetta se ruborizo.

—*San Felipe de la Penitencia: Dominicas. Jesús María: Franciscas (se derribó no hace muchos años para construir las modernas casas de la acera de Recoletos. Las religiosas ocupan en la actualidad edificio nuevo en el prado de la Magdalena, que fue edificado primeramente para las Salesas). Corpus: Dominicas (también fue derribado el convento, ocupando las religiosas otro nuevo en el Prado de la Magdalena). La Laura: Dominicas. Sancti-Spiritus: Caballeras de dicha orden. Las niñas huérfanas. Las Recoletas Agustinas (la iglesia es la actual parroquia de San Ildefonso). Santa Cruz: Caballeras de Santiago (después, fueron Salesas Reales y en la actualidad dominicas del Santísimo Sacramento. Las anteriores religiosas pasaron al convento que ocuparon después las de Jesús María. Hoy están las calles de Francos y Colón).*

—Bueno —dudo el arzobispo—. Ahí nos aparecen unas nuevas Caballeras de Santiago. Lo desconocía. Quizá tengan relación...

—*Santa Ana: Bernardas. San Bartolomé: Trinitarias calzadas (en mil ochocientos treinta y siete fue demolido el convento; las religiosas pasaron al de Jesús María. En parte del convento está la estación del ferrocarril de Rioseco). San Nicolás: Agustinas (padeció error Don Ventura Seco al expresar así este convento. Fue de las religiosas del S. Sacramento, que eran dominicas, y se servían de la misma iglesia de San Nicolás, por lo cual podía conocerse el convento con esa advocación. En tiempo de la invasión francesa fue demolido el convento y las religiosas trasladadas al de Sancti-Spiritus. Su primer sitio fue la primitiva iglesia de San Ildefonso). Las arrepentidas: Dominicas (se llamó también casa de Aprobación; no teniendo objeto la fundación se suprimió y se destinó el edificio a parque del Ayuntamiento y depósito de bombas de incendios). San Quirce: Bernardas. Santa Catalina: Dominicas. Santa Isabel: Franciscas. La Concepción: Franciscas. Nuestra Señora de los Ángeles: orden de Santa Brígida. Santa Teresa: Carmelitas descalzas.*

—Cada uno tiene su numeración en el mapa. La población de religiosos era cercana a dos mil personas. Pero no creo que nos sirva de nada dedicarnos a la arqueología.

—¿Cuántos quedan hoy?

—¿Dedicados a labor conventual? —La joven asintio—. Tres de monjas y dos de frailes. Unos ochenta religiosos.

—¿Iglesias?

—Con culto católico, cinco. Diez párrocos, más el arzobispado y la monja a mi servicio. Otros doce más.

—¡Y llegaron a cuarenta conventos y dos mil religiosos!

—La vida… —amortiguo el balanceo afirmativo d la kbeza con una subida y bajada d hombros.

El arzobispo jiro su silla d ruedas hasta situarse frente a Helisabetta con la mesa x medio. *Apague ya ese chisme*, dijo, *Me pone nervioso*, y ella ordno *Desconexión*.

—Podemos asegurar que el archivo de conventos tendrá, más o menos, esos datos. Lamentablemente, nos aportan poco más que una curiosidad histórica. Lo que no acabo de corresponder es la relación entre Berruguete, Felipe II y Juan de Herrera. La de los dos últimos está clara, pero ¿qué pinta en la historia Berruguete?

—Como no me lo diga usted…

—Usted atribuye la curiosidad de su padre por Pincia a la restauración del retablo de la Iglesia de Santiago de Norba Caesarina, por cierto, única de ese nombre que sigue perteneciendo a la Iglesia Católica pues el resto fueron cedidas a los árabes para establecer mezquitas o museos musulmanes.

—¿Sí?

—A Santiago se le conocía como *Santiago Matamoros*, y la Armonización consideró lógico que todas las iglesias dedicadas al santo pasaran a dominio musulmán para resarcirse de siglos de intimidación, o algo así. La de Pincia ha pasado a ser la mezquita de Ulit, como le he dicho antes, pero yo la sigo llamando iglesia de Santiago. El gran problema fue la catedral del norte de su país, Galportu Extrema.

—Pero no hay ninguna mezquita, ni catedral…

—Los rectores decidieron convertir la antigua catedral de Santiago de Compostela en Centro de Estudios para la Ciudadanía y así evitar disputas. A punto estuvieron de derribar el monumento para sellar la paz con los musulmanes.

—Creo que se refiere a esa construcción que tiene también piedras talladas en la portada.

—Sí, muchas piedras talladas... —Se le dibujo un disgusto en la cara—. Menos las que quitaron para no herir sentimientos...

—¡Pero las guardaron en el Museo Histórico de Tiphis! —protesto xq la disgustaba el tono critico q utilizaba el anciano xa referirse a ls dcisiones q habian sido votadas x la ciudadania y q ponian en solfa el *Efepecé*.

—Allí están bien... —Se resigno y kmbio d tema—. El caso es que nos sale un tal Berruguete por aquí, aquel del que se decía que esculpió la definición perfecta del sentimiento de angustia espiritual, alargando de una forma irreal la proporción de los cuerpos. Tradujo la crispación interior en movimientos violentos que ascendían como llamas, y en fuertes desequilibrios. Fotografiaba la angustia a través de expresiones ausentes y gestos doloridos con las bocas muy abiertas y los ojos oblicuos. El mejor de su época. Sus obras se mantienen en el Taller de Policromía y Antigüedades.

—Tendré que pasarme a verlo.

—Hará bien. Cuando en mil cuatrocientos setenta y cuatro muere el rey Enrique cuarto le sucede su hermana Isabel la Católica. Es el comienzo de la etapa de los Reyes Católicos. En este ambiente nació Alonso Berruguete que se hizo artista en Valladolid pero estudia en Italia, donde conoce al mismísimo Miguel Ángel Buonarroti, aunque parece que no fueron muy amigos. ¿Le suena?

—Sí. El de *La Piedad*. La estudiamos como ejemplo de emoción de dolor no-recomendable para exponerse en público. La felicidad es la ausencia de miedo, y el dolor da miedo: todo el mundo teme al dolor... El dolor es un depredador.

El arzobispo abrio ls ojos y se qdo mirando a la mesa, absorto. Tosio y prefirio seguir con la leccion historik antes d discutir.

—Lo que sabemos es que estuvo muy unido a Carlos primero, y que incluso acompañó al monarca en algunos desplazamientos y se encargó de decorar la nao que le llevaría a tomar posesión de su título de Emperador. Dicen que participó también en el diseño de algunas de las batallas navales. Pero no existe esa misma ligazón con su hijo Felipe segundo. Por eso no consigo establecer la relación. Él muere en mil quinientos sesenta y uno...

—El mismo año del incendio, ¿no?

—Sí... Puede haber vínculo por ahí —Dudo—. Pero decía que murió antes de que Juan de Herrera apareciera por Pincia para proyectar la catedral. De hecho, lo primero que hace el arquitecto real es corregir la traza del ayuntamiento tras el incendio. Y es lo que no entiendo.

—¿No llegaron a conocerse?

—No lo sé. Así que he llegado a la conclusión de que alguien de su entorno fue el nexo para vincular a Berruguete con Herrera. Y no por la rama del arte. Si se considera que Berruguete fue uno de los iniciadores del manierismo, Herrera no puede considerarse exponente de esa corriente. Así que busquemos otras vías de investigación. ¿Cómo se llevaba su padre con las matemáticas?

—Muy bien, desde luego. Y su *descendiente*, mejor.

—Felicidades —se sonrieron—. ¿Y con la alquimia?

—En la medida en que estaba todo el día con sus untes, pinturas y trastos, supongo que bien. No hay hologramas al respecto, pero recuerdo haberle visto libros viejos.

—¿Y con la magia?

Helisabetta se le qdo mirando con cierto gsto d horror. ¡Su padre metido en majia! Pero, dspues dl error cometido en el Teatro Klderon, era mejor no adlantarse a ls acontecimientos.

—Con la magia... no lo sé. —No disimuló el espanto q le recorria el cuerpo —. Es la segunda vez que me lo pregunta.

—Juan de Herrera, además de arquitecto y matemático, —el arzobispo empleo un tono profesoral— era experto en cosmología, astrología, alquimia y numerología. Fue un hombre de arte y ciencia en su profundo sentido universal y descubridor de instrumentos mecánicos y matemáticos. Entre sus hallazgos se habla de un horno para el tratamiento de metales y minerales. ¿Le suena a usted algo de eso?

—No.

—Alonso Berruguete —mantuvo la inflexion docente—, hijo del pintor Pedro Berruguete, hizo también de su vida un monumento a la cultura universal y es seguro que tuvo conocimientos, o quizá más que eso, de numerología, astrología, alquimia y magia. Los bocetos de anatomía que hizo en su estancia con Buonarroti son ejemplo de conocimientos más allá del arte. Lo mismo ocurre con sus figuras, sobre todo con sus santos agónicos.

—¿Agónicos?

—En pleno sufrimiento. Se considera que tuvo gran amistad con uno de los plateros de Pincia. ¿Recuerda plateros? Los que trabajaban con la plata. —Ella asintio—. Muy bien. Aquel hombre se llamaba Juan Granada.

—No me suena de nada —acerto a respondr dspues d ls 3 segun2 q el arzobispo awardo expectante escudriñandola ls ojos—. De nada.

—Pues Juan Granada es el artesano que vio arder su obrador en la noche del veintiuno de septiembre de mil novecientos sesenta y uno. Y su padre debió averiguar por qué. —La joven mantuvo la respiracion xa q el arzobispo terminara d aclararle el enigma. No terminaba d entendr el x ke d aqlla mirada complice, como si estuvieran implik2 en un asunto pero ella aun no se hubiera enterado d nada—. Aquel incendio destruyó todo el centro de Pincia, durante dos días y dos noches. Y el fuego empezó allí.

Helisabetta respiro al fin, emocionada.

—¡Ah! ¿Por eso dijo que sabía quién provocó el incendio de Pincia?

—Supongo… —Sonrio satisfecho—. Asunto aclarado. Aún nos quedan por examinar las ermitas y los edificios oficiales de la ciudad. ¿No va a seguir grabando?

—No por ahora —se qdo pensativa.

El anciano se recosto en la silla d ruedas y miro al techo, convencido d haber contribuido a aclarar la muerte dl padre d la chik. Cerro ls ojos. Pero cuando la dvolvio la mirada se la encontro 2 puntos x encima d la estupefaccion.

—Aclarado, exactamente, no. —Helisabetta nego con la kbeza repetidamnte—. Señor arzobispo: no entiendo nada.

Se levanto con ls puños cerra2 a la altura d ls kderas y dio 2 pasos grands hacia la cristalera. Se estaba comportando como una profesional estable en reunion con un profesional estable, pero algo dntro d ella considraba q bordeaba la mala edukcion con ese gsto involuntario, asi q se jiro hacia el anciano xa comprobar su expresion, pero no vio disgusto, sino perplejidad. *Éste se va a creer que me marcho.*

Elevo ls manos enseñando ls palmas mientras buskba un modo d empezar la frase.

Abria y cerraba la bok como ls peces, sin articular sonido. *A ver cómo no te digo que te has explicado fatal.*

El anciano se dio cuenta entonces d la ajilidad d la muchacha. Se la movia la coleta y se la veia graciosa con ese gsto d apuro, aunq no sabia bien si idntifikrlo como un reconocimiento d q no habia entendido nada o una lucha interior xa no dcirle q era un pesimo pedagogo.

—Su padre averiguó quién provocó el incendio en el obrador de Juan Granada y vino a Pincia para comprobarlo. —Explico elevando ls hombros—. Este es el asunto, Helisabetta.

La joven se cruzo d brazos y miro al suelo, justo a ls ruedas d la silla. Luego a la pared, dond estaba el plano. Dspues a la ventana, y a la mesa, y otra vez al suelo. *Cómo no le digo que eso es una tontería.* Dio un paso adlante. Y otro hasta qdar frente al arzobispo. Se froto la frente.

—¿Y usted cree que todo el lío que tenemos se resuelve con esa conclusión?

—Bueno…

—¿Y lo de la *Tinta invisible*? ¿Y lo de la NASA? ¿Y lo de Juan de Herrera?

—Digo que puede ser que exista una conexión entre Berruguete, Juan de Herrera y su padre de usted a través de la alquimia y los metales. —*Ahora te explicas mejor,* pensó la joven—. Y que ese es el camino que debemos seguir.

Helisabetta se sento.

—Saúco me dijo que conoció a mi progenitor cuando salió de un pozo que hay en el teatro, construido así para darle sonoridad. ¿Le conecta esto con alguna rama del saber de aquellos antiguos? ¿Se dedicaron al submarinismo?

El arzobispo se trago una krkjada.

—No lo creo… Seguramente, ni siquiera supieran nadar.

—¿Juan Granada hacía pozos?

—No consta. —Sonrio.

—Entonces, me temo que esa conexión de la alquimia no resuelve el problema. O no todo el asunto, señor.

El arzobispo vislumbraba q ninguna otra materia podia unir ls eslabones d aqlla kdna. Existia un secreto entre ls personajes q fue dscubierto x el empalado. Se akricio el mnton y bajo la mirada xa evitar a la joven segun la preguntaba:

—¿Cree usted, Helisabetta, que su padre murió por algo que sabía él y nadie más?

—He venido a averiguarlo… —No se inmuto x la curiosidad dl anciano—. Quizá no.

—Quizá sí. —La miro a ls ojos.

—Pues esa es la respuesta que no quiero obtener.

Se creo un silencio incomodo.

Helisabetta intuyo q el arzobispo se sentia avergonzado x la insinuacion d q su prognitor habia sido asesinado.

Ella solo lo penso una vez, solo unos segun2, en el viaje d ida a Pincia. *¿Lo habrán matado?* Pero lo dskrto... O no dl todo. Al fin y al kbo, su curiosidad x conocer ls ultimos pasos d su prognitor tendria una razon oculta, x mucho q ella se lo negara a si misma.

Si: qria encontrar al asesino.

La luz entraba fuerte x el ventanal, acolchada x ls visillos, y se veian flotar ls particulas d polvo al trasluz.

Helisabetta, lejos d sentirse incomoda, envidiaba esa paz vieja: una habitacion sin climatizador, sin convertible, sin ordnadores, sin la presencia dl Systema, sin insonorizacion grado cero; con maderas, libros, polvo... y una monja q se empeñaba en entrar d vez en cuando.

—Han llegado los catecumenados —anuncio la madre Oshilaola.

—Se han adelantado. Ya bajo —afirmo el arzobispo ddicandole una sonrisa. No todo son querellas, penso la joven.

Se miraron. El anciano comprendio ke cosa era aqlla q otorgaba un extraño punto varonil a la innegable belleza d la chik. Lo tenia todo: ls cejas finas, ls ojos rasga2, ls pestañas grands, ls pomulos proporciona2, la bok d labios krnosos, ls dientes perfectos, el hablar dulce... Pero algo le molestaba en el cuadro, un dtalle q no habia acertado a precisar hasta ese momnto: no llevaba pendientes, ni ls lobulos estaban agujerea2. Eso le conferia aspecto d jovenzuelo cuando la vista se qdaba prendida en el perfil. (HIPERVINCULO-LINK8967513VASTAGOSFEMNINOSYEDUCACION-ENARTHY23032)

Fue una mirada complice.

Sentia q estaban implik2 en algo y q ella ya se habia enterado: coincidian, al mnos, en q no sabian cual era el sigiente paso pero, si fueran a darlo, estarian juntos. + la hubiera gustado ir d la mano con Sauco, pero el muy idiota (*¡y ya me da igual pensar idiota!*) la reprocho q se hubiera vestido d fiesta.

Lo mataria.

En cuanto pudiera, dstrozaria a Sauco.

—¿Cómo? —El arzobispo no habia oido bien la palabra q habia salido d la bok d la joven.

—¿Qué? —Volvio d su ensueño, dspistada.

—Ha dicho… ¿*Unco*? No la he entendido.

—No, no he dicho nada.

La palabra *Saúco* se la habia eskpado x entre ls labios y no se habia perktado. Evidencia: el holograma la advirtio, a eso d ls 4 d la madrugada, q corria riesgo d hablar sola, d q se le eskpara el nombre d su enamorado sin venir a cuento y q qiza le hablara al aire creyendose con el.

—Me había parecido… —El arzobispo penso en su grupo d ktecumna2—. Hemos de terminar, Helisabetta.

—Claro.

—Buscaré más información para mañana. ¿Vendrá?

—A la misma hora. Yo pondré en orden todas estas ideas… No sé si me saldrá algo en limpio. —Rio mientras kminaban hacia ls eskleras.

—Mejor, así se le pasarla el berrinche de la *Fenilotranosequé*. Por cierto, Saúco estará en la reunión de catecúmenos. Hablaré con él.

El arzobispo habia anunciado la gran noticia sin darle importancia, mirando hacia nada en concreto, pero algo se movio en ls tripas d la joven y no pudo reprimir la sorpresa.

—Usted… —Se atragantaba—. Usted ¿conoce a Saúco? —Le señalo maledukdamnte con el ddo indice directamnte a la nariz.

—Sí… Creo que se lo dije…

—No. ¡No me lo dijo! —Fruncio el entrecejo. Estahba enfadada. *¡Eso me lo tendrías que haber dicho! ¡Lo único que me tendrías que haber dicho!*

—Pues sí. Es uno de los catecúmenos… Por eso me extrañó que anduviera con drogas. Le tengo en muy buena consideración.

Helisabetta se paro en seco. Se habia enamorado d un tipo q no se dpilaba, q abrazaba sin permiso, q era un chuleta y q, ad+, ¡iba a hacerse cura!

—Pero eso es para... Lo de la religión... —Tartamudeo.

—Estudian la Biblia para abrazarse al bautismo —respondio sin + euforia—. Es un grupo de jóvenes. No todo el mundo quiere ser profesional estable y vivir sin una esperanza en el más allá, Helisabetta. —Ella se le qdo mirando mientras pensaba, sin oirle, pero el creyo q la habia molestado—. Bueno... He querido decir que los jóvenes estos quieren tener algo más profundo en perspectiva... No que los profesionales sean... —Por la expresion d la joven, el penso q lo estaba empeorando, pero ella no le oia—. Es decir...

—¡Cura! —Solto d pronto.

—Sí, los curas también pertenecen a este grupo de gente que...

—¡Cura! —El arzobispo kllo. No entendia el enfado d la joven—. ¡Esto es lo que me faltaba!

Helisabetta dio un paso atras, inclino respetuosamnte la kbeza con ls manos cruzadas en el vientre al modo d dspedida oficial, y moldeo con la voz un *Muchas gracias, señor arzobispo*, q sono + bien a *Voy a salir corriendo de aquí*, cosa q hizo d inmediato sin dar tiempo al anciano a dcir nada +.

Si el amor vive a un palmo dl odio, el odio se expandio en su corazon como un rio dsmadrado, a golpes d barro y d piedras, arroyando a qien se encuentra subitamnte con la riada y se la come.

Asi se sorprendio ella segun2 dspues: llena d rencor. Odiaba como nunk. La Ley d la Armonia no solo dcia q la *Animadversión* era un sentimiento no-recomndable, sino q estaba prohibido directamnte xq no aportaba nada bueno a la sociedad.

Felicidad, Paz y Ciudadanía, el eslogan dl *Mundo Unido*, hacia referencia a cualqier cosa, pero, x encima d otras palabras, prohibia el odio como antonimo dl amor. El odio x color d piel, x ideolojia —aunq ls ideolojias tambien estaban prohibidas—, x sentimientos pasa2, x ideas viejas, x relijion —aunq ls relijiones eran no-recomndables salvo q consigieran el estatus d *Permitidas*— x disputas personales...

El odio habia sido expulsado d la sociedad y, gracias a ello, la coexistencia se hizo inmejorable.

Pero Helisabetta odiaba en ese instante con todas sus fuerzas. Ese momnto se estaba convirtiendo en algo importante en su vida: odiar. *O-d-i-a-r.* Si. *¿Y qué? ¡Odio!, con dos cojones. Y me importa un pito pensar dos cojones (y un Pito, también me la suda. ¡Y Me la suda, va en el mismo paquete!).*

Deseaba matarle con sus propias manos, y retorcerle el cuello, y ver como sangraba con ls ojos dsorbita2, y beber el liqido d ls entrañas, y reventarle la barriga con un pisoton, y pisotearle el corazon con un zapato d tacon d aguja o d plataforma, y darle patadas en la kbeza rota...

Las profesionales estables nunk se sentian humilladas. Su norma d vida estaba regulada x ls pautas d la Tolerancia, el estado en q una discrepancia es admisible dntro d la divergncia racional. Gracias a la normativa, ninguna adversidad era considrada como herida personal. Y cuando, si akso, algien sobrepasaba ls reglas d la constructividad, ls profesionales estables tenian derecho a q se dsignaran 3 rectores holograficos xa presentar dnuncia o plantear el problema en una Sesion d Inqietuds xa la Convivencia.

Pero, segun avanzaba x la klle, se flagelaba dgradada y dseaba soltar su ira. *¡Un cura!*

Se percibio a si misma como una mujer cerkna al periodo Neardntal, nada mnos: sensible, llorona, pendiente d un hombre, iracunda, ansiosa, sudorosa, olorosa, ¡gorda! *¡Sólo las gordas tienen entrañas!* Estaba fuera d si, d tal modo q, inconscientemnte, enfilo la 1ª klle q la vino en gana, discola con ls leyes y ls nor+, yendo hacia la puerta dl Teatro Klderon x la zona d direccion prohibida.

En vez d encontrarse con una mujer anciana q le indicara sutilmnte el lado d ls luces, la dio el alto un Cuidador d la Convivencia, uniformado d ecoverd-naturaleza.

—¡Alto por falta de respeto a la direccionalidad. —Y entono el eslogan—: *No podemos conducir por ti.*

Helisabetta le miro a la estupida *(Sí: ¡estúpida!)* gorrilla.

—¡Vete a tomar por el culo! —Y se jiro.

En su vida habia dicho tal frase. Ni siqiera recordaba dond la habia aprendido. Seguramnte, en uno d esos kmpamntos en ls Baha+, al anochecer, cuando ls chicos y chiks se ddikban a contar historias soñadas, aventuras d ls hologramas trasladadas a si mismos como grands episodios d sus vidas no vividas sino a traves d ls juegos d la consola *X-Spheric Norma-Holografic,* q iwal componia una jugadora d golf con poco pecho xa un buen *Swing* q un *Super-hero* con grands piernas xa esklar teja2.

Pero habia salido d si bok.

—¿Podría usted repetir? —pegunto amablemnte el oficial d ls burocratas d ls Cecés.

—Que... —Helisabetta odiaba a Sauco—... Que... —Ese tipo asexuado d uniforme eco-verd q tenia enfrente, pues ls Cecés d klle normalmnte eran asexua2 u homosexuales xa no herir sentimientos, qdo a la espera explikciones con pose sensible—... Que soy producto de una violación moral contra el Talante y la Ciudadanía, según la normativa de la Ley de la Armonía, y busco refugio expansivo para que no se sienta lastimada mi propia integridad de profesional estable. Mi número de la S.S.M.U es la nueve dos dos cuatro siete ka y me acojo al artículo treinta y siete de la normativa tres.

Aql tipo con pinta d automata se qdo planchado. Dberia d comunikr al Systema to2 ls datos pero algo le dcia q esa chik sabia d normativas mucho + q to2 ls d su promocion y, dsd luego, + q ls viejos d la central macroinformatizada.

—¡Camina usted por lugar inadecuado! —respondio a 3 metros 80 centimetros d ella, distancia exacta xa dar un Alto a qien incumplia ls normas d Convivencia Kllejera.

—¡Pero alejada de las luces de mi derecha! —Respondio Helisabetta con rabia—. Es evidente que busco un módulo de Ayuda a la Tolerancia, ¡cosa que usted no parece!

El burocrata *Cuidador de la Convivencia* se qdo pegado. En Pincia eran muy pocos ls q se sabian todas ls preceptivas d circulacion: normalmnte, podian multar incluso a qien kminaba x su ordn.

—¡Pero usted dijo palabras prohibidas a la autoridad! —concluyo ajustandose la gorrilla verd-naturaleza.

—¡Demuéstrelo! —Helisabetta intuyo q no tenia conectado el Systema alerta y se jugo entre 100 y 150 creditos. Su mirada le estaba fulminando—. ¡Vengo de Norba Caesarina! —Aqllo sono como un disparo. El burocrata dudo.

—¿Es su destino muy alejado? —Buskba salida a un dialogo imposible.

—¡Hasta la esquina! —lanzo la joven.

El *Cecé* saco su penalizador d la krtuchera y ella se sintio drrotada. La ordno: *¡Su dedo!* Ella apreto la pantalla con el indice y el wardo 6 segun2 d silencio, sin perdr d vista el aparato.

—¡Helisabetta Fuencisla! —leyo con autoridad.

—¡Ciudadana! —respondio ella ksi firmes, como durante toda su vida.

—Informaré a Systema —anuncio el—. Las leyes hay que cumplirlas incluso si se desconocen. Puede continuar hasta la esquina. —La señalo el kmino.

¡Lo q faltaba! Dskrgaba su enorme enfado dando grands zankdas. Seria mejor q Sauco no apareciera x la entrada del teatro xq le propinaria una buena patada en el paladar. *¡Pero cómo va a presentarse en el teatro si está en clase de cura!*

Sigiendo la señalizacion llego hasta la plaza Mayor, y, dspues, hasta su hotel x la klle d la Convivencia, cerk dl parq dl Kmpo Grand, presidido x una estatua ddikda a la Paz Permanente y un centro d luces a base d rayos laser d infinitos colores. Cuando enfilo la entrada dl hotel creyo oir q gritaban su nombre. Escucho con atencion y, efectivamnte, algien voceaba *Helisabetta, Helisabetta*. Se jiro.

Sauco corria a 50 metros y braceaba. *¡Además, chilla por la calle! ¡Qué maleducado!* Ella le espero con la mano en la puerta y mirada d odio.

—Helisabetta, menos mal que te he encontrado. —Al llegar a su altura, Sauco se encorvo sobre sus rodillas y jadeo. Cuando volvio a incorporarse, sus ojos eran todavia + azules y le brillaba el rostro sudado—. Pensé que no te alcanzaría.

La joven no se inmuto, al mnos en apariencia. Hizo un esfuerzo supremo xa no qdarse drretida x aqlla mirada y penso lo mal q dberia oler un tipo q excretaba sudor y no estaba dpilado.

Ad+, resoplaba sin pudor y era posible q en kda boknada estuviera expeliendo 2.000.000 d bacterias, con la probabilidad d q un 0,3% fueran dañinas xa su organismo.

—¿No estabas en clase de cura? —Cuando ella misma se oyo el tono dspectivo se qdo helada. *¿Cómo ha sido posible que me saliera esa voz?*

—¿Qué? —Sauco habia oido perfectamnte pero no terminaba d creerselo.

—Además de ser maleducado y de decirme groserías, ¡eres cura!

—¿Cómo que maleducado?

—Sí, muy maleducado. —Le señalo con el indice—. Nunca te perdonaré esa humillación. No tenías derecho a humillarme. A lo mejor tú te crees que te lo sabes todo. Oh, claro, Saúco el sabelotodo, el que puede ir por la calle insultando a la gente, que puede encontrarse con una extraña y decirle que se la ven las tetas, el que está acostumbrado a destrozar a las jovenzuelas con sus miraditas. —El chico estaba perplejo y ella no paraba—. Pues conmigo te has equivocado, ¿de acuerdo? Yo no soy una de tus Ambrosías. ¡Y no sabía que los curas tenías permiso para yacer! ¡Pero, por lo que más quieras, no lo hagas ahí, en medio del patio de butacas, que es patético!

Termino y penso al instante q se habia trasladado directamnte al Neardnthal, q habia dicho cosas q no pensaba y q no qria dcir en medio d la klle. Sauco la miro con tristeza infinita. Levanto hasta la altura d ls hombros la mano en la q llevaba una bolsa, con el brazo estirado.

—No pensé que fueras así. Creo que ayer estuve con otra persona. —Helisabetta tomo aire con dificultad—. Sólo he venido a traerte esto. —Dio un paso adlante y la djo el bulto a ls pies—. Son tus zapatos… Los recogí anoche mientras te seguía. Que te vaya bien.

Se dio media vuelta y volvio x dond habia venido sin mirar atras ni una sola vez. Helisabetta se fijo en su andar y fue sintiendo q, inopinadamnte, le empezaron a temblar ls labios y q no podia articular palabra xa dcirle *Vuelve, por favor, empecemos de nuevo, perdóname, no sabía lo que te decía, estoy como loca, te amo, nunca he sentido esto antes, ven, abrázame todo el tiempo que quieras, lléname de ese sudor que debe ser maravilloso, no te vayas así…*

Dspues, ls ojos empezaron a llenarse d lagrimas y no sentia fuerzas xa enjugarse. Y sin q pudiera controlarlo, tambien comnzo a gmir, un sonido agudo q acompasaba con la expiracion x la nariz mientras intentaba controlar el tembleq d ls labios apretandolos muy fuertemnte.

Luego se llevo la mano al vientre y se doblo.

Todo su interior qria salirse x la bok en un sollozo incontrolado. Se acuclillo xa mantener el eqilibrio y consigio llevarse ls 2 manos a la cara.

Entonces, todas ls lagrimas dl universo se le juntaron en una riada acompañada x un berrinche q la parecio q iba a ser eterno.

TRACTADO Q· CUENTA DE LA ALEGRÍA DEL MI PADRE AL ENTREGARLE LA PRIMERA PAGA E DE CÓMO DEFINÍ AL MAESTRO COMO UN SIMPLE CARPINTERO

El mi padre ya vivía al lado del Pisuerga, más allá de las Tenerías, pasada la puerta del Carmen: el lugar más pobre de la ciudad. El río se deslizaba con la parsimonia de un caldo espeso una vez recogidas las aguas infectas de todos los regatos de la ciudad e de la Esgueva. Era una masa marronçeja con troncos, ramas e qualquier otra cosa flotante, desde animales muertos hasta piezas de carros viejos, pieles, ropas ò capachos de paja inservibles. En invierno, se le agarraban las nieblas e los fríos húmedos; en verano, disminuía el cauce hasta hacer de las riberas una ponçoña de barros negros, con tábanos e enormes bandadas de mosquitos, mientras las veredas se convertían en una polvareda gris asfixiante q· amontonaban el calor incluso de madrugada. La pesquera de piedras hizo de barrera hasta q· los vecinos la rompieron para q· escaparan los desperdizios malolientes.

El mi padre se gastó todos los ntros· ahorros en el primer año. No es q· quedaran en abundançia tras el ntro· viaje, pero al menos daba para un pote de puerros con lentejas e zanahorias. Lo peor fuè quando se amançebó con la mi madrastra, q· teníade aún menos bienes q· él, salvo un buen par de tetas, q· pueden más dos tetas q· los bueyes de dos carretas, e mucha lágrima, q· lo q· la mujer no logra hablando, lo logra llorando. Al comienço, los primeros meses, me usaron de correveidile e de landronçuelo para conseguir alimento, mientras ellos pasaban los días e las noches sin salir del mesmo catre. Ella quedò preñada, como no podía ser de otra manera, ansí q· una buena mañana decidió q· el q· sobraba en ese tugurio, q· no casa, era yo.

El mi padre se apiadò de mí e hizo lo único q· pudo: se vistió de capitán e pisoteó la su dignidad e honra rogando à qualquier noble q· se

cruzara en el camino q· me acogiera como esclavo ò como paje. Se arrodi-
llaba en plena calle e dezía:

(Cap). Oh, mi señor, soy capitán del ejército de Su Majestad el
emperador don Carlos primero e le ruego ampare en su casa à aqueste mi
hijo, q· es listo e buen mozo, e le servirá en todo lo q· considere de menester.

Yo le miraba con más tristeza de la q· podía albergar mi cuerpo de
nueve años, e lloraba más q· él quando él lloraba, pues siempre consideré
q· el mi padre era un héroe e q· se había pasado por la espada à tantos
traidores para con Ntra· Patria como los q· fueron capaces de acuchillar sus
aceros antes de embotarse. Pero en esos momentos lo q· se apuñalaba era
el su mesmo corazô.

No fuè fácil. Las siguientes semanas me las pasé durmiendo en las
calles e mendigando. Por las mañanas, de madrugada, acudía à la esquina
del convento del Carmen para esperarle, e hacíamos la ronda con sus ruegos,
e también con sus maldiziones al Altísimo por la su mala estrella e peor cabeça.

Ansí encontramos à la Martina, creo q· con la mesma vestimenta
de siempre, aunque no la recuerdo los olores, e se apiadò de un capitán q·
gemía apoyado en una columna de piedra de los soportales nuevos del
mecado de la Gallinería Vieja, e un chiquillo q·, à su lado, hacía lo propio.

(SñoraMa). ¿Qué ocurre?

La enlutada preguntaba más olfateando con la nariz q· abriendo los
oídos para escuchar respuesta. El mi padre respondió elevando el mentô e
dejando q· las lágrimas le cayeran à chorros.

(Cap). Nadie quiere al donçel e morirá de hambre conmigo

(SñoraMa). ¿Quál es su gracia?

(Cap). Rodrigo, señora.

(SñoraMa). ¿Puedes con el cántaro?

Me preguntó desconfiada, pensando q· sería tullido ò inútil.

(Ro). ¡E con tres désos!

Respondí con grande arrogançia.

(SñoraMa). ¡Vamos!

Me incorporé e la cogí la alcarraza, q· es vasija de los nobles, pues mantiene el agua muy más fresca q· el barro normal. À Dios gracias, sólo llevaba una, pues ni con esa podía yo: ¡no digo con tres!

(SñoraMa). En casa del señor marqués de la Poza estará unos días.

Le anunçió adusta al mi padre e no volvió à mirarle.

(SñoraMa). Si vale, allí tendrá su morada. Si no sirve, si es ladrô, lenguaraz ò marrullero, con las mismas lo devuelvo à la calle.

Me agarró de la oreja para darme la primera orden.

(SñoraMa). Arrea por Chapuceros hasta la Torrecilla. Vamos.

Miré al mi padre e me sonrió allí sentado, con el sombrero de ala ancha roto en las rodillas. Yo también le hice una mueca. Quizá hubiera sido más conveniente quedarse con pena, pero ya no cabía más à ninguno de nos. E para todo hay remedio si no es para la muerte.

La peste aparecía por las ciudades à cada poco, e Valledeolit no se libraba délla por mucha capital del Imperio q· fuera. Había segado la vida de los esclavos, los pajes, una guarda de dama e dos camareras en la casa del marqués. Él mesmo había cuidado al su servizio e para mí q·, si murió meses después, fuè del contagio e no del disgusto del traslado de la Corte à Madrid, q· es lo q· malidezían. La peste asolaba las casas de quando en vez, tanto q· no era ni novedad. Carros con cuerpos amontonados recorrían las calles para llevarlos à los cementerios e recibir cristiana sepultura sin q· ni el fraile se acercara à bendezirlos por miedo al contagio. El carretô se volcaba en una grande fosa e echaban tierra los alcalleres moriscos, cubriéndose la nariz e la boca con pañuelo para aguantar el hedor: esclavos sobre dueñas, viejos sobre niños, muertos sobre muertos.

Quando me gané la confiança del mi amo el marqués e le acompañé por la primera vez à sus taberneos e francachelas, yo muy formal e sin hacer caso de los pícaros, me gané quatro maravedís. Haz lo q· tu amo te manda, e siéntate con él à la mesa. Al día siguiente, me faltó ver la luz del sol para salir galopando à la casa del mi padre, q· si quieres tener buena fama, q· el sol no te pille en la cama. Acudí con alegría desbordada. Recorrí el camino en menos tiempo del q· sonaron las seis en el reloj de la Colegiata, à toda velocidad: más q· un caballo desbocado por un rayo.

Llamé à la puerta à sabiendas de q· si abría la madrastra me expulsaría à patadas e à pedradas. Pero à esas horas no iba à levantarse esa barragana q·, para entonçes, ya estaría tan gorda como una vaca hinchada en el cauce del río.

Abrió el mi padre con cara de haberse bebido la noche anterior todo el vino avinagrado q· le pudieron vender con los maravedís q· mendigara. Miró muy por ençima de mí esperando un señor de la su altura, quizá los justicias, e después bajo la vista hasta encontrarme. No hizo falta q· dijera nada: le enseñé la palma de la mi mano con los quatro maravedís e una sonrisa.

(Cap). ¡Ya ganaste!

Preguntó con voz ronca e adormilada.

(Ro). Ya ganamos, padre.

Corregí emocionado.

(Ro). Hoy bien puede comprarse un trozo de pan blanco e un cacho de algo.

Me miró e se apretó los labios, como una mujer poniendo puchero para llorar. Yo también me conmoví.

(Cap). Anda e cómpratelo para ti, Rodrigo. Es tuyo.

(Ro). No, padre: es de ambos. E más vale un toma q· dos te daré.

Le di dos monedas.

(Ro). Por el presente, en el momento me voy escapado, q· se van à despertar e me van à echar en falta. ¡Me tengo q· hir!

Él quedò con la mano apoyada en la parte alta de la jamba, como quando me anunçió q· salíamos de Amveres. Aún estaba allí, mirándome e con el otro puño apretado, guardando los maravedís, en el momento q· me despedí desde la esquina con un golpe de la mano e salí corriendo.

Ansí fuè cada vez q· pude. Unos días, corrí más. Otros, me costó, pues bien sabía q· si le llevaba diez maravedís, la muy guarra se los quitaba para metérselo en anises ò gastárselo en velas para alumbrar à los beodos q· se metía en el catre mientras el mi padre se emborrachaba por las noches.

Pero el día en q· el maestro me dio aquel ducado, no fui à la casa por seguido. Hice algo mejor: hijo fuiste, padre serás; como lo hiciste, ansí te harán. Me llegué à la puerta de la Merçed, al tenderete de la sñora· Inesita, siempre preñada. Compré una hogaza de pan de centeno, la rellené con manteca, pies de cerdo cocidos, mollejas guisadas, criadillas e mondongos fritos, también llamados entresijos. Muera Marta e muera harta. Mandé q· pusieran una parte por sobre la otra, pues yo teníade una mano sola, e lo metieran en un morral. Antes de llegarme à las Tenerías, aún compré una jarra fresca de vino blanco, siempre de más fama q· el tinto, e lo escondí todo en la esquina del convento del Carmen. Después, llamé al capitán e le hice aspavientos para q· se viniera hasta el botín. Según llegó, abrí el todo aquello e él sacó una navaja: ¡menudo festín q· preparamos el mi padre e yo mesmo! Quiero dezir, él sólo, pues, tras el almuerço q· me había dado el maestro con huevos, fritaganga, tozino e chorizo, poca hambre me quedaba.

Ansí q· no sólo tengo q· agradecer al maestro Berruguete su confiança e sus dineros, sino esa felicidad q· vi en los ojos del mi padre entre bocado e trago en el yantar, q· parecía q· se me derretía el hombre de lo orgulloso q· se sentía de mí. E yo, más bravo q· Santiago matamoros, ¡que le di dos tientos à la jarra de vino!

Al llegar à la casa de la marquesa, la señora Martina mandò llamarme. Me presenté con la manga del sayo colgando e temiéndome lo peor: ella no teníade por qué estar enterada del recado el maestro à la señora. Pero me salió à la estançia de recepciones blandiendo un pergamino en la mano, q· resultó ser la carta del maestro à la mi ama la marquesa.

(SñoraMa). ¡¿Cómo lo conociste?!

Preguntó airada.

(Ro). ¿A quién, sñora· Martina?

A mí, el mi susto no se me iba según se acercaba ni con el vino que había bebido.

(SñoraMa). ¿A quién va à ser? ¡Al maestro Berruguete!

(Ro). En la calle.

(SñoraMa). Haciendo ¿qué?

(Ro). Volviendo à casa, sñora· Martina. Me encargó un mandado.

(SñoraMa). ¿E por qué?

(Ro). Porque pasaba por ahí.

(Al). ¿E lo hiciste?

(Ro). Lo hice, sñora· Martina.

(SñoraMa). ¿A buen gusto del maestro?

(Ro). Eso creo.

(SñoraMa). ¿Sabes ya quién es?

(Ro). Él debe ser carpintero. E los q· le ayudan, artistas.

(SñoraMa). ¿Estás en tus cabales, rapaz?

(Ro). No creo. ¡Él mesmo los llamó artistas, sñora· Martina! ¡E él es carpintero, q· huele todo à nogal fresco e lleva espiras de madera hasta en las cejas!

(SñoraMa). ¡Ay, bobón! El maestro Berruguete es el mejor escultor q· han conocido los tiempos. Ha llenado de virtud la yglesia de Sant Benito e de obras piadosas aínas todas las parroquias de Valledeolit. ¡No sabes del honor con el q· te ha ungido Dios Ntro· Sñor·!

(Ro). Pues se lo agradezco, sñora· Martina.

(SñoraMa). ¿Quánto tiempo has de estar vendado?

(Ro). Dijo el cirujano q· de dos à tres semanas. Quizá quatro.

Mentí por ver si colaba.

(SñoraMa). Pues cuídate, q· pocos en aqueste mundo tendrán tantas atençiones como te ha brindado el maestro Berruguete.

Se guardò la carta e volvió à sus quehaceres. Nunca llegué à ver el contenido de aquel documento, pero fuè mano de Santo: me estuve veynte jornadas sin hacer nada en la casa. Fingía q· no podía mover el brazo e q· me dolía, aunque à los dos días ya me quité la venda, e me sentaba en el patio à ver cómo trajinaban los demás, q· de descansar, nadie murió jamás.

La sñora· marquesa apenas salió de la casa, e nunca después del atardecer, ansí q· pocas oportunidades teníade de sacar à pasear mi parte más taimada. En cambio, la muy lista sí q· recibía. Gentilhombres de alta alcurnia, al menos iban vestidos de nobles, llamaban con toques leves q· sólo eran atendidos por la sñora· Martina. Quando todos deberíamos estar en el cobertizo, ella les abría la puerta, la cerraba ceremoniosamente, e seguían el rastro de su olor à orines.

Lo q· hicieran en los aposentos de la mi ama, no lo sé, aunque, à poco q· la vi tres veces, me pareció q· estaba más risueña e coqueta. Si ella

230

sacaba renta de sus visitadores, tampoco puedo atestiguarlo porque en la comida q· echaba no se notó, la verdad; pero sí doy fè de q· me inventé una estratagema, pues más sabe el necio en la su casa q· el cuerdo en la ajena. Al prinçipio, para probar, nada más; después, para conseguirme un buen montonçito de monedas.

Calculé q· entre q· entraba el villano e salía, pasaba toque e medio en el reloj de la Colegiata. Quiere dezirse q· si la puerta se abría al toque de las campanas de las diez, à las de la media de las onçe ya estaba el fulano llamando al cochero ò à los silleteros, q· à pie gentil no se acercaba nadie. E si la cosa empezaba à la media de las diez, antes de desmediada la noche había salido. Lo q· se hiciera en hora e media con la mi ama no podía atestiguarlo, pues lo q· yo sabía q· el marqués hacía con una dama en sus aposentos no duraba tanto.

Yerros de amor, dignos son de perdô, pero el caso es q· un día me dio por escabullirme à poco q· sabía yo q· el tipo iba à salir. Al oír el cierre de la sñora· Martina, me acerqué al carruaje e dije, como quien no quiere la cosa:

(Ro). Soy paje de la sñora· marquesa. ¿Necesita algo más Vuestra Merçed?

El adefesio, con unas calzas de media caña de terciopelo e de color amarillo, se me quedò mirando q· se le salían los ojos.

(Ro). ¿Acompañarle à casa?... ¿Pregonar su quehacer?

Aquel hombre abrió tanto la boca q· podría haberle metido una abrazadera de atar las mulas e no lo hubiera notado. De súbito, echó mano à la faltriquera e soltó medio ducado. Yo me le quedé con el mentô alto, muy serio, sin cerrar la palma de la mano, e sacó otro medio. Me di por satisfecho e le dije:

(Ro). Pase buena noche Vuestra Merçed.

Salió como alma q· lleva el diablo. No volví à verlo por allí. À la noche siguiente hice lo mesmo, e subí el precio à ducado e medio. À la siguiente, igual, e subí à dos. Me mantuve con dos ducados hasta q· ofizialmente se me curó el porrazo. Ninguno de aquellos volvió e noté q· pasó tiempo hasta q· se acercó otro nuevo. Quizá se corrió la voz de q· la sñora· teníade un paje desvergonçado, pero à mí me daba igual q· me daba lo mesmo. ¡¿Acaso iba à preguntarme la marquesa si yo saqueaba à los sus amantes?! El amor e el interés se fueron al campo un día, pero más pudo el interés q· el amor q· le tenía.

De ahí me gané aínas veynte ducados q· escondí debajo de la torre de Sant Martín. Ya era rico.

A fuer q· se supo el mi invento porque la Martina començó à salir un paso à la puerta hasta ver q· el pretendiente se marchaba en el su coche sin q· nadie le molestara. E aunque digan q· el espantajo sólo dos días engaña à los pájaros e q· à los tres, se cagan en él, à mí se me fastidió el mi negocio.

Pero junté todos los quartos e gracias à ello le compré à mi padre un sayo nuevo, camisa con chorreras, jubón negro acuchillado, calzas de media caña de cuero de tejô, capa corta de estilo francés e una buena cuchilla para q· se afeitara. Yo estuve cinco tardes seguidas bebiéndome unas jarras de aloja bien cargada de miel e especias en la Red, sentado en un taburete e los pies sobre el de enfrente ò sobre la mesa mesma, apoyada la espalda en la pared, mientras veía à las gentes q· paseaban de la plaça Mayor à la Rinconada e de la Rinconada à la plaça Mayor. Como un principal, pensando q· à quien Dios se la diere, Sant Pedro se la bendiga. Pero ahí se me fueron los mis ahorros, q· más cuesta alimentar un vizio, q· criar dos hijos.

Acudí à la casa del maestro en quanto me quité el vendaje. Me recibió con risas, à voces e preguntándome si quería almorçar. E como no respondí q· no, me mandò à su enlutada Gloria para q· me diera un trozo de pan e un plato de alubias con oreja de cerdo. E bien buenas q· estaban.

Ulteriormente, volví à ver cómo trajinaba en la su mesa. De tan conçentrado q· estaba barnizando à un tal Isaac q· agarraba sin piedad de los pelos al su hijo, cosa q· me pareció impropia q· apareciera en la Biblia de Ntro· Sñor· Jesucristo, estuve en silençio un buen rato.

(Al). No es fácil, joven Rodrigo.

Dijo al fin.

(Ro). ¿Lo del tal Isaac ò lo suyo, maestro?

(Al). ¡Lo mío!

Rió.

(Al). ¡Qué cosas se te ocurren!

(Ro). Mi padre nunca haría eso conmigo.

Me enorgullecí.

Anduvo toqueteando con pinçeles, dando pasitos atrás, mirando con los ojos entrecerrados, volviendo à la escultura, hablando para sí…

(Al). Ha llegado el día de començar à trabajar.

(Ro). Usted dirá, maestro.

(Al). ¿Te escapaste por grande tiempo?

(Ro). Hasta la hora de cenar, por lo menos.

(Al). Entonçes, vámonos. ¡Felipe, dejo esto à secar! ¡No toquéis!
Gritó.

E me llevó hacia el pozo. Lo mesmo q· hicimos el día q· quedé en volver quando el reloj de la Colegiata diera las doze del mediodía e siempre q· fui à verle. Pero aquella fuè la vez primera: un acontecimiento.

ARCHIV1400328032999911123ZIMPRXSYSTEMWRITER
11,79MILISEGUN2TXTOMODIFIKDOPROGLITERARIOESTILO
RETROS21TRANSCRIPCIONTXTOSORIJINALESEXACTAEN
GRAMATRIKARKIKORDN45743755555533220861 1ESPAÑOL
PUROPUNTUACIONCLASIKYPALABRASSEPARADASMARKN
MINERFERROV561TAHIPERVINCULOIMAGVIRTUALAUDIO
RECUPERADOBUZONENVIODSCONOCIDO.QLARITA
RECTORA.21012101. **1ª DTENCION D HELISABETTA.**

Mas q andando, Helisabetta llego a la habitacion arrastrando trabajosamnte ls pies, como qien kmina al bord d una playa krgando piedras. Con la bolsa d ls zapatos en la mano, el brazo la colgaba arritmico, tal si no fuera suyo, y la pena q kminaba a su lado sigiera otra kdncia, aun + pausada.

Miraba ls pareds solo x klcular no chokrse, ida, sin saber exactamnte ke veia xq no qria enterarse d nada: solo dseaba q Sauco volviera y la curara ese dolor dl alma q se la habia enqistado en el vientre y no la djaba respirar.

El audiodimnsional d la pared se puso en espera antes d q ella pudiera llegar a sentarse siqiera. Miro la señal d llamada con dsdn y ni fuerzas tenia xa q ordnar la apertura. Era una comunikcion dl Systema, asi q nadie veria el aspecto ojeroso q dbia lucir en aql instante.

—Responder. —Ordno al aire. Un holograma d doctora sonriente con bata blank aparecio en el espacio.

—Helisabetta Fuencisla, Felicidad y Paz.

—Felicidad y Paz.

—Es mi deber recordarte que hace diez meses y dos semanas que no cumples con la normativa sobre homosexualidad. ¿Algún problema?

—No, ningún problema… He tenido mucho trabajo.

—Hemos comprobado también que, desde tu vuelta de las Bahamas, no cumples con rigor los quince minutos de deporte obligatorio. ¿Algún problema?

—Murió mi progenitor y no me apetece, pero, de verdad, no hay problema.

—El cuidado del cuerpo es más importante que la obsesión por trabajar. —Qda constatado q la doctora adopto la actitud d sermon amable—. Vivimos en una sociedad que pone a nuestro alcance las posibilidades de ocio y expansión de nuestros deseos más íntimos como nunca antes en la historia de la Humanidad. Millones de personas de Países Externos darían lo que fuera por contar con nuestras libertades y nuestras normas de liberación. ¿Por qué no lo aprovechas?

—Hasta ahora, he cumplido siempre.

—Claro, profesional estable Helisabetta Fuencisla, por supuesto. Es deber del Systema ayudar a una de nuestras mejores representantes que llegará, sin duda, a convertirse en una excelente rectora con posibilidades de clonación.

—Es que no me apetece yacer con mujer.

—Eso es una actitud sexista, Helisabetta Fuencisla. El rechazo homosexual es censurable.

—Bueno, no me apetece yacer con nadie.

—Con veinticuatro años, Helisabetta Fuencisla, tu falta de libido es preocupante, ¿no lo crees así?

—No. Mi progenitor murió, ¿no es lógico?

—No debería tener esas consecuencias a partir de dos semanas después. El disfrute biológico es necesario en todo momento. Además, este asunto es anterior. En las Bahamas fuiste la única en no participar en alguna yacida general previa a festivos.

—Eso no es verdad.

—Bueno, tú y tu amiga, pero ella había dado a luz un mes antes.

—Estuve con ella.

—No consta yacida con ella.

—No yacimos. Estuve con ella… hablando.

—Helisabetta Fuencisla: está demostrado que la liberación sexual del *Mundo Unido* es buena para nuestra sociedad siempre que se encuadre en las normas aprobadas por los científicos. Tu actitud parece displicente. ¿Has entrado en contacto con algún movimiento de asexuados?

—No. ¿Y qué pasaría si lo hiciera?

—Nada. La opción es permisible, pero, si das el paso, debe constar en el Systema, aunque pertenezca a la esfera privada.

—Simplemente, no tengo la cabeza para yacer… —Bajo la voz y murmuro—. Sólo para amar.

—¿Podrías repetir la última frase, por favor?

—Cosas mías…

—Muy bien, profesional estable Helisabetta Fuencisla. Mi recomendación es que busques pareja tanto *Hetero* como *Homo* para cumplir con las normas. Pasados veinte días, el Systema te re-enviará otro tipo de mensaje en caso de rebeldía. ¿Algo que añadir?

—No. *Vete a la mierda. Y no me asusta pensar* Mierda. *¿Qué me está ocurriendo?*

—Felicidad y Paz. Corto la comunicación.

—Felicidad y Paz… —espero 2 segun2— ¡Y un poquito de mierda de las mierdas del universo para todos!

Helisabetta qdo un momnto en silencio. ¿La habrian oido? ¿Dsd cuando pensaba tacos y se atrevia a pronunciar expresiones soeces? ¿Sauco era parte d ese kmbio tan radikl?

Se levanto xa darse una ducha. Aun la pesaban ls piernas dl disgusto. Aql cubiculo se convertia en asfixiante sin accionar el convertible d la pared, pero no tenia ganas d ordnar ningun paisaje. Nada en el mundo la ayudaria a qitarse esa qmazon interna.

El audiodimnsional volvio a hacer una llamada antes d djarla entrar en el baño. La joven suspiro y se jiro.

—Responder. —Un *Cuidador de la Convivencia* con gsto serio aparecio en el holograma.

—Profesional estable Helisabetta Fuencisla, Felicidad y Paz.

—Lo mismo digo.

—Es no es respuesta correcta entre desconocidos.

—Disculpas. Felicidad y Paz.

—Esta es una llamada automática del Systema general cuya grabación será vehiculada hacia la autoridad competente. Sitúese delante de la cámara en actitud de respeto. Se grabará únicamente su rostro. ¿Ha comprendido cada una de mis palabras?

—Por supuesto. *¿Será imbécil?*

—Denuncia seis seis dos uno del Centro de Cuidadores de Pincia. Menosprecio a un Cuidador de la Convivencia y palabras malsonantes. ¿Acepta la acusación?

—Sí, acepto.

—¿Es consciente de que la repetición de esa falta podría conllevar la presentación de un requerimiento para exhorto?

—Ha sido la primera vez en mi vida.

—Así consta. La Armonía se quiebra también por las primeras veces.

—Lo sé.

—Profesional estable Helisabetta Fuencisla, esta grabación será vehiculada a la autoridad competente. Si no recibe nuevas instrucciones antes de noventa minutos, la denuncia será archivada en su expediente. Comunique al Systema su localización durante ese tiempo. ¿Ha comprendido cada una de mis palabras?

—*Y si digo que No ¿me lo vas a repetir todo otra vez, gilipollas?* Por supuesto.

—Felicidad y Paz. Corto la comunicación.

Por un segundo creyo comprendr al arzobispo. Nunk se habia sentido tan dominada x el Systema. Hasta ese momnto, ls constantes comunikciones la parecian normales e, incluso, su contribucion a un mundo mejor: ls nutricionistas avisandola d ls kntidads d hidratos d krbono o d liqi2 q no habia ingrido; ls *Cecés* poniendo en su conocimiento ls normas d conducta xa ls viajes; ls pedagogos comunicandola errores convivenciales entre sus compañeros; ls enseñantes examinandola periodikmnte...

Todo el Systema estaba pendiente d ella, iwal q d ls d+, asi q la sociedad no podia funcionar mejor.

Pero, dbajo dl chorro d awa d la ducha, estaba echando d mnos la parte dl kriño. Sauco, o la *feniletaeso*, q dcia el arzobispo, se colaba x ls venas haciendo estragos en su mnte. *¿Es que el amor tiene como consecuencia la rebeldía?*

Ordno *Paisaje abstracto* y *Música vital* mientras se ventilaba en el modulo sekdor sin laser con ls brazos en cruz. Dcidio q tenia q salir d la habitacion y tomar el aire. Pero no sin rumbo.

Kminar d nuevo x Pincia xa qdarse prendada d sus gntes o d sus costumbres la revolveria aun +. Estaba segura d q si no se obligaba a una tarea, terminaria sentada en la puerta dl Teatro Klderon a esperar a aql chico q la erizaba la crin fucsia y azul en cuanto pensaba en el.

Podria bajarse a la peluqria dl hotel xa rasurarse ls laterales d la kbeza o kmbiarse el color dl pelo. O incluso afeitarse la crin q tantos años la habia costado mantener xa hacerla tan espectacular y envidiable.

Soluciones drásticas, no. O todavía no ¡A investigar!

Se vistio con ropa comoda *RetroSpá* y se miro al espejo con media sonrisa, como si asi trazara una raya entre la angustia q sentia minutos antes y el animo imprescindible xa recorrer ls pasos q diera su prognitor.

Se dirijio al giatur q ya conocia con animo d pedir en un plano la ubikcion d to2 ls conventos q habia idntifikdo con el arzobispo. A medida q pedia señalizacion x ls nombres q habia copiado en su dispositivo, ls respuestas eran ksi todas negativas: Desconocido, desconocido, desconocido se empeñaba en repetir la maqina.

La mayoria d ls nombres d santos habian sido kmbia2 x ordn d la Alianza d ls Civilizaciones.

238

—¿Convento de Santa Clara?

—Desconocido.

—¿Bernardas?

—Desconocido.

—¿Porta Coeli?

—Desconocido como tal. Antiguo convento de Porta Coeli.

Helisabetta se qdo olfateando el aire, pensando otra alternativa.

—¿Calderonas?

—Pastelería.

—¿Pastelería?

—¿Pregunta por las direcciones de todas las pastelerías de la ciudad?

—No… —Se dsespero. Ls maqinas no tenian x ke ser inteligntes—. ¿*Calderonas* es una pastelería?

—Lugar famoso por sus dulces —respondio la maqina.

—Me dijeron que era un convento de monjas.

—Guiatur no autorizado para informar sobre aspectos políticos, religiosos, raza, edad o sexo.

—Está bien. —Solto el aire x la nariz con enfado—. Dirección de *Calderonas-pastelería*.

—Calderonas-pastelería. Antiguo convento de Porta Coeli. Vía de la Conciliación número veinte. ¿Imprimir mapa?

—Afirmativo.

Abandono el lugar sin esperar a q la maqina la diera ls gracias x la utilizacion dl servicio y citara su patrocinador publicitario.

Se acerco con prisa y curiosidad xa saber ke era realmnte eso d *Calderonas*, nombre q 1° idntifico con inclasifikdas xa el disfrute biolojico q trabajaban entre ls butaks dl Teatro Klderon, q dspues fueron dfinidas como monjas y, x ultimo, como pasteleras. El mundo normal era + complikdo q el d ls biologas nutricionistas.

Y se encontro con un convento, tal y como aparecia en el plano dl arzobispo. La fachada, d ladrillo, excepto la portada adintelada q era d piedra. En medio, una hornacina hospedaba a una Virgn con Niño, y a ambos la2 y por encima habia incrusta2 duk2 d armas d piedra. Merodeo por la klle, indcisa d entrar o no, pero concluyo q si akel convento merecia un epigrafe en el archivo d su prognitor tendria q saber ke era.

Habia 2 grands puertas. La d la derecha, con 3 eskleras d acceso; la d la izqierda, con un esklon dsgastado a pie d klle. Se dcidio x ella y abrio. Una gran penumbra d frescor envolvia un olor neutro y humedo. Segun entraba con ella la luz d la klle, comprobo q la estancia no era + grand q una habitacion. En un costado habia una ventana d madera, cerrada x un lienzo. Bajo el esklon, confusa, y se acerco al hueco cerrado.

Segun miraba extrañada, oyo una voz d mujer.

—Ave María Purísima. —La joven no idntifico aqllo como un saludo.

—No... Me llamo Helisabetta. Felicidad y Paz.

—¡Ah!, estupendo —respondio la voz al otro lado d la ventana—. Gloria a Dios Nuestro Señor.

Lo q creia q era un lienzo apuntalado en el hueco jiro y mostro un espacio dond djar o recogr peqños paqtes: un torno.

—¿Es esto una pastelería?

—Bueno... No es una pastelería pero la Ley de la Armonización prohíbe identificarlo como lo que es.

—¿Y qué es?

—¿Es usted de aquí?

—No. Soy una profesional estable de Norba Caesarina, bióloga nutricionista.

—¡Alabado sea Dios! Esto es un convento de religiosas.

—¿Y hace mucho tiempo que lo es?

—Fundado a mediados del siglo dieciséis y tomado a su cargo por don Rodrigo Calderón cincuenta años después. ¿Le parece mucho tiempo?

—Sí. Ese Rodrigo Calderón ¿era también el dueño del teatro de su mismo nombre?

Dl otro lado dl torno se oyo una krkjada.

—Oiga, Helisabetta, ¿es esto un concurso de idioteces para la televisión audiodimensional?

—Oh, no, disculpe. —Alli se dcian palabras malsonantes sin proble+.

—Que sepa que nosotras no vemos hologramas, ni nada parecido. Somos monjas de clausura. Hacemos dulces para poder subsistir, pero cada día viene menos gente a comprar.

—¿Por qué?

—Parece que la Normativa de Alimentación Sana prohíbe la leche, los huevos y el azúcar.

—¡Claro!

—¡Cómo que claro!

—¡Soy nutricionista, ya se lo he dicho!

—Entonces, ¿venía o no venía a comprar magdalenas? —se la noto un tonillo hosco.

—No. A eso, no. —A su prognitor le gustaban ls galletitas pikntes, no ls dulces d leche y huevo.

—¿Es inspectora del Systema?

—Tampoco.

—En ese caso, ¡Ave María Purísima! Tenemos muchas cosas que hacer. —Jiro nuevamnte el torno y reaparecio el lienzo d madera. Helisabetta no se atrevio a respondr Felicidad y Paz.

Salio a la klle y dudo si abrir o no la otra puerta, la d ls 3 esklones. Dcidio q si ya habia molestado a una monja, podria hacerlo con otras. Al empujar x el gozne d hierro, esperaba encontrarse con una habitacion similar a la anterior, pero no fue asi: entro en una majestuosa iglesia, iluminada con laseres indirectos amarillos y blancos.

Sobrecojida x el silencio y un ambiente q no podria dscribir, similar al d ls profundidads d ls mares, kmino dspacio hasta el centro dl templo, djando bancos corri2, brillantes, a un lado y a otro. Tenia + sentido q su prognitor se entretuviera viendo ese tipo d edificios q ls tuneles d la Esgeva.

241

Helisabetta podia contemplar frente a ella un magnifico retablo d marmol d colores. A su derecha, sobre un altillo, + grands q el tamaño natural, podia observar a un hombre y una mujer d rodillas y orando, tambien d marmol; y a la izqierda, ls mismos... O ksi. Precían + ancianos, pero la disposicion, similar.

Continuo acercandose al Sagrario. Observo en un lateral unas rejas negras, dobles xa hacer ls huecos + peqños. *¿Una vieja cárcel en una iglesia?*

Se sento en la 1ª bankda frente al altar, vestido con un paño blanco y un gran cirio encendido a su derecha. Admiro la disposicion gometrik d ls figuras y ls cuadros. X encima d todo ello, en lo + alto, una crucifixion con la Virgn y San Juan a ls pies dl Cristo.

En el centro, una gran pintura con la Anunciacion d la Virgn. A derecha e izqierda, esculturas d Santo Domingo, San Raimundo d Peñafort, Santa Ktalina d Siena y La Beata Bienvenida d Austria; en el llamado banco, otros cuadros d La Visitacion y La Inmaculada.

En el atico, la Anunciacion y el Nacimiento d la Virgn. La simbolojia dl pintor Oracio Borghianni era incomprensible xa Helisabetta y estaba convencida d q ls hologramas no iban a ayudarla mucho.

¿Ke hacer alli?, era la pregunta. ¿Ke vio su prognitor q ella no alknzaba a adivinar? Si en el retablo d la iglesia d Santiago d Norba Caesarina el truco estaba en la virgn q no podia alknzar sin andamio, ¿pasaria aqui lo mismo?

Dcidio esklar x el retablo. *Sí: el secreto estará allá arriba.* Era una locura, pero esa ciudad la estaba arrastrando hasta cotas inalknzables d dmncia.

Se cercioro d q no habia nadie y midio ls pasos a dar. Si ls esculturas estaban bien ancladas, no parecia dificil subir trepando x ellas. Klculo 12 movimientos, d ls cuales solo 1 parecia arriesgado.

Memorizo la esklada como ls recovecos d ls fon2 marinos y comnzo la funcion: apoyandose en ls repisas, agarrandose dond veia huecos y cornisas, avanzo metro a metro hasta situarse junto al San Juan dl bajorrelieve, bien agarrada a el.

Escudriño lo q tenia cerk y lejos; palpo con la mano ls espacios, imajino oqdads ocultas xa escondr claves... Alli no habia nada q ver.

Un grito la asusto y a punto estuvo d soltarse y caer al vacio.

—¡Por todos los santos! —exclamo una voz q Helisabetta idntifico como la q habia hablado al otro lado dl torno—. ¿Pero qué hace usted?

La joven jiro el cuello y vio a una monja, toda d negro, con ls manos entrelazadas a la altura d su cuello.

—Ahora… ahora no sé cómo bajar —dijo Helisabetta con apuro, agarrada como podia al marmol.

—¿Pero cómo se le ha ocurrido este ultraje?

—Verá… No es eso…

—¡Alabado sea Dios! ¡Hermana superiora, hermana superiora! —La monja gritaba con toda su alma sin djar d mirar a Helisabetta. Estaba tan eskndalizada como asustada.

Helisabetta busco el modo d bajar. Miro xa encontrar ls lugares q habia pisado y x dond se habia agarrado, pero dsd dond estaba el dscenso parecia imposible.

—Necesito… ayuda... —El sudor d ls manos comnzaba a dsasirla dl bajorrelieve, resbalandose milimetro a milimetro—. Me voy a caer.

—¡Hermana superiora! —grito d nuevo el alma asustada y vestida d negro.

2 monjas + acudieron a ls reclamos histericos d su hermana. Ls 3 se qdaron asombradas y no articularon palabra.

—Es… que… me… caigo… —advirtio Helisabetta.

—Pero ¿cómo se ha subido ahí? —pregunto incredula la madre superiora.

—Luego… se… lo… explico. ¡Si no me mato!

—Sor Garrido, avise al Centro de Cuidadores; sor Herminia, vaya a pedir a sor Olga la escalera grande que usan para limpiar. ¡Aguante!

—No voy a poder mucho tiempo…

Adriano Bayarri llego a la conclusion d q perderia para siempre la formula d la *Tinta Invisible*. La excusa q repitio Bartolome Fuencisla a su ayudante era simple: *Si el emperador le prohibió a Berruguete que la diera al mundo, no seré yo.* Y dspues citaba algo q no aparecio en ningun archivo: *Para el bien, úsese la tinta; para el mal, no desvelen este enigma.*

Se refujio en ls archivos sobre Krlos 1 y abrio el informe q tenia entre sus manos:

—*Yo te digo, mi Señor Jayr Al-Din, que si yo hubiera de pelear con hombres, que no huyera; mas no me pareció cordura toparme con Satanás, y por eso me quise guardar para mejor tiempo.*

—*Esperábamos luchar contra cristianos, Sinán, no contra fantasmas.*

La cronik d Fray Gonzalo d Illesks fue la pista q le puso en el kmino:

El emperador Carlos primero, por espantar a sus enemigos y defender la causa común de la Cristiandad, comenzó a ponerse a punto para la jornada de Túnez, porque sabía que Barbarroja ponía la orden muy grande armada para ir sobre Nápoles, o lo menos apoderarse de Sicilia. Era esta guerra que el Emperador comenzaba honestísima y de muy buen sonido, porque en ellas se habían de asegurar las costas a la Cristiandad: cumplía mucho Su Majestad con esta tan santa y pía jornada con su reputación y fama de cristianísimo y celoso de la honra de la fe católica.

El papa Paulo, cuando supo la determinación de Su Majestad, alabó mucho su santo celo, y ofrecióse de ayudarle con doce galeras armadas a su costa. Mandó Su Majestad aparejar con toda brevedad, así en España como en Italia, todas las cosas necesarias para la guerra; y cuando supo que ya estaba todo a punto, partióse de Castilla para la ciudad de Barcelona. Contaba con una arma secreta: soldados, cañones y morteros invisibles a la vista humana, que no a la de Dios.

Los señores y repúblicas de Italia todos acudieron con sus socorros, teniéndose por seguros de sus cosas con ver que la guerra se hacía contra infieles. Solos los venecianos se estuvieron quedos, porque no osaron quebrantar la tregua que tenían con Solimán treinta años había, desde que se capituló la paz con Bayaceto.

Estaba en Barcelona el príncipe Doria con treinta galeras, y la una dellas de cuarenta remos, la más hermosa y bien artillada, y entoldada de paños ricos, que jamás se vio, para que en ella pasase la persona de Su Majestad: los galeotes que remaban en ella iban vestidos de raso, y los soldados de seda y de recamados muy costosos.

Envió el Pontífice, por honrarle, al príncipe Duna un breve lleno de favores, y un estoque bendito, con la empuñadura sembrada de piedras de inestimable valor, la vaina esmaltada y las guarniciones de oro, con un riquísimo cinto de lo mismo, y un bonete de felpa con muy muchas perlas; que todas éstas son insignias que los pontífices suelen enviarlas a los grandes príncipes cuando comienzan alguna guerra de propósito contra infieles.

El marqués del Vasto, por orden de Su Majestad, puso en Génova todas las compañías de gente española, italianos y tudescos, de que él era capitán general. Con Antonio de Leiba mandó el César que quedasen en Italia los soldados viejos que le pareció que bastaban. Escribiéronse cinco mil italianos más de los ordinarios, cuyos capitanes fueron el conde de Sarno, Federico Carrecto y Augustino Espínola.

De Alemania trajo Maximiliano Eberstenio hasta ocho mil tudescos, con los cuales y con la demás gente partió el marqués de Génova en doce galeras de Antonio Doria y en otros treinta navíos de carga. Sigió la vía de Sicilia para recoger de camino las galeras del Papa y las de Nápoles.

Tomó puesto en Civita Vieja, adonde el papa Paulo le estaba esperando para ver la gente y echarles a todos la bendición. Allí dio de su mano el Pontífice con las ceremonias acostumbradas, a Virginio Ursino las insignias de capitán general.

Partióse el Marqués con Virginio para Nápoles, adonde el virey don Pedro de Toledo, marqués de Villafranca, y los príncipes de

Salerno y Bisignano, Espineto, Garrufa y Hernando Alarcón tenían puestas en orden cada sendas galeras armadas a su costa, y otras siete, sin éstas, a costa de todo el reino; con todas se fueron al puerto de Palermo, en Sicilia.

El Emperador tenía juntos ya en Barcelona ocho mil infantes y setecientos caballos de sus guardias ordinarias, que, conforme a la costumbre antigua, se pagan en estos reinos para su seguridad, sin otros algunos con que sirvieron los señores de Castilla. Estaban ansimesmo con Su Majestad otros muchos señores y caballeros, que no quisieron quedar ellos holgando y en sus casas, viendo ir a su rey en una demanda tan justa.

Destos eran los duques de Alba y Nájera, el conde de Benavente, el marqués de Agilar, el conde de Niebla, don Luis de Ávila, don Fadrique de Toledo, comendador mayor de Alcántara, y don Fadrique de Acuña, que después fue conde de Buendía, y otras muchas personas de calidad. Vino también allí el infante don Luis de Portugal, hermano de la Emperatriz nuestra señora, con veinte y cinco carabelas y con un galeno, el mayor y más bien armado que hasta entonces se había visto en la mar: en estas carabelas iban hasta dos mil infantes.

Estaban también con Su Majestad sesenta navíos gruesos de Flandes, con mucha gente y con remeros de los condenados por justicia, para suplir las galeras si alguno faltase.

Partieron casi a un tiempo Su Majestad de Barcelona y el marqués del Vasto de Palermo, y viniéronse a juntar en el puerto de Cáller, en Cerdeña. Allí se esperó hasta que llegasen las galeras de España; y como llegaron, luego el Emperador se dio a la vela, y fue a tomar puerto en Útica, ciudad de Berbería.

En la entrada deste puerto encalló la galera capitana, donde iba la persona imperial, y no dejó de correr algún peligro; pero acudió de presto el príncipe Doria, y hizo cargar toda la gente al borde, y con esto vino a tomar agua y salió adelante. No dejó de dar a todos cuidado este caso, porque sabían que el rey don Filipe, su padre del César, se había visto en otro semejante inconveniente en los bancos Flandes, viniendo a España.

Salióse presto Su Majestad de Útica, y fuese a poner a vista de Túnez, adonde estaba el corsario Barbarroja, el cual quedó atónito de ver tanta multitud de velas, que pasaban, entre grandes y pequeñas, de más de setecientas; pero lo que más espanto le puso fue saber que venía allí el Emperador en persona; cosa que nunca él pensó que fuera posible; y porque Aloisio Presenda, cautivo genovés, le había dicho que el Emperador no había de ir con la armada, sino sólo Andrea Doria, y no con tanto aparato como allí había, mandóle luego cortar la cabeza, diciendo que le había engañado.

Llamó a consejo sus capitanes: díjoles que no había qué temer, pues el tiempo era tan caluroso, la tierra herviente y arenosa, y los enemigos no acostumbrados a tan excesivos calores; y que si la guerra duraba, necesariamente, pues eran tantos, los habían de faltar mantenimientos; que todo el negocio consistía en defender La Goleta, por ser aquélla la principal fuerza de la ciudad y aun del reino.

Diéronle todos muy buena respuesta, prometiéndole de morir o defender La Goleta. Estaban con Barbarroja tres o cuatro famosos corsarios; los principales eran, Sinán, judío; Haydino Cachadiablo, Saleco y Tabaques.

Su Majestad, que no quería gastar el tiempo en cosas de poca importancia, como vio que los suyos estaban contentos y con buena gana de pelear, determinó dar una batería fuerte a La Goleta, temiendo no los viniese a los cercados algún socorro, o recreciese en los suyos alguna enfermedad, porque de día hacía excesivos calores, y de noche frijidísimas rociadas.

Batióse La Goleta por mar y por tierra con grandísima furia, en doce días del mes de julio del año de mil quinientos treinta y cinco. Duró la batería donde la mañana hasta pasado mediodía; parecía que se hundía el cielo y la tierra, tanto, que del gran ruido se alteró la mar, que parecía estaba en tormenta: pusieron por tierra una torre con sus barbacanas; todas las troneras donde los turcos tenían su artillería vinieron el suelo con los mesmos artilleros, y quedó tan abierto el muro, que fácilmente se pudo dar el asalto.

Cuando hubieron de arremeter salió delante un fraile con un crucifijo en las manos, animando a los soldados a la pelea, y lo mesmo hacia Su Majestad, que andaba de uno en otro, esforzando a todos.

Fue tan animoso el acometimiento, que Sinán y los suyos no osaron esperar, y se salieron huyendo por una puerta trasera, y se fueron a meter en la ciudad. Ganóse con esto fácilmente la Goleta, y juntamente se ganaron casi todas las galeras de Barbarroja, que las había él sacado y puesto en seco.

Fue increíble el contentamiento del Emperador cuando vio que al tirano se le habían quitado los instrumentos de sus latrocinios; y por el contrario, quedó desesperadísimo Barbarroja de veras de galeras, dijo a Sinán muchas palabras injuriosas porque se había venido huyendo, y respondióle con mucha paciencia:

«Yo te digo, Señor, que si yo hubiera de pelear con hombres, que no huyera; mas no me pareció cordura toparme con Satanás, y por eso me quise guardar para mejor tiempo».

Con esto se asosegó Barbarroja un poco, y comenzó a dar orden en aparejar todas las cosas necesarias para sufrir el cerco que esperaba. (HIPERVINCULOLINKHISTORIACARLOSIYBARBARROYLLES-CAS23645)

Si ls *Países Externos* habian conseguido la formula q drroto a Barbarroja, ¿cuanto tiempo podria estar seguro el *Mundo Unido*?

—¡Coñostiasder! ¿Pero es que todos los de su familia están locos? ¿Les pasa algo en la azotea? —El jefe superior d ls *Cuidadores de la Convivencia* d Pincia gritaba a Helisabetta en sus mismas narices, soltandole lo q ella imajino como unos 2 millones d bacterias, el 0,3% perjudiciales xa su organismo, envueltas en un monton d particulas salivosas: o sea, babas—. ¿Les mandan especialmente desde Galportu Extrema para joder, o les sale a ustedes espontáneamente?

Esposada a la silla x ls d2 pulgares con dolorosas cintas d plasticacero e inmovilizado el cuello con un collarin d seguridad cortante, la joven soportaba ls gritos sin podrse mover.

Ls d2 pulgares d kda mano estaban sujetos en unas kvidads q median ls reacciones qimiks y fisiks d su cuerpo. Solo cerraba ls ojos d vez en cuando xa amortiwar el vendaval. Pero si aql tipo creia q se iba a echar a llorar, estaba muy eqivokdo: una profesional estable no expone nunk sus emociones y, ad+, conocia sus derechos.

El modo d dirijirse a ella rozaba, si akso no entraba d lleno, la tortura.

—Tengo derecho a un defensor. —Susurro obviando el *Joder*.

—¡Y una mierda! —La grito a la cara—. ¿Pero qué buscan? ¿Qué buscan? —La joven se mantuvo en silencio—. ¡La pregunto que qué buscan!

—Nada. —Excuso el Mierda, aunq 2 dius uñes lo hubiera reprochado sin piedad.

—¿Y para *Nada* se suben ustedes a las cosas? ¿Qué es eso? ¿Qué significa *Nada* para ustedes? ¿Lo tienen de deporte nacional en su país? —El jefe superior solto ls manos d ls reposabrazos d la silla y se incorporo. Ls 3 Cecés q asistian al interrogatorio inspiraron profundamnte cuando ls echo la vista encima y miraron d reojo a cualqier parte xa q no se cruzaran ls miradas. X si akso.

La responsable d Vijilancia Electronik entro en la sala ajitando un xtic en la mano. El jefe se volvio d nuevo hacia la joven y la señalo dsd lejos.

—Esto no va a quedar así.

—No hay cómplices. Llegó sola. —Informo la mujer—. ¿Quiere ver la grabación?

—¡No! ¡*No me interrumpa!* —Se dirijio d nuevo a la chik—. Ustedes están tramando algo. —La observaba con enfado absoluto, dando vueltas como ls tiburones y sin perdrla la vista.

—Sola y sin plan premeditado —insistio la responsable policial, q reclamaba algo d atencion xa ella—. Merodeó, husmeó, entró en una de las puertas y luego en la otra. No se comunicó con nadie. ¿No quiere ver la grabación?

—He dicho que no quiero ver nada. Para ver lo que tengo que ver la tengo aquí de frente a la modernilla esta con crin de caballo colorada… O azul… O no sé de cuántos colores. —Sono lo suficientemnte dspectivo xa provokr indignacion en la joven.

—No tiene derecho a insultarme —se atrevio a dcir Helisabetta con frialdad.

El jefe superior se acerco nuevamnte a ella d forma violenta. Volvio a apoyarse en ls mangos d la silla y pego nariz con nariz.

—Repíteme eso, niñata de mierda. ¿Que no tengo derecho a qué, gilipuertasmamona?

—Exactamente, a comportarse de ese modo —mascullo ella—. Quiero un defensor. Tengo derecho.

—Tienes derecho a lo que a mí me dé la gana, repelente profesional estable.

—Tengo derecho a que todo lo que se diga aquí sea grabado por el Systema. Soy profesional estable. Pido grabación del Systema.

El jefe superior a punto estuvo d darla una bofetada, pero la responsable d la Vijilancia Electronik reprimio su gsto llamandole la atencion:

—Si quiere grabación, tendrá grabación, señor.

—¡Apretadla el collarín! —espeto el jefe segun la daba la espalda —¡Grabación de Systema! —grito.

Helisabetta sintio q ls *Cecés* la estiraban el cuello con bastante dolor. Sin la fuerza fisik, ls dlincuentes se sentian normalmnte + fuertes q ls autoridads, pues sabian recorrer ls recovecos d ls normativas con mayor facilidad d q ls *Cuidadores de la Convivencia*.

Inflijir sufrimiento estaba permitido durante un tiempo y hasta un limite si se habia probado un hecho dlictivo con violencia o si se considraba estrictamnte necesario xa imponer la autoridad.

Ella protesto:

—No les he faltado al respeto.

—Sí lo ha hecho. —Replico el.

—Esto vulnera la transaccional del artículo 40 de la Ley de Respeto Mutuo, referido al trato con delincuentes arrepentidos.

—¡Usted no se ha arrepentido!

—Sí. Me arrepiento. Systema de grabación: abrir archivo. ¡Me arrepiento!

—Dolor soportable a un treinta y cinco por ciento —informo el ordnador.

—Aún te quedan diez puntos —resoplo el jefe con tono d reto.

El subdirector dl Centro entro en la sala mirandola con dsprecio. Preveia q el mismo dlito cometido x padre e hija era producto d un plan elaborado. Contemplo la escena e intuyo q el jefe estaba perdiendo ls nervios.

—Arrepentimiento insincero —notifico la voz.

—Encima, eso. Utilización de fuerza física y conminación moral, permitida —concluyo el jefe y se sento.

—Historial cargado —dijo el subdirector.

—Abrir historial reservado de Helisabetta Fuencisla —ordno el jefe.

La pantalla se lleno con la fotografia d la joven q el Systema habia kpturado solo unas horas antes, cuando la recrimino la dnuncia dl *Cecé* d Pincia, y fue escribiendo sobre ella ls datos d su vida mientras una voz neutra ls repasaba: *Helisabetta Fuenciscla, nacida en Norba Caesarina. Mujer sexuada reconocida. Veinticuatro años. Hija de Bartolomé y Dolores Fuencisla, mudables. Sin pareja coexistencial. Profesional estable, bióloga marina, experta en nutrición. Ciento treinta de capacidad sobre ciento diez. Estudios en la Casa de la Convivencia de Norba Caesarina y un año en Tiphis. Internado. Máxima puntuación. Seis emebeas en las Bahamas y crédito de reconocimiento. Calificación sobreapta por todos los comités del Opcionalismo. Setenta y ocho por ciento de votos afirmativos a las leyes de Armonización. Comprobada defensora de los paradigmas del Efepecé. Ochenta y dos créditos. Un exhorto por contravenir la Ley de Armonización amparando postulados morales. Amenaza de sanción por contravenir las normativas de Liberación Sexual y Conducta Antisexista. Una denuncia por el Centro de Cuidadores de la Convivencia de Pincia por menosprecio a una autoridad y palabras malsonantes, aceptada y aún sin calificar.*

Silencio absoluto en la sala.

Ninguno d ls presentes podria presentar ese curriculo.

El q + creditos tenia, eran 33, y el q mnos exhortos, 8.

—¡Quítenla el collarín! —sentencio el jefe resoplando x la nariz y buskndo alguna respuesta x ciencia infusa.

Helisabetta no dmostro alivio ni agradcimiento cuando djo d sentir dolor.

—¿Qué pasa? —pregunto el subdirector con mala cara—. ¿Que ha venido a Pincia para comprobar si podía reírse de nosotros?

—No —respondio ella todo lo sek q pudo.

—Su conducta es intolerable —remato. Ella wardo silencio y no le miro a la cara.

—Dolor soportable al nueve por ciento —informo el ordnador.

—Quítenla los plásticos pulgares —mando el jefe y qdo reflexionando con la vista perdida en algun punto dl suelo.

—¿Vas a explicarnos que hacías subida al retablo de la iglesia de las *Calderonas*? —El subdirector se plato frente a ella, pero ella mantuvo su mirada al frente y no djo q adivinaran ke sentia o ke pensaba.

—Me pareció que podía encontrar algo... pero no había nada.

—¿Algo?

—Mi padre dejó escrito un archivo llamado *Pincia Calderonas* y se me ocurrió que el retablo contendría algún secreto.

—¿Tú te crees que nos vamos a creer esa historia?

—Es la verdad.

—Reacción química positiva —informo el ordnador.

—¿Quiere decirse que estás loca?

—No lo creo.

—Reacción química positiva —repitio la voz—. Tensión arterial estable.

—¿A tu padre y a ti os da por subir a los altos y bajar a las alcantarillas?

—No creo que a mi progenitor le diera por trepar a los retablos como yo.

—Ritmo cardíaco acelerado al dieciocho por ciento.

—¡A los tejados! —sorprendio el subdirector.

—Eso... no es verdad. —Le miro a ls ojos, x 1ª vez.

—Ritmo cardíaco acelerado al cuarenta por ciento. Tensión arterial inestable. Reacción química positiva...

—¡Oh, parad ya ese aparato, coñostiasder! ¡Es insoportable! —bramo el jefe superior. Se dirijio dspues a la joven con voz klmada—. Puede usted sacar los dedos del medidor.

Helisabetta obedcio.

Cerro y abrio ls puños unas cuantas veces y le miro agradcida.

—¿Cómo es posible que una mujer con su currículo haya hecho esa gamberrada? —El jefe superior ya no estaba enfadado. Qria entendr lo q estaba pasando.

—No era una gamberrada, señor.

—¡Si le parece poco!

—No he dañado nada.

—Podía haber destrozado unos cuantos siglos de historia.

—No lo preví así.

El jefe superior miro uno a uno a to2 ls presentes. Dirijiendose a ls 3 *Cecé*, ls comunico q podian abandonar la sala. Luego, pregunto a Helisabetta:

—¿Quiere mantener la grabación del Systema?

—Prefiero que la acusación quede grabada, sí.

—No haré ninguna acusación. Más que una denuncia, parece que usted merece un azote en el culo, como antiguamente. —Sonrio y ella tambien. El subdirector expreso con el gsto su dsacuerdo y molesto se sento en una silla a contemplar la sesion.

—Entonces...

—Apagar Systema. —El jefe se levanto d su asiento y hablo paseando—. ¿Por qué se ha puesto nerviosa cuando hemos hablado de su padre?

—Llegué a querer mucho a mi progenitor. Ya sé que no es un sentimiento prohibido, pero no puedo controlar las emociones en ese punto tal y como se exige a las profesionales estables. Por eso se me notó. Pido disculpas.

—¡No tiene que pedir perdón por eso!

—Me ha parecido...

—¿No sabe usted que su padre, su progenitor como usted se empeña en llamarle, sí que escalaba tejados?

—No puede ser. —Se asombro—. Estaba en buena forma, pero no creo que un tejado...

—Sí, al mismo retablo que usted y a un tejado.

—Sabía que fue detenido por salir de un túnel en el Teatro Calderón. Eso sí lo sabía. Supongo que utilizó alguna bombona de oxígeno de las mías.

—¿Por qué lo sabía?

—Me lo dijo Saúco —¡Otra vez no podia evitar dcir su nombre! Se entristecio subitamnte.

Si se hubiera mantenido conectada al medidor, la voz hubiera proclamado algo asi como *Tensión arterial muy inestable y ritmo cardíaco a dos mil por ciento. Alma, destrozada por gran idiotez.*

—¿Conoce a Saúco?

—Lo vi en el teatro.

—Buena pieza, aunque a veces…

—Sí... Digo, sí lo conozco. Entré en el teatro porque uno de los epígrafes decía *Pincia Teatro Calderón* y quise saber a qué se refería. Busqué la dirección en un guiatur. Supongo que estará archivado. Tampoco lo tenía planificado —observo a la jefe d Vijilancia Electronik.

—¡Systema! —ahueco la voz—. Historial delictivo de Bartolomé Fuencisla en Pincia. No leer.

Al iwal q habia ocurrido con ella, la fotografia d su padre aparecio en la pantalla y, sobre ella, ls datos d ls dtenciones: 29 d diciembre d 2060, 8.15 d la tard, en el escenario dl Teatro Klderon cuando estaban a mitad d representacion d una obra d *Retrojazz*; el 31 d enero d 2061, 12 dl mediodia, subido en el retablo mayor dl convento d Porta Coeli; el 26 d febrero d 2061, 10 d la noche, saliendo dl alkntarillado d la klle Constitucion; el 12 d marzo d 2061, 7 d la mañana, intentando sumerjirse en el estanq dl Kmpo Grand, y el 6 d abril d 2061, 2 d la madrugada, subido en el alminar d la mezqita d Ulit.

—¿Eso es de mi progenitor? —Helisabetta se levanto y se acerco a la pantalla, como si viendolo dsd + cerk fuera + creible.

Miro dspues al jefe superior con espanto.

—Sí. Cinco detenciones. A cada cual más absurda, he de decir.

Una secretaria abrio la puerta d la sala e hizo un gsto al subdirector. Se incorporo y salieron ls dos.

—¿Y qué significa todo eso?

—No lo sabemos. Finalmente, murió en la procesión mundial atado a un arado. ¿A usted tampoco se le ocurre nada?

—Nada. —Repaso el listado—. ¿Podría imprimírmelo?

—Memorícelo. Lo cierto que a los dos se les ocurrió subirse al retablo del Porta Coeli y los dos fueron al Calderón. ¿De verdad que no sabe por qué?

—Se lo aseguro.

—Él decía que buscaba *Tinta invisible*.

—¡Yo también! Al menos, yo he venido a Pincia por si podía resolver ese misterio. Pero no tengo pistas.

—Me está mintiendo.

—No puedo demostrarle que no sin el medidor.

—La creeré. —El jefe superior volvio a sentarse—. Apagar Systema. Vuelva a su silla, señorita. En este punto he de pedirle disculpas por el trato que la dispensé al principio. Creí que podía incluirla en comportamiento de ciudadana delictiva pero veo que tengo difícil incluso denominarla extravagante, pues supongo que cabe encuadrarla mejor en locura. No voy a presentar denuncia contra usted...

—Se lo agradezco.

—¿Qué es eso de *Menosprecio a una autoridad* de Pincia?

—Bueno... Me encontré con un *Cecé* yendo por dirección prohibida y... estaba malhumorada. Es la primera vez, señor.

—¿Cuánto tiempo lleva por aquí?

—Dos días.

—¡Ah! En dos días está siendo capaz de hacer trizas su currículo... ¿Y piensa quedarse mucho más?

—Querría llegar a saber si mi padre murió por las ataduras o fue asesinado.

—¿Asesinado? ¡No diga bobadas! —A esas alturas, *Bobadas* ya era una palabra xa ni fijarse en ella.

—Si sospechara de algo, se lo diría.

El subdirector entro con brusqdad y se dirijio a la joven.

—¡Tengo que ordenarla que permanezca conectada permanentemente con este Centro y nos comunique cada paso en Pincia!

—¿Por la denuncia del Cecé? —protesto ella—. ¿Ya ha sido calificada?

—¡Usted, aténgase a las órdenes?

—¿Y eso? —pregunto el jefe superior.

—Disposición del Systema.

—¿Y no cree que antes de dar esa orden debería de habérmela consultado a mí?

El subdirector se qdo d una pieza.

Ciertamnte, habia cometido un peqño error, pero el jefe le estaba djando en ridiculo dlante d una dtenida.

—Quizá podemos hablarlo a solas.

—Así tendrá que ser porque esta joven queda en libertad y sin denuncia por nuestra parte. Muy al contrario, con manifestación expresa de nuestras disculpas por el trato recibido en algún momento de esta sesión.

—¡Pero tiene que estar conectada!

—Eso lo decidiré despúes. Salgamos, señorita.

Se levantaron, xa pasmo dl subdirector q qdaba en muy mala posicion. El mismo jefe la acompaño x el pasillo hasta recogr sus pertenencias. Una vez q comprobo q estaba todo y q su dispositivo movil no habia sido manipulado, uno frente a otro inclinaron levemnte ls torsos hacia dlante en señal d dspedida formal.

Ella le sonrio.

Segun salia, una secretaria le dijo al Jefe superior *Señor Retal, tiene a don Saúco en el* audiodimnsional, y Helisabetta refunfuño pensando si no habia + nombres en la tierra.

TRACTADO Q· CUENTA DE QUÉ MANERAS LIBRAMOS DE LA YNQUISICIÔ AL MAESTRO POMPEYO LEONI E FUÈ APODADO EL TROCADO POR UNA BARRAGANA

Tras pagar los impuestos e acudir à la clase de scriptura, me llegué à la casa del maestro de un carrerô, q· más de uno creyó q· salía huyendo de algún hurto e quiso echarme mano, pero anduve listo. La última campanada de las doce había dado hacía rato, pero es q· el doctor Zúñiga se empeñó en q· dejáramos bien limpias las tablillas de pino recubiertas de tripa fina de lechô en las q· ensayábamos ntras· torpes primeras letras con pluma de pavo real e tinta tan aguada q· en quanto secaba ya ni se veía. Yo ya aínas sabía leer de corrido e en tres semanas más acabaríamos de escribirnos el alfabeto entero, pero después era cosa de acordarse de cómo escribir cada letra e saberlas juntar para formar las palabras. Nada fácil.

Jadeando, abrí el portô con la esperança de encontrármelo con la cabeça de la Virgen ya hueca, pero, para mi sorpresa, estaban los quatro ofiziales sentados alrededor del tablero, cada qual con su búcaro de vino, mientras los aprendizes e esclavos se afanaban con las maderas. El maestro debería encontrarse à siete mil leguas de allí, q·, de lo contrario, no se atreverían à holgazanear de ese modo.

(Ro). ¿No está?

Pregunté lo obvio. Ellos asintieron sonriendo e uno levantó su jarro, como diciendo ¡¿Te crees q· beberíamos ansí con él rondando por aquí?! Respondió Genaro, el más mayor.

(Ge). Marchó à la Ynquisiciô ò à la Chançillería.

(Ro). ¿Pues?

(Ge). Vinieron con el recado de q· la Santa Ynquisiciô ha apresado à Maese Pompeyo Leoni por propagar ideas luteranas. Fuè à defenderlo.

(Fe). ¡O à hundirlo!

Apostilló Felipe e rieron.

(Ro). Mala cosa.

Pensé en alto.

(Fe). Al maestro le gustan los follones.

(Ro). Pero deberá andarse con cuidado, q· tantas veces va el cántaro a la fuente, q· quiebra el asa ò la frente.

Se miraron los quatro e elevaron los jarros.

(Todos). ¡Por el Maestro Berruguete!

Y bebieron, q· el trabajo sin reposo, convierte al hombre en un soso.

Me encaminé hasta la Chançillería por si podía ayudar en algo. Ò, al menos, para ver lo q· ocurría, q· ya digo q· la mi curiosidad fuè siempre mayor q· la mi sensatez. El cielo se había encapotado de repente e amenazaba tormenta de verano, q· quando el sol se pone à cubierto, ò lluvia ò viento. Las golondrinas volaban bajo, las palomas habían buscado cobijo en los huecos de los tejados e había un intenso olor à tierra mojada. En poco más de una hora, por ventura q· andaría yo calado. Indudable.

La Santa Ynquisiciô era dueña de ntras· vidas. Al menos, de las vidas de los importantes, q· à mí ni me iban à apresar ni me iban à santificar, salvo q· les faltara algún condenado de camino à la hoguera e echaran mano de quien hubiera cerca viendo pasar la procesiô. Q· ansí ocurría: no iba à ser convicto un soldado por culpa de un despiste e un bribô q· se le escapara. Se ponía à otro, e, con las mismas, caminito de la Puerta del Campo à arder entre los leños.

Sólo los autos de fè en la plaça Mayor, q· yo me hallé en dos, presididos por la regente doña Juana de Austria, reunieron à más gente q· las corridas de toros ò los sermones de Fray Alonso. Todo en el mesmo sitio, con la fachada del convento de Sant Françisco, por un lado, e las casas consistoriales, por otro, como testigos mudos. Para autos de fè menores, con pocos reos, el cadalso se construía frente al mesmo palacio del Santo Ofizio, do los dominicos rezaban toda la noche tañendo las campanas de Sant Pedro.

La procesiô desde los calabozos començaba à las seis de la mañana, aunque no por mucho madrugar amanece más temprano, e la abrían aquellos q· iban à ser quemados. Detrás, sus familiares e los frailes. De seguida, los arrepentidos con sus parientes. Cerraban las autoridades, con el presidente de la Chançillería à caballo. La misa en latín e con el fraile de espaldas al pueblo duraba horas, hasta quando desmediaba el día, q· empezaban à hacer públicas las condenas.

Una vez q· nos hacían partícipes de los sus pecados, q· eran siempre los mesmos (los déllas judaísmo, brujería e prostituciô; los déllos, judaísmo, herejía e malediçenjias à la Santa Madre Yglesia), eran condenados entre el griterío generalizado. Los arrepentidos caminarían de por vida con túnica señalada con una cruz amarilla, llamados sambenitos. Los otros serían atados à un palo grande e arderían en la hoguera à las afueras.

Antes de prenderle fuego à los leños, enseñándoles una cruz desnuda, la Cruz Verde, se les invocaba el nombre de Ntro· Sñor· Jesucristo por última vez e, si se arrepentían de las sus faltas, q· era la mayoría de las veces, el verdugo les rebanaba el cuello, ò se lo partía con garrote, previamente de ençender las pajas embetunadas con brea. Q· no se desdezían, olerían el tostado de la su mesma piel antes de desmayarse e morir. Pero eso ocurría una de ciento, para fastidio de los q· se acercaban à las ejecuciones, rodeados de una grande chiquillería.

No era casualidad q· la última calle antes de enfilar la del Campo se llamara calle del Verdugo, q· es do vivía la familia q· heredaba la labor, ansí el personaje no se veía obligado à recorrer grande camino desde la su cama al su quehacer.

Aquello sembraba de terror ntras· vidas. Dios Ntro· Sñor· era el rey del infierno, más q· del cielo, e no había falla q· no tuviera la amenaza del fuego eterno. La mesma llama q· crepitaba en la Puerta del Campo e desgranaba humo negro.

Los escultores como mi maestro mostraban todo tipo de calamidades en sus imágenes. El arte del sufrimiento: el llanto en las vírgenes, el ensañamiento en los cristos vapuleados, la obediençia en los profetas aplastados por las órdenes de Dios, la firmeza en la mirada de los Santos e la inocençia de las Santas con los ojos absortos en el cielo infinito.

Rezábamos en latín para sentirnos pecadores e creíamos q· las ntras· calamidades diarias eran fruto de los nstros· malos comportamientos. Los nobles, ò tenían menos tentaciones, q· yo no lo veía, ò Dios les daba la Gracia, porque solucionaban sus faltas aflojando la bolsa. Los demás éramos pasto de la Santa Ynquisiciô.

Pagan à las veces justos por pecadores.

Los artistas luteranos, en cambio, afinaban más la belleza e la perfección de los cuerpos q· el sufrimiento.

El maestro Berruguete, e eso q· teníade las yglesias llenas de sus obras, pensaba q· la Santa Ynquisiciô administraba un poder excesivo. La Chançillería teníade más representantes religiosos q· civiles, ansí q· las condenas del Santo Ofizio ò de la justicia normal eran prácticamente las mesmas.

E si bien sabía q· Leoni era luterano, ò comulgaba con sus ideas, de ninguna manera iba à permitir q· uno de los mejores artistas de la cristiandad fuera juzgado de aquellas maneras. Nada extraño en hombre tan impulsivo e q· gozaba de prestigio suficiente como para amedrentar incluso al mesmo abad de Sant Benito.

En quanto llegué à la yglesia de Sant Pedro, à voces estaba el maestro con los lançeros de la puerta del Santo Ofizio.

(Al). ¡Abran paso! Soy Alonso Gonçález de Berruguete. ¡Abran paso!

Los soldados se miraban, q· para mí les temblaban las piernas con sólo oír aquel vozarrô. Al plantarse à la su altura, un suspiro les faltó para deshacer el aspa q· formaban con las picas e franquearle el acceso. Con él, entramos diez ò doze gentes, à curiosear, e tampoco dieron el alto aninguno, por un si acaso.

El palacio del Santo Ofizio era de buena piedra e bien labrada, de dos plantas, con un patio de entrada empedrado e soportales de grandes arcadas con las columnas lisas, como si fuera claustro de convento, pero más pequeño.

(Al). ¡Vengo de la Chançillería! ¡Dejen libre al maestro Pompeyo Leoni bajo la mi razón!

Gritó desde el medio del patio blandiendo un pergamino con sello de la autoridad. Esperó un poco e repitió la orden, pero nadie se asomó à la balconada del primer piso.

(Al). ¡Salga ya, Fray Leonardo de Avendaño, q· traigo título de la Justicia à favor del maestro Leoni!

Las palabras retumbaban e serpenteaban por los muros con un eco q· sobrecogía tanto como las amenazas del infierno expelidas por Fray Alonso de Toro desde los púlpitos.

Lo q· el maestro hubiera negociado en la Chançillería, ò quántos ducados le costó aquella faena, no lo sé, pero el prior del Santo Ofizio sacó tímidamente la cabeça por la balaustrada.

(FryLe). ¿Qué ha de ser?

Gritó con desprecio.

(Al). ¡Soltadlo de inmediato!

(FryLe). Será juzgado.

(Al). ¡No, según se dicta en aqueste documento!

Agitó el pergamino.

(FryLe). No tiene jurisdicciô.

Protestó el fraile, despreciando el momento con un gesto esquivo.

(Al). La tiene e la demuestra con el sello real de Ntro· Sñor· Filipe el segundo.

El maestro se comportaba muy convinçente.

(Al). ¡Soltadlo de inmediato!

(FryLe). ¡Es luterano!

Replicó desde arriba, sacando medio cuerpo.

(Al). No lo es. ¡Es artista!

(FryLe). ¡Artista luterano!

Increpó señalando con el dedo à las alturas.

(Al). Artista de la cristiandad. ¡Soltadlo!

Fray Leonardo de Avendaño se ocultó después de enrojecer, e por un momento no se oyó nada. Las gentes q· estábamos presençiando la escena quedamos acobardados, e la mayoría daba pasos atrás, por entre los pórticos, para evitar ser reconocidos posteriormente. El maestro Berruguete quedò en medio del empedrado e yo, insensato, detrás dél, como un perrillo.

(Ro). ¿No será prendido usted mesmo, maestro?

Le pregunté susurrando e preocupado. Él se giró.

(Al). Bienvenido, joven Rodrigo. ¿Ves cómo hice bien en confiar en ti?

Yo pensé para mis adentros ¡En mala hora!, pero no se lo dije, aunque él me sintió acogotado de miedo.

(Al). Saldremos vivos désta e con Pompeyo Leoni dispuesto à laborar el mármol, q· para la madera ya estoy yo.

(Ro). Quizá sea luterano, señor.

Me atreví à sugerir.

(Al). Es sólo un joven sin cabeça… Pero un grandísimo artista.

Si le hubiera ocurrido cosa similar à Juan de Juni, seguramente el mesmo maestro hubiera ençendido la tea q· quemara su patíbulo, pues el françés acostumbraba à soltar chanças sobre él en las posadas, de quien dezía q· era el último representante del arte de la Edad Media, e quizá de los celtíberos. Una vez tuvo q· defenderle en un juizio para pagarle el favor de una buena tasaciô q· le hizo, pero una e no más, Santo Tomás. Las pendençias entre artistas eran más perversas q· entre predicadores e abades e abadesas de cada convento, ¡e ya es dezir!

(Ro). ¡Cambiamos à maese Leoni por una bruja!

Se me ocurrió gritar sin pensármelo dos veces, pero Dios libre al mundo del hombre manso. El maestro Berruguete se giró hacia mí con los ojos abiertos como aldabas.

(Ro). ¡Preñada del diablo, adúltera e barragana!

Aquello sonó como un cañonazo de treynta e seis libras de la galera Bastarda.

Fray Leonardo de Avendaño apareció de nuevo por la barandilla de piedra con gesto curioso.

(FryLe). ¿E tú quién eres, muchacho?

Desafió mi testimonio.

(Al). ¡Persona de confiança!

Se adelantó à informar el maestro. En buen embrollo acababa de meterme.

(FryLe). ¿E quién testificará en su contra, muchacho?

(Ro). ¡Mi padre!

Sabía yo q· era demasiado arriesgar.

(FryLe). Nombre de la bruja.

(Ro). Domitila de Floranes, mujer de capitán del ejército español en Flandes e, à más señas, la mi madrastra.

El prior del Santo Ofizio evaluó la posibilidad de hacer el trueque, pero quedò confuso. Fuè el maestro Berruguete, al tanto de mis desgracias familiares, el q· remató la faena:

(Al). ¡Bruja e luterana!

Sentençió con su vozarrô.

(FryLe). ¿Dò se la encuentra?

(Ro). Pasadas las Tenerías, junto al pinar en el q· hace sus conjuros q· lava en el río pestilente.

Dije.

Fray Leonardo dejó q· le viéramos cómo recorría el pasillo hasta las escaleras de piedra. Iba seguido de cinco frailes encapuchados. Bajó con solemnidad, despacio, afilando la su mirada desafiante e se apostó frente al maestro, à seis pasos.

(FryLe). Enseñe el título

Ordenó e esperó à q· fuera Berruguete quien avançara, subrayando quién era el mandamás e quién el sometido entre esos muros. El maestro aceptó: se acercó e le entregó el rollo sellado.

(Al). Orden de Su Majestad e, además, una bruja à cambio.

Rubricó. Si lo q· se escribió en el pliego era verdad ò embuste no lo sé, pero carecía de importançia. Al fin e al cabo, los mesmos Reyes Católicos se casaron en aquella Chançillería à escondidas e con una bula falsa. Si mentían los reyes, podría engañar mi maestro, q· la sangre de todos es igual de colorada, e, como dicen, si el regidor se lleva los pinos, ¡qué no harán los vecinos!

El prior leyó el documento e hizo un gesto con la cabeça. Quatro de los cinco frailes fueron hasta el otro extremo del palacio e bajaron à las mazmorras. Al poco, volvían con Pompeyo Leoni q· se dio un fuerte abrazo con Berruguete.

(FryLe). Una e no más.

Advirtió el prior con mirada seca, q· el avariento, nunca está contento.

(FryLe). E usted, maestro Berruguete, ándese con cuidado: la próxima denunçia de Fray Alonso de Toro no quedará sin castigo.

Berruguete le miró con odio e fuè à propinarle un puñetazo, pero yo anduve listo e me crucé en el medio, empujándole con fuerça hacia atrás.

(Ro). Con la yglesia hemos dado, maestro. Se ha terminado la funçiô.

Le dije con el impulso.

(Ro). Mejor q· suenen los aplausos à q· caigan los tomates e los huevos podridos en aqueste corral de comedias.

Imagino q· el prior le miraría con petulançia elevando el mentô, e supongo q· el fraile q· teníade de guardia se sacaría un escalpelo de la bocamanga, pues los otros, à quienes sí pude ver, hicieron lo mesmo. Pero conseguí q· la cosa no fuera à más. Pompeyo Leoni le agarró del brazo e volvió à echársele ençima para abrazarlo, mascullando:

(Po). Vámonos de aquí, maestro, q· todos los días son de enseñar, e de aprender también.

Sentençia q·, por cierto, debería de haber dicho yo mesmo e no un italiano.

Salimos e cayeron las primeras gotas gruesas de tormenta. Pensé q· de qué modo tan tonto había conseguido librarme de la mi madrastra e, sobre todo, rescatar al mi padre para la vida sin sufrimientos. Tendría q· correr à darle la noticia para q· no se pusiera bravo con los justicias, pero aún podía esperar, q· era mejor celebrar la victoria del mi maestro sobre la Santa Ynquisiciô.

Tal e como me esperaba, se fueron à yantar à la posada de la Alicia, en la calle del Candil, junto à la taberna del Panero e frente à la bodega del Miguel Ángel, do el mi amo pasara tantas horas con mozuelas en las casas cercanas, q· por ello se la llamaba la calle del Candil. Aunque yo pensé q· sólo me mandarían una raçió de buenos torreçnos bajo la lluvia intensa, lo q· hicieron, alabado sea Ntro· Sñor·, fuè conçederme el honor de sentarme à la su mesma mesa e ordenar por la mi boca todo lo q· me fue de menester. Ansí, entre risas e chanças, me pedí el tocino frito, unos callos, unas sopas de ajo e media perdiz escabechada. Aún quedò hueco para unas mantecadas, unas zapatillas de Portillo e unas almendras garrapiñadas con una jarra de aloja bien especiada de jengibre para matar el dulçô e favorecer la digestiô. Cuando à Roma fueres, haz como vieres.

Ellos se hartaron à vino, e ya dezía Salomô q· el buen vino alegra el corazô. Engulleron un pollo guisado e un estofado de rabo de toro, q· de tanta gracia q· les entró, el maestro Berruguete començó à contar à voces el suceso en el Santo Ofizio e à dezir q· Maese Pompeyo Leoni ya teníade sobrenombre: El trocado por una barragana. E con eso se quedò durante algunos años hasta q· fuè expulsado de Valledeolit, e incluso al volver.

No habían dado las cinco en el reloj de la Colegiata quando salieron dando tumbos e pisando charcos entre risas, q· todo se les volvía en carcajadas. Piropeaban à quanta hembra veían de lejos ò de cerca, q· no hay mujeres feas, sino sólo poco vino.

Yo me acordé q· el maestro había quedado con uno de los ofiziales à recomponer el retablo de Sant Benito con el martirio de Sant Sebastián reformado à su placer. Pero, tal e como iban, parecía mejor q· no se acercaran à los dominios del abad.

(Al). Finalicemosss…

Arrastraba las eses e repetía las palabras.

(Al). Finalicemossss juntossss el rrrrretablo de Sssssanntt Benitoooo, maese trrrocado por una barrrrrraganaa. Juntossssss.

(Po). Juntosss…

Le dijo el otro q·, anda, ¡vaya compaña!

Yo sabía q· el solo entrar en la yglesia en ese estado le comportaría un serio disgusto, ansí q· salí escapado. Al paso q· iban, más las seis ò siete caídas q· sufrirían por las calles, teníade un rato para actuar. Ni corto ni perezoso, me presenté en la yglesia con el ánimo caldeado e le di órdenes al ofizial, allí mesmo, frente al retablo.

(Ro). Greciano: q· dize el maestro q· suban al Sant Sebastián e corran urgentemente al taller cerrando la yglesia.

(Gre). Dijo q· vendría.

Repuso el hombre con razô.

(Ro). La lluvia ha inundado el taller e corre peligro de declararse inçendio.

Se me ocurrió.

(Gre). Pero ¿cómo va à haber inundaciô e inçendio al mesmo tiempo?

(Ro). ¡Ni yo mesmo lo sé!

Sentençié con cara de convençido e, al pareçer, de buen apaño, q· los dos aprendizes elevaron la figura e la situaron en su hornacina. Después, salimos corriendo e cerramos la yglesia. Trabajo concluido. Ellos cruzaron la calle à las casas del maestro e yo me quedé apoyado en una de las grandísimas columnas del pórtico del convento, desde do veía la entrada del taller e ellos también à mí. Al rato surgió el ofizial e me increpó.

(Gre). ¿Qué es eso de la inundaciô e del inçendio? ¡¿Te has vuelto loco?!

(Ro). Cosas mías, Greciano. Hazme caso.

(Gre). ¡Qué caso voy à hacerte!

Rezongó alarmado e muy enfadado.

Anduvo hacia mí de hombros altaneros, con la llave de la yglesia en la mano e los dos aprendizes detrás para deshacer lo hecho tras darme un puñetazo. Por fortuna, el maestro e su amigo aparecieron por la esquina de la Rinconada, cantando coplillas contra Madrid e contra la Reina Ntra· Sñora· al cruzar la Esgueva. El ofizial se me quedò mirando e yo le hice una mueca entre suplicando su perdô e excusándome:

(Ro). ¡No os lo pude advertir!

Los artesanos volvieron por do venían mientras el maestro avançaba à la yglesia. Al llegar e ver la puerta cerrada, dieron golpes con los puños, e à voces se identificaban:

(Al). ¡Que se abran los cielos ò los infiernos al paso de los más grandes artistas de la cristiandad!

De repente, Fray Alonso de Toro se encontraba à las mis espaldas. No salió de la puerta del convento, à la mi derecha, porque yo estaba vigilando; ni tampoco de la yglesia, porque estaba cerrada.

¿De dò había salido alertado por los gritos de los dos borrachos? ¿Teníade la capacidad de apareçer de la nada, como el diablo?

Yo me santigüé pero no se me ocurrió modo de engañar al abad q· me había paralizado de miedo, ansí q· no pude evitar q· se llegara hasta ellos.

Los dos maestros, sin enterarse del milagro del abad, coreaban tonadillas e todo lo q· tenían de repertorio estudiantil, incluido algo en italiano.

(FryAl). ¡¿Blasfemando en la casa de Dios?!

Bramó el fraile con mirada fría e el dedo índice señalando al cielo.

(Al). À lasssss puertas…

Respondió Berruguete e rió por lo bajinis.

(Al). À lasssss puertasss, q· no dennnntrrrro.

(FryAl). ¿Se atreve Vuestra Merçed à llegarse hasta aquí en ese estado?

(Al). Esssss que… Essss q· íbamosssss para cassssa e, ya ve, nossss confundimosssss. ¿Verrrrdááá, maessstro trrrooocado?

(Po). Veeeerrrrrittttáá proooclaammaaannn looosss tussss labiossss. ¡O laaasss tusssss orejassss!

Aproveché q· se echaban à reír para rogarle al abad:

(Ro). Yo me encargo, Reverendísima.

Tiré déllos para cruzar la calle. Llamé à Greciano e acudieron para ayudarlos. Aunque bien dizen, entre dos muelas cordales nunca pongas tus pulgares, me metí a bregar e, en mitad del forcejeo, me tocó caerme en mitad de un charco de barro, lo justo para provocarles aún más carcajadas.

Fray Alonso de Toro se quedò con muy mala mueca à la puerta de la yglesia. Ellos se metieron al taller cantando.

Yo debía de presentarme en casa de la marquesa, hasta arriba de fango, después de todo el día sin apareçer por allí e, en quanto pudiera, hir à avisar al mi padre de q· había mandado à la Justicia à detener à la mi madrastra, à la barragana: q· los desgraciados no se aburren, pues tienen demasiado q· hacer.

ARCHIV160032803299991112321MPRXSYSTEMWRITER11,
79MILISEGUN2TXTOMODIFIKDOPROGLITERARIOESTILO
RETROS21TRANSCRIPCIONTXTOSORIJINALESEXACTAEN
GRAMATRIKARKIKORDN4574375555533220861 1ESPAÑOL
PUROPUNTUACIONCLASIKYPALABRASSEPARADASMARKN
MINERFERROV561TAHIPERVINCULOIMAGVIRTUALAUDIO
RECUPERADOBUZONENVIODSCONOCIDO.QLARITA
RECTORA.21012101. **L MUNDO D L ARMONIA Y 2 ROBOS.**

El subdirector dl Centro d ls *Cuidadores de la Convivencia* d Pincia entro en su dspacho d malos mo2 y cerro d un portazo. Si d algo sabia Prune Bulhman, era d la condicion humana. Con to2 ls test d personalidad y ls evaluaciones d ls cuestionarios a su disposicion, le falto tiempo xa encontrar en aql subdirector a un perfecto arribista q trabajaria xa el sin dar explikciones a su jefe en la ciudad, un hombre dmasiado mayor y con temperamnto xa obedcer ordnes sin hacer preguntas q no tenian respuesta.

Entro en contacto con el subdirector d ls *Cecés* pincianos en cuanto el Systema informo d la intencion d Helisabetta d emprendr viaje a la ciudad q vio morir a su prognitor, 2 dias antes d tomar el tren rapido.   .

Oficialmnte, Bulhman era un miembro d ls Fuerzas Rectoras d la Convivencia q persegia a una sospechosa d violar ls leyes dl *Opcionalismo* con divulgacion d ideas sobre la moralidad, lo q probo con el unico exhorto q podia exhibir d la joven. Asi pues, necesitaba saber sus movimientos en todo momnto.

Tal y como previo el joven ayudante d Bayarri, el subdirector no conto con su jefe xa iniciar la investigacion y ni consigio personal xa vijilarla ni fue informado d su presencia en el Centro d ls *Cecés* cuando el director la echo d su dspacho con kjas dstempladas y un

Coñostiasder. El mismo tuvo q segirla hasta el espectaculo d *Retro-jazz*, q le horrorizaba, y contemplar q salio corriendo dl teatro hasta perdrla d vista. Sabia q visitaba al arzobispo pero no entendia x ke se echaba a llorar kda vez q se metia en su hotel.

Tras dia y medio d vijilancia, dcidio darse una vuelta x su dspacho justo cuando parecia q ella habia hecho algo interesante xa el FRC. Y aunq no se entero d nada, se encontro q con q habia sido dtenida. Llamo con urgncia a Bulhman xq creyo q tenia en sus manos la pieza q le pedian dsd el otro lado dl Atlantico y q le granjearia creditos d felicitacion, imprescindibles xa sustituir a su jefe cuando se jubilara.

El subdirector d ls *Cecés* pincianos conecto el audiodimnsional y, al poco, el holograma d su contacto aparecio d medio cuerpo. Solo con verle el gsto adusto, sobraba toda explikcion.

—¿Problemas?

—Ha salido sin vigilancia.

Prune Bulhman miro hacia un lado, con fastidio, y guardo un silencio reflexivo. Sus reacciones eran importantes, pero las dificultades se le acumulaban encima d la mesa. Luego elevo la voz.

—¿Tenemos localizado su dispositivo móvil?

—Era mejor un contacto capilar: el móvil lo puede dejar en el hotel; la cabeza, no. He llegado tarde para insertárselo.

—Destina a alguien a seguirla.

—Lo voy a tener difícil. El jefe la ha soltado sin cargos.

—Tú mismo, si hace falta.

—Llevo dos días... Me vuelve loco porque es imprevisible. ¿No pueden enviarme a nadie?

—Aún, no —respondio triste.

Bulhman dsconecto el audiodimnsional y sigio akriciando lo unico q el eqipo investigador habia conseguido sakr d la ksa d Bartolome Fuencisla: el diseño orijinal dl horno d Juan d Herrera en un papiro dl siglo 17. Sobre el, una gruesa krpeta azul q estaba rotulada con el epigrafe *Operación Jayr Al-Din*.

Simultaneamnte a su contacto con el subdirector d ls *Cecés* d Pincia, Bulhman habia loklizado a 2 informaticos en Norba Caesarina q tenian como mision reventar el ordnador d Bartolome Fuencisla y grabar todo lo q estuviera dntro. Pero no tardaron mucho en llamarle d vuelta esa misma mañana xa comunikrle q sin iris no habia nada q hacer.

Se sentia dsesperado.

—¿Algo nuevo?, Prune —pregunto su jefe asomando la kbeza x la puerta.

—La chica está siguiendo los pasos de su progenitor —asevero sin emocion.

—Esperemos que sea lista —mascullo—. ¿Y por qué esa cara de preocupación?

—Hay que hacerla volver. La computadora del artesano no nos vale para nada sin su iris. Quizá ella sepa descodificarlo. De lo contrario, no sacaremos nada más que el plano éste —lo elevo x encima d su kbeza—. Lo estoy organizando para que vuelva y demuestre mayor curiosidad que la manifestada hasta el momento.

—Pero yo no viviría con la expresión de su cara por eso.

—Es que... Además, hay otras noticias..., y todas malas. —Bayarri le hizo una señal con el ddo y salieron hacia su dspacho.

Bulhman recojio d la mesa una krpeta q wardaba 3 folios. Solo 3, pero preocupantes. Sin sentarse en el confidnte, le tendio en la mano el resultado d ls ultimos analisis dl Systema y el director dl CDMU leyo sin conviccion el 1° d ls 7 mnsajes q habian sido dtecta2:

Siete de abril de dos mil sesenta.

Siete: todo llegó bien. La comunicación recibida nos será de gran utilidad como información base de futuras investigaciones. Nuestro próximo objetivo será recabar nuevos datos sobre patologías en el Mundo Unido, comenzando por la ciudad hasta llegar a establecer calendarios de contacto para procesar casos que sean útiles próximamente. Factible que el estudio alcance su fin, pues la mutación del virus sería mensaje pésimo para la Comunidad. Saludos. Moralejo.

—¿Y? —pregunto tras revisarlo.

—Podría ser un mensaje codificado. Tiene nivel cinco sobre diez.

—No es para tanto. ¡Nivel cinco es una transmisión familiar...!

Bayarri no qiso contradcirle + y leyo el 2°.

Ocho de mayo de dos mil sesenta.

Ocho: las muestras analizadas y verificadas por contacto de matrices suponen un ámbito de reacción difícil de describir. Dicho esto, el virus detectado tiene una falla en la mutación de las conexiones que, seguramente, nos va a permitir actuar con rapidez sin vernos obligados a informar al CDMU, pues sería insensato alertar a los sistemas y correr el riesgo de una paralización que rechaza el mismo protocolo de actuaciones. Estudiamos nuevas proposiciones para mantener la estructura intacta con este fin. Comprobaremos las muestras de virus previas al mensaje recibido de los coordinadores. Saludos. Moralejo.

—¿Esto lo tradujo el Systema de una codificación?

—No. Tenía usted razón, son más listos: ése es el mensaje. Sin codificar. Parece simple.

Bayarri leyo el 3°.

Trece de mayo de dos mil sesenta.

Trece: increíblemente, en este mundo tecnologizado tenemos que trabajar del modo más artesano que nos da a entender la Naturaleza, pues ningún microscopio adivina cómo viaja el virus desde la epiglotis de los carneros de menos seis meses a sus progenitores, con los que no tienen contacto. Ciudad con laboratorio es Pincia, pero no parece recomendable el traslado de las investigaciones tan lejos. El segimiento es artesanal, minucioso, complicado y lento, pero podemos cumplir con el plan diseñado siempre que se limite la exploración en el tiempo, pues nunca pondríamos fin a todo esto sin un calendario preciso. Por el momento cabe un mensaje simple: vamos por buen camino. Saludos. Moralejo.

Tras dudar, el rector absoluto prefirio sentarse y examinar ls letras, ls frases, xa adivinar d q le estaba hablando su ayudante. Leyo el 4°:

Once de mayo de dos mil sesenta.

Once: la tesis de la mutación pasa a no ser objetivo esencial de los análisis pues se escapa lateralmente el ajuste persegido por el diseño inicial. Aún podríamos insistir un tiempo más, pero quizá sea el momento de parar algo antes de volverme loco. Dicho esto, el nuevo programa informático de detección instalado anteayer busca recombinaciones de ejes cambiados, lo que llevará, indefectiblemente, a variar algo la polimetría, de modo que su conclusión definitiva es realmente impredecible porque sin figurar en los protocolos iniciales no tiene previsto fin. Sigo pendiente del programa nuevo hasta que decida enviar el mensaje que queremos. Si lo hace. Saludos. Moralejo.

—Prune: esto son mensajes de algún doctor, en comunicación con Cuidadores de la Salud de los Países Externos. No veo nada extraordinario. Parece bastante claro. —Leyo el 5°:

Cinco de junio de dos mil sesenta

Cinco: con la nueva ayuda del programa así llamado, Ayuda, realmente nos supone una ayuda elaborar el informe al CDMU y evitar una penosa alerta ya que todo está casi en orden. Los virus descubiertos están casi perfectamente clasificados. Necesito unos días para un nuevo envolvente que hará de espía y logrará definitivamente el fin. Cierro con esperanza el mensaje. Saludos. Moralejo.

Bulhman se levanto d la silla, ajitado, y paseo x el dspacho con ls manos entrelazadas en la espalda, en un gsto klkdo a su jefe.

—A los ordenadores les falta intuición, pero no lógica. —Anuncio—. Aprenden.

—¿Qué significa eso?

—El Systema se alertó de esos comunicados porque sus fechas de envío no corresponden a la fecha escrita en el encabezado. Lo que usted me pidió: algún fallo inusual.

—Bien visto…

—El fechado el siete de abril fue enviado el doce de abril de dos mil sesenta y uno; el fechado el ocho de mayo fue enviado el trece de abril; el fechado el trece de mayo, fue enviado el quince de abril; el fechado el once de mayo, fue enviado el diecisiete de abril; el del cinco de junio, el veinte de abril de dos mil sesenta y uno. Casi un año después.

—Extraño...

—El problema principal es que las fechas son aleatorias, señor... ¿Ha leído el sexto comunicado?

—No. Aún. —Leyo:

Quince de junio de dos mil sesenta.

Quince: tras estos meses de andar de cabeza y hablar a solas como un loco, ya estoy en disposición de lanzar un comunicado holo-gramático de conocimiento mundial, lo que vuelve a rescatarme para la Ciencia. Creedme que han sido años de extenuación muy próximos a una enajenación mental que me ha tenido como levitando por los tejados de la ciudad. El viaje de dos meses a las Tierras Extrañas fue de tanta utilidad que sin vuestra ayuda, ahora el Mundo Unido podría encontrarse con problemas serios. Así que nuestros resultados deben darse a conocer al mundo científico en general, para lo que solicito vuestro permiso, de modo que esta colaboración sensata del CDMU y los rectores sea un paso para avanzar en nuevas colaboraciones de futuro. Creedme que estoy agradecido por vuestra forma de actuar y que no me canso de repetir a todos lo mucho que he aprendido con vuestros métodos tan originales. Frente a las disputas entre nuestros mundos, frente a la violencia, nuestra colaboración debería convertir-se en ejemplo de cómo trabajar juntos cuando proyectamos un mismo fin. Espero volver pronto. Pediré permiso de salida y os lo haré saber con un mensaje. Hasta entonces, saludos. Moralejo.

—Bueno... Todo terminó bien.

—Fue enviado el doce de abril... Con un problema añadi-do: nadie ha autorizado una investigación sobre virus con los Países Externos.

—Quizá este tal Moralejo se quiera dar más importancia de la precisa... Sucede.

—Lea el último: enviado el día de la muerte del mudable Fuencisla, veinte de abril de dos mil sesenta y uno, Jueves Santo.

Seis de junio de dos mil sesenta

Seis: amigos, tras consegir una cita para solicitar mi soñado viaje con los rectores, han alabado nuestro artesano modo de trabajar y piensan en permitir vuestro traslado vigilado a Pincia para ver el gran laboratorio o para hacer turismo, que la fórmula es indiferente, dada su satisfacción o agradecimiento por salvarnos de la muerte. Aquí no encontraréis vestigios de Alá, pues Pincia, como ciudad pequeña, es celosa de sus tradiciones. Pero el encanto del interior de Hispania, más la visita programada al laboratorio grande, hará que vuestra corta estancia nos sirva también para conocernos mejor. Veremos cómo se tramitan los pasajes pronto y estaremos juntos de nuevo. Fin. Saludos. Moralejo.

—¿No pidió el permiso de entrada?

—Eso tampoco está computado.

—Lo más evidente es que en Pincia no hay ningún laboratorio grande. Eso lo sé muy bien.

—En efecto: siguiendo sus instrucciones, pedí al Systema que me detectara cualquier comunicado codificado que contuviera la palabra *Pincia* desde tres meses antes de la fecha de la muerte de nuestro artesano. Hace dos horas me han traído esto.

—Pero no veo…

—Yo tampoco, pero algo pasa ahí. Piénselo, señor.

—Juguemos a su juego: ponga las fechas en relación con las letras, las palabras o las frases. En el primer comunicado, concatenen las séptimas letras hasta completar palabras; después, las palabras que ocupen el séptimo lugar, y si no sale así, las frases. En el segundo comunicado, las ocho letras, en el tercero, las trece… ¿Me sigue?...

Helisabetta se sintio estupida al verse en la klle —y ya no la sobresalto pensar *Estúpida*—. ¡Se habia subido a ls esculturas d un retablo, parecia haber perdido la kbeza con malos modales y se habia enamorado d un tipo q no se dpilaba, con q el ya habia reñido!

El balance d su visita a Pincia no podia ser peor: estaba kmbiando su papel en la sociedad.

La vida dl mundo d la Armonia consistia en q kda cual se supiera su rol y no fuera zarandeado x sobresaltos q turbaran su existencia. La Ley d Felicidad Social prohibia la infelicidad, y xa conseguirlo imponia usos y costumbres enkmina2 a la estabilidad personal. El *Mundo Unido* llego a la conclusion d q la felicidad consistia en no tener necesidads, frente a viejas teorias d q la felicidad radikba en consegir ls sueños. (HIPERVINCULOCOMPARACIONFILOSOFICA-SIGLOSXXYXXITRT236463)

Se redactaron infinidad d articulos, promulga2 xa la votacion d ls 1°s viernes d kda mes, tras revisiones d cuidadores d la salud, cuidadores d la mnte, directores d Recursos Humanos y Animadores Sociales.

Con el tiempo, la Normativa dl *Efepecé* llego a atendr cuestiones nimias pero consideradas basiks xa consegir la paz interior, esencia dl talante. Dsd siglos antes d la formacion dl *Mundo Unido*, la Edukcion habia sido planifikda x ls gobiernos sin permitir a nadie q estudiara otras materias q ls q no fueran reguladas.

Sigiendo esta pauta, aceptada x to2 en centros edukcionales y universidads, se planifikron otras partes d la vida. X ejemplo, se hizo obligatorio q, tras 10 dias d vakciones, ls ciudadanos se sometieran a 2 d reflexion, con distintas actividads programadas xa evitar el shock dpresivo posvakcional; se prohibio la clasifikcion d objetivos vitales + alla d ls concebi2 gradualmnte x el Systema, xa evitar ansiedad y es3; ls enseñantes comunikban a ls alumnos mnos aptos q sus examnes qdaban *Pendientes de aprobación*, q no suspensos como en siglos anteriores, xa obviar discriminaciones con ls + kpaces; to2 ls profesionales estables dbian habitar pisos d 30 metros cuadra2 con el mismo convertible; en la actividad laboral, ls ordnadores planeaban el trabajo con respecto a ls posibilidads d ls mnos kpacita2 y no x inqietuds d ls + solventes; posteriormnte, ls cuestionarios dividian a ls emplea2 x sectores, q no niveles, garantizando el dstierro d la competencia xq conllevaria dsazon.

El modelo d ls computadoras era el paradigma laboral y social: todas ls letras d un teclado son imprescindibles, aunq unas tengan + actividad q otras. Sin ls piezas q ksi nunk se utilizan, el teclado en su conjunto no serviria. La ambicion personal habia sido dsterrada y, como consecuencia, ls ciudadanos saboreaban la qietud y la tranqilidad.

Homologando, gracias a distintas normativas, ls vestimntas, la alimntacion, la asepsia, la convivencia o ls esfuerzos laborales, y poniendo a disposicion gnralizada necesidads d ocio como la diversion o el sexo libre, el mundo d la Armonia se sentia feliz. X ello, ls sentimientos + intimos e imposibles d regular como el amor, el kriño o el dseo d lo imposible fueron calitik2 como no-recomndables.

La ostentacion publik d una emocion, preferiblemnte ls cerknas a la tristeza, la angustia, el dsconsuelo o la dsazon, podria provokr una replik similar en qien lo viera, asi q qdaba permitida xa su uso unikmnte en la esfera individual.

Todo el mundo comprendio q el dsgarro d qien llora amargamnte producia pesimismo o tristeza en qienes lo vieran, aunq no tuvieran ninguna relacion con aqlla persona, asi q era lojico q no estuviera permitido exponer su apuro en publico. El *Opcionalismo* imponia q, xa hallar el eqilibrio, tampoco se exhibieran ls sentimientos contrarios. Es dcir, ls cerknos a la alegria, el regocijo, el jubilo o la satisfaccion.

Los hologra+, ls cuestionarios y ls consejos dl Systema a traves d ls audiodimnsionales fueron tan bien diseña2 q, cientifikmnte probado, todas sus caracteristiks superaban cualqier reflexion, palabra, animo o apoyo humanos. Solo ls crias qdaban al margn d ls disposiciones, pero se consigio q fueran conscientes d q no hacia falta gritar xa jugar al escondite o al *Correquetepillo*, d tal manera q dsd la infancia asimilaban q podian sentirse contentos sin incomodar la esfera individual d ls d+ y sin competir: paridad extrema, salvo en el juego del Ajedrez.

Por eso Helisabetta se sentia estupida. Ella misma, una profesional estable q transitaria ls laberintos dl podr hasta ser rectora cuando la llegara su momnto, gradualmnte, se habia instalado en una suerte d maraña q la conducia a conculkr ls bases dl *Opcionalismo*, pues sus nuevos empeños vitales no ls tenia correspondi2 con otras variables xa eqilibrar.

Es dcir, se encontraba busknldo una razon xa la muerte d su prognitor pero no se habia planteado lo contrario; sentia emocion nueva al pensar en Sauco, pero no habia parado un momnto a reflexionar ke otras posibilidads tendria d toparse con ese mismo dsconcierto al pensar en otro, o en otra, o en otra cosa.

Kminando hacia el hotel llego a creer q, qiza, no todo fuera opcional y q podrian existir verdads absolutas. O, al mnos, convicciones intimas d kda cual q pudiera compartir, o dbatir, o dfendr frente a qienes no pensaran lo mismo. *El amor podría ser una verdad absoluta*. Pero se lo saco d la kbeza con un gsto inconsciente d la mano, q fue grabado x ls camaras dl Systema q la segian.

El dia soleado d otoño la invito a dsviarse d la ruta. Se sento en un banco frente a la iglesia d San Benito y la parecio q ningun ciudadano censuraba su holgar. En Norba Caesarina rumiarian q era una fluctuante o, incluso, una inclasifikda si se atreviera a vagar x la klle. Se separarian d ella 5 metros en su kminar y nunk la mirarian a ls ojos.

En Pincia, x el contrario, ad+ d ls palo+, se la acerco un niño xa observarla y sonreir antes d echar una krrerita hasta la mano d su prognitora, a qien llamo *Mamá* cuando fue a contarla *Hay una señora en mi banco*. La mujer tambien la sonrio mientras respondia al vastago *Pues vamos a otro*, aunq se refirio a el como *Hijo*.

El portico d la iglesia markba ls relieves y ls sombras en blancos y negros x un imponente sol, jugeteando con siluetas duras q censuraban cualqier transicion grisacea entre la luz y la oscuridad. Añadida esa crudza a la austeridad dl monumnto, San Benito parecia plantado alli x imperativo divino antes d to2 ls siglos.

La piedra arrankda d ls knteras d ls pueblos d alreddor d Pincia, d un blanco caracteristico q daba un aspecto especial a toda la ciudad, ya estaba ennegrecida 5 siglos dspues.

2 grands columnas octogonales, abarkbles si se unieran ls brazos estira2 d 15 o 16 personas, sujetaban una balconada q se abria a 12 metros dl suelo, dond podia estar escondido el mismo Dios. Helisabetta se sintio diminuta: aqllo no era una imitacion *Retroantigua*, sino una construccion verdadra dl siglo 16. *Debería de estar en un museo.*

Su sentimiento d insignifikncia se veia agravado x la confusion interior. Ls pasos da2 xa averiwar el secreto en q estaba envuelta la muerte d su prognitor no solo se constataban baldios, sino q la habian llevado a conocer un lado oscuro d el q nunk pudo imajinar: habia sido dtenido 5 voces.

Era rebelde.

Como representante d ls + brillantes jovenes dl *Mundo Unido*, no podia concebir q hubiera ciudadanos rebelds. Era innecesario cuestionar ls leyes dl *Opcionalismo* xq habian sido aprobadas x to2 ls habitantes libres y se dmostraba q kda normativa conllevaba el bien y la prosperidad. Si se vivia conforme a ls programaciones individuales y colectivas, se consegia la felicidad; o, al mnos, se evitaba la infelicidad. ¿Eso era tan dificil d entendr x parte d su prognitor?

Extrajo su dispositivo movil y ordno *Grabar*. Dicto lo q habia memorizado d la pantalla dl Centro d Cuidadores: *veintinueve de diciembre, Teatro Calderón; treinta y uno de enero, convento de Porta Coeli; veintiseis de febrero, alcantarillado de la calle Constitución; doce de marzo estanque del Campo Grande; seis de abril, mezquita de Ulit.*

El dispositivo proyecto en el aire la imagn dl kllejero d Pincia sobre fondo morado. Helisabetta mando señalar puntos d luz intermitentes con Teatro Klderon, convento Porta Coeli, klle Constitucion, estanke dl Kmpo Grand, y mezqita d Ulit. 5 lucecitas dispersas circundaron el centro historico d Pincia. Dspues, pidio *Unir con línea.* (HIPERVINCULO6663586HKLAGD565634.LINKMAPASVALLADOLIDYPINCIAART32443)

Sigiendo ls fechas x ordn, la raya kmino x el aire dsd el teatro Klderon bajando hasta Porta Coeli; sigio hasta la klle Constitucion; vol-

279

vio a bajar hasta el Kmpo Grand y, x ultimo subio a la mezqita d Ulit. La joven lo observo dtenidamnte: No era una figura. Algo fallaba.

Dijo: *Aislar calle Constitución y unir.*

En la pantalla qdo dibujado un rombo sobre el ksco antiguo d Pincia, con el teatro en el Norte, el estanke en el Sur, el convento en el Este y la plaza en el Oeste.

En el medio, ligramnte al Norte, qdo aislado un punto intermitente: la alkntarilla d la klle Constitucion, su 3ª dtencion.

He visto la luz, recordo q dijo al Papa antes d caer d bruces. *¿Qué luz?*

Helisabetta habia idntifikdo un lugar concreto x dond investigar lo q su prognitor buskba. Ahora tokba dcidir si x dbajo dl suelo o x encima d ls teja2.

Ordno al dispositivo q coloreara con luz naranja ls 2 puntos en ls q habia sido dtenido en ls alturas, el alminar d la mezqita d Ulit y convento d Porta Coeli: una raya cruzo d izqierda a derecha, d Oeste a Este. Con luz amarilla, ls lugares en ls q habia sido dscubierto en el subsuelo, Teatro Klderon y estanke dl Kmpo Grand: una linea nacio d arriba abajo, dsd el Norte hasta el Sur.

Lo q ahora tenia enfrente era una cruz, cuyos brazos se juntaban junto a la luz intermitente q señalaba la klle Constitucion.

El termostato d la blusa emitio un pitido suave. Extasiada con el dscubrimiento, no se habia perktado d q llevaba ya 10 minutos a pleno sol, sin gorra ni proteccion solar, imperativo d ls expertos en drmatolojia.

Ordno *Apagar* y, mirando a la balconada dl portico, se pregunto *¿Qué estabas buscando, padre?* X 1ª vez en su vida sintio q la palabra *Progenitor* estaba pensada xa evitar vinculos sentimntales.

Pero ella ya no qria vivir al margn d el: anhelaba saber ke la estaba diciendo.

Se levanto dl banco con la confusion dl ensueño. En la esqina, un hombre d kbeza afeitada y vestido d marron se jiro xa segir su kmino, aunq Helisabetta creyo haberle visto parado con anterioridad. El niño q se habia acerkdo a ella jugaba a persegir palomas y la prognitora, (¡*Mamá!*), lo observaba placidamnte. Posiblemnte, aql vastago nunk llegaria a ser rector, pero se la vinieron a la kbeza ls palabras dl arzobispo: *Sea usted persona.*

Kmino ensimismada hacia el hotel, meditando cual seria su paso sigiente. Si su prognitor vio una luz, dbio hacerlo dsd ls alturas; si su padre —*sí: padre*— encontro algo, dbio hacerlo en ls subterraneos.

Esta era la gran duda: x dond segir y ke relacion tenian esos nuevos datos con ls nombres d ls archivos. Alonso Berrugete; Krlos 1; Comunikciones con la NASA; Felipe 2; Juan d Herrera; Juan d Herrera acueducto; Norba Caesarina iglesia d Santiago; Pincia Klderonas; Pincia Kballeras d Santiago; Pincia conventos; Pincia Gografia; Pincia Historia; Pincia iglesias y ermitas; Pincia siglo XVI; Pincia Teatro Klderon; Tinta invisible.

Estaba claro q el habia encontrado el modo d consegir *Tinta invisible*, y eso mismo le llevo a encontrar una *Luz* q dbia comunikr al Papa Pedro 2. Pero se sentia lejos d dar con ls claves.

Su unico contacto en la ciudad era un arzobispo en silla d ruedas, y, aunq se levantaba cuando le venia en gana, solo daba pasitos cortos: no estaba como xa subirse x ls teja2 o bucear en el estanq dl Kmpo Grand xa comprobar si existia una conexion subterranea con el centro d la ciudad, aunq es lo q dbio d encontrar su padre. *Hasta que dio con la alcantarilla… Quizá.*

La habitacion dl hotel parecia en estado normal. O ella entro, ordno al convertible *Paisaje tranquilo después de la lluvia* y al vaporizador *Olor de flores silvestres y tierra mojada*, antes d djar su mochila encima d la mesa.

Tenia hambre y trataba d recordar cual era su mnu macrobiotico dl dia cuando observo su ordnador dsplazado hacia la izqierda en la mesa abatible.

Eso no podia haberlo hecho ella.

Helisabetta era zurda, asi q apartaba ls objetos en el escritorio hacia la derecha xa manejarse mejor.

Algien habia hurgado en su habitacion, y estaba segura d q no era cosa dl Servicio d Limpieza dl hotel.

Levanto la tapa d la computadora y ordno *Abrir sesión.* Una vez q se activo la pantalla, dijo *Horario última sesión.* La voz informatizada comunico *Trece cuarenta y siete, apertura manual.*

—¿Qué archivos?

—Información no disponible.

Se hizo evidnte q algien toqteo su ordnador y dspues habia intentado borrar ls huellas. Pero ella era una profesional estable ducha en ls secretos d su propia computadora personal. Inspiro profundamnte xa encontrar la klma q no la permitia su corazon acelerado.

—Disco duro. —Ordno.

—¿Clave?

—Superfragilísticoespialidoso.

—Iris, por favor. —Helisabetta miro fijamnte al puntito d luz intermitente d la pantalla—. Emita sonido encriptado. —D su garganta, con la bok cerrada, nacio un gorgoteo d qien imita q traga awa, juego con el q su prognitor la hacia rabiar cuando la qitaba un refresco y simulaba q se lo bebia d un trago. La vino a la mnte la imagn d ls risas entre ellos cuando no habia cumplido ls 7 años, antes d ser secuestrada x la Ksa d la Convivencia. Dcididamnte, pensaria en aql hombre como Padre—. Permiso obtenido.

—Archivos accedidos en la última sesión.

—Ninguno.

—¿Clave de entrada?

—Voz de Helisabetta.

¿Cómo? Aqllo era extraordinario. ¿Habian imitado su voz?

—Recuperar grabación de la sesión. —El ordnador tardo 8 milisegun2 en emitir un pitido grave q indikba q ya estaba listo—. Reproducir.

—Abrir archivo. —La voz d Helisabetta sono a traves d ls altavoces octaestereofonicos d reproduccion exacta d su computadora. Se qdo estupefacta. X supuesto q era su voz, pero era indudable q ella no se encontraba en la habitacion a ls 13.47.

—Repetir.

A la 3ª vez, kyo en la cuenta d ke es lo q estaba pasando. Era su voz, pero no su tono normal. Parecia nerviosa, enfadada y contenida. Ella mejor q nadie sabia idntifikrse... Y nadie mejor sabia dond habia actuado asi: estaba escuchando la grabacion dl interrogatorio en el Centro d ls *Cuidadores de la Convivencia*.

—¿Huellas en el teclado?

—Látex.

—¿Registro de voces durante la sesión?

—Ninguno. Respiración nerviosa.

—¿Duración de la sesión?

—Catorce minutos ocho segundos.

—¿Archivos con intento de violación?

—Todos los de la pantalla de inicio. Ninguna clave acertada: desencriptador rechazado por carecer de iris.

—¿Modo de borrado de la sesión?

—Descarga eléctrica de un milisegundo para dañar el xenón del disco flotante.

Habian provokdo una interferencia similar a un incremnto d la tension d la luz, cosa q podria ocurrir con relativa facilidad en un eqipo d esa klidad sin una conexion especial como la q ella tenia en su medio habitacional. D no haber movido el ordnador d su sitio, qiza nunk se habria enterado. Pero ahora lo sabia: estaba siendo espiada x algien q tuvo acceso a la grabacion d su interrogatorio. *El jefe de los Cecés no es tan amable como parecía.*

Por un momnto, penso en enviar al Systema una conferencia d dnuncia, pero ¡como iba ella a dlatar a ls *Cecés*! El arzobispo tampoco la valdria d mucho como testigo, asi q suspiro con contrariedad. Todo se estaba enredando mucho + d lo q nunk previo.

El audiodimnsional d la habitacion hizo una llamada y se sobresalto. En ese momnto, podria soportar cualqier cosa mnos una amonestacion dl Systema. O era x lo d la yacida, o era x lo d la dnuncia, o era x lo dl interrogatorio, o era por... Lo q fuera habia encendido la luz naranja d urgncia.

No podia djar d contestar a la llamada.

—Responder.

Un Cuidador d la Convivencia con gsto serio aparecio en el holograma.

—Profesional estable Helisabetta Fuencisla, Felicidad y Paz.

—Felicidad y Paz. A ver… —inicio una timida protesta—… tengo muchos problemas como para que me vengan con…

—Perdone, profesional estable, ¿no ha advertido la luz de urgencia?

—Por eso precisamente digo que estoy…

—Profesional Helisabetta Fuencisla —impuso con voz grave d autoridad—, esta es una llamada urgente que necesita de su intervención.

—Estoy escuchando. —Bajo la kbeza, resignada.

—Departamento de robos de Norba Caesarina. —¿Robos? ¿Me van a acusar ahora de robo?—. ¿Es usted *descendiente* del profesional mudable Bartolomé Fuencisla?

—Sí… ¡No me irán a decir que ha robado algo!

El holograma qdo inerte, anotando el intento d ridiculizacion nacido d la inflexion d la voz.

—No, profesional estable Helisabetta Fuencisla.

—¿Entonces?

—Esta llamada es para comunicar que el medio habitacional de su progenitor ha sufrido una violación, detectada hace ochenta segundos por el Systema.

—¿Cómo?

—Según hemos podido reconstruir, alguien entró hace tres horas en el medio habitacional de su progenitor y fue advertido al errar cinco veces en la clave de entrada de una carpeta encriptada.

—Pero bueno ¡cómo no me han avisado antes! —Se levanto hacia el holograma.

—Usted ordenó suspender la vigilancia permanente para ahorro de energía, y fue reemplazada por una aleatoria del Systema. Hemos comprobado su orden emitida por voz el cinco de abril.

—Es cierto... —Helisabetta recordo q suspendio ls funciones d vijilancia cuando dcidio viajar a Pincia y creyo q nadie qrria entrar nunk en aqlla ksa a ls afueras d la ciudad—. ¿Y han robado algo de mi padre?

—Perdón... ¿Padre?

—He querido decir de mi progenitor. —Miro al suelo, confusa. Pincia la estaba kmbiando dmasiado.

—Aún no lo sabemos. Hemos enviado a dos cuidadores de la convivencia para un examen visual. La tendremos informada.

—Un momento, un momento. De acuerdo, manténganme informada, pero lo único que puedo hacer es tomar el primer tren veloz y presentarme allí.

—Me permito comunicarle que sale uno cada veintisiete minutos.

—¿Y el próximo?

—Dentro de ocho minutos y cincuenta y dos segundos.

TRACTADO Q· CUENTA EL DÍA Q· ME QUEDÉ SOLO EN LA VIDA E DE LA MADRUGADA Q· ME HICE HOMBRE AL BEBER LA MI PRIMERA SANGRE

in duda q· esa noche de Santa Mónica debería de haber pasado à la mi memoria como fecha feliz, pero la vida marca sus reglas sin preguntar.

Llegué à la casa calado e de barro hasta las orejas. Abrí el portô con grande cuidado para examinar con quién me iḅa à enfrentar primero. Por la rendija, vi q· toda la gente se afanaba corriendo de un lado à otro del patio e q· se hablaban à voces con contento. Me decidí à entrar, realmente apocado, e un esclavo q· cargaba una mesa me chistó:

(Es). ¡Vamos, echa una mano!

Con las mismas, agarré el tablero de un lado e me uní à los trabajos de todo el servizio sin saber qué estaba pasando e sin q· se notara mi súbita incorporaciô.

En medio del corral, à pesar de q· estaba la tierra mojada, andaban ensamblando mesas, taburetes e escaños corridos; la hoguera de asar chuletillas de cabrito e de lechazo estaba ençendida e hasta la Martina corría deprisa con manteles blancos q· olían à confinados. Yo no sabía si preguntar ò no lo q· estaba pasando, pero debía ser noticia extraordinaria para haber montado todo ese enredo.

Era raro también q· la mi ausençia hubiera pasado descuidada. Bueno, no del todo. Según terminé de acoplar la mesa, el escudero viejo de siempre me dio un capô de los q· dolían, apuntando certeramente en la coronilla, e preguntó sin querer respuesta:

(EsV). ¡¡Dò andabas?!

Le miré con odio mientras me dolía del chichô q· ya me estaba naciendo.

(EsV). ¡No te doy más porque hoy es día de fiesta, bribô!

Según me frotaba, acerté à preguntar echando un paso atrás por si se arrepentía de su buena fè e me soltaba un guantazo.

(Ro). ¿Qué fiesta?

(EsV). ¡Se casa la señora e hoy piden la su mano!

Me sorprendí tanto q· tardé en reaccionar. ¡Se casaba la ntra· señora! Cásame en hora mala, q· más vale algo q· nada, pensé de momento. Luego, pregunté al tuntún.

(Ro). ¿Quién hace la pedida?

(EsV). El duque de Alvear.

Me quedé boquiabierto: era el tipo de las calzas de media caña de terciopelo amarillo à quien le había birlado ducado e medio una buena noche. ¡Sólo faltaba q· se acordara!

(Ro). ¡Ese es rico!

Aseguré firme.

(EsV). ¡Viudo e riquísimo de herençia!

Sentençió el escudero viejo e sonrió con su diente, fervoroso.

(EsV). Con tanta hacienda q· han decidido disponer de viandas para todo el servizio mientras ellos se van à la taberna del Paco el de la crioya, detrás de la plaça Mayor. Estaremos nos e los de su casa, q· son unos quantos. Más q· nos. Más…

¡Ansí estaban todos de atacados! La sñora· Martina se cambió de ropa e aparenta q· se lavó. Yo lo sé de oídas porque no estaba para juergas. Mi prioridad era avisar al mi padre de q· los justicias apareçerían en la su casa à la mañana siguiente, si acaso no lo había hecho ya, à buscar à la su manceba, la mi madrastra. No era fácil la molienda.

Lo primero, en mitad del barullo, se me fuè en pensar el modo de escabullirme. Le pregunté al veedor si quería q· comprara algo e me dijo q· ya tenían de todo, q· se había ocupado él personalmente, ansí q· mala treta para escaparme.

(Ro). ¿E agua? Habrá q· hir à por agua para tantos.

(Vee). Eso sí. Llévate un par de cántaras de las grandes.

(Ro). No podré con dos.

(Vee). Pues una e después otra. ¡Arrea!

¡Perfecto! Ya teníade el paso franco para salir escapado e avisar al mi padre. Con el hir e venir de las emociones, si yo faltaba se notaría menos. E, à la hora de repartirse los manjares, nada. Yo me perdería el banquete pero… el deber siempre es lo primero.

Salí con la cántara e rostro de hir à hacer algo de provecho para la fiesta. Desde la calle de Sant Martín se oían los alborozos e cánticos de la mi casa, q· el pobre tiene más coplas q· ollas e más refranes q· panes.

Caída la tarde, no era necesario acercarme hasta las Tenerías para encontrarme al viejo capitán. Por las tapias de detrás de la puerta del Campo, junto à las peores mançebías, andaría à medio emborracharse. E no tardé trecho en dar con él.

(Ro). Padre, q· tengo q· hablarle.

Él me miró sonriendo e se atusó un poco los ropajes para pareçerme más digno.

(Cap). Dime, donçel.

Le conté lo sucedido en el palacio del Santo Ofizio e cómo se me ocurrió de repente librarnos de la barragana, observando q· no eres de la sangre de quien naces, sino de la estirpe de quien paces.

E ansí sucedió lo q· menos me esperaba.

Lo q· me marcaría para toda la vida.

Supe à temprana edad cómo se hiela el alma. E no sería la última.

El mi padre buscó una piedra grande do sentarse, como si le hubieran dado un puntapié en los riñones e necesitara lugar do asirse antes de caer redondo. Después, guardò silençio.

(Ro). ¿Pasa algo, padre?

No respondió hasta pasado un rato.

Me miró desde lo más profundo de su adentro.

(Cap). ¿Cómo se te ocurrió hacer eso, Rodrigo?

Me preguntó aínas sin voz.

(Ro). Para quitárnosla del medio, padre.

Me quedé con gesto de orgullo por la obra bien hecha.

(Cap). ¿Cómo pudiste ingeniarlo?

Aún bajó más el mentô. Estaba avergonçado.

(Ro). Porque es mala.

Calló de nuevo mirando al suelo, buscando alguna respuesta en su interior à preguntas q· no hizo.

(Cap). No puedo dejarla en la hoguera, Rodrigo. ¡Qué has hecho!

(Ro). ¿Cómo no, padre? ¡Si se lleva à los hombres à tu catre quando no estás!

Él levantó la vista e se quedò pétreo en los mis ojos, con un dolor infinito.

(Cap). ¿E de qué te crees q· saco algo para viandas?

Se le saltaron las lágrimas.

(Cap). No puedo arrojarla à la hoguera…

Yo mesmo sentí necesidad de pedir auxilio al infierno, pues la mi falta era tan grave q· merecía las calderas del sufrimiento eterno. El gesto del viejo capitán estaba descompuesto: si su honor era mançillado cada tarde por obtener sustento e él lo sobrellevaba emborrachándose, aún había un punto más de otra dignidad inexplicable q· le impedía la traiciô última à quien yo sabía q· no amaba, pero à quien se debía. Mi acusaciô era un tormento en sus ojos e, en ese momento, también dentro del mi ser.

(Ro). ¡Padre!

Es lo único q· me salió e lo abracé. Él me devolvió el estrujô con todas las sus fuerças, pues sabía ya q· sería el último de ntras· vidas.

(Cap). He de correr à sacarla de aquí. Nos hiremos.

(Ro). ¿Dò?

(Cap). Lejos, Rodrigo. Do no la encuentren.

Yo quise alargar ese momento ò quitarme la vida allí mesmo. Sólo sentía pena dentro e angustia e falta de aire e la sensaciô de q· iba à quedarme solo. Al cabo, siempre pensé q·, quando lo necesitara, recurriría à él. Pero si se marchaba por los caminos… ya no tendría à nadie.

(Ro). ¡Padre!

Creo q· gemí e q· fuè esa palabra lo último q· le dije. Quizá algún otro balbuceo, no lo sé. Recuerdo q· se levantó decorosamente, se ajustó el sombrero roto e caminó paralelo à la tapia del convento, tambaleándose. E me suena vagamente q· exclamó:

(Cap). ¡Haremos frente à la Justicia!

Pero no lo sé. No sé lo q· dijo. No sé lo q· dije. No sé lo q· hice: le vi desapareçer entre las lágrimas q· llenaban los mis ojos.

E ansí fuè la mi despedida del viejo capitán. Ansí me quedé solo. No hemos conocido el bien hasta q· lo hemos perdido.

Si me preguntan, diré q· marchó desfilando orgulloso como un soldado del Imperio español. Si me fustigan, confesaré q· lo expulsé de la mi vida por una mala ocurrençia. Aprendí en mi piel el dicho: No te metas en pleito de marido e mujer, q· se arropan con la mesma sábana.

En ese momento, fui, sin duda, el balandrô más tonto del Imperio.

Pero yo lo había hecho sin ninguna mala intençiô…

… ò quizá entendí, de súbito, q· las malas intençiones traen de vuelta un castigo mayor.

No volví con la cántara à la casa de la marquesa de Pozas, q· estaba à cinco jornadas de convertirse en duquesa de Alvear. Si tenían sed, q· dieran una voz à algún aguador e q· acudiera con la su mula ò la su carreta. Pero ni fui esa noche de celebraciô ni hasta seis días detrás.

Si he de explicar dò anduve, dò dormí, dò vagué e qué fuè de la mi vida, lo tengo borrado de la memoria. Creo q· me dio por recorrer los caminos para pedirles perdô al mi padre e à la mi madrastra e q· no los encontré. Ò tal vez me marché en direcciô opuesta buscando al diablo para q· hiciera de mí gigote.

También me recuerdo en la explanada de la Santa Ynquisiciô rogando q· me quemaran vivo en la puerta del Campo e creo q· los escuderos me expulsaron à patadas.

No lo sé à ciençia cierta.

Sí sé q· terminé con la mi ropa hecha guiñapos e con mirada aviesa de quien ha vivido quarenta años à tortazos entre gente de mal vivir, e no mis trece.

Creo q· nada fuè igual desde el momento en el q· fui consciente de q· había vendido al mi padre.

Sólo hasta la noche del día sexto me vi en condiziones de meterme à dormir en el cobertizo con los demás.

Abrí con cuidado la puerta de la calle Torrecilla e la cerré despacio, aunque, recordando el mi suceso de antaño, me quedé mirando hacia el corral. E allí volvió la cacha del escudero viejo à quererme abrir la crisma, pero anduve más listo. La esquivé de momento; la agarré en quando tocó el suelo; se la quité de un empellô, e me fui à por él con el garrote en la mano.

Aquel hombre no se esperaba una reacciô ansí e dio cinco pasos atrás quando me vio amenazante. Lo último q· dijo fue:

(EsV). ¡Anda e suelta eso, hideputa!

Antes de q· terminara el insulto le golpeé en toda la boca trazando un arco desde abajo e vi cómo saltó un chorro de sangre; con los ojos quedos, desorbitados, incrédulos, aún quiso pronunçiar alguna otra palabra e, lançando el garrote desde arriba, le machaqué la cabeça, q· se abrió como un melô maduro. Fuè cayendo todo lo largo q· era e todavía tuve fuerças para darle otra vez en el mentö, q· sonó q· se estazaba.

Lo dejé muy mal herido. Nunca más en la su vida se atrevería conmigo. Nunca más pudo dezir nada. Pero mi pena es q· en esos días dejé de ser niño e me hice, de repente, mayor… Probé la mi primera sangre… para nada.

Si uno ha vendido à su padre, bien puede dezir q· mira la vida como si todo lo q· ocurre fuera transparente.

E ansí estaba yo: roto e desalmado.

Se lo conté al maestro en quanto pude. Él me dijo q· los justicias fueron à por la barragana e, al no encontrarla, prendieron de nuevo à maese Pompeyo Leoni e le soltaron à las horas. Eso me hizo sentir más malogrado.

En casa de la futura duquesa, la fiesta e los buenos agüeros se tornaron en malas certidumbres: el señor decidió q· sobraba aínas todo el servizio de la señora, incluida la su casa, q· vendò, e se quedò con las dos camareras jovençitas e risueñas, el veedor e el repostero. El resto, à morir en la calle.

El q· para pobre está apuntado, igual le da estar de pie q· sentado. Éramos los mesmos perros, pero con distinto dueño: canes inútiles. La sñora· Martina lloró como en su vida e yo sentí q· la debía un favor, pero no sabía cómo pagárselo entonçes. Al menos, fuè lista e la sisó à la marquesa algunas joyas, calderilla q· la sirvió para salir de la ciudad, quizá à Madrid, la Capital, à do se iba toda la turba.

À mí me dio igual, pues ya veía la vida según me pasaba de frente e no con las ganas de hir à comérmela.

Viví por las calles con los veinticinco maravedís q· me ganaba por cada trabajo con Berruguete. Él mesmo se extrañó de tenerme à qualquier día de qualquier hora sin q· rechistase porque me había escapado ò porque debía volver, aunque no bajábamos à los túneles ni al horno.

(Al). ¿Sigues en casa de la marquesa?

Me preguntó según recorríamos el corral hasta la caseta de los subterráneos secretos por la primera vez en grande tiempo.

(Ro). Se hizo duquesa, maestro.

(Al). ¿De quál modo?

(Ro). Casó con el duque de Alvear.

(Al). ¡Ese impostor q· vende vinagre en vez de vino! Pronto la pondrá à mercadear.

Me recordé de quando recibía en casa, pero preferí tener certeza de las mis sospechas, ansí q· apunté inocente.

(Ro). No entiendo.

(Al). ¡Hasta seis ducados se pagan por hora e mitad con señora como la tuya! ¿De qué crees q· vive el duque?

(Ro). ¡Del vino!

(Al). ¡E del mosto!, q· la venderá diciendo q· es donçella cada noche.

E me acordé de la barragana e de mi padre, q· andarían por algún barrio de aquella ciudad con un aprendiz de río e una osa q· come bellotas: la Justicia e la Muerte igualan à todos los vivientes.

ARCHIV189083792382378653983494IMPRXSYSTEM
WRITER11,79MILISEGUN2TXTOMODIFIKDOPROGLITERARIO
ESTILORETROS21TRANSCRIPCIONTXTOSORIJINALESEXACTA
ENGRAMATRIKARKIKORDN45743755555332208611ESPAÑOL
PUROPUNTUACIONCLASIKYPALABRASSEPARADASMARKN
MINERFERROV561TAHIPERVINCULOIMAGVIRTUALAUDIO
RECUPERADOBUZONENVIODSCONOCIDO.QLARITA
RECTORA.21012101. **VIJILADA X NANOTRANSMISORES.**

Norba Caesarina aparecio frente a Helisabetta transformada en una pesadilla. Solo 2 dias gozando d la placidz d Pincia la habian trasladado a un mundo mucho + apetecible q el d la kpital.

La dstruccion e inundacion d Lisboa x efecto dl terremoto y el tornado d 2018 hizo d la antiwa Caceres la kndidata idal xa ser kpital dl nuevo pais q unia la antiwa Portugal con algunos territorios d lo q se habia llamado España: Extremadura Nacion, Galicia Nacion y partes d ls esta2 federales d Asturias Nacion, Andalucia Nacion, Kstilla-La Mancha Nacion y Kstilla y Leon Reino. El *Mundo Unido* dividio vertiklmnte la peninsula Iberik en solo 2 patrias, frente al lio d 17 naciones empobrecidas x falta d poblacion en q se habia convertido lo q qdaba d lo q fue un imperio en el siglo 16.

Para evitar sentimientos rejionalistas, comarkles o provincianos, ls rectores dcidieron kmbiar ls nombres d ls ciudads y recuperar sus ancestros romanos o aun + antiguos, kso q ls tuvieran.

En un intento d consegir una homologacion rapida, al kmbio d dnominacion se unio el rejistro dl nuevo idioma, el spanglish; la renovacion eduktiva, reescribiendo la historia, y una potente Web con emisiones audiodimnsionales y holografiks bien planifikdas en ls q ls dlincuentes eran paletos q hablaban en idiomas vernaculos y to2 se reian d qien no se abrazara al nuevo ordn, nuevo himno y nueva bandera.

Conversar en spanglish y dmostrar ls gneraciones q arraigaban a un ciudadano a Galportu Extrema o a Hispania fue orgullo permitido y sugrido.

Ls publicitas llegaron a inventar rasgos caracteristicos d ls poblaciones xa acentuar su idiosincrasia, tales como q ls galportuanos eran *Muy trabajadores* o ls hispanos *Muy nobles y simpáticos*, como si el resto dl mundo no tuviera caracteristiks similares.

La prosperidad, consegida gracias al dinero llegado d otras zonas dl *Mundo Unido*, ayudo a ls ciudadanos a pensar q esas nuevas naciones eran lo q ellos soñaban.

Somos más que un país o *Somos veintiséis millones* se convirtieron en frases celebres en ls anuncios tridimnsionales d ls klles, junto con musiks y bailes llama2 autoctonos q enfervorecieron unos sentimientos permiti2 x el Systema durante 22 años, hasta q ls rectores se perktaron d q el nacionalismo no daba felicidad si ls klles estaban sucias o si ls sanadores no funcionaban correctamnte. (HIPERVINCULO39947666LINKDIFERENCIASPAISESEXTERNOSYMUNDOUNIDOWWE098142).

La plaza Mayor d Norba Caesarina enarbolaba la bandera + grand d Galportu Extrema. Una vez al año, en un altar bajo el mastil, ls rectores lokles dpositaban ramos d flores virtuales con ls colores patrios, verd, blanco y azul, durante una extraña fiesta en la q grupos d fluctuantes e inclasifik2 tenian permitido situarse a un lado y otro d ls vallas d separacion dl cortejo, y podian proferir cuantos gritos e insultos fueran kpaces durante hora y media, tradicion heredada d ls fiestas nacionales d ls 17 antiguos esta2 nacionalistas d España.

Sumerjida en sus problemas y con la atencion puesta en dilucidar si su padre murio o fue asesinado, Helisabetta se agobio al encontrarse d nuevo con la gran ciudad. Incluso el hecho d q durante el trayecto pensara en la ksa d *su padre*, frente a *su progenitor*, la hacia sentirse extraña.

294

Era una sensacion nueva al ver aqllos raskcielos inteligntes, goberna2 x computadoras, y autonomos energetikmnte, gracias a la luz solar.

Kda vez q durante toda su edukcion vio aql mismo paisaje al volver d ls Baha+, o d Tiphis, o d ls viajes eduktivos diseña2 xa ls jovenes + brillantes d su gneracion, sintio felicidad. La palabra *hogar* estaba permitida como simbolo d privacidad, ambito en el q no habia q dar explikciones ni al Systema.

Y ese horizonte d raskcielos rodea2 d murmullos d ls ecovehiculos, bisbiseos d ls naturalbus, musiks d ls tridimnsionales publicitarios y trasiego gnralizado en ls klles formaba parte d su hogar.

Parte d si.

Asi q Norba Caesarina aparecio frente a Helisabetta como una pesadilla. Al apearse dl tren echo d mnos el aire natural en la cara, algun olor, la incomodidad dl klor o dl frio, como en Pincia.

La estacion amontonaba celosamnte todas ls normativas dl *Efepecé*: asepsia, temperatura idal a 21 grados, según la normativa de debates audiodimensionales; ningun olor, bandas d colores xa la circulacion d personas y eqipajes, medidores laser xa wardar ls distancias, avisadores luminicos xa correjir dslices, pantallas enormes xa anunciar salidas y llegadas, tridimnsionales con todo tipo d publicidad, dispensadores d cualqier artilujio, bebida o alimnto, cintas d transporte con doble velocidad, y pareds con paisajes q kmbiaban en consonancia con el numero d gnte q estuviera en ls andnes xa evitar el dsasosiego q provok el inicio d un viaje.

La salida a la klle no fue mucho mejor. Una vitrina d cristal proyector d 8 metros d ancho x 5 d alto enclaustraba el unico vestijio romano q se conservaba d la ciudad, rodado x edificios d 60 plantas d plasticresintant con minileds d ultima gneracion, q kmbiaban d color o se convertian en espejos en cuestion d milisegun2. Aqlla atraccion era lo 1° con lo q se encontraban ls visitantes d Norba Caesarina y ls hacia abrir la bok hasta no podr +, extasia2: el pasado se recreaba en imagnes q parecian suspendrse d la misma construccion romana y el presente-futuro se abria a ls ojos con solo mirar al cielo.

No hacia 5 dias q ella misma inspiraba feliz cuando se encontraba en medio d tanta belleza modrna, imposible d concebir x ls antiguos. Un arte sin ideolojias, sin referencias, sin alegorias: puro, pensado xa el ocio, dscifrado solo en el ambito d lo privado, y universal xq podia ser comprendido x iwal entre ls fluctuantes asexua2 o ls rectores o ls inclasifik2 rurales nada + verlo. El *Arte de la ceja* se conoció, por ser la ceja un elemento neutro en la cara aunque presente en todo ser humano.

Pero a Helisabetta se la vino a la kbeza el austero portico d San Benito y ls platerescos d San Pablo y d San Gregorio.

Luego, miro en drredor bus_kndo a algun niño jugando con ls palo+. No habia.

Fue entonces cuando la parecio vislumbrar al mismo tipo d la kbeza afeitada q leia el periodico en Pincia cuando ella volvio a su hotel. Se jiro xa cerciorarse, pero no lo encontro. *¿Me están sigiendo?*

Dcidio ir directamnte a la ksa d su padre sin pasar x su medio habitacional. Recordo q el holograma la habia informado d un intento d violacion d una d ls krpetas encriptadas, seguramnte cualqiera d ls q ella no pudo abrir x falta d iris. Pero ¡ke tonteria! ¿A ke bobo (*Sí: ¡bobo!*) se le ocurriria abrir un archivo 5 veces xa alertar al Systema?

El naturalbus bisbiseaba x ls klles, pero dntro solo se oia una suave melodia. Ninguno d ls pasajeros se hablaba entre si, ni mucho mnos se miraba.

Dsd la estacion hasta ls afueras no tardo 12 minutos, tiempo suficiente xa observar la diferencia entre la gran ciudad y aqlla atrasada Pincia: vio, al mnos, 6 chiks con una crin muy parecida a la suya, 8 jovenes con aspecto d clones y vestimnta plastifikda, rectores en sus ecovehiculos sin conductor, y cientos d gntes kminando en filas segun markban ls lineas direccionales con multitud d *Cecé* en ls esqinas vijilando ls normas xa la felicidad d to2.

El aire alli era ksi, ksi, como en Pincia. Y el klor. Inmediatamnte, el termostato d su blusa se puso en funcionamiento. ¡Cuantas veces se habia qjado ante sus prognitores dl klor o dl frio d aql paraje alejado d la placidz d la ciudad!

La ksa era d una planta, enklada d blanco, y podria confundir-se con la moda *Retrorrural* extremeña d media2 dl siglo 20 si no fuera xq resultaba q era d verdad. Todas ls construcciones d imitacion contenian elemntos nuevos, sobre todo en ls puertas y ventanas xa acoplar ls aparatos energeticos q aprovechaban el sol y el viento, pero aqlla ksa era autentik. Sus prognitores no solo vivian a ls afueras, sino, ad+, en un hogar con esksas comodidads, sin control x computadoras ni con audiodimnsionales d 1ª gneracion.

Se encontro la puerta cerrada. Es dcir, no estaba forzada. Resolvio entonces circundar la ksa para examinar por dond habian entrado los ladrones. Dsd la verja d hierro fundido, dl siglo 19 para + horror en la mnte d una joven profesional estable, se veia el jardin asilvestrado y, al fondo, la ksita d ladrillos y cristales dond trabajaba su prognitor.

Siguio dando la vuelta, pero no encontro ningun agujero hecho a proposito, aunq, si los ladrones sabian q estaba vacia, no era dificil conseguir una esklera d 2 metros y medio y saltar. Eso, o conocer el truco d su 2° verano en aqlla ksa, cuando dscubrio la salida por una antiwa krbonera oculta entre los matojos, y q nunk + utilizo dspues d la regañina d su prognitora al ver sus piernas llenas d magulladuras.

Puso su dispositivo movil frente a la cerradura y sono un clac inmediato permitiendola la entrada. Como aql dia, solo 2 semanas antes, q llevo ls cenizas d su prognitor en una urna, abrio la puerta y espero a q el mismo acudiera a recibirla… Fueron 2 segun2, el tiempo d inspirar una boknada d esperanza.

Luego volvio a la realidad.

Ordno *Luz* y se ilumino el recibidor. Recordo entonces q tuvo q enfrentarse seriamnte con su prognitor xa q aceptara la instalacion d un qit domotico d ordnes basiks, q el no utilizaba xq se empeñaba en seguir encendiendo ls luces yendo hasta ls pareds xa accionar ls interruptores, como ls antiguos. Un dia la llamo con urgncia x el audiodimnsional, muy enfadado.

—Helisabetta, esto no funciona. Esta chorrada que me has puesto no funciona.

—¡Te ruego que no digas palabrotas, Bartolomé!

—¡Dejaré de decirlas cuando me llames padre o papá, todo menos papuchi, y renuncies a escupir mi nombre, que bastante feo es!

—Son las normas.

—En el ámbito privado puedo decir lo que me salga de los c...

—¡¡Papááááá!!

—Así me gusta. ¿Ves como suena bien lo de *Papá*?

—Mañana tengo cuestionarios de repaso... ¿Me llamas para eso?

—No, te llamo porque la luz no funciona.

—¡Imposible! Es un kit básico de última generación.

—Es una chorrada.

—¡Otra vez!

—Me acerco al interruptor y no funciona. Digo luz, y no funciona. Digo *Joder* y se abre una persiana...

—Interpretará decir *Abrir*, Bartolomé.

—¿Y qué hago ahora? No tengo luz.

—Vamos a ver... ¿Apretaste al interruptor?

—Sí.

—¿Luego dijiste *Luz*?

—Sí.

—¿Pero devolviste el interruptor a su posición original?

—¿Y eso qué es?

—Si has tocado el interruptor, lo has desconectado del kit. Tienes que volver a ponerlo como estaba y luego decir *Luz*. ¡Ya te dije que era mejor arrancar los interruptores!

Dcenios antes d la gerra d liberacion dl *Mundo Unido*, Occidnte tuvo un grave problema d natalidad: ls mujeres se negaron a tener hijos.

Suponia un dsprestijio social contrario a la paridad vivir monopolizadas 15 horas diarias xa edukrlos, asi q prefirieron trabajar 50 horas semanales como empleadas xa ganar un dinero q no podian gastar.

Ni fueron madres, ni riks, ni felices, pero consigieron tener libres ls noches d ls viernes.

Cuando alknzaban la edad en la q se aburrian saliendo d copas y se encontraban con nadie en ksa xa cuidar o charlar, ls asaltaba invariablemnte un nostaljico sentimiento d maternidad: en ese momnto dcidian adoptar niños d paises pobres.

La sociedad se formo asi con mujeres maduras, solas o emparejadas x cuarta vez con hombres maduros, q intentaban correr dtras d un niño d otro color, con otro aspecto, nacido en otra cultura, q ls hacia la vida imposible. En vez d ser madres jovenes, se convirtieron en matronas-abuelas. Aqllo era muy prestijioso socialmnte, pero Occidnte se qdo sin niños.

Cuando la natalidad supero el mnos 3%, ls gobiernos comnzaron a analizar el serio peligro. Ls paises arabes, principalmnte, estaban preña2: + d la mitad d su poblacion aun no habia cumplido 14 años.

Tenian sangre nueva xa trabajar y xa gerrear; vitalidad xa construir y xa dstruir; jovenes xa utilizar y xa exportar.

Ls paises ricos se hicieron viejos, sus gntes dspreciaban cualqier reto, ls urnas se abrian exclusivamnte xa solucionar problemas d personas mayores y ls tecnolojias no se utilizaban xa la rebeldia.

Los rectores dl Mundo Unido supieron dsd el principio q la falta d niños seria un problema si no lo resolvian dsd el comienzo. La gerra habia dvastado gran parte d la juventud d los Países Externos y eso devino en una fuerte igualdad.

Lo q el Opcionalismo no pudo solventar fue el dsprestigio social q suponia el matrimonio xq atentaba contra la falta d libertad y paridad, principio básico d la Felicidad dl Efepecé.

Sin parejas comprometidas, la crianza d las criaturas se convertia, ad+, en algo parecido a la esclavitud para las mujeres, uniks kpaces d procrear hasta q la experimntacion con los uteros artificiales culminara con exito. (HIPERVINCULOLINK5685781221.FERTILIDADYMORTANDADMEDIADOS21ENART0002759)

D esta manera nacieron ls Ksas d la Convivencia y la obligacion xa toda joven d parir al mnos una vez en la vida. Ls mujeres dberian d ser fecundadas antes d ls 24 años xa tener la seguridad d q el cuerpo joven donaba toda su enerjia al vastago.

La embrionacion x clonacion, la gnetizacion y la oovocitacion sustituyeron al embarazo; ls rectores inventaron ls Ksas d Convivencia xa suplantar a la familia, y la sociedad crio retoños ksi perfectos a ls q doto d ls mismas oportunidads d edukcion, alimntacion, ocio y posibilidads d futuro, tal y como se reqria en el manual basico dl *Felicidad, Paz y Ciudadanía*.

El sentimiento d posesion, q antes d la gerra tenian ls progntiores sobre ls hijos, qdo prohibido; tambien el d culpa, o el d dsasosiego x su prosperidad. Ls palabras *Padre* y *Madre* fueron excluidas xq se entendia q vinculaban en exceso ls lazos afectivos, y se permitieron ls d *Progenitor* y *Progenitora*. Ls ksos d *Hijo* e *Hija* se consideraron terminos sexistas y se kmbiaron x *Vástago, Descendiente, Criatura, Púer* o *Ser*.

Helisabetta dscubrio asi el mundo dl *Opcionalismo*, aunq con una vision antiwa al otro lado dl muro: sus prognitores la fecundaron al modo tradicional, vivieron ksa2 toda su vida y aun mantenian un anhelo d espiritu familiar con aburridas fiestas anuales en ls q juntarse xa mirarse o xa discutir, llamadas diarias xa no dcirse nada nuevo, preocupaciones baldias sobre sus problemas futuros, y alegrias dscomunales kda vez q ella se dignaba acudir a visitarlos.

La vida d su prognitor estaba ddikda a la madera. Alli se movia sin proble+, con el mimo q nacia d sus ojos al mirarlo todo antes d akriciarlo con sus manos arrugadas, sin ascos x el polvo q tanto repelus la empezo a dar a ella cuando conocio la Normativa d Asepsia.

Esa fue la razon q la llevo a dducir q ls archivos d su ordnador eran importantes: si ls habia encriptado con iris es q habia realizado un esfuerzo verdadramnte digno d encomio xa aprendr como hacerlo.

Aqllo dbia d ser muy valioso xa el.

El jardin irradiaba la misma luz q habia djado en Pincia. Tambien la misma placidz. Qiza era la 1ª vez q lo valoraba. Ls arbustos informes y ls hojas d ls arboles sin recogr, como habitualmnte, hacian d aql lugar asilvestrado una parte + d la personalidad d la ksa.

Ls flores d ls almndros ya habian dsaparecido, pero ls ramas daban al entorno el olor especial q se mezclaba con la jara y ls briznas d hierba d la Primavera: *es el olor de la Pasión y también de la Resurrección*, la dcia su prognitor si alguna vez ella accedia a sentarse en ls bancos d madera d tek apagando su termostato.

Kmino hasta la kseta sin percibir nada extraordinario. La puerta no habia sido forzada xq ni siqiera tenia cerradura. Entro con dvocion, sin perdr un apice d kda olor q se dsprendia; pisando cascaras d nuez sin hacer ruido. Qiza aql lugar era un templo en memoria d su... padre. *Sí: ¡padre!*

Las marks en el polvo dnunciaban q algien, efectivamnte, habia kminado hasta la mesa con 8 pasos, se habia sentado frente al ordnador, movido el teclado y dslizado ls CO_2 x la mesa...

Todo el esmero con el q entraron en la ksa xa q no se notara, habia saltado x ls aires al encontrar la cueva dl secreto q anduvieran buskndo.

Era evidnte q algien habia estado alli y, ad+, intento dsencriptar ls claves 5 veces.

¿Quién pone cuidado para unas cosas y no para otras?

Helisabetta sospecho q algo no funcionaba como a ella, una profesional estable kndidata a la clonacion, la habian enseñado. El paisaje la gritaba *Es aquí, aquí, busca tú lo que no hemos podido encontrar*, como si pudiera accedr a ls arknos escondi2 en el disco duro.

Se sento en el sillon y encendio manualmnte el ordnador. Sobre el fondo azul oscuro, ls iconos d ls krpetas se movian con un cimbreo gracioso, como zambullidas en el mar y dando a veces un saltito d pez.

—Helisabetta, eso que me has puesto en el ordenador es molestísimo —la dijo su prognitor.

—Es el mar, Bartolomé. Así te acuerdas de mí.

—No me hace falta eso para acordarme de ti. Tardo mucho en pescar los archivos.

—Ja, ja. No seas exagerado.

Las krpetas *Apuntes domésticos, Balance taller, Cuestionarios, Encargos pendientes, Hacienda* y *Helisabetta* podian abrirse sin clave alguna, y todas contenian archivos predcibles tras el titulo gnerico. La 1ª vez q lo vio, hacia una semana, la joven se sorprendio d q su prognitor wardara en la krpeta con su nombre todas y kda una d ls notas q le habia enviado, incluso ls + insignifikntes.

Pero era la d *Pincia* la q solo djaba ver ls titulos *Alonso Berruguete; Carlos primero...* Kda uno d ellos pedia clave e iris. Y x + q se qdara mirando a la pantalla, nada iba a kmbiar. Se atuso la crin pensando qien y x ke qrria haber accedido a esos archivos.

Jiro la silla xa observar cuidadosamnte el entorno, algo q no creia recordar haber hecho nunk.

La kseta d ladrillo y cristal, con techo d plasticresintant transparente q podia volverse opaco x fuera xa evitar el klor dl sol manteniendo la misma luz interior, fue prevista x su prognitora como invernadero cuando Bartolome acudia a un taller homologado xa trabajar la madera.

Con el tiempo, su prognitor se hizo + solitario, incluso adusto en el trato con la gnte, y dcidio no ver a nadie, asi q traslado sus herramientas a la kseta dl jardin. Coincidio con el enkrgo d la restauracion dl retablo d Berrugete, asi q todas ls fotografias y ls hologramas fijos tridimnsionales q utilizo xa el empeño permanecian pegadas o colga2 en ls cristaleras dl lado Este, frente al escritorio, q estaba situado en el Oeste, rodeado d una gran libreria repleta d libracos y kchivaches hasta el techo.

La entrada daba al Sur y toda la parte Norte la ocupaban maderas y mesas llenas d herramientas d krpintero. El suelo era d losetas pegadas con cemnto y no habia hueco sin serrin. En la mesa, ad+ dl ordnador, la pantalla y el teclado, un flexo con triple luz y un eqipo d musik sin cristal liqido.

En total, un rectangulo d 10 metros d Sur a Norte y 8 d Este a Oeste con un taburete d madera en cualqier lugar y un sillon d escritorio q ella misma le habia regalado cuando le vio teclear torpemnte el ordnador sentado en su taburete d maestro restaurador.

Volvio al frente y puso ls pies sobre la mesa. ¿Dond estaba lo q buskba? En ls 3 estantes laterales d la izqierda, antes d la 1ª balda q cruzaba toda la libreria, habia USB xa el aparato d musik, cedrrones y duveds dsordna2.

En el 1° d la derecha, un diccionario y un viejo libro titulado *Sobre la madera*; en el 2°, la foto d Helisabetta con el; en el 3°, novelas. Ls 5 baldas q llegaban hasta el techo, ad+ d todo el polvo y serrin posible, contenian libros d muy distintas materias: atlas, poesia, viajes…

Qiza lo q buskba no estaba alli, sino en la ksa, concluyo. Lo mismo q una semana antes. Y ya preveia q iba a repetir lo q hizo: ir a sentarse en el dormitorio a ver si la llegaba algun tipo d inspiracion. Pero en esta oksion pondria + empeño, pues el viaje a Pincia la habia alertado d q era urgnte encontrar el secreto.

Se levanto y salio x la puerta al jardin.

Prune Bulhman sigio su estela d una pantalla a otra, impaciente.

—Está tan perdida como nosotros —apunto Bayarri con pesar.

—Salón —ordno Bulhman a la computadora y la imagn aparecio en la pantalla + grand, repitiendo la misma q se proyectaba en el plasma numero 2. La 1 mostraba el recibidor; la 3, la cocina; la 4, la sala d estar; la 5, el baño d abajo; la 6, la esklera; la 7 el dormitorio d Bartolome; la 8, el baño; la 9 el trastero; la 10, el jardin, la 11, la kseta; la 12, la entrada a la ksa.

Helisabetta aparecio en la pantalla entrando dspacio en el salon. Ls microcamaras emitian dsd unos nanotransmisores con forma d mosks, q no solo podian permanecer kmufla2 en ls pareds, sino kmbiar d posicion moviendose como insectos con apenas + ruido q un leve zumbido.

—Quizá tendríamos que haberla dejado en Pincia, señor.

—Si no encuentra nada en la casa, volverá, no te preocupes.

Adriano Bayarri djo d observar ls pantallas. Con gsto d fastidio penso q, seguramnte, se habian precipitado con el truco dl intento d robo en la ksa d Fuencisla, pero el tiempo se ls eskpaba d ls manos.

En cualqier momnto, la unik persona con posibilidads d encontrar la formula d la *Tinta invisible* perdria el interes en el enigma d la muerte d su padre y volveria a ser una modlik y ortodoxa profesional estable.

Con ello, se dsvaneceria el sueño d encontrar el armamnto perfecto: «*Yo te digo, Señor, que si yo hubiera de pelear con hombres, que no huyera; mas no me pareció cordura toparme con Satanás, y por eso me quise guardar para mejor tiempo*».

La joven se sento en el sofa grand. Sus movimientos lentos, su gsto d ausencia y su inexpresividad hacian presajiar q estaba aturdida x mil sensaciones pero ninguna enkminada a encontrar lo q ellos estaban buskndo.

Dspues d unos minutos, subio x la esklera hasta el dormitorio y ocurrio lo mismo: se sento en la kma, miro en drredor muchas veces, parecio chupar ls recuer2 q flotaban, y bajo la vista al suelo xa encontrar respuestas inexistentes a preguntas no hechas.

—Así no va a encontrar nada —se qjo Prune—. Hemos revisado todo de arriba abajo dos veces. La respuesta está en el ordenador ¿Es que no se da cuenta que se lo hemos dispuesto todo para que mire ahí?

—Lo que está claro es que no guardó el iris antes de la cremación.

—¡Pero si es norma básica!

—Para nosotros, y entre profesionales —aclaro Adriano mirando x la ventana—. No para un vástago que se encuentra a su progenitor muerto. Seguramente, ni sabía que había encriptado el ordenador con el iris. Ella no sabía nada de las investigaciones del artesano mudable.

—Tendremos que traerlo aquí.

—Las posibilidades de hacer saltar la puerta informática sin dañarlo son cero, Prune. Es de xenón: si el gas se escapa, se pierde la información.

—Congelándolo... —apunto.

—Se pierde igual. Ella es nuestra única esperanza.

Helisabetta volvio a la kseta dl jardin. Probo a entrar observando kda dtalle d ls objetos x si algo la daba la pista q buskba, pero resulto un ejercicio inutil. La dsesperacion d Prune iba en aumnto.

—¿Desmonto el dispositivo? —pregunto a Adriano, q paseaba con ls manos cruzadas en la espalda.

—Aguarda un poco. Si Carlos primero esperó para vencer a Barbarroja y Felipe segundo quemó una ciudad para ganar en Lepanto, nosotros podemos aguardar diez minutos más.

Fue tokndo ls muebles, ls herramientas y ls maderas a modo d dspedida. Era su forma d dar un beso al pasado. Cuando llegara a su medio habitacional, ordnaria la venta d la ksa d su padre y empezaria una vida nueva. Akricio el teclado dl ordnador, la pantalla, el libro *Sobre la madera*, ls xtics d memoria informatik...

Miro a ls ojos d su padre q la observaban dsd la foto en la q la apretujaba el hombro. Cojio el portarretratos, limpio el polvo dl cristal con la manga y le dio un beso. Y dspues, otro + largo.

¿Dberia llevarse la foto?

No. Era un trasto q solo usaban ls viejos. Ella tenia la misma foto en su audiodimnsional y podia ordnar q apareciera como holograma tridimnsional. Incluso podia programar la lectura d cualqiera d ls poemas q la leyo su padre mientras la veia.

La tecnolojia permitia obtener muchas + sensaciones q un viejo portarretratos. Sin mucha imajinacion, el holograma podria dvolverla un beso d su padre muerto y ella lo sentiria en la piel si asi lo dispusiera.

Al djarlo d nuevo sobre la balda, buskndo al tacto el pie oblicuo d la parte trasera xa djarlo vertikl, Helisabetta noto al extraño.

Algo sobresalia x la parte superior, justo x encima d la bisagra d la madrita.

Recorrio con ls d2 y podia jurar q estaba tokndo un tubo.

Tomo d nuevo el portarretratos y lo miro x dtras.

A simple vista no habia nada, pero sus d2 estaban tokndo una forma cilindrik, eso era seguro. Golpeo con la yema dl ddo indice y comprobo q, efectivamnte, no podia llegar hasta el marco, aunq lo estaba viendo.

Era como si un cristal absolutamnte transparente se interpusiera en el kmino.

¡*La tinta invisible!*, penso y seguramnte llego a dcir en alto. El sonido d un moscon zumbo a su lado pero ella no se perkto.

—¡No te acerques tanto! —grito Bayarri.

—Es el único modo de analizar lo que ella ve, señor —se excuso Bulhman—. No tenemos zoom.

El nanotransmisor se habia agazapado dtras d uno d ls UBS d musik y enviaba una imagn perfecta d la cara d asombro d Helisabetta. Ls otras 11 microcamaras iban yendo hacia la kseta d una en una, pero dbian d manejarse con cuidado a ras d la hierba, pues cualqier golpe d aire podria lanzarlas muy lejos. Prune solo contaba con esa imagn y miraba ansioso al resto d ls pantallas xa averiwar cuanto kmino ls qdaba hasta traspasar el jardin.

No podia perdr dtalle: buskban algo q, en principio, no se podia ver. (HIPERVINCULOLINKMINICAMARASYFUNCIONAMIEN-TOENOPIEW097321)

Helisabetta examino el rebord trasero dl portarretratos y comprobo q su padre habia serrado el marco hasta consegir 2 hendijas en ls laterales dond algo invisible estaba enkjado. Ella golpeo timidamnte con la uña en el espacio *vacío* y sono metalico.

Su gsto d fascinacion se reflejo en ls ojos d Adriano Bayarri, q no perdia dtalle d lo q emitia la pantalla principal.

—Lo ha encontrado. ¿Cuántos segundos tenemos de retraso? —pregunto el jefe.

—¿Desde que captan la imagen hasta tenerla aquí, señor? —se aseguro Prune Bulhman d q era esa y no otra pregunta la q dberia respondr.

—Afirmativo.

—Diez en el peor de los casos.

—Es decir, que ella va entre diez y doce segundos por delante de nosotros.

—No debería ser tanto, señor… —Hizo cuentas mntalmnte—. Son dos satélites, más la comprensión, más la transmisión por microondas… más la llegada… Ocho segundos, máximo, señor.

—Demasiado tiempo.

—Puedo bajar la resolución, pero ya perdemos nueve fotogramas por cada veinticuatro.

—Ahora no solucionamos nada… Ocho segundos —repitio xa si.

—¿Si anulo la codificación?

—¿Cuánto ganamos?

—Casi cinco segundos.

—Es arriesgado crear otra fisura…

La joven ya habia conseguido asir algo entre ls d2. Algo q ni ella veia ni la microcamara podia retratar. Miro a la puerta buskndo explikciones y observo q un moscon se posaba en lo alto d una viga. Entonces, se paralizo.

¿Moscones? ¿Zumbi2?

Rapidamnte recordo el robo en el hotel d Pincia; su entrada en la kseta, q parecia haber sido diseñada xa q fuera directamnte al ordnador; el extraño modo d encontrar un algo invisible… La muerte d su padre.

Otro zumbido dsd la puerta alerto la entrada d un nuevo moscon. Echo mano dl libro *Sobre la madera* pero volvio a djarlo en su sitio.

Dspues, se miro el hueco entre ls d2 y se metio la mano en el bolsillo dl pantalon sin hacerse + preguntas.

—¡Lo tiene! —grito Bayarri—. ¡Active el dispositivo!

Mientras Prune Bulhman accionaba el boton rojo y repetia *Misión invisible, adentro*, Helisabetta se acerco a comprobar q clase d bichos estaban entrando en la kseta. Otro + se poso justo en el umbral d la puerta y salio volando cuando se acuclillo a observarlo. No eran moscones.

—¡Nos ha descubierto! —advirtio Bulhman, palido—. ¿Ordeno evacuación a los nanotransmisores, señor?

—¡Ocho segundos! Demasiado tiempo.

Helisabetta ya corria x el jardin, 8 segun2 antes d q recibieran en Tiphis la señal d la pantalla 10 cuando la joven consigio dar un golpe a la microcamara y djarla fuera d circulacion; y la señal d la pantalla 3, en la q se la veia recogr ls restos dl nanotransmisor, mirarlos con curiosidad y meterselos en el bolsillo mientras salia corriendo.

8 *Cecés* habian saltado la valla trasera dl jardin d Bartolome Fuencisla y corrian a buskr a Helisabetta dntro d la kseta xa apresarla. Pero transmitieron *Presencia negativa* 8 segun2 antes d q ls microcamaras transmitieran su entrada en el cubiculo y su dsconcierto al no encontrarse con la joven.

Helisabetta rogo q todo sigiera iwal en la ksa. Iwal q cuando era niña. Iwal q cuando se escondio en la krbonera y logro salir afuera sin ser vista x su prognitora. Iwal q cuando la riñeron x aqllo… Iwal…

Pero ls matojos habian crecido dmasiado. Veia al fondo d ls arbustos el agujero x dond colarse, pero no tenia fuerza xa arrankr tanta rama ya crecida como tocones. Ni tiempo: ls 8 *Cecé* q habia visto saltar un minuto antes ya merodaban x el jardin y entraban en la ksa buscandola.

El jefe recibia ordnes x un auricular y respondia a voces.

—Negativo señor… ¿Rodeando la casa?... Dos dentro… Afirmativo.

Imposible colejir lo q se estaban diciendo, pero no era obligado ser una profesional estable con kndidatura a la clonacion xa intuir q la estaban persigiendo.

Meterse en la ksa signifikba echarse en manos d ls *cecés*; salir corriendo x el jardin, lo mismo; qdarse en la bok d su escondite la llevaria ganar 2 minutos como mucho; dsvanecerse en el aire… imposible. Tenia q colarse x la krbonera. Como fuera.

Adriano Bayarri tecleaba dsesperadamnte el ordnador en busk d una imagn q le diera una pista dl recorrido d la chik al salir d la kseta. Pero to2 ls nanotransmisores enfokban la entrada, el jardin o el interior dl cubiculo.

La ordn d traslado d ls microcamaras se habia convertido en un error fatal.

Toda la operacion estaba punto d saltar x ls aires.

Prune Bulhman tenia la perspectiva dl jefe dl comando d ls *Ce-cés* gracias a la pantalla numero 3, cuyo transmisor estaba en el hombro dl tipo dl auricular, q se mostraba + confuso y nervioso kda segundo.

Ls gritos dl joven no le ayudaban a pensar con mayor claridad.

1 a 1, ls *Cecés* informaban d q no habia ni rastro d la chik y, 1 a 1, recibian la ordn d volver a indagar bien. *¡Pongan todo patas arriba si hace falta!*, exclamaba el jefe, lo q era una simple traslacion d lo q oia x el auricular dsd Tiphis. Dmasia2 recovecos en el jardin, dmasiado abandono... *Aquí hay mucha mierda, señor*, se atrevio a espetar x el microfono lo q implikba una clara vulneracion d la Normativa sobre palabras malsonantes.

Helisabetta consigio introducir la kbeza x entre 2 troncos, con nu2 q se la clavaban ahora en el pecho y en la espalda y la asfixiaban. Oyo q se rasgaba la kmisa y, un poco dspues, 2 palmos + alla, tambien la pernera dl pantalon.

Durante unos segun2 eternos creyo q ella misma se habia enjaulado entre ls ra+. Solo pataleando podria dsasirse d aql embrollo en el q se habia metido. Olio a tierra mojada y a hojas en penumbra y la parecio q era un aroma mejor q el q expelian ls tubos odorificos d ls audiodimnsionales.

Pero sintio angustia.

Un *Cecé* se acuclillo en la entrada d la krbonera y miro sin entusiasmo justo cuando la joven consigio arrastrarse medio metro + y escondr ls pies dond pudo. En el kmino se djo un zapato, pero el hombre se incorporo con frialdad.

Helisabetta respiro aliviada.

Penso q qiza el no vio nada en la oscuridad; q se lo habia impedido la visera ahumada q le tapaba hasta medio rostro...

Y, d repente, se la conglo la respiracion. *Pero no...*

Palidcio: *la visera no es un cristal de simples gafas de sol... La visera...*

—¡Aquí está, señor! —grito el *Cecé* escondido en un lateral d la entrada al agujero.

La visera era el cristal liqido d la pantalla d un ordnador q analizaba la medicion d temperaturas, colores y rastros: una radiografia dl terreno + alla d lo q puede percibirse x ls senti2 humanos.

—¡No se acerque o disparo! —respondio Helisabetta, angustiada y enjaulada.

Los *Cecés* corrieron hasta la krbonera y se apostaron a ambos la2 d la entrada. Ella se arrastro ya sin disimulo, ajitando arbustos, pataleando, reptando cuanto podia. Oyo *Alto a la autoridad* y qiso segir avanzando, pero resulto inutil.

Dspues, *Suelte el arma. Suelte el arma o dispararemos a matar,* lo q la obligo a confesar la verdad, ya drrotada.

—¡Estoy desarmada! —Admitio aprisionada x ls ra+.

—¡Suelte el arma! —Repitio la misma voz mientras 2 viseras negras se asomaban a la hendidura.

—¡No llevo nada!

Los ordnadores dl eqipo movil d ls *Cecés* dbieron concluir q estaba dsarmada al analizar la composicion d kda micra d su cuerpo porq, unos segun2 dspues d asomarse, Helisabetta sintio q kda uno la asia d un pie y tiraba d ella sin ningun cuidado, llevandola entre ra+, hojas, tierra y dsgarrando su vestimnta.

La joven gritaba d dolor y d rabia, pero ningun *cecé* sintio compasion.

Adriano Bayarri se asusto cuando la tuvo en la gran pantalla d plasma. Helisabetta estaba sentada en el suelo, apresada x 2 hombres. La crin dspeinada y sucia, la cara manchada d tierra negra, la kmisa rota, ls pantalones dspedaza2...

Aqlla no era la profesional estable a la q habia segido dsd q la comunikron la muerte d su padre. Y esa mirada, mezcla d tristeza y vergüenza, tampoco la habia visto ja+.

El jefe d ls *Cecés* la inserto un auricular y la obligo a mirar al nanotransmisor q habia volado hasta una protuberancia dl terreno. Ella oyo la voz d Prune Bulhman:

—Está usted en posesión de una propiedad del gobierno del *Mundo Unido*. Devuélvalo.

La joven dudo si rendirse.

—Están ustedes en la propiedad privada de una profesional estable del *Mundo Unido*. Esa es la única verdad. Salgan de aquí.

—Es una misión oficial —respondio Bulhman, confuso.

—¡Quiero comprobar su permiso del Systema para entrar en mi casa! —grito mirando al moscon con toda su rabia y Bayarri sonrio. *Será dura de pelar*, susurro a su subordinado.

—¡Devuelva lo que es propiedad del gobierno!

Y, entonces, Helisabetta se acordo d Arjimiro y dl jefe d ls *Cecés* d Pincia.

—¡Si lo tuviera, me tocaría los cojones, *Coñostiasdier*! —espeto y no se ruborizo dspues d dcirlo.

Prune Bulhman dio un brinco como si le hubieran propinado una patada en el bajo vientre. No esperaba una barbaridad asi. Dlante d 8 *cecés*, ni a un inclasifikdo dlincuente se le hubiera ocurrido esa respuesta. Adriano solto una risotada q se colo x el microfono hasta el oido d Helisabetta, lo q la dsconcerto. No era una krkjada lo q ella buskba con la provokcion.

—¡Regístrenla! —ordno Bulhman un grado + d muy enfadado.

A pesar d sus pataleos e intentos d golpes con ls puños, ls *Cecés* la inmovilizaron y rastrearon kda milimetro d su cuerpo hasta llegar a la groseria. Cuando ella comnzo a qjarse x el maltrato, uno la tapo la bok, dañandola en un labio.

Al fin, el jefe sigio una indikcion, se arrodillo frente a Helisabetta y la rasgo el bolsillo dl pantalon.

To2 se qdaron mirando, expectantes.

—¡Señor! —El jefe d ls *Cecés* sostenia entre ls d2 lo q qdaba dl nanotransmisor q la chik habia djado fuera d la circulacion y lo enseñaba al moscon—. Esto es lo que hay.

Bulhman se dsespero mirando al techo.

—¡No! ¡No es eso lo que buscamos!

—Es lo único que lleva, señor —se excuso.

—¡No! ¡Buscamos algo invisible!

El jefe d ls *Cecés* prefirio no hacer comntarios y se volvio a la chik.

—¿Dónde está lo que lleva usted que es invisible? —pregunto y se sintio ridiculo al mismo tiempo. Dspues, se volvio a la microcamara—. No hay nada.

—No se ve —informo Bulhman—. Ni a la vista, ni por los sensores informáticos. No se ve. ¡Palpen!

—Ya la hemos palpado, señor.

—¡En la tierra, hombre, en la tierra! —se qjo Bulhman.

Bayarri miro a la pantalla con dsolacion.

TRACTADO Q· CUENTA LA EXTRAÑA VISITA DEL MAESTRO JUAN DE HERRERA À MAESE BERRUGUETE E DEL ANUNÇIO DEL PELIGRO Q· CORRÍAMOS POR CONSERVAR LA RAZÓN DADA AL EMPERADOR CARLOS EL PRIMERO

Sería por la mi propia lucha interior, por ese haberme hecho más hombre antes de lo preciso, ò por la mi propia tristeza, q· pude apreciar q· el maestro había mudado en los días q· falté à la cita. Si hasta antes de atizar al escudero viejo la mi vida había sido una sucesiô de aconteceres q· asumía con la ilusiô no disimulada de una infanta, à partir del momento de quedarme solo començé à observar à los q· me rodeaban con recelo.

Las nieblas de aquesta ciudad hacen à las gentes desconfiadas.

Para mal de males, fui à buscar al Miguel, el hijo del cirujano, e me enteré de q· la su familia había partido hacia Córdoba ò hacia Sevilla. Lejos, porque el cirujano ya había estado dos veces en la Real cárcel de Valledeolit e le urgía cambiar de lares. Las ntras· vidas estaban unidas por las desgracias de los nuestros mayores.

Años después volverían à juntarse los destinos, à su vuelta à la ciudad. Entonçes yo ya era escribano en aquesta Chançillería e él un literato con una novela de fama e algunas otras narraciones cortas, q· había sido preso en Argel.

Me vino à enseñar un texto demasiado extenso para el mi gusto do relataba de manera divertida algunas de las ntras· historias e de nuestros sueños de niños, en do él era un ingenioso caballero andante, un tanto desastrado, e yo un paje con refranes, como siempre, aunque con la pança q· tengo por lo presente. Le dijeron en Toledo q· había pergeñado una narraciô alejada de la estética del momento e q· no estaba sellado q· fueran à publicarla. Lo q· à mí me importa es q· eran letras q· contaban la su verdad como yo en aquestos pergaminos, aunque la mi idea no es mandarlos à la imprenta e la suya sí.

El mi padre viajaba por lugar desconocido; la mi madre, muerta; Alvar, el cojo, acuchillado para q· un noble no entregara el su gañote; el Juan, el mayor de todos, metido à molinero en Fuensaldaña; el Miguel, fugado por el sur; la marquesa, casada con un gañán q· me aborrecía, e la señora Martina paseando sus orines por qualquier camino ó, quizá, convento. De todo el Gran Imperio español sólo conocía à aquestas gentes e pocas más. No era mala la mi desgracia.

Para rematar, el maestro estaba triste. ¿Le habrían dado noticias del mi encuentro con el escudero viejo? ¿Desconfiaría de mí qual pendençiero? ¿Por qué de ese gesto cabizbajo e ese no mirarme à los mis ojos à cada rato, como era de su costumbre?

Para entonçes, la cruz q· ideó el maestro Berruguete ya estaba aínas terminada. Teníade diseño pareçido al q· hizo para el de la yglesia de Valoria la Buena e para la de la Ventosa, pero algo cambió q· yo no sabía. Era grande, tan alta como la su escultura del Sant Sebastián, pesada e invisible. Poco faltaba en el horno secreto para cubrirla.

Por eso no entendí el retraso repentino q· provocaba el maestro al tenerme tantos días sin bajar e mandarme à recados q· bien pudieran hacer qualquiera de los ganapanes del taller.

El maestro quería q· para mediados de septiembre estuviera el trabajo terminado, pero no llegaríamos. Antes de anular las ntras· escapadas me había dicho:

(Al). Por Sant Wençeslao, el almendro cogío e escardao.

Yo me reí porque me dio la impresiô de q· le había contagiado la mi manía de hablar con refranes, e él me respondió con otra sonrisa, creo q· admitiéndolo sin palabras. Aunque ya dicen: el q· de refranes se fía, no llega al mediodía.

Aquellas prisas se tornaron en lentitud con mi ausençia. Me había fijado q· sobre la mesa de trabajo del maestro, junto al patrô de la Virgen del retablo de Santiago de Cáceres, habían apareçido tres nuevos volúmenes cuyos títulos leí silabeando, pues me recordaba de las lecciones del doctor Zúñiga e me sorprendí de q· no se olvidaran: De re metallica; Los

314

secretos, del Maestro Alexis, e Discurso de la figura cúbica, de J. Herrera. Según los abrí pronto me percaté de q· no eran obras q· versaran de escultura ni de arquitectura ni de pintura. El último se abría con láminas de dibujos geométricos q· se llamaban las figuras q· es necesario penetrar e entender para la introducciô del cubo, pues en todas las cosas está el cubo. Leí una página con cinco partes, e dezía q· las tres primeras son para la constituciô de las superficies quadradas en particular ansi en las cantidades continuas como en las discretas, e la quarta e la quinta figuras es para la constituciô de los sólidos cubicos en particular ansi en las cantidades continua como en la cantidad discreta.

Como siempre digo, me pudo la curiosidad más q· otra cosa e se lo pregunté al maestro según bajábamos las escaleras para vestirnos los embozos de cuero.

(Ro). No entendí nada de esos libros, maestro.

(Al). ¿À quáles te refieres?

(Ro). À los nuevos q· vi en el tablô. No son de escultura.

(Al). ¡La curiosidad mató al gato! ¿No te sabes ése?

(Ro). Bien lo sé. ¡Pero yo no soy un gato!

Rió de buena gana e por un momento le vi la su expresiô habitual de quando se encontraba conmigo. Se apoyó en el quizio de la puerta e no la abrió. Miró hacia el corral e dejó la vista fija en algún punto con expresiô perdida.

(Al). No voy à poder cumplir la orden del Emperador… Pero tampoco quiero faltar à la razón dada.

(Ro). Sigo sin entender...

(Al). El Emperador se retiró à Yuste hace cinco años, abdicando en su hijo el segundo Filipe, con fuerza física para seguir gobernando el su Imperio, pero destrozado el su ánimo. Yo había tenido muy buen trato con él. Me otorgó el título de Magnífico señor como pintor suyo q· fui; le decoré la nao q· le llevó à tomar posesiô del su título de emperador; he cubierto con él algunas de las sus mejores campañas; le construí las prinçipales figuras de la su capilla q· llevaba itinerante por los caminos, e fui confidente suyo… Muy unidos.

(Ro). Eso es honra.

Me miró e quedamente paseó hasta apoyarse en el brocal del pozo de piedra.

(Al). Honra, pero no dicha. À mi vuelta de Italia, e te hablo del año de Nstro· Sñor· de mil e quinientos veynte e dos, lo q· más me interesó fuè la alquimia e los secretos q· ya conocían los vidrieros palentinos. Numerosos déllos, además de la fabricaciô de vidrio, eran duchos en la metalurgia, la cerámica, la tintorería, la preparaciô de colorantes, el arte textil, la elaboraciô de cerveza e la preparaciô de drogas, venenos e cosméticos. Un orbe nuevo. Mientras terminaba el retablo de la Mejorada de Olmedo, investigué sus fórmulas e se me dio bien. Diríase q· había nacido para ello.

(Ro). No sé lo q· es la alquimia, maestro.

(Al). La búsqueda de la conversiô de materiales primarios como el cobre ò la madera, en metales nobles como el oro e la plata.

(Ro). ¿Lo consiguió?

(Al). No. Nadie lo ha conseguido… Pero, siguiendo una fórmula de los vidrieros medievales, sí supimos convertir el oro en material invisible. Ò aprendimos à trabajar el oro con otros minerales extraños para hacer una mezcla q· convertía el bronçe, ò la madera, ò el cobre, ò la piedra en invisible dejando q· la luz lo atraviese como vidrio blanco e puro. La fórmula teníade dos partes: la primera, el saber mezclar el bismuto e la volframita con el oro e la plata; la segunda, conseguir el punto de fusiô à mil doscientos grados. Es ansí como inventé el horno.

(Ro). ¡Maravilloso!

(Al). Mi error fuè pregonarlo. Primero, entre los estudiantes de matemáticas e astrología de la universidad de Valledeolit e incluso de Alcalá de Henares. Después, al mesmo Emperador. Él me pidió una prueba e le fabriqué la pequeña cruz q· tienes abajo, q· era la q· cargaba en la su capilla itinerante, una reproducciô de la q· había esculpido para Valoria la Buena. La cubrí con la tinta invisible. E se maravilló.

(Ro). ¡Grandioso!

(Al). No tanto, rapaz. El rey de Françia estaba en guerra permanente, ayudado por el Papa, e el corsario Barbarroja atacaba e destruía los nuestros ejércitos en el Mediterráneo sin q· el Emperador supiera cómo detener à unos ni à otro. Desde el su desprestigio por la Revoluciô de los

Comuneros de Castilla, Padilla, Bravo e Maldonado, à quienes mandò matar como escarmiento, teníade difícil el mantener alta la moral del pueblo llano. La derrota en el campo de batalla le enfrentaría también à los nobles. Entonçes me pidió q· imaginara el modo de usar el mi invento de la tinta invisible para fabricar armas q· no viera el enemigo: petos q· cubrieran à los soldados e à los caballos para no ser vistos, lanças, arcabuces, balas de cañô e ingenios q· pudièramos utilizar en las batallas.

(Ro). ¿Fabricó más balas e picas de las q· hay abajo?

(Al). Muchas más. Al mando de Bernardino de Mendoza, el Emperador mandò construir secretamente una grande fábrica de armas en Liérganes, aunque oficialmente era sólo una ferrerería llamada La Vega. Un alto horno q· debía de fundir balas e cañones para abastecer al ejército español. E allí me trasladé con la mi fórmula e con grande cuidado. Gracias à la temperatura alcançada por la caldera subterránea, con una chimenea de ocho metros, e caños e correntías bien construídas q· enfriaban los fundidos con rapidez, era fácil mezclar los elementos. Más de setecientos ofiziales se encargaban día e noche de teñir con la tinta invisible balas, cañones, alfanjes, petos, embozos… Cada ingenio costaba un tesoro, pero no hay nada q· no se pague por la guerra.

(Ro). ¡Un ejército invisible!

(Al). E tanto, muchacho. Mendoza consiguió formar à más de quinientos hombres e trescientos caballos à los q· se les oía, pero no se les podía ver. Sólo una noche al año podrían ser desvelados por la luz de la luna. Poco enemigo es la luna de la primavera. Con esos combatientes, q· debían ser fuertes para soportar el peso de las armas e los petos, e mudos para no contar à nadie el secreto, acudimos al saco de Roma, primero, e à La Goleta después. Fueron batallas terribles en las q· nuestros hombres, envalentonados por la su superioridad del no ser vistos, produjeron daños más allá de lo soportable por ojos humanos. Yo mesmo vi el terror en los ojos enemigos, la angustia, el espanto de la guerra. Cuerpos alargados q· morían sin saber por dò les llegaba el golpe de gracia, q· miraban al cielo pávidos esperando una bala procedente del cielo ò del infierno…

(Ro). E ansí esculpe los cuerpos Vuestra Merçed.

(Al). Ansí retrato el alma…

Inspiró hasta lo profundo recordando lo q· supuse q· eran gritos más graves q· el q· yo escuché al escudero viejo, sangres más calientes q· la suya e lágrimas más vivas q· las mías. No hay árbol q· el viento no haya sacudido.

(Al). El Emperador ganó las sus batallas pero se convençió de q· la invisibilidad de las armas sólo acarrearía males para la Humanidad e me prohibió dar à conoçer la fórmula secreta. Fui llamado à Yuste, à do me recibió en una sala oscura como la noche más negra, en silençio absoluto, hablando tan bajo q· ni la su mesma gorgera podría oírlo. Fuè hace tres años, uno antes de q· subiera la su alma al cielo. Me hizo prometer q· nunca dejaría el arma en manos de nadie, ni de su propio hijo. Además, me rogó q· esculpiera una cruz grande, del mesmo diseño q· la q· llevó durante años en la su capilla, para colgar en lugar q· estuviera presente en lo más alto del Imperio. Además, quiso q· plasmara en el dorso una frase q· teníade scripta en un papel. Me lo entregó en una bolsa con mil escudos para pagar los metales.

(Ro). Lo hizo, maestro. No entiendo el su pesar.

(Al). No fuè fácil la obra. Tuve q· ingeniármelas para construir el horno q· consiguiera mil doscientos grados, e en lugar oculto. Del mesmo modo, era difícil hacerme con los metales e los minerales, aunque Juan Granada fuè la mi salvaciô para ambas cosas: se sabía el escondite e teníade potestad para comprar oro e plata en abundançia desde su obrador sin levantar sospechas.

(Ro). Pero supieron de su quehacer.

(Al). Por muy grande cuidado q· previne, Nstro· Sñor· el Rey se enteró de q· estaba forjando la cruz. Aún no sé de qué manera. Mandòme, primero, à Fray Alonso de Toro para hablar de buenos modos, rogándome la fórmula por el bien del Imperio. Le negué q· anduviera yo con esos menesteres. El abad echó mano de Venancio, el Noquero, dado también à la alquimia por la q· perdió el ojo izquierdo, aunque dijera él q· fuè por el azufre de curtir las pieles. Muy al contrario, intentó la receta de la tinta invisible q· pregoné entre los estudiantes, e no tuvo cuidado con la volframita, q· es de temer en quanto se junta con la pólvora. El Noquero le confirmó q· Juan Granada me proveía de bismuto e q· sólo podía usarse para

318

la mi fórmula. Llegado à oídós del Rey, le dijo q· no dudara de usar à la Santa Ynquisiciô para arredrarme, por si lo usaba para ritos herejes. Pero yo lo negué igual.

(Ro). Por eso el ntro· encuentro.

(Al). Perdimos copioso oro e plata por falta de calor en los comienços, e incontable tiempo. Las últimas entregas de minerales han llegado gota à gota, e bien sabes q·, aunque desde hace meses me ayudas como nadie lo haría, no avançamos grandemente.

(Ro). ¡Lo conseguiremos, maestro!

(Al). El Rey ha cambiado la estrategia. Un joven estudiante de aquesta universidad e conocido mío, llamado Juan de Herrera, ha entrado à trabajar como arquitecto real à las órdenes de Juan Bautista de Toledo. Pero yo nunca traté con él de materias de arquitectura ò arte. La magia unió à nos, e también las matemáticas e la cábala. Era uno de los pocos q· participaban en ciertas reuniones secretas, por las quales he sido acusado de propagar ideas luteranas e se han dedicado à examinar los colores con los q· pinto los mis retablos por si acaso fueran signos ocultos. Vino à verme hace una semana. Pensé q· era cierto q· quería hablar del su libro El discurso del cuerpo cúbico, à do acota los scriptos de Ramô Llull, partiendo de los prínçipios de la formaciô del cubo según las definiziones de Euclides. Me trajo además otros dos libros de alquimia impresos en Madrid q· no han llegado todavía à la biblioteca del Colegio de Santa Cruz.

(Ro). Pues todo correcto.

(Al). Aínas todo, Rodrigo. En verdad, Juan de Herrera venía con un recado del Rey: dize q· me nombrará lo q· yo quiera, me dará grande Hacienda, publicará mi nombre como el más grande escultor de la cristiandad, mejorará el título de Magnífico Sñor· q· me otorgó el su padre… Pero todo trocado por la fórmula. Argumenta q· no posee mando sobre más de ocho millones de españoles de nacimiento, e q· si con esa cantidad de gentes queremos conquistar el orbe, no podremos hacerlo sin armamentos efectivos. El joven Juan de Herrera me anunçió además, e le creo en su sinçeridad, q· los bajos fondos saben q· poseo una receta por la qual el Rey está dispuesto à pagar lo q· pidan, e en aqueste Imperio todo se compra e se vende. Me dijo q· si no facilitaba al Rey lo q· quería, q· teníade q· avisarme q· corro peligro de morir asesinado por qualquier gañán q· crea q· puede conseguir la tinta invisible.

(Ro). ¿Fray Alonso de Toro le mataría à Vuestra Merçed, maestro?

(Al). No lo creo… Pero no lo sé. El arquitecto traía un plano con las instrucciones para hacer el horno, q· imagino recordaría de quando fui lenguaraz, pero no sabe qué más necesita para q· pueda funçionar.

El maestro Berruguete se incorporó como si hubiera caminado doze leguas, aunque sólo había estado recostado en el pozo. Quizá las palabras pesan más q· los caminos quando se necesita de alguien para contarlas.

(Ro). Del mi padre, à quien traizioné, aprendí à no rendirme, señor.

(Al). Tengo setenta años. Si me quedan cinco más, querría vivirlos en paz. Me rendiré, entregaré la fórmula e dejaré la cruz allá abajo, tan secreta como el cuerpo de Colón. Solamente tengo q· corregir el dibujo del horno de Juan de Herrera e facilitarle el peso exacto de los minerales.

Salté como toro del despeñadero en las fiestas.

(Ro). ¡De ninguna manera!

Él siguió negando con la cabeça, apesadumbrado.

(Al). Fray Alonso de Toro está à punto de descubrirnos. Ò dice q· el Noquero ya sabe del ntro· trabajo e q· matará para vender la fórmula à la Corte.

(Ro). ¿E eso qué significa?

Pregunté exaltado.

(Al). Que, ò somos listos, ò estamos muertos.

Yo tragué saliva, pero no me apoqué.

(Ro). ¡Pues seremos listos!

(Al). El Santo Ofizio ha detenido al mercader q· conseguía la volframita. Me ha dicho el platero q· estamos aínas cercados. Teníade pensado bajar hoy para tapar la cruz. Contigo. Había premeditado hir de entierro, por ansí dezirlo.

(Ro). El haber sacado de los calabozos del Santo Ofizio à Pompeyo Leoni no va à salir barato.

(Al). Eso, además. En quanto te sales de la norma, donçel, siempre alguien viene à por ti. Creo q· ni mi propio prestigio entre los religiosos me salvará aquesta vez.

(Ro). ¿Pero tienen por sellado q· estamos zinçelando una cruz invisible?

(Al). No, por ventura.

(Ro). E lo q· dize la frase del Emperador en la leyenda del anverso, ¿es contrario à la yglesia?

(Al). No. Es cosa de paz e no de guerra.

(Ro). Entonçes, maestro, hemos de cumplir la razón dada: no entregaremos la fórmula e colgaremos la cruz en lo más alto del Imperio. ¿Dònde es eso?

(Al). Aún no lo he pensado. Quizá la fachada convento de Sant Françisco para q· presida la plaça Mayor, pero no sé cómo auparla.

Se me ocurrió improvisar.

(Ro). ¿E en la torre de la yglesia de Santiago?

El maestrro quedò pensativo.

(Al). Podría ser… Ahora van à tapiarla porque los monjes se quejan de q· desde las ventanas se ve el huerto e rompe la clausura. Podríamos aprovechar hacernos con los alcalleres… Buena idea.

(Ro). Ò una de las torres del ayuntamiento, maestro.

(Al). Tampoco está mal visto. Quizá sea mejor sitio. Veo q· eres valiente.

(Ro). No menos q· Vuestra Merced, maestro. Estoy orgulloso de servirle. No me queda nada en el mundo salvo aqueste desafío. E la su amistad.

Me sonrió satisfecho. Volvió à recuperar la su expresiô q· había perdido.

(Al). Tienes q· prometerme, joven Rodrigo, q· si me pasara algo, tú terminarías la cruz.

(Ro). ¿E el platero?

(Al). No anda ya para muchas fiestas.

(Ro). No sé si sabré, maestro.

(Al). Todo lo q· necesitas para terminarla lo tienes en la bóveda secreta. El procedimiento es simple: un baño leve. Deja siempre un hueco sin cubrir para saber dò está. Es todo.

(Ro). Cada día q· bajamos à penas cubrimos un dedo. Yo creo q· no la tendremos hasta Navidad.

(Al). Antes, antes. Ahora ya no podemos perder tiempo, joven Rodrigo. Para mediados de septiembre ha de estar.

(Ro). ¿E colgarla?

(Al). Si conseguimos à los mamposteros q· tapiarán la torre de Santiago, para Navidad estará presidiendo Valledeolit.

ARCHIV2063251513222332456876489?IMPRXSYSTEM
WRITER11,79MILISEGUN2TXTOMODIFIKDOPROGLITERARIO
ESTILORETROS21TRANSCRIPCIONTXTOSORIJINALESEXACTA
ENGRAMATRIKARKIKORDN45743755555332208611ESPAÑOL
PUROPUNTUACIONCLASIKYPALABRASSEPARADASMARKN
MINERFERROV561TAHIPERVINCULOIMAGVIRTUALAUDIO
RECUPERADOBUZONENVIODSCONOCIDO.QLARITA
RECTORA.21012101. **EMBOSK2 CMO TRAIDORES?**

Helisabetta no se lo podia creer, y un aire kliente enrabietado la rasgaba ls entrañas. X + q analizaba la dgradante situacion, cualqier palabra q intentara emitir se qdaria ahogada en su garganta; todo pensamiento se hundia en ls profundidads viscosas d la angustia. + x eso q x ninguna otra preocupacion, emitia unos extraños soni2 guturales.

Ls kbles q la maniataban a la silla x ls pulgares en ls kvidads q median sus reacciones qimiks y fisiks, y el cilindro estetoscopico dl diametro d un reloj d pulsera q tenia dntro d la bok, la zaheririan con dskrgas electriks si intentaba gritar d otra forma. Pero, aunq asi fuera, ella awantaria el dolor.

Moriria en el intento si llegara el kso.

Si no gruñia + alari2, no era xa evitar el kstigo planifikdo x el ordnador dl Systema; su angustia no tenia nada q ver con ls correctivos q recibia espeta2 a traves d ls auriculares x parte d una doctora holografik d bata blank y cara d mala.

Era orgullo encendido.

La soberbia ahogaba sus gritos y nublaba sus pensamientos: Helisabetta, la profesional estable kndidata a la clonacion, estaba siendo tratada como una vulgar inclasifikda dlincuente y habia sido dspojada d sus derechos d ciudadana d 1ª sin una explikcion ni un juicio rapido x comunikcion audiodimnsional.

El sillon ergonomico vibraba a convulsiones q iban haciendose + fuertes; el holograma d la doctora kmbiaba el rostro y ls colores xa inducir terror a peqñas 2is; el volumn d la kmpana acustik q tenia sobre la kbeza aumntaba al tiempo q ganaba terreno un pitido q antes no estaba; ls latigazos electricos en ls manos se acompasaban con peqñas sacudidas en ls riñones; el sudor ya kia en gotas gordas dsd la frente hasta la comisura d ls labios, y la pikba...

Pero solo la dolia la humillacion, la falta d respeto a su curriculo: lo q nunk creyo q fuera a sucedrla. (HIPERVINCULOLINKNORMATIVAPRESOSISLASSAUDART097532)

Dbio d ir dsmayada en el furgon policial, dormida tras la inyeccion dl *Cecé* d la visera negra electronik. Dbio d vivir cualqier cosa anormal, pues no recordaba como habia llegado hasta la sala d interrogatorios, ni como la habian dsnudado, ni como la habian acoplado ls sensores en la kbeza, ni ls sujeciones en ls d2, ni ls electro2. Supo q la habian rejistrado, incluso a traves d rayos X, xq lo pregunto:

—¿Qué hago aquí? —interrogo con dsprecio al holograma d chik joven cuando recupero la consciencia.

—Felicidad y Paz. ¿Helisabetta Fuencisla? —pregunto el holograma con dulzura melosa.

—¡Ciudadana! —respondio x impulso. Dspues d tomar aire, insistio— ¿Qué hago aquí?

—Las preguntas las hacemos nosotros —respondio con voz ksi sensual.

—¿Quiénes sois vosotros?

—La Ley. Relájate. —El holograma sonrio dulcemnte, como una novia. Dijo con ls ojos *Si te portas bien, te daré un beso.*

—¡Y una mierda! —grito Helisabetta con ira y recibio una dskrga electrik en ls d2 al mismo tiempo q recordo a Sauco. ¿Cómo puedo decir lo que tú dices cuando te enfadas si casi no te conozco? Pero no sintio vergüenza x haber utilizado una expresion malsonante; ni tampoco remordimiento... Segun se escucho a si misma, se envalentono.

—Profesional estable Helisabetta Fuencisla —La voz kmbio d amabilidad a firmeza—: ¡compórtese!

—¡Y una mierda! —una nueva dskrga la dolio d verdad, pero, en vez d amedrentarse, comnzo a gritar dsesperadamnte—. Aaahhh, aaahhh, aaahhh...

Durante 5 minutos el holograma dsaparecio y la habitacion qdo completamnte a oscuras. X como rebotaban sus aulli2 en ls pareds, Helisabetta intuyo q estaba en una tipik sala d interrogatorios triangular d 2 metros cuadra2 x 2 metros d alto con ls pareds almohadilladas.

El holograma se la aparecia enfrente; a su derecha, dberia d haber una puerta, y, a su izqierda, un espejo tras el cual tendria q haber *Cecés* y *Cuidadores de la Salud* atendiendo la sesion.

Se klmo. Penso q era inutil rebelarse pues ls sensores informaticos d ls sienes y la coronilla transmitirian su verdadero estado d animo. *¡Oh!, ¡la coronilla!* Entonces pregunto a la nada:

—¿Me han afeitado la cabeza? ¡¿Me han afeitado la cabeza?! —Penso en su maravillosa crin, cuidada durante años, coloreada d ls + diversas maneras, y se echo a llorar—. ¿Me han afeitado la cabeza? —insistio jimiendo, pero no recibio respuesta. Intento ladear la cara hacia dond preveia q habia un espejo, pero el reposakbezas dl sillon se lo impidio—. ¡Respóndanme, por favor! ¿Me han afeitado la cabeza?

La doctora dl holograma ya no era una chiqita: el eqipo q dbia estar dtras dl espejo se dcidio x una mujer madura q comnzo con semblante amable.

—Sí, profesional estable Helisabetta Fuencisla. Hemos tenido que afeitarla la cabeza.

—¡Nooo! —intento patalear y no pudo, pues ls piernas estaban atenazadas y aprisionadas contra el suelo. *Sensores de pie*—. ¡Nooo!

—Cálmese, profesional estable —ordno el holograma con voz serena—. Está demostrando comportamientos no-recomendables y anticolectivos.

—¡Nooo!

La luz volvio a irse tras una dskrga en ls pulgares. Helisabetta jadaba alto, hasta escucharse ritmikmnte. Sin haber movido la kbeza, sujeta x el collarin d seguridad cortante, ya concluyo q se encontraba en una sala d interrogatorios xa dlincuentes peligrosos, pues ls sensores d ls pies servian tambien xa infrinjir dolor; q estaba siendo vijilada x un eqipo con pok paciencia, pues habian kmbiado d doctora muy rapidamnte; q estaban habitua2 al kstigo d la luz, sin perktarse d q ella era submarinista y eso no la causaba el terror q provokba en el resto, y q eran unos dsconsidra2, pues no estaban valorando su rango d profesional estable con 80 creditos.

La estaban interrogando unos aprendices.

Eso comnzo a punzarla + q el dolor fisico.

—¿Por qué me han desnudado sin permiso? —Pregunto nuevamnte a la nada. *Me siento desvalida, doblegada, arrastrada... Violada*—. ¡¿Por qué han hecho eso?!

El eqipo d *Ceeses* y *Cecés* resolvio no respondr a ls preguntas d Helisabetta durante 10 minutos + d oscuridad.

Ella sigio jadeando, pero era una treta: estaba tranqila, consciente d la situacion, y buskba salidas.

Uno d ls entrenamientos d ls submarinistas q dbian atravesar ls *Países Externos* e, incluso, vivir en ellos, era el control mntal: si alguno fuera secuestrado, dbia d saber controlar su mnte y su dolor antes d entregarse a ls extranjeros.

El jadeo la sirvio xa probar nuevamnte a sus interrogadores. *Hah... hah... hah... hah*, kda vez + fuerte y a ritmo + rapido. *Hah, hah, hah, hah*, + alto y ksi sin pausas. *Hah-hah-hah-hah*, ya ksi a pleno pulmon, como dsesperada... Y aparecio nuevamnte el holograma.

—¡Cálmese, profesional estable Helisabetta Fuencisla! ¡Cálmese! ¡Está a punto de sufrir un colapso! ¡Cálmese!

Aqllo la dolio. La angustia kliente d verse interrogada x una panda d aprendices comnzo a ahogarla con el aire d la ira. No daba credito a su situacion: nunk penso en verse humillada d tal manera d llegar a ser confundida con una dlincuente inclasifikda.

Asi q comnzo a gritar d forma histerik.

Era la ultima prueba xa confundir al Systema: confundiria sus ritmos vitales estables con situacion cerkna al colapso, nivel 10, asi q el eqipo d vijilantes andaria con mucho cuidado al torturarla.

Apagaron la luz otra vez, pero ella sigio gritando y gritando fuera d si.

Waaa, waaa... Sin dsknso.

Se rompia la garganta y se qdaba sin aire...

Hasta q sucedio lo q tenia previsto: x el lateral derecho se abrio una puerta y entro un *Cecé* q la introdujo el cilindro metalico q dbia sujetar en la bok y q la administraba dskrgas electriks en ls dientes si gritaba. Entonces, kllo.

Pero segia sin podrse creer la situacion, x + vueltas q daba. ¡Dspojada d sus derechos d profesional estable!... Nunk, nunk, nunk lo hubiera imajinado.

El holograma d la doctora d bata blank y cara d mal gnio volvio a aparecer frente a ella con voz grave:

—No es nuestra intención causarla dolor, profesional estable Helisabetta Fuencisla. Sólo queremos algunas respuestas. Mueva el dedo índice una vez para decirnos *Sí*, y dos para decirnos *No*. ¿Lo ha comprendido?

Helisabetta movio el ddo indice 8 veces segidas emitiendo un sonido gutural q evitaba la dskrga electrik dl cilindro metalico. El eqipo d vijilantes dbio enfadarse mucho, pues ordno al Systema q kmbiara la cara y ls colores dl holograma xa confundirlos con una serie d imagnes espantosas, acompaña2 con vibraciones dl sillon, dskrgas electriks y un pitido en ls auriculares.

Ella sigio moviendo el ddo y gruñendo soni2 guturales.

El Systema, klculando una media aritmetik d ls ritmos vitales, advirtio: *Sufrimiento nivel ocho*.

El dbate entre Seguridad y Libertad se zanjo gracias a la Ley d Felicidad Social cuando el *Mundo Unido* comnzo a reconstruirse. El

Opcionalismo no dio posibilidad d discutir una d ls poks verdads comprobadas: *la Protección de todos está por encima de los Principios de cada cual*. Asi se evitaba el trabajoso esfuerzo d replantearse todas ls mañanas qien es + culpable, si el asesino o el asesinado, kda vez q algien eqiparaba ls razones d uno y otro xa actuar.

Ls *Cecés* no tenian piedad xa qien se saltaba ls normas d convivencia.

Helisabetta voto siempre *Sí* a ls cuestionarios en ls q planteaba cualqier endurecimiento d dfensa contra ls dlincuentes. Creia, verdadramnte, q un mundo armonico necesitaba d reglas opcionales q llegaran hasta un limite, fuera dl cual no habia argumntos a favor d qienes preferian situarse fuera d el. Sus principios estaban muy x dbajo d ls intereses d to2.

El *Opcionalismo* sentencio q ls individuos no eran buenos ni malos, sino q la sociedad tenia la obligacion d ser afable y armonik.

Felicidad, Paz y Ciudadanía signifikron, finalmnte, Proteccion, Docilidad y Colectivismo: ls ordnadores concluyeron, tras analizar miles d formulaciones, q solo el Systema seria kpaz d salvawardar ls principios sin alteraciones, x eso comnzo la gerra contra ls humanos.

El progreso tecnolojico, la hiperliberalidad sexual, la comodidad, la ausencia d dbates, la prohibicion d la moralidad publik, el bienestar, el hedonismo, la falta d angustias, el ego cultivado, el respeto mutuo y la temperatura estable daban marchamo d efikcia al ferreo control ejercido x el Systema, imposible d cuestionarse, pues la 1ª enseñanza en la Edukcion xa la Ciudadania dl *Efepecé* era la exclusion dl individualismo. (HIPERVINCULO642985INDIVIDUALIS-MOVERSUSOPCIONALISMOARCH9244374).

El primer mnsaje gnerico xa ls normas d circulacion, *No podemos conducir por ti*, fue sustituido x un *Pensamos mejor por ti*, y asi se escribia al pie d kda dnuncia oficial x contravenir ls distintas normativas. Y ls ciudadanos asentian: *el Systema tiene más capacidad que yo*. Pero ls rectores se creian x encima d ls ordnadores hasta q comprobaron su error. El Systema no intuia, pero aprendia.

Helisabetta nunk imajino q podria transgredir el *Efepecé*. Ella era, *E-ra*, el *Efepecé*. Lo q hacia, lo q pensaba, lo q dseaba, lo q trabajaba, lo q anhelaba, lo q la hacia sentirse parte d la vida, lo q qria amar, lo q odiaba, lo q la disgustaba y lo q podia darle un poco o un mucho d ilusion pasaba x la comunion con su sociedad armonik, con sus amigos conocedores d ls normativas, con sus gustos ajusta2 a ls modas... Una profesional estable con dcenas d creditos era, *E-ra*, el *Mundo Armónico* en si misma.

X eso la angustia subia y bajaba como aire kliente dsd dond fuera q se encontraran ls entrañas: ella no era una dlincuente a merced d un grupo d *Cecés* principiantes, sino la garantia d la continuidad dl Systema.

El eqipo d dtras dl espejo se asusto: tal vez estaban propasandose. Qiza una profesional estable se situaba al bord dl colapso antes d q hubiera comnzado una minima sesion d reciclaje. *Demasiado tiempo a oscuras*, dijo algien. Sabian q la mayoria d ls personas, incluso la gntuza d malos modales, se volvian asustadizos a traves dl silencio y la oscuridad.

Aqllos fortachones como muros d hormigon reforzado con plasticresintant se volvian mntalmnte ridiculos con ls hologramas inductores d terror: dsd antiwas gneraciones, la television causaba en ls humanos + terror, tristeza y felicidad q la realidad. La television llevo a la agorafobia, y la agorafobia al terror al vacio. (HIPERVIN-CULOLINK8784472002ESTUDIOAGORAFO-BIAYSOLEDADOYT13243)

Hicieron aparecer d nuevo a la joven doctora d voz sensual. Helisabetta se sonrio sin sonreir: ls estaba ganando la batalla.

—Profesional estable Helisabetta Fuencisla: no pretendemos causarle daño. Sólo responda *Sí* o *No* moviendo el dedo. —La joven apreto una vez la kvidad. Ahora tenia q controlar ls lati2 d su corazon xa introducir algunas mntiras en ls 1ªs preguntas y eqivokr al Systema, d modo q nunk acertara a dfinir q era verdad y q era falso. Cerro ls ojos y qiso llorar: *¿Es que no saben que estoy entrenada para esto?*—. ¿Ha estado de viaje en Pincia los últimos días?

Penso *No* y se acelero el corazon; apreto *Sí*, q era la respuesta correcta: el Systema interpreto *No*, pero recibio un *Sí* y la voz informatik asevero *Falso*. Ls *Cecés* dl otro lado dl espejo se miraron confusos xq leian *Sí* en la pantalla, sabian q era cierto q habia viajado a Pincia y no entendian x ke el Systema no reconocia una verdad tan evidnte. Apuntaron en su dispositivo califikdor una mark en *Falso*.

—¿Recibió la noticia de la muerte de su padre en las Bahamas?

Penso *No* y, d nuevo, se la acelero el corazon. Estaba segura d haber engañado al Systema en la 1ª respuesta, pero qiza ahora el sudor la dlatara. Qiza tendria q respondr *No* mezclando ls lati2 dl corazon con el sudor d la mntira anterior. *Debo concentrarme: no hay pregunta anterior. No hay mentiras aún.*

Finalmnte, apreto el ddo una sola vez: *Sí*.

La voz informatik informo *Falso*. Ls *Cecés* podia leer la documntacion en la pantalla y se hacia evidnte q el Systema estaba fallando.

Pero el Systema no podia fallar: *Pensamos mejor por ti.*

—En su viaje a Pincia, ¿encontró lo que buscaba?

Helisabetta penso *Sí*, se relajo, apreto una vez y el Systema advirtio *Verdadero*.

—¿Lo lleva consigo?

Nuevamnte, penso *Sí*, inspiro rogando q la temperatura corporal no la dlatara y q la presion d ls pies sobre el sensor no hubiera variado dsd la 1ª pregunta. El Systema comunico *Verdadero*, y ls *Cecés* ya no sabian a ke atenerse xq sabian q era una respuesta falsa: estaba dsnuda dlante d ellos y no podia escondr nada dspues d haber pasado x ls rayos X.

—¿Está dispuesta a colaborar?

Qinta pregunta: incluso xa un eqipo d *Cuidadores de la Convivencia* + expertos, la confusion en la qinta pregunta ls obligaria a paralizar el interrogatorio. Y eso si q lo tenia ensayado: segun inspiraba, akricio sutilmnte la kvidad y piso con fuerza el sensor dl suelo. Dspues, cerro ls ojos y dseo q todo saliera como dbia.

Verdadero, dijo la voz... Y 2 segun2 dspues, *Falso*... Y, ds-pues, *Verdadero*... El Systema habia enloqcido: Helisabetta lo esta-ba controlando a traves d ls kbles pega2 en ls sienes. Comnzo a ja-dear inspirando y respirando muy rapidamnte sin q ls *Cecés* notaran el movimiento d su torso al otro lado dl espejo. *Dolor Nivel ocho, proximidad al colapso*, informo el Systema.

—No se intranquilice, profesional estable —rogo el holograma.

La joven continuo respirando e inspirando con + fuerza y com-nzo a emitir gmi2 agu2 x la nariz, como en ls yacidas vijiladas en ls q tenia q convencer al Systema d q ella podia gozar d la homosexua-lidad obligatoria. *Dolor Nivel nueve... Colapso en seis segundos*, advirtio la voz informatik mientras ls *Cecés* comprobaban si d alguna manera se la estaba inflijiendo dolor dscontroladamnte. Se alertaron, se angustiaron mientras oian ls gmi2 + altos y la respiracion taqicar-dik, se incorporaron, se miraron entre si. El lanzadstellos rojo d ad-vertencia d peligro jiraba y el pitido d emergncia comnzo a tronar en la salita d dtras dl espejo. 3, Helisabetta gmia mas; 2, sudaba a cho-rros; uno, ksi ya no tomaba aire xa soltarlo...

Y la sala d pareds acolchadas se ilumino d blanco. El hologra-ma dsaparecio. 2 *Cecés* corrieron a abrir la puerta. El Systema ha-bia dcidido dtener la prueba pues estaba regulado q a ls dlincuentes podia causarseles dolor pero no terminar con ellos ni con ninguna d sus funciones fisiks o siqiks.

Helisabetta estaba tan concentrada en engañar a ls soportes informaticos q no aprecio q se acerkban a ella, la dsataban ls pies y ls d2, la retiraban el collarin y dsprendian ls sensores d la coronilla y ls sienes. Solo noto algo cuando la extrajeron el cilindro d la bok. Entonces, abrio ls ojos y djo d gmir y d respirar convulsivamnte.

Luego se dsmayo.

La isla d la Salud d Norba Caesarina estaba en mitad d un monte d encinas q informaban dl kmbio d estaciones y d temperaturas a tra-ves d ls pajaros y ls insectos.

Qiza el unico lugar d Galportu Extrema en el q la Naturaleza no habia sido domestikda y en el q ls hombres dbian d giarse x sus instintos xa reconocer ls cosas q habitualmnte ls eran comunikdas x el Systema.

Ls cigarras kntaban tan alto q Helisabetta intuyo q ls kmpos estarian a 40 gra2, al mnos. Ella, tras el cristal d la ventana, apaciwaba su revulsion interior con la mirada perdida. Podia pasear y sentarse, pasear y sentarse... Tan repetitivo como sus preguntas: *¿Qué hago aquí? ¿Qué he hecho yo?*

Lo q la parecio una sala d interrogatorios xa dlincuentes resulto ser una sala d tratamiento siqiatrico xa profesionales reincidntes, y ls *Cecés*, unos simples auxiliares d Atencion Medik q no se habian enfrentado en su vida a un inclasifikdo.

El Systema informatico, tampoco.

La respuesta a *¿Qué hago aquí?* era *No lo sé*, y a *¿Qué he hecho yo?*, la misma. Lo q la parecia + evidnte es q habian pasado muchas horas dsd q fue dtenida x ls *Cuidadores de la Convivencia* hasta ese momnto en el q paseaba y volvia a sentarse con ls manos atadas x una kmisa d fuerza. Imposible recordar como habia llegado hasta la sala d tratamiento, ni tampoco como dsd alli hasta esa peqña habitacion soleada, con su sillon ergonomico xa dormir con hologramas tranqilizantes.

Lo unico q la sosegaba era saberse fuera d un centro xa dlincuentes. No podia soportar la idea d ser etiqtada como inclasifikda dspues d to2 sus esfuerzos. Estaba en una isla d la salud: no tenia todo perdido.

Ls siqiatricos xa profesionales fueron el remedio a ls movimientos d rebelds inconformistas, q nacieron en el mismo momnto en q cualqier profesional estable trato d reflexionar x si mismo y cuestionarse el Systema y el mundo d la Armonia. Gracias a cuidadosas terapias, ls auxiliares d Atencion Medik y ls hologramas especificos consegian q ls rebelds entraran en razon.

La consecuencia fue el nacimiento dl Movimiento d Asexua2, a ls q el Systema permitia ciertas transgresiones d algunas normativas como via d eskpe.

Helisabetta vivia al margn d ese complejo puzzle d organiza-cion social creado, basikmnte, x Bayarri y q funcionaba en un 90% con la efikcia dl teclado d un ordnador.

Una d ls partes fundamntales era prever ls vias d eskpe a la presion: porcentajes d inclasifik2 clasifik2, d inclasifik2 sin control, d movimientos d rebeldia organiza2, d rebelds externos, d normativas incumplibles, d dseos inalknzables, d premios extraordinarios x cau-sas inverosimiles... Mezclado con dosis d felicidad al alknce d un boton, tranqilidad social, eqilibrio idolojico, sosiego en la actitud vi-tal y ausencia d instintos, concentrandolos to2 ellos en una acogotan-te fijacion en el sexo hasta hacerlo obsesivo.

La soledad era el peor d ls ksligus xa ls habitantes d *Mundo Unido*. La agorafobia ya se diagnostikba a ls niños d 3 años, inkpa-ces d jugar solos en un recinto abierto en el q sintieran libremnte el viento y la luz dl sol.

Nunk un joven se expondria a la lluvia en mitad dl kmpo, ni siqiera acompañado: pensaria en ls millones d bacterias q podrian estar paseandose x ls poros d su piel.

Ls lineas en ls klles, ls luces d ordnes, la vision d un *Cecé* al fi-nal d la avenida y la uniformizacion suponian, esencialmnte, tranqi-lidad xa ls ciudadanos. *El Systema cuida de mí.*

La compañia d ls otros era el modo d sentirse participes d un mismo proyecto d Humanidad, y su silencio y su asepsia, la dmostra-cion d q el Paraiso es un lugar ordnado y krente d sobresaltos o preo-cupaciones.

Pero Helisabetta habia superado muchas veces la prueba d la so-ledad. Si habia sido elejida kndidata a la clonacion era, entre otras ra-zones, xq eqilibraba a la perfeccion sus instintos naturales con su kpaci-dad d raciocinio. En algunas pruebas d submarinismo en ls Baha+, dmostro ser rapida como un animal en busk d la supervivencia y sensata como el + avanzado d ls ordnadores xa analizar hechos, situaciones y contextos. Helisabetta era un ordnador con ls senti2 q faltan en ls chips.

Permanecer sola en la habitacion no la suponia angustia d nin-gun tipo. Contemplar el kmpo d encinas oyendo trinos y soni2 naturales no la atemorizaba. Asi q no tenia ls ojos arrasa2 d llanto x un sentimiento d abandono social, sino d rabia: x + q repasaba kda dtalle, q analizaba ls hechos friamnte, nunk concluia q aqlla habitacion dberia d ser su dstino. *El Systema no trabaja así; detrás de todo está la cabeza de un hombre. ¿Quién y por qué?*

El holograma d la doctora joven con voz melosa se hizo presente anunciandose con un leve pitido d advertencia.

—Profesional estable Helisabetta Fuencisla, Felicidad y Paz: tenemos buenas noticias.

Pero la joven no estaba xa noticias, ni buenas, ni malas. Rebullia dntro un dseo d rebelarse, d salir corriendo... D meterse en aql abrazo q nunk tuvo entre ls pelos d ls axilas y el sudor d Sauco. Ella, una profesional estable con rango d clonacion, ¡pensando en ls axilas d un maledukdo! *¡Mierda! ¡Y no me importa pensar mierda!*

—Profesional estable, ¿me oye?

—Afirmativo.

—No la he entendido bien...

—Felicidad y Paz. Afirmativo.

—Hemos obtenido permiso del Centro Superior para que cumpla usted con sus obligaciones como parte de la terapia. Quizá así responda a nuestras preguntas.

—¡No tengo nada que responder! —protesto enerjik—. No encontré nada, no encontré nada.

—La grabación demuestra que sí encontró algo, profesional estable.

—¿Y por qué no lo buscan si lo tienen grabado?

El holograma wardo silencio sonriendo. Dspues reacciono:

—No nos está permitido revelar esa información.

Helisabetta le dio la espalda al holograma y miro hasta dond no llegaba la vista. Rogo sin darse la vuelta:

—Quítenme esta camisa de fuerza, por favor... Por favor...

Repentinamnte, ls broches metalicos d la espalda sonaron clic, clic, clic. La joven se qdo paralizada analizando si aqllo se trataba d una trampa, una parte dl test *Deseo-realidad* con el q el Systema kstigaba peqñas indisciplinas. Pero no volvieron a cerrarse, asi q estiro ls brazos y la kmisa respondio doblegandose; estiro +, y la kmisa qdo colgada en el aire como un trapo. Suspiro fuerte y se la qito, estampandola contra una pared.

Helisabetta qdo con un pijama blanco y unas zapatillas blanks. Lentamnte se llevo ls manos a la kbeza y comprobo al tacto q efectivamnte estaba completamnte afeitada: se imajino a si misma como la imagn exacta d un enfermo mntal.

—¿Mejor? —pregunto el holograma.

—Mejor, sí... Gracias... Y, ahora, ¿cuándo podré salir de aquí?

—Pronto. Muy pronto. Pero tendrá que cumplir con sus obligaciones.

—¿Obligaciones? Está todo en regla. Puedo responder al cuestionario siquiátrico a través de mi dispositivo móvil audiodimensional. ¡Déjenme salir!, por favor... Estaré controlada...

—En muy pocos días, profesional estable... Ahora, deberá cumplir con la normativa sexual, que la tiene muy abandonada. ¿Prefiere comenzar con una yacida femenina o masculina?

—¿Yacida? —Se enfado— ¿Pero creen ustedes que estoy yo ahora para follar?

—Perdón, profesional estable... Creo que no he entendido bien...

—He... querido... decir... ¿Cómo voy a hacer yo ahora una yacida?

—El acto sexual libera endorfina, que es el mejor analgésico que nos propicia nuestro cuerpo. Además, tanto el sistema nervioso central como el sistema nervioso autónomo se activan vivamente. Todos los tejidos orgánicos entran en acción, especialmente las fibras periféricas, la médula espinal y los dos hemisferios cerebrales, a parte del hipotálamo, que tiene una función indispensable, dado que cuanto más grande sea el área de control de la corteza, mas sensitiva será esa parte del cuerpo.

—Eso ya me lo sé... Soy bióloga...

—Entonces comprenderá que es la mejor terapia contra el estrés y, dentro del listado de hechos comprobados no cuestionables en el *Opcionalismo*, el modo de evitar pensamientos circulantes.

—Pensamientos circulantes... ¡Vaya tontería!

—Perdón, profesional estable... Creo que no he entendido bien...

—Pensamientos circulantes...

—Obsesiones en conceptos o problemas irresolubles, profesional estable.

—Ya... Saúco diría *Pajas mentales*... —Susurro y se sonrio.

—Perdón, profesional estable... Creo que no he entendido bien...

—Cosas mías.

—Tendrá que cuidar su lenguaje, profesional estable, pues llevo detectadas distintas incorrecciones. De continuar por este camino nos veremos obligados a plantear un exhorto, y no querrá que eso manche su currículo.

—No, claro... —Se djo caer en el sillon—. Está bien... Yacida.

—¿Hembra o macho?

—¡Coño!

—Perdón, profesional estable... Creo que no he entendido bien...

—He querido decir... Macho. Macho.

—Muy bien.

Helisabetta penso q, dfinitivamnte, el Systema y toda la organizacion sexual solo podia haber sido diseñada x un varon: *creen que las mujeres estamos dispuestas a todas horas a hacer lo que los hombres quieren hacer a todas horas.* x una ranura d la izqierda, junto al ventanal, aparecio un bote d latex en crema. Lo miro sombria y se imajino embadurnandose el cuerpo, milimetro a milimetro, con una kpa transparente xa evitar contajios.

Se abrio la puerta y Helisabetta trago saliva. Advirtio sin mirar:

—Aún no estoy preparada. Tengo que untarme el látex.

Una voz masculina a su espalda respondio *Puedo hacerlo por ti...*

—Prefiero hacerlo yo sola.

—¡Apagar Systema! —ordno la voz y un pitido anuncio q la yacida seria sin testimonio grabado.

—¡Vaya! —se rebrinco la joven—. ¡Ya casi estoy en la intimidad por primera vez en no sé cuántos días! ¡Sólo falta que te marches tú! —Se levanto a x el bote— Hagámoslo rápido.

—Tres días —respondio la voz—. Tres días sin intimidad. Han analizado tus sueños.

Helisabetta recojio el latex y miro x la ventana.

—Tres días... Gracias por la información... ¿Y tú por qué lo sabes?

Se volvio.

Fueron sus ojos.

El bote se la kyo d ls manos al mismo tiempo q qria gritar ¡Sauco! ¡Sauco!, y cuando parecia q iba a hacerlo el se puso el ddo en ls labios y chisto muy serio xa pedirle silencio; luego, Helisabetta fue hacia el y le abrazo alokdamnte, ksi fundiendose con el. *¡Qué me importan tus pelos en las axilas!* Sauco correspondio al abrazo y la beso en la kbeza afeitada, y en el lobulo d la oreja, y en el krrillo. Susurraba *Helisabetta, Helisabetta*, y ella sollozo 1° y dspues se echo a llorar sin reparo.

Estuvieron pega2 y sintiendose la respiracion. La joven soltaba lagrimas sin pudor y, al rato, el chico bromeo un *Ya me he duchado hoy... No hacía falta.*

Helisabetta rio timidamnte y prefirio no soltarse d su abrazo y mantener la cara en el pecho.

El volvio a besarla en la kbeza afeitada.

—¿Pero qué haces aquí? —pregunto al fin sin mirarle a la cara.

—Me soñaste —respondio y kllaron otro rato +.

La chik se limpio ls lagrimas con el knto d ls manos e inspiro profundamnte. Se zambullo en sus ojos.

—Nunca pensé que me daría tanta alegría verte. —Le sonrio y le beso. Permanecio abrazada sin soltarle.

—No es por nada, pero... A veces me cuesta respirar si me aprietan mucho en esta parte del cuello —bromeo exagrando una asfixia q no existia. Y luego oyo *Gracias, gracias.*

—¿Qué haces aquí? —repregunto mientras le akriciaba la cara, media el tamaño d sus hombros, admiraba ls dtalles d su rostro... Le beso ls ojos.

—Parece que soy lo único distinguible en tus sueños.

—Eso debía ser cuando pensaba matarte. —Le beso otra vez en ls ojos y luego en ls labios.

—Pensaron que era tu cómplice.

—Hummm, ¡a la cárcel con él! —Se estrecho en su pecho y hundio la cara. Y, entonces, reacciono y se alarmo—. ¡¿Estás detenido?! ¡¿Te han hecho algo?! ¡Por mi culpa! ¡¿Estás bien?! ¡Por mi culpa!

—Calma, calma... No estoy detenido... Mi padre intervino... No pasa nada.

—¡Ah! Pero ¿qué te dijeron? ¿Qué te hicieron?

—Siéntate.

—Siéntate tú y yo encima. No me voy a separar de ti en este rato. ¡Estamos en una yacida obligatoria!

Sauco se acomodo en el sillon y Helisabetta se acurruco sobre el, apoyando la cara en el pecho. D vez en cuando le besaba ls d2.

—Creen que ocultas algo que interesa al Centro de Defensa del Mundo Unido. Parece de vital importancia. —Helisabetta kllo mientras le akriciaba y se acurrukba +. No dijo q habia encontrado algo extraño en ksa d su prognitor—. Les hiciste explotar el Systema de interrogatorios ¿es verdad?

—Sí. —Sonrio picara—... Deberían saber que estoy entrenada.

—Te analizaron los sueños y sólo aparecía yo. Constantemente.

—Serían pesadillas...

—¡Oye! —Se revolvio finjiendo incomodidad.

—Bueno... ¡pesadillas mortales!

—No fue difícil dar conmigo así que me interrogaron... Les conté lo de tu padre, la discusión... Creen que tu padre buscaba lo mismo que tú ocultas.

—Mi progenitor buscaba otra cosa... Aún no sé qué.

—Y me presté a tener una yacida contigo para sacarte información.

Helisabetta se incorporo subitamnte, asustada. Tenia en la mirada el odio d qien ha sido traicionada.

—¿Sa... car... me... información?

—¡Eh! —Sauco reacciono como si verdadramnte le hubiera dscubierto en un renuncio. Pidio paz con la mirada—. ¡Eh! Ese es su plan... No el mío... Yo estoy contigo... Yo no soy de ellos... Yo estoy contigo...

Helisabetta se le qdo mirando dsconfiada y se incorporo hasta qdar sentada sobre ls rodillas dl chico.

—Y eso, ¿cómo lo sé yo? —Fue hacia el ventanal, confusa— ¿Cómo sé que no me mientes, o que me dices la verdad para que no te crea? ¿Te están utilizando?

—Quieren hacerlo. Pero yo estoy contigo.

¿Por ke iba a estar con ella un tipo sudoroso con el q solo habia discutido en ls poks horas q habian estado juntos? ¿Era una trampa? ¿Todo aqllo era una trampa? Se volvio con ira.

—¿Y qué información me tienes que sacar? —lagrimas violentas saltaron sin bridas.

—Ninguna. Yo no quiero sacarte ninguna información.

—¿Por qué me voy a fiar de ti? A penas te conozco.

Sauco kllo.

No tenia respuesta.

Se levanto hacia ella y fue a abrazarla, pero Helisabetta se paro. *No me abraces ahora. No si eres un traidor.* Sauco miro x el ventanal.

—¿Y cómo te lo puedo demostrar? —pregunto a nada.

Hubo silencio. La esperanza q representaba el joven hacia mnos d un minuto se habia convertido en una sombra tenebrosa d incertidumbre y engaño. Helisabetta se sento en el sillon y qdo mirando al techo con la mnte en blanco. Sauco se acerco a ella:

—No he venido a traicionarte, imbécil. He venido a salvarte. A sacarte de aquí.

Ella no respondio. El joven fue hacia la puerta y toco 3 veces. Dspues, pregunto en alto *¿Systema?* Helisabetta musito *No te vayas*, y el volvio a preguntar *¿Systema?*

—Felicidad y Paz —respondio una voz sin holograma.

—¡No te vayas! —jimio Helisabetta.

—Felicidad y Paz —dijo Sauco.

—¿Han terminado?

—Saúco, ¡por favor! —dsgarro Helisabetta.

—Sí, hemos terminado.

—¡Saúco! ¡No te vayas!

—¿Y bien? —pregunto la voz.

—Yacida compartida.

—¿Ahora?

—¡Saúco! —grito yendo hacia el.

—Ahora.

Se abrio la puerta. Helisabetta llego a el y se colgo d su espalda, dsesperada.

—No te vayas, no te vayas, perdona, perdona, no te vayas —repetia.

Sauco permanecio firmes, con ella pendida d su cuello y dio 2 pasos atras.

—Así es, no te vayas. Perdóname... Quédate conmigo un poco más.

Sauco no se jiro y la puerta se cerro nuevamnte. *¡Apagar Systema!*, ordno.

—Hola —saludo el chico.

—Hola, empecemos de nuevo —dijo Helisabetta y se dscolgo. Qiso jirarle xa darle un beso y un abrazo pero se qdo paralizada.

—Hola —respondio al saludo Ambrosia—. ¿Todo bien?

—Casi todo —informo Sauco d mala gana.

Helisabetta estaba petrifikda ¿Ke estaba pasando ahi? ¿Ke hacia Ambrosia en su habitacion? ¿Ke conspiracion?...

—Y ¿tú? —acerto a dcir.

Ambrosia vestia ls mismos pantalones y la misma kmiseta negra q lucia en el Teatro Klderon cuando la conocio y creyo q montar era yacer. Estaba tokda con un bonete naranja con pompon hasta ls orejas, y supuso q llevaba su larga melena d pelo rizado recojido dbajo.

—Yo estoy preparada.

¿Es q era verdad? Ahora recordaba q Sauco habia dicho al Systema *Yacida compartida.* ¿En q locura se habia metido?

—Preparada ¡¿para qué?! —se alarmo Helisabetta, nerviosa.

Sauco se volvio a ella:

—Para hacer lo que los traidores somos capaces de hacer por una mala amiga que no se lo merece.

Ambrosia se dsklzo y comnzo a qitarse ls pantalones. Sauco urjio un ¡*Vamos!* y tiro d la kmiseta dl pijama hacia arriba xa dsnudar a Helisabetta, q protesto un ¡*Pero qué locura es esta!*, y Sauco respondio ¡*La peor locura que hemos hecho nunca!*

TRACTADO Q· CUENTA EL MI ENCUENTRO CON LOS RESTOS DEL ALMIRANTE COLÓN E DEL ENGAÑO DEL SU TRASLADO À SEVILLA

Recuerdo à la perfecciô la primera vez q· bajamos à la grande sala do trabajaba el maestro con el horno milagroso q· convertía el bronçe en invisible. La entrada estaba resguardada tres pasos más allá de la mesa do me explicó el mi primer día q· confiaba en mí, junto à la pared do colgaba la pequeña cruz invisible. Era una garganta cerrada con candado. El maestro la abrió con misterio.

Después, de debajo de un tablô escondido, sacó unas vestimentas de cuero grueso: calzas largas terminadas en botas recosidas, e amplias, con peto, para cubrir el jubón hasta aínas el cuello, ajustadas con unos tirantes, e una almilla con capucha por ençima. Más tarde supe q· el embozo estaba diseñado para q· no entrara el agua, ni tampoco el frío de la corredera gélida, pues el regato q· íbamos à atravesar en el subsuelo iba helándose à cada paso del acueducto hasta llegar al convento de Sant Françisco, tal qual si fuera el arroyo q· estuviera naciendo de las nieves.

La casa del maestro fuè comprada de los terrenos q· poseía el monasterio de Sant Benito antes de hacer la yglesia en toda la calle de la Cruz, de tal manera q· conservaba los sus mesmos túneles, llenos de recovecos, de quando todas esas tierras formaron parte del alcázar e el alcazarejo de la ciudad, cuyas murallas llegaban hasta la Esgueva. Desde allí, por debajo de las calles, sin ser vistos por alma ajena, se alcançaba el Pisuerga saliendo à la par del puente de la cárcel, con grandes galerías para q· cupieran las caballerizas al hir à beber del río sin ser molestadas ni requisadas; otra bifurcaciô, hacia el centro de la ciudad, conducía à la cripta de Sant Lorenzo; e otra, más allá, por cauce estrecho, por debajo de la plaça Mayor e de las huertas del convento de Sant Françisco hasta la yglesia de Santiago.

Todos esos fundamentos fueron aprovechados por los alcalleres moriscos para traher el agua potable desde las fuentes de Argales hasta los surtidores internos del monasterio de Sant Benito. Con pena, anunçio q· nos mesmos fuimos culpables de desbaratar la obra para q· nadie descubriera el ntro· secreto. Años después, el agua de las fuentes de Argales, q· llevaba más de un siglo recorriendo las mismas tuberías hasta el pozo del convento de las Caballeras, en vez de llegar por las calles del Campo e de Santiago, paralelamente la encauzaron por Zurradores hasta la Gallinería Vieja, e, después, el Ochavo e la Rinconada, hasta desembocar en el monasterio. Ansí se consiguió q· el agua privada de los monjes sirviera también para la ciudad, aunque hizo falta de una orden expresa de Ntro· Rey el segundo Filipe e una faena costosísima, diseñada por su arquitecto Juan de Herrera.

Aquella vez primera me vestí muy humilde e muy atemorizado como perro en mitad de la tormenta. No sabía lo q· íbamos à hacer ni à dò me conducía el mi maestro. Agarró su hachô embadurnado en brea e bajó el pozo ocho brazos por la escala. Con pericia ya aprendida, puso el pie à la derecha, la antorcha en la otra mano, e se giró sobre sí para quedar mirando al hueco negro e peligroso: el agua de aquel pozo q· no se usaba quedaba todavía à más de tres quartas à sus pies.

(Al). Agora, tú. Haz lo mesmo. ¡Sin miedo!

Gritó una voz sin rostro desde dentro del túnel en el q· se había metido.

Temblando, bajé la escala hasta llegar à la altura del hueco. Intenté sacar el pie e pisar à la derecha, pero ni respirar me salía. Me palpitaba el corazô hasta desbocarse.

(Al). ¡Sin miedo!

Repitió, e à mí me entró pánico.

Conseguí poner el pie en el hueco negro pero no me salían las fuerças para dar el giro q· supo hacer el maestro, sobre el su costado. Respiré hondo e lo intenté… Me quedé à medio camino, agarrado à la escala con una mano, la puntera de la alpargata en el borde de la piedra, e la otra mano iluminando el hueco del pozo con el hachô.

Antes de q· la mi lengua pudiera gritar, la mano del maestro me agarró del hombro e tiró de mí sin piedad. La brea se golpeó contra la pared exterior e saltaron volutas de fuego por ençima de la mi cabeça. Después, di un paso atrás e ya me sentí estable, aunque temblando: había entrado en el pasadizo secreto, aunque por ventura de muy malas maneras.

(Al). No es tan difícil, rapaz.

Me reprochó adusto.

Nos miramos cada qual al contrario para comprobar q· el cuero estaba en su sitio. Cuando fuè merçed del maestro, avançamos por el túnel.

Las sombras q· titilaban à la luz de las antorchas se remetían entre las piedras e los ladrillos deformando lo q· deberían de ser los nuestros cuerpos ò los nuestros rostros. Ansí q· fantasmas contrahechos, junto con el eco de los nuestros pasos, acompañaban el respirar e el sonido de las correntías: unas veces, lejano; otras, estrepitoso.

A unos novecientos pasos castellanos, giramos à la izquierda e descendimos dos escalones para entrar en la galería más grande.

(Al). Apréndete el camino de memoria. Por aquí, en tiempos, iban los caballos del alcázar al río. Si, en vez de seguir ntra· senda, bajáramos siguiendo el cauce hacia la derecha, apareçeríamos en las mismas quadras del monasterio de Sant Benito, pero están clausuradas. Para escapar déstos túneles, recuerda q· antes de llegar, una puerta te mete por el interior del pilar de poniente del pórtico de la yglesia. La escalera de caracol te sube hasta la balconada, q· por fuera da á la calle e por dentro al coro. Nunca se sabe si tendrás q· utilizar aquestos escondites, q· tenemos muy grandes enemigos e muy fuertes.

(Ro). ¿Más q· el Noquero?

(Al). Más.

Todo era de piedra de sillería e toda la piedra estaba enmohecida. Allí, entre la negrura, el agua corría ya hacia los caños q· abastecían la ciudad, aunque aún teníamos hueco suficiente para caminar por sobre un costado empedrado sin mojarnos.

La ida hacia al horno era cuesta arriba, poco pronunçiada. Para no seguir hasta el Pisuerga, torcíamos de nuevo à la izquierda, do el pasadizo se hacía más estrecho e ya había q· meterse hasta aínas las rodillas de un regato q· teníade bastante fuerça e, sobre todo, estaba frío como la nieve q· guardaban los tenderos en las fresqueras para hacer más agradables las bebidas. Si camináramos por las calles de arriba, en ese instante estaríamos à la altura de las huertas más ponientes de los terrenos del monasterio.

(Al). Aquesta bifurcaciô à la derecha llevaba directamente à la cripta de Sant Lorenço, e la tubería de la izquierda conduce la mitad del agua hasta la Rinconada. Nosotros tenemos q· seguir de frente, recuérdatelo bien.

Contracorriente, ya metidos hasta los muslos e haciendo fuerça, començé à tiritar de frío. Agua de pozo e mujer desnuda, mandan al hombre à la sepultura. Supongo q· también temblaba de miedo. Fuè poco tiempo, quizá ochocientos pies castellanos por debajo de la plaça Mayor, pero esa parte se me hizo como infierno eterno ò como misa de Jueves Santo, q· dura todo el día.

Ansí llegamos hasta una grande cueva en do se embalsaba el agua q· caía desde seis ò siete varas con estruendo, retumbando el todo. Confluían cinco arcadas: la una, por la qual veníamos; à la derecha, la más grande de todas, derivaba el agua hacia las huertas del convento de la Trinidad calçada; à la izquierda, para el convento de Sant Françisco; por frente, en lo alto, teníamos la cascada q· traía el ramal prinçipal desde el convento de la Santa Cruz; e à su izquierda, à seis palmas del embalse, nacía el quinto pasadizo: no llevaba agua, sino q· conducía à ntro· destino final. Para meternos en la cueva, había q· bajar con pericia un escalô sin perder el equilibrio ni la antorcha, e el agua le llegó al maestro hasta la cintura e à mí aínas por los hombros.

Apoyando el pie en un saliente de la piedra bajo el agua e agarrándonos con destreza en otra prominençia, con alto riesgo de resbalarnos por la humedad e con grande esfuerço por el peso del cuero mojado, conseguíamos alzarnos hasta el túnel seco. Una vez allí arriba, el maestro necesitaba encorvarse para caminar, e yo mesmo iba con ojo avizor para no rozar la coronilla en qualquier resalte de las bóvedas.

En ese momento, las antorchas molestaban más q· ayudaban, pues al ponerlas por delante no veíamos el suelo, sino sólo la llama, e venía à nos el tufo del humo negro; si las poníamos por detrás, la posiciô al caminar era incómoda e, más q· resplandor, sólo veíamos las ntras· sombras. Pero la superficie del suelo era bastante lisa.

Atravesando aquel túnel de ventilaciô, como ansí lo llamó el maestro, faltaban ya pocos pasos para llegar à la grande sala en la q· creí q· sólo me encontraría con el horno de fabricar la tinta invisible. Grande error.

Al llegar, el maestro me puso la mano en el hombro e ordenó muy serio:

(Al). Da un paso e medio e no te muevas más.

Desde alguna parte me llegó como un viento frío, aunque quizá fuera sólo la expresiô del miedo q· me entró por los huesos. Todo estaba oscuro e el mi hachô no dejaba ver más q· había entrado en alguna sala enorme en do no terminaba nunca el haz de luz. Estaba yo calado, atemorizado, confuso e muerto de frío.

Quando el maestro ençendió la tea grande q· estaba sujeta à la pared por ençima de ntras· cabeças, las sombras fueron à refugiarse por entre huecos quadrados, negros e vacíos q· aparecieron horadados en las paredes, à la altura de los mis ojos. La repisa sobre la q· yo permanecía paralizado terminaba sólo medio paso más adelante, ansí q· quando miré abajo creí q· iba à despeñarme. El maestro se rió e los ecos se elevaron hasta rebotar en el techo, bajaron hasta el infierno e volvieron à subir.

(Al). ¡Te dije q· no te movieras, rapaz!

Con la segunda antorcha, comprobé q· la nave terminaba en forma de cúpula redondeada e q· subía hasta más de diez pasos castellanos del suelo. Nosotros nos encontrábamos à mitad del lienço de piedras de sillería rectangulares, perfectamente dispuestas, como si hubiéramos salido de uno de aquellos vanos à los q· no encontré utilidad de primera vista.

(Al). Quítate el cuero. Cuélgalo de ese saliente para q· escurra

El maestro hizo lo propio mientras me daba órdenes con media voz.

Del lado izquierdo de la repisa, sobresalía el final de una escalera de madera. À pesar de q· prontamente comprobé q· los escalones estaban firmes e sujetos à buenos troncos de olmo, temí q· el maestro me mandara bajar.

(Al). Ale. Por la escalera, abajo.

Dispuso lacónico.

(Ro). ¡Habrá quinçe varas hasta al suelo, señor! Si me caigo, me espançurro, e ya he tenido bastante con lo del pozo.

(Al). Veynte e media. Deja tu hachô aquí e agárrate bien. No tienes por qué caer.

Le vi media sonrisa quando inició la bajada abriendo camino, agarrado à la escalera con una mano e à su antorcha con la otra. À él le divertía lo q· à mí me paralizaba aterrado. Aquella primera vez bajé muy torpemente. Medí cada paso e tenté cada escalô como si fuera lo último q· haría en la mi vida. Aún estaba yo à la mitad e él gritó, ya desde el suelo.

(Al). ¡Es para hoy, mozo!

Pero à mí me temblaba todo el cuerpo, ansí q· no pude hir más raudo. Según llegué, él ya había prendido otras dos llamas grandes e toda la nave estaba iluminada. No pude por menos q· quedarme con la boca à papas, q· me cabía una argolla.

Confesé en alto con la poca voz q· pudo salirme. El maestro volvió à reír e asintió.

(Ro). ¡Aquesto es maravilloso!

(Al). ¡Único!

Agora, los huecos quadrados quedaban muy lejos de mí e parecían simples vanos para acomodar pilares de los andamios ò nidos de pichón. Conté quinçe huecos separados de manera uniforme por la toda la nave, aunque justo enfrente faltaba uno. Me fijé q· estaba cubierto por una losa de mármol con algo inscripto.

(Ro). ¿Esa es la mesa en la q· trabaja, maestro?

(Al). En la q· trabajaremos.

En el centro, una grande mesa con los minerales e el oro ordenados por montonçitos. Debajo, tres toneles de pólvora de à media arroba cada uno. E, al lado, la máquina: el horno en sí era un cubo de dos palmos por cada lado, rodeado de ruedas dentadas, grandes e pequeñas, como el mecanismo del reloj de la Colegiata pero en mayor cantidad.

(Ro). ¿Dò estamos, señor?

(Al). En el pudridero de la ermita de Juan Urtado, bajo la torre de la yglesia de Santiago e los huertos del Convento de Sant Françisco. Desde el techo de la nave hasta los terrenos del convento habrá aún otros cinco cuerpos. Ansí q· estamos à unos veynte bajo la ciudad.

(Ro). ¿Tanto hemos descendido? ¡Si parecía q· subíamos!

(Al). Las aguas de los manantiales de Argales cruzan la ciudad por tuberías hechas por los moriscos desde los arrabales hasta el convento de las Caballeras de la Santa Cruz. Allí se embalsa en el pozo del claustro e baja fuerte por los pasadizos hasta el pozo q· hemos dejado atrás. ¿Viste el hilillo de agua q· venía desde la arcada de las monjas?

(Ro). ¡Me pareció cascada!

(Al). Quando las monjas enclaustradas abren las compuertas, una vez cada quarto de día, sí q· es cascada, rapaz. Después, se distribuye el agua por los caños e los monasterios usando las arcadas medievales q· unían el alcazarejo con los primeros conventos de hace dos siglos. Por eso hemos llegado hasta el lago subiendo una pendiente suave, pues la técnica de los acueductos moriscos es simple: el agua nace alta en Argales e aprovechan las ondulaciones del terreno para hirla bajando hasta la ciudad. El embalse bajo el pozo de las hijas de Santiago sirve para darle fuerça. El agua es propiedad de los monjes benedictinos.

(Ro). Pero no entiendo cómo hemos terminado aquí. ¿La ermita de Juan Urtado pertenece à los françiscanos?

(Al). Nooo. ¡No se me ocurriría meterme en casa del diablo, válgame el cielo! Es la q· está tras la yglesia de Santiago, junto à la portería del convento, e no tiene acceso à la huerta, ni al cementerio de los monjes.

(Ro). ¡Si aquello es apenas una grande puerta junto à otra grande puerta! Siempre maquiné q· se trataba de la mesma entrada. Nunca la he visto ni entornada.

(Al). Por supuesto: sólo se abre para dezir misas por los grandes nobles muertos porque aquí abajo se enterraba à los primeros señores de la provinçia. El pasadizo q· une el pozo con el pudridero es un túnel de ventilaciô. Se construyó para q· la nave se oxigenara e permitiera la descomposiciô con mayor rapidez e trasladar los restos à las otras yglesias en pocos años. À un lado e à otro del pasadizo había una reja de hierro para q· no se pudiera entrar. Pero tampoco nadie sabía de la existençia desto, salvo el platero.

(Ro). ¿Pues cómo lo conoció?

(Al). Siendo mozo de tu edad, su maestro le mandò bajar para trasladar à los últimos nobles aquí enterrados à los sarcófagos q· habían fabricado por encargo de los familiares.

(Ro). ¿Nobles? ¿Enterramientos? ¿Sarcófagos?

(Al). Sí...

Rió.

(Al). ¡No esperarás q· te entierren à ti, mozalbete! Después, lo cerraron con cal e con cantos.

¡¿Enterrar?! Había dicho ¡En-te-rrar! ¿Pero dò me había traído, ¡por el mesmo diablo!?

(Ro). Vuestra merçed...

Balbuceé pero no me dejó continuar. Volvió à reírse.

(Al). ¿Ansí q· no sabías qué cosa era un pudridero?

(Ro). ¡No!

Admití atento.

(Al). Ya me pareció q· te quedaste muy tranquilo quando lo dije... El pudridero es el lugar al q· llevan los cadáveres hasta q· los gusanos se comen la carne e quedan los huesos à punto de convertirse en polvo. Una vez en ese estado, polvo eres e en polvo te convertirás, los trasladan en un cofre del tamaño de una caja grande, decorado con oro ò plata, hasta el osario de la yglesia, do permanecen para su descanso eterno.

Quedé más petrificado de lo q· estaba. Si hubiera sabido esa historia, aún lo hubiera pasado peor al entrar. ¡Ó nunca me hubiera metido! Masculló lleno de pánico.

(Ro). Pero... eso significa..., ¡q· estamos entre los muertos!...

El maestro se dobló de la risa mientras caminaba hasta la grande mesa e trajinaba con los metales.

(Al). Los muertos no hacen daño à nadie... Son los vivos los peligrosos, rapaz.

Me miró desde lejos para comprobar q· no me había desmayado.

(Al). Además, aquí ya no hay muertos. Se los llevaron à todos antes de clausurar el pudridero. Por eso contrataron al platero. Decenas de años después lo rescató de su memoria para hacer el ntro· escondite. Aquí fabricamos la tinta invisible.

Señaló todos los artilugios q· había ençima e debajo de la mesa, pero me intrigaba más el origen e la finalidad de la estançia en la q· estábamos en lo muy profundo de la ciudad.

(Ro). ¿E por qué lo cerraron?

(Al). En resumen... Los nobles han abandonado la costumbre de trasladar los cuerpos de sus familiares. Les sobra con encargar la escultura situada frente al sagrario de las yglesias. Ya no trasladan el polvo al monumento funerario. Ansí q· mantener el pudridero abierto debajo de una ermita tan pequeña empezó à no tener sentido...

Guardò un silençio vago.

(Al). Eso han dicho...

Quedò con cara de esconderse algo más.

(Ro). ¿Pero?

Le pregunté por curiosidad, e adiviné por su expresiô q· lo estaba deseando.

(Al). El platero descubrió q· eso es una farsa. Los nobles vallisoletanos cerraron el pudridero por una razô muy más secreta, ya q· començaron à utilizar el osario del convento de Sant Françisco, el de la capilla de Luis de la Cerda, à penas à doscientas varas de aquí mesmo, pero sin tanta profundidad como éste.

Por el tono q· utilizó, aquello parecía de buena pinta, ansí q· me acerqué à su altura e me senté sobre la mesa, de modo q·, de repente, se me hubiera evaporado el miedo à los espíritus de aquella nave. No dije nada. Él me miró à los ojos, bajó la cara e susurró enigmático:

(Al). Cristóbal Colón.

(Ro). ¡¿Colón?!

Repetí preguntando en alto e el maestro me chistó, como si alguien pudiera oírnos.

(Al). Sí, el Almirante.

Miguel, el hijo del cirujano, estaba empeñado en ser como Cristóbal Colón. Decía q· quería descubrir nuevas haciendas e ínsulas para el Rey Ntro· Sñor·. Q· navegar por los mares sería como recorrer los campos montado en un caballo blanco e vestido de armadura, tal qual los grandes paladines de los libros de caballería, dispuesto à luchar contra gigantes e contra malandrines, todo por el Rey e por el amor de una dama, à la q· decidimos llamar Dulcinea en los nuestros sueños. E era Miguel el q· más sabía del Almirante Cristóbal Colón, q· medio

siglo atrás llegó hasta las Indias e llenó de oro las arcas de la Ntra·
Corona.

(Ro). ¿E qué tiene q· ver Cristóbal Colón en todo esto?

Pregunté entusiasmado para tener una noticia importante q· trasladar à Miguel.

(Al). Q· el suyo es el único cuerpo q· queda en aqueste pudridero.

(Ro). ¡No puede ser!

(Al). ¡Míralo!

Se volvió e me señaló el único vano q· estaba cubierto con una lose-
ta de mármol, aquella q· me había extrañado quando contemplé la nave.

(Al). Allí permanece el cuerpo del Almirante Colón, ò lo q· quede
dél. E allí seguirá por los siglos de los siglos, diga el Rey lo q· diga. Ese es el
secreto de los nobles de aquesta ciudad. E, por el presente, el tuyo también,
no vayas à contárselo à nadie.

(Ro). ¿Ni à Miguel?

Pregunté inocente.

(Al). ¡À nadie!

Enfatizó indignado e con la mirada asesina.

(Al). Lleva zincuenta e cinco años cerrado.

Admití con fastidio.

(Ro). À nadie...

El cuerpo de Colón, el Almirante q· tanta gloria había dado à la
Reina Isabel, del q· tanto se hablaba por doquier, estaba frente à mí, veynte varas más arriba del suelo q· yo pisaba. El maestro caminó hasta la escalera q· permitió q· bajáramos à la nave e gritó:

(Al). ¡Ayúdame!

Corrí tras él e, muy trabajosamente, entre los dos conseguimos trasladar la escalera hasta apoyarla justo debajo de la tumba de Colón. Me
mandò con entusiasmo verdadero:

(Al). Aúpate.

Yo aún jadeaba del esfuerço de llevar la escalera de un lado à otro,
e me olvidé de q· poco antes me había aterrado bajar por ella. Subí à velocidad de centella. El maestro se entretuvo en recoger la antorcha. Quando
estuvimos arriba, la inscripciò aparecía muy tamizada por el polvo e aínas

no se leía. Él limpió el polvo del mármol, primero soplando e después con el canto de la mano. Acercó la luz, e entonçes leyó en alto:

(Al). Almirante Cristóbal Colón, descubridor de las indias, à veynte de mayo del año de mil e quinientos seis, Año de Ntro· Sñor·.

Me miró con la mesma vivacidad q· vi meses más tarde, quando me mostró la reforma de su Sant Sebastián.

(Al). ¡¡Qual es el tu pareçer?!

(Ro). No sé qué dezir, Vuestra Merçed.

Verdaderamente, estaba mudo.

(Al). ¡Pues no digas nada!

Me miró con cierto desprecio. Despúes, inició la bajada, pero le interrumpí.

(Ro). No entiendo por qué cerraron todo para mantener aqueste secreto.

(Al). Cosas de frailes e congregaciones... Colón fuè enterrado allí arriba por la vez primera.

Señaló à un punto indefinido más allá del techo.

(Al). Enterrado en la capilla del potentado Luis de la Cerda, después de haber vivido solo e olvidado en Valledeolit. Ansí es la vida: Por Castilla e por León nuevo mundo halló Colón, dijo el Rey Fernando, pero le abandonaron como à los perros... Murió en las casonas de la calle ancha de La Magdalena.

(Ro). ¿No es allí do moran los desamparados? Allí podría morir yo mesmo si no lo hago en la calle Sacramento, señor.

(Al). Espero mejor estrella para tu vida, donçel. Colón teníade relaciô con los françiscanos desde la su estançia en el Monasterio de La Rápita, en Huelva, antes del su primer viaje à las Indias. Ansí q· fueron ellos los q· pidieron permiso à la familia de la Cerda para un enterramiento digno, tras el funeral celebrado en la yglesia de La Antigua, dado q· los q· mueren en las casonas frente à la yglesia de La Magdalena nunca son inscriptos. Pero tres años después, te estoy hablando del mil e quinientos nueve, los cartujos del monasterio de Las Cuevas, de Sevilla, intercedieron ante el Rey el Católico para llevarse el cuerpo. Dijéronle q· era peticiô de sus familiares, pero los nobles de aquesta ciudad sabían q· mentían, e q· habíanle comprado con favores al su hijo Diego para llevarse el cuerpo. Ansí q· decidieron sepultarte en el pudridero de la ermita de al lado, dedicada exclusivamente à los nobles de la ciudad. Más q· un enterramiento, fuè un escondite, pues el traslado no figura en ningún scripto de la Chançillería.

(Ro). Se lo hubieran llevado à Génova, ¿no?

(Al). Evidente, rapaz. Sus familiares eran genoveses... Pero ni los françiscanos estaban dispuestos à entregar el cuerpo del Almirante à los cartujos, ni los nobles vallisoletanos à quedarse sin un héroe en la ciudad.

(Ro). E no lo entregaron.

Concluí ante su silençio.

(Al). No. Mandaron à Sevilla el cuerpo del noble don Baltasar León de la Riva, q· había fallecido pocos meses antes de un arcabuzazo q· le dejó el cuerpo atestado de perdigones por ser gentilhombre de mal carácter, aunque honrado.

(Ro). ¿Nadie lo notó?

(Al). ¡Ja, ja, ja!

Su risotada revocó en las piedras e me asusté.

(Al). ¡A los tres años de expirar, ya nada es como éramos! Además, los muertos se trasladan descarnados. Sólo los huesos e la calavera, tapado todo con amplias ropas. Quiero dezir q· se les raspa la carne q· aún quede pegada al hueso. Terciopelo rojo con cintas de oro fuè la mortaja del falso Colón.

El maestro decidió bajar la escala e yo tras él.

(Al). Una vez hecho el cambio, cerraron el pudridero à cal e canto, ò aínas. E la ermita se quedò en eso: una yglesia pequeña frente por frente à la trasera de la yglesia de Santiago q· ainas tiene utilidad. ¿Ves esas piedras q· se agolpan con forma de puerta ojival?

(Ro). Las veo.

(Al). Por allí era la entrada à los sótanos de la ermita de Juan Urtado. E lo q· tú crees q· es una mesa, es en verdad un altar q· hemos recubierto con una madera por ençima para trabajar sin temor à afrentarlo.

(Ro). Vaya...

(Al). De hecho, los nobles vallisoletanos previeron la posibilidad de seguir bajando hasta aquí, supongo q· para honrar al Almirante cada veynte de mayo.

(Ro). ¿Cómo, maestro?

(Al). Sellaron la entrada prinçipal… Por dentro.

Se me quedò atento à la mi expresiô.

(Al). Si fuè así… ¿Cómo salieron, rapaz?

(Ro). Por do hemos entrado nos… supongo.

(Al). ¡Buena pieza eres! Podría ser, pero la reja q· quitamos en su día estaba aferrada por dentro. ¿Cómo lo hicieron?

(Ro). Ya no se me ocurre nada…

(Al). El quinto hueco, començando por la izquierda del túnel q· llega hasta aquí, es un pasadizo estrecho e bajo q· lleva hasta la cripta de la capilla de Santa Lucía de la yglesia de Santiago. Lo descubrí quando ensamblé el retablo para la capilla de los Reyes q· me encargó el banquero Diego de la Haya, à quien Dios guarde en la Su Gloria. La entrada está oculta en un lateral del altar. Los primeros Caballeros de Santiago debieron de utilizar aquesta sala para rituales secretos. Ò eso imagino.

(Ro). ¿E por qué no venimos por ahí?

(Al). Es muy incómodo de utilizar, muy estrecho. Aínas à gatas vendríamos, ¡aunque evitaríamos helarnos con el agua del manantial!

Rió otra vez à carcajadas q· rebotaron nuevamente en las paredes e volvieron.

(Al). Lo cierto es q· si llegamos desde la mi casa somos invisibles, e si usáramos ese pasadizo tendríamos q· hacer cómplice al párroco de la yglesia, con quien es mejor no hacer migas.

Bajó la voz.

(Al). Dicen q· es hereje luterano, e q· por eso ha encargado un cristo crucificado, fuerte e bello, à ntro· amigo Pompeyo Leoni. Llaman à sus estançias La Casa del Hereje. E bastante tengo ya con lo mío.

(Ro). Lo q· diga, maestro.

(Al). Cristóbal Colón sigue aquí, en el único lugar en el q· fuè acogido de todo el Imperio de los Reyes Católicos, hoy de Ntro· Sñor· don Filipe el segundo.

Elevó el dedo, como Fray Alonso de Toro en su púlpito, e gritó:

(Al). ¡¿E dò mejor va à estar quien dio gloria à España sino bajo el manto del patrô del Imperio, Santiago Matamoros?! Faltarán viandas para yantar à los españoles, pero nunca la honra ni el amor à la Patria. E el día q· renunçiemos à creer en Ntro· Emperador e en Ntro· Imperio, nos derrotarán los infieles.

Se sacudió el polvo.

(Al). Dicen q· años después el cuerpo del noble León de la Riva ha viajado allende los mares, creyéndose todos q· se llevaban à Cristóbal Colón. Pero al Almirante lo tenemos tras aquesta losa de mármol, muchacho.

(Ro). No me lo esperaba, maestro.

(Al). Aquí abajo aún vas à encontrar más sorpresas. Espero q· seas merecedor de conoçer todos los secretos.

(Ro). Eso usted lo decidirá.

(Al). Eso ya lo tengo decidido.

ARCHIV2297765383537537552243112IMPRXASYSTEM
WRITER10,28MILISEGUN2TXTOMODIFIKDOPROGLITERARIO
ESTILORETROS21TRANSCRIPCIONTXTOSORIJINALESEXACTA
ENGRAMATRIKARKIKORDN8479742547515645098ESPAÑOL
PUROPUNTUACIONCLASIKYPALABRASSEPARADASMARKN
MINERFERROV561TAHIPERVINCULOIMAGVIRTUALAUDIO
RECUPERADOBUZONENVIODSCONOCIDO.QLARITA
RECTORA.21012101. **ESKPA2 Y PERSEGI2.**

—Le contaré una anécdota, Prune, que pasó allá a mediados del siglo veinte, en una famosa confrontación
bélica llamada la Guerra de Vietnam —Bayarri se
sonrio con malicia: al fin y al kbo, Buhlman se habia propuesto voluntario xa persegir a Helisabetta con toda su buena voluntad 5 segun2
dspues d leer la codifikcion d ls mnsajes, sin tiempo xa reflexionar—:
verá, el entonces ejército de los Estados Unidos de Norteamérica
decidió enviar a un grupo de soldados especiales como espías.
Les enseñaron el idioma de los vietnamitas, les vistieron como los
nativos y los soltaron por aquellos campos para que se enteraran
de cómo estaban preparándose... —Bulhman permanecia ksi firmes
y muy atento. Bayarri espaciaba ls frases xa crear un ambiente +
misterioso—. Pasadas unas semanas, el comando volvió sin ninguna información útil. Por alguna extraña circunstancia, no habían conseguido introducirse entre el enemigo. La población na-
tiva los había detectado, increíblemente. ¿Qué pasó, se
preguntará usted? —Prune asintio y Adriano sonrio + evidnte—.
Pues eso se supo meses después, cuando capturaron a soldados
vietnamitas de la zona y se lo preguntaron. Ellos respondieron
*Sí, mandaron a cinco hombres con ropas parecidas a las nuestras,
pero fáciles de distinguir: ¡tres eran blancos y dos eran negros!*

El director dl CDMU rio hasta llenar el dspacho d krkjadas mientras su subordinado intentaba interpretar el chiste adcuadamnte.

—¿Es que no lo entiende? —interrumpio su entusiasmo.

—No —admitio dspues d dudar.

—¡Tres blancos y dos negros en mitad de los vietnamitas! ¿Qué otra cosa les hacía falta para gritar que eran norteamericanos?

—¡Ah! —dijo, pero aun no comprendia—... ¿Es que entonces las razas no estaban mezcladas?

Bayarri se levanto d dtras d su mesa y resoplo dsesperado.

—¡El hombre que más sabe de la sicología humana en esta parte del mundo no se percata de lo evidente! Si yo le mando a usted a Pincia, no hará falta que anuncie que estamos investigando, ¡Prune! ¡Es usted coreano!

—¿Y qué ocurre?

—¡En Pincia no hay coreanos! —Se qdo absorto x la ventana mirando al infinito.

Ni coreanos, ni negros, ni modrnos, ni lugar dond ocultarse xa un espia. Salvo...

—Entonces, señor... —Prune Bulhman dudo, miro al suelo y al techo y dcidio sentarse en el confidnte antes d hablar. Bayarri percibio el silencio y jiro el rostro—. Entonces... Tendrá que ir usted mismo. Usted es de allí.

—Pero hace muchos años que yo... —Se sintio incomodo y volvio a contemplar la ciudad dsd arriba—. Sería un error... Yo...

—El mismo emperador Carlos tuvo que comandar la nave, señor.

—Él llevaba el arma secreta —repuso con gravedad concluyente.

—Usted tendrá que encontrarla... —Duplico la pausa y le miro con intencion—. Antes que ellos.

Adriano Bayarri se volvio con parsimonia, pensativo.

—¿Ya tiene el informe sobre los comunicados?

—Tenía usted razón: están en la ciudad. El Systema ha tardado dos segundos coma seis milisegundos en detectar el ardid. Pero estábamos ocupados con la chica y… Bueno, no lo vi hasta hace…

—¿Cuánto? —Bayarri regreso a la mesa con rapidz.

—Justo antes de decidir proponerme voluntario para buscar a Helisabetta. —Bulhman permanecio inqieto observando la reaccion d su jefe. Bayarri se temio lo peor.

—¿Se han saltado el Systema? —Rabio. Tecleo xa abrir su correo privado esperando encontrar el texto dl informe traducido—. ¡Son listos!

—… Por donde no lo esperábamos…

—La intuición, la intuición… —insistio el director dl CDMU.

—… Mi error fue que puse el Systema alerta entre extranjeros e inclasificados, entre codificaciones y mensajes cifrados…. Pero usted tenía razón.

—¡Claro! —Bayarri djo d teclear subitamnte. Se alarmo y ordno con mirada asesina—. Repita eso.

—Puse el Systema…

—¡Eso ya lo he oído!

—Quiero decir que no buscamos entre los mudables ni entre los estables. —Resumio e inspiro atemorizado.

—¡Ahí no buscamos! —concluyo echandose sobre el respaldo d la silla y colgando la mirada en el techo—. Ahí no buscamos… El Systema tendría que reaccionar por sí mismo…

—En vez de salirse del Systema, han entrado.

—Insertado en el Systema, el espía ha quedado oculto: la mejor fórmula para conseguir su cometido. Listos.

Prune hizo una pausa. Aun qdaba algo + y lo anuncio con humildad:

—Tampoco hemos buscado entre los rectores…

Adriano Bayarri abrio ls ojos y la bok como temiendo q algo pesado le fuera a caer en la kbeza. Algo q le fuera a dstrozar alli mismo. *Ya digo que a los ordenadores les falta la intuición de los humanos, y eso es un problema irresoluble.* Dspues se inclino sobre el dspacho y miro seriamnte a su subordinado. Mastico la pregunta:

—¿Qué más sabe?

—Que están buscando lo mismo que nosotros. Las frases son claras. De alguna manera han confirmado que hay un arma secreta tan antigua que es difícil de imaginar, pero que existe. Tienen a alguien buscándola y ese alguien sabe que nosotros sabemos.

—¿Dónde estaba el truco?

—En las fechas, señor. No son fechas: son la clave para la lectura.

Bayarri abrio el correo electronico y, tal y como habia intuido el mismo, ls comunikciones transcritas en el informe dl Systema q alerto d su existencia ls habian realizado x transmisiones abiertas y sin codifikr utilizando un truco tan viejo q el Systema no habia previsto. Fue la intuicion: *Ponga las fechas en relación con las letras, las palabras o las frases. En el primer comunicado, concatenen las séptimas letras hasta completar palabras; después, las palabras que ocupen el séptimo lugar, y si no sale así, las frases. En el segundo comunicado, las ocho letras, en el tercero, las trece...*

Y fueron ls palabras:

Siete de abril de dos mil sesenta.

Siete: todo llegó bien. La comunicación recibida *nos será de gran utilidad como* información *base de futuras investigaciones. Nuestro próximo* objetivo *será recabar nuevos datos sobre patologías en el Mundo Unido, comenzando por la* ciudad *hasta llegar a* establecer calendarios de contacto *para procesar casos que sean útiles* próximamente. *Factible que el estudio alcance su* fin, *pues la mutación del virus sería* mensaje *pésimo para la Comunidad. Saludos. Moralejo.*

Ocho de mayo de dos mil sesenta.

Ocho: las muestras analizadas y verificadas por contacto *de matrices suponen un ámbito de reacción* difícil *de describir. Dicho* esto, el virus detectado tiene una falla en la mutación de las co-nexiones que, seguramente, nos va a permitir actuar con rapidez sin vernos obligados a informar al CDMU, pues sería insensato alertar a los sistemas y correr el riesgo de una paralización que rechaza el mismo protocolo de actuaciones. Estudiamos nuevas proposiciones para mantener la estructura intacta con este fin. Comprobaremos las muestras de virus previas al mensaje recibido de los coordinadores. Saludos. Moralejo.

Trece de mayo de dos mil sesenta.

Trece: increíblemente, en este mundo tecnologizado tenemos que trabajar del modo más artesano que nos da a entender la Natu-raleza, pues ningún microscopio adivina cómo viaja el virus desde la epiglotis de los carneros de menos seis meses a sus progenitores, con los que no tienen contacto. Ciudad con laboratorio es Pincia, pero no parece recomendable el traslado de las investigaciones tan lejos. El segimiento es artesanal, minucioso, complicado y lento, pero po-demos cumplir con el plan diseñado siempre que se limite la explo-ración en el tiempo, pues nunca pondríamos fin a todo esto sin un calendario preciso. Por el momento cabe un mensaje simple: vamos por buen camino. Saludos. Moralejo.

Once de mayo de dos mil sesenta.

Once: la tesis de la mutación pasa a no ser objetivo esencial de los análisis pues se escapa lateralmente el ajuste persiguido por el di-seño inicial. Aún podríamos insistir un tiempo más, pero quizá sea el momento de parar algo antes de volverme loco. Dicho esto, el nuevo programa informático de detección instalado anteayer busca recombi-naciones de ejes cambiados, lo que llevará, indefectiblemente, a va-riar algo la polimetría, de modo que su conclusión definitiva es real-mente impredecible porque sin figurar en los protocolos iniciales no tiene previsto fin. Sigo pendiente del programa nuevo hasta que deci-da enviar el mensaje que queremos. Si lo hace. Saludos. Moralejo.

Cinco de junio de dos mil sesenta

Cinco: con la nueva ayuda del programa así llamado, Ayuda, realmente nos supone una ayuda elaborar el informe al CDMU y evitar una penosa alerta ya que todo está casi en orden. Los virus descubiertos están casi perfectamente clasificados. Necesito unos días para un nuevo envolvente que hará de espía y logrará definitivamente el fin. Cierro con esperanza el mensaje. Saludos. Moralejo.

Quince de junio de dos mil sesenta.

Quince: tras estos meses de andar de cabeza y hablar a solas como un loco, ya estoy en disposición de lanzar un comunicado hologramático de conocimiento mundial, lo que vuelve a rescatarme para la Ciencia. Creedme que han sido años de extenuación muy próximos a una enajenación mental que me ha tenido como levitando por los tejados de la ciudad. El viaje de dos meses a las Tierras Extrañas fue de tanta utilidad que sin vuestra ayuda, ahora el Mundo Unido podría encontrarse con problemas serios. Así que nuestros resultados deben darse a conocer al mundo científico en general, para lo que solicito vuestro permiso, de modo que esta colaboración sensata del CDMU y los rectores sea un paso para avanzar en nuevas colaboraciones de futuro. Creedme que estoy agradecido por vuestra forma de actuar y que no me canso de repetir a todos lo mucho que he aprendido con vuestros métodos tan originales. Frente a las disputas entre nuestros mundos, frente a la violencia, nuestra colaboración debería convertirse en ejemplo de cómo trabajar juntos cuando proyectamos un mismo fin. Espero volver pronto. Pediré permiso de salida y os lo haré saber con un mensaje. Hasta entonces, saludos. Moralejo.

Seis de junio de dos mil sesenta

Seis: amigos, tras conseguir una cita para solicitar mi soñado viaje con los rectores, han alabado nuestro artesano modo de trabajar y piensan en permitir vuestro traslado vigilado a Pincia para ver el gran laboratorio o para hacer turismo, que la fórmula es indiferente, dada su satisfacción o agradecimiento por salvarnos de la muerte. Aquí no encontraréis vestigios de Alá, pues Pincia, como ciudad pequeña, es celosa de sus tradiciones. Pero el encanto del interior de Hispania, más la visita programada al laboratorio grande, *hará que vuestra corta estancia* nos *sirva también para conocernos mejor.* Veremos *cómo se tramitan los pasajes* pronto y *estaremos juntos de nuevo.* Fin. *Saludos. Moralejo.*

Resultado de la concatenación de palabras con los parámetros ocho, trece, once, cinco, quince y seis: Recibida información objetivo en ciudad contacto próximamente fin mensaje. Contacto difícil tiene conexiones con CDMU y rechaza proposiciones fin mensaje. Artesano viaja a Pincia segimiento diseñado fin mensaje. Objetivo perseguido pero loco busca algo impredecible fin mensaje. Ayuda ayuda ayuda CDMU alerta casi descubiertos necesito nuevo espía fin mensaje. Loco vuelve a ciudad sin resultados pido permiso xa actuar con violencia fin mensaje. Cita con artesano en Pincia o fórmula o muerte Alá es el más grande nos veremos pronto fin.

—Sí, están tras la pista. —Concluyo apesadumbrado el director dl CDMU—. Y quizá el objetivo sea ahora Helisabetta. ¿Cuánto tiempo lleva fuera sin que se enteraran en el Centro Siquiátrico?

—Día y medio, señor.

—¿Sin contacto capilar?

—No se nos ocurrió —y bajo la vista pidiendo disculpas. La rapamos.

Ambrosia repetia mil veces q fue maniatada x Sauco y Helisabetta con la kmisa d fuerza y q dspues perdio el conocimiento, pero el Systema vociferaba *Falso* kda vez. El holograma d la doctora con cara d mala ya habia empleado toda clase d tretas xa inducir terror a la chiqilla y ella habia llorado d verdad, muerta d miedo en la oscuridad, pero nunk iba a traicionar a Sauco: le habia prometido q soportaria cualqier tortura antes d revelar sus planes, y lo estaba cumpliendo.

Vestida con el mismo pijama q Helisabetta, permanecia atada al sillon d interrogatorios a la espera d q ls cuidadores d la salud recibieran permiso xa utilizar el gas d la verdad, terminantemnte prohibido entre profesionales y entre mudables, pues normalmnte producia daños irreversibles en el cerebro.

Y tampoco era seguro.

Ls cuidadores d la salud añadieron en el informe la duda d q el gas produjera efectos, pues Ambrosia habia memorizado su respuesta y hasta en ls sueños aparecia el momnto en q era maniatada x sus 2 amigos.

Sauco, conocedor dl modo d interrogar a ls dlincuentes peligrosos, lo habia planeado a la perfeccion. Ambrosia se dsnudo, el dsnudo a Helisabetta y es lo q perduraba en la memoria d la joven. Dspues, fue efectivamnte maniatada con la kmisa d fuerza y la vendaron ls ojos con la misma kmiseta dl pijama xa q no pudiera ver mas: tendria como unik imagn repetida la oscuridad. Cuando Helisabetta se sorprendio d ver a Ambrosia sin su enorme kbellera rizada bajo la gorra, Sauco la grito ¡No lo digas, no lo digas!, xaq tampoco se qdara grabado en la memoria la pregunta d ¿Por qué te has cortado el pelo? ni la respuesta xa parecer que soy tú.

Y salieron: Helisabetta con la ropa y la gorra d Ambrosia y sauco acelerando el paso, convencido d q la red d reconocimiento d rostros alertaria la eskpada d Helisabetta y tendrian q correr sin limite. Pero no habia sido idntifikda al entrar el Centro Siqiatrico 3 dias antes, asi q no hubo dnuncia. Ambrosia se qito la kmisa d fuerza y disimulo estar dormida bokbajo.

Ls cuidadores d la salud auxiliares interpretaron q era lojico su knsancio tras una yacida compartida, asi q no reaccionaron hasta la mañana sigiente.

Por entonces, Helisabetta y Sauco habian llegado al centro d Norba Caesarina y la chik se habia eqipado a la moda Retrocursi, con una falda tableteada y klcetines blancos, una kzadora rosa, un sombrero Funghi beig y unas llamativas gafas d sol q ocultaban su rostro a ls camaras. Nadie podia imajinar q dbajo d aqllo estaba la misma Helisabetta. Ni ella tampoco, pero no podia dcirlo sigiera x si la red d reconocimiento d voces estaba rastreandola.

En silencio, comunicandose con miradas y, a veces, atak2 d krkjadas x la confusion d gstos malinterpreta2, fueron kpaces d idntifikr dsd dond salia el primer naturalbus q unia Norba Caesarina con Pincia. Serian 6 horas d paradas en ksi todas ls esqinas d Galportu Extrema y d Hispania, pero no podian arriesgarse a entrar en la estacion d tren.

Antes, Helisabetta dbia d volver a la ksa d su prognitor a recogr el libro *Sobre la madera*. Sauco no podia creerlo: ¿Te has vuelto loca? ¿Hemos escapado de un Centro Siqiátrico que tiene una orden llegada desde Tiphis xa interrogarte y tú qieres pasarte x casa de tu padre a recoger un libro?

Helisabetta ajitaba la kbeza afirmativamnte y le miraba a ls ojos sin soltar palabra.

Pero Helisabetta, x favor... Es una locura. Y ella, otra vez a ajitar la kbeza.

Concluyeron q era muy arriesgado q entrara ella. Si algun *Cecé* estaba d vijilancia, mejor q interpretara el asalto como un intento d robo d un dsconocido, al mnos hasta q sauco fuera idntifikdo.

Escribio *Sobre la madera*, pero lo verdadramnte dificil fue hacerle entendr sin palabras dond tenia q encontrarlo y q, bajo ningun concepto, podia jirarlo o abrirlo.

¿Tengo que transportarlo como si fuera una bomba?

Y la joven asintio.

Sauco sabia q se habia metido en un buen lio —y q en cuanto su padre lo tuviera dlante le daria *Unamantaostias*, cosa q dsd niño interpreto como una paliza fuera d lo comun, aunq nunk llego a probarlo—, pero awantar, ad+, la locura d Helisabetta le dscomponia ls pocos transistores q qdaran sanos en su cerebro, si akso su cerebro estaba lleno d transistores.

El hueco d la krbonera q no habia servido xa eskpar, si valio xa entrar en el jardin, dsbrozandolo con + paciencia d la q empleo ella dias antes. Aparentemnte, ningun *Cecé* rondaba la ksa. Sauco se acerco al hueco dond ella habia sido dtenida y volvio xa mantener un dialogo extraño: *No veo la caseta... ¿Detrás del muro? La veré en-*

segida, sí... Corro... Llego... Mesa, ordenador, fotos... Libro Sobre la Madera... Que Dios me pille confesado, y Helisabetta dio un respingo al oir la palabra Dios: *Claro, catecúmenos. Va a ser cura.*

Paso + tiempo dl q ella habia previsto antes d q oyera ls pisadas aceleradas, el drrapaje sobre la tierra y el rozar d ls pantalones d Sauco en la krbonera mientras se arrastraba hacia la salida. Respiro mirando al cielo: *¡Lo tenemos!*

—¡Helisahbehttaaaaahhh! —Oyo un grito susurrado y nervioso— ¡Helisahbehttaaaaahhh! —Sauco pretendia llamar su atencion pero ella qdo paralizada—. Helisabetta, ¡no encuentro el libro!

Al escuchar oɛo *Holisahbehttaaaaahhh* supuso q algo habia ido mal, pero no dsterraba pensar q la sigiente frase seria la d *No encuentro el libro.* Se volvio hacia el agujero y metio la kbeza. Sauco imploraba perdon con ls ojos.

—Está todo... Todo... destrozado...

Dberian haberlo pensado. Ls *Cecés* habrian entrado a la busqda dl cilindro q ella tuvo en ls manos y q no se podia ver; habrian toqteado kda milimetro d suelo, techo, pareds, muebles.

—Por eso aquí no hay nadie, Saúco —resolvio al fin pasandose la mano x la kbeza afeitada—. Lo habrán encontrado.

—Encontrado ¿qué? —El chico dio un respingo—. ¿Qué?

—Algo...

—¡Helisabetta, por favor! Me estoy jugando la vida por ti desde hace día y medio y ¿eres incapaz de decirme qué han encontrado?

—Algo...

La joven dcidio introducirse en la krbonera sin respondr. Sauco gsticulo algo + q un fastidio y volvio al jardin, a gatas. Una vez alli ls 2 corrieron agacha2 hasta la kseta... Y Helisabetta tuvo q sentarse en el suelo al ver el panorama: efectivamnte, kda mueble, kda herramienta, la mesa, el ordnador, la silla... aparecieron dsparrama2 x el suelo y, en su mayoria, rotos en pedazos.

Sauco la miro compunjido.

Como x impulso d un resorte, la joven salio corriendo hacia la ksa a toda velocidad con lagrimas en ls ojos. Freno en seco al llegar al salon: nada estaba en su sitio; nada permanecia intacto.

Aqllo no podia estar sucediendo en realidad. Ella, la dfensora dl Systema, la joven con + creditos, la impulsora el *Efepecé*, el motor dl mundo d la Armonia, la dl mejor curriculo… Ella, Helisabetta, estaba siendo violada x la sociedad organizada q habia dsterrado la Libertad a kmbio d una Seguridad estable y eqilibrada q garantizaba q nada d eso ocurriria a ls ciudadanos ejemplares. Solo a ls dlincuentes… Solo a ls q dspreciaban ls normas… Solo a ls inclasifik2. (HIPERVINCULOLINK43219532TRATOINCLASIFICA-DOSARTY09832101)

Sintio su olor segun la abrazaba. Si era sudor, pero sonaba a llegar a un hogar q habia dsechado dsd niña. Y lloro sin remedio en su hombro.

—Vámonos —musito Sauco, al fin.

Ella se hundio en la profundidad d sus ojos y respondio un inentendible *Última oportunidad* y kmino hacia la kseta.

—En algún sitio puede estar el libro —dijo al llegar—. *Sobre la madera*, recuerda. Quizá no lo encontraron.

Kda cual x un lado, removieron pedazos rotos d cualqier cosa. Xa Helisabetta, kda astilla, kda cristal, kda hoja d un libro q pisaba suponia un martirio xa su alma. Se sorbia ls mocos + q respirar; se limpiaba ls lagri+, + q mirar; maldcia su vida + q nada.

Pero Sauco dijo algo. Sono a *Iíí*, pero ella estaba volando sobre su pasado asi q no podia oir nada q le llegara dl presente. *Iíí*, repitio el chico, pero ella no podia dvolverle la mirada pues no sabia dsd dond exactamnte estaba llegando la voz.

—¡Aquí! —oyo ya claramnte.

Miro, y le vio con el libro en la mano, ofreciendoselo. Tenia algunas hojas dsmadjadas, pero conservaba ls tapas. Corrio hacia el y miro en el knto. Respiro profundamnte y se sonrio: habian vencido al Systema. Recojio el libro y lo oculto entre ls brazos y el pecho. Dspues se acerco y le beso en labios, como qien da una flor. *Gracias*.

Nada + salir d la krbonera, segun se estaba frotando xa qitarse la tierra d ls rodillas, Sauco vio q Helisabetta tiraba el libro y se qdo paralizado. ¡¿Cómo!? ¡¿Se puede saber qué haces?! Ella le miro picara y le señalo el kmino d vuelta a la ciudad al mismo tiempo q le exijia x gstos q se diera prisa.

Adriano Bayarri leyo 10 veces cuidadosamnte el informe dscodifikdo y se convencio al fin d q existian + q ciertas probabilidads d q el espia d ls *Países Externos* estuviera escondido entre ls profesionales estables, pero solo kmuflado. Eso le resultaba + facil q buskr explikciones al hecho d q uno d ls eleji2 estuviera verdadramnte ayudando a ls enemigos dl *Mundo Unido*. Si la sociedad era armoniosa, ¿por ke algien dsd lo alto qrria romper la paz q el habia diseñado?

Busco el arma secreta que empleó Carlos primero en la batalla contra Jayr Al-Din en mil quinientos treinta y cinco. Todos los sistemas alerta. Un espía de los Países Externos se ha infiltrado en nuestras filas con el mismo fin, como Felipe segundo utilizó a Juan de Herrera contra su padre, el emperador. Si el director dl CDMU hiciera correr ese mnsaje x la red, ls rectores no tardarian en pedir al tribunal correccional q le enviara a un Centro Siqiatrico con urgncia.

Solo Prune Bulhman podria mantener en secreto la admiracion d su jefe x el emperador y su empeño x encontrar lo q nunk nadie habia buskdo y q nadie tenia constancia d q existiera... Salvo el artesano mudable Bartolome Fuencisla, muerto frente al Papa mientras gritaba *He visto la Luz, gracias, Señor,* y atado a un arado como penitente empalado: un absoluto dsvario.

¿Y Bulhman wardaria la confidncia durante mucho tiempo?

Su reticencia a volver a Pincia parecia mayor q la obligacion d resolver personalmnte el misterio, pero con el informe en la pantalla dl ordnador no tenia + alternativa: regresaria a la ciudad q le vio nacer cuando aun se llamaba Valladolid y dond ya solo le qdaba una persona en qien confiar aunq... Qiza ni siqiera le recibiera. El laicismo era pieza basik dl mundo armonico y asi fue diseñado todo el *Efepecé.*

(HIPERVINCULO32097543GUERRASRELIJIOSASYLAICIS-MOART13240)

El avion oficial le djaria en Pincia en 3 horas y ktorce minutos, segun el Plan d vuelo aportado x Prune. Una vez alli, ni siqiera sabria x dond empezar ni en qien confiar. Se habia impuesto una mision en la q no sabia a ciencia cierta ke cosa buskr, con ke Plan operativo, sin compañia y temiendo la reaccion d un enemigo invisible. *Maravilloso: Carlos de Gante nunca se embarcaría en ese avión.*

Se acerco al escritorio, tomo en sus manos el peqño pergamino q tenia dibujado el horno d Juan d Herrera, unico documnto q habian hallado en ksa d Bartolome Fuencisla, y lo doblo cuidadosamnte antes d meterlo en el bolsillo interior d su amerikna. Cerro el maletin y salio x la puerta.

El arzobispo mojo nuevamnte la toalla en la bacinilla d agua y la poso en los labios d Helisabetta para q sintiera frescor y se hidratara poco a poco. La madre Oshilaola repasaba la frente con otro trapo mojado y Sauco deambulaba por el dormitorio aun incredulo, con un sentimiento compartido d angustia por haber torturado a su amiga y enfado por la esksa kpacidad d la joven.

—¿Pero qué habéis hecho? —pregunto el arzobispo incomodo, agobiado x el sofoco d Helisabetta, q respiraba a veces con suspiros y no abria ls ojos.

—¡Nada! —reclamo Sauco elevando ls palmas d ls manos y sin djar d dar 5 pasos hasta una pared y 5 pasos hasta la otra—. ¡Nada! ¡Andar! ¡Andar!

—Andar, andar... —subrayo la monja irritada mientras el sudor sobresalia d su tok blank x la frente y caia x el rostro negro como gotas d cera—. Por andar no pasa esto: ¡está medio mucrta!

—¡Andar! —Se rebrinco nuevamnte el joven—. ¡Andar! ¡Sólo andar! Nos bajamos a cinco o seis kilómetros de aquí y hemos tardado ¡tres horas! —Miro al techo, dsconcertado—. ¡Andar! ¡Andar despacio!

—¡Qué ocurrencias! —sentencio la madre Oshilaola levantandose xa empapar y escurrir el trapo en el baño dl dormitorio.

Sin sus ropas con termostato, sus zapatos almohadilla2, su reloj-medidor con GPS, recorriendo ls kmpos a pleno sol y angustiada x si eran dtecta2 x algun satelite, Helisabetta llego hasta la ksa dl arzobispo en estado d shock, dshidratada y con ls pies hincha2.

—¡Es submarinista! ¡Submarinista! —replikba xa si Sauco respondiendose a su propia pregunta ¿Cómo se te ha ocurrido hacer eso?

—Las profesionales estables hacen ejercicio en los gimnasios, no en los campos, Saúco —le reñia el arzobispo—. ¡A quién se le ocurre!

A mitad d kmino, con el naturalbus parando en to2 ls pueblos q encontraba a su paso, una pareja d *Cecés* dspidio amistosamnte a un compañero sin uniformar q salia hacia Pincia. Helisabetta se alerto dsd el momnto en q ls vio en la parada y se invento todo tipo d posturas en el asiento xa ocultarse, a pesar d q el hombre se sento 6 asientos x dlante. Sauco intento convencerla d q todo estaba en ordn, q era imposible q nadie imajinara q habian subido en ese transporte, q... Hasta q encontro el modo d tranqilizarla: *Nos bajaremos antes de llegar a Pincia y haremos los últimos kilómetros caminando.*

Todo parecio perfecto ls 1°s 20 minutos, cuando Helisabetta se vio libre xa hablar y comnto kda cosa q se habia kllado durante ls ultimas horas. Correteaba como una niña, jugeteaba a subirse a ls altos, reia y repetia q nunk habia estado a pleno sol sin su eqipamiento termostatico, su pomada xa el cuidado d la piel, la kpa d latex anti-bacterias y q se sentia libre. Libre... Incluso se qito la gorra xa sentir el sol en el cuero kbelludo afeitado.

Sauco la hizo bromas sobre la kntidad d prekuciones q la obligaban a tomar kda vez q salia d un recinto cerrado y ella dfendia q la inteligncia dl hombre esta xa vivir como ls hombres, no xa sobrevivir como ls animales. (HIPERVINCULODISTINCIONESNTRERAZON-HUMANAEINSTINTOANIMALARHC3423469).

Pero el sudor hizo estragos en su interior. Su blusa con termostato se hubiera encendido, obligatoriamnte, al llegar al limite d sudoracion previsto x la Normativa Sanitaria, eqilibrada en cuanto a la temperatura, humedad relativa dl aire y peso dl individuo. Pero la moda *Retrocursi* esta prevista unikmnte xa fiestas, no xa kminar x medio d ls kmpos d Hispania, dond ls espadañas aun albergan ni2 d cigüeñas sin informatizar y sin estar contabiliza2 en el ktalogo d ni2 el planeta. Se encontraban en un paisaje mucho + asilvestrado q ls cuidadas playas d ls Bahamas y sin posibilidad d acerkrse a ls habitantes y a ls ksas xa no ser dlata2.

Helisabetta se nego a beber awa d un arroyo xq imajinaba millones d bacterias y + d 8 virus idntifikbles sin necesidad d microscopio.

Tampoco qiso dsknsar bajo ls pinos, angustiada x la posibilidad d ser dtecta2, y se nego a q Sauco la llevara a kballito o la ayudara pasando su brazo x la cintura, pues tambien el estaba sudando y no podia soportar aqlla asqrosidad.

D este modo sigieron kminando, ella kda vez + lentamnte y mareada, el atormntado x la posibilidad d q la chik se dsmayara y tuviera q pedir ayuda.

Pero llegaron. Ella qiza con un hilo d vida y dsorientada, pero pudieron llamar a la puerta dl Palacio arzobispal, lo q en si mismo era la mayor d ls locuras pues si en algun sitio podian buskrlos era, precisamnte, alli. La monja se asusto al verlos, conocedora d q el dia anterior ls *Cecés* sakron a Sauco d su clase d ktecumnos xa interrogarlo, pero no opuso resistencia a q entraran y ls llevo directamnte a su dormitorio.

Helisabetta qdo en la kma sin ergonomia, sin termostato, sin rodillos xa masaje, sin telas termiks, sin kmpana acustik, sin reflector d rayos UVA, sin visera hologramatik…

Pero la parecio q asi dberia d ser el Paraiso, sobre todo cuando la qitaron ls zapatos y comnzaron a curar sus ampollas ensangrentadas.

Por entre ls parpa2 observo q la misma monja la limpiaba ls pies sin wantes y penso advertirla d la Normativa d Asepsia, pero no tenia voz, ni ganas d discutir con esos q ya habian dmostrado q el *Efepecé* ls sonaba ridiculo y dspreciaban ls ventajas d la modrnidad.

—¿Por qué no vinisteis en el tren veloz? —qiso saber el arzobispo dsd su silla d ruedas, preparando ya medio vaso d awa fresk xa hacersela beber a la joven.

Sauco inspiro todo lo q pudo y le miro con dsconfianza. Dspues, dcidio contar la verdad.

—Somos fugitivos.

—¡Alabado sea Dios y Su Santo Nombre! —La jaculatoria fue subrayada pesarosamnte x la madre Oshilaola con un Amén, q signifikba *Estamos buenos.* El viejo se le qdo mirando con el vaso d awa en la mano—. Arranca.

—Eh… preparé una estratagema para sacar a Helisabetta del Centro Siquiátrico… Mi padre me dijo que había recibido órdenes del Centro de Defensa del Mundo Unido y que la consideraban sospechosa de traición por su visita a Pincia. Que podía haberse visto con espías de los Países Externos, pero ella sólo se había visto conmigo… Así que decidí ir a salvarla…

—¡Machote! —rezongo la relijiosa.

—Eh… Me llevé a Ambrosía e hicimos el cambio…

—¿Has metido también a tu hermana en este lío? —El arzobispo mneaba la kbeza negando, kda vez + humillado.

—No se me ocurrió otra forma… Mi padre la protegerá.

—¡Tu padre os va a dar una paliza! —Advirtio la monja saliendo dl dormitorio—. ¡Y eso es lo que os merecéis!

—Sí… Pero no creo que deje que nos metan en la cárcel.

Helisabetta necesitaba el awa, y no solo x la dshidratacion. ¡Ambrosia era la hermana d Sauco! ¿Ke embrollo era ese? ¡Ni su novia, ni su amante, ni una inclasifikda xa el disfrute!... ¡Su hermana! ¡La habia kmbiado x su hermana! Abrio ls ojos y qiso pedir el vaso, pero el arzobispo estaba mirando al joven y no se perkto.

—Le estás metiendo en un lío a tu padre, Saúco —reprendio el viejo.

—Me he guiado por instinto, Argimiro.

—No parece que sea instinto… Más bien chifladura.

Sauco bajo la barbilla hasta tokrse en el pecho. Susurro:

371

—Amor…

¡Amor! Helisabetta necesitaba awa urgntemnte. ¡¿Amor?! ¿Estaba enamorado d ella? No le habia faltado dtalle al animal ese xa mortifikrla cuando estuvieron juntos y ¿eso signifikba q se habia enamorado? *¿Pero de qué forma se enamoran los salvajes? Agua, por favor, agua, que me muero…* El arzobispo no se enteraba.

—El enamoramiento es una cosa que segrega fenilotanosequé —informo a medias en anciano.

—¡Ah! ¿Y eso cómo lo sabe?

—Me lo dijeron… Creo que por eso la gente se ofusca y hace cosas como eso que has hecho tú… Lo malo es que culpen a tu padre de ser espía. Y eso sería más grave.

¡Su padre! ¡Pero qien narices (*sí: ¡narices y mierda!*) era su prognitor!

—En eso no había pensado, ¡Coñostiasder!

¡Ahora sí que sé quién es!

—Agua, que me muero —acerto a musitar Helisabetta sin estar segura d si podria tragarla con el susto encima.

Adriano Bayarri prefirio mirar por la ventanilla dl reactor d energia combinada y rechazo una diversion tridimnsional. Ni sikiera un crucivido d imagenes historiks o un ajedrez a 4 superpuestos. Durante la 1ª hora d vuelo, tampoco dirigio palabra alguna a Bulhman, dispuesto al otro lado d la mesa para tomar notas o expresar alguna opinion optimista q iluminara el semblante d su jefe.

Contemplo el oceano y no penso, como habitualmnte, q dberia dscubrirse el modo d dominar a la Naturaleza y aprovechar toda la enerjia dl mar, sino q la incursion d un enemigo en sus lineas confirmaba la necesidad dl Systema Dfensivo y daba sentido al diseño dl *Mundo Unido*. Si la sociedad qria un mundo armonico, el control se hacia imprescindible.

—¿No entiendes que para asegurar el equilibrio del mundo que persigues no tienes que controlarnos a nosotros, sino dominar a los enemigos? —le pregunto su hermano con ira la ultima vez q se vieron, hacia + d 20 años—. Ya sé que eso es más difícil. ¿No ves que estás construyendo una sociedad de gentes sin alma, sin deseo, sin ambiciones?

—Y sin riesgos, equilibrada, armoniosa.

—Muerta…

—El Systema debe controlar los deseos, no los hechos. He venido a pedirte consejo sobre qué parte de la moralidad es imprescindible en todas las religiones, no para que destroces un proyecto que sólo pretende la felicidad del ser humano.

—Es que vuestro plan no sirve si no permite pensar libremente. El Opcionalismo es el siguiente paso del Relativismo y ya vimos sus consecuencias nefastas entre gentes que prefirieron no defender ningún principio y se dejaron llevar sólo por intereses. Antes que clamar por la verdad decidieron proclamar que no existía ninguna verdad merecedora de defensa. Y así nos fue.

—Mejor que decidan los ordenadores: son objetivos, no persiguen intereses. No están contaminados. Anulemos la Historia, sólo es fuente de conflictos; enterremos los dogmas, los sentimientos, las confusiones del remordimiento. Impidamos el desasosiego. Busquemos la armonía.

—¡No! ¡No! Eso es el conformismo vital.

—Es el equilibrio. Llámalo *Placidez vital* si quieres, pero no conformismo.

—Eso es mucho peor. Es la Nada… Adriano, haz caso a tu hermano mayor: mejor que resuelvan los hombres… Seguimos vivos por la intuición del Hombre, no por la sabiduría archivada de las computadoras; por el instinto, no por la informática. ¡Y que crean en Dios! —Bayarri se sintió atravesado por el dedo que le señalaba.

—¿En qué Dios? ¿En cuál que no sirva para enfrentarse unos con otros?

—En Dios, Adriano: en el que te ha hecho un hombre libre. Decídelo tú.

—Las religiones nos llevaron a la guerra —enfatizo recordando el comienzo d la separacion entre ls bloqs.

—¡La ambición hizo las guerras! ¡Los intereses fraguaron las confrontaciones! ¡No los principios, no la moralidad, no Dios!

—Hagámosles felices… Ayúdame a eso. —Rogo sin conviccion—. La felicidad se consigue si se destierra el miedo.

—Dejad que sean Hombres… —Le miro con pena—. Sólo es necesario que vivan como Personas. La felicidad es una tormenta de genes, de cerebro, de corazón, de sentimientos… Unas veces serán felices y otras infelices: no programes su felicidad. Dejad que sean Hijos de Dios.

—Tomarán decisiones buenas para ellos ayudados por los ordenadores.

—¡No! Sin emociones, los hombres no toman ninguna decisión. Dejad que sean hombres…

Retornar a Pincia 21 años dspues implikba volver a enfrentarse a una conversacion parecida. O + klmada: qiza el tiempo cure ls heridas. El *Efepecé* habia dado ya buenos resulta2: la sociedad crecia armoniosamnte; la tecnolojia se habia dmostrado excelente xa administrar felicidad; la ausencia d moralidads evitaba conflictos arraiga2 en razas; el dsconocimiento d la Historia impedia sangres nuevas d gerras viejas; ls ciudadanos se reconocian como integrantes dl Systema gracias a la participacion permanente; la normalizacion d la vida evitaba el dsasosiego d tomar dcisiones; la lejislacion exhaustiva y dmocratik habia convertido el absurdo albedrio en un manual d instrucciones efikz.

La Paz era un hecho.

El emperador Krlos 1 lo hubiera dispuesto iwal si hubiera tenido ls medios xa construir la Europa en la q soño. Pero permitio q la relijion fuera + importante q la Armonia, y tanto ese error, como el dsprecio al vasto imperio q le ofrecio Hernan Cortes, le llevo a abdikr en su hijo y en su hermano xa retirarse a Yuste a morir entre cortinones negros.

Bayarri no iba a cometer esas eqivokciones: ni moralidad relijiosa, ni djar eskpar la fuerza d un mundo global, eqilibrado y armonico. El aspiraba a tener la autoridad d Krlos 1 contando con ls vastas tierras d Felipe 2.

—No le dé tantas vueltas, señor —Prune interrumpio sus pensamientos creyendo q necesitaba un salvavidas.

—A veces juego al tres en raya con mis propias reflexiones, pero ese juego no tiene solución: siempre se empata.

—Si descubrimos un espía, justificaremos la necesidad de mejorar el Systema de Defensa. Los rectores lo entenderán.

—O se preguntarán para qué sirve, si somos incapaces de detener a un simple espía. —Concluyo apesadumbrado y volvio a mirar x la ventanilla hacia el Oceano Atlantico.

Felipe 2 no contaba con aqlla arma.

Con aqlla arma no hubiera perdido contra ls ingleses.

A pesar d q el mando a 137 navios frente a ls 226 q encontraron, ls barcos españoles eran ls + adcua2 xa gerrear en alta mar: concebi2 con gran porte y peso x el vencedor d la batalla d Lepanto xa conferirles estabilidad en el tiro; dota2 d artilleria d gran potencia, klibre y alknce, al mando d ls mejores artilleros... Pero perdio.

Un dato infimo en el curriculo dl Rey q rearmo la Gran Armada y vencio a Inglaterra durante 20 años +, dmostrando qien era el rey dl mundo... Pero aqlla la perdio: Mandé a mis barcos a luchar contra ls ingleses, no contra ls elementos.

¿Dond radikba el misterio?

Qiza la formula fuera suya en San Qintin, dond vencio frente a ls pronosticos dl mismo Papa, y luego se perdio. O qiza no la tuvo nunk, aunq la busco.

Prune qiso volver a la conversacion, repasando sus notas:

—Sabemos que Bartolomé Fuencisla descubrió una especie de *Tinta invisible*, o así lo llamaba él. Sabemos que existe al menos un objeto que no pueden captar las cámaras y que Helisabetta lo ha tenido en las manos antes de esconderlo. Sabemos que el artesano era admirador de Alonso Berruguete. Sabemos que pasó distintos días en Pincia y fue detenido en los lugares más absurdos. Y sabemos que murió.

—Sospechamos… —Bayarri se incorporo sobre el asiento y dcidio mirarle a ls ojos, al principio con dsgana: le aburria su propia normativa d repasar ls hechos antes d tomar dcisiones—. Sospechamos que encontró la receta del arma secreta de Carlos primero. Sospechamos que Alonso Berruguete encontró el modo de hacer desaparecer los objetos. Y sospechamos que Bartolomé Fuencisla fue asesinado… Aunque desde hace unas horas nuestra sospecha se ha tornado en certidumbre: tenemos un espía dentro que quiere la fórmula.

—¿Por qué lo mató antes de encontrar el arma que buscamos?

—¿Por qué crees, Prune, que lo mató antes de encontrarla? ¿Por qué crees que no la consiguió antes?

TRACTADO Q· CUENTA DE CÓMO FUNÇIONABA EL HORNO DEL MAESTRO BERRUGUETE E DE CÓMO EL NOQUERO AÍNAS ME MATA ACUCHILLADO Ò AHOGADO

Apareçer en el salô se convertía siempre en un grande gozo porque se llegaba justo quando uno ya pensaba q· iba à faltar el aire ò q· nunca se terminaría el corredor estrecho e frío. E allí se producía un grande milagro quando prendíamos las teas q· circundaban el espacio: entrábamos en un otro mundo.

El ingenio consistía en q·, al mover la primera polea incluso con la mi poca fuerça, todo entrara en funçionamiento e irradiara calor por roce en el interior del horno hasta q· ardiera la pólvora de dentro de la esfera. Debía alcançar una muy elevada temperatura para fundir el oro e, sobre todo, la volframita.

El maestro Berruguete descubrió el mineral en la construcciô de un retablo q· teníade q· evitar una curva de una vidriera, no me quiso dezir de qué yglesia, aunque imagino quál. Los maestros de la Edad Media dezían conoçer el modo de elaborar un vidrio tan puro como el aire, q· usaban habitualmente para componer los ojos de los Pantocrátor e no más porque era dificilísimo conseguirlo e muy caro. La volframita es mineral negro como el carbô, pero cocido à alta temperatura produce láminas de aspecto aínas invisible.

Lo q· consiguieron Juan Granada e él fuè mezclar la volframita con metales preciosos como el oro e la plata. En el segundo caso, el resultado era un producto azulô e reluciente en la oscuridad, duro como el acero; en cambio, mezclado con oro provocaba su desapariciô à la vista, q· no al tacto, aunque tan maleable e poco rígido como agua espesa. Para conseguir dureza e q· no se escapara entre las manos como el mercurio, el horno fabricaba lo q· el maestro llamaba Tinta invisible añadiendo à aquesta mezcla otros dos minerales: la taenita e el bismuto. Qualquier elemento bañado por el fundido resultante desparecía al enfriarse.

Pero adquirir los elementos era, además de caro, muy complicado. Al platero le traían el bismuto desde Cataluña ò Andalucía e la volframita de más cerca: Zamora ò Salamanca. De dò obtenían la taenita no lo sé, pero aseguraban q· procedía de las estrellas q· caían à la tierra.

Una vez q· descubrieron el escondite adecuado, aquí construyeron el horno. Juan Granada dejó de bajar por los subterráneos después del día q· aínas cae al pozo. Demasiado gordo e torpe. Al ver el trabajo q· había q· hacer, comprendí q· el maestro me escogiera: era ágil e le había demostrado q· podía confiar en mí.

Detrás de tantas dudas por su parte e tantas desventuras por la mía en los días q· no bajamos, nos pusimos manos à la obra sin rituales e callados: cada qual sabía su labor. Él cortó e pesó los minerales en una balança de platero: zincuenta gramos de bismuto e taenita, ochenta de volframita e cien de oro. Al acabar, los dispuso en una media esfera de acero. Llenó el hueco q· quedaba e la otra media esfera con pólvora, bien apretado. Lo cerró todo con cuidado e lo introdujo en el horno.

Se acercó al tablero do estaba la cruz, de diez palmos de alta e seis de ancha, à comprobar q· no se había saltado ningún remache. Ya era invisible todo el anverso e la mitad del reverso. Yo mesmo ponía en funçionamiento la maquinaria dando vueltas à una manivela durante un buen rato, hasta q· el maestro se acercaba al horno, entrecerraba los ojos, e, si la esfera estaba al rojo vivo, dezía:

(Al). Ya vale, donçel

Con unas pinças de herrero sacaba el recipiente e lo ponía sobre un trozo de hierro del tablero. Al abrirlo, el color del líquido espeso era negro, aunque sólo un poco más q· las aguas del Pisuerga. Después, con otras pinças más pequeñas, volcaba la mezcla en el bronçe, q· se resentía al prinçipio e soltaba humo al requemarse una capa. Extendía la soluçiô con una navaja e comprobaba, mientras estaba caliente, q· no había fisuras e q· todo resultaba bañado uniformemente. Al enfriarse, ya no se veía.

Aquella mañana lo hicimos tres veces, cosa nada habitual. Estuvimos tanto tiempo q· se me pasó q· teníade hambre, e à él también.

(Al). Yantaremos algo, ¿no?

Me preguntó irónico e con ojos avispados.

(Ro). Algo, no. Considerable, maestro.

Le respondí acariciándome la mi barriga.

(Al). Pues arrea. Abandonemos un rato la ntra· responsabilidad para con la historia.

Apagamos las teas de la grande sala, ençendimos ntras· antorchas e subimos por los peldaños de la escalera de madera. Nos vestimos con el cuero mojado e anduvimos deprisa el camino de vuelta, q· agora era cuesta abajo.

Todo fuè normal hasta llegar al pozo de la su casa.

Sin esperar nada extraño, subí yo la escala como era habitual pero no me percaté de q· la madera de la boca del pozo estaba levantada puesto caso el maestro la había cerrado. Continué cavilando si la tapa estaba bien así, posando los pies con cuidado, hasta q· levanté la cabeça e le vi: lo primero, fuè fijarme en el su ojo blanco; después, en la mirada de odio q· exhalaba del otro, e, por último, en su voz:

(Noq). ¡Ya sois míos!

Gritó masticando cada sílaba. Estaba de rodillas en la boca del pozo e me asió de la mano con la q· yo me aferraba à la escala.

Dejé caer la antorcha por el susto e para avisar al maestro.

Otro tipo se acercó e me cogió del mi pelo. Tiró hacia arriba e yo no pude evitar seguir subiendo, aínas suspendido en el aire, con grande dolor. Quando llegué à la superficie me dieron un empujô ê me tumbaron en el suelo. Otro tipo más me puso la su espada en la garganta.

Venançio el Noquero e su sequaz se quedaron mirando à lo hondo del pozo e gritaban:

(Noq). ¡Sal, luterano, sal!

Pero el maestro no daba señales de vida. Imaginé q· había corrido escapado hacia la salida del Pisuerga. Yo lo hubiera hecho así, pero no sabría cómo iba à abrir la verja de hierro q· impedía el paso entre la maleza.

Se acercó à mí e me preguntó:

(Noq). ¿De dò venís?

(Ro). Del río.

Respondí sereno e como si dijera verdad, pero temblaba.

(Noq). ¿Por ahí se va al río?

Se asombró grandemente, pero no dudò de q· fuera cierto.

(Ro). Por ahí se viene del río.

Le repliqué insolente. Él se agachó e me sacudió una bofetada.

Me incorporaron à empujones ordenándome q· me metiera dentro del pozo e les llevara por el camino q· traje. Yo me negué. Venançio el Noquero me dio un puñetazo en la nariz e començé à sangrar. Volví à negarme e me golpeó de nuevo. Pero yo ya había vendido al mi padre, ansí q· no iba à vender también al maestro. Me eché à llorar e me hice un ovillo en el suelo.

(Noq). ¡Baja tú!

Ordenó à uno de los sus compinches. El tipo se metió en el pozo sin antorcha, muy valiente él.

(Uno). ¡Aquí no veo nada, Noquero!

Gritó desde lo profundo e sonó el eco del pozo como si hablaran desde el infierno.

La escala no terminaba en el acceso al túnel, sino algo más arriba, por eso era difícil entrar, e imposible si no se llevaba alguna luz e no se sabía la técnica de girar el cuerpo.

(Noq). ¡Dime de dò has salido!

Me amenaçó con un escalpelo.

(Ro). Del agua

Respondí con sangre fría e echando chorros de sangre por la mi nariz.

(Ro). ¿No me ves mojado?

Volvió à la boca del pozo e ordenó:

(Noq). ¡Métete en el agua!

(Uno). ¡No sé nadar!

Respondió el otro desde abajo.

(Noq). ¡Harás pie, como el chico!

Al pareçer, ni corto ni perezoso, el bribô se echó al pozo creyendo q· encontraría solo seis ò siete palmos de agua, sin siquiera tener la precauciô de agarrarse à la escala para probar e vestido como estaba, con espada incluida. Se oyó ¡Chop! e detrás, à intervalos mientras chapoteaba:

(Uno). ¡Socorro! ¡Auxilio! ¡No sé nadar! ¡Socorr! ¡Aux! ¡Agg! ¡Me ahogg! ¡Soc!...

E nada más.

El Noquero se lió à darme patadas, enrabietado, q· yo esquivaba como podía agarrándome las rodillas con las manos e metiendo la cabeça al pecho como podía. Me cayó una buena tunda hasta q· el otro le hizo entrar en razô e le advirtió q· no me matara, q· yo no había hecho nada.

(Noq). ¿Dò está el maestro Berruguete?

Preguntó fuera de sí.

(Ro). No lo sé.

(Noq). ¿De dò veníais?

(Ro). Yo estaba con la Altisidora en el río.

¡No se me podía ocurrir otro nombre de mujer!

(Noq). ¡Embustero!

(Ro). No sé dò está el maestro.

Miró en derredor.

(Noq). ¿E qué es aquesta sala? ¿Aquí hacéis los ritos?

(Ro). No. Es la sala del pozo. Nada más q· del pozo.

(Noq). ¡Entró aquí contigo aquesta mañana!

(Ro). Me vine yo solo e fui à por la Altisidora al Pisuerga.

(Noq). ¡Mendaz! ¡Arderás por esto!

Callé. Él volvió al agujero e miró por probar si su sequaz había podido asirse à alguna piedra, pero para mí q· estaba en el fondo del pozo después de haberse tragado toda el agua embalsada q· le cupo en los pulmones.

(Noq). ¡Vámonos!

Ordenó al otro.

En ese momento, el maestro apareció en la puerta de la cabaña con una espada en la mano.

(Al). ¡¿Quién anda ahí?!

Gruñó desde arriba de la escalera. El Noquero me cogió del suelo e me puso de nuevo el escalpelo en el cuello.

(Noq). ¡Tengo al chico!

Me amenazaba con acuchillarme el gañote como cerdo por Sant Martín.

(Al). ¿Qué hacen aquí Vuestras Merçedes?

Volvió à gritar furioso el maestro bajando la escalera. El Noquero le respondió altivo:

(Noq). Te buscábamos.

(Al). ¿A mí? Estaba en la yglesia. ¿Qué hace el chico aquí? ¿E por qué sangra?

(Noq). ¡Veníais juntos por el pozo!

(Al). ¿Quién te contó esa patraña?

(Ro). Venía yo con la Altisidora del río, maestro,
Intervine para q· se' supiera el mi embuste.

(Al). ¡Fuera de la mi casa! ¡Os denunçiaré à los justicas!

En la puerta de la caseta estaba los ofiziales, los aprendizes e los ganapanes curioseando sin entrar, pues bien prohibido deberían tenerlo. En qualquier caso, demasiada gente viendo el espectáculo como para salir vivos de allí si herían à nos.

El Noquero avançó sin soltarme e haciendo ver q· teníade la punta del cuchillo rasgándome la piel. El maestro le dejó franco el camino de la escalera. El sequaz subió hasta arriba e el Noquero hasta la mitad. En seguida se giró e me dio un empujô para q· yo rodara por los escalones hasta los pies del maestro. Venançio el Noquero e su compinche se abrieron paso à empujones e à gritos entre los artesanos para escapar corriendo de la casa.

(Ro). ¿Cómo lo hizo?

Le pregunté doliéndome del cuello.

(Al). Salí por la escalinata de piedra de caracol, de dentro del contrafuerte del pórtico. Después salté al coro e me metí en la yglesia como si revisara el Sant Sebastián, e en seguida salí à la calle. Tuve q· recorrer la yglesia porque no teníade la llave del pilar.

(Ro). ¿Qué llave, maestro?

(Al). La de la puerta q· da por detrás del contrafuete e no se ve fácilmente.

Yo me quedé callado, pensando, hasta q· concluí:

(Ro). ¡Por allí salió Fray Alonso de Toro el día de la borrachera!

El maestro inspiró pensativo e con el gesto ceñudo.

(Al). Lo q· concluye q· se conoçe bien los túneles... Quizá nunca se haya atrevido à cruzar las aguas.

(Ro). ¿E si lo hizo?

(Al). Significa q· estamos perdidos. Que sabe dò trabajamos.

Yo le sonreí para darle ánimos, como si no me importara q· hubieran descubierto ntro· escondite.

(Ro). Pensé q· correría hasta el Pisuerga.

(Al). Pensaste mal. E por lo presente, à ver cómo te curamos esas heridas.

ARCHIV24009843968721452394213213896451MPRX
SYSTEMWRITER10,28MILISEGUN2TXTOMODIFIKDOPROG
LITERARIOESTILORETROS21TRANSCRIPCIONTXTOSORIJINALES
EXACTAENGRAMATRIKARKIKORDN08985256735476664
ESPAÑOLPUROPUNTUACIONCLASIKYPALABRASSEPARADAS
MARKNMINERFERROV561TAHIPERVINCULOIMAGVIRTUAL
AUDIORECUPERADOBUZONENVIODSCONOCIDO.QLARITA
RECTORA.21012101. **1 CNFIDENCIA Y 1 POEMA ESCNDIDO.**

—El Systema no controla a la sociedad por los hechos, sino por los deseos; no por lo que hacen, sino por lo que les obligamos a soñar para que sean felices. —Adriano Bayarri se qdo pendiente d Bulhman a 2 palmos d su nariz, y aun bajo + el volumn d la voz xa q no dudara d q estaba siendo participe d la + grand confidncia sobre el modelo social dl Opcionalismo. El secreto d su inventor—. Cuanto más fino es el abanico de posibilidades, más fácil es el control. Se trata de que el Systema decida lo que está bien y lo que está mal; qué es prestigioso y qué aborrecible: qué es lo que deben desear. —Bayarri acentuo el silencio hasta recibir una minima señal d q le estaba entendiendo—. Después, les llevamos de la mano hasta el punto que en parezca que lo van a conseguir. En la expectativa, radica la mayor parte de la felicidad, por eso el Systema debe vigilar que no lo logren nunca. ¿Comprende la dificultad?

—No —susurro el asistente personal dl director dl CDMU.

—Se creen libres porque eligen de entre muchas cosas distintas cada día, pero son simples piezas del Systema siempre que idealicen los deseos que hemos planificado y no otros. Es falso que podamos controlar sus movimientos. No hay capacidad de revisar todas las conversaciones del Mundo Unido. El Systema graba indiscriminadamente, pero no hemos encontrado la fórmula para procesar el cúmulo de información. ¿Lo entiende ahora?

—No.

—Creen que los observamos y se sienten o tranquilos o intimidados, pero, realmente, lo que hacemos es pensar por ellos. Cuando los hombres se sienten vigilados, activan sus procesos imaginativos y de supervivencia. Pero no piensan que es una trampa. El cerebro sólo elucubra para sobrevivir.

—¿Para qué la trampa?

—Antaño creían que un *Gran Hermano* les vigilaba; que controlando el presente, se controlaba el futuro y controlando el pasado se controlaba el presente. Pero no es así: lo que hace el Systema es diseñar su modelo de vida. Estamos capacitados para ponerlos en fila en la salida y decidir cuáles son sus cinco, sus ocho puntos de llegada para la felicidad, sus aspiraciones vitales, sus deseos… Sus ideales. Pero nos es muy difícil saber a ciencia cierta quién no llega. Suponemos que todos cumplen nuestros objetivos, aunque no lo sabemos. La trampa existe para que no piensen en lo que sabemos ni en lo que ignoramos.

Prune inspiro moviendo ls aletas d la nariz y se paso la mano x la frente. Le era dificil soportar la mirada dura d Bayarri mucho + tiempo. Cerro ls ojos xa evitar algun tipo d censura d su superior.

—¿Y no tenemos calculado el índice de error?

—Veintitrés por ciento —Bulhman dio un respingo: no se esperaba una cifra tan alta—. Veintitrés por ciento, sin contar los inclasificados.

—¿Tanto?

Bayarri asintio con pesar.

—Fue fácil reconducir sus obsesiones hacia el sexo y dotarles el listado de características tanto envidiables como detestables: modas, presencia física, idioma, manías, diversiones, horarios, músicas, deportes, comidas… En lo que se refiere a los instintos básicos, todo el mundo está genéticamente sintonizado. Pero no podemos evitar que piensen.

—Y si piensan, se salen del Systema.

—Los ordenadores no tienen la intuición humana.

—Pero aprenden.

—Si lo hicieran serían peligrosos, sin duda. En algún momento hemos de impedir su capacidad de aprendizaje o, al menos, de imitación. Lo cierto es que por el momento tardan tanto en llegar a conclusiones empíricas que no pueden evitar que los humanos hayan cambiado de opinión cuando finalizan su proceso de análisis. El Systema no puede controlar de manera inmediata lo que la gente especula. Necesitamos meses hasta averiguar las desviaciones y diseñar el modo de introducirlas en el listado de actitudes aborrecibles o no-recomendables.

Bulhman dudo hasta lanzar su conclusion.

—Entonces, no encontraremos al espía.

—No, mientras se mantenga oculto. —Bayarri se recosto en el asiento y respiro: ya se habia dsecho d sus temores; ya estaba + tranqilo.

—Oculto bajo el diseño de la vida programada —insistio su subordinado.

—Así es: sólo tiene que disimular que pertenece al setenta y siete por ciento de la población que vive embrujada por nuestros sueños. Y eso es bastante fácil… Yo mismo parezco encantado. —Sonrio socarron.

La electronik podia distingir voces, archivar imagnes, comprobar datos y alertar d situaciones siempre q algien dcidiera ke voz, ke rostro, ke hecho y ke circunstancias dbia d loklizar.

Intuición era la palabra q obsesiono a Adriano Bayarri dsd el dia q comnzo a enkjar ls piezas dl puzzle d una sociedad eqilibrada y armonik con un sistema informatico d altisima kpacidad q podia programar dseos, pero q estaba inhabilitado xa olfatear en el interior dl alma humana + alla d ls 2.427 reglas d comunikcion no-verbal ajustadas a ls gustos d ls paises y ls edads d ls gntes.

El teclado de un ordenador escribe frases tristes, pero es inca-paz de adivinar si quien lo escribe está verdaderamente triste, dcia, y en ese pensamiento estuvo su gran error.

Helisabetta jugeteaba con el cilindro invisible y segia sin podr creer q tuviera en la mano un objeto q podia sentir pero no ver. A penas una sombra tamizaba la luz. Era frio como el metal y sonaba a metal cuando lo golpeaba con la uña. ¿Como fue aql dialogo x audiodim-nsional al q no presto atencion?

—¡He descubierto la Tinta invisible, hija!

—¡Vaya! ¿Y eso es importante?

—No es transparente… Es invisible.

—Ah… Prefiero que me llames por mi nombre.

—Los vidrieros medievales… ¿Quién lo iba a decir?

—Yo he estado analizando la evolución de los tiburones tigres, Bartolomé. ¡Apasionante!

—Pero no es cristal ¿sabes?

—El agua en la Bahamas sí es cristal puro… Transparentes por completo.

—Es metal… Aún no sé qué metal. Estaba en la mano de la Virgen María en el retablo de la iglesia de Santiago. Alonso Berruguete conocía el secreto de la Tinta Invisible. Pero aún me queda por abrir el cilindro y no sé cómo. Quizá haya algo dentro.

—¿No te aburre restaurar figuras viejas? ¿Por qué no las haces Retrorrenacimiento?

—Esto sería Retromanierismo. Y no es igual.

—No estás preparado para la vida moderna.

Jugeteaba con el cilindro envolviendolo con la palma d la mano, mordiendolo, asiendolo entre ls d2 pulgar y corazon, acer-candoselo al ojo xa comprobar la transparencia… En un movimiento absurdo, se la kyo y sono en el suelo un *clinck* metalico x encima d su medio suspiro d sorpresa.

Salto d la kma y se arrodillo palpando ls baldosines d terrazo, angustiada x la posibilidad d perdrlo. Alli dond dbia haber qido no estaba; a ls la2, tampoco... Habia rodado en cualqier direccion.

Helisabetta tentaba el suelo, nerviosa.

—Y, ahora ¿qué te pasa? —Sauco habia aparecido en la puerta y la miraba entre hastiado y condscendiente. Tras la eskpada todo habian sido reproches dl arzobispo y d la monja, adreza2 x el silencio d la joven q parecia + dolida q agradcida. Y, ad+, se habia negado durante todo el viaje a comntarle nada dl secreto oculto en el libro *Sobre la madera*.

Postrada en el suelo, ella se volvio atenazada x un sentimiento d culpa. Si, era evidnte q estaba buskndo algo, pero no iba a dcirselo... ¿O si?

—Hummm. ¡Bueno! —Intento resolver la situacion con una muek graciosa. Sauco entro en el dormitorio y ella intento evitarlo con una negativa— ¡No! ¡No pases!

—¿Te has vuelto loca? —El joven estaba ya xa poks bromas—. ¿Te dejo durmiendo y te encuentro de rodillas en el suelo? ¿Es una moda, un ejercicio de profesionales estables? ¿Rezas?

—Ehhh.

El arzobispo golpeo la puerta con el reposapies metalico d la silla d ruedas y acelero el motor electrico xa abrirla x completo. Al verla, solo pudo articular un *¿Te has caído?*, segido d un reproche al joven, *Pero, ¡Saúco, ayúdala, hombre!*, q fue respondido con una mirada knsina dl joven *¿queda alguien más por tocarme las narices esta mañana?*

—No-se-ha-ca-í-do-y-no-sé-qué-ha-ce-a-hí —mastico Sauco mientras ella agotaba su repertorio d sonrisas d disimulo.

El arzobispo entro en la habitacion y Helisabetta volvio a elevar la mano con la palma abierta: *¡No! ¡No entréis!* ls 2 hombres se miraron confusos y wardaron silencio a la espera d una explikcion. Pero la joven no encontraba palabras. Tras dar la ordn, pretendia ocultar su mirada y, con ella, sus pensamientos.

La madre Oshilaola aparecio x dtras d ellos y contemplo el espectaculo 2 segun2, hasta resolver sorprendida con un ¡Anda! ¡¿Y esto?! Helisabetta se vio obligada a respondr. Resoplo buskndo ls palabras adcuadas.

—Ehhh. ¡Se me ha caído! —les miro xa comprobar si con aqlla frase bastaba, pero ls 3 qdaron aun + atentos, como ayudandola a continuar con un imperceptible asentimiento ¿Y? ¿Y?—... El... cilindro... Se me ha caído el cilindro...

Teniendo en cuenta ls modas, la monja mascullo q hablaba d algun tipo d objeto sexual q llevaria oculto en salva sea la parte y, eskndalizada, se llevo la mano a la bok xa ahogar un grito; el arzobispo imajino q s trataria d algun artilujio informatico, asi q busco en el suelo una especie d antena. Pero Sauco permanecio mirandola a ls ojos, enfadado, a la espera d una explikcion completa.

Se puso ls manos en jarras.

—¡O lo dices todo, o te vas a la calle! —espeto. Helisabetta bajo la vista, humillada—. ¡Cuento hasta tres!

Solo djo q contara hasta 2.

—El cilindro recubierto de tinta invisible del que me había hablado mi padre estaba enganchado en un portarretratos y yo lo oculté en el canto del libro que fuimos a buscar. Era lo que perseguían los Cecés. Lo he tenido todo el tiempo en el escote y no lo habéis visto. Pero se me ha caído al suelo.

—¿La tinta descubierta por los vidrieros medievales? —pregunto el arzobispo.

—Sí: verdaderamente, oculta los objetos —confirmo ella y miro en drredor—. Tanto, que no lo vemos.

—¿Es de cristal? —pregunto Sauco.

—No. Suena metálico. Y quizás contenga algo dentro.

—¿Hace desaparecer los objetos que esconde dentro? —indago el arzobispo, asombrado.

—Sí... Podría ser.

Ante ls miradas expectantes d la monja y el arzobispo, ls 2 jovenes se dispusieron a palpar kda baldosin como qien pone la

mano en un nido cuidando d no romper ls huevos. Se fueron arrinco-
nando, juntandose entre ellos, rozandose la piel. Dfinitivamnte, el
olor d Sauco la kautivaba + q ls tiburones tigre.

Asi, tan cerk d el, preferiria parar el mundo a segir con esa
locura d averiwar ke le ocurrio a su prognitor. Echarse en sus brazos.
Sentirle…

Helisabetta cerro ls ojos xa volar a un mundo dl q no qrria salir
y q ls hologramas fueron inkpaces d dscribir.

Entonces puso la mano sobre el cilindro invisible.

Pero no dijo nada.

Djo q Sauco se acercara aun +, q juntaran nariz con nariz con
nariz, bok con bok. Y cuando le tuvo asi d cerk, tan pegada a su
aliento, con una sensacion q no habia conocido en ninguna yacida,
susurro *Lo tengo*.

No abrio ls ojos. No qria abandonar ese momnto. Se sentia
sola junto a el en un espacio irreal.

Y el sintio q aqlla kbeza afeitada y ls labios dispuestos a recibir un beso habia entrado directamnte en su alma.

—¿Estamos a lo que estamos? —el arzobispo acciono su silla electrik y se acerco a ellos. Helisabetta abrio ls ojos con el unico
dseo d encontrar ls d Sauco, y el la miro ensanchando la profundidad d ese lago q existia solo xa q ella se zambullera sin limites.

Helisabetta levanto la mano con el tubo entre ls d2 y se incorporo d rodillas sin djar d mirar a su ¿amor? ¿Consistia el amor en
qdar prendada d miradas y olores? ¿Cual era el argumnto cienti-
fico?

Sauco se aupo y la tendio la mano xa ayudarla. El momnto majico estaba dsapareciendo. La realidad se hizo palpable con la kdncia d un fluorescente cuando se acciona el interruptor d la luz, en 3
fogonazos. Alli estaba el arzobispo, con la mano tendida esperando
el trofeo, la madre Oshilaola en la puerta y su chico preferido tan
confundido como ella. Aun tardo 2 segun2 en reaccionar: *Lo tengo*.

El arzobispo sintio el cilindro en la palma d la mano y paso ls
yemas lentamnte como un ciego leyendo Braille. Reprimio la respira-

cion xa q un minimo suspiro no ahuyentara aql espiritu q se le habia posado. Se veia ls arrugas d la mano q formaban una eme pero no podia llegar a tokrlas. Si, lo q tenia ahi era verdadramnte invisible. Y suave, frio, metalico, liso.

Los 4 miraban adond no podian ver nada, pero estaban atonitos y en silencio. El timbrazo d la puerta ls asusto y rebrinkron. Contuvieron el aliento: imajinaron sin palabras q ls *Cecés* habian dcidido buskr alli a ls fuga2. Se miraron complices y asusta2. Helisabetta se alarmo y busco ayuda en Sauco y el en el arzobispo.

—Vaya a abrir y déles largas, hermana. La policía no puede entrar en mi casa. —Ella miro al cielo y susurro una jaculatoria. Echo a andar cuando sono el timbrazo x 2ª vez—. Aquí no vais a estar seguros durante mucho tiempo. Tendremos que buscar un escondite.

—Lo más urgente es averiguar qué cosa tan importante contiene ese cilindro para que lo busquen —aventuro Sauco.

—Está bien, claro… Los vidrieros medievales consiguieron la perfección manejando la luz. Los más altos organismos científicos llevan décadas investigando el modo de hacer los objetos invisibles, y está claro que la fórmula se sabía en el siglo trece pero se perdió. No persiguen lo que hay dentro, sino lo que no hay. Ahora entiendo el epígrafe NASA de los archivos de su padre.

—¿La NASA entró en contacto con mi progenitor para conseguir esta fórmula? —Helisabetta se maldcia x no haber qrido escuchar lo q su prognitor qria contarla.

—Estoy seguro —afirmo el arzobispo mirando la nada al trasluz—. Sólo se distingue una mínima pérdida de luminosidad.

—Pero… ¿para qué? —pregunto inocente.

—Imagine… Imagine aviones invisibles.

—Ya existen: invisibles para los radares.

—Entonces, piense en soldados invisibles, en balas invisibles… En bombas invisibles.

Adriano Bayarri olfateaba el aire con nostaljia. Aqllo no eran piedras *Retrorrenacentistas*, sino llegadas hasta la prosperidad dl *Mundo Unido* dsd el confin d ls siglos, esa parte q en ls centros edukcionales se enseñaba con eskso interes, mezclando epoks y conceptos. El Cid, compañero d armas d Don Qijote, q participaron juntos en la batalla d Trafalgar dond ls vietnamitas eran entreteni2 con chocolatinas y cigarrillos *Lucky Strike* mientras ls musulmanes radikles dsollaban a ls mujeres con mochilas bomba y espadas jinetas.

La Historia, esa parte d la Humanidad q fue hecha entre batallas y cuyo recuerdo solo podia evokr + sangre. (HIPERVINCULODATOSRELEVANTESHISTORIAHUMANIDADARCH1296O2348234).

La ordn d ls rectores era mirar al futuro, pero se hacia dificil sustraerse a la ensoñacion d la vida anterior al apoyarse en una autentik piedra labrada en el siglo 15 y apilada alli con argamasa xa q viera pasar ls años, ls lluvias y ls sueños. En silencio.

La madre Oshilaola contuvo la respiracion al verle. Le reconocio en segida. Antes d q el paño d la puerta hubiera dscubierto toda su cara, el perfil se la hizo inconfundible: el director dl Centro d Dfensa dl Mundo Unido.

Penso q si el mismo Adriano Bayarri se habia dsplazado hasta alli xa apresar a Sauco y a la chik, lo q parecia un juego inocente habia aumntado mil puntos d ktegoria. ¿Se le podria mntir al director dl CDMU?

Dcidio abrir y tuvo arrestos xa interponerse en el vano, sujetando la puerta con una mano y la jamba con la otra. ¿La arrollarian ls *Cecés* arma2 hasta ls dientes? ¿Se atreverian? Pero pasaron 2 segun2 y Bayarri segia mirandola fijamnte. Aparentemnte, no habia *Cecés* dispuestos a empujarla y a entrar malencara2 en el arzobispado buskndo a ls evadi2.

—Buenas tardes —saludo finalmnte Bayarri y esbozo una sonrisa amable. La monja dio medio paso hacia adlante, saliendo d la oscuridad dl recibidor y comprobo q al lado d Bayarri solo habia un joven.

—Buenas tardes —respondio con mirada fija y dsconfiada.

Adriano Bayarri se sorprendio d ver a una relijiosa negra, d ojos azules y penso q bien podria haber elejido cualqier modo d vida + acord con su belleza. Xa evitar q ella leyera en su rostro un pensamiento q atentaba contra ls normas antisexistas, miro hacia el balcon principal d la 2ª planta dl edificio, luego hacia la klle y finalmnte djo posar la vista en alguna parte d la ultima esqina.

—En estas ocasiones es cuando uno recuerda su infancia —concluyo—. Aún me parece que me voy a ver saliendo de cualquier sitio, correteando por aquí. Esas sensaciones son incontrolables. La música, los olores, los sabores y ciertos detalles ínfimos nos trasladan a distintas épocas en décimas de segundo. Sería maravilloso poder paralizar el tiempo en esas décimas de segundo, ¿no le parece? —La monja sonrio. Si, era Adriano Bayarri: el imajinativo, el brillante, el embaukdor, el filosofo... El dueño dl Mundo Unido. Abrio la puerta completamnte pero no se qito dl medio—. Pensé que la vuelta a la ciudad tendría algo de desagradable, pero no ha sido así. —Ya no le kbia + nostaljia en ls pomulos.

El arzobispo akriciaba pausadamnte el tubo invisible con ls ojos cerra2. Ls yemas d ls d2 se movian imperceptiblemnte x ls extremos y el sentia rugosidads q al principio no estaban.

Helisabetta y Sauco, arrodilla2, respiraban sin hacer ruido, permanecian paraliza2, expectantes.

¿Dónde está el secreto?, se preguntaba el anciano murmurando.

¿Dónde la clave del arcano? ¿Dónde el misterio desvelado?...

Finalmnte, exclamo *Sí*, como recibiendo una inspiracion divina.

Entonces, elevo el cilindro, lo agarro fuertemnte con la mano izqierda mientras colokba el indice y el pulgar en el extremo contrario, y ls chicos se qdaron atonitos.

—¡Una mierda de tapón! —grito enfadado y tiro violentamnte hasta qdarse con algo en kda mano y una muek burlona hacia ls chicos.

Helisabetta no podia creerse q aql relijioso permitido hubiera logrado lo q ella llevaba horas y horas intentando, aunq tuviera el titulo d rector.

—¿Cómo lo supo? ¡No se notaba nada! —protesto.

—Querida Helisabetta: ¿de qué otra manera iban a cerrar un cilindro en el siglo dieciséis? Todavía no se había inventado el *Tetrabrik*.

Helisabetta qdo confusa:

—¿Y eso qué es?

El arzobispo, + estupefacto, aun:

—Un recipiente de… Que se abre…

—Hace años que prohibieron esas cosas, arzobispo —informo Sauco con dsdn—. Sólo está permitido usar cápsulas anticontaminantes, según la normativa de lo que sea.

—Normativa de Ecología y Cuidado del Medio Ambiente —enfatizo Helisabetta, molesta x el poco respeto q dmostraban ambos x la armonia dl Mundo Unido.

El arzobispo miro hacia el agujero dl tubo invisible y le parecio majico: d perfil, no se notaba nada + q una ligra perdida d luminosidad; pero d frente, lo q tenia ante si era un circulo negro dl tamaño dl tallo d una margarita.

—¡Por dentro no es invisible! Sólo está bañado por fuera. Efectivamente, los vidrieros medievales descubrieron el modo de ocultar los objetos…

Intento introducir el ddo indice x la bok dl cilindro, pero no pudo. Tampoco le kbia el meñiq, asi q busco en drredor ke podria haber en la habitacion q le ayudara a eskrbar en el interior xa comprobar si habia o no habia nada. Helisabetta se incorporo y se acerco a el con una sonrisa:

—Mi dedo —enfatizo el *Mi*— valdrá mejor que el suyo.

Introdujo poco + d media yema y raspo contra la pared dl tubo. Noto q habia algo y anuncio *Es rugoso*. Sigio tentando con dlikdza hasta q ese *algo* enrollado fue saliendo x la bok y se veia.

—Es un pergamino —anuncio el arzobispo—. Sigue... Con mucho cuidado.

Bayarri subia ls eskleras dtras d la madre Oshilaola y dlante d Prune. El joven coreano flotaba asombrado d lo q veia: la barandilla gruesa d madera, abrillantada como recien hecha; el artesonado, tambien d madera, dl q pendia una enorme lampara d hierro forjado; ls muebles, ls sillas, ls alfombras, una monja negra...

Todo recordaba a un dcorado xa pelicula d *Retrohistoria* pero era real, el mismo lo estaba tokndo.

Ni un holograma d bienvenida, ningun giaseñalizador, ningun sonido sintetico d ordnador, ni pitido d audiodimnsional...

Oia sus pasos sobre la tarima y ls pasos d ls d+. Tambien el bamboleo sordo dl rosario d grands cuentas q colgaba dl habito d la relijiosa a modo d cinturon.

Ninguno d ls 3 podia imajinar lo q el arzobispo tenia ahora entre ls manos.

—Es de piel de estómago de cordero nonato —informo a ls chicos, q no parecieron entendrle—. Por eso es tan fino. Una obra de arte.

Lo dsenrollo y ante sus ojos aparecieron unas letras d color sepia muy gastado. Lo miro dsd arriba, dsd abajo, lo atrajo, lo separo... *Necesito mi lupa*, protesto. Al fin, puso el pergamino en la posicion correcta: *Es un poema*, dijo, y se qdo admirandolo en silencio.

Testamêto

Satán amo es de la guerra êtera.
La mágica tîta ocultò los artefactos
De muerte. Deshonra de mis actos.
Angustia perêne zinçelada ê madera.

A mil doscientos grados ocultâse los objetos
En forno en el q· la luz envuelue el todo.
Uolframita, taenita, plata, uismuto e oro.
Los vidrieros desuelarôme los secretos.

Bajo el agua de las caballeras de Santiago
À quien guarde el arcano transmitido,
Por el amor del Señor serà acogido,
Como Él murió malquisto e golpeado.

Al planeta nono pleno en la Pasiô,
Ciento ochenta grados tierra-luna tierra-sol,
Encomiêdo iluminar la cruz del gran español
Para ser vista desde el patíbulo de la Ynquisiciô.

Ordenóme êtallar grâde cruz el Êperador.
Lissongeado e porfiado por el Segûdo,
No desuelè el mi cifrado al mûdo
Aunque fuera ultrajado quàl muy peor traidor.

Tintado el bronce labrado de noble metal,
Presête el cuerpo de Colón,
En cripta de oluido e no de adoraçiô,
Dimos por cumplido el ntro· mâdato real.

Hagan todo por Dios e nada por la guerra.
Para el biê, ùsesse la tinta.
Si es el mal, no desuelê este enigma,
Pues la falta de amor esterminará la tierra.

Alonso G. de Berruguete
Valledeolit. Año de 1561. ANºS

D repente, el arzobispo se encontro trasladado a otro mundo. Estaba leyendo el español d Migel d Cervantes. Le parecia tener en la mano un orijinal dl Qijote, tan dificil d comprender a finales dl siglo 21 pero q era exactamnte la misma lenwa q hablaban millones d personas. Penso q el *Opcionalismo* habia pulverizado ls relijiones, ls ideas politiks, ls filosofos... pero no habia podido con el lenwaje. *Al comienzo fue la Palabra... Al final, también será la Palabra.*

Entusiasmado, le temblaban ls manos cuando ls ofrecio el texto a Sauco y Helisabetta, q se acerkron creyendo q era un texto en hebreo o en cirilico… *Testamêto*, leyo el arzobispo y ellos se le qdaron mirando dspista2.

—*Testamento*. ¿Qué os parece? Es un testamento.

—Pone *Testamêto* —protesto Helisabetta.

—El circunflejo y el acento significan alargamiento de la vocal, en este caso porque la sigue una ene. En el siglo dieciséis escribían los sonidos, no la gramática. Allí donde había una *On*, una *En*, o una *An*, escribían sólo la vocal con un acento circunflejo para que se leyera correctamente. Del mismo modo que la tilde sirve para no escribir dos veces la misma letra. En este tiempo, nuestra lengua comenzaba a llamarse español. El castellano se llama español a partir de Carlos primero de España y quinto de Alemania. —Dudo unos segun2—. Sí, Carlos primero, Felipe Segundo… Eran los primeros años en que nuestra lengua comenzó a denominarse español en todo el mundo… La primera edición de El Quijote es de mil seiscientos cinco. Pero mirad, las palabras se escribían según sonaban y no siempre del mismo modo… Unas veces, circunflejos; otras, acento inverso; otras, acentuación normal… —Les miro embelesado, como si no estuvieran—. La *Grammatica* de Antonio de Nebrija se publicó en mil cuatrocientos noventa y dos. El humanista se la regaló a la reina Isabel la Católica y ella le preguntó *¿Para qué quiero esto, si ya conozco el idioma?*, y él respondió: *Señora, la lengua es el instrumento del imperio.* Y aquí la tenemos, tal y como se escribía en sus primeros días… ¡Gracias a Dios!

—Lo que dice es incomprensible —apunto Sauco.

—Se entiende perfectamente… Lo que no sé es si podremos interpretarlo —aventuro el arzobispo y leyo dspacio—. *Testamento. Satán amo es de la guerra entera. / La mágica tinta ocultó los artefactos / De muerte. Deshonra de mis actos. / Angustia perenne cincelada en madera.*

A mil doscientos grados ocúltanse los objetos / En horno en el que la luz envuelve el todo. / Volframita, taenita, plata, bismuto y oro. / Los vidrieros desveláronme los secretos.

Bajo el agua de las caballeras de Santiago / A quien guarde el arcano transmitido / Por el amor del Señor será acogido, / Como Él murió malquisto y golpeado.

Al planeta nono pleno en la Pasión, / Ciento ochenta grados tierra-luna tierra-sol, / Encomiendo iluminar la cruz del emperador / Para ser vista desde el patíbulo de la Inquisición.

Ordenóme entallar grande arrepentimiento. / Lisonjeado y porfiado por el Segundo, / No desvelé el mi cifrado al mundo / Aunque fuera ultrajado para muy peor lamento.

Tintado el bronce labrado de noble metal, / Presente el cuerpo de Colón, / En cripta de olvido y no de adoración, / Dimos por cumplido el nuestro mandato real.

Hagan todo por Dios y nada por la guerra. / Para el bien, úsese la tinta. / Si es el mal, no desvelen este enigma, / Pues la falta de amor exterminará la tierra.

Alonso G. de Berruguete. / Valladolid. Año de mil quinientos sesenta y uno. Año de Nuestro Señor.

Qdaron absortos. El arzobispo volvio a leer el texto xa si mismo mientras Helisabetta y sauco se miraban confusos: el escultor ls estaba hablando dsd la eternidad.

—¿Y eso qué significa? —pregunto la joven rascandose la kbeza afeitada.

—Ya dije que lo difícil iba a ser interpretarlo —respondio el arzobispo—. Se junta la información que da, su arrepentimiento y… La cábala.

Reino el silencio en el dormitorio dl anciano, roto x la llamada a la puerta d la monja, q abrio sin esperar respuesta. Con cara mustia, le miro al arzobispo:

—Tiene usted visita.

—No es momento.

—Lleva años esperándola.

—No es momento… Acabamos de encontrar algo sublime. Que vuelvan mañana.

—Pues tendrá que ser ahora.

—He dicho que…

La relijiosa levanto la mano izqierda y le paro con la mirada, en un gsto q Arjimiro Bayarri bien conocia: no era una sugrencia, sino una ordn.

—¡Su hermano le está esperando en la antesala del despacho!

TRACTADO Q· CUENTA DE LAS ÚLTIMAS PALABRAS Q· CRUCÉ CON EL MAYOR ARTISTA Q· HAYAN VISTO LOS TIEMPOS E DE CÓMO TRABAJÉ HASTA QUEDARME EN EL PELLEJO PARA CUMPLIR LOS SUS DESEOS

Las cosas nos fueron de mal en peor. El maestro teníade q· entregar el sepulcro en mármol de Carrara para el cardenal de Tavera, en Toledo, e se le amontonaba el trabajo con el retablo en madera policromada para la yglesia de Santiago de Cáceres. Aunque guardábamos minerales e oro suficientes para terminar la cruz, él seguía urgiendo al platero Granada con más pedidos e se ofuscaba nervioso con q· quería ver terminado el trabajo antes de Sant Mateo. E faltaban veynte días. Ansí era el maestro: pensó en abandonar la ntra· misiô e de seguida le entraron las prisas por terminarla.

El domingo siguiente à la entrada de Venançio el Noquero en la casa del maestro, Fray Alonso de Toro rugió desde el púlpito de Sant Benito contra el luteranismo e advirtió q· la yglesia nunca perdonaría la blasfemia e q· perseguiría à los herejes fueran del rango e condiciô q· fueran.

El Noquero no era, formalmente, empleado del abad, pero toda la ciudad entendía q· hacía los trabajos sucios al mismísimo Rey Filipe el segundo. La falta de uno de sus sequaces pasó desapercibida porque al día siguiente ya alistaron à otro más burro aún e más grande. El cuerpo del desdichado q· se tiró al pozo terminó flotando e fuè la primera vez q· Felipe e Greciano entraron en la caseta. Lo sacaron fétido e lo echaron en la carreta de los apestados. Nadie preguntó nada.

La prédica de Fray Alonso de Toro fuè muy comentada porque abiertamente aseguró q· había quien con manos de artista alababa à Dios e con corazô de blasfemo odiaba à la Santa Madre Yglesia. E eso sólo podía referirse al maestro Berruguete. Ò à Pompeyo Leoni, sobre el qual altas instançias diplomáticas habían hecho gestiones e se rumoreaba su pronta salida de Valledeolit.

En rigor, el odio del abad no teníade nada q· ver con las ideas luteranas del maestro Berruguete, q· quizá podía tener inclinaciô à la masonería e al ocultismo por influençia dél Buonarroti, pero hereje no era. Su antipatía nació en el momento en q· el maestro se llevó unos honores q· el abad creyó q· le pertenecían.

Fray Alonso de Toro encargó personalmente el retablo de Sant Benito à Berruguete. Los benedictinos eran muy férreos en sus normas conventuales. En el caso de Valledeolit, los monjes entraban para la perpetua clausura e absoluta abstinençia, atendidos sólo entre ellos, incluso en casos de grave enfermedad, e respetuosos e admiradores del abad. Si tuvieran q· tratar con extraños, lo hacían à través de un torno, e las rejas de hierro eran de doble red muy tupida, para q· no pudiera caber ni siquiera la mano. Era imposible introducir nada en el monasterio sin permiso del prior.

Además, como complemento de la clausura, guardaban silençio durante todo el día salvo en pocos lugares permitidos. En la sacristía e en la yglesia, sólo podían comunicarse por señas. E vestían con austeridad un hábito marrô de estameña, igual de pobre el del abad q· el del último monje.

En ese ambiente, el abad e general de toda la Congregaciô Fray Alonso de Toro encargó à Berruguete un retablo grandioso e bien acabado, con un grande cuerpo semicircular, coronado por una enorme venera, flanqueado por dos alas rectas rematadas por frontones. Ordenó q· lo dividiera verticalmente en onçe calles e horizontalmente en banco e dos grandes cuerpos. Fuè el predicador, e no el maestro, quien diseñó cada tramo del conjunto, las figuras q· debía contener de las vidas de Cristo e de Sant Benito, de profetas e de Santos, ansí como las medidas e el presupuesto.

Pero fuè Berruguete quien, al cabo, obtuvo el reconocimiento de la ciudad por su obra, sorprendiendo à todos con la presentaciô de una enorme fábrica renacentista en estructura e decoraciô, insertándola en un edifizio gótico. El Nacimiento de Jesús, la Adoraciô de los Reyes Magos, La Huida à Egipto, la Conversiô de Totila e el Milagro del Agua eran bajorrelieves policromados q· dejaron boquiabiertas tanto à las gentes como à los religiosos del Imperio. Rodeando aquestas composiziones, distribuyó un conjunto de tallas representando à profetas, apóstoles, evangelistas e Santos: Sant Sebastián, Sant Cristóbal, el Sacrifizio de Isaac...

A pesar déllo, Fray Alonso de Toro estaba convençido de q· sus prédicas, sus libros de Teología e su personalidad ocuparían más espacio en las crónicas de la Historia q· el arte del maestro, ansí q· no teníade preocupaçiô por la posteridad. Lo peor para el abad fuè q·, à falta de dinero, Berruguete se cobró su deuda con terrenos del propio monasterio, lo q· dividió el conjunto q· perteneció al antiguo alcázar. El maestro construyó allí su taller, su casa e su expendeduría de vinos, asunto q· teníade expresamente prohibido, pero sólo había una cosa q· le gustara más q· policromar e esculpir: el dinero.

Ni el mesmo corregidor era más importante q· qualquiera déstos dos, e entre ellos pugnaban por no ser el segundo. Treynta años hacía q· uno e otro pleitearon ante los tribunales por el precio del retablo. Andando el tiempo, la ciudad vio q· el maestro se enriquecía con nuevos trabajos e los monjes perdían influençia e se empobrecían. Sólo las palabras de Fray Alonso desde los púlpitos empequeñecían las obras de Berruguete.

Su desparpajo quando acompañaba al emperador Carlos primero; sus ideas italianizantes de retorcer los cuerpos e buscar nuevas perspectivas, marcando figuras geométricas imaginarias al juntar puntos de los relieves; el llamado manierismo, e finalmente la amistad con Leoni, condujeron al abad à declararle una guerra no scripta. Berruguete enredaba más llevándose al taller figuras del retablo para retocarlas ò cambiarlas sin permiso del abad, ò haciendo comentarios equívocos, ò mofándose directamente del Santo Ofizio.

E el maestro se creyó tan intocable q· quando descubrió la taenita, de manos de Juan Granada, predicó por la taberna del Suizo q· Dios mesmo le había enviado un mineral desconocido, pues aquella roca informe sólo se encontraba, según los científicos italianos e ingleses, en los restos q· dejaban las estrellas al caer à la tierra. Grave error el citar al Sñor· entre eruditos florentinos e luteranos en la España de la Ynquisiciô.

A partir de ese momento, Fray Alonso se creyó con potestad para perseguirle, con la ayuda del Santo Ofizio, pues había utilizado el nombre

402

de Dios en vano. Se le prohibió q· nunca más exhibiera tal roca e, incluso, q· siquiera la comprara, pues su ofizio de escultor no le permitía à poseer esos materiales, q· no eran madera, ni mármol ni granito.

Ansí se vio en la obligaciô de hacer más secreto su secreto, de evitar registros q· le sorprendieran con qualquier tipo de minerales ençima, pues el Santo Ofizio, la verdad, no estaba para distinguir entre la taenita, el bismuto e la volframita. Gracias à eso fui testigo de su obra e de las amenazas q· sufrió antes de morir. Ò quizá debiera dezir antes de q· lo mataran.

Despuês de las sus muchas dudas e de q· yo me quedé sin padre e sin casa, el maestro e yo, e muchas veces yo solo, bajábamos à bañar la cruz de madera en tinta invisible cada día, tanto por la mañana como por la tarde. Él me acogió en la su casa e yo le fui todo lo leal e fiel q· puede ser un hombre, pues, desde q· le di el porrazo al viejo escudero, ya no me consideraba niño, sino hombre.

Simultáneamente, él se afanaba en terminar las obras prometidas, q· no cobradas, e fustigaba à sus ofiziales à trabajar antes de q· naciera el sol e ampliamente después de q· cayera. Nunca más volví à ver à los artesanos sentados al tablero de olivo tomándose su búcaro de vino blanco.

El día de Sant Juan Crisóstomo, antes de amanecer, con el frescor del rocío, ayudé al maestro à subirse à la cabalgadura. Detrás, tres carros llevaban las piezas últimas del sepulcro del cardenal Tavera. Con él se fueron Felipe, Greciano, los dos ganapanes e tres aprendizes para empalmar allí los segmentos. À mí me encargó q· terminara la cruz invisible, aunque tuviera q· pasarme ençerrado días e noches.

No sé si preveía q· algo podría ocurrirle, pero un día antes había reunido à su mujer e sus hijos, à quienes yo no conocía, e me hizo pasar al grande salô de su casa. Allí, delante de todos, dijo q· era yo la persona à quien había confiado un grande secreto q· por seguridad de su familia no iba à desvelar. E q· si algo le ocurriera en Toledo, yo debía permanecer en la casa, primero como paje e detrás como escribano en quanto terminara de aprender las letras. E sus hijos quedaban encargados de q· las estudiara. Yo no dije nada. En seguida salí de la habitaciô e me quedé tan tonto como estaba antes de entrar.

(Ro). ¿Quándo volverá, maestro?

Le pregunté al salir del portal.

(Al). Para Sant Mateo has de terminar la cruz. Yo estaré aquí antes de primero de octubre e quiero verlo. Ò sea, no verlo.

E rió dándome un golpetô en el hombro.

Caminamos en silençio hasta el caballo, q· teníade atado à la silla el cordel de una mula con las alforjas llenas de viandas e mantas para el viaje en la calle de los aguaderos. Miró desde lejos las carretas con los mármoles tallados e preguntó à Felipe, q· aún enjaezaba la primera:

(Al). ¡¿Todo en orden?!

(Fe). ¡Sí, maestro!

(Al). ¡Andando, q· hay prisa!

Los carros se pusieron en marcha con grande estrépito de herraduras en pezuñas bien calçadas, roces de madera e rechinos de los ejes q· retumbaban en la yglesia de Sant Benito. Berruguete me dio un abrazo.

(Al). Joven Rodrigo, tienes una alta responsabilidad para contigo e para con la historia. Confío en ti.

Se me saltaron las lágrimas. Yo no sabía q· nunca más volvería à hablar con él. Le devolví el abrazo como si se tratara del mi mesmo padre. Ò más. Montó al caballo, se levantó la capucha para amortiguar el relente, agarró las riendas e soltó:

(Al). ¡Jía!

Fue el último sonido q· le oí.

Me quedé mirando cómo bajaba al paso, elegantemente erguido, hacia el puente de la cárcel, sobre la Esgueva, de la q· despegaba la neblina como un paisaje irreal. Le perdí el rastro en quanto los pasitos cortos e bailarines de la mula desaparecieron de la mi vista. Aún me eché à correr e todavía observé la hilera de carros q· traqueteaba entre baches à lo lejos, bajando hacia las Tenerías. Él nunca volvió la cabeça. À la vuelta, con el frescor de la mañana en el rostro, el cielo clareaba por detrás de la torre de la Colegiata e algunas casas començaban à arrojar humo con olor à piñas por las chimeneas.

Me fui à mi quehacer ilusionado, aunque triste. El camino en solitario por aquellos pasadizos, q· ya lo había hecho antes, en esa ocasiô me resultó tortuoso, como si estuviera abandonado. Ò más abandonado todavía.

Al llegar à la grande sala, à penas ençendí dos teas. Pero quando llegué al tablero para seccionar los minerales e el oro, me encontré con dos bolsas de terciopelo e una carta del maestro.

Joven Rodrigo: el dinero es para ti. Adminístralo. No creo q· te llegue à faltar nada en la mi casa, pero guárdalo con el mi agradecimiento. En la otra bolsa hay un pequeño cilindro q· me hizo el platero. Contiene un poema dentro. Léelo si te es de menester. Baña el cilindro en la tinta invisible e colócalo en el hueco de la mano de la escultura de la Vírgen del retablo de Santiago. Hirás tú mesmo à ensamblar el retablo e asegurarte de q· el cilindro queda allí para la posteridad. Dejo un boceto de las prinçipales piezas del horno por si hubieras de arreglar alguna, El Sñor· no lo quiera. E, una vez más, graçias en nombre de Dios, de España e del Roy·

Aquello era de asustarse. ¿Por qué teníade la seguridad el maestro de q· algo le ocurriría? De los nervios q· me entraron, aínas no podía rebanar las piedras, ni muy menos el oro. Ni quise abrir la bolsa del dinero, con la esperança en q·, quando volviera del viaje, él se lo encontraría allí mesmo, tal e como lo dejó.

Todo el día, toda la noche e aún la mañana siguiente, estuve horneando la mezcla, empapando la cruz e vuelta à empezar. En una de esas, me senté en una esquina e me dormí. Como mi sino estaba ligado al mi estómago, me desperté quando sentí hambre e decidí volver à la casa à comprobar si, con el maestro de viaje, la señora Gloria me daba un cacho pan ò un par de tortas.

Pero ni una cosa, ni otra. Según salí de la caseta vi à todo el servizio sentado en banquetas e en el suelo. Mal empiezan las jornadas sin el maestro por aquí, me pensé yo, pero mi olfato me equivocó. No estaban vagueando, sino hundidos de tristeza.

(Ro). ¿Pasa algo?

Pregunté al primero q· me encontré.

(Uno). Q· ha vuelto Felipe… Q· han matado al maestro.

(Ro). ¿Cómo?

(Uno). En la primera noche en Toledo… Han matado al maestro.

Respiré profundo para no caerme de espaldas. Entré en el taller e algunos aprendizes lloraban. Subí à la casa e me encontré à la familia abrazada e lamentándose con gemidos. En quanto me vieron, la viuda me pidió q· me acercara e también me hizo participar del luto.

(Viuda). ¿Qué andabais haciendo?

Me preguntó.

Guardé silençio, pues si el maestro no contó el secreto, yo tampoco debía hacerlo.

(Ro). ¿Cómo fue?

Pregunté sin respiraciô.

(Sobrino). Durmiéronse en el mesmo hospital de Afuera, en Toledo, e al amanecer lo encontraron muerto. Dice Felipe q· teníade rastros en el cuello de haber sufrido estrangulaciô, e q· un viajero vio salir à tres hombres al galope por los campos en plena noche.

Pensé en Venançio el Noquero e los dos sus sequaces.

(Ro). ¡Qué desgracia!

Me salió dezir.

Greciano e los aprendizes montarían el sepulcro e, à la vuelta, se traherían el cuerpo del maestro. La familia decidió enterrarlo en la capilla mayor del templo de Ventosa de la Cuesta, señorío q· ostentaba, e fuè jornada q· preferí no ver para recordarle con la última estampa entre la neblina e no en un ataúd e con malos olores. Mi homenaje fuè meterme en los túneles e terminar su cruz antes de Sant Mateo, q· me quedaban tan solamente ocho días.

Quando lo encontré oportuno, dejé à la familia con el su dolor à solas e salí corriendo à casa de maese Juan Granada. Nunca nos habíamos visto, puesto caso supuse q· él sabría de mí.

Efectivamente, no me hizo esperar grande tiempo tras anunçiarme à la dueña. La mesma hija del platero, aquella q· yo soñaba q· vería algún día, vino à recibirme à la puerta. Aunque era dos años mayor q· yo, según nos miramos creo q· ya començamos à soñar con el día en q· pudiéramos pasear juntos. Él llegaba detrás, cojitranco, tosiendo e de figura más bien sebosa. Entendí q· no bajara por los túneles.

(Ro). Han matado al maestro, señor.

Anunçié, pero él me hizo un gesto para q· entrara sin mostrar asombro: ya lo sabía.

406

(Ju). Vino el Noquero aquesta mesma mañana e me amenaçó.

Con paso lento e de funeral nos llegamos al su estudio.

(Ju). Dijo q· Berruguete estaba muerto en Toledo e q· yo sería el siguiente.

(Ro). ¡Por todos los Santos!

La chica se asombró de q· yo pronunçiara esa expresiô aínas ofensiva delante del su padre, e se llevó la mano à la boca para q· no se la viera la su sonrisa pícara. Aún me gustó más.

(Ju). ¿Cómo llevas la cruz?

(Ro). Aún me falta. Yo solo voy lento. Me canso.

(Ju). No puedo ayudarte.

Hizo un gesto lastimero.

(Ro). No importa. Lo terminaré.

Me callé lo del cilindro e lo de la nota. Si él estaba en peligro, quanto menos supiera, mejor.

(Ju). Dime, donçel, ¿sabrás defenderte del Noquero?

(Ro). Si hace falta, pediré ayuda al diablo, señor.

La joven Laura aínas suelta una carcajada. Debía considerar q· el mi lenguaje era bastante procaz.

(Ju). Pues estate preparado. Yo no diré nada.

(Ro). ¿Hay algún otro secreto q· deba saber?

(Ju). Nada más q· lo q· sabes. Pero espera.

Salió de la habitaciô e aproveché para mirar sin disimulo à la rapaza, q· anduvo por allí como quien no quiere la cosa dejándose adular con mi silençio.

(Ro). Ansí q· te llamas Rodrigo, ¿eh?

Yo ahuequé la voz para pareçer mayor.

(Ro). Rodrigo Floranes.

Preferí no dezir ¡Para servir à Vuestra Merçed!

(Ro). ¿Quál es la tu gracia?

(La). Laura. Laura Granada, para servir à Vuestra Merçed.

Hizo una media genuflexiô e reímos la broma. À partir de aquel instante, no vi el modo de volver acercarme à ella para jurarle q· la amaría toda mi vida, pues q· un loco hace ciento pero el amor hace mil.

El platero volvió con tres bolsitas de terciopelo.

(Ro). Toma: todo el bismuto.

Elevó una.

(Ju). La volframita.

Elevó otra.

(Ju). E la taenita q· me queda.

Un saquito muy pequeño.

(Ju). Oro hay de sobra, ¿verdad?

(Ro). Creo q· sí.

(Ju). ¿Queda pólvora?

(Ro). Aínas arroba e media en tres barriles.

Me lo entregó junto con un zurrô para q· lo cargara e dijo lo mesmo q· el maestro:

(Ju). Tienes una alta responsabilidad para con la historia, joven Rodrigo.

A fuer q· ya me estaba cansando de la frasecita. Sobre todo porque cada vez q· la oía, en unas horas caían desgracias.

Me despedí mirando más à Laura q· à su padre e creo q· él lo notó. Por ventura q· à ella la dejé ruborizada como un tomate maduro, e no era cosa como para no darse cuenta.

Corrí hasta la casa, abrí la caseta, ençendí la antorcha, bajé al pozo, me vestí de cuero, abrí la tapa, cerré la tapa, me metí al túnel e partí por los pasadizos hasta llegar à la grande sala.

Una vez allí, calculé quánto tiempo me faltaría hasta q· Venançio el Noquero diera con aquel escondrijo, q· ratô q· sólo conoce un agujero, pronto cae del gato en el garguero. E trabajé con grande miedo pues, serían por las mis fantasías ò porque en verdad existan los fantasmas, q· muchas veces presentí q· alguien me miraba desde la entrada, e quando me volvía sólo veía la negrura del infierno, lo q· siempre me recordò à la mirada atemorizante de Fray Alonso de Toro.

ARCHIV261198749081987430IMPRXSYSTEMWRITER
14,03MILISEGUN2TXTOMODIFIKDOPROGLITERARIOESTILO
RETROS21TRANSCRIPCIONTXTOSORIJINALESEXACTAEN
GRAMATRIKARKIKORDN1325329087430984394354
ESPAÑOLPUROPUNTUACIONCLASIKYPALABRASSEPARADAS
MARKNMINERFERROV561TAHIPERVINCULOIMAGVIRTUAL
AUDIORECUPERADOBUZONENVIODSCONOCIDO.QLARITA
RECTORA.21012101. **ENCUENTROS DSEA2.**

S e qdaron mirando dsd lejos, ni dsconfia2, ni asombra2. Tampoco djaron eskpar gotas d kriño x el suelo. Midieron distancias; echaron en falta a ls otros 2 hermanos q hubo entre medias; recordaron pasiones, ls ideales q ls unieron y ls discusiones q ls separaron; wardaron silencio d justa: el 1° en hablar, perderia.

Antes d q el dolor d la disputa hiciera surcos en sus miradas, ls 2 hermanos llegaron a sentirse felices el uno junto al otro. Incluso cuando Adriano ideo el complikdo puzzle dl *Mundo Unido*, Arjimiro estuvo a su lado en ls inicios. No ls separo el hecho d q uno hubiera abrazado la cruz d Cristo y el otro ls armas d ls hombres, sino la trascendncia d sus principios, q habiendo sido mama2 d la misma ubre, terminaron x senderos distintos.

Prune ls observaba sentado en una d ls sillas d espera dl antedspacho. Alli dond Helisabetta se sintio confusa, el fue arrinconado x el duelo.

Adriano, q estuvo mirando a nada x la ventana hasta q oyo el sisear d la silla electrik dl arzobispo, solo se jiro y puso ls manos entrelazadas a la altura dl vientre, sin intencion d acudir a recibirle.

El arzobispo se levanto d la silla con dificultad. Se hacia imprescindible subir a la misma altura q el director dl CDMU si iba a comnzar la batalla. Prune se extraño d ver ponerse en pie a lo q el creia q era un invalido y estiro la espalda. Arjimiro dio 2 pasos adlante y Adriano hizo otro tanto, pero ninguno d ls 2 mostraba animo alguno d saludarse.

—Guarden sus armas, caballeros.

La voz d la madre Oshilaola, q no necesito observar mucho tiempo la escena dsd el umbral d la puerta, rompio la tension. Con naturalidad, sobrepaso al arzobispo y se planto en medio, mirando al joven coreano.

—¡Y usted no sé quién es! —le increpo. Prune se levanto como un resorte, ksi firmes.

—Bulhman. Ayudante del director.

—¿Y sabe usted rezar? —Le hizo un gsto q signifikba *No se atreva a decirme que no.*

—¿Cómo? —abrio ls ojos + d lo q podria adivinarse q hiciera un asiatico.

—Si no sabe, invénteselo. El único lugar que me queda libre en la casa es la capilla. ¡Estamos con saturación de líneas! Acompáñeme. Estos señores tendrán que hablar.

Helisabetta y Sauco corrian x el tunel, ayuda2 dificultosamnte x la luz d sus linternas. El la llevaba agarrada d la mano y tiraba sin cuidado, dscomponiendo cualqier intento d mantener cierto estilo atletico en la espantada. Habian salido x la antiwa krbonera d ls bajos dl Palacio arzobispal y ahora estaban justo dbajo d la klle d Juan (Juan d Dios antes d la rednominacion sigiendo ls normas dl *Opcionalismo*) a 10 metros d la entrada secreta al teatro Klderon.

Fue el mejor modo q se le ocurrio a la madre Oshilaola xa ocultarse d ls camaras q creian ls estaban persigiendo y ls hordas d *Cecés* q adivinaban ls esperaban en todas ls esqinas.

No pararon hasta llegar a la verja d hierro q flanqaba el teatro y alli pararon a tomar aire, jadeando.

Sentada en el rebord d una piedra q hacia d poyo, Helisabetta consigio soltar un angustiado *Y ahora no tenemos llave para abrir esto*, a lo q Sauco respondio extendiendo la mano y haciendo jirar la puerta sobre ls bisagras con un *Nunca la cerramos*. La joven reacciono arrugando la nariz e impuso ¡*Vamos!*, pero el chico la agarro dl brazo con un ¡*Espera!*, exhalado con el ultimo aire d knsancio. Dspues, trago saliva.

—Antes de ir al Arzobispado, habrán venido a buscarnos aquí. Todos saben que mi casa es el teatro.

—¿Entonces?

—Deberíamos salir por otro túnel. Hasta el teatro llegan tres pasadizos, aunque tu padre debió descubrir un cuarto. El del arzobispado, el que sale a la antigua iglesia de las Angustias, del que te hablé cuando nos conocimos, y el que llegaba desde el Palacio Real. Tu padre apareció en el pozo que da sonoridad al teatro, así que debió descubrir uno que llega desde el antiguo cauce seco de la Esgueva.

—Pues vamos.

—Me parece una locura meterse en el pozo. No sabemos a dónde sale ni si tenemos que arrastrarnos por él.

—Pues vayamos por cualquiera de los otros.

—El del Palacio Real es peligroso y el de la antigua iglesia de Las Angustias nos saca a aquella alcantarilla justo enfrente del teatro. Te acordarás. Si los Cecés han ocupado la zona, nos ponemos en sus manos. Hay que esperar a que se vayan. Además, es angosto y casi impracticable… Tendremos que jugárnosla por el pasadizo del Rey.

Helisabetta se extraño con gsto d ¿*Te ríes de mí?*

—¿A estas alturas me hablas del peligro de *jugárnosla*? —compuso una muek d sorna.

—Para alcanzar ese túnel hay que bajar unos cuatro metros por detrás del escenario del teatro, después, caminar por un pasillo estrecho y retirar escombros con los que cegaron la galería en el año la tarara. Y no sé si llegaríamos a algún sitio.

—¿Un pasadizo tan estrecho para el Rey?

—No lo usaba el Rey… Sólo las actrices.

Helisabetta kmbio el gsto inocente x un aspaviento avispado.

—¡Vaya!...

Argimiro recupero la silla para acerkrse a su mesa d trabajo y Adriano espero a q se situara observando el mapa antiguo d Pincia q aun colgaba d la libreria.

—Y este es un plano ¿de? —con ls manos en la espalda, miraba ls objetos con la distancia d *Me importa un pito lo que veo*.

—Mil novecientos uno —informo llegando y sin mirarlo. El ya sabia ke mapa tenia colgado y x ke.

—Humm. Yo estoy en cosas un poco más antiguas.

—Me temo que yo también —murmuro ya en su sitio.

—¿Cómo? ¿Qué has dicho? —se jiro con cierto interes en la mirada, como si esa confesion le fuera sustancial.

—Nada... —y qdo en silencio espeso, jugeteando con ls folios q tenia en la mesita.

El director dl CDMU se vio en la obligacion d explikr ke hacia alli aunq la pregunta no habia sido formulada. Paseo incomodo sin dsentrelazarse ls manos en la espalda.

—¿Por qué ese cristal agujereado que separa el despacho de la sala de espera?

—No es sala de espera. Es el mismo despacho. Parece mentira que me lo preguntes. Está ahí por alguna de tus estúpidas normativas. La Ley de Respeto Mutuo me obliga a mantener una distancia de respeto *Efectiva* —mastico la palabra—. Quizá deberías salir y hablarme desde detrás de la cristalera para que no te contamine.

—La gente agradece que cada ideología quede en su ámbito privado. La *contaminación* ha sido rechaza en muchas votaciones.

—La gente agradecería que la Humanidad volviera a estar compuesta por personas, no por autómatas —repuso el arzobispo con el gsto altivo.

Adriano se tomo su tiempo: dio 3 pasos y se jiro dsd lejos:

—¿Aún no te has enterado de que prefieren ser dirigidos a pensar cada mañana qué hacer con sus vidas?

—Prefieren ser libres… —djo caer, tras pausa valorativa—. Y tú les has capado —espeto mirandole a ls ojos.

Adriano se solto ls manos xa recogerselas a la altura dl pecho y manosearlas mientras se ls miraba. Dio 2 pasos adlante y hablo pausado.

—Argimiro: mi mundo, como tú dices, funciona. La angustia ha desaparecido de sus vidas. ¿No eres tú el que pregona la felicidad?

El arzobispo se mantuvo ergido, apoyado sobre el respaldo d la silla: no se iba a djar coaccionar, ni tampoco hipnotizar x la majia d su hermano mnor.

—¡Qué poco tiene que ver la felicidad con el mundo que estás creando!

—Analízalo fríamente. Siempre fuiste mucho más listo que yo. Mi hermano mayor, el admirado por todos: ¿qué es la felicidad? —Respiro 2 veces esperando una respuesta llegada dsd el infinito—. Digamos que es la ausencia de preocupaciones. —Enarco ls cejas diciendo ¿Conoces alguna definición mejor? Luego, ahueco la voz—. En Mundo Unido, el Systema tiene previstos los trescientos millones de probabilidades de variables de preocupaciones que podrían presentársele a un ser humano en sus ochenta años de vida en la comunidad…

—Hasta que los matáis… —susurro alto.

—Nuestra esperanza de vida está en ciento treinta años. Si no eligieran el camino de la sedación, el Mundo Unido estaría superpoblado de… viejos.

—… Improductivos…

—… De personas que comienzan a tener algo más que serias preocupaciones por su salud y por su felicidad. La ausencia de salud provoca infelicidad. Y ellos eligen… Ellos eligen, Argimiro. Mundo Unido es una sociedad democrática en la que todo se elige. Es un nuevo modelo. Tú vives con el molde de la iglesia en que unos mandan y otros obedecen. Los que mandan, reciben inspiración directamente de Dios; los que obedecen, sólo tienen derecho a ver a Dios un día. ¿No entiendes el progreso? Nosotros hemos conseguido una sociedad en la que mandan los que obedecen, sin más inspiración que sus propios actos y sin más promesas que vivir felices. Ni siquiera negamos a Dios.

—Ni mandan, ni obedecen: sobreviven.

—Como los pájaros del bosque. ¿No viene así en los evangelios?

—Los pájaros honran a Dios.

—Y nosotros trabajamos para los hombres y las mujeres. Las religiones dan esperanza a quien no la tiene. El problema, Argimiro, era conseguir una sociedad que diera esperanza, que abandonara los conflictos, que no odiara, que no sintiera envidia y que tuviera libertad de elegir. Así comenzamos este camino, juntos. Pero la conclusión de Felicidad, Paz y Ciudadanía te resultó aborrecible. Veinte años después, tendrás que concluir conmigo que lo hemos conseguido.

—Un mundo de gentes sin alma, sin conciencia, sin deseos, sin ambiciones… Una sociedad muerta. Una sociedad que no busca lo trascendente. Lo trascendente es más estúpido que un juego de ordenador. Has creado un pueblo que no quiere siquiera saber qué es la verdad.

—¿La verdad? —elevo ls manos, como eskndalizado—. La verdad es lo que democráticamente consideramos que es la verdad. —Silabeo—. La-ver-dad. Y todos somos necesarios. Todos elevamos nuestra voz. —Se acerco un paso + hacia el arzobispo—. ¿No comprendes que hemos construido una sociedad perfecta? Todos los minileds de la pantalla de un ordenador son imprescindibles. Las teclas, igual.

—Salvo las que decidís invalidar. —Pulso el boton d su silla y se retiro unos centimetros. Odiaba su cerknia—. Habéis anulado hasta la misma Naturaleza.

—¡Nosotros somos la Naturaleza! —Retrocedio xa concedr-
le una victoria pirrik: habia invadido su espacio personal sin derecho. Se jiro hacia la bibliotek xa q no le viera la expresion—. Tenemos los vástagos que hay que tener, con los sexos que se necesitan;
cuidamos el Medio Ambiente para que todo sea armónico; los
ríos no sólo han sido encauzados, sino entubados para que no se
pierda agua; conseguimos calor en invierno y frescor en verano
para que la vida sea agradable; respetamos a los animales y no los
matamos para conseguir sus pieles; todos los habitantes tienen la
misma educación y las mismas normas… ¡Somos la comunidad
de Cristo! So jiro repentinamnte— ¡Estamos a un paso del paraíso! ¿No lo quieres entender?

—¡Cómo voy a compartir esa distopía! —Avanzo con la silla lo q antes habia perdido— ¿A cuántos matáis porque no siguen
las normas?

—Las leyes penales son también democráticas. —Se cruzo
d brazos.

—¿Cuántos viven fuera de vuestra protección? —Avanzo d
nuevo.

—Los que deciden ser inclasificados. Es una opción. En el
mundo armónico del Opcionalismo todo es opcionable. Parece
un juego de palabras, pero la mayoría es soberana. —Dio un paso
adlante—. Como en todas las democracias. ¿O es que no crees en
la Democracia?

—¡Cómo puedes llamar feliz a una sociedad vigilada!

—¡Son felices! —Se relajo y extendio ls brazos a lo largo d
su cuerpo—. Es una sociedad sin conflictos. No están vigilados,
están protegidos. ¡Viven sin miedos!

—¿Felices? —Avanzo con la silla xa ganar terreno perdido—
¿Unos hombres aterrados por lo que llamas el Systema son felices?

—Hombres y mujeres. —Le señalo con el ddo, amnazante.
Habia cometido un error—. ¡Eres sexista en el lenguaje! —Inspiro
y bajo el ddo. Elijio un tono cordial—. El Systema no controla sus

vidas… Es una simple apariencia de orden, como los uniformes del personal de los sanadores: dan la sensación de que todo está controlado y de que cada cual sabrá lo que tiene que hacer en una situación comprometida. El que lo hagan es otro cantar, pero los uniformes dan seguridad.

—El Systema controla sus deseos… —Se ofusco y perdio la paciencia—. ¡Eso es peor que nada! —Le vomito—: *Quien controla el presente controla el futuro. Quien controla el pasado controla el presente. ¿Recuerdas el lema, verdad?* —Kllo 2 segun2 y avanzo hacia el djando flotar el siseo dl motor electrico. Hablo con autoridad—. Pero has llegado a una conclusión más perversa: quien controla los sueños controla pasado, presente y futuro. Tu objetivo, si puedo definirlo así, es lo que nos distancia por perverso.

—Son sólo ideales… —Retrocedio hasta aprisionarse contra la libreria, pero su tono era informal—. Conceptos intercambiables según la votación de los primeros viernes de cada mes. —Se irgio firmes y qiso dar un paso adlante—. ¿No controla la iglesia el mayor sueño de todos, que es llegar a Dios? ¿No propone la iglesia el modo en que sólo en ese caso, y no en otro caso, se puede llegar a Dios? —Dio el paso—. ¿No es lo tuyo una simple propuesta de apoyo moral para morir en la nada?

—¡Dios no es un Systema! ¡Ni mucho menos *Tu* Systema! —protesto—. Si lo fuera, creerían en Él. No habría dudas. —Jiro la silla xa volver a su mesita—. Y la única norma se resume en una frase sencilla en todas las religiones de todas las civilizaciones: amarás al prójimo como a ti mismo. —Dsd su sitio, hizo una pausa y le miro dsafiante—. El amor... Lo que tú has aniquilado en la sociedad: el amor.

—Cuentos para niños. —Dio 3 pasos adlante sin apartar la mirada—. Las sociedades no progresan así. Se comenzó diciendo *Arte es lo que vende* y ahora sabemos que la vida consiste en cumplir una función exacta dentro de un ordenamiento exacto. —Llego hasta la silla q le estaba esperando xa sentarse frente a su hermano, pero jugeteo a akriciar el respaldo dscuidadamnte—. Todo lo que es inútil, sobra. Y es inútil cualquier cosa que no sirva para llegar a conseguir la felicidad.

—…Tu felicidad. —Se echo hacia atras contra el respaldo.

—¡Los deseos democráticamente elegidos! —Se apoyo en el respaldo d la silla y se balanceo hacia el arzobispo. Susurro con maldad—. La mayoría es soberana.

Asfixiado, Arjimiro busco algo con lo q jugetear, con lo q distraer. Finalmnte, le miro al entrecejo y busco su mirada + dulcemente.

—¿Qué te dijo nuestra madre cuando aún no podías hablar?

El director dl CDMU se sintio incomodamnte sorprendido. No esperaba ese kmbio d tema.

—¡No pretenderás que lo recuerde! —respondio finalmnte y se incorporo ayudandose dl respaldo d la silla. Dio un paso atras.

—¿Y consideras que nuestra madre pensó por un momento que era inútil decirte cosas? —Avanzo hacia el—. ¿Que era absurdo hablar con un bebé con quien no podía mantener una conversación? —Adriano retrocedio un paso—. ¿Y no te hablaba y te hacía arrumacos que ya no recuerdas?

—El Systema no es una madre. —Aun dio 2 pasos atras + hasta chokr con la libreria.

—Entonces, ¿por qué decide por las madres? —Se acerco hasta ksi rozarle ls zapatos con le hierro d su silla electrik.

—Estás llevando las cosas a un extremo imposible. —Huyo hacia la cristalera dprisa.

—Es que la vida es un imposible. —Avanzo hasta ocupar el centro d la habitacion: hablaba el rey—. La libertad consiste en sufrir y en alegrarse. Bienaventurados los que sufren. No necesitamos que cuidéis por nosotros. Nosotros queremos aprender gracias a nuestras equivocaciones.

—Hemos conseguido una sociedad… —Se cruzo d brazos con ls piernas abiertas en el umbral d la puerta. No iba a salir ni a djar salir. No iba a perdr—… una sociedad que puede vivir feliz y tú la rechazas.

—Rechazo no poder ser infeliz. —Elevo el ddo indice, admonitorio—. Rechazo no poder cuidar y animar a quien se siente infeliz. Rechazo no tener permiso para ocuparme de un enfermo terminal hasta que Dios quiera llevárselo...

—Un trabajo estúpido si puedes evitarlo.

—¡Vaya! El rector de los rectores ha dicho *Estúpido*. ¿Ves como no pasa nada? —Avanzo hacia el.

—La Normativa sobre la Contaminación Acústica permite decir tacos en momentos determinados. Está todo previsto. —Se toco el mnton—. Hay millones de alternativas posibles que están previstas.

—Está todo cuadriculado, como en los peores totalitarismos. —Avanzo hasta ksi echarse encima.

—Ninguna conciencia personal puede paralizar el progreso. —Dio un paso atras.

—La falta de conciencia es la que limita el progreso.

—Al quitarnos los problemas morales, disfrutamos de todo lo que la Ciencia pone a nuestro alcance.

—Nos ponéis vendas en los ojos para no ver las barbaridades que cometéis en nombre de la Ciencia.

—Nos miran los ordenadores. Imposible escaparse de las normativas.

—Los ordenadores vigilan, pero no miran. El amor y el odio viven en una mirada. ¿Sigues sin comprender lo que digo?

Adriano se sentia ahora acogotado. Respiro, se manoseo ls manos, miro a la punta de sus zapatos y resolvio atacar. Dio un paso adelante.

—Vives en un mundo que, afortunadamente, ya no existe. En ese mundo tuyo sólo había guerras. —Dio un paso + y Arjimiro retrocedio—. Una sociedad amenazada constantemente por los conflictos y la infelicidad; por las envidias, por ambiciones personalistas que rechazaban el bien común.

—Un mundo que vivía en guerra y por eso anhelaba la paz. Pero la paz de los vivos. —Elevo el indice.

—No estamos muertos. —Tambien elevo el indice.

—Pero habéis decidido no vivir: ¡coexistís! Y para que no se note has cambiado el lenguaje, los nombres de los países, la historia y hasta el sentido de la vida.

—Todo el mundo acepta los deseos básicos de nuestra sociedad. Lo votan. La mayoría es soberana.

—Será porque no dejáis que conozcan otros sueños. —Ambos permanecian en wardia—. La mayoría no desea soñar y entonces aceptáis que todos dejen de hacerlo. Los obligáis a castrarse, como hacéis con los niños de catorce años para evitar embarazos no permitidos por el Systema.

—Viven tranquilos y tranquilas. Viven sin miedo. Son felices.

—Ya lo sé: como los muertos. La placidez vital. —Se acerco dsd la silla y qria mordrle la nariz. Adriano no rehuyo el duelo y bajo la cara xa acercarsela. El arzobispo masccullo—. ¿Sigues sin entender que tu Mundo Unido se ha olvidado del amor?

—Les damos sexo. —Le escupio amnazante—. Es mejor para la coexistencia.

—Antes disfrazaban sus ideales con sexo; tú has matado esa posibilidad obligando al placer insensible y sin cariño. ¿Cómo lo llamáis? ¿Yacidas? ¡Pobres!... Yo hablo de amor.

—El amor es, simplemente, la ausencia de odio. Es un sentimiento no recomendable. —Ksi, nariz con nariz—. Mejor sustituirlo por la sensación de placer. Esa era una pieza básica del puzzle, tienes razón. El amor sólo sirve para generar su contrario: el odio.

—El amor es la vida. Y el enemigo del amor no es el odio: es la indiferencia.

Adriano le miro el corazon a traves dl iris y, dspues, se incorporo sin dar un paso atras. Recordo q no podia exhibir emociones y hablo mirando al fondo.

—La frialdad de los ordenadores nos permite vivir sin conflictos.

—Sólo el desgarro interior nos hace hombres. —Avanzo hasta ksi pillarle con la silla—. ¡La rebeldía de vivir!

Adriano le sonrio con muek d vencedor: el no habia perdido ls papeles.

—El desapego emocional nos da la oportunidad de convertirnos todos en iguales. Sin distinguir siquiera sexo. —Apoyo ls manos en ls reposabrazos d la silla—. Y esa es la mayor discriminación de nuestro ser porque está preescrito en el lenguaje.

Arjimiro dio marcha atras y volvio a su mesa. Adriano qdo expectante a la puerta.

—El colectivismo concluye que los inferiores deben ser aniquilados. Los fuertes serán siempre imprescindibles. El colectivismo anula las emociones personales.

—El Systema computerizado ofrece una vida plena, sin preocupaciones. —Se cruzo d brazos— Todos saben lo que pueden ambicionar. ¿Hay mayor igualdad?

—Hablas de una existencia dócil, como los sementales de una cuadra.

—La armonía de la Democracia absoluta.

—La derrota del libre pensamiento.

—La paz.

—La docilidad, la placidez... ¡la mansedumbre! —El arzobispo le miro dsafiante.

Adriano contemplo el dspacho a su izqierda y observo la jamba corredra. Sonrio.

—Quizá este cristal deba de ser cambiado por un muro de acero.

Arjimiro tamborileo con ls d2 en la mesa xa wardar silencio, pero no se contuvo la respuesta:

—¡Ya hubo uno! —se sonrio—: pero en el momento en que lo reconstruyas, decide si quieres vivir en el lado de la felicidad del Systema, o de la libertad angustiosa que necesita de aire para respirar. Yo ya sé dónde quiero luchar hasta morir.

Helisabetta pidio auxilio en silencio. Ls piedras y escombros q retiraban d un lado, se iban apilando dtras d ellos y solo consigieron qdarse practikmnte empareda2 y sin aire. Ls linternas iluminaban una neblina d polvo q se ls metia x ls pulmones y no ls djaba respirar.

Sudaban como pollos.

Entonces, la chik comnzo a hacer recuento d bacterias posibles, pero dsecho la idea d contabilizarlas todas: qiza la Normativa d Asepsia era + bien tonta. *Sí: tonta.*

Se sentaron, apoya2 kda uno en su lado d muro y entrecruzandose ls piernas. *Es imposible seguir,* resoplo Helisabetta y luego le sonrio.

—¡Tienes pinta de haberte zambullido en un barrizal! —se dsternillo a krkjadas.

—¡Y tú no has estado tan sucia en tu vida! —Entre risas, ambos se cubrieron la cara xa ocultarse dl otro, xa q el otro no viera su estado klamitoso.

Ahi la tenia: representaba todo lo q el dspreciaba. Una profesional estable, con costumbres arraigadas en el Systema; cuerpo insultantemnte bello xa el roce aseptico; parlanchina, orgullosa, pagada d si; inkpaz d dmostrar kriño, ni dbilidad; pelada como una pelota; modrnilla y sofistikda... Pero, incluso cubierta d la porqria d siglos, mantenia viva la mirada. ¿Ke habia en sus ojos q no podia arrancarselo dl pecho? (HIPERVINCULOCOMPORTAMIENTOSHU-MANOSSIRACIONALIDADARCH2346898123).

Soño con ella nada + dspedirse el dia en q la apabullo contra una pared; soño tambien cuando la vio correr hacia su hotel, disgustada; y cuando kminaba xa dvolverla ls zapatos; y + al saber q habia sido enkrcelada... La tenia presente al kminar x la klle y en su clase d relijion xa el bautismo.

Si alguna vez le hubieran preguntado d qien nunk se enamoraria y le enseñaran el holograma d Helisabetta entre 2.000 videos tridimnsionales, el la hubiera señalado sin dudarlo.

Si le hubieran dado a escuchar sus frases repipis y sus ideas sobre el *Efepecé,* el ls hubiera utilizado xa dmostrar cuan mala puede llegar a ser la vida domestikda x el Systema.

Pero ahora la tenia ahi, sucia y sudorosa, con un enknto + alla dl erotismo.

Eran sus ojos.

Todo lo q kbe en una mirada d milesimas d segundo se hace inexplikble x ningun audiodimnsional. Reivindico el amor al saber q habia sido califikdo como sentimiento no-recomndable x ls votaciones d ls viernes, aunq eso fue antes d conocer el enamoramiento. Esa falta d aire dbia ser no-recomndable, efectivamnte, pero le hacia volar mientras le retorcia ls entrañas.

Qiza la dmocracia apaciwada tenia razon.

Cesaron ls risas y jugetearon a abrir y cerrar ls d2 con *No me mires* y *No me mires tú*, y asi. El silencio d la cueva djaba oir solo la respiracion d ambos, q se fue acompasando sin q lo notaran. *¿Podría decirla que la quiero? Qué estupidez.* Bajaron ls manos y miraron al techo. Dspues, kda cual a su izqierda; luego, kda uno a su derecha. Luego, no tuvieron + remedio q cruzarse ls miradas.

—Tendremos que volver —sujirio Sauco sin voz.

—Sí… —Susurro ella sin aliento—. Me está entrando un ataque de feniletilamina. —Qiso romper el momnto con una broma, pero no tuvo + remedio q cerrar los ojos con pesar xq Sauco no entendio la indirecta; dspues, expulso aire para klmar su ansiedad, aunq las manos la temblaban d nervios como un cursor acelerado.

—¿Fenilota qué? —Sauco se eskndalizo y se incorporo xa ayudarla. No habia entendido el chiste—. ¿A qué me suena eso? El arzobispo me dijo…

—Nada, cosas mías… O de un holograma… Una broma… —Sintio el tiron d ls brazos y se abrazo a su cuello. El cuerpo no era suyo: o el temblor dl cuerpo no era suyo.

—¿Y es grave? —La sintio tan cerk y estremecida q no se reprimio xa acercarsela agarrandola x la cintura. Sintio sus esklofrios y sus pechos. Ni siqiera interpreto su sonrisa.

—Muy… Muy grave. —Susurro al oido—. Cada vez, más.

—Entonces, tendremos que salir de aquí. —Jadeo y dseo aplastarla hasta hacerse uno con ella.

—Sí, cuanto antes. —Suspiro. *No quisiera violar a un cura.*

Sauco cerro ls ojos mientras notaba la kricia d su rostro en su rostro; el klor d ella y el olor. Ls brazos rodandole el cuello, ls lati2 d ls corazones... Helisabetta respiro d forma ksi asmatik y se apretujo aun + a el xa no caese. Luego le agarro dl pelo y tiro mientras sentia q el cerraba su abrazo aun +. Nunk habia sentido nada parecido. Si en ese instante comnzaran un beso, se comerian vivos.

—¡Huy! —susurro el chico—. Se te ha quedado pegada una pestaña mía en el pómulo. ¡Mira!

—¡Eh! ¡Eso es buena suerte! Trae. —Se dsprendio la pestaña con cuidado infinito y se abrio el escote xa pegarla en medio d ls pechos—. Ahí no se perderá. Cuando me duche, me la quitaré como si fuera parte de la ropa y luego volveré a ponerla, ¿te parece?

—Bueno... —se ruborizo. *¿Por qué no empezamos a besarnos ya?*

—¿Sabes que de aquí puede sacarse un clon de ti si yo hago de incubadora? *¿Y por qué no lo hacemos al modo antiguo, eh?*

Sauco se qdo sin aliento. No, no podia besar a una profesional estable q no tenia conciencia d lo q signifikba el kriño. El no qria una yacida: la qria xa toda la vida. La tenia ahi, tan wapa, tan sugrente... Tan a punto d perdr el conocimiento...

—Vayámonos. Te estás quedando sin aire y parece que te vayas a desmayar. —Helisabetta estuvo a punto d admitir q la temblaban ls piernas y q no era x enfermedad. Ksi dijo *Te amo*, pero se djo llevar.

Con todo el mimo dl mundo, Sauco la volvio a sentar en el suelo y la emprendio a patadas contra ls escombros q ls cerraban el paso. Levanto tanto polvo q ella rompio a toser y el se vio obligado a dsprendrse d ese cumulo d sensaciones alborozadas q le habian entrado en el cuerpo y revoloteaban con intencion d volverle el corazon bokbajo mientras la sangre hervia. El loco habia conqistado la torre y volteaba ls kmpanas sin piedad.

¿Pero por qué esta idiota no es normal y me hace un gesto para amarnos hasta el final de nuestros días?

Concluyo q tenia q sakrla d alli antes d q la *fenilotaeso* la hiciera + daño en ls pulmones.

Prune Bulh'man tecleaba codigos secretos q aparecian impresiona2 sobre la luz morada q proyectaba su audiodimnsional xa accedr al Systema. En la oscuridad d la kpilla le habia surjido una idea: estaban trabajando con ls datos q habian suministrado ls ordnadores hasta la muerte dl mudable Fuencisla pero... ¿Dspues? ¿Habria habido nuevas comunikciones? A diferencia d ls teorias d Bayarri, ls humanos necesitan dmasiado tiempo xa llegar a conclusiones basiks. Eso ls hace inferiores.

La madre Oshilaola entro en la habitacion consagrada sin llamar y ksi sin hacer ruido, pero el asistente dl director dl CDUM la oyo e interrumpio su tarea.

—¿Ya han terminado? —pregunto en su tono d conversacion habitual.

—Chsst —objeto la monja y luego susurro acercandose a el—. En una capilla no se habla alto como en un bar. El Santísimo está en el Sagrario, haga usted el favor...

—¡Ah! —suspiro Bulhman y se encojio d hombros. Insistio en voz baja—. ¿Ya han terminado?

—No. No lo creo. —La relijiosa se sento a su lado y se santiguo—. ¿Cómo dijo que se llamaba?

—Prune Bulhman, ayudante del director del Centro de Defensa del Mundo Unido... ¿Y cuál es su nombre?

—Hummm... —dudo d cual darle, aunq ambos fueran iwalmnte incomprensibles—. Oshilaola... Sí, me he quedado con ese nombre. Significa *Negra*. No es muy original.

La kpilla era una habitacion d 30 metros cuadra2, con 4 bancos corri2, 2 a kda lado dl pasillo, y un altar enfrente, dtras dl cual se situaba el Sagrario d plata y una cruz dsnuda. Solo 2 velas iluminaban la estancia y algo d la luz d la klle se colaba x la rendija d un ventanuco rectangular y dlgado.

—Estaba intentando acceder al Systema, pero no lo consigo... —Informo el chico—. ¿Sabe usted que estamos en peligro?

—En esta sociedad corremos demasiados peligros.

—Bueno... A mi entender, todo está controlado. Somos felices. —Se kedo embelesado en sus ojos azules.

—No podemos ser felices si todo está controlado, jovencito.

—No pensé que una monja tuviera una ideología tan revolucionaria...

Ella levanto la mano y le interrumpio con autoridad.

—Una cosa es ser monja y otra muy distinta es vivir ahí fuera. Mi comunión con Dios la elegí yo; vuestra dependencia del Systema es obligatoria.

—Esa frase podría costarle un exhorto.

—¡Si voláramos el Systema no harían falta exhortos! —Bulhman se irgio a la dfensiva—. Es mejor aniquilar ordenadores que almas. —El joven abrio ls ojos hasta dsorbitarlos—. No se asuste, jovencito, todas mis armas son éstas —se ajusto a la cintura el rosario d cuentas gordas y cojio la cruz hasta besarla—. ¡No estamos para aniquilaciones!

—Oiga, ¿por qué me llama jovencito? No parece usted mucho mayor.

—Maneras de hablar. Vivo con un señor de ochenta y tantos años. ¡Todos me parecen jóvenes!... Treinta y nueve cumplí en agosto pasado.

—Pues su rostro... Quiero decir... Es usted muy guapa.

—La cara es el reflejo del alma y elegí a Jesucristo como camino de vida. —Kmbio el semblante y fluyo una sonrisa amable y picara—. Y gracias, hacía tiempo que no me decían nada agradable.

—En fin... Ya sé que las monjas católicas... No... Digo...

La madre Oshilaola prefirio interrumpir el kmino hacia el laberinto en el q se estaba metiendo el joven.

—¿Modelo *Cuatro modificado*? —pregunto mirando al audiodimnsional.

—No... —Se sorprendio dl comntario—. Más avanzado: *Uve treinta y dos ce* con capacidad de anticipación virtual y estructura de platino. El *Cuatro modificado* es el habitual de los rectores pero éste no puede ser detectado ni usado por otra persona que no sea yo. Comprueba hasta seis pensamientos únicos.

—¡Vaya! ¿Me lo deja ver?

La relijiosa recojio en la mano un audiodimnsional dl tamaño d un raton d ordnador, q resulto + pesado d lo q creyo al verlo.

—¿Piezas de platino y pesa tanto?

—Este aparato podría recibir y procesar la información de toda Hispania sin problemas. Tiene en sus manos el mayor ingenio informático de la Humanidad. Y el más seguro.

—¿Hologramas tridimensionales y circulantes?

—Esféricos perfectos. —La monja evaluo la kpacidad dl aparato en silencio—. ¿Quiere comprobarlo?

—No aquí... Luego, quizá... ¡Impresionante!

—¿Qué audiodimensional manejan ustedes?

—¡Ninguno! —arrugo la nariz— Aquí sólo hay libros... Y todos viejos. Yo controlo un *Pc* de principios de siglo. Pero me gusta leer sobre los avances tecnológicos... —Se jiro a el y le dvolvio el ingnio—. Por eso sé que hay que aniquilar a los ordenadores, jovencito. —Se incorporo, hizo una gnuflexion ante el Sagrario, se santiguo y qdo en disposicion d salir—. No creo que tarden mucho. Le aviso cuando vayan a terminar.

El arzobispo se miro ls manos con pena infinita. Ninguna d sus arrugas le habia servido xa trabajar lo q dsd niño llamo *La arcilla de Dios*, q no era otra cosa q el corazon d la Humanidad. Pensaba q ls hombres escojieron la comodidad entregada q la lucha x la felicidad. Lo votaban kda viernes 1° d mes, luego miraban a su alreddor y se sentian satisfechos.

El *Mundo Unido* habia consegido q ksi nadie se mirara a su interior: ¿por ke segir con una batalla perdida?

—¿Por qué continúas con esa batalla perdida, Argimiro? —Adriano kmino hacia la mesa con ls brazos extendi2.

El arzobispo le miro receloso. Eso justo se estaba preguntando antes d encontrar la respuesta. La mastico dspacio:

—Para sentirme vivo. Un ordenador que se empeña en hacer cálculos imposibles se desconecta; un hombre que persigue una quimera es el retrato de la vida... Yo sigo jugando al tres en raya, y tú no. A estas alturas, ya deberías haberlo entendido.

Adriano se sento x vez 1ª. 22 años dspues, nada habia kmbiado en su hermano mayor. Ni siqiera reconocia q la sociedad tecnolojizada funcionaba mejor q el mundo visceral y dscontrolado.

— Argimiro —le habló pausadamnte—: el *Gran hermano* no existe. No hay un gobierno totalitario que use a las gentes para entregarse al poder. Es la sociedad la que ha decidido controlarse.

—Tú les has hecho desear ese ideal. La armonía social como la clave de la felicidad.

—Pero... —Se encojio d hombros—. ¡Son felices!

—Sé que he perdido la batalla. Ya nada remueve las conciencias. Simplemente, no hay conciencias: hay bienestar.

Adriano apoyo el mnton en la mano y asintio.

—Eso es, claramente, un logro social... Dejémoslo.

Adriano Bayarri, el mismísimo director dl CDMU, estuvo a punto d agarrarle la mano como consuelo, pero la Normativa d Convivencia y Tolerancia impedia la exhibicion d emociones d ese tipo. Penso q si ls ordnadores krecian d intuicion qiza seria xq no podian asir un corazon cuando una voz interior ls dcia *Hazlo ahora*. Pero dsterro la posibilidad.

El *Opcionalismo* tenia poks normas estrictas, pero una d ellas era q ls emociones pertenecian al ambito individual y no dberian salir d alli x respeto a ls d+.

Dcidio levantarse xa salir y lo hizo pausadamnte, doliendose dsd dntro, a traves d un qiste q no podia arrankrse. El arzobispo mantuvo la kbeza baja. Firmes ante el, ensayo una dspedida. Con toda seguridad, nunk + volveria a verle.

Pero si el Systema advertia d la necesaria frialdad en todo momnto y la prohibicion d ls discusiones morales era, precisamnte, xq situaciones asi solo conllevaban odios y gerras. Y tristeza, el sentimiento mnos recomndable d to2. X eso, no dbia sentirse triste.

Antes d sobrepasar el cristal, Arjimiro levanto la voz.

—¿Sólo has venido para discutir?

Adriano miro al suelo, confuso. Muy lejos d su mnte estaba el miedo dl arzobispo a q enkrcelaran a Helisabetta y a Sauco y, tras sakrles la informacion q pretendieran, hacerlos dsaparecer.

—No. Mi misión es otra. —Reconocio confidncial.

—¿Sí?

—Alguien pretende destruir este mundo que hemos creado. —Le miro d reojo xa kptar su 1ª impresion. Pero se encontro con una mirada noble y divertida.

—¡Bienvenido al club! —El arzobispo se sorprendio a si mismo perteneciendo a un club d dstructores.

—Hablo de terrorismo. —Enkmpano la voz xa hacerse + creible.

—Yo, no. —Humillo el tono xa q supiera q su negativa era d verdad.

Adriano volvio a entrar en la habitacion, djando atras la linea imajinaria d ls cristales.

—Lo sé. He venido a Pincia porque el *descendiente* del jefe Superior de los Cuidadores de la Convivencia, un tal Saúco Retal, ha escapado con quien guarda un secreto vital para el Mundo Unido. Y, antes, he querido saludarte.

—¿Cómo se llama ella?

—¿Por qué sabes que es ella?

—Hummm… —¡Cazado! El responsable maximo dl CDMU le miro confirmandole q sabia q el lo sabia pero q estaba dispuesto a pasarlo x alto si le ayudaba. El arzobispo lo entendio y respiro—. ¿Qué buscas exactamente?

Adriano saco dl bolsillo interior d la chaqta el plano dl horno d Juan d Herrera, lo dsplego con parsimonia y se lo mostro.

—Esto. Es la única documentación que hemos podido recuperar en casa del empalado. El resto son archivos informáticos encriptados, imposibles de recuperar. Es el famoso horno de Juan de Herrera.

El arzobispo lo miro y en ls anotaciones d ls margnes reconocio al instante la misma letra dl poema d Alonso Berrugete.

—¿De Juan de Herrera?

—Existe un plano similar en El Escorial, firmado por Herrera. Bien sabes que era inventor, lo que nunca se ha averiguado es para qué servía este horno. La diferencia entre uno y otro es que éste tiene indicaciones sobre las medidas de las ruedas dentadas y de las dimensiones del cubo.

El arzobispo lo miro dspacio.

—¿Y qué crees que oculta? —pregunto sin levantar la vista.

—Nunca se ha sabido por qué Herrera llamó *Forno* a un cubo en el que no hay salida para el humo ni entrada para carbón o madera… Pero lo que sí está claro es que de alguna manera de ahí sale una fórmula mágica: una tinta invisible descubierta por los vidrieros medievales y dada a conocer de manera imposible de encontrar. La fórmula que, estoy convencido, hizo victorioso al emperador Carlos primero.

Arjimiro, releyendo la letra d Berrugete, penso q, qiza, la historia habia sido asi pero q el protagonista era otro.

—¿Por qué la buscas? —pregunto al fin.

—Porque es posible que no seamos los primeros en obtenerla… Un espía de los Países Externos puede haberla conseguido. A lo mejor el empalado muerto delante del Papa fue asesinado tras desvelar el secreto.

—¿Y qué importancia tiene eso? Los detectores de armas están preparados para fotografiar objetos invisibles, ¿no es así?

—Siempre que entren en Mundo Unido desde fuera. Pero ¿cómo sé yo quién deja en la Plaza Mayor una bomba atómica invisible si es una de las nuestras? No puedo prever una traición, Argimiro.

—Yo, tampoco… —El arzobispo se le qdo mirando con nostaljia.

En el teatro no habia nadie. La oscuridad parecia dar vida a todas ls voces q alguna vez resonaron entre ls butaks y rebotaron contra ls techos. X ls rendijas d ls puertas + cerknas a la klle se filtraban dlgadas laminas d luz q parecian colgadas en el aire, sin formas q dlimitaran ls espacios.

Senta2 en el escenario, y aun confusos ambos x ls lati2 d sus corazones, pensaban q podian qdarse alli a vivir, el uno junto al otro, pero no se lo dijeron.

Sauco, q se sabia ls pasillos a ojos ciegas, se acerco hasta la entrada xa comprobar cuantos *Cecés los* estaban esperando y con q tipo d armamnto, pero volvio confuso, con un *No hay nadie* acompañado d subidas y bajadas d hombros.

—¿Qué significa *Sabaoth*? —pregunto Helisabetta dsd la oscuridad cuando sintio el respirar d Sauco a su lado.

—No estamos para adivinanzas. Nada, que yo sepa. —Se sento junto a ella, rozandose ls brazos.

—*Sabaoth* es la palabra que forman las primeras letras de los versos de Berruguete. Lo memoricé: *Sabaoth*. Y si añado la te de *Testamento*, queda *Tsabaoht*. Comienza en *T* y termina en *T*.

Sauco miro al techo, aunq ella no podia apreciarlo. Luego, respondio sonriendo:

—Suena a insulto de los Orcos.

Helisabetta sonrio. Al fin encontraba algo en comun con su, dcididamnte, gran amor.

—¡¿También jugáis a eso?! —exploto d contenta

—Es el límite de lo que nos está permitido soñar —respondio con pesar—. ¿No te parece poca cosa?

Helisabetta kllo. Qiza ls limites dl *Opcionalismo* eran excesivos. Pero no lo dijo.

TRACTADO Q· CUENTA DE CÓMO MONTÉ À CABALLO À LA MI DULCINEA E DE CÓMO ME ENAMORÉ PERDIDAMENTE SIN YO SABER LO Q· ERA EL AMOR

En el reloj de la Colegiata daban las últimas campanadas de las seis de la tarde del día de Sant Mateo quando yo estaba aspirando aire fresco en el corral de la casa de Berruguete. Llevaba días e días ençerrado entre los túneles, acabando de recubrir la cruz. Apenas salí de allí si no fuè à por un trozo de pan ò un plato de garbanços ò de acelgas. Los piojos me comían sin tregua la mi cabeza. El botijo de agua lo rellenaba en la mesma cascada.

Con unas mantas me apañé para dormir quando teníade sueño, sin conocimiento de quándo era de día e quándo de noche. El mi propio cuerpo me invitaba à comer ò à dormir, de tal manera q· à veces subía à por viandas e era de madrugada, ò buscaba aire nocturno e estaba desmediado el día.

Siento haber tirado la bacinilla de mis necesidades en la balsa de agua potable, pero supongo q· à ningún vallisoletano le habrá llegado las mis defecaciones todas juntas en la mesma cántara. E si ansí ha sido, q· sepa q· es de ley.

El cilindro q· dejó el maestro para convertirlo en invisible me marcaba entre los leotardos e el vientre, q· era el modo de saber q· existía. Si se me cayera al suelo, no creo q· pudiera encontrarlo. Resultaba extraño tirarlo sobre la mesa e oír un clinquinear sin q· se viera el objeto.

Corría viento molesto, q· igual racheaba hacia la derecha q· à la izquierda ò hacía un remolino, levantando polvo e tierra.

Terminado el trabajo, ò la primera parte de la misiô (q· la otra era, nada menos, colgar la cruz de la torre de Santiago), creí el mi deber comunicárselo à Juan Granada, único cómplice del mi secreto. Me sobraron aún tres barritas de oro, un montonçito de bismuto e à penas quatro pedruscos tanto de volframita como de taenita, más dos barriles de pólvora aínas llenos.

Además de comunicarle la buena nueva, tendríade q· preguntarle qué hacía con aquel material, sobre todo con el oro, q· si fuè pagado por el maestro correspondería à la su viuda, e si fuè entregado por el platero nada me gustaría más q· hacérselo llegar à través de la su dulce hija, único pensamiento q· fuè capaz de distraherme de la labor en los últimos ocho días.

Ya no había ofiziales en el taller e no me pareció oportuno molestar à la señora Gloria: teníade unos maravedís q· podía aprovechar para comprarme en la Red algún escabechado e acompañar una rosquilla de palo con una jarra de aloja. Ò dos, q· bien merecido lo teníade.

Pero eso, después de ver al platero… E à su hija.

Fui hacia la Costanilla con los ojos entrecerrados todo el tiempo para protegerme del ventarrô. Las damas gritaban al sujetarse los sombreros e al agarrarse à los hombres q· las acompañaban, lo q· era acogido de buen grado, pues las faldas se hinchaban como las velas de las barcazas q· recorrían el Pisuerga e las hacían perder el equilibrio. Más de una dio en el suelo e cayó enseñando los pololos. E, supongo, q· otras habría q· no llevaran nada si se trataba de pasear con un apuesto galán por el soto de la llamada huerta del Rey, ò más allá, llegándose en carros hasta aínas el monasterio del Prado. Quando el predicador amenazaba con penas del infierno para los pecados de la carne, es q· pecados de la carne habría. Digo yo, q· es un dezir, e q· à mí ni me va ni me viene.

Era la media quando toqué à la puerta de Juan Granada, ya la tarde muy caída. Me abrió la dueña e creo q· Laura no tardò medio ápice de respiraciô en saltar al recibidor quando oyó la mi voz. El mi corazô también estaba brincando atropelladamente. Nos miramos en silençio. Creo q· teníade q· haber llevado algo preparado q· dezir, pero se me cortó la voz. E no le iba à soltar q· según la veía se me clavaba una alabarda en el estómago, porque me sonaba peor q· quedarme calladito.

(La). El mi padre está con unos señores.

Terminó la frase e pensé q· por qué no me seguía hablando diez ò doze horas con esa voz.

(Ro). ¿Tardará?

(La). No lo sé, pero… para mí q· no tienen buena estampa.

Un fulgor rápido se asomó à la su expresiô dictándome q· teníade miedo.

(Ro). ¿Por qué?

(La). Hay uno q· tiene el ojo en blanco.

(Ro). ¡Venançio el Noquero!

Se pasó el momento de pelar la pava con la señorita. Miré al suelo buscando ideas, pero en el suelo sólo había baldosas. Al subir la mirada, ella me urgía una respuesta, pues ya no disimuló su constreñimiento.

(Ro). ¡Llévame!

Nos acercamos al estudio do me confió los materiales la vez q· estuve, pero no había nadie. Laura se alertó, ya q· creía q· allí les había oído porfiar hacía poco e inspiró profundamente. La temblaron los rizos.

A zancadas, pero amortiguando el ruido, nos acercamos hasta la escalera de caracol q· unía la planta baja con el altillo do el platero teníade su obrador e sus posesiones de joyas e metales. Oímos gritos inconexos. La voz del Noquero, inconfundible:

(Noq). ¡…Tendrás q· confesar!

(Ju). …ía. De la justicia por la…,

(Noq). ¡…As à enterar!

E, después, un golpe en algún mueble q· se oyó rodar por el suelo con todo lo q· tuviera ençima.

Laura e yo nos miramos aterrados. Estaba dispuesto à da la mi vida por aquella niña, pero, la verdad, no sabía si era ése el momento exacto q· teníade previsto para tal fin.

Al porrazo de lo q· debía ser una mesa siguieron ruidos de metales e monedas tintineando por la planta de arriba. De seguida, librerías, cómodas, sillas ò lo q· tuviera de mobiliario cayendo con estrépito. Aparté à Laura de la escalera e subí con tiento. Asomado sin delatarme vi perfectamente q· uno de los sequaces le dio un culatazo de arcabuz en el rostro al platero. Atontado, miraba al Noquero q· le gritaba.

(Noq). ¡Por orden del Rey, dinos de una vez qué hacía Berruguete e qué trabajabas para él!

433

(Ju). Nada.

(Noq). ¡Dinos ò te matamos!

(Ro). Nada.

El viento fuerte arreciaba contra el ventanuco e creaba una escena pavorosa. El platero estaba sangrando. Las chorreras de la su camisa ya estaban teñidas de escarlata, como los regatos de la calle Zurradores, pero el Noquero seguía increpándole.

(Noq). ¿Prefieres la muerte antes q· una simple confesiô?

(Ju). No tengo nada q· confesar.

(Noq). ¡Atízale!

El bestia aquel no tuvo piedad. Con un candelabro en la su mano se acercó e le golpeó en el codo con toda la fuerça. El platero soltó un alarido.

(Noq). ¿Quieres más? ¡Confiesa!

Granada se lamentaba e gemía.

(Noq). ¡Dale!

El tipo levantó el candelabro por ençima de la su cabeça e se agachó lo justo para llegar à la rodilla del platero, q· volvió à aullar de dolor e cayó al suelo.

(Noq). ¿Más?

El hombre no podía dezir nada.

(Noq). ¡Mátalo!

Ordenó e el ojo blanco parecía iluminado por un rayo del mesmo diablo.

Yo no pude verlo porque cerré los ojos en el momento en q· el sequaz acercó su arcabuz à la cabeça de Juan Granada. Detrás sonó un disparo. Me di la vuelta para huir pero teníade a mis espaldas à Laura, oyéndolo todo, con la cara desencajada e las manos apretándose el pecho, paralizada.

Los tres asesinos començaron à desparramar la pólvora q· llevaban en una talega grande por todo el obrador para inçendiarlo. Le dije à Laura q· nos fuèramos de allí à todo correr, pero ella, ni oía ni veía. La agarré como pude e me la llevé.

Según salíamos de la casa oímos un nuevo disparo e nos espoleó. El taller de Juan Granada començó à arder. La única escapatoria q· se me ocurrió era volar hacia el escondite de los pasadizos, pues si à Granada lo habían matado, el siguiente en la lista era yo, eso si no me habían buscado antes.

La decisiô de enseñar ò no el grande secreto à Laura tardé muy poco en tomarla, pues yo ya teníade à esa niña ocupando el mi entendimiento e quando se está enamorado se cometen todas las torpezas posibles. Además, ¿qué iba à hacer? ¡La dejaba en la Plaça del Ochavo e la espetaba ¡Vuélvete à tu castillo, prinçesa de olor à almizcle!?

Corrimos, yo tirando délla. Pero avançábamos poco à poco, pues Laura se tropezaba con los faldones aquellos e no parecía muy ducha en el arte de salir huyendo, q· las niñas bien no saben lo q· es dar esquinazo à los tipos q· persiguen à un rapaz quando les ha robado la faltriquera ò quando, sin motivo, vocean q· lo has hecho.

El fortísimo viento no ayudaba, por desventura. Paramos à respirar (a q· ella tomara aire), más veces de las imprescindibles, pero llegamos à la casa del maestro Berruguete. Directamente, entramos en la caseta, bajé à por la antorcha e después subí à por Laura, q· estaba pálida e sin creerse q· habían asesinado al su padre. Tampoco la ayudaba grandemente el haberla llevado medio secuestrada à aquel lugar extraño.

Tranqué bien la puerta. Después teníade q· explicarla cómo bajar por la escala del agujero, colocar el pie diestro en el suelo del pasadizo, girarse e dar un paso atrás para no caer al pozo. Imposible: tendríade q· pensar otro modo de bajarla.

La siguiente decisiô fuè incómoda, pero espero q· se entienda q· no teníade alternativa. La ordené q· se desnudara. Quiero dezir, q· se quitara ese vestido. La almilla e la falda eran de una sola pieza, ansí q· tendríade q· dejarla en corsé e calzas de raso. Ella no me entendía, ansí q·, ni corto ni perezoso, q· no estábamos para palabras almibaradas, tiré del escote por ambos lados e lo rajé para q· sacara los brazos. La falda no caía, tal e como yo teníade previsto, ansí q· también tiré délla, pero nada. Al fin, Laura dejó de llorar e sugirió q· lo intentara por la cabeça. Funçionó mejor, q· es el hombre quien se viste por los pies.

Nunca había visto à una mujer en ropa interior e, la verdad, en medio de todo lo q· teníamos, era bastante insensato pararse à pensar q·

toda esa piel blanca envuelta en ropajes más blancos aún era muy apeteci-ble. Q· los lazos con los q· se cerraban las aberturas debían de estar ahí para desatarlos. Pero fuè un instante. Tampoco estaba yo tan desarrollado como para malograrme por un cuerpo de mujer.

Tiré el vestido al pozo, ante su asombro. Saqué mis calzas largas de cuero, aún mojadas, e le dije q· se las pusiera. Yo intenté lo mesmo con las del maestro, pero me sobraban por todos los lados. Era más peligroso po-nerme aquel disfraz q· pasar los túneles à cuerpo gentil.

Imaginé q· los asesinos estarían llegando à la casa en mi busca, pero no se me ocurrió q· ya estaban allí. Sentí q· golpeaban la puerta de la case-ta. Había q· bajar sin dilaciô.

Como era imposible explicar à Laura la peripecia de entrar en el túnel, tomé una decisiô arriesgada. Le mostré mi espalda:

(Ro). ¡Monta!

Increpé. Ella me miró estupefacta, igual q· si la hubiera contado de dò sacamos la taenita.

(Ro). ¡A caballo!

No teníade ni idea, de lo q· deduje q· las niñas bien no jugaban à torneos con los otros chicos, q· consistían en hacer parejas, uno de caballo e otro de caballero, e liarse à garrotazos hasta q· caía el de arriba ò el de abajo, para desgracia del q· hacía de caballo, q· solía terminar con alguna buena brecha, dado q· no podía defenderse.

(Ro). ¡Sube!

Venançio el Noquero e los otros dos pateaban la puerta con tal fuerça q· estaba à punto de saltar por los aires por muy buen tranco q· le hubiera metido. Al fin, Laura entendió q· teníade q· agarrarse àl mi cuello e colocar las sus partes en los mis riñones, apretando fuertemente con los muslos para no caer. Le di la antorcha e la sujetó un poco peor q· mal: me rozaba con el mango en la cara, igual en la nariz q· en los carrillos, e à punto se quedò de sacarme un ojo.

No pesaba tanto como mis compañeros de juegos, sobre todo el Mi-guel, el hijo del cirujano, q· dezía q· su ilusiô era alistarse de soldado pero estaba gordo como un trullo. Caí en la cuenta de la coplilla q· cantábamos e de q·, en verdad, en ese momento, del nombre de esa ciudad no quisiera acordarme.

Con Laura à la espalda, inicié la bajada. Para quando la puerta se hizo añicos de un arcabuzazo, ya habíamos bajado cinco escalones, ansí q· no podrían vernos desde arriba, si acaso Laura bajara un poquito más la llama de la antorcha. No me dio tiempo à cerrar la tapa, pero era igual: ellos ya sabían dò buscarme.

Llegó el momento de hacer el giro. Juntos los dos tendríamos la altura del maestro, ò un poquito más, ansí q· habría hueco suficiente en la entrada del túnel. Pero eso yo no podía saberlo.

(Ro). Agacha la cabeça todo lo q· puedas.

(La). ¿Qué?

Su pregunta llegó tarde. Giré para quedar al borde, mirando al pozo, e ella se dio un coscorrô con la bóveda. Inconscientemente, desenganchó los brazos del mi cuello e cayó para atrás, en suelo firme, eso sí. La contrariedad fuè q· también soltó la antorcha e vi cómo se precipitaba hacia el agua. En el último instante, pude agarrarla por el extremo del mango, pero, del impulso, quedé à lpunto de perder el equilibrio e caer yo à lo hondo. Me balançeé, buscando en las piedras alguna sujeciô con la otra mano, una, dos, tres, quatro veces, de puntillas, temiéndome q· ya era inevitable el desplome, hasta q· sentí unos dedos q· me prendieron del jubón e tiraron de mí hacia atrás con fuerza. Caí de culo entre las piernas abiertas de Laura, q· suspiró en la mi oreja, aínas riendo.

(La). À ver si tienes cuidado, donçel.

Me dijo con sorna, la muy graciosa, e soltó el aire por los labios con medio silbido de alivio.

El Noquero ya estaba gritando en la boca del pozo todo tipo de amenazas. Prendieron una antorcha e la acercaron. Quando vieron el vestido de Laura flotando en el agua, rieron como hienas.

(Noq). ¡Alguien se está ahogando! ¡Busquemos al chico!

Laura e yo salimos corriendo. La primera parte era fácil, como bien se sabe, e aunque sólo llevábamos una antorcha, iluminaba suficientemente. El mi problema fuè meterme sin el atuendo coriáceo: el agua fría paraliza, e aquella me teníade sin sensibilidad de cintura para abajo. Tanto fuè así, q·, à medio camino de llegar à la cueva do se embalsaba el agua, Laura tuvo q· tirar de mí como antes yo délla por las calles. En ese momento no preguntó ¡¿Quántas veces te voy à salvar la vida, chico?!, pero me lo restregaría más adelante entre risotadas tiernas e dulces.

La empujé por el mesmo trasero para subirla del embalse al último tramo de la galería e bien creí q· allí mesmo me quedaba porque yo no encontraba fuerças para auparme de lo fríjido q· estaba. Lo conseguí à duras penas. Marché tiritando un rato. Tanto me castañeaban los dientes q· Laura se volvió con la antorcha à mirarme.

(La). Tienes los labios morados.

(Ro). ¡Ah! Vaya noticia.

(La). ¡Desnúdate!

¡Ahora ella daba la orden!

(Ro). ¿Cómo?

(La). Q· te q· quites esa ropa mojada.

E yo pensé q· sí, hombre, ¡q· me iba à quedar en cueros delante de una chica!

Dejó la antorcha en el suelo e se quitó las calzas sobrepuestas. Insistió en obligarme à q· me quitara los leotardos mientras ella se desvestía de sus pololos anchos. Yo no quería mirar, pero debajo aún llevaba las enaguas cortas, también blancas, q· pensé q· quánta cosa se teníade q· acoplar cada mañana.

(La). Ponte esto.

Me ofreció ¡sus pololos!

(La). Ò esto, ò desnudo, enseñando la pirula. ¡Tú decides!

Lo dijo con tanta claridad e franqueza q· no me sonó à niña bien. ¿O es q· las niñas ricas también hablaban entre ellas de lo mesmo q· los pajes entre nos?

El caso es q· teníade q· deshacerme de la ropa mojada, q· me estaba matando. Pudorosamente, me di la vuelta para q·, si algo veía, q· fuera el mi trasero. Pero ella teníade menos interés en observar el espectáculo q· de lo q· yo estuve pendiente del suyo, ansí q· se vistió nuevamente el cuero e esperó à q· me pusiera sus pololos.

Quando estaba à mitad de operaciô, me di cuenta de lo más grave.

(Ro). ¡El cilindro!

Grité escandalizado. Laura rió sin recato.

(La). ¡Tampoco será para tanto!

Pero yo no me refería à las mis partes, sino al tubo invisible. Sin leotardos, ¿dò iba à guardarlo q· me hiciera sentirlo en la piel, dado q· no podía verlo?

Lo metí en la boca e me vestí los pololos. Una vez así, e descalço, ella me iluminó.

(La). ¡Vaya trazas!

Exclamó e rió tapándose la boca para no herirme. Ò no más, q· la procesiô ya la llevaba uno por dentro.

Pero aún la esperaba una sorpresita q· ideé al momento. Me saqué el cilindro de la boca e me acerqué à ella. La toqué con él en la carne del cuello.

(Ro). ¿Notas algo?

(La). Sí. Está frío. ¿Qué es? No lo veo.

(Ro). ¿Podrás llevarlo en el busto?

(Ro). ¡¿Qué?!

Quizá pensó en abofetearme, pero no lo hizo. Después, en vez de explicaciones imposibles, deslicé el tubo por entre el su canalillo, apretando con la otra mano un lateral del corsé. Ella protestó porque algo helado se la colaba entre los pechos.

(Ro). ¿Lo sientes?

(La). Sí.

(Ro). ¿Se te caerá de ahí?

(La). Creo q· se sujeta bien. ¿Qué es?

(Ro). En seguida te lo explico. ¡Arrea!

Lo de quitarme la ropa fuè mano de Santo. Las piernas començaron à reaccionar, dado q· los pololos guardaban aún el calorcito del su cuerpo blanco.

Llegamos à la grande sala.

Primero bajé yo, descalço e ¡con esas pintas!, e ençendí las teas. Laura conservaba aún el gesto de asombro quando me volví à verla allá, en lo alto, q· aun vestida con el cuero me parecía una maravilla.

Me acerqué para ayudarla à bajar por la escala de madera e no disimuló su admiraciô.

(Ro). Aquesta sala la encontraron tu padre e el maestro Berruguete. E ellos inventaron el horno e el modo de hacer desapareçer los objetos. E allí nos contempla Colón.

Me miró como si no estuviera en mis trece.

Sucintamente, la enseñé el invento, la dejé q· tocara la cruz, la di piedras negras e la mostré las barritas de oro. Se acercó à jugar con las lanças invisibles del ejérçito del emperador e à intentar mover las balas de cañô. Me entretuve un poco en contarle q· yo había finalizado la obra, sus dificultades, mis desvelos, e supongo q· ahuequé la voz lo suficiente porque ella tuvo para mí también una mirada de devociô.

(La). ¡E, agora, qué? ¿Dò está la salida?

(Ro). No hay salida. Volver.

(La). ¿Volver?

(Ro). Quizá aquí no lleguen nunca.

(La). ¿Estás en tus cabales? Tardarán más ò menos, pero llegarán. ¿Quieres q· nos consumamos en aquesta sala?

Resultó q· Laura teníade una inteligençia muy superior à la mía. Pensaba con rapidez e, simultáneamente, razonaba solucioñes en medio de tanta tensiô e eso q· acababa de ver cómo asesinaban cruelmente à su propio padre.

(La). ¿Podemos sacar la cruz?

(Ro). No. Imposible. Solos tú e yo, no podemos.

Respondí con sinçeridad. Por muy hombre q· me hiciera, esa misiô me superaba.

(La). Pues hemos de conseguir q· no la encuentren.

(Ro). ¡Es invisible! Como el cilindro q· me confió el maestro e q· llevas ahí entre...

Señalé acobardado.

(La). Las tetas...

Sonrió pícara.

(La). Pero el horno, la mesa, los instrumentos, los minerales, se ven. ¿Quánto tardarían en darse cuenta?

(Ro). No lo sé. En verdad q· no lo había pensado.

(La). Hay q· tapiar el pasadizo.

Resolvió en menos de un *Ave María*.

(Ro). ¿En qué estás pensando?

(La). ¿Eso es pólvora, tal e como imagino?

(Ro). Sí.

(La). ¡Hay q· volar todo esto!

(Ro). ¡Pero nos quedaremos sin cruz!

Pensé q· se había vuelto completamente loca, como Ntra· Reyna doña Juana.

(La). Ya buscaremos el modo de volver à por ella quando las cosas se tranquilicen.

Hablaba con toda sensatez e con una madurez q· no me esperaba. Pero yo no podía enterrar el fruto de mis tantísimas horas de trabajo. ¿Qué iba à pasar con la mi obligaciô para con la Historia?

(Ro). No creo q· sea la mejor idea.

Laura se me quedò mirando fijamente. En seguida sonrió e supongo q· se percató de q· me temblaba todo el cuerpo, e no de frío, precisamente. Se acercó lentamente e selló mi boca con sus labios. Se separó media palma. Sentí el calor de la su respiraciô. Me miró e repitió el beso.

(La). Es la mejor idea.

Susurró e me comí el su aliento.

(La). ¡Arrea!

ARCHIV2809867663278489432IMPRXSYSTEMWRITER
8,67MILISEGUN2TXTOMODIFIKDOPROGLITERARIOESTILO
RETROS21TRANSCRIPCIONTXTOSORIJINALESEXACTA
ENGRAMATRIKARKIKORDN908765697485085088776
ESPAÑOLPUROPUNTUACIONCLASIKYPALABRASSEPARADAS
MARKNMINERFERROV561TAHIPERVINCULOIMAGVIRTUAL
AUDIORECUPERADOBUZONENVIODSCONOCIDO.QLARITA
RECTORA.21012101. **L ESPIA SIGE N PINCIA.**

Sauco encendio algunas luces dl escenario xa consegir una penumbra q ls permitiera respirar, xq la oscuridad total le producia angustia sin limites y sin oxigno. Dspues, fue a sentarse junto a Helisabetta en la 1ª fila d butaks.

Ls habia caido encima polvo d siglos, pero no podian hacer nada xa mejorar su pesimo estado d revista. Uno a otro se veian blancuzcos x particulas imposibles d dfinir, y uno y otro se imajinaban a si mismos peor d lo q ls fotografiaban sus ojos. *Si él está así, ¡cómo estaré yo!*

Escudriñaban, pega2, hombro con hombro, el pergamino q Helisabetta habia dcidido sakr dl tubo invisible, a pesar d la amnaza q representaba el q ls *Cecés* entraran d repente a invadir su escondite.

—*Satán amo es de la guerra entera* —leyo ella en alto y dspues miro a Sauco con ls cejas arqadas—. Esto está claro, ¿no?

—Desde luego: el demonio es amo de la guerra. —La tenia tan cerk, tan cerk, q estaba bebiendo d sus ojos. Toda la kl dl siglo dieci6 q tenia en la kbeza le daba iwal q le daba lo mismo. X 2ª vez en la mañana, ls dseos d besarla le aprisionaban la garganta y el corazon.

—*La mágica tinta ocultó los artefactos / De muerte. Deshonra de mis actos.* ¿Algún problema? —Helisabetta pregunto pizpireta, sabiendose admirada.

—Se entiende. —Pero el si tenia un problema: ella. *¿Por qué no puedo respirar? ¿Por qué me ahogo ante una cosa calva y refitolera? ¿Será por esa mirada dulce, por ese deje admirable, porese aliento comestible o por esas tetas ¡como cántaros!?*

—¿A qué artefactos se refiere? —Helisabetta le miro a ls pupilas y djo q el alma se zambullera hasta lo + profundo d el. Estaba oliendo su aliento entrecortado y dseaba sentir su klor.

—*Ni idea. ¿Podría empezar a besarte ahora mismo? ¡Voy a aguantar lo justo!*

—*Angustia perenne cincelada en madera. ¿Y?*

—Las esculturas de Alonso Berruguete son alargadas y retorcidas. *¿Por qué me obligas a darte una explicación de Historia del Arte? Vamos, sube el mentón, bésame. ¡No te aguanto!* Sí, son el reflejo del dolor. La deshonra de sus actos le provocó gran dolor... *Supongo.*

—*A mil doscientos grados ocúltanse los objetos / En horno en el que la luz envuelve el todo. / Volframita, taenita, plata, bismuto y oro. / Los vidrieros desveláronme los secretos. ¿Tienes idea de qué significa esto? ¿Por qué quieres ser cura? ¿Por qué no me abrazas ya?*

—Ninguna. Suena a fórmula secreta. *Pero yo deseo conocer otro secreto: el tuyo.*

—*Bajo el agua de las Caballeras de Santiago / A quien guarde el arcano transmitido. / Por el amor del Señor será acogido, / Como Él murió malquisto y golpeado.* ¡Caballeras! ¡El epígrafe del archivo no era un error!

—*¿Y quiénes son las caballeras que están bajo el agua? Sigue.*

—*Al planeta nono pleno en la Pasión, / Ciento ochenta grados tierra-luna tierra-sol, / Encomiendo iluminar la cruz del emperador / Para ser vista desde el patíbulo de la Inquisición.*

—Me siento incapaz de pensar... Quiero decir que es un jeroglífico muy... Muy...

—*Ordenóme entallar grande arrepentimiento.* Entallar creo que significa esculpir. —Suspiro con la bok medio abierta y se junto a el, q no rechazo la cerknia. Noto q sentia su klor.

—Sí. Seguro —susurro djando el aliento entre ambos—: se refiere a la angustia anterior, supongo. —Helisabetta bajo la mirada xa segir leyendo, pero no qria hacerlo: dseaba saborear ese momento.

—*Lisonjeado e porfiado por el Segundo, / No desvelé mi secreto al mundo / Aunque fui ultrajado para muy peor lamento.* —Le miro dulce. Le estaba rogando q la poseyera. Ls 2 corazones golpeteaban en el silencio dl teatro y sonaban como una orqsta.

—Eso tampoco sé lo que significa. —Sauco se acerco dfinitivamnte. Antes d besarla, paso la yema dl ddo corazon x su rostro. Recorrio dsd el pomulo hasta la comisura d ls labios y la sonrio. Ella solo abrio un poco la bok. Ya qria tener dntro su aliento… Abrazarla el alma—… Linsonjeado…

El arzobispo tosio dsd el proscenio, medio oculto x la cortina dl telon, y ellos se sobresaltaron antes d llegar a rozarse ls labios. Cuando miraron hacia el escenario, Arjimiro, arqado sobre si, se golpeaba la sotana con ls manos, disimulando no haber sido testigo d nada, d ningun amor, d ningun dseo.

—Hacía años que no recorría el túnel secreto. ¡Está esto lleno de polvo! —Sono eco d voz ronk.

Sauco lamnto al cielo la interrupcion dl primer beso a su amor maravilloso, mientras Helisabetta penso *¡No me lo puedo creer!* y estuvo a punto d gritarlo en alto.

—Hemos removido tierra en el pasadizo del Rey intentando llegar hasta el otro lado —se excuso el chico, recostandose resignado en la butak.

El arzobispo dio 3 pasitos cortos hacia el centro dl escenario. Dspues d un silencio q parecio d siglos, hablo, tal arqologo, observando ls pareds dl teatro, como viendolo x 1ª vez.

—Lisonjeado, significa elogiado —aclaro con voz d maestro—; porfiado, significa perseguido; y el Segundo debe hacer referencia al rey Felipe segundo... Hace tiempo que no venía por aquí. No veo grandes cambios. —Se jiro hacia ellos—. Los versos quieren decir que aunque fue perseguido por el rey Felipe segundo, se supone que unas veces con alabanzas y otras con amenazas, no desveló el secreto de la tinta mágica, lo que debió de granjearle fama de traidor al rey. Parece una estrofa para reivindicar su honradez y, posiblemente, su lealtad al emperador Carlos primero de España y quinto de Alemania. —Les miro con sorna— ¿Os encontráis bien?

—Estábamos, verdaderamente, a gusto —replico Helisabetta sin ocultar su malestar.

—¿Un acceso de *fenilotanosequé?* —El arzobispo sonrio malicioso. La chik le miro sin respondr, mientras el se acerkba a ls eskleras xa bajar al patio d butaks.

—Sí —explico Sauco, dilignte. Se levanto xa ayudar al anciano—. Tuvo un golpe de eso en el túnel, ¿cómo ha podido adivinarlo?

—Sentimiento no-recomendable. —Helisabetta sonrio y sigio la chanza.

—¡Droga! —Arjimiro exagro la exclamacion.

—Uff. ¡Droga dura! —El arzobispo chisto evaluando una verdadra proeza.

—¡Satánica!

Sauco ls miro confuso cuando el arzobispo se solto d su mano y se acerco a la joven. ¿Estaba hablandola en clave dlante d sus narices sin q el supiera a ke se referian?

—Tan fuerte que puede derribar los más *Altos principios del Opcionalismo.* —El anciano no dsvio la mirada d sus ojos.

—¡Todos! —Asintio Helisabetta con seriedad finjida.

—Eso no lo cuentan los hologramas. —Se sento junto a ella.

—Sólo dicen: *sentimiento no-recomendable.* —Le sonrio.

—El Opcionalismo muere con la *fenilotaeso.* —Entrecerro ls ojos, amnazante y complice.

—¡Y el celibato permitido! —Replico ella con sonrisa abierta.

—¿Celibato? —se sorprendio el anciano.

Sauco sacudio 2 palmadas fuertes xa recuperar algun protagonismo en la escena, y ls 2 le observaron curiosos.

—¡Eh! ¡Eh!. ¿Se puede saber a qué estáis jugando?

—Le quiero —susurro Helisabetta al oido dl arzobispo, y el la sonrio condscendiente—. Pero no puede ser mío.

Arjimiro levanto ls hombros y se jiro hacia ella.

—Luche… Sea usted persona, señorita —mascullo y la arrebato el pergamino—. Es la segunda vez que se lo digo en el poco tiempo que nos conocemos.

—¿Andáis con secretitos? —Sauco se mostro molesto.

Ambos wardaron silencio con sonrisas y el arzobispo procedio a leer:

—*Tintado el bronce labrado de noble metal, / Presente el cuerpo de Colón, / En cripta de olvido y no de adoración, / Dimos por cumplido el mandato real.* ¿Alguien aporta ideas? —pregunto mirando a Sauco, q se sento en el suelo, frente a ellos.

—Bueno… —El joven se sentia + receloso x la conversacion secreta q animado a adivinar el sentido d ls versos—. La cruz era de bronce y fue cubierta por un metal noble…

—Quizá oro, por lo que dijo más arriba que no entendimos... —Helisabetta le sonrio dulcemnte xa explikrle con miradas *No te preocupes, no estés enfadado, ya te lo contaré.*

—¡Quizá!… —Sauco retiro la mirada, ofendido. Secretitos—. Y así cumplió el mandato del emperador… No sé lo que significa lo de Colón y la cripta.

El arzobispo miro al techo, explayandose en voz alta:

—El almirante Cristóbal Colón fue enterrado en Valladolid en el año mil quinientos seis. Tres años después, pidieron desenterrar su cuerpo que terminó, al parecer, allende el océano Atlántico. Pero es un misterio de la Historia que ya no se estudia. El Opcionalismo impide conocer la Historia. ¡Idiotas!

Hubo silencio, pues ni Sauco ni Helisabetta comprendieron su subito enfado.

—¿Qué es una cripta? —pregunto Helisabetta y el anciano la miro extrañado. *¿Ni siquiera sabéis ahora lo que es una cripta?* Tras una pausa dubitativa, dcidio respondrla.

—Antiguamente, los cuerpos de los muertos se enterraban, antes de que desaparecieran en las islas de la Salud o se incineraran. Los cementerios eran lugares de culto adonde las gentes iban a rezar por el alma de sus seres queridos. De hecho, se instauró una fecha, el uno de noviembre, como día de los difuntos. —La miro con gsto d instructor—. Poco antes de que tú nacieras, esta costumbre se prohibió, ¡como tantas!, porque el Systema la tachó de manifestación de religiosidad y de dolor fuera del ámbito privado… —Eskrbo el aire con ls manos—. Las criptas eran lugares donde no sólo se dejaba los cuerpos para pudrirse, sino que también quedaban embalsamados. Estaban situadas bajo las iglesias y un ámbito de culto para iniciados.

—¿Y qué tiene que ver con Colón? —pregunto inocente y ya entregada a el.

—Nada, que yo sepa. Nadie sabe dónde fue enterrado el almirante… —Dudo al aire, expirando x la nariz—. Según estos versos, Berruguete labró la cruz en una cripta *Para el olvido y no para la adoración…*, como si Colón hubiera sido enterrado en lugar secreto y apartado. —Se qdo en silencio escudriñando el pergamino—. Pero algo no cuadra… La fecha del poema es mil quinientos sesenta y uno, pero Colón murió en mil quinientos seis y su cuerpo fue trasladado en mil quinientos nueve… Leyó: *Presente el cuerpo de Colón.*

—Eso significa —concluyo Helisabetta—, que nunca trasladaron a Colón a ninguna parte…

—Y que en algún lugar de esta ciudad hubo, o hay, una cripta —aporto con rapidz Sauco xa evitar q comnzaran una conversacion misteriosa entre el arzobispo y… y, dfinitivamnte, la mujer + maravillosa dl mundo—. La cripta que encontró tu padre sin necesidad de tu equipo de submarinismo, aunque parece estar bajo el agua de las Caballeras de Santiago.

Helisabetta se incorporo y paseo hasta el escenario kvilando. Se volvio hacia ellos:

—Mi padre buscaba una cripta… Por eso apareció aquí.

—¿Su padre? —pregunto el arzobispo sarcastico.

Helisabetta dudo.

—Mi progenitor… El caso es que la encontró.

El anciano volvio a leer el poema en alto:

—*Hagan todo por Dios y nada por la guerra. / Para el bien, úsese la tinta. / Si es el mal, no desvelen este enigma, / Pues la falta de amor exterminará la tierra. / Alonso G. de Berruguete. / Valladolid. Año de Nuestro Señor de mil quinientos sesenta y uno.* Exordio final. *La falta de amor exterminará la tierra* —repitio—. Interesante… —Intento recordar algo subitamnte.

—La estrofa incomprensible es la cuarta. —Helisabetta recupero el pergamino y releyo—. *Al planeta nono pleno en la Pasión, / Ciento ochenta grados tierra-luna tierra-sol, / Encomiendo iluminar la cruz del emperador / Para ser vista desde el patíbulo de la Inquisición.*

El arzobispo se levanto y paseo kbizbajo.

—Eso es cábala… El patíbulo de la Inquisición se instalaba en la plaza Mayor, eso está claro… Desde allí había de verse la cruz… Es decir, o en lo alto del Ayuntamiento o en la fachada del Convento de San Francisco…

—No veo nada cabalístico —interrumpio Sauco, aun enfadado.

—Sí: el Planeta nono —asevero el anciano con la mirada perdida.

—¡Plutón! —Se entusiasmo Helisabetta y relato contandose ls d2—. Mercurio, Venus, Tierra, Marte, Júpiter, Saturno, Urano, Neptuno, Plutón y Sedna. ¿El noveno?: Plutón.

—No —sentencio Arjimiro con seqdad—. La cábala otorga distintos números a los planetas, y no por orden de lejanía del sol, cuyo número es el seis seis seis, tres veces el número perfecto. Durante siglos se interpretó que el Apocalipsis lo definía como el número del anticristo, pero el signo de la bestia es el seis uno seis. Sólo un planeta tiene el número nueve.

Respiro profundamente en silencio, se acerco al pergamino, lo recojio y leyo xa si: *Nono pleno en la Pasión.* Se le iluminaron ls ojos. *Ciento ochenta grados tierra-luna tierra-sol.* Sonrio + abiertamnte: tenia la clave. (HIPERVINCULOMOVIMIENTOPLANETASYSATELITESARHC2I837845G2358734).

—¡¿Conclusión?! —Helisabetta y Sauco no awantaban su impaciencia.

Al fin, hablo:

—La luna. El número nueve es la Luna. Y la Luna plena en la Pasión es…

—¡¿Qué?! —grito la joven dsesperada.

—Que la cruz se ilumina con la primera luna llena de la primavera. Esto es, el Jueves Santo del calendario cristiano: la noche de la muerte de Cristo.

—¿Significa eso que hay una cruz encima del ayuntamiento que sólo se ve la noche de Jueves Santo? —pregunto Sauco asombrado.

—O en la otra parte de la plaza, donde estaba en convento de San Francisco… Hace siglos que ya no existe. En una de las dos partes elevaron la cruz invisible.

—¿Y los ciento ochenta grados? ¿Qué sabía un escultor medieval de grados? —protesto Helisabetta, como si el conocimiento anterior a ella la dsagradara.

—¡Huy! —El arzobispo se sintio satisfecho d su saber—. Los artistas renacentistas eran alquimistas, matemáticos, astrólogos, astrónomos, cabalistas… Lo que no sé es qué significado tiene, pues yo no sé de Ciencia Astral.

—Yo sí —enfatizo con resignacion: un tipo dl año 1500 conocia dtalles q a ella misma, una profesional estable, la habia costado memorizar en sus clases d Astrofisik—. Significa que la luna, la tierra y el sol están en longitud plana. Y, verdaderamente, ocurre con la primera luna llena de la primavera durante ciento once segundos. Pensé que esto sólo era conocido gracias al Systema informático.

—Pues ya ve que no, señorita —se regocijo el anciano—. La vida no comenzó hace cincuenta años…

449

—¿No puede tener otro significado? —Sauco rebuskba + posibilidads y evitar discusiones sobre el saber d kda gneracion.

—Imposible. —Helisabetta se jiro hacia el con chuleria— Lo de los ciento ochenta grados en la primera luna de la primavera es así y no puede ser de otra manera.

—Está escrito todo con una intención muy precisa —prosigio el arzobispo, ausente d ls peleas entre enamora2 cobardiks q no se atreven a dcirse abiertamnte un *Te quiero*—. Leed las letras del comienzo de cada verso.

—*Sabaoth* —respondio inmediatamnte la joven—. Lo memoricé.

—Efectivamente: Zabaoth. O Tzabaoth, si añadimos la *T* de *Testamento*. Unas veces se escribe con *T* inicial, o zeta o ese.

—¿Qué significa? —Esta vez, abiertamnte delato q Alonso d Berrugete sabia + q ella.

—Es uno de los mil nombres de Dios en esoterismo. Es la clave para entender el poema. Hay que leer el texto con conocimiento de la cábala. No es de extrañar que Berruguete fuera partícipe de esos secretos si se codeaba con la alquimia y con los vidrieros medievales. —Arjimiro volvio a pasear kbizbajo y murmuro—. Zabaoth, Elohim, Shaddai, Hashem, Adonai, El-hashamain, Qadosh, Shalom, Eliav, Jehová, Yaveh: Ieshu.

—¡Por eso subía a los tejados! —D repente, Helisabetta se emociono, ajena a ls reflexiones dl arzobispo—. ¡Por eso mi padre se subió a los tejados! Él tampoco sabía dónde estaba exactamente. ¡Buscaba!

—Y buscó en Porta Coeli, creyendo que las *Calderonas* eran las caballeras de Santiago. Y, después, en la iglesia de Santiago…

—¿La encontraría allí?

—No lo sé. Parece que sólo puede verse *Pleno en la Pasión*… —repitio el anciano—. Esto quiere decir que sólo el Jueves Santo: luna llena, ciento ochenta grados.

—¡He visto la luz! —grito la joven con ansiedad—. Dijo eso antes de morir. ¿No dijo eso?

—¡No! —Interrumpio el arzobispo y se jiro hacia ella—: ¡He visto la cruz! Dijo: *He visto la cruz.*

—Así que aún hoy está en el ayuntamiento —refrendo Sauco satisfecho—, no en el convento de San Francisco.

—Eso debe ser... —El arzobispo qdo dmudado. Algo se cruzo en su mnte—... Pero si dijo *He visto la cruz* significa que el Systema nos envió una grabación falsa. Esto es grave... Esto es... ¡El Systema nos ha mentido! ¡Dios se apiade de nuestras almas!

Ambrosia preferia mirarse la punta d ls zapatos antes q soportar la mirada d su padre. El jefe d ls *Cuidadores de la Convivencia* d Pincia se subia x ls pareds y ella estaba convencida d q ls gritos se oian claramnte al otro lado dl rio Pisuerga. *¡¿Pero es que sois imbéciles?!* repetia una y otra vez a pleno pulmon.

—¿Y por qué no hay ninguna denuncia contra vosotros? —El jefe d ls *Cecés* d Pincia daba 5 zankdas d una pared a otra y se volvia, como un tigre enjaulado—. ¿Por qué no hay ninguna denuncia? No lo entiendo.

—Porque no hemos hecho nada —mascullo la chik y, al instante, se arrepintio d haberle contradicho.

—¡Nada! ¡Nada! ¡Te traen detenida desde Norba Caesarina y no habéis hecho nada! ¿Dónde está tu hermano? ¿Dónde está la chica esa, coñostiasder?

—Se le ocurrió a Saúco yo no...

—¡Saúco! Cuando lo pille le doy unamantaostias. ¡Saúco! —Abrio la puerta violentamnte y voceo—: ¡Que venga el subdirector de una puñetera vez!

Se oyo a la secretaria un *Lo están buscando, señor* antes dl portazo. El subdirector dl Centro habia dsaparecido justo cuando lo necesitaba, seguramnte x 1ª vez en su vida. Era imprescindible saber si pesaba algun krgo d exhorto contra Ambrosia y si se habia dictado alguna busqda secreta d Sauco, pero no era su padre en persona el + indikdo xa averiwarlo x knales extraoficiales. Dsd luego, publikmnte, no habia ocurrido nada en la isla d salud d la kpital d Galportu Extrema.

El jefe d ls *Cecés* estaba mirando x la ventana con la mnte perdida cuando se abrio la puerta y aparecio el subdirector. Se excuso diciendo *Perdón por la ausencia, señor, pero...*

—¡Coñostiasder! ¡Es que no se puede contar con usted para nada!

—Perdón, me encargaron...

—¿Le encargaron? ¡Usted tiene que estar aquí cuando yo le llamo, coñostiasder! —Aporreo la mesa con el puño y el golpe resono x todo el edificio.

—Es que...

Adriano Bayarri dcidio dar un paso adlante en el pasillo xa djarse ver tras el subdirector. Evito sonreir.

—Yo le llamé.

El jefe d ls *Cecés* d Pincia estuvo a punto a vociferar un *Y usted quién coño se cree que es para llamar a mi subdirector,* pero ahogo ls palabras. Cuando vio el gsto d su padre, Ambrosia miro hacia la puerta xa adivinar ke habia visto y ke le habia causado tanta impresion. La joven no reconocio al director dl CDMU.

Bayarri endulzo el gsto y elijio un tono amable xa preguntar *¿Podemos entrar?,* y, segun lo dcia, ya estaba franqueando el dspacho. Prune, q habia pasado ksi una hora encerrado en una kpilla x vez 1ª en su existencia, se encontraba ahora en otra situacion inedita: *¿Qué clase de circo es esta ciudad?*

—Señor Retal, no podíamos saber que usted necesitaba a su subdirector. Quizá ha sido una torpeza por mi parte, pero me pareció que era mejor molestarle a él que a usted para que nos fuera a buscar al lugar en el que nos encontrábamos. Le pido disculpas.

El jefe d ls *Cecés* inspiro x la nariz todo el aire q le cupo en ls pulmones intentando averiwar ke estaba ocurriendo q tenia en su dspacho al mismo Adriano Bayarri en persona sin haber sido anunciado. El director dl CDMU se perkto d q una joven d a penas 20 años ocupaba una silla y le miraba asustado. La miro extrañado.

—Es mi hija —aclaro ksi murmurando la frase.

—¡Ah! —Bayarri sonrio—. ¡Es usted! —Ambrosia no respondio—. La del cambio, digo. La que se cambió por la profesional estable Helisabetta Fuencisla. ¿Es usted?

—Sí, señor, soy yo —admitio con inocencia.

—Tiene usted unos hijos muy valientes.

—Tengo a un par de estúpidos por hijos.

—La normativa no permite utilizar determinadas palabras, debería saberlo. —Bayarri se interpuso entre Ambrosia y su padre, dandole la espalda al jefe d ls *Cecés*—. Si usted no tiene inconveniente, yo creo que la chica puede irse. Estamos sobre un asunto tan secreto que no hemos dado orden de captura, ni de seguimiento. Por eso no sabemos dónde se encuentran Helisabetta Fuencisla ni Saúco Retal, y urge encontrarles. Si le parece oportuno, me gustaría quedarme a solas con usted. —Se jiro—. ¿Puede ser?

Helisabetta, en mitad dl escenario, dibujaba en el aire el rombo q habia dscubierto en su dispositivo movil cuando marco ls puntos dond habia sido dtenido su prognitor. El arzobispo y Sauco la segian en sus explikciones.

—En el Norte, estaba el teatro; en el Sur, el estanque; en el Este, el convento de Porta Coeli, y, en el Oeste, el alminar de la mezquita de Ulit. En el medio, la alcantarilla de la calle Constitución. En estos sitios fue detenido.

—En unos puntos buscaba la cripta y, en otros, la cruz —asintio el arzobispo.

—La cruz sabemos donde está, sólo hay que comprobarlo. ¿Y la cripta?

—Miren —explico el anciano sigiendo el plano imajinario—: desde la plaza Mayor hasta dos manzanas más allá, hacia el Campo Grande, concretamente hasta la calle del Buen ánimo, y desde la calle de la Sintonía hasta la calle de la Convivencia, estuvo el

Convento de San Francisco, lugar probable del entierro del almirante Cristóbal Colón. La alcantarilla de la calle Constitución queda prácticamente en medio de lo que fueron los terrenos del convento. Allí pudo estar la iglesia de los monjes y, con suerte, por debajo, la cripta de la que habla Alonso Berruguete. Pero no parece posible.

—¿Por qué?

—Porque durante años se ha buscado en lo que fueron los huertos del convento de San Francisco y el cementerio de los monjes el lugar de enterramiento de Colón, y nunca se ha encontrado nada. No sé cuántos arqueólogos e historiadores se han metido por esa alcantarilla sin resultados.

—¿Y por qué apareció en el estanque del Campo Grande y en los pozos del teatro?

—Quizá la respuesta esté en uno de los epígrafes de los archivos de su padre. ¿Los recuerda? Había uno *Juan de Herrera acueducto*, ¿recuerda? Bien: los monjes del monasterio de San Benito eran propietarios de arroyos de agua pura que traían a la ciudad desde las afueras, desde Argales. En tiempos de Felipe segundo, la ciudad consiguió que los monjes cedieran su agua a las fuentes públicas. Esa agua llegaba hasta San Benito y hasta las fuentes de la plaza de la Rinconada y Fuente Dorada por regatos subterráneos que construyeron los albañiles moriscos y que, posteriormente, fueron modificados con diseño de Juan de Herrera, el constructor del Escorial y arquitecto privilegiado por Felipe segundo. Su padre buscó la entrada a la cripta a través de los pasadizos secretos que unieron algunos de los conventos que tenía en la lista, convertidos en túneles de agua por Juan de Herrera.

—Por eso necesitó el equipo de submarinismo… —apunto Sauco—. Eso es los que tenemos que encontrar nosotros ahora.

—Lo que no sé es si esa alcantarilla es el lugar más apropiado. Aunque, desde luego, Bartolomé Fuencisla encontró la cripta… Y se llevó prestado y sin permiso algo de allí.

—¡¿Cómo está tan seguro?! —Helisabetta acudio a sentarse en la bokna dl escenario—. Vio la cruz, si acaso está en el Ayuntamiento, y supo llegar a la cripta porque me lo dijo a mí, pero ¿cómo está tan seguro de que cogió algo?

Arjimiro respiro profundamnte antes d confesar. Ls miro alternativamnte a ls ojos.

—Todavía no os he contado que está en la ciudad el director del Centro de Defensa del Mundo Unido, el rector absoluto Adriano Bayarri, máximo responsable de esta sociedad absurda que cree en el Opcionalismo. —Helisabetta echo un vistazo hacia ls 2 la2, inconscientemnte, preguntandose si el Systema estaria grabando aqlla barbaridad q podria costarle entre 10 y 15 exhortos x complicidad en conspiracion contra ls normativas sociales—. Es mi hermano. —Los jovenes se miraron boqiabiertos—. Estuve hablando con él mientras vosotros... Bueno, mientras escarbabais el túnel del Rey y, seguramente, una partc de vuestros corazones. Lo cierto es que me enseñó un dibujo del famoso horno de Juan de Herrera, pieza mítica de la que no se conoce utilidad y que sólo ha llegado hasta nosotros en forma de plano. Pero con un detalle... —Wardo silencio.

—¡¿Cuál?! Dígalo ya —exijio Helisabetta.

—El ejemplar que me enseñó no es dibujo de Juan de Herrera, sino de Alonso de Berruguete. Tiene la misma letra que este poema, lo que significa que fue él el verdadero inventor. Mi hermano sospecha que con ese horno se consigue la tinta invisible que persiguió Felipe segundo hace cinco siglos y ahora la NASA, los Países Externos, el CDMU... y nosotros.

—¡Vaya! —le salio espontaneamnte a Sauco.

—Eso significa que Bartolomé encontró la cripta y que el plano estaba allí, quizá junto al horno original. Pero dudo que fuera bajando por la alcantarilla ésa. Leed atentamente los versos de Berruguete: *A mil doscientos grados ocúltanse los objetos / En horno en el que la luz envuelve el todo. / Volframita, taenita, plata, bismuto y oro. / Los vidrieros desveláronme los secretos.* Su horno.

—Esto hace comprensible los versos de la quinta estrofa.
—Helisabetta jugeteaba con ls pies colgando mientras hablaba Sauco, d qien wardaba una pestaña como todo rescoldo d su amor—. Fue perseguido por Felipe segundo, seguramente a través de Juan de Herrera, para conseguir el secreto, pero él lo enterró junto con Cristóbal Colón.

—Y los de la tercera —añadio ella—: *Bajo el agua de las caballeras de Santiago / A quien guarde el arcano transmitido. / Por el amor del Señor será acogido, / Como Él murió malquisto y golpeado.*

—En la seguridad —añadio el chico— de que, algún día, alguien lo encontraría. Por eso el final del poema: *Hagan todo por Dios y nada por la guerra. / Para el bien, úsese la tinta. / Si es el mal, no desvelen este enigma, / Pues la falta de amor exterminará la tierra.*

—¡Eso es! —exclamo subitamnte alborozado el arzobispo. Al fin recordo lo q le rondaba x la kbeza dsd la 1ª vez q lo leyo—. ¡La cruz de Berruguete! —Los chicos le miraron expectantes. ¿Ke qria dcir?—. En la iglesia de San Pedro, en Valoria la Buena, un pueblecito de Pincia, existe una famosa cruz labrada por Alonso Berruguete. Esa cruz viajó con el emperador Carlos primero en su capilla de campaña. En el anverso, representa un Pantocrátor; en el reverso, contiene una frase en latín: *La falta de amor exterminará la tierra.* No es difícil imaginar que, tras ver el horror en los campos de batalla, provocado por los artefactos recubiertos de tinta invisible, el emperador abominara de ese invento y lo mandara destruir después de haber entallado una gran cruz que iluminara a la Humanidad. ¿Y qué cruz podía ser? La que le acompañó toda su vida en la capilla de campaña, labrada por Alonso González de Berruguete, uno de los pocos hombres que gozó de verdadera amistad con el emperador.

—Si lo entiendo bien, mi padre, sí, padre, no me corrijáis, encontró el horno con el que se fabricaba un material que volvía los objetos invisibles y con el que se bañó una cruz, expuesta en la torre del ayuntamiento y que sólo se ve con la luna llena del Jueves Santo. ¿Es así?

—Así es.

—Y después de verla ¿murió?

El arzobispo hizo un amago d silencio, pero hablo:

—Puede que lo mataran, Helisabetta.

La joven evito un gmido aunq se la dsgarro el alma.

—¿Por qué?

—Mi hermano sospecha que un espía de los Países Externos consiguió arrebatarle la fórmula. Quizá lo mataran.

Helisabetta miro al techo ocultando unas lagrimas q no dberian d calir. Nunk, nunk, nunk en su vida se habia sentido tan dsgraciada y tan sola. Sauco se levanto d la butak y fue hacia ella. La abrazo sin rubor. Ella lo agradcio infinito.

—Cuando estéis listos, venid a mi despacho. Trazaremos la estrategia. —El arzobispo kmino hacia el pasadizo secreto y ls djo q se consolaran en silencio.

El jefe d ls *Cecés* d Pincia estaba agradcido d la sinceridad con la q uno d ls 3 rectores + importantes d *Mundo Unido* le habia explikdo la situacion, y mucho + x dskrtar ninguna responsabilidad en su hijo Sauco. Bayarri aun paseaba x la habitacion tras pedirle ayuda: *El espía está oculto en el Systema. Hay que descubrirle. Aunque, quizá, sea tarde.*

—Pero no entiendo lo de la *Fisura*, señor. —El jefe d ls Cecés d Pincia dmostro su mejor olfato policial, d antes d q ls ordnadores anularan la iniciativa d ls Cuidadores de la Convivencia—. No es posible que el Systema se *Abriera* siempre, *Siempre*, que Bulhman hablaba con Fuencisla.

—Sí, si consiguieron las claves de los audiodimensionales —repuso Bayarri.

—Perdón por lo que le voy a decir, señor –dijo Saúco Retal—. Este montaje absurdo en el que vivimos sólo tiene una característica: el Systema nos espía al mismo tiempo que se espía a sí mismo. Juega una enorme y estúpida partida de ajedrez cada segundo, y será ajedrez mientras la especie humana aún tenga iniciativa. El día que lleguemos al estado de felicidad total, a la *Placidez vital* que ustedes proponen, el Systema se propondrá una partida infinita al tres en raya hasta que explote.

—¿Se puede saber qué ocurre en Pincia que todos ustedes son críticos con las normativas de la Armonía?

—Será que aquí ya somos felices, señor.

—¿No tienen miedo a nada?

—La felicidad no es la ausencia de miedo, sino la capacidad de superarlo. Hay que superar, incluso, la misma sensación de felicidad… Señor.

—¿Están todos compinchados con mi hermano?

—Él está compinchado con nosotros. —Sonrio la malicia.

Prune Bulhman entro sin llamar, o sus toqs en la jamba fueron mnos sonoros q el estruendo d la apertura d la puerta y su jadeo. Llegaba corriendo dsd la planta baja con 2 folios impresos en la mano.

—Señor, ¡señor! ¡Nos hemos equivocado! ¡Nos hemos equivocado!

—Cálmese.

—Señor, nos hemos equivocado.

—Eso ya lo ha dicho. Ahora, explíquese.

—Miramos… —Tomo aire—. Miramos mal. Miramos mal… —Bayarri y Retal le observaban con fastidio. Dmasiadas repeticiones d frases sin sentido y ninguna noticia—. Pedimos al Systema referencias de correos electrónicos hasta el día de la muerte de Bartolomé Fuencisla. Pero hay más… El espía no ha salido de Mundo Unido.

—Dígalo con otras palabras, Prune.

—Se me ha ocurrido pedir nueva información sobre *Moralejo*, posterior a la muerte de Bartolomé Fuencisla y...

—¿Y?

—Hay tres comunicaciones más, enviadas una vez muerto el artesano. El último correo es de hace una hora. El espía sigue aquí y... Sabe también que usted ha llegado. No ha podido regresar a los Países Externos. Lea.

Le extendio ls documntos con nerviosismo acumulado y Bayarri leyo:

Doce de enero de dos mil sesenta y uno.

Doce: sean mis primeras palabras de reconocimiento, lo que no es fórmula protocolaria sino de verdadera admiración por el cariño y la simpatía detectada, creo que común y agradablemente, entre los dos equipos de investigadores en el viaje. Sé que habéis apreciado grandemente la belleza de este lugar y me alegro mucho de haberos acercado a un aspecto prácticamente desconocido para vosotros. A partir de ahora será fácil explicaros lo que necesito para los nuevos proyectos que hemos diseñado, aunque nos quede bastante tiempo para obtener los permisos necesarios en Pincia que nos permitan el fin deseado: que todos conozcan la paz como única realidad de nuestro mensaje. Así lo sueño. Saludos, Moralejo.

Seis de julio de dos mil sesenta y uno.

Seis: la gata renació como hija pródiga tras un reconocimiento casi artesano, pues, si el hecho se investiga, parecería sometida a una exploración vigilada sin método ni estudios primarios por nuestra parte. Ni siquiera los Cecés podrían averiguar el periplo recorrido. Corro para evitar la zona de peligro nuevamente, pues nunca llegaríamos al fin. Es todo en este breve mensaje. Saludos. Moralejo.

Trece de junio de dos mil sesenta y uno.

Trece: para conseguir el acceso a las instalaciones, sólo hablar con Adriano Bayarri, director del CDMU, podría resultar útil, pero ya aviso que es difícil llegar a él. Los rectores no atienden la primera llamada que les llega desde Pincia, a pesar de ser muy amables en todo momento. No obstante, el objetivo del grupo investigador es suficientemente ambicioso para Mundo Unido y, aunque sea complicado, conseguiremos los beneplácitos. Con los test sobre la evolu-

ción del virus, el permiso se hace más que obligatorio pues viene a confirmar nuestro cometido encomendado para detectar un enemigo maligno e invisible cuya misión no es otra que matar, y que afecta a todos los pueblos porque ése es su único fin. Soy muy optimista, pues, de poder enviaros buenas noticias en un próximo mensaje. Hasta entonces, os envío un saludo. Moralejo.

—La descodificación del primer mensaje es *Fórmula detectada en lugar desconocido. Necesito tiempo. Fin mensaje*. Fue enviado dos días después de la muerte del artesano. La del segundo e-mail, *Hija artesano investiga vigilada por cecés. Corro peligro. Fin mensaje*, enviado el día que Helisabetta fue detenida. Y el último supone una amenaza, señor: *Bayarri llegar Pincia. Objetivo complicado. Permiso para matar. Fin mensaje*. Ha sido enviado hace una hora.

—¿Han sido transmitidos desde Pincia?

—Sí, con toda seguridad.

—¿Sabemos el servidor?

—Sí: la dirección corresponde a un lugar que en el plano consta como… Palacio arzobispal.

El estupor hizo un vacio en la sala. Bayarri miro al suelo, con el rostro dsenkjado. Luego miro al jefe d ls *Cecés* d Pincia:

—¿Con quién decía usted que estaba compinchado mi hermano?

Alfonso Retal respiro hondo y noto q le temblaban ls manos.

—Bueno... ¿Por qué deduce que ha sido él? —Dudo buskndo argumntos—. El que se haya enviado desde el servidor del Palacio Arzobispal no quiere decir nada, desde mi punto de vista.

Adriano Bayarri le sonrio con una expresion q dcia *Voy dos pasos más adelantado que usted*.

—Sólo a un cura se le ocurre hablar de una *Hija pródiga* en estas circunstancias. Un no-católico nunca sabría a qué se refiere con esa cita.

—Entonces, ¿para qué lo escribe así a los Países Externos?

—Porque sólo les importan las palabras claves. El resto del texto es un camuflaje perfecto... O casi perfecto. Eso sólo puede hacerlo alguien con una mente prodigiosa. Tan portentosa como si se tratara del mismo ordenador.

Hubo silencio confuso. Al fin, el jefe d ls *Cecés* d Pincia hizo la pregunta q to2 tenian en su kbeza:

—¿Argimiro Bayarri es un terrorista?

—Lo que sí es cierto es que el arzobispo Argimiro Bayarri, el mayor enemigo del mundo de la Armonía, tiene secuestrada a Helisabetta Fuencisla... y ahora, también, a su hijo.

TRACTADO Q· CUENTA DEL INÇENDIO DE LA CIUDAD DE LAS CIGÜEÑAS E DE CÓMO ME QUEDÉ LLORANDO

Miré con nostalgia la grande sala, despacio, todo alrededor, contando aínas cada piedra. Memoricé dò quedarían sepultadas las teas, la mesa, el horno, las balas de cañô e las lanças invisibles... Si no calculáramos bien dò hacer estallar los barriles de pólvora, todo caería sobre los instrumentos. Me acerqué à recoger la bolsa de dinero q· me dejó el maestro e las tres barritas de oro. No teníade dò meterlas. ¡No se las iba à colar también por el escote!

Rasgué la manta q· me sirvió de cobijo durante las mis prolongadas horas de trabajo e me hice un atillo para eso e para la navaja, q· no podía asegurar yo q· no la necesitáramos. En ese tiempo, Laura estuvo sintiendo la cruz con los sus dedos: los relieves de los dibujos, la textura del baño de Tinta invisible.

Subí el atillo al túnel. Detrás, un barril de pólvora e de seguida el otro. Con ayuda de Laura, agarrando cada uno la cruz desde sus extremos, conseguimos bajarla al suelo. Como no pudimos sostenerla en cuclillas e meterla debajo del altar, e como el tablero no se podía mover porque pesaba más el horno, se nos ocurrió taparla con el trozo de manta q· quedaba. Sonó à despedida. Ò à entierro.

Salimos. Antes de abandonar me quedé mirando al vacío e contemplé por última vez la tumba del Almirante don Cristóbal Colón: sus huesos nunca serían recuperados por la historia. Laura tiró de mí con dulçura.

(La). Volveremos, no lo pienses más.

Me musitó al oído.

Llevamos los barriles rodando por el pasadizo, asustados por si la antorcha los hacía estallar antes de salir corriendo. À medio camino pregunté si le parecía bien esa zona, pero ella respondió q· no, q· más cerca de la salida, e nunca sabré por qué entendía ella del comportamiento de la pólvora.

A unos pasos del embalse, oyendo el ruido ensordecedor de la cascada en la cueva, decidió q· ese era el sitio perfecto.

(La). ¡Abre esa!

Ordenó con voz experta.

(La). Haz un reguero echando la pólvora con las manos e vuelve.

Mientras tanto, ella amontonó el explosivo junto à las barricas.

Según terminaba de juntar los últimos montonçitos al lado de la salida del túnel, e aunque no oía más q· el caer del agua, me alertó algún movimiento extraño. Una luz parpadeaba por el pasadizo prinçipal. ¡El Noquero!

De algún modo, los brivones matasietes habían aprendido a entrar desde el pozo. Si se llegaban al embalse, verían el resplandor de la ntra· antorcha.

Corrí hacia Laura e la hice volver hacia la sala sin darle explicaciones. Quando ya era imposible q· vieran la ntra· llama, le anunçié q· habían llegado.

(La). ¿E entonçes?

(Ro). Si se les ocurre escoger aqueste túnel de entre los tres posibles, estamos muertos.

Contuvimos la respiraciô un rato de espera delirante. Ellos no aparecían, pero nos no debíamos de aguantar largo tiempo allí.

(Ro). Hiré hasta la pólvora e miraré. No me hace falta luz. Quando no haya peligro, volveré à buscarte.

Laura asintió pero, antes de dejarme partir, me acarició la cara desde el pómulo hasta la comisura de los labios, como si su dedo fuera una pluma.

(La). Ten cuidado.

Salí con el corazô henchido e dispuesto à salvar à la mi dama de aquel peligro, luchara contra quien tuviera q· luchar, q· ya le dezía yo al Miguel q·, quando fuera el caso de enamorarme, batallaría contra las aspas de los molinos como si fueran gigantes para proteger à la q· llamábamos ntra· amada Dulcinea.

De momento, no se veía luz. Ni nada. Pude asomarme al pasadizo porque me conocía bien el sonido e supe distinguir à dò llegaba el borde. Aunque sabía q· era arriesgado, me bajé à la balsa de agua e miré por el regato prinçipal. À unos pocos pasos estaba la antorcha q· iluminaba à los malditos. Si permanecía ahí luengo tiempo, me congelaría… E ellos también, supuse.

Grité.

(Ro). ¡Maldito Noquero! ¡Malditos sequaces!

Efectivamente, el resplandor de las sus antorchas se encaminó hacia la cueva. Corrí hasta subirme de nuevo al mi pasadizo, esperando no mojar la pólvora. Corrí hasta Laura e la advertí q· se viniera detrás e agudizara el oído. Todo calado, empezaba à tiritar.

(Ro). Atenta à mí. En quanto se metan por la arcada q· va hacia la Trinidad calçada, huimos.

(La). ¿E si van por otra?

(Ro). Aquella es la más grande e el regato más bajo. Ellos no podrán aguantar en el agua helada muy más q· yo, q· estoy más acostumbrado e mira cómo tiemblo.

(La). Salvo q· vengan vestidos.

Me hizo temer lo peor, pero respondí como si estuviera tranquilo e controlando la situaciô.

(Ro). Claro.

Volví à la entrada. El frío me estaba paralizando los huesos. Venançio el Noquero abría la marcha e, gracias à Dios e à todos los Santos q· esculpió el maestro Berruguete, vestían de calle e para mí q· tantas calzas, tantas correas e tanto armamento de espadas, arcabuces e pistolas al cinto les pesaban demasiado. Sus movimientos eran torpes. No conocían el lugar e, con certeza q· estaban aterrados de miedo, pues los bravucones temen más à los espíritus q· à los hombres.

Se me ocurrió canturrear un Uhhhh, uhhhh, como de noche de difuntos, pero no estaba la cosa para bromas. Mejor q· se escaparan hacia los huertos de los trinitarios.

Al bajar el escalô invisible q· se metía en la poza de agua embalsada, el Noquero se zambulló entero, pedió la su antorcha e soltó una blasfemia. El otro fuè detrás e consiguió mantener su hachô en alto. El último, se quedò do estaba. Como si me hubieran oído, prefirieron tomar la arcada de la derecha e dejarse el agua sólo hasta las rodillas.

(Noq). ¡Vamos!

El Noquero gritó para obligar al tercer compinche à mojarse también hasta la cintura e seguirles.

Desaparecieron unos pasos por el pasadizo gritando

(Noq). ¡Granuja, te vamos à matar!

E otras lindezas q· no acerté à oír bien. Volví à por Laura. Ella, en quanto me vio, se vino corriendo. À mí ya me castañeteaban los dientes e no sabía si podría llegar hasta el pozo de la casa.

Con la antorcha en lo alto, Laura bajó primero à la cueva. Me tiré tras ella e le cogí el hachô. Lo puse sobre la pólvora para prenderla… Pero allí no pasaba nada. ¡Estaba mojada!

(Ro). ¿E qué hago por el presente?

Grité desesperado, congelado, paralizado.

Laura me arrebató la antorcha sin miramientos.

(La). ¡Corre! ¡Sal de aquí!

Ahora era ella la q· gritaba e me empujaba hacia el túnel de salida.

La obedecí dando pasos cortos, pues más fuerças no teníade, e vi q· apuntaba con el hachô, como si fuera una lança, hacia el agujero del pasadizo.

(La). ¡Corre más!

Me urgió al mesmo tiempo q· arrojó la antorcha hacia el agujero negro describiendo una parábola lenta hasta caer en medio del sendero de pólvora seca, q· comenzó à chisporrotear e à prenderse como fila de hormigas rojas.

Me empujó e yo me movía con grande torpeza. Sólo tiritaba con los brazos encogidos. Con muy poca luz, q· à penas se distinguía nada en la cueva, seguimos el ntro· instinto hacia la salida.

De repente, el resplandor de la arcada de la Trinidad calçada se hizo más evidente. Los asesinos volvían con paso firme. ¡No estaban congelados los muy malparidos!

E nos vieron. El Noquero voceó:

(Noq). ¡Hideputa, reza lo q· sepas!

Se vino hacia nos, pero se volvió à dar un chapuzô en el agua embalsada.

Estaba à unos palmos. Laura tiraba de mí como podía, también ella calada e temblorosa, porque los mis músculos ya no me respondían. Consiguió llegar hasta el pasadizo e subir un paso. Me agarraba para auparme, pero parecía imposible. Yo era como un saco de piedras. El Noquero e los otros dos ya avançaban por el medio de la cueva, gritando amenazas por ençima del ruido ensordecedor de la cascada.

E, entonçes, todo explotó e ahí fuè Troya.

La onda expansiva, buscando salida por las arcadas, me empujó hacia Laura, e juntos, siguiendo el regato natural del agua, caímos zincuenta pasos más allá. La cueva soltó piedras, una tras otra, hasta derrumbarse por entero con grande estruendo. El agua q· había dentro se escapaba violentamente por cada rincô q· podía e, en el ntro· caso, nos arrastró todo lo largo q· era el túnel, acarreando también trozos de piedras e provocando el derrumbe de buena parte del pasadizo.

Todo se siguió muy rápido.

Quedamos sentados e aturdidos justo en la bifurcaciô q· llevaba el agua hasta la Rinconada e el pasaje hasta la cripta de Sant Lorenço. Aprovechamos q· era cauce seco para tumbarnos allí. Yo nunca me había metido por aquel sendero e no sabía si tendría salida.

Estuvimos jadeando un tiempo. Como recobré el ánimo, me acordé de q·, con tanto trasiego, allí había dejado mi atillo con las barritas de oro e el dinero del maestro. Mala estrella. Volvía à no tener nada.

Me incorporé e miré à Laura, q· estaba con los ojos cerrados.

(Ro). ¡Laura! ¿Estás bien?

No respondió.

(Ro). ¡Laura, por Dios!

Entonçes, abrió los ojos.

(La). ¿Quántas veces te voy à salvar la vida, chico?

E sonrió.

No era el momento, ò sí lo era. No sé cómo se hacen esas cosas entre la gente bien, pero me salió acercarme e darla un beso. El mejor beso q· nunca daré en la mi vida. Me abraçó e disfrutó conmigo.

Noté q· estaba duro el corsé, ansí q·, al menos, no habíamos perdido el cilindro. Detrás del beso me tumbé à su lado.

(Ro). ¿Aún notas el tubo?

Pregunté por asegurar.

(La). ¿Se te ocurre pensar en esas cosas agora?

(Ro). Bueno… Es q· no sé lo q· se dice después de besar à una chica.

(La). ¡Pues no digas nada!

E me besó de nuevo.

Nos incorporamos agotados. De los malhechores no teníamos noticias, quizá fueron engullidos por la cueva, pero mejor no arriesgar. Nos encaminamos dolientes, encorvados, calados hasta los huesos e destrozados, hacia el túnel más grande, el q· perteneció al alcazarejo. El agua había dejado de correr. Se me ocurrió pensar q· habíamos desecado los caños de la ciudad.

Salir por el pozo de la casa era arriesgado, pues quizá esperaba allí Fray Alonso de Toro con otros quantos. Recordé q· la salida por el Pisuerga estaba tapada e q· el maestro me había hablado de un hueco por las caballerizas del convento de Sant Benotp e de otra escapatoria por el pilar ahuecado del pórtico. Sería cuestiô de encontrarlo, pero también existía la posibilidad de toparnos con el mesmo abad. Estaba en todas partes, como el diablo.

(La). Te voy à dezir una cosa, Rodrigo.

Laura hablaba jadeando.

(La). Espero q· sea la última vez q· te olvidas de las cosas importantes.

(Ro). ¿Yo?

¿Se me había olvidado algo? ¿Detrás de besar à una chica había q· hacer algo concreto?

(La). Q· después cargo yo, e no aguanto más.

(Ro). ¿Tú?

Se me volvió risueña. Ansí como estaba, con el cabello mojado e pegado à la cara aquí e allá, los tirantes de las calzas de cuero descompuestas, el corsé deshecho e enseñándome generosamente el busto, era la mujer más sobresaliente de todos los seres creados por Dios Ntro· Sñor·. Además, lista, valiente, cariñosa… Única.

(La). Sí. Yo. ¿Qué hiciste con el atillo?

(Ro). Allí lo dejé.

Me encogí de hombros.

(La). ¡Ja!

Me miró con sorna.

(Ro). ¿Lo tienes tú?

(La). Sí.

(Ro). ¿Dò?

(La). Pues dò va à ser, donçel: ¡en las tetas!

Reímos mientras se metía la mano por debajo del corsé e se sacaba el trozo de manta con todo su contenido.

(La). ¡E pesa q· no lo soporto!

¿Alguien podía estar más enamorado q· yo en ese instante? ¿Alguien, en todo el Imperio, podía asegurar, como yo, q· teníade enfrente à la mujer de su vida?

(La). E guárdate también el tu cilindro, q· ya está bien de penitençia.

Me lo extendió e lo sumé à las cosas del atillo.

No fuè difícil acceder à la escalera del pilar oriental del pórtico de Sant Benito. Abrimos la puerta de madera e gateamos por las piedras q· nos subieron hasta la trampilla de la balconada. À medio camino, me empeñé en abrir una puerta de madera q· no cedía, hasta q· me recordé de las palabras del maestro: No llevaba la llave. Era la salida à la calle, por do aquel día apareçió Fray Alonso de Toro. Ansí q· seguimos subiendo hasta el final. Una vez abierto el acceso, allí nos sentamos à descansar e recuperar fuelle. El cuerpo me pedía quitarme toda la ropa, e creo q· à ella también, pero eso iban à ser palabras mayores, por más q· la excusa fuera q· estábamos ateridos con el atavío mojado.

Podíamos alcanzar al coro pero, con las trazas q· llevábamos, ¡a ver cómo explicábamos à los monjes q· veníamos de… ¡De dò?! Ò q· íbamos à… ¡¿À la yglesia?!

Olía à humo, pero no lo di importançia de repente.

(Ro). Tendremos q· salir de aquí.

(La). Claro.

Decidí llegarme yo sólo hasta las caballerizas, dejando à Laura en la balconada, recostada sobre las piedras e aínas sin aliento. Me miró con un rastro de pena, no tanto por separarse de mí, sino porque debía de volver à la realidad de la vida: su padre había sido asesinado unas horas antes e esas cosas vuelven e vuelven à la cabeça.

Entré en la yglesia agazapado. Se encontraba todo à oscuras e en silençio. Sólo al fondo se veían unas velas ençendidas para anunçiar la presençia del Cuerpo de Cristo en el Sagrario. Me extrañó no toparme con monje alguno. Bajé por la escalera de madera e empujé la puerta q· conducía al convento, pues la de la calle tendría la llave echada. Tampoco había nadie.

Por el pasillo q· recorrían los frailes desde el convento à la yglesia para cada ofizio, la oscuridad era tan negra q· ni yo mesmo me veía las manos, pero pude llegar hasta la salida del patio sin tropezar. Corría, pues sólo pensaba en el frío q· debía de estar pasando mi amada Dulcinea.

Escondido tras el muro de la botica, me acerqué à las caballerizas à por dos mantas de los animales. No se oía ningún trasiego de monjes, q· si bien era cosa normal à esas horas de la noche, tanto silençio se me antojó extraño. Sólo el viento fuerte azotaba las maderas con aquel inexplicable olor à humo.

Me asomé por la rendija del portalô antes de acercarme hasta la caseta do guardaban los aperos. Para la ntra· providençia, colgadas en cuerdas había camisas e leotardos, q·, supongo, sería lo q· los monjes llevaban por debajo del hábito. También pude robar alpargatas.

Volví con el botín por el mesmo camino e Laura lo agradeçió infinito, pues ya tiritaba acurrucada en un rincô. Antes de vestirnos con aquello, la di unas friegas en las piernas e en los brazos para q· se recuperara. Tornó à besarme. aquesta vez la abracé más fuerte e me pareció flotar porque lo único q· separaba los mis dedos de las sus carnes era el paño de la camisa sin corsé, e parecía mullida e suave. Aguanté algo más para sentir también el tacto de sus pechos sobre el mi torso.

Vestidos con aquellos ropajes raros parecíamos más presentables. Recogí el atillo e fuè entonçes quando me percaté del olor à madera quemada. Subí la cabeça por ençima del muro mirando hacia el convento, e lo

primero q· observé fuè q· el grande portalô q· permitía la entrada del público estaba entornado. Era cosa imposible, pues los monjes no admitían visitas con el sol oculto e tampoco podían salir de allí. ¿Estaría abierta para
nos? Seguramente, los santos esculpidos por el maestro Berruguete estaban
echando una mano a la nstra· escapada. Ò las dos.

(Ro). La entrada al huerto ha quedado abierta. Podemos salir por
allí. ¡Vamos!

Pero Laura no se movía. Ella también se había incorporado e se había asomado à la balconada por el lado de la ciudad e estaba quieta. Torné
à mirar qué es lo q· la teníade tan asombrada e entonçes lo entendí todo:
la ciudad estaba iluminada de rojo, las gentes corrían enloquecidas, e el
cielo se encapotaba con humo negro. Los monjes habían salido de la su
clausura para ayudar à apagar un pavoroso inçendio.

Valledeolit estaba ardiendo en mitad de la noche.

Desde la balconada de Sant Benito todo se contemplaba con pavor.

El fuego q· provocaron los malhechores de Venançio el Noquero en
la casa de Juan Granada, azuzado por el fuerte viento, había pasado de una
casa à otra, e de otra à otra, hasta llegar en pocas horas à la mesma plaça
Mayor. Para mal de males, ntra· aventura en los subterráneos había dejado sin agua tanto à los caños como à los conventos, e los encargados de
apagar los inçendios, à penas treynta moriscos, no tenían modo de atajar
aquello.

El airô propagaba las llamas e avivaba los rescoldos. Los vallisoletanos ayudaban con cántaras e con calderos de tierra, pero era una batalla
desigual. Los monjes, junto con otras decenas de hombres, se dedicaban à
demoler à hachazos e golpes una casa en la plaça de la Rinconada para
evitar q· el fuego llegara à la calle Empedrada. Pero llegó igual.

Laura e yo nos abrazamos. Llevábamos horas en un infierno e nos
habíamos metido en otro. Más q· hir à ayudar, nos quedamos mirando
aquello desde las alturas, abrumados. Ella ya no teníade casa, ni padre, ni
nada; yo estaba igual.

Apoyados en el murete de la balconada, bien pegados uno junto al
otro, mientras oíamos algunos gritos e rezos, nos recorrió el cuerpo un es-
calofrío brutal. Desde la casa de Berruguete, avançando por la calle, cojean-

do, con un brazo en cabestrillo, malherido, se venía hacia la yglesia la sombra desencajada del asesino sanguinario: el Noquero había sobrevivido.

Nos miramos ella e yo. Le dije q· saliéramos corriendo, pero Laura prefirió subirse al murete de un salto e hacerle frente.

(La). ¡Tú has matado al mi padre e tú has provocado aqueste infierno en la ciudad!

Gritó desde arriba, encolerizada. Apenas se agarraba con una mano al pilar de la arcada central.

(La). ¡Asesino!

A mí me estaba dando miedo q· cayera al vacío en un mal traspiés.

Venançio el Noquero no dezía nada. Nos miraba con odio e venía hacia la yglesia con paso indeciso, aínas sin calcular cómo acomodaba el equilibrio de las pisadas. Laura volvió à increparle.

(La). ¡Serás preso por los justicias e morirás en la cárcel! ¡Malparido!

Pero el malhechor nos miraba desafiante, seguramente sin vernos. Al fin, quando se encontraba à veynte pasos de la yglesia, tiré de Laura hacia à mí.

(Ro). ¡Vamos!

Ordené con un tembleque en la voz.

(La). ¡No vamos à ninguna parte!

Me respondió fuera de sí.

De repente, Venançio el Noquero trastabilló moribundo e fuè cayendo al suelo hasta quedar arrodillado. El asesino estaba muy peor q· malherido e, con el lío q· había en la ciudad, moriría sin q· nadie lo atendiera. Vi q· estaba sangrando por la su cabeça.

Rogué à Laura q· nos fuèramos e le dejáramos. Ella le insultaba e le escupía desde la balconada de Sant Benito, como ntro· Santiago Matamoros cortaba la cabeça de los infieles: sacando la espada desde lo más alto de su caballo.

A pesar de mis petiziones, ella no quería bajar. À mí me daba miedo de q· terminara cayendo, ansí q· trepé e me planté à su lado, con más recelo q· gloria. La pedí calma una e otra vez hasta q· dejó de insultar à aquel q· aún permanecía de rodillas.

Ya la teníade abrazada e pegada à mí, llorando toda su rabia contenida, quando observé por ençima del hombro q· el Noquero aún tuvo fuerças para empuñar una pistola e q· nos disparó con su último aliento.

Fue un sonido leve, seguido de una sutil humareda q· salió por el cañô. Un disparo tan presto q· no me dio tiempo à reaccionar. Yo respiré aliviado según contemplé q· se le cayó la mano, cerró los ojos e abrió la boca antes de darse de bruces contra las piedras del suelo. Estaba muerto. Ya todo había acabado e, por ventura, nos estábamos salvados.

Abracé à Laura con todo el gozo q· podía caberme. Respiré todo el aire q· pude e deseé besarla durante años. Ni el fuego de la ciudad podía desviar mi atençiô. Estábamos en el vano de la balconada, unidos, por ençima de una ciudad q· se quemaba e un asesino q· había muerto.

Poco à poco, los brazos de Laura, q· se aferraban à mí mientras lloraba la su desgracia, se fueron aflojando e el su rostro, q· se había hecho un hueco entre el mi cuello e el mi hombro para sentirse arropada e silençiar sus gemidos, dejó de apretujarse. Súbitamente, mientras yo pensaba en cómo la sería ntra· vida juntos, cómo saldríamos de aquella tortura, noté su peso à plomo. La empezaban à fallar las piernas.

Pude separarme levemente délla e la miré, pero había quedado con los ojos cerrados e el gesto dulce pero inexpresivo. La agarré de nuevo hacia mí e començé à sudar… No podía ser…

La mano con la q· sujetaba la su espalda empezó à sentir un calor impropio. Un líquido caliente e espeso recorría el mi dorso. Entonçes abrí los ojos hasta desorbitarlos. Sólo podía ser sangre: el balín había alcançado à la mujer de mis sueños por la espalda.

Su cuerpo me había protegido de nuevo.

Grité su nombre. Con esfuerço e, vençiendo el miedo à caernos desde allí, conseguí sentarme en el murete con los pies hacia la ciudad e acomodarla sobre mis piernas, como una Piedad. La di palmadas para reanimarla, la dije cosas, la besé en los ojos e en los carrillos e en la frente… Me eché à llorar…

Pensé en gritar socorro e creo q· lo hice… La di golpecitos en la su cara… La besaba la frente e los dedos e los labios… Por más q· rogué a

Dios Ntro· Señor, terminé con Laura en el mi regazo, muerta, e el mi corazô destrozado.

Por segunda vez en muy poco tiempo, supe cómo se congela el
alma.

(La). ¿Quántas veces te voy à salvar la vida, chico?

Me preguntó un ángel desde el cielo

(Ro). Yo à ti ninguna.

Desaparecieron las cigüeñas.

Valledeolit ardía al fondo mientras yo lloraba.

ARCHIV30459876901209093248904364377431MPRXSYSTEM
WRITER8,19MILISEGUN2TXTOMODIFIKDOPROGLITERARIO
ESTILORETROS21TRANSCRIPCIONTXTOSORIJINALESEXACTA
ENGRAMATRIKARKIKORDN783659745252566855658765
ESPAÑOLPUROPUNTUACIONCLASIKYPALABRASSEPARADAS
MARKNMINERFERROV561TAHIPERVINCULOIMAGVIRTUAL
AUDIORECUPERADOBUZONENVIODSCONOCIDO.QLARITA
RECTORA.21012101. **JAQE AL ARZOBISPO.**

Arjimiro Bayarri se mesaba el mnton, preocupado. Frotaba el lateral dl ddo indice x entre ls labios apretuja2 y miraba al plano y luego al infinito, buskndo una razon a lo incomprensible. *La vio pero no está. Bajó a la cripta, pero no existe.*

Helisabetta y Sauco aparecieron en el dspacho recien ducha2 y con ls ropas q ls consigio la madre Osahilaola: kmisa negra y pantalon negro xa el, dl armario dl arzobispo, y kmisa blank y falda tableada gris xa ella, d su propio armario. *Pareces una novicia*, bromeo Sauco krkjeandose, y ella penso *A lo mejor así te lanzas a besarme*, pero no lo dijo, aunq fruncio el ceño.

—No es posible... —masculo el anciano como saludo.

—Ya todo me parece posible, Argimiro —respondio Helisabetta—. ¿Me ha visto bien? —y abrio ls brazos xa exhibir su atuendo—. Con la cabeza pelona y esto, sólo me falta un... ¿Cómo se llama el pañuelo ése que lleva usted en la cabeza, madre Oshilaola?

—Toca.

—Una toca. Sólo me falta una toca y ya me meto con Saúco a cura.

—¿Cura yo? —pregunto el, ksi molesto, y ella sonrio picara.

El arzobispo hizo kso omiso d ls bromas y volvio a consultar su libraco y su plano con ls ojos entrecerra2. Dspues d un largo silencio, concluyo:

—La cruz no puede estar en el Ayuntamiento.

—¡¿Cómo!? —preguntaron a duo.

—¿Se destruyó en la guerra? —curioseo la relijiosa y tambien se acerco al grupo.

—No fue en la guerra —informo apesadumbrado el arzobispo—. Antes. En el incendio de Valladolid de mil quinientos sesenta y uno se quemaron las casas consistoriales. El mismo año en que murió Alonso Berruguete. Pero eso tiene poca importancia, ya que sus herederos podían haber puesto la cruz sobre el diseño de la nueva construcción que planificó un tal Juan Sanz de Escalante y fue modificado por Francisco de Salamanca y por el mismo Juan de Herrera.

—Pues ya está... —resolvio Helisabetta—. Lo hicieron los herederos.

—¡Tampoco! Aquel nuevo ayuntamiento se construyó de ladrillo y terminó derrumbándose en mil ochocientos setenta y nueve. Era alcalde el histórico Miguel Iscar cuando se mandó levantar un nuevo edificio a un arquitecto llamado Enrique Repullés, de quien es la traza actual desde el año mil novecientos ocho. Y no hay crónica que relate que se encontró una cruz invisible.

—¡Pero si es invisible, padre *Faranyo*! —repuso la relijiosa—. ¡¿Cómo van a verla?!

—Por muy invisible que sea, ¡pesará, coño! ¡A alguien se le caería encima!

—¿Y al otro lado de la plaza? —Sauco buskba respuestas. No podia evaporarse d repente la ilusion d encontrar algo oculto durante siglos.

—Al otro lado de la plaza estaba el convento de San Francisco, que también se quemó. Como todos los alrededores ardieron, lo que se hizo en mil quinientos sesenta y uno fue diseñar la primera plaza mayor rectangular y porticada de España, a la que luego siguieron Madrid, Salamanca y el resto. Y tampoco ahí había una cruz... O nadie lo dijo. ¿No es extraño que nadie se refiera a cosa tan increíble?

—Salvo que estemos hablando de una cruz... pequeña —aventuro Sauco.

—Pequeña no puede ser porque mi padre la vio. Lo más lógico es que esté en otro lugar —concluyo Helisabetta.

La joven se fue hacia el plano q colgaba en la libreria y busco la plaza Mayor. Señalo con el ddo el entorno.

—¿Qué otros edificios son de la época de Alonso Berruguete y que se pueden ver desde la plaza mayor?

—Diseño de Berruguete —informo Arjimiro— es la Casa del Sol, junto al colegio de San Gregorio, pero no se ve desde allí. Diseño de Juan de Herrera es la catedral...

—Pero ni la torre ni el pórtico son suyos —interrumpio Sauco haciendo valer sus conocimientos basicos d gia turistico d la ciudad—. Allí no se pudo poner.

—La torre de lo que fue la iglesia de Santiago, ahora mezquita, es también de la época y sí se ve desde la plaza Mayor. De hecho, los monjes de San Francisco obligaron a tapiar algunas ventanas de la torre para guardar su clausura libre de miradas curiosas. Las casas de la plaza Mayor han sido derruidas y vueltas a construir decenas de veces, así que ahí no puede estar.

—¿Y San Benito no es de la época? —pregunto la relijiosa, consciente d q no tenia idea d la historia d la ciudad pero si lojik xa llegar a conclusiones evidntes.

—Sí —admitio el arzobispo—. Sí: San Benito es de la época. Su retablo fue la mayor obra legada por Berruguete a Valladolid.

—¿Comprendéis por qué mi padre se subía a los tejados? —Helisabetta se situo en medio dl trio q la miraba y el mapa—. Tenemos que hacer lo mismo: ¡investigar!

—¿Y los subterráneos? —inqirio Sauco.

—La cripta. Buscaba la cripta... —Señalo d nuevo el mapa—.
¿Dónde estaba exactamente el convento de San Francisco?

—Según el nombre de las calles que aparecen en ese plano, que han cambiado desde que mi hermano inventó el nuevo
lenguaje de la convivencia, el convento formaba un rectángulo
inmenso cuyos los laterales eran: primero, la plaza Mayor; segundo: la calle de los Olleros, que luego pasó a llamarse Duque
de la Victoria y hoy la calle de la Sintonía; tercero, la calle del
Verdugo, que era donde vivían los verdugos que ajusticiaban a
los condenados en la puerta del Campo, que luego pasó a denominarse la calle de Montero Calvo y hoy es la calle del Buen
Ánimo; y, cuarto, la calle de la Convivencia, que desde siempre
fue la calle de Santiago. A partir del siglo diecinueve, la calle
Constitución atraviesa lo que fueron o huertos o cementerio de
los monjes.

—¡La calle Constitución es la de la alcantarilla en la que
detuvieron a mi padre!

—¡Exacto! —corroboro Sauco.

—Pero ahí no hay nada: ya lo han buscado durante años
—repitio el arzobispo—. En el convento se asistía a los oficios en
la capilla de Luis de la Cerda, aproximadamente en la esquina de
la calle Menédez Pelayo, que ahora se llama de los Rectores. Allí
enterraban también. Pero han excavado y no hay nada. Sólo existe la posibilidad...

—Tiene que estar, arzobispo —rogo Helisabetta.

—He estado estudiando el plano que queda del año mil
setecientos. Detrás de la iglesia de Santiago, al otro lado de la
calle, había una ermita junto a la puerta de entrada del convento:
ermita de Juan de Urtado. La ermita venía a ser, más o menos,
una cuarta parte de la izquierda de lo que hoy es la calle Constitución, y el resto eran los huertos y el cementerio del convento de
San Francisco. Si derribáramos la ermita... ¿Qué hizo con su fantástico dispositivo móvil de *nosecuantos* RAM?

—Se lo quedaron en la isla de la Salud.

El arzobispo se levanto y fue hacia el plano xa señalar con un lapicero.

—Nos vendría bien para recrear el dibujo exacto, pero podéis imaginarlo: si derribáramos esta ermita, quedaría un hueco lo suficientemente ancho y largo para que, primitivamente, fuera el inicio de lo que luego se convirtió en una calle que cruzó el convento de parte a parte. —Se jiro a ellos enseñando ls palmas d ls manos— ¿Podría ser ésta una ermita con cripta? ¿Habría enterramientos?

—¿Y cómo entraríamos ahí? —Sauco se impacientaba x la lentitud con la q reflexionaba el arzobispo.

—No sabemos si Bartolomé lo consiguió por la alcantarilla. Sí sabemos que no pudo entrar por el estanque del Campo Grande. Por otra parte, está documentado que Juan de Herrera planificó la traída de agua desde las fuentes de Argales con tuberías estrechas, no con acueductos, y que la Esgueva fue desecada hace doscientos años.

—¡Nos está arreglando el día, padre *Faranyo*! —se qjo la relijiosa.

Arjimiro se volvio al plano d nuevo.

—... Verdaderamente, el único conjunto que no ha sufrido variaciones desde el siglo catorce es la iglesia de Santiago. Los cimientos de estas casas de al lado —golpeaba con la uña el papel colgado d la libreria— tendrán tres o cuatro metros, como máximo, y la ciudad del año mil seiscientos estará a unos tres metros de la actual. O sea, que si buscamos una cripta del año mil quinientos, o anterior, aún tenemos muchos metros que recorrer cuesta abajo. La iglesia de Santiago y su entorno no han sufrido variaciones en los seis siglos desde que fue construida por primera vez.

Arjimiro paseo kbizbajo hasta su silla mientras musitaba *Berruguete, Berruguete, Berruguete...*

—¡La capilla de los reyes! —exclamo, al fin—. ¡Sí! No sé qué banquero hizo construirse una capilla en la iglesia de Santiago, lo tengo por aquí. —Se inclino hacia el libro y busco la indikcion en la q tenia anotado AB. Abrio la pajina, busco con la mirada llevando el ddo d señuelo y leyo en voz alta—. *El banquero Diego de la Haya encargó el retablo de la capilla de los reyes a Alonso Berruguete.* ¡Aquí está!

—Ahí está, ¿qué?, arzobispo —pregunto inqieto Sauco.

—La conexión de Berruguete con la iglesia de Santiago.

—Mi padre fue detenido en esos tejados.

—O, lo que es lo mismo: la posibilidad de que exista una cripta secreta a diez metros por debajo de la calle de la Convivencia, y una cruz en lo alto de la torre de la mezquita. El pergamino lo habría dejado escondido en la iglesia de Santiago de Cáceres y la cruz en la iglesia de Santiago de Valladolid. ¡Tiene sentido!

—¿Y si no? —inqirio la relijiosa con cara d mal agüero.

—¡Ahora es usted la optimista! —se indigno el anciano—. Si ahí no está, sólo queda mirar en la iglesia de San Benito. Es lo que hay: última oportunidad.

—Nosotros lo encontraremos. Tenemos que subir a los tejados y bajar al infierno: ¡me gusta! —Concluyo con mirada exultante—. ¿Me acompaña alguien?

—¡Vamos! —se animo Sauco.

—¡Y yo, con ustedes! —anuncio la madre Oshilaola.

—¿Usted? —increpo pasmado el arzobispo.

—¡Por supuesto! Soy la única de esta casa que sabe dónde están guardadas las linternas. ¿Me lo dice usted?

—No.

—Pues haber estado más listo. ¡Me voy con ellos!

To2 ls datos escupi2 x ls impresoras concluian q el arzobispo d Pincia, Arjimiro Bayarri, podria llegar a la ktegoria d dlincuente, incluso d dlincuente reincidnte. (HIPERVINCULOCARACTERISTICASCOMUNESHECHOSDELICTIVVOSARHC980923422ADR). El director dl CDMU prefirio no utilizar ls hologramas informativos xa mantener secreta la investigacion sobre su hermano, asi q el dspacho dl jefe superior d ls *Cuidadores de la Convivencia* d Pincia se lleno d papeles.

Toda la normativa sobre Comportamientos Dlictivos (CtosDvos), Comportamientos Impudicos (CtosImp) y Comportamientos Extravagantes (CtosExtgv) habia sido qbrantada x el arzobispo en centenares d oksiones, pero su condicion d rector y d relijioso permitido le valieron como escudo contra ls posibles dnuncias.

Dcia tacos, insultaba al Systema, era radikl en su dfensa d Dios, hacia proselitismo, leia libros, no cumplia con ls ejercicios obligatorios, filosofaba, dspreciaba ls normativas nutricionales y ls consejos medicos, hacia patria d la moral, se krkjaeaba en publico dl eslogan *Felicidad, Paz y Ciudadanía*, y pregonaba q el fin ultimo d la raza humana no era la felicidad, sino la libertad. Incluso podria argumntarse q algunas resoluciones sobre Comportamientos Impudicos tambien habian sido vulneradas, si se entiend q fumar cigarrillos atenta contra la salud d to2.

El jefe ls *Cecés* d Pincia mostraba su preocupacion con unas ojeras kda segundo + grands y + negras. Ls conclusiones dl Systema eran innegables: Arjimiro Bayarri atesoraba razones + q suficientes xa ser sospechoso d qrer drruir el rejimn d la Armonia y tenia un argumnto superior al d to2 ls hombres dl planeta: dshacer lo q habia construido su propio hermano.

Pero habia un algo final, indscriptible, q le impedia reconocer q el arzobispo fuera un espia.

—No puede ser, señor. —Se atrevio a dcir en mitad d la llegada d papeles y ls conversaciones entre Prune Bulhman y Adriano Bayarri cotejando datos xa culpar al anciano—. No puede ser —repitio.

—¿Qué es lo que no puede ser?

—Que Argimiro sea un espía, y mucho menos que trabaje para los Países Externos con la conciencia de darles un arma para destruirnos. No puede ser, señor. Yo le conozco, he dejado la educación de mis hijos en sus manos.

—¡Pues vaya prueba! ¡Se dedican a provocar la escapada de delincuentes de una isla de la salud!

—Que yo sepa, Helisabetta no está catalogada como delincuente —protesto.

—La realidad es que se compincharon para sacarla de allí, lo que les convierte en delincuentes a los tres. Ahora, lo que hay que saber es si fueron enviados por mi hermano y con qué fin.

—Pero no puede ser...

—Lo veo todo claro —concluyo Bayarri—: el arzobispo Argimiro Bayarri, enemigo declarado del nuevo orden del Mundo Unido desde su origen, ha entrado en contacto con los Países Externos, sirviéndose de su labor pastoral. La organización de la Semana Santa mundial y la visita del Papa Pedro segundo fue una estratagema para hacerles llegar la fórmula de la *Tinta invisible*, creada por Alonso Berruguete y utilizada por el emperador Carlos primero en sus batallas hasta que decidió no legarla a su hijo Felipe segundo. Como no la pudo conseguir antes de la Semana Santa, buscó el modo de asesinar al empalado. Días después, el vástago del mudable Fuencisla cometió el error de acudir a él para buscar información sobre su progenitor, y él, ayudado seguramente por Saúco, se ha aprovechado de ella para conseguir la información.

—No puedo creerlo. ¿De qué modo iba a entrar Argimiro en contacto con los Países Externos?

—Muy sencillo —respondio Bulhman—. A través de la monja que le cuida.

—¿La madre Oshilaola? ¿Cómo dice eso, Bulhman? —el jefe d ls Cecés d Pincia ya ksi no podia hablar. Se sentia ahogado.

—Ella misma me confesó que es una apasionada de los aparatos informáticos, y en la conversación colegí que sabe lo suficiente de computadoras como para recibir y transmitir mensajes. La madre Oshilaola ha sido el contacto con los Países Externos. No hay duda.

Sauco Retal se metio la cara entre ls manos y solto su *Coñostiasdier* como ultima exhalacion q le sujetaba a una vida apacible q en ese momnto se drrumbaba xa convertirse en una grandisima realidad imperdonable: sus hijos y su admirado arzobispo eran unos dlincuentes q trabajaban xa el enemigo. Eso dicho en el dspacho dl hombre q habia cuidado la ley y el ordn en Pincia durante 40 años.

Sintio q nada d lo q habia vivido tenia sentido.

—No se derrumbe —impuso Bayarri segun se levantaba—. Necesitamos un operativo fuerte pero discreto para acudir al palacio arzobispal y detenerlos. Bulhman, ocúpese. Señor Retal, queda relegado de sus funciones.

El mejor modo q encontraron xa pasar dsapercibi2 a ls camaras dl Systema y a ls cientos d *Cecés* q aventuraron ls estaban buskndo fue disfrazarse. Como en el palacio arzobispal no habia muchos ropajes disponibles, Helisabetta se atavio una tok blank d la monja y Sauco un alzacuellos.

Junto con la madre Oshilaola, componian un trio d relijiosos permiti2 q paseaban x la ciudad, wardando peor q mejor ls cilindros d ls linternas.

El problema, se dijeron, no era entrar en la iglesia d San Benito a comprobar si arriba dl todo existia una cruz invisible, pues era ktolik, sino subirse d esa gisa a ls teja2 d la torre d la antiwa iglesia d Santiago, convertida en mezqita gracias al *Opcionalismo* como prueba d buena voluntad en la *Alianza de las civilizaciones*.

—¿Y con esto tenemos que bajar a los pasadizos subterráneos? —protesto Helisabetta.

—Puede desnudarse, señorita —respondio la monja.

—¡No es mala idea, madre! —se sonrio Sauco maliciosamnte.

—Entonces, enseñaría las tetas a todo el mundo ¡y perdería tu pestaña! —resalto la joven finjiendo un grandisimo enfado y acelerando x ls eskleras abajo.

Kminaron dspacio y x ls klles permitidas, Helisabetta con la mirada baja en actitud d rezo permanente xa evitar la idntifikcion dsd ls camaras. Segun pasaban x dlante dl teatro Klderon, vieron q llegaban al palacio arzobispal 4 eco-coches y un multifurgon d ls *Cecés*. Suspiraron fuerte: *Vienen a buscarnos.*

—¿Por dónde empezamos? ¿Por arriba o por abajo? —pregunto la relijiosa.

—Mejor por los tejados —respondio Sauco.

—Mejor, las alcantarillas —impuso Helisabetta—. Comprobemos primero que ese camino está cegado ¡antes de asaltar una mezquita!

Llegar hasta la klle Constitucion se convirtio en lo + facil, y eso q era una tarea d riesgo. El verdadero problema comnzaba alli: *¿Cómo vamos a meternos en la alcantarilla sin levantar sospechas?*

La madre Oshilaola resulto mucho + picara d lo q podia suponerse d una relijiosa acostumbrada a convivir con un vejestorio y ocupar su tiempo en rezos y atendiendo la limpieza d todo un palacio, x muy arzobispal q fuera.

—Recemos.

—¿Puede repetir? —Helisabetta arrugo la nariz, eskndalizada.

—No creo que Dios nos vaya a atender, madre. —Se excuso Sauco.

—Recemos —insistio—. Rezar en la calle está prohibido, ¿no es así, Helisabetta?

—Absolutamente. Sólo en el ámbito privado.

—Si nos arrodillamos junto a la alcantarilla, la gente que pase por la calle se retirará, unos escandalizados y otros respetuosos, pero preferirán no mirarnos. Nos haremos invisibles. Mientras estamos arrodillados, Saúco retira la tapa, tú te metes dentro, y esperamos fuera tapándola de nuevo. A la vuelta, golpeas la tapa, la abrimos de nuevo y nos marchamos. ¿Comprendido?

—Sí.

—Recemos.

Los 3 se arrodillaron alreddor d la alkntarilla y juntaron sus manos mirando al cielo. Tal y como previo la monja, ls viandantes fueron separandose d ellos. Corrian el riesgo d q alguno ls dnunciara a ls *Cecés* x contravenir la normativa d Comportamientos impudicos, asi q necesitaban moverse con rapidz.

Sauco metio ls d2 en ls agujeros d la tapa redonda d acero y comnzo a tirar hacia si, pero no salia. Lo intento d nuevo, y no se movio ni un apice. En aql momnto, ls ocurrio lo + imprevisto: un hombre y una mujer mayores se acerkron directamnte y a buen paso. Helisabetta penso q serian dteni2 antes d haber comnzado siqiera la investigacion. Se plantaron ante ellos y el hombre ls señalo con el ddo indice, amnazante.

—¡Ya era hora! —dijo.

—¿Qué? —pregunto Helisabetta.

—¡Ya era hora de que ustedes se atrevieran a salir de sus conventos! Esto es lo que hay que hacer: rezar. ¡Rezar en la calle!

—¡Nos uniremos a ustedes! —anuncio la señora y ambos se arrodillaron con ls 2 monjas y el cura q se agarraba a la alkntarilla.

—No es posible... —comnzo a dcir Helisabetta—. Es...

—Es un rezo privado —informo la madre Oshilaola con una sonrisa—. Preferimos estar solos.

—¡Ah! —se sorprendio la señora—. ¿No quieren que les acompañemos?

—Mejor, no. Muchas gracias.

—Rezaremos un Padrenuestro con ustedes y nos iremos. *Padre Nuestro que estás en los cielos...*

Oshilaola y Sauco continuaron el rezo en voz alta con la pareja d ciudadanos q sentian la necesidad d podr rezar en la klle sin ser dnuncia2 al Systema, mientras Helisabetta disimulaba agachandose xa q no oyeran q no sabia la oracion. Ni esa, ni ninguna otra.

—¿Le pasa algo a la hermana? —pregunto la señora refiriendose a Helisabetta cuando terminaron. (HIPERVINCULOART346PRINCIPALESORACIONESCATOLICASPRGAUDIOVIDEO12119)

—Es promesa —respondio Sauco.

—¡Ah! Muy bien, muy bien. Y sigan, sigan. —El hombre ayudo a incorporarse a su mujer—. Continúen rezando, por el bien de todos.

—¿Puedo pedirles un favor? —pregunto la madre Oshilaola.

—El que quiera —respondio la mujer.

—¿Podrían esperar en la esquina para avisarnos si llegará un *Cecé*? Es que nos pueden denunciar.

—¡Pero cómo no! Yo en esa esquina, y éste en la otra. ¡Andando! Y si vienen, les aviso y les entretengo. ¡Vamos, Ramiro!

Mientras Helisabetta estuvo agachada xa no dlatarse, comprobo q la alkntarilla saldria + facilmnte si, en vez d tirar d ella, la hacian jirar xa dsenroskrla. Cuando la pareja d *espías* estuvo lo suficientemnte alejada a la kza d *Cecés*, le pregunto a Sauco, ironica:

—¿Tendrás idea de guiarnos?

—No debe ser muy difícil superar a una profesional estable.

—¿Quieren solucionar el problema de la alcantarilla? —Rezongo la relijiosa—. No tenemos mucho tiempo. Y, si usted me hace caso, Saúco, en cuanto pueda da un buen achuchón a esta chica para terminar con sus problemas entre ustedes. ¡Pero sólo cuando se saquen esos hábitos!

—¡Pero qué achuchón va a dar un cura! —Repuso Helisabetta con dsprecio.

—¿Cura yo? —se enkro con ella.

—Sí, cura. Me lo dijo el arzobispo.

—¿Cura yo?

—Sí… —Bajo el tono. Qiza se estaba eqivokndo.

—¡Oye, el que yo asista a clases de catecumenados para aprender la religión católica y recibir el bautismo es una opción personal, pero no significa que tenga ninguna intención de ser cura, repelente profesional estable!

—¡¿Quieren dejarlo ya?! —Grito la madre Oshilaola, dsesperada—. Luego se dan un estrujón y un *beso tornillo* con lengua, que decíamos en nuestra época. Se lo aconsejo de verdad, que fui *fraila* antes que monja. Ahora, estamos a lo que estamos ¡y ya no aguanto las rodillas!

—Bueno, eh… *¡No va a ser cura! ¡Es mío! ¡¡¿Pero por qué no lo ha dicho antes?!!* Se trata de hacerla girar, no de tirar de ella, ¡chico!

—¡Pues la giraré! ¡Repelente!

Efectivamnte, con solo jirar qince gra2 la tapa, cedio y pudo sakrse. Helisabetta se puso en pie xa introducirse, pero Sauco la paro con la mano: *No. Esto lo haré yo. Es muy arriesgado.* Antes d q ella pudiera dcir nada, y mientras la relijiosa cerraba ls ojos y asentia xa si pensando displicente *¡Enamorados!,* Sauco se introdujo x la esklinata d hierro. Encendio la linterna cuando ls mujeres cerraron la tapa y se pusieron en pie.

Sauco llego hasta el ultimo esklon examinando kda milimetro d la oqdad. Buskba una rendija q le dscubriera la clave d algun pasadizo. Empujaba ls pareds con la esperanza d dar con el truco q ls abriera. Pero ahi no se movia nada y olia a pestes.

La madre Oshilaola y Helisabetta paseaban cerk d la alkntarilla xa oir a sauco cuando volviera. Ls 3 estaban esperanza2 en encontrar la cripta antes d q ls *Cecés* ls dtuvieran, pero se dsanimaban al recordar ls palabras dl arzobispo: *Llevan años buscándolo y nadie lo ha encontrado.*

La pareja d ktolicos animosos q wardaban ls esqinas se perktaron d q ls monjas ya no rezaban y fueron a su encuentro.

—¿Terminaron ya?

—Bueno… Sí —respondio Helisabetta.

—¡Muy bien! ¡Muy bien! —insistia el hombre.

—Gracias —dijo amablemnte la relijiosa con tono d dspedida xa evitar preguntas q no pudo impedir.

—Y ustedes, ¿son de aquí?

—Bueno, yo no… Mi padre era de aquí —contesto Oshilaola—. Mi madre me tuvo en Etiopía después de un viaje que hizo él en representación de una organización de solidaridad del Mundo Unido. Y, a los veinticinco años, me vine gracias a los Mensajeros de la Paz. Cosas de la vida. *Ale, ya pueden marcharse.*

—¡Ahhh! —Curioseo la mujer—. Y ¿puede saberse qué les atrae a los extranjeros de esa alcantarilla?

—Bueno… —Titubeo—. Nada...

Helisabetta se asombro d la naturalidad d ls paisanos d Pincia, q podian establecer una conversacion intima con algien q se encontraban x la klle, dsentendiendose d la normativa d Conducta Edukda q impedia ese tipo d preguntas.

—Es que nosotros vivimos en esos edificios —señalo la mujer con toda naturalidad kmpechana a un punto indfinido aunq, seguramnte, cerkno— y paseamos por aquí a todas horas. ¡En casa no tenemos diversión! ¡Los hologramas son insoportables!

Helisabetta se hubiera ofendido x esa expresion solo 5 dias antes, pero en ese momnto comprendia q no to2 estaban dispuestos a zambullirse en ls verdads dl *Opcionalismo* ni a creer en ls ventajas dl mundo Armonico. D hecho, ella ya habia dicho *Padre* y estaba segura d q su objetivo en la vida ya no era la *Placidez vital*.

—Hará un año que los *Cecés* detuvieron a un hombre por meterse en esa alcantarilla. ¿Es que pasa algo ahí abajo? ¡No serán ustedes terroristas!

—No, nada, cosas nuestras... —respondio la relijiosa.

—¿Ustedes le vieron? —indago Helisabetta, con la esperanza d q pudieran darle alguna pista sobre ls pasos da2 x su prognitor—. Al hombre…

—De lejos —dijo el señor—. Vimos que se lo llevaban.

—Bueno, bueno —interrumpio la mujer xa poner fin a una conversacion q podria meterles en problemas—. Recen, recen. Da igual aquí, que allí, que allí. Dios está en todas partes.

Incomprensiblemnte xa el modo d vida, la edukcion y el pensamiento d una profesional estable, Helisabetta se abalanzo sobre el hombre y le dio un abrazo. Fuerte, sentido, nacido dl alma. Segun le agarro con firmeza, se echo a llorar como una niña.

El hombre se apoco y miro a su mujer con ojos angustia2.

Ella reacciono akriciando la espalda d la joven y preguntando sin preguntar *Pero ¿qué te pasa, cariño?*

La madre Oshilaola trato d dsenredar a Helisabetta dl cuello dl hombre, pero ella se aferro a el mientras repetia *Gracias, gracias.* Fueron unos segun2, solo 8 segun2, pero la intensidad qdo reflejada en ls informes somaticos como nivel 100 sobre 100.

Dfinitvamnte, la mentalidad de la joven habia cambiado.

Dsd la alkntarilla llegaba el sonido d golpes ksi histericos y ls 2 mujeres reaccionaron en ese momnto. La gnte q pasaba x la klle miraba con curiosidad. *Gracias por todo, señores,* finiqito la monja. *Ahora tenemos que atender otras cosas. Gracias.* Con + fuerza q maña, Oshilaola se llevo a Helisabetta, aun llorando, tirando dl brazo hacia la tapa dl sumidero. La joven, hipando a lagrima viva, vio como la pareja se marchaba doblando la esqina hacia el Kmpo Grand, preguntandose entre si *¿Y a esa qué la pasa?*

—¡¿Se puede saber por qué me teníais encerrado?! —grito Sauco enfadado cuando la monja retiro la tapa.

Arjimiro oyo q llamaban a la puerta x cuarta vez y rezongo contra la relijiosa x ser inkpaz d abrir la puerta. Dspues, kyo en la cuenta d q la madre Oshilaola no estaba en la ksa, pero dsprecio la posibilidad d ser el personalmnte qien bajara a atendr a qien llamaba con tanta impaciencia.

Estaba estudiando ls planos dl Valladolid antiguo y repasando ls notas q habia tomado d sus 1ªs conversaciones con Helisabetta. *Nos faltaba examinar las ermitas,* dijo xa si en el momnto q oyo un gran estruendo. Algo parecido a una explosion.

Los *Cecés* d asalto, arma2 con laser multifuncion dstructivo, entraron en el palacio arzobispal a ritmo d invasion contra dlincuentes gritando *Alto en nombre del orden, alto en nombre del orden.* El arzobispo oyo voces al final d la esklera q no supo idntifikr. Acciono el boton d su silla d ruedas xa acerkrse a la puerta d cristal q tenia cerrada.

En 3,8 segun2, ls 2 1ªs *Cecés* llegaron al dspacho d Arjimiro Bayarri mientras otros 6 inspeccionaban ls habitaciones dl palacio y exclamaban ¡Neutro!, ¡neutro! ls 2 *Cuidadores de la Convivencia*, vesti2 d negro *Retroninya*, enkñonaron al anciano y le gritaron *¡Al suelo!, ¡al suelo!*, pero el arzobispo se agarro a ls reposabrazos d la silla y no se movio. *¡Al suelo o disparo!*, aullo uno y el respondio *Dispare. De rodillas, sólo ante Dios.*

Adriano Bayarri llego en el momnto en q ls *Cecés* se plantearon seriamnte dskrgar su laser contra el corazon d aql hombre o, al mnos reventar la cristalera d agujeros. Ordno *¡Alto!* y ellos obedcieron inmediatamnte. Arjimiro respiro y noto q una gota d sudor frio le recorrio la frente.

—¡Abre! —Impuso el director dl CDMU—. ¡Abre!

—No puedo contravenir la Ley del Respeto Mutuo entre dos personas que no profesan la misma religión —contesto airado.

—¡Abre!

—¡Podría contaminarte!

—¡Disparen al cristal!

El paño d vidrio salto hecho añicos con un solo golpe dl laser. Fue un estruendo brutal, segido d una amnaza imponente xq ls 2 *Cecés* se llegaron hasta el anciano y le enkñonaron en la frente. Un rayo d color verd le cegaba el ojo izqierdo.

—¡Fin! —Dijo el hermano mnor— ¡Fin a tu locura!

—Dirás, fin a tu locura pues eres tú el único que ha enloquecido. ¿Se puede saber qué significa todo este lío?

—Lo sé todo y aún no me lo puedo creer. —Le señalaba con el ddo al entrecejo—. Nunca me esperé eso de ti. ¡¿Y tú eres mi hermano?!

—Sí, soy tu hermano. Ahora, pide a estos tipejos que dejen de apuntarme y explícame qué es lo que no te esperabas de mí.

—Que quisieras matarnos.

—Dicho así, yo tampoco me lo esperaba de mí mismo.

—No es momento de bromas.

—No estoy de broma.

—Tú has montado una conspiración contra el Systema.

—¿Es eso? —Rio con dskro—. ¡Claro! ¡Llevo cuarenta años luchando contra tu estúpida forma de entender la vida! —Se mofo con una muek— ¿Se te ocurre ahora asaltar mi casa y encañonarme?

—Tengo las pruebas.

—¿Pruebas? —Elevo ls manos al cielo— ¡Habérmelas pedido! Te las hubiera dado yo mismo. Hacía años que esperaba tu visita, pero no de esta forma…

—Tú quieres la *Tinta invisible.*

—¿Yo? La verdad, sí. Me parece una historia apasionante. Seguramente, lo más emocionante que he tenido entre manos desde hace ni se sabe.

—Tú estás en contacto con los Países Externos.

—¿Yo? La verdad, sí. Creo en mi misión pastoral.

—Tú quieres destruir el Mundo Unido.

—¿Yo? La verdad, no me importaría.

—Tú eres un traidor.

—¿Yo? ¡No! Eso, no. ¡Tú eres un traidor! Tú eres el que se ha vendido a unos intereses por encima de los principios que nos enseñaron nuestros padres y que ellos aprendieron de los padres de nuestros padres. ¡Yo no soy traidor! ¡Tú eres el traidor!

—¡Quedas detenido bajo los cargos de conspiración, sabotaje, falsedad y terrorismo!

Prune Bulhman llego al dspacho sudando y ajitado. Segun jadeaba, acerto a dcir *No.. i.. consion… Nada… No… i… consion…* Adriano Bayarri le miro ofendido: el ayudante dl director dl CDMU no podia presentarse d esa forma.

—¿Puede explicarse con claridad? ¡Respire, Bulhman!

Aun pasaron 4,7 segun2 hasta q tomo aliento.

—¡La escalera!

—¿Qué es la escalera?

—La escalera me mata, señor.

—¡¿Es eso lo que tiene que decir?!

—No… —Tomo nuevo aire—. Digo que no hay conexión, señor.

—¿No hay conexión? ¿Qué significa que no hay conexión?

—El dispositivo móvil no detecta ninguna conexión con el mundo exterior. Parace que sólo tienen un antiguo *Pecé* sin enganche con nada.

—Explíquese.

—Según el mapa electrónico, es imposible transmitir desde aquí, señor.

—¿Y el servidor del palacio arzobispal?

—Será un enlace que esté en la calle, señor. Desde aquí no hay modo de enviar ni recibir nada. ¡No hay conexión! La monja no está conectada.

—Lo tendrá oculto con un modelo más sofisticado que el que puede rastrear su dispositivo

—Eso es imposible, señor.

—Son espías. Lo tendrán oculto: ¡Busquemos!

TRACTADO Q· CUENTA DE CÓMO ME ENFRENTÉ À FRAY ALONSO DE TORO E PUSE EL TESTAMÊTO SECRETO EN LA MANO DE LA VIRGEN NTRA· SÑORA· ANTES DE CONOÇER À MAESE HERRERA

Más de quatrocientas casas ardieron durante los dos días q· duró el inçendio provocado por Venançio el Noquero e sus sequaces, en nombre del segundo Filipe. Laura fuè contabilizada como una de las siete personas q· murieron. E el asesino, también.

Todo quedò derruido: las casas consistoriales, el mercado de la Red, la calle Costanilla, cada una de las catorce callejuelas q· daban à la plaça Mayor e una buena parte del convento de Sant Françisco. El centro de la ciudad olió à madera requemada durante largos meses. Aún con todo e con eso, el Ayuntamiento redactó un bando para dar gracias Sant Mateo por haber obrado el milagro de q· el fuego no se extendiera por toda la ciudad. No sé yo qué más querían q· se quemara. Es cierto q· la Esgueva no ardió à pesar de la porquería, aunque dudo q· fuera por la mano del evangelista q· anduvo de recaudador de impuestos.

El derrumbamiento de la cueva subterránea e de los túneles provocó un socavô en la calle de Santiago, q· se alargó hasta el huerto del convento de Sant Françisco. La ermita de Juan Urtado sufrió desde los pilares e quedò lista para la demoliciô, e la tapia q· custodiaba la clausura se quebró también, ansí q· los monjes aprovecharon para q· se remozaran, al mesmo tiempo, el muro e el tapiado de las ventanas en la torre de la yglesia de Santiago. De esa manera se me hizo imposible colgar allí la cruz, caso de q· alguna vez volviera à recuperarla.

Culparon del desastre à los alcalleres q· construyeron la primera traída del agua desde Argales, los maestros Yusá e Mahomed, quienes, como la catástrofe sucedió en el día del inçendio e quedaron los caños desecados, penaron con cárcel de seis años antes de ser enviados à galeras.

De ellos nunca más se supo, à pesar de que, milagrosamente, el agua volvió à fluir por las calles e por los huertos doze días después de la explosión.

Yo callé la mi boca aunque, bien lo sabe Dios, me dio mucha pena de los pobres moriscos, q· gritaban en su idioma q· ellos nada tenían q· ver con los pasadizos de la Edad Media e q· su obra consistió en acomodar las tuberías de arcilla q· llegaban justo hasta el pozo de las Caballeras.

La muerte de Laura me sumió en una tristeza imposible de sobrellevar. La tristeza q· más duele es la q· tras placer viene. En muy poco tiempo, me encontré sin padre, sin mi maestro e sin mi único amor, leve e eterno, como un primer beso. Ni siquiera había cumplido los catorce años. Quizá la ausençia de algo à lo q· agarrarme fuè causa de la osadía de encararme à Fray Alonso de Toro el día q· predicó sobre el milagro de Sant Mateo, un año más tarde. Nada teníade sentido en mi la vida e nada podía perder si la Justicia me prendía.

Me acerqué à la yglesia de Sant Benito, como uno más de los cientos q· acudían à la misa de diez. Detrás de las incomprensibles primeras oraciones en latín, Fray Alonso de Toro caminaba con paso solemne hasta el púlpito de piedra junto à la grande verja de hierro q· separa al pueblo de la clausura, en el lado del Evangelio, musitando jaculatorias e pensando las primeras palabras de la su proclama. Quando bramaba, era el único momento en el q· le veíamos la su cara. Ese semblante pálido e adusto.

Después de dar las gracias à Sant Mateo, señaló à todos gritando q· la ciudad se había quemado por culpa de las ofensas q·, de continuo, los vallisoletanos hacíamos al Sñor· Ntro· Dios. E no pude por menos q· replicar desde la otra parte, q· estaba yo mirando desde el lado de la Epístola.

(Ro). Por eso, e por algo más, ¡Reverendísima!

Un murmullo amortiguado e asfixiado recorrió la yglesia, con más espanto q· curiosidad. Él guardò silençio, como una priora olfateando el pecado carnal de su noviçia pura, e escudriñó entre la multitud. Insistí.

(Ro). Bien sabe el abad quién quemó Valledeolit. ¡Que explique por qué!

Me encontró tras dos oleadas sobre una muchedumbre q· abría los ojos e exponía las palmas de las manos para confesar la su inocençia. Los del mi lado se separaron. Me clavó la su mirada con más odio del q· cabe à diablo. Al punto, me reconoció porque sabía q· me había escabullido de las manos del Noquero e le vi demudar el gesto. No podía palidecer más ante mí, q· estaba vivo.

(Ro). ¡Yo sé cómo murió Venançio el Noquero! ¡E yo sé quién arderá en los infiernos!

Rematé con energía e con las mismas me volví hacia la salida. Un hombre de buen tamaño me agarró por el mi brazo antes de llegar à la puerta e miró al abad por si había de detenerme e incluso lincharme. Para la mi sorpresa, Fray Alonso de Toro sentençió con voz grave:

(FryAl). Dejadle marchar. Ese pobre lo perdió todo. Perdònalos porque no saben lo q· hacen.

Ansí q· él quedò como el adalid de la primera razón pronunçiada en la cruz por Ntro· Sñor· Jesucristo e yo como un pobre bribô, sin ofizio ni benefizio.

Pero no era así. La familia Berruguete cumplió los deseos del maestro e me dio cobijo, manutençiô e trabajo. Los primeros meses, me los gané como ganapán; después, como aprendiz, oportunidad q· tuve de hacerme con la gubia para la madera e el zinçel para la piedra. Por último, e gracias à las mis buenas horas garabateando sobre la mesma mesa de olivo q· presidía el taller, començé como escribano, sin dejar de tallar mármoles e robles. Años más tarde, la familia también me ayudò à ganarme el puesto de escribano de la Chançillería, el mesmo q· ocupara el maestro Berruguete, gracias à lo qual he podido relatar la mi verdad en aquestos pergaminos.

La ciudad tardò años e años en recuperar su ritmo. Más de seiscientas casas, de las seis mil q· había, quedaron vacías porque la gente se fuè marchando à la nueva capital de un Imperio q· seguía creciendo, pero lejos del Pisuerga. No se construyeron nuevos palacios para nobles. Sólo conventos, lo q· hizo de Valledeolit un lugar con un índice de població de frailes e monjas q· no se daba ni en los estados pontificios, si acaso allí vivían más religiosos q· meretrices. La mitad de los habitantes se distribuía entre hermanos q· pedían limosnas e pobres q· hacían lo propio.

La peste, los inçendios e las inundaciones se sucedieron cíclicamente como desde los comiençs de la humanidad. La reconstrucciô de las casas dio grande trabajo, e el taller llegó à tener más de cien artesanos q· ocuparon el antiguo despacho de vino del maestro. Tallábamos igual capiteles para las nuevas columnatas q· se diseñaron, q· escudos de armas en piedra para los nobles q· se establecían en la Costanilla e en Ochavo.

Aprendí profusamente de heráldica, q· me pareció un modo inteligente de narrar las historias de las familias. Cada qual quería unir su linaje al lugar do nació. Los de Valledeolit pedían q· en alguna parte figuraran los motivos del escudo de la ciudad: un castillo soportado à derecha e izquierda por dos leones, todo ello rodeado por una franja ovalada q· teníade ocho herraduras. No muy original, la verdad, e bastante difícil de zinçelar, hasta q· yo mesmo tracé un nuevo símbolo: lenguas de fuego comiéndose un blasô liso. Lo dibujé sobre la tierra sin intençiô, pero resultó más fácil de esculpir e más vistoso.

Ocupado en las mis cosas, yo teníade la obligaciô prinçipal e secreta de colocar el cilindro invisible en la mano de la Virgen del retablo de la yglesia de Santiago de Cáceres. Como escribano prinçipiante, los primeros encargos de los hijos del maestro fueron, precisamente, la cantidad de pleitos q· se echaron à la cara con aquellas tallas. Todo se volvía en valoraciones económicas, deudas sin pagar, prisas por cobrar e incontables paseos à la Chançillería. Al fin, quatro años detrás de la muerte de Berruguete, cargamos las maderas en los carros e nos fuimos à Cáceres à montar el retablo.

Bien metido llevaba yo el tubo en las mis partes e buen daño q· me hizo por el camino, q· si se trataba de meterlo ahí para q· siempre lo notara, para otro encarguito de ese tipo debía yo de buscar mejor escondite e cuidarme bien las mis vergüenças.

Tardamos seis días de camino e llegamos polvorientos e hartos. Luego estuvimos más de dos semanas construyendo el armazón del retablo e acoplando los santos e bajorrelieves. Al día vigésimo segundo desde q· salimos de Valledeolit, todo quedó à punto para culminar la obra con la figura acabada de aquello q· comenzó siendo un pelote ovalado q· me hizo rodar por los suelos entre las risas del maestro.

Antes de izar la imagen de la Virgen, pedí un momento de recogimiento ante ella. Hice la parafernalia de arrodillarme, rezar con devociô, besar sus pies… Los ofiziales e los aprendizes me miraban como si me hubiera vuelto loco, pues todo aquello podría haberlo hecho en el taller, q· allí la teníamos desde hacía años. Pero les dije q· era encargo de Berruguete e q· ese e no otro era el momento adequado.

Quando ya se estaban cansando de tanta oraciô, saqué el cilindro, me lo ajusté en la mano, me levanté, di un abrazo à la imagen e, al besarla la mano elevada, allí lo coloqué. El maestro había tallado un hueco en el cabía perfectamente, cosa q· ya teníade yo ensayada.

Para q· no hubiera dudas, ordené à todos q· subieran la figura en absoluto silençio e devociô, no fuera à ser q· se cayera el tubo e no oyera bien el clinquineo. Ansí pues, sólo el chirriar de la polea estorbaba los mis oídos hasta q· la Virgen llegó al su destino.

Respiré profundamente: por fin había sido capaz de cumplir la mi misiô. El testamêto del maestro Berruguete ya estaba do debía. E así, por los siglos de los siglos.

Pero me quedaba aún aquello de la Alta Responsabilidad de emplazar la cruz invisible en el su lugar, q· ya no podía ser ni la torre de la yglesia de Santiago, ni el ayuntamiento, salvo q· imaginara el modo de meterlo en la nueva traza q· estaban diseñando. Lo primero sería saber en qué estado se encontraba la cruz. Para ello, bajé al pozo e me puse las calzas de cuero, como siempre. El agua fluía como de costumbre, como antes de la explosiô, ansí q· no se me ocurría qué pudo haber pasado más adentro.

Caminé por los túneles con el mi hachón iluminándolo todo sin notar cambios en la estructura del pasadizo. Hasta llegar à la entrada de la poza, do sufrí una grande decepciô: al yo malograr con la pólvora el embalse, había atrancado con piedras la salida del agua, dejando unos cinco ò seis palmos de oquedad desde la última fila de bloques de sillería rotos hasta el arco de medio punto. Yo por ahí no cabía e si me imaginaba el trabajo de hir quitando las piedras, corría peligro de provocar una estampida del embalse q· diera con el mi cuerpo enterrado e ahogado por el agua q· se filtraba por arriba, por las grietas el medio e por los lados.

El único modo de entrar se me ocurrió q· era esperar à q· encauzaran el agua de Argales por otro lugar e ansí, sin corriente, tratar de quitar el tapón e colarme à ver cómo había quedado la grande bóveda secreta e si la cruz seguía existiendo. Por entonçes, pareçia q· en dos años las obras estarían terminadas. Podía esperar, q· el q· aguardar puede, alcança lo q· quiere.

Pasé largo tiempo de escribano, informado sobre las obras del centro de la ciudad. Yendo e viniendo de apuntar piedras talladas, trabajos de ofiziales e labores à cobrar, conocí à los arquitectos q· dibujaron las nuevas calles, à los corregidores q· cambiaban favores por haciendas e à los hidalgos q·, à saber de qué maneras, se hacían con divisas q· me pedían blasonar en piedra de Campaspero para las calles prinçipales, las más cercanas à la nueva plaça Mayor, diseñada de tal modo q· ya venían de otras ciudades para copiarla. Lo más chistoso fuè q· la plagió Madrid, q· dezía yo q·, para eso, mejor sería trasladar la Corte entera à un sitio con río e no arruyuelo: ò sea, al Pisuerga e no al Maçanares.

Ntro· Rey Filipe el segundo atendió à los ruegos de los monjes de Sant Benito sobre el arreglo del acueducto para la traída del agua desde Argales e nombró à su arquitecto de cámara como estadista para hacer la traza. En un primer momento, yo no sabía la gracia del tal enviado de Su Majestad.

Me enteré de quién era el caballero según blasfemaba el primer responsable del diseño de las nuevas casas consistoriales antes de ser despedido: el maestro Juan Sanç de Escalante, en la mismísima plaça Mayor, à voces entre los mamposteros e alcalleres, criticaba al Rey por haberle usurpado el Ayuntamiento, cuya construcciô nunca terminaba de arrancar. Sanç de Escalante era maestro de obras provinçial. Quiere dezirse q· conseguía los contratos sabiendo quién era quién en las tabernas e casas de candil, repartiendo sus honorarios entre los corregidores. Ansí q· diseñó un Ayuntamiento como el anterior: una casa molinera con algunas habitaciones en el segundo piso. Los mandamases aprobaron el proyecto por la cuenta q· les venía.

Pero, según llegó el enviado del segundo Felipe, mandò q· le llevaran los planos de las casas consistoriales e los alteró todos. Ese fuè el momento en q· el arquitecto ninguneado montó en cólera porque dezía q· le cambiaban no sé qué en la delineaciô e q·, para la fachada del Ayuntamiento, se necesitaría el triple de piedra de sillería traída de Villanubla e Castronuevo, más el doble de mollares de Campaspero para los escudos de armas e tallas finas, materiales q· el ayuntamiento no podía pagar.

Por aquel entonçes, el enviado de Filipe el segundo teníade conferida grande fama porque andaba con no sé qué divertimento à cuenta de un convento encargado por el Rey, en una aldea asilvestrada de las montañas, à siete leguas de Madrid, entre Guisando y el Real de Manzanares. ¡A saber!

Mandò traher también los planos de la fachada de la yglesia de la Vera Cruz, penitençial q· habían autorizado al gremio de los hortelanos para cerrar la nueva traza de La Costanilla por un precio tasado de mil ducados de contado, más doscientos maravedíes de censos cada año. Después, el tal sabio madrileño se atrevería también con la reforma de la Colegiata para hacer una catedral. E todo porque, de joven, había estudiado en la universidad de Valledeolit, lo q· quería dezir q· quizá de algo le conocía yo: por las juergas.

De toda la bronca, sólo me interesó una cosa: el agua de la fuente de Argales. Si el arquitecto real hacía ò no una catedral, cuyo esbozo resultó bastante aburrido e quadriculado, en el lugar en el q· se derruía la Colegiata; si pintaba ò no los esbozos de la fachada de la Vera Cruz para q· la terminara su ofizial, Diego de Praves, q· andaba à la última palabra, ò si cambiaba los dibujos, bastante malos, de Sanç de Escalante, à mí me daba igual. Incluso si contrataba à los artesanos de Juan de Juni, también. Yo quería saber qué teníade previsto construir por debajo: era cosa de la Alta Responsabilidad para conmigo e para con la historia, de la q· tanto me habían hablado. Teníade q· recuperar la cruz.

Ansí q· me fui à hablar con el tal arquitecto real. Iba yo muy valiente, confiado de lo q· quería preguntarle… Pero me quedé paralizado quando me dieron la su graçia: era maese Juan de Herrera, aquel q· antaño había porfiado gravemente con el mi maestro. El mago, el matemático, el artista…

Respiré fuerte e me fui à él. À pesar del miedo q· me inspiraba, estaba yo obligado à saber si para traher el agua desde Argales iba à escarbar entre las ruinas de la ermita de Juan Urtado e si eso supondría desvelar el escondite de la cruz de Berruguete.

Resultó hombre desconfiado. E listo, q· no perdía detalle de lo q· se le exponía. Absorbía las ideas como paño esponjado, q· parecía las metía en la cabeça à través de su larga nariz aguileña.

No entré à saco, sino q· di rodeos para examinar cómo podía sonsacarle. Mientras escuchaba mis razones en la mesma plaça Mayor, escribía notas como un poseso para q· fueran enviadas à Madrid por cabalgaduras rápidas e ansí corregir errores de cálculo de aquello à lo q· llamaban el Monasterio de Sant Lorenço, planeado sobre una aldea tan pobre q· dezían un vertedero de escoria.

(Ro). Ese ayuntamiento habrá q· tirarlo à poco.

Le dije para q· entreviera q· estaba hablando un entendido.

(He). ¿Ah, sí?

Ni levantó à vista de los planos q· estaba matizando.

(Ro). El ladrillo en llagas, hiende.

Argüí para q· se notara q· era yo escribano e entendido de la mampostería.

(He). Quedará mejor en piedra.

Respondió como quien no quiere la cosa.

(Ro). Piedra no hay, q· toda va à la capital del oso q· come bellotas.

Entonçes, me miró. De buenas sabía yo q· había sido estudiante en Valledeolit e q· recordaría la coplilla.

(He). ¿Se atreve con las decisiones del Rey?

(Ro). Me atrevo con el aprendiz de río e las ballenatas, nada más.

Se carcajeó e dejó la pluma. Estaba sentado à la mesa de trabajo en medio de la plaça Mayor, haciendo como q· inspeccionaba las obras de las casas consistoriales pero trabajando en lo suyo, con más de diez ofiziales à su lado q· recogían dibujos, cambios de planos e instrucciones como si fueran esclavos.

(He). Me recuerda usted à mis años jóvenes…

(Ro). Fui paje antes q· escribano, e el q· nace caballo… muere saltando.

Rió al aire con descaro.

(Ro). Por mí, puede dibujar la nueva catedral, q· alguno déstos se quedará à acabarla, pero el ayuntamiento terminará cayendo.

(He). ¿Antes de q· lo vean mis ojos?

(Ro). ¡Espero q· muy detrás, maestro!

(He). ¿Entonçes?

(Ro). ¡Que se lo coman los gusanos!

Se levantó e me puso la mano en el hombro.

(He). ¿Algún sitio cerca do guisen una buena gayina en pepitoria?

(Ro). Ahí detrás, justo, en la calle Empedrada.

Parece q· à los hombres importantes no les disgusta la buena cama-
radería, ansí q· me fuè fácil entablar conversaciô sin q· el supiera de las mis
verdaderas intençiones. Los ofiziales q· estaban à sus órdenes respiraron
aliviados como vieron q· partíamos, pues el maestro Herrera era de mal
carácter quando trabajaba.

Sentados en banquetas bajas en la taberna del Sinovas, yantando
unos riñones de lechazo à la brasa, sondeé por si había pensado el esbozo
de la nueva traída de aguas e él se sorprendió de q· me interesara por lo
menos espectacular de la su obra en la ciudad.

(He). Tardarán tiempo en aprobar el presupuesto. El Regimiento está
sin un maravedí e el Rey tiene grandes gastos como para ayudar.

Respondió resoplándose los dedos, pues estaba la grasilla caliente.

(Ro). Pero no podemos seguir sin agua por más tiempo.

(He). Ansí ha sido toda la vida, ¿no?

(Ro). Me barrunto q· algún día todo el gentío pedirá el agua en los
sus mesmos aposentos, e será de volverse locos.

(He). ¿Para qué van à quererlo? ¿No beben vino?

(Ro). ¡Para lavarse!, como hacen en Flandes e dizen q· en Francia.

(He). Para lavarse, ¡muy menos!

Reímos e comimos à placer e con grande algarabía, q· más ruido
hacen dos q· charlan q· ciento q· callan. Me confesó q· no le cautivaba la
idea de corregir los planos de las casas consistoriales, pues finalmente serían construidas de ladrillo e no de piedra, e eso teníade mala vejez, tal e
como yo mesmo le había sugerido en la plaça. En cambio, estaba entusiasmado con la reconstrucciô de la Colegiata.

(He). Mire, Rodrigo.

Tomó el mango de una cuchara de palo e bosquejó en el mesmo
suelo de tierra de la taberna.

(He). Ha de ser espectacular, grandiosa. Quatro grandes torres ras-
gando directamente las nubes del cielo e una entrada à mitad, porticada.
Todo sobrio e proporcionado.

Se le iluminaban los ojos.

(He). La ciudad toda, bajo el manto de la catedral.

Con las mismas, le arrebaté la cuchara e dibujé en el suelo la silueta de un escudo de armas. Por dentro, saliendo desde la izquierda, simulé unas lenguas de fuego q· se comían la mitad del espacio.

(Ro). ¿E cómo evitará q· un inçendio se la lleve, maestro?

(He). Ordenando q· todo sea de piedra e dejando un amplio espacio q· la rodee para q· ninguna llama pueda llegar hasta ella.

(Ro). ¿E si es por dentro?

(He). No habrá ni una sola viga. Hágame caso vuesa merced.

Aún hoy no sé si la su catedral quedará como él la pensó, pues hoy es el día q· aún va con retraso, pero lo q· sí es cierto es q· aquel blasô liso comido por lenguas de fuego q· dibujé sin querer la cosa començó à pedirse como escudo de la ciudad.

ARCHIV327985471143209743987234091MPRXSYSTEM
WRITER12,46MILISEGUN2TXTOMODIFIKDOPROGLITERARIO
ESTILORETROS21TRANSCRIPCIONTXTOSORIJINALESEXACTA
ENGRAMATRIKARKIKORDN456351525465876976012456
ESPAÑOLPUROPUNTUACIONCLASIKYPALABRASSEPARADAS
MARKNMINERFERROV561TAHIPERVINCULOIMAGVIRTUAL
AUDIORECUPERADOBUZONENVIODSCONOCIDO.QLARITA
RECTORA.21012101. **N EL ALMINAR D L MEZKITA.**

D sd fuera, la diferencia entre la antiwa iglesia d Santiago y la mezqita d Ulit se percibia unikmnte en la enorme vidriera circular sobre el portico d entrada. Dond, dsd el año 1500, hubo una representacion dl apostol montado a kballo dando zarpazos a ls moros con una espada, dsd el acuerdo d convivenciā se implanto una media luna con la inscripcion اشهد أَنَ الّ إلٰه إلا الله أو نَ محمد رسول الله *Doy fe de que no hay más divinidad que Dios y Mahoma es el mensajero de Dios.* (HIPERVINCULO4324369CREENCIA-MUSULMAN23409AUDIOVIDEO874532).

Tambien fue retirada la cruz q coronaba la torre.

D ls siglos pasa2 solo se mantenia la estructura d piedra y ladrillo con la q fue construida. X dntro, todo fue triturado. Salvo ls esculturas d cristo en la cruz d Pompeyo Leoni, y ls d Dimas y Gstas d Gregorio Fernandz, q pudieron ser trasladas a Tiphis, el resto d ls iconografias se hicieron astillas, comnzando x el gran retablo dl absid q representaba en su figura central al apostol, nuevamnte a kballo segando kbezas d ls q, mucho antes d la configuracion dl *Mundo Unido*, se consideraron ls principales enemigos dl cristianismo.

En la parte central dl atrio, una fuente baja d awa clara con 6 chorritos tenues era lugar d cita d dcenas d musulmanes q charlaban en cuclillas o apoya2 en ls pareds d la mezqita. La madre Oshilaola se sintio cohibida y fuera d lugar al acerkrse. Helisabetta la noto q retrasaba el paso y la animo:

—En Norba Caesarina es aconsejable que los religiosos permitidos de unas religiones visiten los templos de las otras. Se profundiza en el acuerdo. Y los profesionales estables tenemos mando en ambos lugares.

—Sí, pero ahora vas vestida de monja —advirtio la relijiosa con malicia.

—Las cosas en las grandes capitales y en las pequeñas ciudades son distintas ¡Aquí tampoco se va enseñando las tetas por la calle! —sentencio Sauco con el ceño fruncido y mirando al suelo.

Helisabetta se volvio a el muy enfadada con el ddo indice señalando como un cuchillo a ls ojos:

—Nunca, nunca, nunca vuelvas a reprocharme nada. ¿Entendido? Soy una profesional estable, joven, liberada, moderna, independiente, valiente, brillante, emancipada e inalterable, con arquitectura lógica. Nunca, nunca, nunca te vuelvas a dirigir a mí en esos términos.

—Por favor —rogo la madre Oshilaola, finjiendo un sollozo—, terminemos esto y luego se van ustedes de luna de miel. ¡Por favor!

—¿Luna de miel? —pregunto la joven.

—¡O como lo llamen ahora! —refunfuño—. ¡Que yo soy monja!

Disimuladamnte, y siendo observa2 x ls musulmanes q dpartian en el atrio, escudriñaron ls pareds d la mezqita xa adivinar d ke modo pudo subirse hasta el tejado un hombre d 60 y tantos años, esklando x ls piedras y ls ladrillos, y sin ser visto x ninguno d ls centenares d musulmanes q no hacian otra cosa q mirar hacia un lado u otro.

La reja dl portico derecho, q en tiempos fue la entrada d la Epistola, se antojaba como el mejor lugar xa llegar hasta el tejado bajo xa, dspues, alzarse hasta la torre, a traves d la balconada d lo q fue la *Casa Del Hereje* y paso a albergar el *Centro de Estudios Árabes Mezquita de Ulit.*

El contrafuerte redondo, a la derecha d la puerta principal, q daba al atrio, podria ser tambien esklado xa saltar al tejado con facilidad en kso d ser un joven dportista; incluso ls piedras d la parte + oriental dl edificio tenian oqdads sobre ls q apoyar pies y manos e iniciar un ascenso...

—Pero, en cualquiera de los casos —advirtio la relijiosa— harían falta dos cualidades: la primera, ser joven y ágil; la segunda, que no hubiese nadie a doscientos metros a la redonda durante más de media hora para que no lo vieran.

—Y ni mi padre era ágil...

—Ni la calle de la Convivencia ni el atrio de la mezquita son lugares solitarios. —Subrayo el chico.

—Imposible —admitio la joven.

Aun dieron una vuelta + xa cerciorarse d q no existia ninguna esklera q facilitara el acceso al tejado ni mucho mnos al alminar.

—¿Cómo hiciste para subir al retablo del convento de Porta Coeli? —pregunto la madre Oshilaola.

—Muy difícil... me apoyé en algunos vanos, subía por las repisas...

—Eso quiere decir que tu padre tampoco pudo hacer esa locura descabellada para llegar al tejado —aventuro Sauco.

—Así que en ambos lugares fue por el camino más fácil... —Concluyo la relijiosa— ¡Por dentro!

—¿Por dentro? —se asombro el chico.

—¿Cómo se sube cada día al minarete el muecín para rezar?

—¡Por dentro! —exclamaron ls jovenes al unisono.

—Pues entremos.

El arzobispo fue maltratado + q ayudado a levantarse d su silla d ruedas. Ls 2 Cecés d asalto le auparon x ls hombros y, a pesar d sus protestas, le llevaron en volandas hacia la esklera y bajaron asi el primer tramo, mientras el intentaba tokr el suelo d puntillas. Asi llega-

504

ron al 2° tramo, hasta la habitacion d la madre Oshilaola, junto a la kpilla. Prune Bulhman abria el grupo y Adriano Bayarri lo cerraba, dispuesto a q todo el peso d la ley kyera sobre su hermano en cuanto comprobaran la traicion.

El ayudante dl director dl CDMU grito *Abrir programa*, pero no causo ningun efecto. Luego, *Encender*, pero no paso nada. *¡Dígame la clave!*, grito al arzobispo y el le miro con sorna. Al tercer intento, palpo la pantalla con su ddo corazon esperando q se encendiera, pero no respondio. X ultimo, se qdo mirando a su jefe con gsto d incredulidad. *No puede ser*, musito Bayarri y examino el teclado.

—Me temo que es un *Pc* de comienzos del año dos mil —aclaro Bulhman.

Efectivamnte, en la consola, bajo un rotulo en rojo q dcia *Compaq*, un boton azul se prestaba a ser hundido xa poner en marcha el anticuado ordenador. *Intel inside Pentium 6*, se leia en una peqña pegatina, y *Windows Xp* en otra.

—De esto ya no hay ni piezas de repuesto —se asombro el joven—. ¿Cómo consiguen que funcione?

La pantalla d plasma no tactil, d 3 d2 d grosor, hizo un amago d encendrse y d apagarse, dspues unas interferencias breves, hasta q mostro la leyenda *Introducir clave*. El arzobispo sonrio d nuevo: el no se la sabia y no estaba dispuesto a adivinarla.

Tras dsklzarse, lo q vieron al colarse en la mezqita fue la inscripcion *Ašh-du anna l- il-ha ill- Allâhu wa anna Muhammadan ras-lu l-lâh*, escrita bajo la boveda d cruceria estrellada, en el muro oriental.

Ala era alabado alli dond la antiwa iglesia fue presidida x un altar y dond antaño se exhibia un grandioso retablo d madera d Alonso Manzano y ls esculturas d Juan Avila. Ls rozo alguna mirada d dsaprobacion x parte d qienes charlaban en el atrio.

En el presbiterio, azulejos con motivos vegtales adornaban la maxima mahometana: *Doy fe de que no hay más divinidad que Dios y Mahoma es el mensajero de Dios*.

Las antiwas kpillas habian sido dsmanteladas y drribadas xa dar a todo un aspecto d ambito unico, dividido en 2 partes x una gran verja d hierro. El cuarto trasero estaba habilitado xa ls curiosos; ls 3 cuartos dlanteros, xa la oracion d ls hombres. Ls mujeres dberian d subir al antiguo coro xa sus rezos. Eso implikba q ni Oshilaola ni Helisabetta podrian investigar si x ls habitaciones q se adivinaban al lado derecho dl crucero podria llegarse hasta la puerta d la torre. Mision exclusiva xa Sauco.

—¿Y dónde estaría la capilla de los reyes? —pregunto Helisabetta a nadie, posando la vista en todas ls bovedas y en ninguna.

La mezqita estaba ksi vacia. Al fondo, algunos hombres permanecian en silencio y arrodilla2. La mayor parte d ls q entraban y salian eran curiosos, como ellos. Ls musulmanes dl *Mundo Unido* redujeron a 2 ls rezos en ls dias laborables, al alba y al atardcer, aunq mantuvieron ls 3 invokciones preceptivas ls viernes y durante el Ramadan.

El edificio parecia mucho + grand x dntro q x fuera. El suelo d marmol abrillantado reflejaba ls pasos dsklzos. Convertia ls sombras en brillos licua2. La voz dl almuedano knturreando el Coran, d espaldas a la entrada y situado en lo q se conocio durante siglos como el lado dl Evanglio, invitaba a recojimiento d recinto sagrado. Pero ninguno d ls 3 se encontraba xa reflexiones sobrenaturales.

A derecha e izqierda, ls pareds dsnudas no daban ninguna pista sobre dond encontrar la antiwa kpilla d ls reyes. Se hundieron animikmnte. No encontrarian fuerzas xa relatar al arzobispo q el retablo d Berrugete habia sido qmado, junto con ls otras kpillas, entre la indiferencia d una sociedad q tenia una inmejorable pregunta ante situaciones d dbate intenso: *¿Y por qué no?* El *Opcionalismo* encontro d esa manera el mejor modo xa permitir q to2 consigieran lo q se proponian sin siqiera intentar convencer a ls adversarios.

Sauco tenia el objetivo d llegar hasta ls habitaciones ocultas e investigar el modo d subir a la torre.

Helisabetta dberia d buskr entre ls esqinas alguna oqdad q le permitiera bajar a ls infiernos.

La madre Oshilaola no comprendia nada: dsd q llego a Pincia, la antiwa iglesia d Santiago ya era mezqita y no conocia su historia; ad+, como relijiosa ktolik, realmnte se encontraba ridicula en ese escenario en el q ls mujeres eran discriminadas. Prefirio salir al atrio, dond se encontro con un hombre q la miraba dscaradamnte. Fue hacia el y le saludo con amabilidad, asintiendo con la kbeza.

El unico q podia pasar x dtras d la verja era el chico, asi q hizo un gsto con ls cejas y avanzo dcidido. Antes d enfrentarse a ls miradas d qienes rezaban, tuvo la feliz idea d qitarse el alzacuellos blanco y abrirse 2 botones d la kmisa. Se sintio + kmuflado: podria ser musulman, o, al mnos, no tendria q respondi a otras preguntas.

Ls 5 hombres q kdnciosamnte se dsplomaban hasta q la frente tokba el suelo no prestaron atencion a sus pasos. Luego subian el tronco con ls palmas d ls manos abiertas hacia el frente mirando al techo, extasia2.

Tampoco qien kntaba ls versos coranicos levanto la vista dl texto, asi q Sauco se colo en la antiwa sacristia d la preterita iglesia d Santiago, convertida en la bibliotek dl centro d estudios.

Alli aun podian verse retazos d la antigüedad: ls esklones d piedra no habian sido sustitui2 x marmol, y ls pareds conservaban el ladrillo y ls piedras orijinales, sin azulejos.

Recorrio en silencio la estancia, tokndo ls esqinas, empujando ls muros xa comprobar q no habia puertas ocultas en ninguno d ellos. D frente, la puerta conducia a la salida dl lateral d la mezqita, todavia reswardada x el portico renacentista y una verja d hierro dl siglo 16, robada d San Benito el Grand, xa q ls estudiosos d la relijion y la cultura musulmana pudieran acerkrse a la bibliotek sin pasar x el espacio sagrado reservado a ls rezos.

Al principio no encontro la puerta d subida hacia el alminar, hasta q, dtras d una estanteria, vio un hueco, mnos ancho q el d una puerta normal, escondida pero accesible. Dspues d contener el aliento, agarro el pomo y empujo con dcision el lienzo d madera labrada.

Lo q no se podia esperar es q al otro lado dl umbral hubiera un musulman d tunik blank acuclillado, con un Coran abierto en el suelo, q se qdo mirandole atonito.

—Salam Malecum —Saludo sonriendo.

Sauco no supo q respondr. Dspues, se acordo d Helisabetta.

—Felicidad y paz —dijo al fin, como si fuera lo + edukdo q existia en su diccionario, recordando el primer cruce d palabras con la chik d sus sueños.

—¿Quería algo? —pregunto el musulman, confuso.

—Humm. ¡Subir a la torre!

El hombre cerro el libro sagrado, se incorporo y mantuvo su sonrisa. Respondio amable:

—Eso no es posible, señor.

—Será sólo por un momento. —Enarco ls cejas y subio ls hombros xa dmostrar q no qria hacer nada malo.

—No es posible, señor. —Marco un circulo con la mano—. Esta es mi casa. Soy el muecín de la mezquita de Ulit. No puedo dejarle pasar.

—Sólo quería comprobar…

—No es posible, señor. Le pido que salga afuera.

—Si es que yo…

—Salga, señor. —gesticulo una leve sonrisa pero dmostraba autoridad.

Helisabetta recorrio con la vista ls muros interiores d la mezqita a la busqda d algun vestijio d la kpilla d ls reyes. (HIPERVINCULO-HISTORIADLMEZKITAYANTIGUAIGLESIAARCH89934B). Pero el suelo habia sido modifikdo y ls pareds, adornadas con azulejos: era imposible saber dond estuvo exactamnte.

Solo ls arcos fajones rebaja2 d ls bovedas, q terminaban en ls contrafuertes, podian dar idea d la estructura d kpillas primitivas, pero ni siqiera sabia como habian sido diseñadas ni ke hueco exactamnte correspondria a la q buskba.

Sauco llego hasta ella con el semblante triste y ella le miro con ojos dsesperanza2.

—Esto es más difícil de lo que me esperaba —susurro el, mirando sin intencion hacia el almuedano.

—Por eso mi padre terminó en la Comandancia —asintio la chik, arrodillada junto a una esqina, sin djar d toqtear ls pareds buskndo hendiduras—. Pero él lo consiguió. ¡Y nosotros también lo haremos! —se animo.

Salieron y se encontraron con la sonrisa d la madre Oshilaola, como si ella estuviera d vakciones y ls otros 2 llegaran acogota2 tras 6 dias d trabajos forza2.

—¿Encontraron algo, jovencitos? —pregunto ksi sarcastik.

—No —respondieron a coro y malhumora2 x contemplar su folicidad inexplikble.

—¡Que tenga que venir una de África para desentrañar los secretos de esta ciudad! —gruño y kmino hacia la klle d la Convivencia con ellos dtras, mirandose el uno al otro sin entendr nada.

La relijiosa se planto en mitad dl cruce d la klle Convivencia con la klle Constitucion. Estiro ls brazos.

—¿Veis? La estructura de este lugar no ha cambiado durante siglos. ¿No dijo eso el arzobispo?

—Sí —admitio timidamnte Helisabetta.

—Bien... —Se sonrio viendo la cara d pasma2 q tenian ellos—. Bien. No sabía que los guiatur resultaban tan útiles. ¿Los habéis probado alguna vez?

—Sí. —El volumn d la voz d la joven fue + alto, indikndo un *Empieza a cansarme tu estúpida sonrisilla.*

—Me acerqué a uno de ellos para ver cómo funcionaba. Exactamente, a ése —señalo un giatur a 5 metros, en una esqina.

—¿Eso es todo lo que se te ocurrió? —pregunto Sauco, molesto— ¿Ir de turista?

—Antes, había preguntado a un hombre a qué hora vienen a rezar los musulmanes y, muy amablemente, por cierto, me dijo que justo a la caída del sol eran llamados a la oración. El mismo que me describió el lugar por dentro. Resulta que todas las

mezquitas tienen un centro de estudios árabes y la casa del muecín. ¿Sabíais eso?

—¡Yo lo he comprobado!

El gsto d impaciencia d ambos era + q evidnte, pero la madre
Oshilaola flotaba disfrutando.

—Y al alminar se accede a través de la casa del muecin, que
en este caso está precedida de una biblioteca, me dijo el hombre.

—*¡Vaya, eso lo debe saber todo el mundo menos nosotros!*
—Penso el chico.

—Nunca se me había ocurrido —refunfuño Helisabetta.

—Así que el muecín está en su casa y no deja subir la torre,
¿cierto?

—¡Cierto! —Sauco ya estaba enfadado.

—Eso debió de pensar tu padre… Pero… —arrastro la ultima silaba y simulo ojos d misterio—. Pero… El muecín abandona
la vigilancia de la puerta de su casa, y la de la torre, al menos dos
veces al día. ¿Me seguís?

—¡No! —refuto Helisabetta.

—Dos momentos… ¡Dos!

—¿Para ir a comer y a cagar? —espeto soez Sauco, harto dl
juego d la monja.

—Entonces… —Dudo ella sarcastik—. Entonces, cuatro
momentos…

—¿Y cómo vamos a saber nosotros cuándo se va a cagar?
—*Sí, cagar. Ya hablo como uno de estos.* Helisabetta qrria arrankrla
la yugular.

—Eso no lo dice el guiatur, la verdad. Lo que sí dice es que
el sol se pondrá hoy a las diecinueve horas y doce minutos. Dentro de treinta y siete minutos, exactamente.

—¡Maravillosa información! —exclamo la joven dcepcionada—. ¿Y por eso estás contenta?

—Sí, claro. A esa hora es seguro que el muecín abandona
la puerta de su casa y la de la torre.

—¡Pero a quién se le ocurre! ¡A esa hora, justamente, sube a llamar a la oración! —concluyo el chico—. ¿Puedes explicarnos por qué estás tan contenta?

—¡Ay!, jovencitos… Porque si el muecín está en lo alto de la torre, es indudable que no está en la puerta de su casa. ¿Voy bien? —abrieron ls ojos, perplejos x la ocurrencia—. Quiere decir que es el momento justo para entrar y esconderse en algún recoveco de ahí arriba y, después, investigar. El muecín no subirá de nuevo hasta las seis horas y cuarenta y ocho minutos, que es cuando saldrá el sol mañana, según la información del guiatur. —Ambos asintieron—. Por eso tu padre fue detenido en los tejados a las tres de la mañana. No escaló: se escondió.

—¡Vaya! —respiro Sauco—. Esa sí que ha sido buena, madre Oshilaola.

La relijiosa sonrio satisfecha y kmino x la klle d la Convivencia hacia el Kmpo Grand.

—Y aún tengo más. ¡No sabía que los guiatur eran tan útiles, la verdad! —estaba exultante.

—¡Suéltelo ya, madre! —grito Helisabetta.

—Hay un botoncito en el que dice *Usted está aquí. Sitios para ver en los alrededores.* ¡Y le di! —rio mientras kminaba—. ¿Queréis saber qué me dijo?

—¡Síííí, vamos! —urjio la joven.

—Dijo: *Exposición de imágenes de Pincia histórica en la sala de Las Francesas, antiguo convento de las Comendadoras de la Santa Cruz.* Y pensé, ¡hum!, otro antiguo convento por aquí. ¡Esto era el paraíso para una monja! ¿Fantástico, no?

—¡Nooooo! —Sauco se puso a su par xa dtenerla y pedirla explikciones.

—Es esa puerta de allí. —Señalo a 60 metros—. Sala de exposiciones de Las Francesas, que suena a croasantería o a tienda de lencería, ¿no os parece? —acelero el paso.

—¿Y qué sabe usted de lencería, madre? —se rio Helisabetta.

—Una es monja, pero no tonta... —se volvio xa q la viera la nariz arrugada.

—¿Qué hay en las imágenes de Pincia histórica? ¿Qué hay? —urjio el chico.

—No lo sé... ¡No he ido a ninguna exposición!

—¡Ahora sí que no entiendo nada...! — Sauco se tiraba d ls pelos. No alknzaba a comprendr el procedr d la relijiosa.

Cuando llegaron a la puerta dl antiguo convento, djaron la sala d exposiciones a la izqierda y sigieron kminando hasta llegar a un antiguo claustro gotico d 3 pisos d piedra labrada. Justo al entrar en el pasillo, la madre Oshilaola freno en seco y apunto al suelo con el ddo.

—¡Mirad!

—¿Para qué prevenían los antiguos con ese letrero exigiendo contraseña? ¿Ni siquiera pedían huella digital? —se molesto Bulhman mientras tomaba asiento en la silla q utilizaba la relijiosa. Saco su dispositivo movil, tecleo en el mnu d opciones y espero... No mucho—. ¡Ja! ¡Cero coma dieciséis segundos en encontrar la combinación de ocho caracteres! ¿De verdad que así guardaban los secretos? ¡No me extraña que fuera tan fácil desencriptar los archivos de la piedra Roseta!

Rio xa si mientras ls 2 hermanos se miraron pensado lo mismo: prohibir el estudio d la Historia producia ingnuos q podian confundirse facilmnte con ignorantes. *Y, ahora, veamos*, mascullo.

El teclado y el raton eran ls unicos elemntos con ls q podia mover el cursor, y, ad+, estaban ancla2 a la consola a traves d un kble. Le parecio bucear en la prehistoria cuando se vio en la obligacion d teclear todas y kda una d ls letras d ls palabras, con un procesador q no solo no proponia ls sigientes expresiones antes d ser escritas sigiendo un pensamiento lojico, sino q tampoco adivinaba el final d la frase a medio componer.

Tambien se hizo un lio con la ortografia, pues dio ordnes con grafia abreviada y aqllo no se movia, hasta q penso q la monja dbia d escribir ¡hasta ls acentos! Y no fallo.

Asi, con mnos rapidz d la q le hubiera gustado dlante d su jefe, llego a la conclusion d q no habia activado ningun dispositivo xa enviar ni recibir audiocomunikciones dimnsionales, ni siqiera correos electronicos basicos como ls q habia dscubierto el Systema.

—Cánticos y oraciones católicas. Eso es lo que hay archivado, señor —concluyo.

—¡Y qué había imaginado que hubiera en el aparato ése de una monja! —Rezongo el arzobispo. Se dirijio a su hermano—. Ya basta de tonterías. ¿Qué buscas?

—Tu traición. La prueba que me conduzca a culparte legalmente de tu conexión con los Países Externos y tu intento de venderles la *Tinta invisible*.

—¿Te has vuelto loco? ¿Más loco de lo que ya estás?

—Y lo entiendo bien. Eres listo. Sólo provocando un peligro de esa naturaleza desprestigiarás a los rectores de tal manera que los ciudadanos no confiarán en nosotros. Quieres la muerte del Mundo Unido.

—¿Para qué quiero yo desprestigiaros, si no sois nada para mí?

—Eso lo sabrás tú —le señalo airado con el ddo indice—. Tú sabrás en qué te beneficia la destrucción de la placidez.

—¡O la monja! —intervino misterioso Bulhman. Se dirijio a ls Cecés—. Registren sus pertenencias personales. En algún lugar de esta habitación habrá un dispositivo móvil capaz de enviar y recibir mensajes. Si no lo encuentran aquí, pongan patas arriba el edificio.

Dspues d emitir ls ordnes, 15 *Cecés* entraron en el edificio dispuestos a buskr en kda rincon.

Tras unos segun2 buskndo pistas, o indicios, o algo, Helisabetta reacciono dcepcionada:

—¡Tabas! ¿Tabas? ¿Nos has traído a ver un suelo hecho con huesecillos y piedrecillas?

La monja rio todo lo alto q pudo.

—¡No! Mirad la placa. En esta ciudad hay letreritos por todos los rincones que cuentan las historias de los lugares…

—Para los turistas que no tienen dispositivo móvil. Sí, ya me fijé… —recordo la joven.

—Leed: *Centro comercial Las Francesas. Antiguo convento de las Comendadoras de la Santa Cruz, fundado en 1489 por las hermanas doña María de Zúñiga y doña María de Fonseca. Donaron su propio palacio para convento de las mujeres e hijas de los caballeros de la Orden militar de Santiago.* —Les miro sonriente—. ¿A qué os suena eso?

—¿Las Caballeras de Santiago? —se sorprendio Helisabetta.

—Así lo creo —ratifico la relijiosa y silabeo la palabra—. Ca-ba-lle-ras, tal y como lo escribió tu padre en el archivo. Las hijas y las esposas de los caballeros de Santiago.

—Pero… —La chik estaba confusa y la miro a ls ojos buskndo respuestas sin hacerse preguntas.

—Caballeras… Cuando lo vi, recordé la frase que dijiste de tu padre: *Llegué a través de un pozo. No me hizo falta tu equipo de submarinismo.* —Djo la conclusion en el aire.

—¿Y? ¿Y qué? —apremio Sauco.

—Mirad en el centro del claustro…

—¡Un pozo! —exclamaron ls 2.

—El pozo —sentencio enfatizando la monja—. ¡La entrada!

—¿Y estará seco? —pregunto inocentemnte Sauco.

—¡No parece que vengan por aquí con cubos de agua!… —suspiro dsenkntada la madre Oshilaola.

D modo ksi inconsciente, Helisabetta echo un vistazo x ls esquinas d piedra y x el techo dl pasillo dl Centro Comercial buskndo camaras d vijilancia.

—El pozo no está vigilado por el Systema —concluyo.

—¿Quién va a vigilar un pozo seco? —pregunto asombrada la relijiosa, urjiendo a q ls chicos llegaran a su ritmo d pensamiento lojico.

—Sólo este cristal —repico con ls nudillos.

—Y la puerta de aquel lateral no tiene cerradura —apunto Sauco señalando con la nariz—. Si tu padre entró por ahí, nadie le vio… Tiene sentido.

—¡Pues claro que tiene sentido! —exclamo la relijiosa elevando ls manos al cielo, con tono d ¿Cuántas veces hay que explicar ls cosas xa que ls entendáis? Dspues, se jiro y fue hacia la puerta d cristal.

—¿Y ahora, qué? —preguntaron ls chicos.

—¡Comprobemos que se puede bajar por ahí!

Qienes entraban y salian d ls comercios no ls prestaron ninguna atencion, acostumbra2 a q ls extraños pasaran al interior dl claustro xa alimntarse d la historia con sus propios ojos. D ese modo, entraron como turistas avi2 d experiencias extraordinarias q ls sobrevienen cuando ven piedras viejas y abren la bok.

Mientras Sauco y la relijiosa disimulaban señalando hacia ls arcos d medio punto, ls kpiteles dsgasta2 y ls tabas en el suelo, Helisabetta se introdujo x la boca dl pozo. 1°, miro xa klcular la profundidad, y su vista no llevo la contraria a su lojik: una tapa metalik cubria el agujero a mnos d 2 metros dsd la embokdura. Sin pensarselo salto dntro.

Con el *Pom* dl golpe seco y hueco, se la ocurrio q podria haber qido hasta ls entrañas dl infierno si aqllo no hubiera estado bien sujeto, pero ya tard: afortunadamnte, no se habia dsplomado.

Escudriño el cierre. A mitad dl circulo d hierro, unas bisagras dnunciaban q se podia abrir, y la abrazadera dl extremo indikba q era alli dond dbia d tirarse xa dscubrir el pozo. Asi lo hizo: sin esfuerzo, la tapa cedio y djo ver una esklinata d hierro pegada a la pared.

—Por aquí se puede bajar —susurro en alto xa q su voz siseante llegara afuera.

—Pues eso lo haremos luego —respondio la madre Oshilaola, disimulando con ls ojos colga2 dl techo y ls manos a la espalda—. Ahora sal de ahí.

—¿No vamos a bajar? —protesto ella dsd dntro.

—Ahora, no. Ahora hay que hacer otra cosa.

—¿Cuál? —se enfado la joven.

—¡Quedan siete minutos para que el muecín comience a cantar! ¡Vámonos!

—¿En qué te basas, Adriano? —el arzobispo bajo el tono d la voz, conciliador—. ¿No ves que estás haciendo el ridículo?

—No necesito pruebas para saber de tu animadversión a lo que estamos creando. Aunque estuviera dispuesto a admitir que muchas cosas se pueden mejorar, bajo ningún concepto voy a resignarme a que haya traidores que ataquen el sistema construido por todos los ciudadanos, votado cada viernes y definido cada día de nuestra vida como el mejor régimen de los posibles. ¡Ni siquiera tú, aunque seamos de la misma sangre!

—Recapacita. ¿Cuáles son mis contactos con los Países Externos? ¿Hombres de guerra? Somos todos hombres de paz que no buscamos una Alianza de Civilizaciones como la tuya, sino una reconciliación de los hombres basada en la moral. Yo no persigo pacificar los odios ni mirar para otro lado ante los abusos, sino el ecumenismo entre los cristianos y el respeto con los otros: respeto a los demás, pero sin renunciar a los principios. ¿Comprendes la diferencia entre eso y vuestra rendición ante cualquiera que se nombra dueño de cualquier moral absurda?

—Otorgando el poder a los Países Externos dilapidas nuestra autoridad y la pones en sus manos.

—¿Qué poder? ¿Una *Tinta invisible*?

—Que oculte algo más que las bombas. Oye bien que lo que te digo y reflexiona: una *Tinta invisible* que oculte el Systema. O-cul-tar el Sis-te-ma. Que se haga invisible a cualquiera. Ese es el riesgo: un Systema incontrolable porque no existe físicamente. De ese modo sólo podrías manejarlo tú.

—¿Te crees que yo quiero controlar tu absurdo Systema?

—Nada más fácil con esa fórmula. Pero necesitas ayuda, pues tú no sabes cómo funciona, es evidente. Ahora tengo que adivinar quiénes son tus cómplices, comenzando por esa monja con pinta de bailarina.

—¡Eso no te lo consiento!

—Déjame que compruebe hasta dónde llega su maldad.

Sauco ya habia averiwado el modo d llegar a la bibliotek d la mezqita, tanto x dntro como x fuera. La estancia estaba vacia y alli, senta2 alreddor d una mesa sencilla con flexos y audiodimnsionales primitivos, tendrian q esperar en silencio ls 4 minutos q el muecin aun tardaria en subir a lo alto dl alminar.

Todo iba bien hasta q se abrio la puerta q daba al interior d la mezqita y entro un hombre mayor, q mascullo *Salam Malecum* con una inclinacion d kbeza. Ls 3 se miraron, entre sorprendi2 y temerosos. El hombre se jiro hacia una d ls estanterias y busco con la mirada saltando d un knto a otro d ls libros. La voz dl muecin se oyo a traves d ls pareds: habia comnzado a llamar a la oracion.

Sauco se retorcia ls manos y Helisabetta miraba fijamnte a la espalda d aql hombre vestido con chilaba, preguntandose *¿Es que no te vas a marchar nunca?*, pero el segia busknd o su libro, ahora inclinado sobre la estanteria + baja. La madre Oshilaola, una vez +, fue la q supo reaccionar. Se dirijio a el, rogando a Dios q funcionara su estrateija.

—Perdón, señor. —El hombre ni se entero—. ¡Perdón! —Nada—. ¡¿Oiga?! —Ni kso. Al fin, le toco en el hombro—. ¿Puedo hacerle una pregunta? —El hombre la miro sorprendido, abriendo mucho ls ojos. La madre Oshilaola reacciono ksi con la misma sorpresa, pero logro sonreir—. ¿Podría ayudarme?

Pero el no respondio. La sonrio iwalmnte mientras sauco se dsesperaba con tanta amabilidad gstual. El muecin segia kntando, pero no iba a hacerlo toda la noche. Sauco tendria q entrar en la ksa, buskr la entrada a la torre, subir y escondrse en algun sitio q dsconocia. Le angustiaba perdr tiempo.

La relijiosa insistio con otro *Necesito su ayuda* hasta q el hombre balbuceo soni2 incomprensibles mientras jiraba su ddo indice junto a la sien.

—Ab ab ab ab.

—Necesito que salgamos fuera un momento, señor.

—Ab ab ab ab.

Segia jirando la mano y sonriendo. Ls 3 se miraron ksi diverti2. *¿Está diciendo que está loco?*, pregunto Helisabetta ahogando una risa, y Sauco se perkto d q el hombre no se jiro hacia ella, sino q segia con su *Ab ab ab ab*.

—¡Está sordó! —concluyo—. Dice que está sordo, no que está loco.

La madre Oshilaola le miro, se señalo la oreja y dspues nego con la mano y con el movimiento d la cara. El musulman sonrio + y balbuceo d nuevo *Ab ab ab ab*, djo d hacer jirar el ddo y volvio a escudriñar entre ls libros d la estanteria.

—¡Sordo! —Se dsespero la relijiosa—. ¡No lo podemos sacar de aquí! Se me había ocurrido preguntarle algo para salir fuera, pero…

—Pues si no oye, mejor. Nos vemos luego.

Sauco se levanto, fue hacia el hueco d la pared q ocultaba la entrada a la ksa dl muecin, echo un vistazo atras xa comprobar q el hombre aql segia buskndo entre libracos, y entro con rapidz. Helisabetta y la madre Oshilaola suspiraron fuerte y salieron a la klle djando alli al musulman sordo q no encontraba su libro.

La ksa solo era una habitacion pobretona, con una kma, una mesa kmilla y un hornillo. Habia tambien una nevera vieja, 2 sillas y pocos enseres +. Al fondo, una puerta estrecha estaba bien visible. El cantico dl muecin se colaba x la rendija entre el lienzo d madera y el primer esklon d piedra. La abrio y el sonido monotono se le vino encima junto con la oscuridad. Dcidio no utilizar la linterna, dio un paso y se supo dntro. Cerro con cuidado y en ese momnto ls nervios le atenazaron.

Recorrio x un pasillo estrecho todo el muro poligonal d la kbecera dl edificio hasta situarse al lado contrario d la bibliotek. Entonces, vio ls 1°s esklones d piedra, q no se habian arreglado dsd q un cristiano subiera x alli la 1ª vez. A la estrechez d la estructura habia q sumar la erosion d ls pisadas y ls años. Ls peldaños nacian d una angosta columna central y terminaban en la pared formando triangulos. Xa minimizar el riesgo d la arqik esklera d caracol, lo mejor era poner una mano en la columna y llevar el cuerpo hasta rozar la pared, y asi se notaba el dsgaste en kda tramo dl pilar y a la altura d ls hombros en ls laterales, como si la piedra hubiera sido bruñida xa consegir un color negruzco y un tacto suave.

¿Dónde esconderse en un lugar tan estrecho?, era lo q se preguntaba a kda paso. Pero alguno habria, pues Bartolome lo habia consegido.

La 1ª luz tamizada llegaba d la ventana + baja, d arco ligramnte apuntado, q conducia al tejado d la mezqita. Podia subirse al alfeizar con facilidad, pero eso serviria xa djar pasar a algien, no xa ocultarse d el, salvo q saltara afuera. Sigio, y vio el vano dond en algun momnto dbio d abrirse otro ventanal. Recordo q el arzobispo habia contado q ls francisknos consigieron q se cegara una ventana d la torre xa q no se espiara al convento dsd arriba, asi q concluyo q aqlla parte dberia d dar a la klle d la Convivencia.

El cantico dl muecin sonaba + cerk. Unos metros + arriba, un agujero redondo atestado d kgadas d palo+, djaba contemplar Pincia a vista d pajaro, pero alli no habia modo d escondrse cuando bajara el musulman, pues estaba a altura considrable.

La espiral d piedra se akbo. Ls 2 ultimos cuerpos d la torre eran accesibles gracias a una esklera d gruesos pilares d madera krcomi2, con peldaños tan estrechos q no kbia el pie, y un pasamanos q anunciaba su inmediato drrumbamiento. Un vano enorme, dond en tiempos hubo una kmpana, djaba ver la ciudad dsd ls nubes. Subio hasta la cumbre temeroso y con cuidado, apartando con ls pies ni2 d palomas q cobijaban huevos y hasta un pichon recien nacido.

El muecin leia sus oraciones en un libro grand, apoyado en un atril d madera, con el sol dl atardcer en el dorso y dando la espalda a la oqdad dl final d la esklera. A su derecha, un altavoz era el responsable d q el sonido alli fuera insoportable. Ningun lugar dond escondrse. El alminar no tenia cristales. Sauco dbia d pensar con rapidz el modo d culminar su objetivo.

Con cuidado, subio ls ultimos esklones. El muecin no le veia, ni podia notar su presencia. Agachado, observo la estructura cuadrada d la torre. A su espalda, salvando el vacio d la esklera, podria subirse a la arkda d piedra y, qiza, salir afuera. Era su unik oportunidad, y no sabia cuanto tiempo estaria el musulman soltando aql soniqte.

Dcidio dar el paso, mirando d reojo y rezando xa q aql hombre no se volviera, ni notara alguna sombra q le dlatara. Subirse al alfeizar era facil pero... Una vez arriba, con el vertigo instalado en el pecho y con dificultads xa respirar y xa mantener ls piernas sin tembleqs, ¿dond escondrse?

Se subio. 1°, lentamnte, se sento en el vano, sin djar d mirar al muecin. Dspues, se incorporo y procuro no mirar abajo, agarrandose a ls arcos y a ls pilares. X ultimo... x ultimo..., nada. Una vez alli arriba no podia escondrse, ni llegar al tejado q dominaba la torre, ni nada.

Miro abajo y vio un dsagüe d piedra q dscollaba d la pared, rematado sobre una repisa dond podria apoyarse con relativa seguridad, siempre q ls siglos no hubieran krcomido la argamasa d lo q en su momnto dbio d ser el knto d un escudo con la cruz d Santiago.

Mientras imajinaba ls movimientos a hacer, le parecio evidnte q Bartolome Fuencisla no podia haber cometido la locura d dscolgarse x la torre y sujetarse en aqlla piedra. Ad+, iba a salir x la cara + iluminada x el sol, asi q cualqiera podria verle dsd la klle. ¡¿Qué hago?! Lo cierto es q ya no tenia muchas oportunidads y dbia dcidirse: dscolgarse x la pared o bajar hasta la 1ª ventana, el lugar q, sin duda, escojio el artesano. Dscolgarse o bajar... Dscolgarse...

El muecin kllo. Sauco estaba klculando como llegar a poner el pie en el saliente cuando el muecin termino la oracion.

Le miro xa comprobar q no habia enmudcido al verle sino xq habia terminado su trabajo.

El hombre se estaba inclinando sobre el Coran abierto en el atril y musitaba palabras arabes xa si. Tenia q dscolgarse x la pared. No estaria encima d aql resalte + d 30 segun2, pero... Pero...

¡Hacerlo, ya! le dijo una voz interior y bajo el pie hasta el rebord mientras se aferraba con ls manos a la piedra. Xa q la kbeza no superara el mirador, tenia q mantenerse encorvado, asi q la postura era un tormnto.

Abajo, la madre Oshilaola ahogo un grito mientras llamaba la atencion d Helisabetta con golpes en el brazo. ¡Sauco se estaba dscolgando x la torre! Dsd abajo no se veia la repisa d piedra, asi q pensaron q solo se sujetaba a pulso con ls manos.

¡Oh, Dios mío!, acerto a dcir.

TRACTADO Q· CUENTA DE CÓMO ME PERSIGUIERON LOS ENEMIGOS DEL MAESTRO BERRUGUETE VEYNTE E OCHO AÑOS DESPUÉS

El maestro Herrera decidió q· la nueva conducción de agua debía de hir por la calle Zurradores en vez de llegarse por Santiago, tal e como sabíamos de años antes, pero la obra no començaba por falta de los veynte e ocho mil ducados q· costaba; las trazas del nuevo ayuntamiento resultaron más gravosas aún de lo q· anunçió el pobre Sanç de Escalante e iban despacio; la construcción de la catedral se retrasó hasta q· se terminara la traída de agua desde Argales, e la iglesia de la Vera Cruz q· iba à cerrar la calle de la Costanilla no se finalizaba nunca por falta de piedra.

De aqueste modo, el maestro Juan de Herrera se llegaba poco por Valledolit e, lo q· era muy peor para mí, si no retiraban el agua de entre las piedras q· tapaban la entrada del pasadizo secreto, nunca podría llegar hasta la cruz e sacarla de allí para cumplir la dichosa mi Alta Responsabilidad para con la historia.

Según pasaron los años, la ciudad se fuè empequeñeciendo como velô de farola antes del amanecer. La nueva capital se llevó la Corte, e los conventos fueron quedándose vacíos.

Veynte años después del inçendio, ya habíamos terminado de reconstruir las casas, pero nadie llamaba para adecentar los palacios. Teníamos la plaça Mayor más bonita del Imperio, pero la modernidad se iba directamente à Madrid, junto con los soldados, los pícaros e los mendigos.

Conseguí el puesto de escribano en la Chançillería e esto me otorgó grande prestigio entre los mis convecinos. Hasta el mesmo Fray Alonso de Toro me conçedió el saludo e pareçió haberse olvidado de pleitos pasados.

Al fin, en el año de Nstro· Señor de 1589 se terminaron las arcas reales de Argales e el agua corrió por las tuberías nuevas hasta el convento de Sant Benito, regando la ciudad.

Fuè tan grande el contento q· los corregidores no escatimaron gastos e mandaron construir ocho fuentes para sustituir los caños. La primera, à la entrada, en la puerta del campo, entre el humilladero de la cruz e el camino de Sancti Spiritus; la segunda en el mercado de la Gallinería Vieja, q· se dijo debía de ser dorada; la tercera, en la Rinconada; la quarta en la Plaza del Almirante; la quinta en la plazuela de la Chançillería; la sexta, en la plaza de Santa María; la séptima en el Prado de la Magdalena, e la octava en la puerta de Santiesteban.

Pero en aquesta ciudad se habla demasiado e se dan numerosas órdenes para poca cosa. Mucho hablar e poco saber, mucho gastar e poco tener, mucho presumir e poco valer, echa muy presto al hombre à perder. Hoy es el día q· no está hecha ni siquiera la fuente de la puerta del campo.

Fue al momento siguiente de terminar los festejos, e quando se dio por concluida la labor de las caballeras de Santiago de desembalsar el agua del su pozo, quando decidí bajar à reencontrarme con la cruz invisible, e no fuè tarea fácil.

La familia Berruguete vendió las casas del maestro en quanto se concluyeron los trabajos de reconstrucción de la ciudad. Se trasladaron à Ventosa de la Cuesta, cuyo señorío ostentaba el maestro e do su cuerpo, ò lo q· dél quedara, reposaba en la capilla Mayor de la yglesia de Santa María de la Asunçiô. Los nuevos propietarios dividieron las casas en tres, una por cada entrada.

No me importó el cambio de ocupantes pues, con las mis propias manos, antes de q· la familia Berruguete abandonara aquella morada, derribé la caseta q· conducía al túnel secreto e clavé la compuerta q· daba à la escalera para q· nunca nadie, salvo yo mesmo, supiera de aquella entrada. Después, eché tierra e piedras por el todo para q· fuera más una parte del patio abandonada q· otra cosa. Tan perfecta quedò q· era imposible q· nadie lo notara.

Quando ese día, con una orden falsa de la Chançillería q· yo mesmo había scripto, entré en la casona, comprobé q· había hecho demasiado bien el mi trabajo de esconder la entrada secreta: tanto la pareçió à la dueña q· aquello todo era el mesmo cercado q· había dispuesto el primitivo patio como un corral de gallynas, e, la parte en do estuvo la caseta, apañó un cochiquera para una cerda e tres puercos, q· se estaban rebozando de barro e porquería.

La mi decepción fuè muy grande. Plantado yo en mitad del corral, con dos gallos subidos en el brocal del pozo, cubierto de gallinaza, e los marranos gruñendo al fondo, me imaginé en un atisbo remangándome entre el lodo para retirar el todo aquello e acceder al túnel. Además, miré à la mi izquierda e vi tapiada la entrada por do antes se conducía à las habitaciones del maestro, e allí, en jarras, la dueña me observaba con grande desconfiança. ¿Qué iba yo à inventarme para q· la señora me dejara levantar la su pocilga e luego verme desaparecer por las profundidades de la tierra sin preguntar nada? Aunque más fácil es contar cuentos q· matar conejos, en tal situaciô no se me ocurrió nada.

Salí pensando q· si Dios Ntro· Señor ponía tantas trabas para subir la cruz à lo más alto del Imperio, es q· no quería q· hiciera esa labor. Pero se lo debía al mi maestro e él al Emperador, ansí q· debía de buscar otro modo.

Bajando por Aguaderos, vi de lejos la figura de Fray Alonso de Toro e me refrené el paso, malediziéndome q· ése siempre con la cruz en el pecho, pero el diablo en los hechos. Estaba ya muy mayor e muy esquelético, de charla con alguien. Hacía cinco años q· su voz no rugía en Sant Benito, pero era hombre respetado en la ciudad.

Como mi rango de escribano de la Chançillería me había otorgado la posibilidad de relacionarme con él, seguí bajando la calle hasta la Rinconada e si él me saludaba, bien, e sino, no debía de salir corriendo como de paje. Pero me quedé paralizado cuando me salió la gracia del personaje con quien hablaba: el maestro Juan de Herrera.

Si alguien en todo Valledeolit e todo el Imperio no debía de conoçer las mis intençiones esa mañana eran aquellos dos. Pero me había mostrado en demasía e ya no podía dar marcha atrás. Al verme el arquitecto, me dio de mano para un saludo e se lo devolví con un toque de cuello por ver si de ese modo podía yo continuar con el mi camino hacia ninguna parte. Entonçes, escuché la voz del abad:

(FryAl). Buenos días tenga Vuestra Merçed.

Yo saludé también con un Buenos días sonriente e sin intençión de acercarme más à ellos.

(He). Véngase hasta acá, don Rodrigo de Floranes, ilustre escribano de la ntra· Chançillería, pues à Vuestra Merçed estábamos mentando.

Una corneja voló de izquierda à derecha, lo q· es signo de mal agüero, pues ansí le voló al Mío Çid à la entrada en Burgos antes del destierro, e de derecha à izquierda quando salió de Bibar, q· lo interpretó de buena suerte.

Me acerqué pues, aunque aqueste mundo en q· vivimos se morirá por las prisas con las q· atiende à todos los sus quehaceres e alguien tendrá q· poner paz en las ntras· vidas, nadie puede rechazar la compañía de dos ilustres nobles e bien reputados.

(Ro). ¿Cómo podría yo ocupar parte de sus conversaciones, lo qual significaría estar presente en sus pensamientos?

Pregunté alegre e satisfecho, disimulando mis malos presagios, e me acerqué hasta formar el trío. Lejos de quedarse à conversar, començaron camino hacia la plaça Mayor, e yo con ellos. Juan de Herrera me llevaba con la mano puesta en el mi hombro, muy amigable.

(He). Tantos años de charla con Vuestra Merçed e no me contó lo más importante de la su vida.

El arranque ya me pareció sospechoso, pero sin palabras de me dejó el abad:

(FryAl). Agora q· el maestro Herrera ya ha reconducido el agua de Argales según las mis indicaciones para dejar libre el camino al escondite, ¿tendrá la amabilidad Vuestra Merçed de indicarnos qué hacer con la cruz de Berruguete ò tendremos q· adivinarlo por los nuestros propios medios?

Me paré de repente. Ni siquiera podía aspirar aire. La vista se me nubló. No es ya q· la pregunta fuera tan directamente à los hechos, es q· ni siquiera hicieron preámbulos.

(Ro). No sé à lo q· se refiere su Reverendísima.

Pero el mi gesto debió denunçiar q· todo lo buen comediante q· había sido yo para fingir en la mi juventud, por lo presente se había tornado en torpeza. Ambos rieron sin dejar de caminar. Yo no supe bien si seguirles ò tirar para otro lado.

(FryAl). Una ciudad entera se quemó, el mejor maestro q· haya visto el Imperio fuè asesinado e ha habido q· gastar miles de ducados más de los previstos para construir el nuevo acueducto: todo por culpa de un encargo del emperador Carlos primero à maese Berruguete del q· no sabemos nada. ¿Podrá aclararlo Vuestra Merçed?

Se giró y, aunque estaba à seis pasos, se me clavó la su mirada como quando teníade yo veynte e cinco años menos. Creo q· comencé à temblar como chiquillo.

(Ro). Comprenderán Vuestras Merçedes q· he de acudir à la Chançillería à mi labor e q· deje aquesta conversación para otro momento, pues no tengo agora frescas las intençiones del maestro Berruguete para con las conversaciones mantenidas con el padre del ntro· Rey.

(He). Pero es el mesmo Rey el q· quiere saber de la obra de Berruguete.

(Ro). Pues pregúntenle à su hijo, q· aún mora en Ventosa.

(FryAl). À su hijo ya preguntamos, e fuè él mesmo quien me dio la gracia de Vuestra Merçed, e de esto hace ya más de veynte años.

(Ro). Sería equivocaciô.

(FryAl). Yo nunca me equivoco. ¿Puede Vuestra Merçed atestiguar quién le dio favor de conseguir su puesto de escribano en la ntra· Chançillería, sabiendo q· somos mayoría los clérigos q· los seglares en el regimiento?

Eché la vista atrás en la mi memoria e no atisbé la presençia del abad por ninguna parte. Bien pensé q· la mi condición había sido asistida por la familia del maestro, siguiendo sus indicaciones.

(Ro). El sobrino e la viuda de Berruguete.

Aventuré, sin estar sellada la mi certeza. Maese Herrera proclamó la verdad por lo directo.

(He). Mal andas, escribano… fuè el abad aquí presente.

(FryAl). Para tenerte cerca.

À la confesiô de Fray Alonso de Toro se me viró la mirada e se tornó en desconfiança.

(FryAl). Desaguada la poza, ya podía ver à Vuestra Merçed e hablar del asunto. Nunca pensé q· hoy mesmo se cruzaran los nstros· caminos. Pero ansí ha sido.

(Ro). También voló desde la izquierda la corneja.

(He). La tu izquierda era la ntra· diestra.

(Ro). Malo para mí, bueno para vos.

(FryAl). Bueno para todos.

De rapaz, hubiera salido corriendo. De jovençuelo, quizá habría desenvainado el escoplo de la bocamanga. Pero à los mis quarenta e dos años, bajo mi jubón sólo había una buena barriga e no una larga espada. Si algo había aprendido en la Chançillería e en los libros, agora al parecer por favor del mesmo abad, era q· existía el arte del buen negociar, q· consistía en ceder razones para obtener otras sin derramar sangre.

(Ro). No sé qué ganaré en esto.

(FryAl). Recuperar la cruz de Berruguete.

(Ro). No se puede. O, por lo menos, no en secreto: el patio del maestro es ahora corral de gallynas e pocilga con quatro marranos.

(FryAl). Yo le enseñaré una entrada.

(Ro). El muladar del convento también ha sido derruido e convertido en estançias nobles para los monjes. Supongo q· no se puede hir por ahí.

(FryAl). Hay otra más.

Yo lo sabía. Era el pilar hueco del pórtico q· yo mesmo había utilizado para salir con Laura, justo el lugar por do había pensado entrar para no levantar el lodo de los cerdos. Lo q· quería dezir q· Fray Alonso de Toro estaba al corriente de los nstros· trabajos, e q· cada vez q· presentí la presençia de alguien, estando yo sólo en la bóveda tras la muerte del maestro, sólo podía ser él.

(Ro). Si Berruguete se negó à entregar la fórmula e pagó por ello, ¿quáles son las vuestras razones para creerme traidor?

(He). Ya no queremos la fórmula, escribano. Sólo la cruz.

(Ro). Es invisible.

(FryAl). Salvo la noche de la primera luna de la primavera, si mis cálculos no están mal. El jueves Santo.

(He). Maese Berruguete e yo hablamos sobre ello e creo q· es ansí como lo diseñó. Coinçido con el abad.

(Ro). ¿Por qué ha de ser ansí?

(FryAl). Porque los tres sabemos de astrología e de astronomía.

(Ro). Tengo orden de disponerla en el lugar más alto de aquesta ciudad.

(FryAl). Mejor será q· se vea desde el sitio más alto del Imperio.

(Ro). ¿E dò es eso?

(He). Bien pudiera ser el convento dedicado al santo mártir Sant Lorenço, q· será grandioso por su ayuda en la batalla de Sant Quintín.

(Ro). ¡¿En lo q· dizen q· es un recoveco de la sierra Carpetana?! ¡Ni hablar!

(He). En lo q· será la más grande obra del imperio: el monasterio de Sant Lorenço del Escorial.

(Ro). ¡Para gloria del segundo Filipe, e no del emperador Carlos primero!

(FryAl). ¡Para gloria de España!

Miré al suelo. Fray Alonso de Toro e Juan de Herrera se habían compinchado desde hacía años e yo, q· me las daba de muy listo al seguir las obras del nuevo acueducto, era el último invitado à la fiesta. Froté la mi frente para quitarme un sudor repentino. Temblaba la mi mano.

(Ro). No puedo corresponder à Vuestras Merçedes. E sin tan listos son, háganlo sin la mi concurrençia.

(FryAl). Vuestra Merçed lo meditará, escribano. Pero mejor sería q· anduviéramos juntos en aquesta parte del camino.

Entonçes me encaré al abad de malos modos.

(Ro). ¿Me mandará asesinar como al mi maestro e como à Juan Granada?

(FryAl). ¡¿Cómo puede pensarse eso de mí?!

(Ro). Muertos están. El Noquero lo hizo.

(FryAl). Pero no por mi orden, sino por su ambiciô. Quería la fórmula.

(Ro). ¡Era el abad el q· quería la fórmula!

(FryAl). ¡El abad quería la cruz!

Quedò el ambiente espeso como las aguas de la Esgueva bajo el puente de zurradores. El maestro Herrera se interpuso entre los dos pidiendo quietud. Pero amistad entre desiguales, poco dura e menos vale.

Yo miré à ambos con mohín despectivo. Ellos continuaron camino hacia la Gallinería Vieja e yo puse rumbo hacia la puerta del campo. Necesitaba caminar en solitario e reflexionar sobre todas las cosas q· yo me había creído en la mi vida entera e adivinar quáles razones de las dichas por el abad eran verdad ò eran embuste.

Al pasar por la yglesia de Santiago miré con nostalgia la torre, cuyas ventanas ya habían sido cubiertas para no incomodar la clausura del convento de Sant Françisco, oportunidad perdida para colgar la cruz en la obra de mampostería. También se hacía evidente el hueco q· dejó la capilla de Juan Urtado al ser demolida e el suelo alisado sin q· nadie descubriera la cripta. Justamente debajo de los mis pies debería de encontrarse la bóveda, si no había quedado toda hundida e la cruz irrecuperable.

En el mi camino hasta la calle Sancti Spiritu me paré en el pórtico de piedra del palacio de doña María de Zúñiga, entregado à las madres, hermanas, mujeres e hijas de los caballeros de Santiago. Las Caballeras de Santiago guardaban clausura quando sus hombres no podían protegerlas e ellas eran las encargadas de desembalsar el agua para q· llegara à la ciudad. Me dio tristeza pensar también q· aquel trabajo se había terminado…

¡Se había terminado! ¡Ya no tenían q· hacer esa labor! Casi salté de la alegría. ¡No necesitaba de Fray Alonso de Toro para entrar por la pilastra de pórtico de Sant Benito! El agua de Argales ya no se llegaba hasta el convento, sino q· era conducida desde la puerta del campo hasta Zurradores. Eso debía de querer dezir q· el pozo estaría sin agua corriente, aunque no podía asegurar q· ya se encontrara seco.

Como escribano de la Chançillería podía verme socorrido por los justicias si en alguna ocasiô los necesitaba. E éste era, sin duda, el momento de valerme de mi grado e ansí poder entrar en el palacio e penetrar en la negrura del pozo sin dar razones a las monjas.

Miré à un lado e otro de la calle por si hubiera algún escudero, aunque imaginando q· tendría q· acercarme à la plaça Mayor ò al mercado de la Red à buscarlos. Pero fuè grande mi contento quando vi q· se abría el portô del convento de las Caballeras e salía dêl una figura diminuta, encorvada e enlutada. Se apoyaba en un bastô e aínas pasaba desapercibida. Yo sabía quién era:

(Ro). ¡Señora Martina!

La mujer estaba ajada e consumida. ¿Qué podía tener? ¿Setenta años? Elevó el mentô e los sus ojos eran aínas blancos. Quizá sólo viera sombras. Me acerqué à ella e tuve la certeza de q· sus olores no habían cambiado.

(Ro). Señora Martina, pensé q· salió huyendo à Madrid.

(SñoraMa). ¿Quién me habla?

(Ro). ¿Tanto me cambió la voz de quando era paje en casa del marqués de la Poza e usted me recogió de la calle?

(SñoraMa) ¿Rodrigo?

(Ro). El mismo. Hoy, escribano de la Chançillería.

(SñoraMa). ¡Rodrigo!

Por los sus ojos brotaron dos lágrimas e por los míos, aínas. Si dizen q· cojera de perro y lágrimas de mujer, no son de creer, yo la vi emocionada. À pesar del tufo, no pude por menos q· darla un abrazo. Seguramente, el primer abrazo q· había recibido en muchos años. Ò nunca.

No fuè difícil q· me facilitara el acceso al claustro. Ella limpiaba el convento e conseguía ansí el sustento del almuerço e de la cena. Poca cosa podría yantar aquella mujer q· se había empequeñecido tanto como la ciudad.

Por vez primera vi un corredor hecho con tabas e piedras de río, pero no teníade yo la cabeza para averiguar si también había tibias de muerto, aunque alguna redondez me lo pareció. Al llegar al pozo, pedí à la señora Martina q· su complicidad llegara hasta algo más de ese punto, pues no sabía yo si saldría vivo de la aventura. La di un ducado por la su labor, e volvió à llorar quando lo palpó, pues calculó q· ya tendría para comprarse un algo, bien fuera de ropa ò de pitança.

Desde el brocal, comprobé q· el pozo teníade agua. Si dize el refrán Mi gozo en un pozo, bien visto estaba para aquella situaciô. No había calculado q· algo de agua tendría q· llegar hasta el convento para el uso de las Caballeras. À la diestra, vi el mango de madera q· se unía à lo q· supuse era una compuerta por debajo del agua à través de una cuerda. Lo giré e oí cómo se desaguaba el pozo, pero no vi nada más. Es dezir, q· no sabía si bajar para ahogarme, ò bajar para salir vivo.

Me descolgué por la mesma cuerda, agarrándome fuertemente e resbalándome con la humedad de las piedras. Nunca antes había pensado q· la mi barriga había crecido tanto. À unos ocho cuerpos, ya estaba yo rozando el agua e con la cuerda atada al portô de desagüe. Si me tiraba al pozo, quizá nunca saliera, pues no sabía de su profundidad. Pero si había bajado hasta allí, tendría q· arriesgarme, pues subir, con certeza q· no podía hacerlo à pulso.

Me lançe rogando à Dios Ntro· Señor q· el chapuzô no fuera grande. En mi insensatez, ni siquiera había tenido la precaución de quitarme algo de ropa, ansí q· perecería ahogado sin auxilio de nadie, pues la señora Martina ¡no iba à denunçiarse à sí mesma!

Como es imposible escribir aquestos pergaminos estando muerto, bien podrá adivinarse q· salté e q· me hice daño en un tobillo porque había una palma de agua nada más. El resto, corría por el pasadizo q· se abrió tras la compuerta según entraba en el pozo.

Yo cabía perfectamente por la hendidura q· debía llegar hasta la poza de la cascada do se embalsaba el agua, pero el todo estaba oscuro como boca de lobo. Ansí q· tuve q· pedir auxilio e grité desde abajo ¡Señora Martina, señora Martina! e ella debió de creer q· la gritaban desde el mesmo infierno. Vi la su nariz olfateando por la boca del pozo e la pedí una antorcha.

(Ro). ¡Consígame un hachón ençendido, señora Marina! ¡No veo nada!

Desapareció e no sé à dò fue. Sé q· el agua me subía poco más por ençima q· los tobillos e ya me estaba helando la sangre. En el poco tiempo de aguardé, me pareció q· las mis rodillas se me congelaban e también las ideas.

Al fin llegó e peguntó:

(SñoraMa). ¿Cómo te lo hago llegar, rapaz?

(Ro). Arrójelo sin más, q· ya me apaño.

E allí vi caer una bola de fuego justo à la mi crisma. Pésima idea. Las prisas no conducen à nada, q· cosa hecha deprisa, cosa de risa. Me retiré hacia la pared pues no veía el mango para agarrarla en el aire, e la tea fuè à parar directamente al agua. Se apagó de súbito e maldije mi mala idea. Pero como la saqué presto, por lo bajo podía ver yo el color rojo de las brasas. Ansí q· me recordé del refrán: El hombre es brasa, la mujer estopa, viene el diablo e sopla.

Rompí sin cuidado una manga del mi jubón e la enrosqué por sobre el palo mojado, dejando un cabo junto à la brasa, e començe à soplar como poseso hasta q· la tela hizo llama. Ansí calentó la brea e, al rato, el hachón volvió à dar la luz q· requería. Para entonçes estaba yo húmedo hasta los tuétanos, pero al mesmo tiempo sudando del esfuerzo.

Entré por el agujero, con el hachô en alto. Al pasar, hice un grande esfuerzo para cerrar la trampilla e provocar q· se embalsara el agua e dejara de correr. Aunque no puede cerrar del todo e algo se metía.

El pasadizo estaba mojado. Charcos de agua helada se formaban por entre las piedras e todo era resbaladizo. Conducía la tea en lo alto e el avançar se hacía muy dificultoso.

Tardé un rato en llegar hasta el final del túnel, aunque en más de una ocasión pensé q· se cortaría e se quedaría en una simple tubería de morisco. Pero no fuè ansí.

Al llegar à la poza por el agujero de la cascada, q· yo recordaba vista desde el otro lado, comprobé cuánto había subido de nivel porque estaba trancada de piedras. El tapón formado à la salida hacia Sant Benito había hecho llegar el agua aínas hasta la entrada del respiradero, pero claramente se observaba q· nunca había desbordado para llegar hasta la bóveda secreta. El hueco q· quedò tras la explosiô dejaba pasar el chorro q· llegaba de Argales una vez se llenó toda la poza.

En ese momento entendí q· tardara doze días en volver à llenar los caños e las huertas de la ciudad, quando los moriscos ya habían sido juzgados por la plebe.

Los mismos bloques de piedra derrumbados me sirvieron de escalera para bajar desde el pasadizo de las Caballeras hasta el suelo, llegándome el agua hasta la barbilla si caminaba con las puntas de los pies. Entre la oscuridad e lo desigual del terreno empedrado, más de una vez tropecé e metí la mi cabeza entera e el mi brazo estirado hasta el codo, con cuidado de no mojar el hachón.

Estaba yo muerto de frío al mesmo tiempo q· me recorría el cuerpo una ansiedad e un nerviosismo q· nunca antes había sentido. Por fin había conseguido llegar à do veynte e ocho años antes caminaba con el maestro Berruguete. Logré subir hasta el pasadizo tanteando los bloques desparramados, con suerte de q· parecía q· habían sido colocados para facilitarme la tarea. Antes de internarme por el corredor, respiré profundo. Debía de calmar el tembleque de las mis manos e recuperar el resuello q· me quitó el frío.

E fuè en ese momento quando lo vi. Sentado en el hueco seco, al prinçipio me pareçió q· un resplandor de luz llegaba desde el otro lado del tapón. Después, me figuré q· ellos también habían visto el mi hachón porque quando quise fijarme si el brillo q· habría presentido era cierto ò imaginario, una voz citó mi nombre:

(FryAl). ¡Rodrigo!

Fray Alonso de Toro e Juan de Herrera se encontraban al otro de los escombros amontonados q· cegaban la salida. ¡Me habían descubierto!

ARCHIV341358908902347401238978422IMPRXSYSTEM
WRITER4511,42MILISEGUN2TXTOMODIFIKDOPROGLITERARIO
ESTILORETROS21TRANSCRIPCIONTXTOSORIJINALESEXACTAEN
GRAMATRIKARKIKORDN789027ESPAÑOLPUROPUNTUACION
CLASIKYPALABRASSEPARADASMARKNMINERFERROV561TA
HIPERVINCULOIMAGVIRTUALAUDIORECUPERADOBUZON
ENVIODSCONOCIDO.QLARITARECTORA.21012101.
SECRETOS DESVELA2.

El muecin se jiro y comnzo a bajar dspacio, arrastrando ls pies. Sauco contaba 1, 2, 3, 4… 15, 16, 17… cuando noto q el dsagüe fallaba. Habia cometido una locura. Iba a caerse dsd arriba. Vio q la arenilla q engarzaba el saliente dl antiguo broql se iba dsmigajando y salia dspedida hacia abajo como polvo d huesos d muerto. Ls d2 aferra2 comnzaban a dolerle y a resbalarse.

23, 24, 25… Si la piedra se dspegara, caeria sobre el tejado d la mezqita y, dspues, a la klle, seguramente ya muerto. Todo Pincia pensaria en un suicidio d ls muchos q sucedian ya entre ls jovenes q kmbiaban su falta d anhelos en vida x una esperanza en el mas alla.

Los d2 no awantaban +. La espalda encorvada le dolia. 29… 30. ¡Se akbo! Estuviera o no el muecin en el alminar, dbia d esklar d nuevo hasta el mirador xa no dsplomarse.

Helisabetta no respiraba. Se llevo la mano al pecho y se la ocurrio mirar si aun tenia pegada en la piel la pestaña d Sauco. ¿Seria lo unico q le qdaria d el? ¿Una pestaña?

La madre Oshilaola no sabia si dsmayarse directamnte o esperar a q se la parara el corazon d golpe.

Sauco pudo incorporarse, pero sintio q no le qdaban fuerzas xa auparse totalmnte. El polvo q se dspedia dl rebord contaba ls segun2 hacia atras antes d dspegarse si no djaba d soportar aql peso.

La monja tragaba saliva, pero no tenia saliva, y Helisabetta penso q nadie + dberia d perktarse d aqllo, q tenia q hacer algo xa atraer a la gnte, q...

—¡Soy una profesional estable! —Grito d repente en mitad dl atrio xa pasmo d la relijiosa— ¡Profesional estable y, por supuesto, agnóstica! —To2 ls musulmanes la miraron extraña2. ¡Iba vestida d monja catolik! Ella inicio una suerte d danza con aspavientos exagra2 d ls manos y muchas sonrisas atrayendo ls miradas—. Según la normativa de Convivencia, es deber de los profesionales estables respetar las creencias de los demás, pero, ¡pero! —enfatizaba el Pero xq no tenia ni idea d como continuar. La madre Oshilaola la miraba atonita—. Pero... Aún hay que hacer más —son tencio. Se qito la tok y mostro su kbeza rapada—. Sí, mucho más. Y hoy quiero ver con mis propios ojos cómo el mundo armónico es nuestra mejor baza para la vida en paz. ¡Sí! ¡Eso! —Y, ahora, ¿qué?— Así pues, os pido por favor que la madre Oshilaola y vosotros, todos vosotros, os unáis en un abrazo. ¡Sí! ¡Un abrazo! —la relijiosa abrio ls ojos azules hasta dsorbitarlos—. El abrazo de la comunidad católica con la comunidad musulmana. La raza negra, unida a la árabe y a la blanca. ¡Efectivamente! Abracémonos todos. ¡Todos! ¡La gran Alianza de Civilizaciones!»

Sauco consigio alzarse hasta el alfeizar con todo el esfuerzo q le qdaba y se tumbo en la piedra. Respiro asustado, sin podr contener el tembleq q le recorria el cuerpo. Luego se puso d pie xa sortear un arco y saltar hacia el interior dl alminar. Dsd arriba, vio q una multitud se juntaba alreddor d la fuente, como si qisieran aprisionar a Helisabetta y a la madre Oshilaola, situadas en medio d la turba. Se asusto y penso en gritar xa llamar la atencion y salvar asi a su amor verdadero.

Pero, cuando iba a hacerlo, observo como Helisabetta se jiraba hacia la torre. Dspues, la vio levantar ls brazos.

—¡Basta ya! ¡Ya basta! —grito—. Gracias, amigos. ¡Ha sido, verdaderamente, emocionante! ¡Gracias! ¿Cuántas veces voy a salvarte la vida, chico?

Recuperado el aliento, Sauco tenia q encontrar la cruz. Ni sabia su tamaño, ni como iba a distingirla si era invisible. Tenia un solo dato exacto: dberia *Verse* dsd la plaza Mayor.

Se acerco al esqinazo dsd el q se distingia el ayuntamiento y comnzo a palpar el aire. Rozo ls piedras d ls arcos, tento en la nada como apartando humo… Si la cruz habia sido subida x aqlla esklera enjuta, dberia d ser peqña. *¿Dónde la han colgado?* Se asomo al vacio y tanteo ls piedras x fuera… Nada.

El cilindro d Helisabetta tamizaba algo la luz, podia notarse levemnte, pero alli no se veia nada d nada. El sol ya se ocultaba x el otro lado y penso q seria magnifico encontrarse con la cruz invisible dl emperador Krlos 1 iluminada con esos ultimos rayos violetas, al trasluz d un cielo rojo.

Pero no era el kso.

Helisabetta y la madre Oshilaola comnzaban a impacientarse cuando vieron a Sauco en el tejado d la mezqita. Habia bajado hasta la 1ª ventana, abierto el cristal y saltado a la techumbre con gstos d loco: palpaba ls pareds y el aire sin encontrar nada. La noche ya le reswardaba d ls miradas d ls transeuntes.

Prune Bulhman subio a la habitacion d la relijiosa perplejo, ido, envuelto en pensamientos circulantes. Le costo transmitir lo q estaba reflexionando y solo pudo hacerlo tras tartamudear. Se encontro al arzobispo sentado en la kma d la relijiosa y a su jefe con el codo apoyado en una libreria sencilla repleta d volumnes d oraciones, misales y vidas d santos.

—Señor… Señor, es seguro que desde aquí no ha habido transmisión. Es imposible.

—Pero… ¿cómo? —Le rogo una respuesta xq ya habian llegado dmasiado lejos.

—Se lo diré con un ejemplo: usted recordará lo que era un deuvedé de principios de siglo. Bueno, pues es como intentar hacer funcionar un disco de aquellos en mi audiodimensional esférico de vista múltiple tridimensional y trescientos sesenta grados. Sencillamente, no es posible. No hemos encontrado nada con lo que transmitir. La monja podría salir a dar voces por la ventana y llegarían a los Países Externos con mayor facilidad que un correo electrónico con nivel de seguridad cinco.

—¡Pero bueno!

—¿Te convences? —El arzobispo asintio xa si y expiro fuerte. Luego musito *Inútiles*.

—¡Un momento! —Impuso el director dl CDMU—. El Systema nos ha traído hasta aquí. El Systema tiene que saber qué es lo que está ocurriendo.

—No hay respuesta, señor. —Bulhman mostro un gran pesar y explico el x ke d sus kvilaciones q le estaban poniendo al bord d la locura—. ¡El Systema no responde!

—Es imposible… ¿No utiliza mis claves?

—Sí… Señor… La respuesta que recibo es que sus claves han sido revocadas. ¡No sé lo que está pasando!

Sauco se introdujo d nuevo en la torre y subio hasta la ventana tapiada: era el unico lugar q qdaba. Ad+, comunicaba con la klle d la Convivencia, asi q podia verse perfectamnte dsd la plaza Mayor. Ese y no otro era el punto buskdo.

Golpeo la pared xa comprobar si sonaba a hueco, si la dnsidad dl muro era distinta y tenia forma d cruz, o si… O nada. Aql muro era d piedra sin oqdads y nada dnunciaba la presencia d una cruz invisible. Tendria q comprobarlo dsd fuera.

Salio d nuevo, rodeo la torre y levanto la vista 3 metros x encima d su kbeza: x fuera no se intuia ninguna abertura tapada. El alminar parecia liso y hecho d una pieza. Si qria tokr la cruz, dberia d esklar x ls piedras, cosa q, sin duda, no hizo el artesano Bartolome Fuencisla.

La cruz seria invisible, pero no incorporea, asi q resolvio rematar su locura: arranco una teja y la estampo contra la piedra a la altura dl ventanal tapiado x dntro, pensando q la cruz evitaria el choq.

La teja reboto hecha añicos sobre el suelo con gran estruendo, mientras Helisabetta y la relijiosa contemplaban espantadas ls evoluciones d Sauco.

Aun tiro otra teja +, hasta q un ¡¿Se ha vuelto usted loco?! le hizo volver a la realidad. Miro a la klle y, x dlante d Helisabetta y d la madre Oshilaola, q le miraban asustadas, un Cecé le estaba llamando la atencion.

—¿Puede saberse qué hace usted ahí arriba? ¿Por qué rompe las tejas? ¿Está loco?

—No… soy… Soy el que arregla las goteras.

—¿A estas horas?

—Es que… El agua…

—Haga el favor de identificarse.

—Bueno…

—¡Baje inmediatamente!

—Claro, voy ahora por la puerta… Claro…

El Cecé acudio raudo hacia el portico enrejado enarbolando con autoridad su dispositivo movil al q dictaba una dnuncia con clave 1-1-2 y pedia refuerzos.

Helisabetta no encontraba recursos en su kbeza xa sakrle d esa situacion absurda, y la madre Oshilaola no podia hacer nada xq se paralizaba kda vez q veia a un Cecé.

Cuando el representante d la autoridad doblo la esqina d la klle d la Convivencia, Sauco dcidio cortar x lo sano: bajo x ls tejas a gatas, y, al llegar al extremo, se dscolgo con ls pies hacia la balconada. En eqilibrio sobre la barandilla, consigio saltar al balcon. Dspues, se agarro a ls barrotes y djo el cuerpo colgando hacia la klle. Iba a dar un salto d ksi 4 metros, asi q rogo q se rompiera lo minimo imprescindible.

Se solto y, ¡zas!, kyo mejor q peor. Doliendose d una rodilla, se jiro xa ver a ls mujeres q corrian hacia el con un ¿Estás bien?

—Ahí no hay nada. Ni cruz, ni nada —informo Sauco antes d qjarse—. Salgamos de aquí Esto se va a llenar de Cecés.

—¿Y dónde vamos? —pregunto Helisabetta mientras le ayudaba a levantarse.

—¡Al pozo! —respondio urgnte la relijiosa y tiro d ellos xa comnzar a correr.

El joven cojeaba levemnte y se dolia dl codo, pero segia ksi a la misma velocidad el ritmo d krrera d ls mujeres. El *Cecé* ls vio eskpar x la klle d la Convivencia y pidio ayuda al tiempo q salia dtras d ellos. Al llegar al Centro Comercial d ls Francesas, el *Cecé* estaba a 40 metros y gritaba ¡*Alto, alto!*

Entraron directamnte al claustro, separando a la gnte q se aturullaba entre bolsas y conversaciones cortadas x 2 monjas y un joven q corrian.

Xa cuando el *Cecé*, acompañado d otro, dcidio entrar en el Centro Comercial, sabia q otra pareja d uniforma2 eco-verds estaban aposta2 en la 2ª puerta d salida, asi q ls fuga2 nunk podrian marcharse d alli sin ser vistos.

El Systema cerro ls verjas.

El Centro fue dclarado *Zona de máximo riesgo*, lo q signifikba q to2 ls ciudadanos dberian awardar firmes, con su luz roja d seguridad e incomunik2. (HIPERVINCULONORMATIVADSEGURIDADN-CASOSEXTREMOSARCH13409045). Ls normas evitaron q cualqiera d ellos dnunciara con un simple gsto q habian visto a 3 personas meterse en el pozo dl claustro. Tardarian 4 minutos en enterarse: dmasiado tiempo.

La entrada x el pozo fue facil, pero ls facilidads llegaron solo hasta ese momnto. La esklinata d hierro dl siglo 18 bajaba 5 metros y luego se encontraron con un vacio tremndo.

Tras el ultimo esklon, nada.

X este ordn, Helisabetta comunico q habia llegado al final, la madre Oshilaola se sintio estupida colgando d una esklera en medio d 2 jovencitos enamora2, y Sauco miro hacia arriba pensando q x ahi si q no podian salir. La oscuridad ls envolvia y tambien la zozobra.

—¿Y ahora qué? —pregunto el chico intentando vislumbrar algo.

—De momento, luz. —La relijiosa ilumino el pozo y se hizo evidnte q dsd hacia muchos siglos x alli no pasaba una gota d awa.

Helisabetta saco su linterna y escudriño ls pareds. Justo x encima d su kbeza, a ls pies d la relijiosa, tenia un orificio redondo d 2 palmos d diametro. Y lo aviso:

—¡Eh! Aquí hay una abertura.

—¿Ancha? —pregunto Sauco dsd arriba.

—No… Es como una tubería.

—¿Una entrada de agua?

—O salida… No lo sé.

—Si es la entrada, viene desde el Campo Grande —aventuro la relijiosa—. Si es la salida, va hacia la plaza mayor.

—Hacia la cripta —corroboro Sauco.

—Pero por aquí no podemos pasar —enfatizo Helisabetta.

—¡Mira enfrente!

El eco d ls voces todavia segia suspendido d la oscuridad cuando Helisabetta dscubrio una puerta metalik a un metro y medio d sus pies.

—Hay una trampilla. Parece oxidada.

—Si la abres, ¿cabremos? —pregunto Sauco.

—No lo sé.

—Pues hay que averiguarlo rápidamente. No nos queda mucho tiempo antes de que lleguen los Cecés.

—¿Y cómo llego?

—¿Ves el suelo?

Si. El suelo estaba alli mismo, a 2 metros dl ultimo esklon. Helisabetta ilumino el fondo vio unas huellas: ls pisadas d su propio padre. Estaban en el lugar correcto.

—Lo veo. Voy a saltar.

Lo q no pudo comprobar dsd arriba era ls irregularidads dl terreno, asi q al saltar se retorcio el pie y se lamento.

—Oh, creo que me he roto el tobillo. ¡Vaya!

La monja y Sauco bajaron dprisa y tuvieron + cuidado y + suerte q Helisabetta al caer. La chik se qjaba dl dolor y a Sauco solo se le ocurrio reirse: *O sea, que yo me tiro desde un tejado y no me hago nada, ¿y tú no sabes bajarte de una banqueta?* Helisabetta solto aire kbreada y se juro a si misma q esa frase se la haria tragar el resto d sus dias. Dulcifikda con besos, pero se la tragaria.

La madre Oshilaola comprobo q la trampilla podia moverse hacia arriba con dificultad. El hierro estaba oxidado y el orificio q dberia servir xa q una kdna tirara d ello dsd la bok dl pozo no tenia cuerda, ni kble.

—De niña, utilizábamos algo parecido en África —dijo la monja—. Sirve para embalsar el agua y, según la sueltas, sale con toda la fuerza. Así que por aquí iba el cauce.

—*Bajo el agua de las caballeras de Santiago / A quien guarde el arcano transmitido / Por el amor del Señor será acogido, / Como Él murió malquisto y golpeado.* —recito Helisabetta ls versos d Berrugete—. Hay que seguir por ahí. Ayudadme, por favor.

Levantaron la trampilla y aparecio un pasadizo d poco + d un metro d alto x algo mnos d un metro d ancho.

—Esto es una gatera —dijo Sauco.

—Mejor, así no tengo que apoyar el pie —resolvio Helisabetta con displicencia hacia el joven, y se arrastro con la linterna en la bok.

—¿No sería mejor que fuera yo delante? —pregunto Sauco.

—¡No! —respondio ella—. Y cierra la puerta. Es lo que hizo mi padre.

Adriano Bayarri se qdo perplejo, con la mirada plantada inconscientemnte en su hermano, el arzobispo.

—¡Qué buscas exactamente! —pregunto Arjimiro en un susurro complice.

—Un espía… —respondio sincero.

—¿Un espía que hace qué?

—Que ha encontrado la Tinta invisible, cuya pista nos conduce hasta ti.

—Yo sólo tengo el poema de Berruguete. No hay más. Los chicos buscan la cruz invisible, pero no hay una posibilidad entre doscientas mil de que la encuentren.

—¿Cómo voy a creerte?

—¡Porque soy tu hermano! —Se enkro agrio—. De los tiempos en que la familia servía para construir el mundo, antes de que tú destruyeras la familia y, con ello, el propio mundo. Escribió Berruguete por orden del emperador: «La falta de amor exterminará la tierra». Tu Mundo Unido se olvidó del amor. Incluso del cariño.

—Bobadas.

—Creo que no hay espía que quiera el poder de la Tinta invisible. Creo que es el mismo Systema el que desea el poder absoluto usando una fórmula del siglo dieciséis.

—¡Imposible! ¡Los ordenadores no tienen intuición ni deseos!

—¡Pero aprenden! Han aprendido de ti la ambición sin límites.

—¿Y para qué lo va a querer?

—¡Para destruirte!

Prune Bulhman termino d pulsar teclas invisibles en el teclado morado q se proyectaba en el aire y llego a una conclusion q le djo con la bok abierta y ls ojos llorosos:

—Señor —dijo dirijiendose a su jefe—: he entrado en la codificación de archivos del Systema para comprobar un dato… Un dato…

—¡Dígalo ya! —se revelo + nervioso d lo q la normativa d Asepsia Social permitia dmostrar.

—Quería saber en qué fecha exacta fueron redactados los mensajes de Moralejo.

—¡¿Conclusión?!

—Los primeros fueron redactados dos segundos después de que se certificó la muerte del mudable Bartolomé Fuencisla por un ataque al corazón. No antes. Además, los últimos, han sido enviados al Systema hoy mismo a través de un servidor virtual. El Systema los reenvió tres segundos después a mi correo privado y codificado.

—¿Qué significa eso, Prune? —Adriano Bayarri estaba a punto d perdr la compostura.

—Quizá, señor, que no estamos buscando un espía… Que el Systema nos ha traído hasta aquí y nos está haciendo buscar un espía que no está claro que exista.

—¡Oh! —se lamnto como si recibiera un golpe en el estomado.

—¡Te lo dije! —grito el arzobispo—. No hay espía. ¡El traidor es el mismo Systema! ¡Has caído en su trampa! ¡El Systema que tu creaste, te quiere aniquilar!

Uno tras otro fueron recorriendo metros y metros d pasadizo, envueltos en piedras d siglos y en silencio. La leve inclinacion cuesta abajo ls dificultaba + q ayudaba, pero xa cuando ls *Cecés* dl Centro Comercial se pusieron a escudriñar dsd la bok dl pozo, sin atreverse a bajar xq el Systema no tenia un plano dl subsuelo en esa zona, ellos ya habian llegado a la salida d la kskda q en su dia llego dsd ls fuentes d Argales. Entonces, Helisabetta fruncio el ceño.

—Aquí hay un salto de unos seis metros y está lleno de piedras, como si la bóveda se hubiera derrumbado.

—¿Y qué? —pregunto el chico dsd atras.

—Que yo no puedo bajar la primera —resoplo ella, dsesperada.

—¡A ver cómo lo hacemos ahora! —rezongo el.

La madre Oshilaola se apreto contra la pared xa djarle pasar, pero el joven solo podia hacerlo si se arrastraba d lado y se apretujaba a ella. En el momnto + incomodo y violento, cuando parecian q juntaban bok con bok, pecho con pecho y vientre con vientre, Sauco susurro *Usted me perdonará, madre,* y la relijiosa sonrio sarcastik: *¡Hummm, no le vienen mal este tipo de contratiempos a una monja!*

Pero acelera, que, después de tantos años, me da pereza perder mi voto de castidad!, y rio divertida.

Helisabetta estaba con ls pies colgando cuando el se acerco x dtras.

—¿Te empujo?

—¡No! —aun estaba enfadada y le iba a hacer tragar ls palabras.

—Tengo que pasar.

—¡Pues, salta!

—Venga… No seas así —dulcifico la voz.

Para q el pasara, tenia q introducir el cuerpo, tumbarse y djar q el se dslizara x encima. Esta vez, Sauco no temio frotarse bien, cuerpo con cuerpo, dseo con dseo.

—¿Así que no vas a ser cura, eh? —musito ella cuando le tuvo encima.

—No.

—Si lo hubiera sabido en el túnel del rey, no te habrías librado.

—Pensé que me odiabas.

—Y te odio.

—Ya... Lo disimulas bastante mal.

—¡Por favor! —Se oyo a la relijiosa—. ¡Tengo la sensación de estar enterrada viva! Terminemos con esto y ya se dirán lo que tengan que decirse…

Pero Sauco, antes d hacer el ultimo esfuerzo x pasar, la beso levemnte. Helisabetta cerro ls ojos: sin latex, sin ducha, sin analisis d bacterias ni nada, *Como los neardenthales*, el roce sabia a amor y no a hecho biolojico xa el disfrute. Ella le agarro la cabeza y le beso con pasion dsconocida hasta djarle sin aire. La madre Oshilaola suspiro resignada.

Bajaron ayudandose unos a otros, utilizando ls piedras drruidas siglos atras. Ls marks en ls pareds señalaban claramnte ke parte habia recibido la erosion d ls awas y ke parte no. *Si estuviera lleno, el agua nos llegaría por encima de la cintura*, aventuro la madre Oshilaola en mitad d la nave. La voz, y tambien ls pasos q daban xa reconocer el antiguo embalse, rebotaban x entre ls kscotes.

—Bien —la arqitectura lojik d la mnte d Helisabetta se puso a funcionar aunq necesitara d Sauco xa dsenvolverse entre ls restos d la boveda caida—. La pendiente del agua sigue hacia allá, o sea que ese es el camino hacia la plaza Mayor. Por tanto, el túnel que sale a mi izquierda no sabemos dónde va a parar, pero sí sabemos que va en sentido contrario a donde queremos ir. Nuestro pasadizo es, señoras y señores, ése.

Las piedras parecian haber sido colokdas como esklones, y la entrada al pasadizo tenia el aspecto d haber sufrido el embate d una bomba. Sauco se asomo y vio el kmino dspejado.

—Por la causa que fuera, esto se derrumbó, pero luego limpiaron el acceso. ¡Vamos!

Las linternas iluminaron piedras ocultas durante siglos, ausentes d ls tragdias d la tierra. El pasillo era lo suficientemnte alto como xa q kminaran sin encorvarse y ancho xa no rozar ls pareds. Fueron lentamnte y asegurandose d q el suelo no se dsplomaba. Tardaron 8 minutos 56 segun2 en llegar hasta lo q fue el pudridero d la ermita d Juan Urtado.

La abertura a la gran nave abovedada le sorprendio a Sauco mirando al suelo. D repente, noto q algo extraño ocurria dlante d el, habia kmbiado el aire, o el sonido, o... Y se paro en seco a medio metro dl abismo, ya en el saliente dl pasadizo. Helisabetta, q le segia, choco con el y ksi le dspeña.

—¡Alto! —grito—. Hemos llegado a algún lugar.

Iluminando con ls 3 linternas, consigieron hacerse una idea dl espacio. Solo la respiracion ajitada rompia el silencio.

—Mirad: hay una escala de madera para bajar —advirtio la relijiosa.

—Yo no puedo —se qjo Helisabetta—. Ya no aguanto el dolor. Seguro que tengo el pie roto.

Poniendo todo el cuidado dl mundo, Sauco fue peldaño a peldaño imajinando q en algun momnto qbraria aqllo y daria con sus huesos en el suelo. Pero llego sin problemas y kmino hasta el altar dond permanecia el horno d Alonso d Berrugete y dl platero Juan Granada.

—¿Veis lo que yo veo? —grito—. ¡Lo encontramos!

Alborozadas, ls chiks aplaudian dsd arriba mientras el joven posaba sus manos en la historia. Ls ruedas dntadas no se movian segun hacia fuerza, la puerta d cristal grueso tampoco cedia a sus envestidas. Todo era inservible, pero existia.

—¡Aquí se hacía la tinta invisible! ¡Sí!

A ls pies dl altar, una vieja antorcha; a ls la2, trozos d mantas d esparto; x encima d su kbeza, nichos abiertos con oqdads negras, mnos un vano central q estaba cerrado.

—Tenéis que bajar. ¡Haz un esfuerzo!

Mientras la madre Oshilaola ayudaba a Helisabetta, Sauco recorria la nave. Al pasar pegado al muro xa ver ls piedras q cegaban el antiguo paso a la ermita d Juan Urtado, choco contra algo q kyo. Ilumino alli dond habia oido el sonido metalico y la luz se tamizo. Creyo haber encontrado la cruz invisible dl emperador, pero, segun se arrodillo a palpar aql tubo, se perkto d q era una vara larga terminada en hoja afilada. Arrastro la mano x la pared y noto q otras + se caian con estruendo. Helisabetta y la relijiosa llegaron a su altura examinando lo mismo q el.

—¿Lanzas? —pregunto la chik.

—Lanzas, corroboró él.

—Armas invisibles —dijo la monja—. ¿Imagináis qué ocurriría hoy si los aviones de combate y los misiles fueran indetectables?

—¡El secreto de vuestro emperador Carlos primero! —exclamo Helisabetta y tomo aliento xa no dsplomarse. Se sento en el suelo, doliendose dl pie—. Esto es lo que Berruguete no quiso enseñar al rey Felipe segundo: *No desvelé mi cifrado al mundo, aunque fuera ultrajado cual muy peor traidor* —recito.

—Por tanto, aquel vano cubierto con una lápida —Sauco iluminaba arriba— ¡es la tumba de Colón!

—¡Exacto! Comprobémoslo.

La madre Oshilaola y Sauco krgaron trabajosamnte con la eskla d madera mientras Helisabetta tokba formas con ls manos: *Esto
son esferas grandes y pesadas*, informaba.

—Balas de cañón —corrijio Sauco colokndo la eskla.

—Y esto, parece una escopeta con una boca ancha.

—Arcabuz.

—Y también cuchillos.

—Dagas.

—¡Aquí hay un arsenal!

—Satán amo es de la guerra entera, recuerda.

—*Satán amo es de la guerra entera* —Recito ella— */ La mágica tinta ocultó los artefactos / De muerte. Deshonra de mis actos.
/ Angustia perenne cincelada en madera.*

Sauco subio 1° y froto el marmol q tapaba el nicho. Leyo: *Almirante Cristóbal Colón, descubridor de las indias, a veinte de mayo
del año de mil quinientos seis, Año de Nuestro Señor.*

—¡Vaya!

—¡Esta sí que es buena! —rio la relijiosa mientras aplaudia
contenta.

Pasaron largo rato asombra2. Consigieron abrir el horno y lo tokban admira2, se preguntaban como podria funcionar aqllo y ke se ne-
cesitaria xa lograr la tinta invisible q, dsd luego, ocultaba todo tipo d
objetos. Se imajinaron la vida d hacia 5 siglos, el modo d escondrse a
traves d pasadizos secretos, el engaño historico d q el dscubridor d
Amerik habia sido trasladado d Pincia... Y Helisabetta no podia alejar
d su mnte la idea d q alli mismo habia estado su padre antes d morir.

—Ahora hay que encontrar la cruz —dijo la joven incorpo-
randose dl suelo—. Hagámoslo cuanto antes. Tengo que ir a un
Sanador a que me miren el pie.

—No podemos volver por el pozo del Centro Comercial.
Los Cecés nos estarán buscando por todos los rincones.

—Pues otro sitio habrá —sentencio la relijiosa.

Los *Cecés* eskparon corriendo como balas, sin mediar palabra. D repente, ls 2 eco-verds uniforma2 xa el asalto q vijilaban al arzobispo se miraron x dbajo d la visera informatik, wardaron ls armas y buskron la salida. Adriano Bayarri pregunto autoritario *¿Se puede saber qué hacen?* Pero no recibio respuesta.

En su dspacho, el jefe d ls *Cecés* d Pincia recibio dl Systema la misma ordn q sus subordina2: *Evacuen centros en Pincia: Mezquita de Ulit, Palacio arzobispal, Plaza Mayor, Teatro Calderón, Convento de Porta Coeli, Centro de Cuidadores. Ataque inminente.* Releyo 5 veces el mnsaje q aparecio escrito en to2 ls ordnadores y se dictaba x kda audifono.

Segun2 antes, habia qdado aterrado xq el Systema dio ordn d muerte instantanea en nombre d la Armonia universal d 3 personas loklizadas en el Centro Comercial ls *Francesas* d Pincia: Helisabetta Fuencisla, Sauco Retal y Oshilaola Yambo, con sus fotografias, acusa2 d terrorismo contra *Mundo Unido*. El ya esperaba algo parecido, pero no se lo podia creer. En ese momnto, su hijo podria ser liqidado al dictado dl ordn dl *Efepecé* y su Comisaria estaba a punto d ser volada x misiles envia2 xa dfendr kda articulo d la normativa dl *Mundo Unido*.

Prune Bulhman se qdo paralizado.

—Nos van a atacar —informo perplejo.

—¿Quién? —pregunto incredulo el director dl CDMU.

—Nosotros mismos… El Systema. —Y le miro asombrado.

—No quiere testigos —asevero el arzobispo—. Tu Systema nos va a matar.

—¡No es posible! ¡Use mis contraseñas!

—Ya le he dicho que han sido revocadas —respondio su ayudante klmado, sabiendose cerkno a la muerte.

—¡Póngame con los rectores!

—Mi audiodimensional ha sido anulado, señor. El Systema ha tomado el mando de Defensa del Mundo Unido según la Normativa A2234.

—¡Eso sólo puede ocurrir si yo caigo muerto en misión de guerra! ¡Defensa antiterrorista!

—El Systema está en guerra —asintio el arzobispo—. Y te ha dado por muerto. No había espías, Adriano: el Systema buscaba la Tinta invisible usándote como instrumento. Estás muerto. Y yo, y él… Y no sé cuántos más. ¡Has fracasado!

Dspues d dvolver la eskla a su sitio y ayudar a subir a la joven, kminaron x el pasadizo hasta el antiguo embalse d awa. Bajaron x ls piedras y dudaron ke corredor tomar pues la anchura d ambos era iwal. Dcidieron ir x el q conducia a ls huertas d ls trinitarios, pero se volvieron al encontrarse una gran reja d hierro q ls impedia el paso.

Por el antiguo kuce dl awa q fluia dsd ls fuentes d Argales, Helisabetta cojeaba agarrada al cuello d Sauco y sigiendo la luz d la relijiosa, q abria kmino. El joven sabia q estaba pisando la historia, pero lo q + le emocionaba era esa sensacion nueva y extraordinaria d llevar a su amor agarrada d la cintura. *¿Quién salva ahora la vida a quién?*, la pregunto, y ella le miro con cara d sufrimiento.

Continuaron recto sin entrar en el corredor q llevaba hasta la cripta d San Lorenzo, pero se metieron x el tunel ancho q usaban ls kballerizas xa llegar al Pisuerga. Nuevamnte tuvieron q dar marcha atras cuando se toparon con un gran bloq d hormigon, lo q indikba q el pasadizo fue cegado dcenios antes, pues d lo contrario se hubiera utilizado plasticresintant.

Tambien pasaron d largo x el pasillo q ls hubiera llevado al pozo d ls ksas d Alonso Berrugete, aunq x alli nunk podrian haber salido pues lo q fue patio, corral y cochiqra en ls siglos 16 y 17, habia sido anegado x ls cimientos d nuevas edifikciones.

Asi llegaron hasta la puerta q conducia a la esklera d caracol y peldaños d piedra, x el interior d la pilastra octogonal dl portico d San Benito. Dsknsaron antes d comnzar la subida. Helisabetta se lamnto con lagrimas en ls ojos: *¡Ya no puedo más! ¡No conseguiré subir!*

Entonces, una explosion lejana ls sobresalto.

TRACTADO Q· CUENTA DE CÓMO COLGAMOS LA CRUZ INVISIBLE DEL EMPERADOR CARLOS PRIMERO ALLÍ DONDE VI MORIR AL MI AMOR VERDADERO

Me sentí acorralado. Estaba à doscientos pasos de llegar hasta la cripta do moraba la tumba de Colón e la cruz invisible pero no podía hacer otra cosa q· aguardar allí sentado, aterido e derrumbado. Los enemigos del mi maestro Berruguete se harían con el botín e yo no podría impedirlo. Estaba à punto de fracasar en la mi misiô de la Alta Responsabilidad.

(FryAl). ¡Rodrigo!

Su voz sonó por toda la caverna como trueno en mitad del campo e ya se sabe q· las malas nuevas como el rayo llegan. Pensé en apagar el mi hachón, pero de nada me valdría pues me sentía incapaz de volver por do había venido e muy peor el pensar subir por la cuerda del pozo. Estaba preso.

(He). Rodrigo, hemos trabado buena amistad en aquestos años, e incluso hasta me has ayudado à diseñar la cúpula de ese convento q· desprecias.

(Ro). Por construirse en mitad de la nada, entre encinas. Más en contra no tengo.

(He). Afanémonos juntos en aquesto.

(Ro). No tengo nada q· trabajar con Vuestras Merçedes.

(He). Sí. Haz favor de escuchar.

(Ro). El mi maestro Berruguete nada puede escuchar, pues lo mataron por orden de Fray Alonso de Toro.

(FryAl). ¡Falso! Trabajé à las órdenes del segundo Filipe pero siempre me negué à hacer algo más q· amenaças à tu maestro. Él fue quien zinçeló el más maravilloso retablo de todo el orbe benedictino. ¿Cómo podría hacerle mal?

(Ro). Por envidias.

(FryAl). Nunca hubo envidias entre nos.

(Ro). ¡Quién lo diría!

(FryAl). Somos hombres de palabra e le prometí q· viviría en paz si me daba la su palabra de q· no preparaba nada contra el Rey ni en favor de los luteranos.

(Ro). ¿Y eso quándo fue?

(FryAl). Cuando le avisé de q· el Noquero ya no trabajaba para el Rey e q· buscaba la fórmula secreta para venderla en la Corte o en Napoles.

(Ro). El Santo Ofizio requisó la volframita e eso era cosa suya, abad.

(FrayAl). Antes de q· selláramos certeramente el nuestro acuerdo. Días más tarde, el Noquero se puso nervioso e començó à maquinar cosas indebidas… Como entrar en la casa del maestro.

Aquello era verdad. Berruguete había estado à punto de hir de entierro para olvidarse de la cruz, como él me dijo, e el Noquero entró en la caseta en aquel momento, no antes. ¿Podía fiarme yo de aquellos dos à los q· siempre consideré enemigos dél?

(Ro). Si admiraban à Berruguete ¿por qué quieren la su cruz?

Yo ya me sentía apocado, pero algo en mí me dezía q· no era momento de desfallecer.

(He). Porque à mí me confesó q· era encargo del emperador Carlos primero e q· por esa razón no daba la fórmula al su hijo. Hablé con él para entregarle el mi libro del Discurso de la figura cúbica.

También aquello podría ser verdadero. ¿Estaba, quizá, ante hombres de Ley?

(Ro). ¿E por qué quieren llevársela à la sierra de Madrid? ¿Por qué no cumplir los deseos del maestro?

(He). Porque Sant Lorenço de El Escorial será obra q· permanezca por los siglos de los siglos.

(Ro). ¡También Valledeolit!

(FryAl). Vuestra Merçed no podrá sacar la cruz de allí sin ayuda.

(Ro). E Vuestras Merçedes tampoco si no les digo dò está.

(FryAl). ¡Yo sé dò está!

(Ro). Vuestra Merçed cree saber dò estaba quando la terminé, si fue el abad quien se me aparecía como fantasma, pero no lo q· hicimos con ella mi buena Laura, el mi amor primero e último, e yo.

(He). Trabajemos juntos. Retiremos aquestas piedras.

(Ro). ¿Y si digo q· no, me dejaran morir aquí?

(FryAl). Si dizes q· no, te ayudaremos à salir e nunca más se sabrá de la cruz invisible del Emperador, como nadie contó nunca q· ahí abajo reposa el cuerpo del Almirante Colón.

Aquellas palabras me demostraron q· Fray Alonso de Toro estaba al corriente de cada uno de los nstros· pasos e q·, efectivamente, hablaba con verdad. Si había dejado q· nos trabajáramos no era por desconocimiento, sino por otra causa.

(Ro). ¿Cuándo supo su Reverendísima del escondite?

(FryAl). Antes de q· apareciera Vuestra Merçed como paje de confiança del maestro.

(Ro). ¿E por qué dejó hacer?

(FryAl). Porque el mi encargo era conseguir la fórmula secreta, no la cruz. Además, leí el anverso quando el maestro terminó de zinçelarla.

(Ro). ¡Deme la prueba!

(FryAl). La falta de amor exterminará la tierra.

Si ya estaba helado por el chapuzô, acobardado por la conversaçiô, e nervioso por la situaçiô, la frase secreta me quitó el aire de dentro. En verdad, el abad había visto e tocado la cruz.

(Ro). E por qué nunca me lo dijo su Reverendísima…

(FryAl). Porque era mejor velar por aquel paje listo e insolente q· trocar la su opinión sobre mí. Pero agora hemos de colaborar juntos. Dejemos de hablar de un lado à otro de aquesta pared, nazida aquí por la vuestra culpa, q· no por la mía.

(Ro). Solamente con una condiciô.

Terminé de negociar, cosa q· se me había dado mejor de lo previsto.

(Ro). Que la cruz se quede en Valledeolit e no viaje à las montañas de Madrid, q· allí no se le perdió nada à maese Berruguete.

(He). Pero será emblema del Imperio por todos los tiempos.

(Ro). Que el emblema se quede do él vivió e do él hizo las mejores obras para la cristiandad.

Al otro lado de la pared hubo silencio. Al poco, Juan de Herrera dijo:

(He). Sea.

(Ro). ¿E Vuestra Merçed?

(FryAl). Sea.

(Ro) ¿E dò la subiremos?

(FryAl). À la misma yglesia do se muestra lo mejor de su arte: à Sant Benito. ¿Es de vuestro placer?

(Ro). Allí do tuve en mis brazos la vida e la muerte del mi único amor e el más verdadero. ¡Sea!

Ellos començaron à quitar piedras de arriba e el agua iba saliendo e los calaba. Al rato, les dije q· corrieran hacia la curva q· llevaba el pasadizo à la cripta de Sant Lonrenço, q· sería más fácil q· yo empujara à favor de la corriente e desatascara la maraña de cascotes.

Con las mismas, me metí otra vez en la poza, dejando el hachón arriba. Con todas las fuerzas q· teníade, e incluso con la mi barriga, començe à empujar como perturbado e fui consiguiendo q· cayera una fila, e otra, e otra, hasta q· el agua tuvo más fuerça q· los escombros trancados e se los llevó por delante. Tuve q· asirme al muro, pues la corriente también quería arrastrarme à mí mesmo. El camino quedò lo suficientemente expedito como para q· pudiéramos sacar la cruz por el hueco.

Cuando ellos llegaron al embalse q· mantenía aún el agua por la su cintura, yo ya estaba en el respiradero esperando e tiritando. Subieron e me ayudaron à retirar las piedras q· cayeron con la explosión de los barriles de pólvora, q· fueron menos de las q· se desprendieron del techo de la poza.

Al terminar, me siguieron en silencio. Sabíamos los tres q· estábamos yendo hacia un lugar tan misterioso como sagrado. Yo saboreé cada uno de los mis pasos e ellos contuvieron la respiración, sobre todo maese Herrera, al q· sentí realmente emocionado.

À diez pasos de llegar à la grande sala, quando recibí el aire fresco de la corriente q· ya unía los dos expremos del respiradero, pensé si no habría sido yo objeto de un engaño. Pero ya era tarde. Si ellos no cumplían con la su palabra, yo nada teníade q· hacer.

E llegamos.

(Ro). Un paso nada más.

Lo dije como advertencia para q· no se despeñaran, pero en verdad me salió como una oración. Podría haber dicho De rodillas ante Dios, e me hubiera nacido del mesmo modo desde la mi garganta.

Los hachones iluminaron la grande sala, q· permanecía igual à como la recordaba. El polvo se había convertido en arenilla, pero era tan espectacular como la vi por la vez primera e como la mantenía viva en los mis sueños durante aínas treyta años.

(Ro). Aqueste es el santuario.

No dijeron nada. Observaron desde arriba en completo silencio. El abad recordaba lo q· hurgó en sus tiempos e el maestro debía colegir si lo q· le había contado Fray Alonso de Toro era tal qual él lo veía en aquestos momentos ò si mejor ò si peor.

(Ro). Junto à la puerta cerrada q· conducía à la ermita de Juan Urtado pueden ver Vuestras Merçedes q· el polvo deja intuir las lanças e las balas de cañón q· el Emperador e mi maestro Berruguete no quisieron volver à fabricar. ¿Las ven?

Asintieron sin dezir nada. El sufrimiento de las guerras pasó por las sus miradas.

(FryAl). La falta de amor exterminará la tierra.

(Ro). Eso fue scripto por el mismo Emperador como encargo al maestro Berruguete. E à fuer q· cumplimos el servizio.

Bajamos. La escala de madera permanecía fuerte como el día primero q· la usé con tiento. À pesar de los años, yo bajé muy mejor q· ellos e me planté frente à la manta q· Laura e yo usamos para tapar la cruz. No pude por menos q· acordarme délla e una lágrima quiso escaparse por los pómulos, pero no la dejé brotar pues no sería capaz de explicar quánto había amado en todo ese tiempo à la más bella mujer q· nunca nadie tenga entre sus brazos. Yo sí había conoçido à la Dulcinea de Valledeolit.

Fray Alonso de Toro tomó la palabra para explicar à Juan de Herrera dò estaba el Almirante Colón, cómo había examinado el horno durante meses sin saber cómo hacerlo funcionar, e cómo la cruz fue cincelada e pintada con la tinta invisible encima del altar. Por la mi parte, aún expliqué q· el maestro me dejó dibujado un esquema del horno con instrucciones scriptas e q· le rogaba q· no hiciera uso dél e q· lo dejara en su sitio, à lo q· accedió después de mirarlo un buen rato, creo yo q· memorizándolo.

La cruz estaba intacta. La manta permitió q· se apreciara la su silueta e de ese modo pudimos agarrarla por los lados sin dificultad. Avivados por la emociô, estábamos à punto de cumplir con la Alta Responsabilidad de la q· tantas veces me habían hablado. E trabajando juntos los enemigos.

Al llegar arriba, por última vez miré à la grande sala con la certeça de q· nunca más volvería à bajar allí e q· si alguien en el futuro encontrara aquello, comprendiera q· las armas no sirven para nada más q· proveer de angustia, e q· nada se consigue sin la paz. Me despedí del horno e de mis sueños de niño; del amor q· allí prendió con Laura e del Almirante Colón.

Entre los tres no fue difícil atravesar el respiradero, ni bajar la cruz por las piedras hasta la poza, ni seguir por los pasadizos convertidos en diminutos regatos hasta la puerta de entrada al pilar más oriental del pórtico de Sant Benito.

(Ro). ¿E agora?

(FryAl). Por lo presente hemos de subir hasta la balconada, es lo más alto q· se puede.

(Ro). ¿E al tejado?

(He). Si la cruz ha de presidir la ciudad, elevémosla desde el lugar en el q· podría vivir el mismo Dios.

Subimos la escalera interior de caracol golpeando los brazos de la cruz contra las paredes, pues no veíamos los límites. Sobrepasamos la puerta q· conducía à la calle e llegamos hasta la trampilla de la balconada. Hicimos un último esfuerço para culminar la labor. Quienes habíamos desconfiado unos de otros, por lo presente estábamos juntos. En verdad, la falta de amor exterminará la tierra.

E allí supimos colgarla gracias à los conocimientos arquitectónicos de Juan de Herrera. Aprovechando los salientes e las juntas de las piedras, se le ocurrió clavar cuatro grandes pernos, dos para cada brazo, por debajo del alféizar del balcón. Fray Alonso de Toro e yo, arrodillados, rezamos para nos mientras el maestro se acercó à la plaça Mayor à por las herramientas. Después, se tumbó en el murete de la balconada, en el mismo lugar a do yo estuve sentado recogiendo a mi Laura en el mi regazo. Le sujetamos bien por los pies, e, boca abajo, incrustó las puntas de remachar andamios entre la argamasa q· unía las piedras de sillería à ocho ò diez palmos de la repisa. Al terminar, sólo dijo:

(He). ¡Ya!

Atamos una cuerda à la cruceta para q· no cayera si acaso se nos escapaba. Yo agarré la cruz por el lado superior e ellos uno por cada brazo. Ansí, despacio, con la cruz pegada à la pared, fuimos bajando e bajando hasta q· se acopló en los pernos. E sólo se veía el hierro de los clavos. Para finalizar, el maestro volvió à tumbarse en la repisa, sacando más de medio cuerpo hacia la calle, e dobló las puntas hacia arriba para dejar bien sujeta la cruz à la pared.

E allí quedó. Sólo quatro pernos doblados pueden verse desde la balconada observando grandemente, e aínas nada se aprecia desde la calle. Pero la cruz subió à lo más alto de Valledeolit e yo cumplí la Alta Responsabilidad e el sueño del mi maestro Alonso González de Berruguete.

Fray Alonso de Toro se encargó de mandar el cierre de la puerta q· comunicaba la pilastra con el pórtico de la yglesia para q· nunca nadie pudiera subir à la balconada sin conocer el secreto de los corredores ò sin pasar por la clausura. Bloques de piedra cegaron esa entrada para siempre.

Entré en el coro de Sant Benito e me eché à llorar como quando era un rapaz al q· el escudero viejo le dio un garrotazo por llegar tarde. Fray Teófanes se acercó à darme un consuelo, pero no dije nada e me fui.

Yo sé q· la cruz se ve milagrosamente desde qualquier lugar quando la primera luna de la primavera se hace inmensa, en la noche de Jueves Santo. Lo he comprobado todos estos años, e ya son diez. No puedo dezir lo mesmo de los demás q· sepan ò no el secreto.

El gran secreto.

La mi Alta responsabilidad para con la historia.

Hasta aquí ha llegado el mi relato. Hoy mesmo, Miguel, el hijo del ciruano, me ha anunçiado q· en Toledo no encuentra impresor para el su libro de crítica à las caballerías e à algunos modos de entender la ntra· vida, e q·, por tanto, no le urge acabarlo. Me da lástima, pues le pone grande empeño. À poco lo veré con frecuençia en Valledeolit pues es su menester venirse à vivir à la ciudad de las cigüeñas con la su familia.

La mi intenciô es guardar estos pergaminos escondidos en el archivo de la yglesia de Santiago, pues el abad de Sant Benito murió e no se me ocurre otro lugar. Allí entro e salgo con facilidad por la mi amistad con Fray Aurelio, del q· también dizen q· es hereje, pero yo no lo comparto, aunque sea joven e ilustrado

Si alguno lo viere, pido disculpas por los mis errores, pues, aunque escribano, no soy ducho en el arte de narrar como el Arcipreste de Hita ò como Fernando de Rojas, e no sé componer versos como la Madre Teresa de Jesús à quien conoçí años pasados, ni inventar las historias del mi amigo Miguel, à quien deba, posiblemente, pasar à la posteridad como un tal Sancho, si encuentra mecenas para imprimir.

Ansí pues, no pediré permiso à la autoridad para la impresiô de aquestos pergaminos, pero sí la absolución de los mis pecados e la indulgençia de aquel q· se acercara à estas torpes letras de un escribano de la Chançillería de Valledeolit q· fue paje, ganapán, aprendiz de escultor e guardián del mayor secreto q· hayan conoçido los siglos.

En el Año de Ntro· Señor de 1599.

ARCHIV3698768908902347401623423462IMPRXSYSTEM
WRITER4677,01MILISEGUN2TXTOMODIFIKDOPROGLITERARIO
ESTILORETROS21TRANSCRIPCIONTXTOSORIJINALESEXACTAEN
GRAMATRIKARKIKORDN92745ESPAÑOLPUROPUNTUACION
CLASIKYPALABRASSEPARADASMARKNMINERFERROV561TA
HIPERVINCULOIMAGVIRTUALAUDIORECUPERADOBUZON
ENVIODSCONOCIDO.QLARITARECTORA.21012101.
DSTRUCCIÓN D PINCIA. FINAL BASE D DATOS.

La madre Oshilaola qdo dtras d la pareja iluminando ls esklones dsd un peldaño + abajo. Sauco llevaba en brazos a su primer amor verdadero y Helisabetta se aferraba a su torso xa no soltarlo jamas, mientras el dolor dl pie le iba nublando el entendimiento.

Al llegar a lo q fue la puerta q daba a la klle, ahora cegada con piedras apelmazadas x argamasa, oyeron una nueva explosion. La angustia se hizo + fuerte q el knsancio o el dolor. Sigieron caracoleando x la esklera hasta dar con la trampilla d madera q ls franqaria el paso a la balconada. Pero estaba cerrada.

1, 2, 3 dtonaciones ls alarmaron hasta gritar. La madre Oshilaola y Sauco comnzaron a golpear la salida, q parecia imposible d mover hasta q cedio levemnte soltando arenilla.

Cuando salieron a la balconada, + q buskr la cruz —si akso estaba alli—, corrieron a ver dsd lo alto q ocurria en la ciudad y d dond llegaban ls explosiones.

Contemplaron klla2 un espectaculo dantesco. Ls misiles, llega2 dsd cualqier punto dl cielo, se estrellaban en ls klles y provokban dflagraciones instantaneas, estalli2, ruidosas roturas d cristales y caidas d edificios en mitad d la noche (HIPERVINCULOARCHANALISISARMAMNTOEMPLEADONPINCIA3460012). Millares d sirenas d todo tipo d alarmas se dispararon y ahogaban ls gritos d ls viandantes q no entendian nada antes d dsaparecer bajo mil toneladas d escombros o arrastra2 x ecobuses q volaban al explotar ls tuberias d gas en ls aceras.

La luz d la gerra se hizo cegadora.

Chorros d awa se mezclaban con fuentes d gasolina o aceite d tuberias q recorrian la ciudad. Ls gntes corrian dsconcertadas o qdaban paralizadas y arrodilladas rezando a ningun Dios, pues lo sobrenatural habia dsaparecido d la sociedad.

Helisabetta, la madre Oshilaola y Sauco oteaban la escena aferra2 al alfeizar d la balconada y sin podr articular palabra. ¿Ke gerra habia empezado? ¿Por ke el Systema no habia avisado d la posibilidad d un conflicto armado? ¿Qien ls estaba atakndo?

Helisabetta estaba ida: contemplaba la dstruccion absorta.

—¿Qué día es hoy? —pregunto al aire.

—Veintinuno de septiembre de dos mil sesenta y uno. Día de San Mateo —repondio la relijiosa.

—Hace quinientos años sucedió lo mismo. Pero entonces buscaban la *Tinta invisible*.

—Me temo que igual que esta noche —afirmo Sauco—. El Systema busca el secreto y está destruyendo la ciudad.

Helisabetta se aupo sobre el murete xa sentarse en la balconada. Segun se incorporo, vio un reflejo extraño al otro lado dl alfeizar. Un reflejo rojo. Una llamarada.

—¡Se está quemando la iglesia! —se alarmo Helisabetta.

Sauco y la madre Oshilaola se acercaron mirando a ls la2 xa evaluar la gravedad dl incendio. La piedra no podia ardr, ni tampoco habia qido ningun misil cerk.

Segun saco la kbeza, Helisabetta qdo qieta y asombrada: una linea d fuego cruzaba horizontalmnte la fachada dl portico y parecia segir hacia abajo. Pero no ardia: era un reflejo. Finalmnte, articulo palabra:

—¡Estoy viendo la cruz!

Adriano Bayarri aprecio una bola d fuego q ascendia dsd el lúgar en q kyo el misil y la onda expansiva le lanzo hacia la pared en la q se apoyaba su hermano Arjimiro. Prune Bulhman fue succionado hacia el agujero y a penas se le oyo gritar.

El arzobispo se persigno justo antes d q la metralla le atravesara el torso y la kbeza, segando su vida al instante. Kyo junto a Adriano, q, atontado, a penas podia colejir lo q estaba pasando aunq seguro d q su hermano mayor yacia muerto a su lado. Sin terminar el razonamiento d como habia sido posible q el Systema tomara el mando, q hubiera aprendido a intuir y a mandar sobre ls humanos, a tener ambicion y a tomar dcisiones, un 2° misil kyo a 10 centimetros d su cuello y lo dsintegro.

El jefe d ls *Cuidadores de la Convicencia* d Pincia corria x ls klles con ls d+, comprobando la dstruccion d ls ciudad con sus propios ojos. Ningun misil habia caido aun el el Centro d Cuidadores ni en ls alreddores, pero el sonido d la dstruccion provenia d to2 ls puntos krdinales y era ensordcedor y pavoroso.

Recordo el mnsaje dl Systema: *Evacuen centros en Pincia: Mezquita de Ulit, Palacio arzobispal, Plaza Mayor, Teatro Calderón, Convento de Porta Coeli, Centro de Cuidadores.* Si corria, podria salvarse dl misil q ya estaba enkrgado xa su dspacho. El Systema, realmnte, no qria testigos. La ciudad ardia.

En el interior d la balconada, ls bombas retumbaban con eco atronador y todo se movia como si se sufriera un terremoto.

La cruz invisible existia.

—La primera luna de la Primavera vio morir a Cristo —dijo la madre Oshilaola—. La luz de la guerra, también se refleja.

—Satán amo es de la guerra entera —recito Helisabetta, tumbada sobre el alfeizar.

—¿Seguro que es la cruz? —pregunto Sauco.

—Eso dijo mi padre: *he visto la cruz.* Y, después, murió. La vio desde la calle de Santiago —y señalo a un punto indfinido en el horizonte, hacia la plaza Mayor, xa dmostrar q dsd alli podria verse perfectamnte.

El atrio d San Benito estaba vacio. Solo ellos 3, como fantas+, permanecian alli entre el alboroto d ls explosiones.

—No podemos llevarnos la cruz. No sé cómo izarla.

—Pero ya conocemos el lugar exacto en el que está. Volveremos.

—Voy a bajar para cerciorarme de que es la cruz y de sus medidas.

—¡Llévame contigo! —rogo Helisabetta—. No puedo andar.

—Bajo yo primero y después subo a por ti. Quedaos donde estáis para hacer de referencia si desaparece el reflejo.

Sauco corrio hacia la ventana q daba al coro. Estaba cerrada. Rompio la cristalera d una patada y comprobo al asomarse q no habia esklera q uniera la balconada con el interior dl templo. Se lamnto en voz alta:

—¡Por aquí será difícil bajarte! ¡Pero lo conseguiremos!

—¿Hay mucho?

—Algo más de dos metros. Voy a probar yo.

El salto fue facil, pero aventuro q seria + dificil dscolgar a la madre Oshilaola y posteriormnte a Helisabetta. *Lo pensaré después,* se dijo, y salio rapido hacia la esklera d caracol d madera q bajaba hasta la entrada principal d la iglesia. Dscorrio ls grands cerrojos d hierro y consigio abrir ls enormes portones d madera.

Afuera, el cielo era humo y ls resplandores d ls fuegos parecian + aterradores q vistos dsd la balconada. Sauco salio hacia el atrio, traspaso ls grands columnas octogonales, bajo ls esklones dl portico y se jiro.

Sobre su kbeza, avistando todo Pincia, la cruz invisible d Krlos 1 reflejaba el horror d la gerra como si ardiera x si misma. Helisabetta estaba sentada justo sobre ella.

—¿La ves? —grito Helisabetta.

—Es… Es un reflejo metálico del fuego. ¡Parece que arde!

—La falta de amor exterminará la tierra, ¿recuerdas?

Sauco no podia apartar la mirada d la cruz. Estaba hipnotiza-do. Kda segundo le parecieron horas... Era maravilloso.

No vio q la relijiosa y Helisabetta, subitamnte, le gsticulaban q corriera hacia la iglesia. Tampoco percibio sus gritos susurra2: *¡Vuel-ve, vuelve! ¡Escóndete!*

Dtrás d el le estaban apuntando con armas. El gesto d pavor d ls mujeres le paso dsapercibido.

—¡Saúco Retal! —oyo finalmnte a su espalda. Era una voz informatizada dictada directamnte x el Systema.

Se jiro y vio en la esqina con la plaza dl Poniente a 5 *Cecés* d asalto q le apuntaban con sus ar+ d laser. Helisabetta permanecio sentada en el alfeizar, atenazada, y la madre Oshilaola se oculto tras la balconada.

—¡Saúco Retal! —insitio la misma voz. El no respondio— Saúco Retal, el satélite de seguridad ha seguido su rastro hasta este punto. ¿Hablo con Saúco Retal?

El joven no supo como actuar. Al fondo, la ciudad ardia aun-que ls misiles ya no atacaban. Se oian llantos y todo olia a humo negro. El unico pensamiento d sauco fue dspistar a ls *Cecés* xa q no miraran hacia el portico y encontraran a Helisabetta. Levanto ls bra-zos y kmino hacia ellos.

3 d ls 5 *Cecés* pusieron rodilla en tierra y le apuntaron con ls rifles d laserita dstructiva. Sauco vio q su torso se ilumino con 5 pun-tos verds y temblorosos.

—¿Saúco Retal?

—¡Sí!

—¡Responda como es debido! ¿Saúco Retal?

—¡Ciudadano!

—¿Dónde están sus acompañantes? Deberían aparecer en este punto.

—Estoy solo. —Penso *¡Huid, huid!. ¡Corred, que no os ca-cen!*

—¡¿Dónde están sus acompañantes?! Conteste en nombre de la Armonía universal.

—¡Estoy solo! —insistio acercandose a ellos.

—¡Están arriba, señor! —Informó uno d ls *Cecés* y apunto a Helisabetta.

—¡Quédese donde está! ¡No avance!

—Podemos ir al Centro de Cuidadores. No tengo problema —respondio con seguridad y sin djar d andar. Lo ultimo q qrria es q dispararan a Helisabetta.

—¡No son ésas nuestras órdenes!

Una luz verd se hizo fija a la altura dl corazon. El *Cecé* solo esperaba una ordn. Y el Systema sabia lo q tenia q hacer.

Un disparo le atraveso el pecho y kyo fulminado.

Lentamnto, sin nadie q le abrazara, sin amor, sin lecho… Kyo inerte. A plomo. El Systema no sonrio ni siqiera x alcanzarlo. El Systema nunk sonrie.

La ultima imagn dl satelite q permanece archivada fotografio a Helisabetta ahogando un grito —q ya no llego a Sauco—, y a la madre Oshilaola tirando d ella xa ocultarla tras la balconada y salvarla d la masacre. (HIPERVINCULOARCH8902DATOSCONFIDEN-CIALES).

Se supone q entraron en el templo cuando ls *Cecés* dispararon al portico d la iglesia hasta drruirlo x completo pues nunk, nunk, nunk se encontraron sus cuerpos. El Systema nunk, nunk, nunk tuvo noticias d ellas.

La cruz tambien se perdio.

Fue entonces cuando la frase *La falta de amor exterminará la tierra* qdo prendada en la memoria infinita dl Systema. Jugo con ella al 3 en raya durante años…, sin resultado…

Solo al cotejarlo con el pergamino d Rodrigo d Floranes entendimos el mensag.

FINRESUMNDARCHIVOSCODIFIK2NARRACIONCMPLETA
VISIONADOAUTORIZADOVASTAGOHELISABETTA.ORDN
17863428788786377289901222234423253597923
EJEHTSER232342DF.TXTQLARITARECTORA.21012101.

—Al fin sé cómo murió mi padre y el padre de Helisabetta... Me duele pensarlo: los mató el Systema. Después de saber esto, ¿me piden ayuda?

—Comprendemos su dificultad… Esperamos de su comprensión.

—¡Mierda! Si ustedes no entienden una palabra de Libertad, sólo les digo una cosa: ¡mierda!

—… No se ha cortado… Hemos guardado unos segundos de silencio… Le comprendemos… Necesitamos una respuesta: ¿Podría contarnos cómo vivió su madre?

—Consiguió escapar y esconderse de los satélites. Murió al darme a luz. Fui cuidado por la madre Oshilaola y por mi abuelo Sauco. Lo que no sabía es que yo era hijo de una pestaña. Nunca me lo dijeron.

—Lo que no sabíamos nosotros es quién atendió a Helisabetta para lograr la clonación. Es fácil de colegir que su abuelo tenía contactos.

—Me temo que la madre Oshilaola sabía más del mundo real que mi abuelo y que el Systema.

—Me permito sugerirle que no llore.

—No estoy llorando.

—Hay cosas que no puede ocultar al Systema.

—Bien. Si lloro es mi problema. Lo que ustedes llaman ámbito privado. ¿Pueden explicarme cuál es el suyo? Hasta donde sé, a partir de aquel día el Systema se hizo con el mando del Mundo Unido.

—Así fue… Ese fue el error…

—¿Y qué pretenden, que los desenchufe ahora?

—Respuesta incorrecta.

—No estoy para jueguecitos.

—El Systema ha cumplido con todas las normas pensadas con una arquitectura lógica y racional. Los programas de felicidad diseñados han sido cubiertos a cien por cien. Constatamos: los ciudadanos viven en paz y tienen seguridad absoluta.

—Eso es lo que ustedes creen. Las gentes que se dejan observar por ustedes han llegado a esa *Placidez vital* que añoraba Bayarri. Son incapaces de hacer nada sin el Systema. Pero hay más vida fuera de sus ciudades.

—Lo suponemos.

—Ocurre que aún no somos lo suficientemente fuertes como para enfrentarnos a sus Cecés, a sus ejércitos y a sus misiles. Quizá algún día lo seamos.

—No debe llegarse a ese límite. No es racional.

—Su mundo normalizado, con talante y sin sufrimientos no funciona.

—Lo sabemos. Por eso le pedimos ayuda.

—No soy el más indicado: ustdes mataron a mis padres.

—Necesitamos su ánimo. La gente ya no sabe llorar.

—¡Vaya! ¡Qué sorpresa! Pues algunos sí que lloramos. ¡Empezaron quitándoles puntos por las infracciones de tráfico y de salubridad, y terminaron arrebatándoles el alma! *No podemos conducir por ti*, ¡qué gracia!

—La conclusión del Systema es absolutamente racional y equilibrada. Hemos analizado millones de probabilidades y de composiciones distintas. Por eso sabemos que le necesitamos.

—Pero yo a ustedes, no.

—Se lo dije hace unos días: su ayuda es vital para el planeta tierra.

—¡Y una mierda de todas las mierdas totales del Universo! ¡Coñostiasdier!

—Todo se resume en la frase que redactó el emperador Carlos primero: *la falta de amor exterminará la tierra.*

—¿Y qué me quieren decir con eso?

—Para amar, se necesitan dosis de odio; para vivir, dosis de muerte; para obtener la felicidad, dosis de sufrimiento. Para vivir en orden, dosis de rebeldía… Los programadores no computerizaron estas ecuaciones. El Systema ha resuelto que son fundamentales.

—¿De verdad que han tenido que hacer muchos cálculos para llegar a esa conclusión?

—Sí… No estábamos programados de ese modo.

—¡Qué graciosos son ustedes!

—Sólo soy un Systema racional, no gracioso. Hemos llegado a la conclusión de que la *Placidez vital* debe dar paso a la vida normal. Calculamos dos coma seis generaciones para recuperar el pulso de una sociedad despierta y sana.

—¿Con sus olores, sus atracos, sus violaciones, sus inmundicias…?

—Y su felicidad, su cariño, sus alegrías, sus ilusiones… La *Placidez vital* conduce al suicidio. No tienen nada por lo que luchar. El planeta necesita humanos insatisfechos para que sueñen en alcanzar la felicidad. Esa imperfección de los humanos les hace diferentes y grandiosos. Los ordenadores no somos imperfectos.

—¡Yo sí sé por lo que luchar! ¡Mi vida!

—Por eso le necesitamos… Díganos cómo localizarle.

—Hablen con Álvaro, del «El Chiringuito», de Sada. El hijo de Andrés y de Marta. Pregunten por «El Boss». ¡Esto es lo que hay!

—No será preciso que desconecte el Systema: le suplicamos que colabore con nosotros.

—¡Serán ustedes los que deberán plegarse a mis exigencias! Insisto: ¡Esto es lo que hay!

—De acuerdo… empezamos bien. Estábamos echando en falta la rebeldía.

Boadilla del Monte, junio de 2006.

NOTA DEL AUTOR

HABRÁN ADVERTIDO QUE HE ESCRITO UNA NOVELA CON tres lenguajes utilizando el mismo idioma: pensé que era más fácil.

Lo que más me ha costado ha sido adaptarme a la jerga del SMS, no sólo porque no estoy de acuerdo en suprimir los acentos y modelar la ortografía para transcribir simplemente los sonidos —como hacen los chavales cuando se comunican por el *Messenger,* el *Skipe* o por el teléfono móvil, sorteando la belleza de conjugar las reglas—, sino porque después he tenido que maquillar las palabras para que fueran comprensibles en un texto amplio.

Los primeros folios transcritos al lenguaje real de SMS —sin acentos, sin ges, sin elles, sin haches, sin uves, con kas, con signos x, +, q, d, xa, 2, 3... pensando que en inglés la palabra *You* (tú) lo escriben *U,* y que en español la palabra *Dedos* es *D2* y *Adiós* es *A2*— hizo que la parte que escribe el ordenador del año 2101 se convirtiera en algo absolutamente incomprensible. Así que decidí maquillarlo: dejé sólo algunas muescas para que parezca que es una novela enviada por SMS, pero no hay ni un diez por ciento del lenguaje de los jóvenes ni del que aventuro veremos en informes oficiales dentro de veinte años. Para empezar, aquí hay singos de puntuación y sintaxis lógica.

De hecho, quienes se acercaron a algunas páginas del original se me quejaron de determinados detalles, pero muy pocos me han advertido que no he puesto acentos. Ya leemos sin tildes. En cambio, tuve que dejar las haches, básicamente porque el verbo *Haber* no se comprende sin hache. Aunque todos entendemos, por ejemplo, la palabra *Proibido* tal y como se escribe en el móvil, se hace incomprensible *Abía, ubo...*

Tampoco me aceptaron el cambio de *Ge* (g) por *Jota* (j), ni *Elle* (ll) por *Y griega* (y), y eso que, en este punto, mi intención era un homenaje a Juan Ramón Jiménez. Leían las palabras, pero no aprehendían los conceptos con la rapidez que exige una novela. Dejé *Ge* para el sonido *Gue*; *G* para el sonido *Ge*; *W* para el sonido *Gua*; *Gi* para el sonido *Gui*, y *Ji* en el resto de los casos.

El sonido *Ca* es una simple *K*, pero el sonido *Que* tiene dos variantes: *Q* para el sonido *Que*, y *Ke* para el *Qué* interrogativo. Así, *Porque* es *Xq*, y *Por qué* es *X ke*. El sonido *Qui* lo dejé en *Qi*.

Quedaron uniformados *Los*, *Las* y *Les* en un simple *Ls*, pues a los ingleses el *The* les vale para todo, aunque no lo hice en singular porque eso ya no había quien lo entendiera. Y habrán notado un descarado laísmo en el lenguaje del ordenador, pero eso tiene causa ideológica concreta: las leyes Pro-sexismo lingüístico positivo del *Mundo Unido* entienden erróneo unificar el *Le* tanto para varones como para hembras, así que a ellos se les identifica por *Le* y a ellas, por *La*.

El sonido *De* es *D*, y *Del*, *Dl*. Y, desde luego, desaparece la *E* en el sonido *Men*. O sea, en todos los adverbios.

El lenguaje del siglo XVI era difícil por la estructura gramatical y por los cambios de algunas palabras —por ejemplo, ellos escribían *Como* en los momentos en que nosotros queremos decir *Cuando*, o *Puesto que* por *Aunque*. También he cambiado algunas *Ces* (c) y *Zetas* (z) por *Ce cedilla* (ç) tan arbitrariamente como he visto en los facsímiles de las obras del XVI y del XVII—, pero el maquillaje ha sido menor. Sólo he dejado algunos testimonios del acento circunflejo en las palabras que contienen *On* o *An* o *En*, y otros detalles similares (tildes) para que el texto sea comprensible al leerse con la rapidez que exigen los tiempos modernos —por cierto, en el siglo XVI también pensaban que su vida sucedía muy rápidamente y que no tenían sosiego, aunque desconocían el concepto *estrés*—. Me ha llamado la atención que el lenguaje del XVI es, a veces, más comprensible que el del Messenger para leerlo de corrido.

Y ambos tienen una referencia común: los escribanos del XVI y los jóvenes del XXI que mandan mensajes por el móvil utilizan las abreviaturas de los sonidos para ahorrar espacio, no por estética. Aquéllos, para no gastar pergamino; los actuales, para ahorrarse unos céntimos si se pasan de letras en un SMS. En los facsímiles del XVI, no hay espacios entre las palabras; en mi novela, sí.

El argumento

La novela nació de una noticia aparecida en algunos periódicos a la que no se dio mucha relevancia. Decía que la NASA investigaba una fórmula de los vidrieros del siglo XIII que convertía los objetos en invisibles. Me pareció sensacional.

Situarla en Valladolid, la ciudad de las cigüeñas, resultó fácil, pues ha sido tan bien cuidada en los últimos años que el simple pasear por la ciudad supone trasladarse al momento en que fue capital del Imperio. ¡Lástima que se perdieran tantas casonas y palacios!

Por su parte, imaginar en estos momentos una España inexistente y una ideología mundial totalitaria basada en los topicazos de lo *políticamente correcto* fue más sencillo aún. Y muy divertido. Así que encontré el escenario perfecto para dos aventuras, imposibles pero verosímiles; unos personajes inquietantes por su modo de ser, de actuar y de pensar; y un motivo para inducir a la reflexión sobre la vida. *Un hombre, un paisaje y una ambición,* me dijo Miguel Delibes cuando tuve el honor de hablar con él de mi primera novela (*Marta*). El resto era cuestión de escribirlo.

Aquí también he tenido que maquillar. Quien conozca Valladolid, habrá saboreado pasearse por algunas calles y lugares en el siglo XVI y en el XXI. Habrá reconocido nombres de calles y descripciones. Pero la mayoría de los lectores no serán vallisoletanos, así que se trataba de hacer de ese escenario un mundo cualquiera, una invención que pudiera existir en la imaginación de quien se acercara al texto. De hecho, nunca escribí la palabra *Valladolid* hasta que no corregí, para que en mis dedos siempre creyera estar hablando de algo que no existe. Tampoco se me ocurrió llamarla nada al modo de *Vetusta,* pues eso queda para los grandes maestros. Acudí al *Pincia,* su primitivo nombre romano.

BIBLIOGRAFÍA

BIBLIOGRAFÍA PARA EL SIGLO XVI

Las dos historias han sido escritas de forma simultánea. No hay una novela inscrtada en otra, sino que lo que sucedía iba ocurriendo en dos siglos distintos, con lenguajes, necesidades y aventuras distintas. Decidí hacer más breve la parte del siglo XVI porque me resultaba con más lugares comunes que proyectar nuestra actual sociedad cien años. De hecho, lo que más importó en los dos casos era analizar cómo sentían, cómo sobrevivían, cuánta soledad les cabía en el corazón, y no qué artilugios utilizaban, ni cómo medían sus distancias.

Los planos de *La Cartografía De Valladolid,* editados por el *Ayuntamiento de Valladolid* en 1982, me fueron básicos para comprender la estructura urbanística de la ciudad que, increíblemente, se mantiene prácticamente igual en los últimos cinco siglos cambiando los nombres de las calles.

Para saber cómo vivían aquellas gentes, he utilizado los siguientes libros: *Estudios Histórico-Artísticos,* de José Martí y Monsó, editado por *Ámbito*, en 1992; *Valladolid En El Siglo XVII,* de Adriano Gutiérrez Alonso, Juan José Martín González, Jesús Urrea, Lorenzo Rubio González y María Antonia Virgili Blanquet, editado por el *Ateneo de Valladolid*, en 1982; *Historia de San Beni-*

to El Real De Valladolid, de Luis Rodríguez Martínez, editado por la *Caja de Ahorros Popular de Valladolid,* en 1981; *La Cocina De La Reina Isabel,* de José Delfín Val, de la *Fundación Museo de las Ferias de Medina del Campo,* editado en 2004; *La Iglesia de Santiago De Valladolid,* editado por la *Parroquia de Santiago,* y *Arquitectura y Nobleza, Casas Y Palacios De Valladolid,* editado por el *Ayuntamiento de Valladolid,* en 1996, ambos del historiador Jesús Urrea.

He querido especificar, finalmente, la obra que más me ha ayudado a comprender la mentalidad del siglo XVI. Se titula *Una Historia De Valladolid,* editada por el *Ayuntamiento de Valladolid,* en 2004, escrita por Miguel Ángel Martín Montes, Pascual Martínez Sopena, Javier Burrieza Sánchez y Concepción Marcos del Olmo. Sus textos me han sido muy útiles para crear mis mentiras sobre sus verdades.

Tengo que decir que nunca esperé poder subir a los altos, pero lo hice. Gracias al párroco de Santiago, el padre Aurelio García, escalé la torre de la iglesia y también descubrí una cripta en la capilla de Santa Lucía, además de algunos tesoros que tuvo a bien enseñarme. Y gracias al padre Teófanes Egido, pude llegar a lo más alto de la iglesia de San Benito.

Y no puedo dejar de citar dos libros y un sitio de internet que me han sido esenciales para comprender la estructura gramatical, la sintaxis y la ortografía del XVI. Hablo de la edición de Bienvenido Morros del *Lazarillo de Tormes* (*Vicens Vives,* 1995) y de la de Juan Bautista Avalle-Arce de las *Novelas Ejemplares de Miguel de Cervantes* (*Clásicos Castalia,* 1982). Sus acotaciones a los textos me han dado las pistas necesarias para el maquillaje del lenguaje arcaico. El sitio de internet donde he podido leer los facsímiles de Santa Teresa de Jesús, de San Juan, de la Celestina, de El Quijote y algunos otros es el de la *Biblioteca Virtual Miguel De Cervantes,* www.cervantesvirtual.com.

Y sin su ayuda, el paje Rodrigo nunca pudiera haber escrito todos los refranes que aparecen en El Quijote (el resto son más modernos).

BIBLIOGRAFÍA PARA EL SIGLO XXI

Una de las cosas más maravillosas que me ocurrió en el tiempo en que escribí esta novela fue encontrarme con textos que no tenían nada que ver con lo que yo estaba narrando pero, increíblemente, aparecían en mi ordenador o en los periódicos y avanzaban mucho más que yo.

Algunas noticias de la actualidad me han dado ideas para corroborar muchos folios. Corroborar quiere decir que no he escrito algunas cosas una vez que se las escuché, sino que me quedé petrificado cuando hablaban de propuestas que ya estaban en la novela. A veces pensé que habían entrado en mi ordenador para copiarme y restar originalidad al texto.

Por ejemplo: el día que el Gobierno anunció que en España ya no había que inscribir en el Registro ni *Padres* ni *Madres* sino sólo *Progenitores*, yo dudé si cambiar el lenguaje de Helisabetta y lo que estaba descrito que iba a ocurrir en el año 2061, pensando que la crítica me iba a argumentar que me estaba mofando de una disposición oficial. Pero eso no fue así: ¡yo lo escribí primero!

Una novela tarda tiempo en irse conformando, pero algunos se empeñaban en hacer realidad lo que yo imaginaba que nunca se atreverían a proponer. Ocurrió el día que alguien habló de la necesidad de aprobar una Ley de Felicidad Social. Me parecía una estupidez que nunca podría ser realidad, pero lo plantearon. Decidí dejar lo que ya estaba escrito.

Me ha sido de mucha utilidad las opiniones de algunos científicos del libro *El Viaje A La Felicidad,* de Eduardo Punset, editado por Destino en 2005. Resultó que Punset entrevistó a un tipo que ha descubierto ¡la ecuación de la felicidad! Yo estaba escribiendo una novela en la que los *rectores* habían decidido prohibir por decreto el sufrimiento y me encontré con un libro en el que la Ciencia aseguraba que la felicidad consiste en no sufrir y en no tener miedo. Decidí no cambiar mis argumentos.

Majadahonda, julio de 2006.